Röschen Taschenbuch

Röschen-Verlag

Danneckerstraße 20, D-60594 Frankfurt/Main
Internet: www.roeschen-verlag.de
E-Mail: frankdemant59@yahoo.de

Umschlagillustration: Shirin Franzmann
Umschlaggestaltung: www.coico.de
Lektorat: Stefanie Reimann
Satz: SLG Peter Ripper · peter.ripper@t-online.de
Druck: Prisma-Druck, Saarbrücken
2. Auflage

# Der Gewürzhändler zu Frankfurt

## – Arthurs Reise nach Indien –

**Der Autor**

Meddi Müller, 1970 in Frankfurt am Main geboren und aufgewachsen, wo er noch heute mit seiner bezaubernden Frau und seinen zwei Söhnen im schönen Norden der Stadt lebt. Neben seinem täglichen Kampf gegen das Übergewicht arbeitet er als Feuerwehrmann und Rettungsassistent bei der Berufsfeuerwehr auf Frankfurts ältester Staffelwache in Nieder-Eschbach. Er hat endlich wieder mit dem Lauftraining angefangen und ist zuversichtlich, es diesmal endlich zu packen. Mehr über ihn gibt es unter: www.meddimueller.com zu erfahren.

# I.

*Aequam memento rebus in arduis servare mentem!*

Denke daran, in schwierigen Situationen Gelassenheit zu bewahren!

## *Die Leibwache Gandolf Schelm zu Bergens*

Er war ein fahrender Händler, der weder Frau noch Kind hatte. Zumindest hoffte er, keine Kinder zu haben, denn er war ein gutaussehender, groß gewachsener Bursche mit einer starken Wirkung auf das andere Geschlecht.

Sein Name war Arthur. Der Händler saß auf seiner Kutsche und befuhr die holprigen Straßen kurz vor den Toren Frankfurts. Seine Geburtsstadt löste immer wieder ein Gefühl von Geborgenheit bei ihm aus.

Es war zu der Zeit, als gerade die Pest ihre dunklen Krallen verloren hatte. Noch wenige Monate zuvor war die Stadt am Main eine Geisel des Schwarzen Todes gewesen. Nicht einmal die Ärzte waren gegen die fürchterliche Krankheit gefeit. Viele von Arthurs alten Freunden hatte die Pest in den Tod gerissen. Das Leben war unbequem in jenen Tagen.

Kurz vor Arthurs Ankunft in seiner geliebten Stadt wurde ein gewisser Philipp Jacob Spener zum geistlichen Oberhaupt auserkoren. Man schrieb das Jahr 1666. Doch über derlei Dinge machte sich der Händler keine Gedanken.

Um ihn herum setzte sich zaghaft der Frühling gegen den immer schwächer werdenden Winter durch. Die ersten Knospen zwängten sich am Wegesrand durch den noch vom Winter ausgelaugten Boden. Arthur liebte diese Jahreszeit. Sie trieb ihn immer weiter voran, auf seinem beschwerlichen Weg entlang von Main und Rhein. Holprig schaukelnd fuhr sein Wagen über die unbefestigten Straßen. Arthurs schulterlanges blondes Haar hing strähnig von seinem edelmütigen Haupt. Vom Kutschbock aus lenkte er in gebückter Haltung sein Pferd über die Handelswege zwischen Frankfurt und Köln. Horatio, der braune Hengst, der den schweren Wagen zog, war einst ein Geschenk des Klosters gewesen, in dem Arthur seine Kindheit verbracht hatte. Beim tränenreichen Abschied vor vielen Jahren hatte man ihm das starke Tier überlassen. Bei Samson, seinem treuen Hund, verhielt sich die Sache hingegen völlig anders.

Das Tier, von undefinierbarer Rasse, war ihm eines Tages am Wegesrand begegnet. Der rothaarige Rüde blickte Arthur damals aus seinen treuen Augen traurig an. Aus Mitleid warf Arthur ihm einen Brocken Fleisch zu, was Samson als Aufforderung zur Mitreise verstand. Seitdem trottete der Mischling an jeden Ort, an den Horatio den geräumigen Planwagen Arthurs zog.

Zum Schutz gegen das Wetter trug Arthur einen langen ledernen Mantel, dem man die Jahre ansah. Wenn er den braunen Wetterschutz einmal nicht trug, blieb ihm nur noch sein nicht minder abgetragener Wams. Seine Füße wurden durch Ledergamaschen, die er einmal in einem Dorf gegen einen Kochtopf eingetauscht hatte, geschützt. Arthur umspülte eine Aura, die für viele unerklärlich blieb. Sein kantiges, schlecht rasiertes Gesicht und die darin ruhenden blauen Augen trugen das ihre dazu bei. Besonders verwegen machte sein Antlitz die kleine, fast unsichtbare Narbe unter dem rechten Auge. Seine Körpergröße lag bei Weitem über dem Üblichen. Durch seine Ausbildung im Frankfurter Karmeliterkloster war er außerdem noch überaus gebildet. Sein Lehrmeister, Bruder Claudius, erzog sein Mündel zu Besonnenheit und überlegtem Handeln. „Abyssus abyssum invocat", hatte Claudius immer zu ihm gesagt. „Ein Fehler zieht den anderen nach sich. Deshalb denke, bevor du handelst, mein Junge."

Diesen Ratschlag versuchte Arthur stets zu befolgen. Eigentlich von friedfertigem Gemüt, konnte Arthur aber auch schnell und hart zuschlagen, wenn ihn jemand herausforderte. Diese Mischung aus Raubein und sanftmütigem Riesen machte ihn bei den Schönen an seinem Handelsweg nahezu unwiderstehlich. Wenn sich eine Dame zu ihm neigte, ließ er sie gewähren. Sein Leben war rastlos. Er verweilte immer nur einige Tage an ein und dem selben Ort.

Aber Arthur war zufrieden mit seinem Leben. Er war fast überall ein gern gesehener Gast, da er immer Neues zu berichten wusste. Der Händler war für viele einfache Menschen in den Dörfern der Einzige, der Abwechslung in ihren beengten Alltag zwischen Ackerbau und Viehzucht brachte. Und wenn es einmal keine Neuigkeiten bekannt zu geben gab, so erfand er einfach welche.

Durch seine Geschichten vergaßen die Menschen für eine kurze Zeit ihr trostloses Dasein und lachten über Arthurs Scherze und Geschichten. Am meisten mochten sie es, wenn er ihnen erzählte, dass es den Reichen und Herrschenden auch nicht besser erging als ihnen. Wenn Arthur einmal Hunger hatte und ein Dorf in der Nähe war, so fuhr er hinein, um sich eine Mahlzeit mit seinen Schauermärchen von den Adligen des Landes zu verdienen.

Er war ein wahrer Künstler im Erkennen der Bedürfnisse der einfachen Leute. Er spürte schnell, welche Stimmung vorherrschte und erzählte die passende Geschichte dazu. Geld verdiente er mit dem Verkauf seiner Waren. Doch lieber waren ihm Wein und frisches Fleisch, sodass er sich daran laben konnte. Was nutzte einem ein voller Beutel mit Gold, wenn man, Tage entfernt von einem Markt, Hunger litt? Eigentlich brauchte er Geld nur, um seinen Warenbestand ab und zu mit Dingen aufzufrischen, die er unterwegs nicht tauschen konnte.

Er wurde im Jahre des Herrn 1645, drei Jahre vor Ende der langen Kriege, in Frankfurt am Main als Sohn eines armen Kaufmanns geboren. Die Stadt hatte sich gerade davon erholt, dass der schwedische König Gustav Adolf Frankfurt als Quartier für sich und seine Truppen auserkoren hatte, und erreichte fast die alte Blüte zurück. Jedoch hielt die Pest die Stadt weiterhin in Atem.

Arthurs Vater war zwar ein fleißiger Händler, aber leider auch ein großer Freund des Glücksspiels gewesen. Er verspielte meist die Tageseinnahmen aus dem kleinen Laden noch am selben Tag. Arthurs Mutter tat sich schwer, das Geld vor ihrem Mann zu verbergen. Immer wieder musste sie sich neue Verstecke ausdenken. Doch irgendwie schaffte sie es, dass die kleine Familie immer genug Geld hatte, um über die Runden zu kommen. Als Arthur fünf Jahre alt war, wurde sein Vater bei einem Streit mit einem Mitspieler erschlagen. Seine Mutter versuchte noch eine Zeit lang, sich und ihr Kind zu ernähren. Schließlich aber gab sie in ihrer Verzweiflung Arthur in die Obhut der Karmeliter. Sie vermachte ihr bescheidenes Vermögen dem Kloster. Im Gegenzug wurde ihr versprochen, dass ihr Sohn eine gute Ausbildung erhalten und ein guter Mönch werden würde. Wenig später starb auch Arthurs Mutter an den Folgen der Pest.

Die Karmeliter galten zu jener Zeit als eine der letzten Bastionen der alten Kirche. Die Reformer hatten ansonsten die Stadt fest in ihrem Griff. Arthur erhielt eine solide Ausbildung. Ihm fehlte es an nichts. Doch schon wenige Monate nach seinem Eintreffen zog es den Jüngling vor die großen Mauern des Klosters. Er schlich sich immer öfter davon und streifte durch die engen Gassen Frankfurts. Die Stadt pulsierte geradezu vor Geschäftigkeit. Das Kommen und Gehen der Wagen, das Getümmel in den Straßen, das ständige Ausweichen vor den umherhastenden Wagenführern und Reitern und das Stimmengewirr auf den großen Plätzen der Stadt, wo Händler aus aller Herren Länder ihre Waren feilboten, faszinierten den kleinen Arthur. Das geschäftige Treiben in der Stadt interessierte ihn mehr als das ewige Lateinlernen und die komplizierten Rechenaufgaben, die ihm sein Lehrer Claudius stellte.

Einige Jahre später verließ Arthur die Karmeliter. Claudius machte sich Vorwürfe, versagt zu haben, da er es nicht geschafft hatte, seinen Schüler für das Leben als demütiger Mönch zu begeistern. Arthur aber zog es vor, als fahrender Händler durchs Land zu ziehen, um sein eigener Herr zu sein. Ihm tat es in der Seele weh, das Kloster und seine Bewohner zu verlassen, doch er konnte nicht anders. Das Fernweh war stärker.

So lebte Arthur in den Tag hinein. Über die Jahre hatte er es zu einer kleinen Berühmtheit in den Dörfern an Main und Rhein gebracht. Der Händler hatte eine feste Reiseplanung, musste jedoch manchmal ein Dorf umgehen, wenn er es mit seinen Geschichten einmal zu weit getrieben oder die Tochter des Dorfältesten zu sehr bedrängt hatte. Das kam freilich nicht allzu häufig vor. Und nach einem oder zwei Jahren hatten ihm die Menschen wieder verziehen, denn sein Charme war unvergleichlich. Er war ein Mensch, dem man nicht lange böse sein konnte.

An diesem wunderbaren Frühlingstag befuhr er gerade, nicht weit vor den Toren Frankfurts, einen kleinen Weg entlang des Flusses Nidda. Die Nidda mündete bei Höchst in den Main und bot Arthur eine willkommene Abwechslung, da sich entlang des schmalen Flusses nur kleinere Ortschaften befanden, in denen viele Bauern lebten. Der Tag neigte sich dem Ende zu und Arthur hatte sich einen einigermaßen sicheren Rastplatz am Rande des Flusslaufes gesucht. Er schlug sein Lager an einer der wenigen Furten der Nidda auf und genoss die wunderbare Frühlingsluft.

Um ihn herum zwitscherten vergnügt die Vögel und suchten in der üppigen Vegetation entlang des malerischen Flusses nach Nahrung. Die Nidda wand sich durch ein breites Tal und bot seinem Betrachter ein vollkommenes Bild der Schönheit. Lange saß Arthur am Flussufer und beobachtete die Tiere, wie sie den Lebensraum nutzten und ihn mit ihrer Vielfalt erfreuten. Als endlich die Dunkelheit das Sonnenlicht besiegt hatte, begab Arthur sich zur Ruhe unter seinen Wagen und fiel in einen tiefen, ruhigen Schlaf. Als am nächsten Morgen die ersten Sonnenstrahlen sein Gesicht berührten, erhob er sich von seinem Lager und ging zum Ufer der Nidda, die sich in leichten Bodennebel hüllte. Er wusch sich den Schlaf im kalten Flusswasser aus den Gliedern und sang vergnügt vor sich hin, als er plötzlich Hufgetrappel hörte. Arthur hielt kurz inne und schaute auf. Mehrere Reiter preschten von der gegenüberliegenden Flussseite auf ihn zu. Zunächst rechnete er damit, dass die Gruppe vor dem Fluss stoppen, abdrehen oder zumindest die Geschwindigkeit drosseln würde. Als sie jedoch mit unvermindertem Tempo immer näher kamen, zog er es vor, seinen Platz zu verlassen und hinter einem Baum in Deckung zu gehen. Die Reiter stoben durch das Flussbett und hätten um ein Haar Arthurs Wagen gerammt. Noch bevor Arthur protestieren konnte, war die Horde schon weit entfernt. Ihm blieb nur noch die wenig befriedigende Möglichkeit, ein paar Verwünschungen aus seinem reichhaltigen Schimpfwortrepertoire hinter der Gruppe herzurufen. Wütend klaubte er seine Siebensachen zusammen und machte sich zum Aufbruch bereit. Der Händler stieg auf seinen Wagen, wo die milde Temperatur und die herrliche Landschaft seinen Ärger schnell vertrieben.

Heute würde er die nächste Station seiner Reise erreichen. Es handelte sich um ein kleines Dorf, das etwa eine halbe Tagesreise von Frankfurt entfernt lag. Es war eingebettet in das wunderschöne Ulmenrück und trug den Namen Berkersheim. Arthur kannte dort eine sehr hübsche Witwe, auf die er sich schon freute. Außerdem hatte er in Berkersheim schon so manches gute Geschäft abgeschlossen. Zur Mittagszeit sah er bereits die Ortschaft vor sich. Die Häuser stiegen einen sanften Berg hinauf und boten einen wunderbaren Anblick, der jedem Maler das Herz aufgehen lassen würde. Arthur versuchte immer, möglichst zur Mittagszeit in den Dörfern einzutreffen, um die Lage vor Ort besser sondieren zu können. Die meisten Männer waren noch auf den Feldern und die Frauen brachten den Männern das Essen auf die Äcker. So konnte Arthur umhergehen und in die Fenster schauen, welche Güter gebraucht wurden und welche zum Tausch bereitstanden. Außerdem hatte er genug Zeit, seinen Wagen in eine Tribüne umzubauen, auf der er seine Geschäfte abwickelte und seine Lieder und Geschichten vortrug. Als er nach Berkersheim hineinfuhr, passierte er die kleine hölzerne Kirche am Fuße des ersten Anstieges. Gegenüber der Kirche lag das Höfchen, in dem die Verwalter der Familie Schelm zu Bergen, denen Berkersheim gehörte, wohnten. Langsam zog Horatio seinen Wagen durch die engen Gassen der kleinen Siedlung. Das Pferd musste Schwerstarbeit leisten, um den Anstieg der steilen Gassen zu bewältigen. Doch schon wenig später traf Arthur am Dorfplatz ein, wo sich rechter Hand die Bergener Klause, die einzige Schenke Berkersheims, befand. Sofort fielen ihm die Pferde vor dem Haus auf. Es waren dieselben, die am Morgen von ihren Reitern durch die Furt getrieben worden waren und Arthur beinahe erwischt hätten. Die Wut auf die Halunken kam wieder zurück. Arthur hielt seinen Wagen an und stieg vom Kutschbock herab. Der Händler stieß die Tür zur Wirtsstube auf. Samson begleitete seinen Herrn wie immer am Fuße. Die Schenke war nur schwach durch die Butzenfenster beleuchtet. Man konnte kaum von einer Ecke in die andere sehen. Dominiert wurde der Raum von einer mächtigen Theke, die kunstvoll mit Schnitzereien verziert war. Mehrere schwere Holztische, die von Stühlen und Bänken umrahmt waren, boten Platz für etwa zwanzig Gäste. An der hinteren Wand saßen vier Männer an einer der Sitzgruppen. Ansonsten war die Schenke menschenleer.

Durch das schwache Licht konnte Arthur die Männer nur schwer erkennen. Es waren aber zweifellos die Reiter vom Morgen. Ihm viel zudem auf, dass sie alle eine Art Uniform trugen und somit dem Anschein nach einem gemeinsamen Herrn dienten.

Arthur beschloss, die Männer zunächst nicht wegen des morgendlichen Zwischenfalls an der Furt zur Rede zu stellen und ging zum Tresen, wo er auf das Holz klopfte. Kurz darauf kam der Wirt aus einem Nebenraum. Der Hausherr war ein mächtiger Mann, der ein schlecht rasiertes Gesicht und einen stattlichen Bauch zur Schau trug. Sein unförmiger Leib war von einer verdreckten Schürze bedeckt. Die Haarpracht des Mannes war sehr schütter und seine Augen traten weit aus ihren Höhlen. Er zog sein rechtes Bein nach. „Denkt Ihr, ich sei taub?" Der Wirt schien wütend zu sein.

„Nun, wie ich Euch in Erinnerung habe, Meister Isegaard, so seid Ihr tauber als ein totes Schwein", gab Arthur frech zurück.

Die Miene des Wirtes erhellte sich merklich. „Arthur! Alter Schwerenöter, was macht Ihr denn hier?"

Jetzt lachten beide Männer und packten sich an den Schultern.

„Kommt und setzt Euch an meinen besten Tisch. Der erste Met geht auf meine Rechnung", sagte Isegaard und führte Arthur an einen Tisch am Fenster.

„Habt Dank, bester Wirt am Main", erwiderte Arthur lachend.

„Immer noch der alte Schmeichler."

„Ego sum, qui sum", sagte Arthur fröhlich. „Ich bin der, der ich bin. Was gibt es heute aus Eurer Küche, Meister Isegaard?"

Der Wirt hatte in der Zwischenzeit einen Krug Met herbeigeholt und stellte ihn krachend auf Arthurs Tisch. „Heute haben wir Wildschweintopf."

„Na dann: her damit, mein Freund!"

Isegaard ging in die Küche und ließ Arthur allein. Verstohlen beobachtete der Händler die in der dunklen Ecke sitzenden Männer. Sie aßen stumm ihren Eintopf und tranken Bier. Sie schienen sich an seiner Anwesenheit nicht zu stören. Er wusste nicht, was ihm an ihnen nicht gefiel, doch beschlich ihn Unbehagen bei ihrem Anblick. Der Wirt vertrieb Arthurs Gedanken, als er den Eintopf brachte und sich zu ihm gesellte.

„Nun, Arthur, alter Freund. Wie ist es Euch ergangen?"

„Ich kann nicht klagen", antwortete dieser mit halb vollem Mund. „Die Witwen und Jungfrauen an Rhein und Main sind meiner noch nicht überdrüssig und die Geschäfte laufen hervorragend." Beide lachten schallend, woraufhin sie düstere Blicke aus der Ecke ernteten. Arthur nutzte die Gelegenheit und schob seinen Kopf näher an den des Wirtes heran.

„Sagt, mein Freund, wer ist denn dieses dunkle Völkchen in der Ecke dort?"

Der Wirt senkte seine Stimme, sodass Arthur sich anstrengen musste, ihn zu verstehen. „Das ist die Leibwache von unsrem Herrn, Gandolf Schelm zu Bergen. Üble Gesellschaft. Denken Wunder, wie stark sie sind. Machen überall nur Ärger."

Arthur legte seinen ursprünglichen Vergeltungsplan, wegen der Sache vom Morgen, daraufhin auf Eis.

„Wenn diese Kerle die Leibwache sind, wo ist dann ihr Herr?"

„Der wird in seinem Schloss hocken und Geld zählen", antwortete der Wirt verbittert. „Meist schickt er ein paar seiner Schurken in die Ländereien, um den Zehnten einzutreiben und säumige Schuldner zu verprügeln."

„Werdet Ihr auch von diesen Kerlen heimgesucht?" Arthur war ehrlich besorgt.

„Selten", antwortete der Wirt. „Meistens sind diese Strauchdiebe nur auf der Durchreise bei mir und ziehen dann weiter."

„Wo ist denn das Domizil der Herrscherfamilie?"

„Etwa einen halben Tagesmarsch entfernt von hier", sagte Isegaard mit leiser Stimme, damit die dunklen Männer ihn nicht hören konnten. „Drüben in Bergen. Aber ein Teil seiner Familie residiert im Höfchen unten an der Kirche. Doch die bekommen von all dem, was diese Räuber treiben, nichts mit."

Plötzlich rief einer der dunklen Männer den Wirt herbei. Dieser eilte, so schnell es sein schlimmes Bein zuließ, herüber und verneigte sich demütig vor den Männern. Der Wirt und einer der Kerle lieferten sich ein kurzes Wortgefecht. Arthur konnte nicht genau verstehen, worum es ging. Der Mann, der mit Isegaard sprach, war ein wuchtiger Riese. Sein mächtiger Kopf war von strähnigen Haaren überzogen, die wirr auf seinem Kopf tanzten. Sein rechtes Auge verbarg sich hinter einer schwarzen Klappe und seine Nase schien mehrfach gebrochen. Die Hände des Mannes waren so groß wie Mistgabeln und schienen wahre Werkzeuge zu sein. Arthur lief beim Anblick des Mannes ein Schauer über den Rücken. Der Riese gestikulierte immer heftiger und der Wirt wurde immer kleinlauter. Plötzlich sprang der dunkle Kerl vom Tisch auf, wobei er die Hälfte des Geschirrs mitriss, und packte den Wirt am Kragen. Der Riese griff an seinen Hosenbund und zog einen Dolch heraus. Arthur reagierte blitzschnell und instinktiv. Wäre mehr Zeit zum Nachdenken gewesen, hätte er es sich noch mal überlegt und sich bestimmt nicht mit einem Mitglied der Leibwache eines Herrschers angelegt. Der Händler packte den Arm des Angreifers, mit dem er den Dolch in den Wirt rammen wollte, und trat ihm gleichzeitig in die Kniekehle. Der Kerl schrie auf und sackte zusammen. Arthur stand über ihn gebeugt. Blitzschnell langte er nach einem auf dem Tisch stehenden Bierkrug und schlug damit auf den Kopf des vor ihm kauernden Mannes ein. Der Leibwächter brach zusammen und blieb benommen in den Scherben liegen. Als die Kameraden des Mannes sich auf Arthur stürzen wollten, kam aus dem Hintergrund Samson angesprungen und stellte sich knurrend vor seinen Herren. Die Kerle blieben stehen. Der Kleinste von ihnen sagte: „Wenn Sigmund so blöd ist, sich von einem dahergelaufenen Wandersmann niederschlagen zu lassen, dann ist's ihm recht geschehen."

Die beiden anderen nickten und brummten zustimmend, immer noch ängstlich den Blick auf Samson gerichtet. Ein anderer, fürchterlich hässlicher Mann sagte: „Sigmund hat schon immer gekämpft wie ein Weib."

Die beiden Ängstlichen lachten schallend, woraufhin sich Arthur langsam entspannte. Kurz darauf rappelte sich Sigmund auf und rieb sich mit schmerzverzerrtem Gesicht den Schädel. Er schaute auf seine lachenden Kameraden, die sich bogen vor Belustigung. Dann schaute er Arthur an. Dieser ging sofort in

Angriffsstellung und wartete auf die Tracht Prügel seines Lebens. Arthur, selbst ein groß gewachsener Mann mit breiten Schultern, stand Aug in Aug mit dem Raufbold. Zu Arthurs Verwirrung stimmte der Kerl in das Lachen ein und packte ihn bei den Schultern.

„Bei Gott, du bist der Erste, der mich seit Jahren niedergeschlagen hat. Nenn mir deinen Namen, Fremder."

Arthur, der sichtlich verdutzt war, stammelte: „A ... Arthur."

„Arthur? Und weiter?"

„Arthur. Sonst nichts. Ich bin nur ein einfacher fahrender Händler."

„Auch das noch", rief Sigmund mit erhobenen Armen. „Jetzt lass ich mich auch noch von einem Ungeübten niederschlagen. Mein Name ist Sigmund von Hollerbach. Auch genannt Sigmund der Starke. Setz dich, Arthur fahrender Händler, und trink mit mir."

Sigmund schleifte Arthur mit an den Tisch.

„Wirt, bring noch mehr Bier!"

Der Wirt war sichtlich erleichtert, dass seine Einrichtung überleben würde und lief zur Theke, wo er Bier in einen neuen Krug schenkte.

„Ich möchte nicht neugierig erscheinen", begann Arthur vorsichtig. „Aber, warum seid Ihr dem Wirt an die Kehle gesprungen?"

Sigmund schaute Arthur ernst an, sodass dieser dachte, er würde dem Wirt gleich wieder an die Gurgel gehen.

„Ich habe einen Rattenschwanz in meinem Eintopf gefunden. Der Schuft wollte mich vergiften. Von wegen Wildschweintopf, dass ich nicht lache. Der Strolch hält uns zum Besten."

Arthur schaute angewidert zu Isegaard, der schnell dem Blick auswich und so tat, als sei er mit der Reinigung der Theke beschäftigt. Neugierig schaute Arthur in Sigmunds Teller. Dort lag ein langes graues Teil. Er nahm es in die Hand und hielt es in das schwache Licht, das durch das schmale Fenster fiel.

„Das ist kein Rattenschwanz, sondern ein Stück verbrannte Speckschwarte."

Sigmund schaute ungläubig und riss Arthur das Stück aus

der Hand. Er drehte es im Licht und biss dann mit seinen faulen Zähnen darauf herum.

„Beim heiligen Antonius von Padua, du hast recht, Arthur Händler."

Die Kameraden Sigmunds fingen wieder laut zu lachen an. Der kleinste der Männer sagte: „Erst lässt er sich von einem Händler einen Bierkrug auf dem Schädel zertrümmern und dann kann er nicht einmal ein Stück Schwarte von einem Rattenschwanz unterscheiden."

Den drei Kerlen liefen die Tränen vor Lachen.

Arthur grinste Sigmund an.

„Ich glaube, Ihr solltet Euch beim Wirt entschuldigen."

Sigmund schaute verlegen.

„He, Wirt. Komm her", rief er.

Der Wirt zögerte. Arthur nickte ihm aufmunternd zu. Isegaard ließ seinen Lappen fallen und hinkte zum Tisch.

„Wie kommt es, dass du mir dieses Lederband servierst?"

Sigmund wirkte bedrohlich. Isegaard, jetzt völlig durcheinander, schaute Sigmund ängstlich an. Auch Arthur war verwirrt. Er befürchtete, der Kerl würde wieder versuchen, Isegaard aufzuschlitzen.

„Das muss von meinem Knecht sein", sagte der Wirt ängstlich und trat einen Schritt vom Tisch weg. „Der trägt so eines immer um den Hals, von seiner Liebschaft."

„Dann sei dir verziehen", sagte Sigmund gönnerhaft. „Unter der Bedingung, dass du dem Knecht eins auf sein Maul gibst und ihm in Zukunft verbietest, sich so einen Mist um den Hals zu hängen. Zum Zeichen meines Verzeihens bestelle ich noch einen Krug Bier", Sigmund hob drohend einen schmutzigen Zeigefinger und fügte hinzu: „Den du mir bezahlst."

Der Wirt, nun merklich erleichtert, schlich von dannen und kümmerte sich um den Biernachschub. Nachdem er den Bierkrug an den Tisch der dunklen Kerle gebracht hatte, ging er ohne Umwege in die Küche und verschloss die Tür. Kurze Zeit später hörte man Töpfe scheppern und Schmerzensschreie aus der Küche. Offenbar hatte der Wirt die Bedingung von Sigmund ausgiebig erfüllt. Die Leibwache des Schelms von Bergen lachte sich schlapp. Arthur konnte über den Scherz nicht lachen. Ihm war es zuwider, dass der völlig unschuldige Knecht nun unter dem eigenwilligen Humor dieses bösartigen Menschen hatte leiden müssen.

Arthur fühlte sich in der Gesellschaft der vier rohen Kerle sehr unwohl. Er lachte, wenn sie lachten, und war stets ihrer Meinung, nur um keinen neuen Ärger heraufzubeschwören. Die Kerle waren allesamt unansehnlich. Vor allem der größere, schon auf den ersten Blick hässlichste der vier Männer flößte Arthur Angst ein. Er hatte eine riesige Nase, die beinahe das gesamte Gesicht durchzog. Die Augen waren nicht auf einer Höhe und lagen unter Schlupflidern verborgen. Der Mund war mit lediglich zwei Zähnen gefüllt, die beide schwarz waren. Außerdem zeigte sich eine schlecht gemachte Operation einer Hasenscharte unter der mächtigen Nase. Komplettiert wurde der gruselige Anblick durch einen fetten Bauch und einen mickrigen Bartwuchs, der nur stellenweise an den Wangen hervortrat.

Arthur hatte noch nie eine solch merkwürdige Gesellschaft genossen. Endlich sagte der Hässlichste, den sie Gisbert riefen und welcher der Anführer zu sein schien, dass sie aufbrechen müssten, sie hätten schließlich noch ein paar Steuern einzutreiben. Bevor die Männer die Schenke verließen, zahlten sie dem Wirt nicht mehr als nötig. Arthur atmete erleichtert auf, als die Männer endlich außer Sichtweite waren. Anschließend kam Isegaard zu Arthur und setzte sich erleichtert neben ihn.

„Das sind mit Abstand die schrecklichsten Menschen, die ich in meinem Leben getroffen habe“, sagte Arthur schaudernd.

„Wenn die immer so sind, dann hast du bestimmt nicht viel zu lachen beim Bewirten.“

„Das kannst du laut sagen, mein Freund“, sagte Isegaard deprimiert. „Heute waren sie noch harmlos.“

„Istud, quod tu summum putas, gradus est”, murmelte Arthur in sich gekehrt. „Was du für den Gipfel hältst, ist nur eine Stufe.“

Er sollte recht behalten.

## *Berkersheim*

Arthur verabschiedete sich von Isegaard. Er lenkte Horatio zum Ortsmittelpunkt. Dort baute er seinen Wagen zu einer Bühne um. Schon bevor er seinen Umbau vollendet hatte, erschienen die ersten Einwohner des Dorfes, um ihn zu begrüßen und Geschäfte abzuwickeln. Da war der Schmied, der für seine Frau einen schönen Stoff wollte und Arthur mit einem Dolch entlohnte, dort der Pfarrer, der einen neuen Weinkrug brauchte und Arthur ein paar Münzen dafür gab. Als die Bauern von den Feldern kamen, stürzten sie sich auf den Wagen des Händlers und rissen ihm die Waren geradezu aus der Hand. Arthur erledigte alle Geschäfte zu seiner Zufriedenheit und versprach, am Abend Neuigkeiten in der Bergener Klause zu erzählen. Als es schon dämmerte, machte sich wieder zurück auf den Weg zu Isegaards Wirtshaus, wo die ersten Neugierigen schon auf ihn warteten.

Doch zuvor brachte er noch Horatio in den Stall hinter der Schenke wo er ihn der Obhut des Stallknechtes überlies. Als Arthur die Wirtsstube betrat, war diese nahezu voll besetzt. Der Dorfälteste kam freudig strahlend auf ihn zu und zerrte ihn an einen Tisch in der Mitte des Raumes, von wo aus ihn jeder sehen und hören konnte. Der Händler erzählte Neuigkeiten vom Hof des Landgrafen Wilhelm VII. von Hessen-Kassel, die er selbstverständlich mit eigenen Fantasien ausschmückte. Er berichtete von den Streitigkeiten zwischen Papst und Kaiser, die er schamlos erfand. Dabei tat er so, als wäre er höchstpersönlich am Hofe und im Vatikan ein- und ausgegangen, was ihm die bewundernden Blicke der heiratsfähigen Mädchen einbrachte – und den Unmut der Burschen. Zwischen den kurzen Gesprächspausen bekam er immer wieder einen Krug Met gereicht, der ihm mit fortgeschrittener Zeit die Zunge weiter lockerte und die Gefahren, denen er auf seinen Reisen ausgesetzt war, immer größer werden ließ. Als er nach zwei Stunden des Erzählens und zu viel Met behauptete, er habe einen Drachen bei Bingen getötet, ging ein Aufschrei durch die gespannte Menge, woraufhin er schnell hinzufügte, dass er selbstverständlich von einem erfahrenen Ritter und Drachentöter Hilfe erhalten hatte. Dass es sich bei dem

Drachen um einen altersschwachen Bären gehandelt hatte und er nur zufällig vorbeigekommen war, als dieser von einem Jäger getötet wurde, und er dem Bär lediglich das Fell abzog, wofür er den Jäger dann auch noch fürstlich entlohnte, verschwieg er aus Gründen der Dramaturgie.

Die Ermordung der Bestie aus dem Bingener Wald war der krönende Abschluss seines Vortrages. Er meldete sich erschöpft ab und ging zu seinem Wagen, um seinen gehörigen Rausch auszuschlafen.

Am nächsten Morgen erwachte er mit pochendem Schädel und blinzelte unter Schmerzen in die Morgensonne. Der Stallknecht war bereits mit Ausmisten beschäftigt und beäugte den Händler schadenfroh.

„Na", rief er grienend, „schon ausgeschlafen?"

Arthur schaute den Knecht mit zusammengekniffenen Augen an. „Nein, nur damit aufgehört", gab er mit rauer Stimme zurück. „Wie geht es meinem Gaul?", wollte Arthur wissen.

„Den haben wir heute auf der Speisekarte", sagte der Knecht lachend.

„Sei nicht so frech, sonst erzähl ich dem Wirt, wie langsam du arbeitest, und dass du seiner Tochter schöne Augen machst."

„Es geht Eurem Pferd hervorragend", gab sich der Knecht betont unterwürfig. „Es ist bereits gefüttert und gestriegelt."

„Habt Dank, edler Knappe", erwiderte Arthur edelmütig.

Beide lachten, wobei einem dabei der Kopf vor Schmerz fast platzte.

Arthur fand im Hof hinter der Schenke einen kleinen Brunnen. Er schleppte sich die wenigen Meter dorthin und wusch sich den Kater aus dem geschundenen Leib. Das kalte Wasser brachte ihn wieder einigermaßen unter die Lebenden. Er nahm sich zum wiederholten Male vor, dem Alkohol abzuschwören. Wohl wissend, dass dies ein frommer Wunsch bleiben würde. Als seine Tiere versorgt waren, wollte er sich auf den Weg nach Frankfurt machen, um dort auf dem Markt weiteren Handel zu betreiben. Er war gerade dabei, seine Habe auf seinem Wagen zu verschnüren, als er vor der Schenke Lärm bemerkte. Er trat aus dem Stall in den Hof des Wirtshauses. Jetzt war der Krawall lauter geworden und Kindergeschrei kam dazu. Er rannte zur Vorderseite des Hauses, von wo aus er vier Reiter auf dem Dorfplatz sah, die im Kreis ritten. Sie hatten lange Peitschen in der Hand und schlugen immer wieder in die Mitte des Kreises. Als Arthur näher kam, gewahrte er einen schäbig gekleideten Mann, der von den Reitern umkreist und gnadenlos ausgepeitscht wurde. Arthur kannte den Mann. Es war ein armer Bauer, der es gerade so schaffte, seine Familie zu ernähren. Arthur hatte sich noch am Vorabend ein wenig mit ihm unterhalten. Der kleine, völlig unterernährte Mann mit ausgemergelten Zügen und mehrfach geflickter Kleidung hatte sich darüber beklagt, dass ihm das schlechteste Land im Dorf zugeteilt war. Das Land, das der Bauer bestellte, lag neben einem alten Steinbruch und war ständig ausgedorrt, weil es kaum Grundwasser hatte und das Regenwasser sich in dem felsigen Boden nicht halten konnte. Dennoch gelang es ihm unter großen Mühen, gerade so viel anzupflanzen, dass seine Familie überleben konnte. Arthur rannte auf die Gruppe zu. Jetzt erkannte er auch die Reiter. Es waren die Männer des Schelms zu Bergen, die am Tag zuvor den Ärger in der Schenke gemacht hatten. Die Frau des Bauern klammerte sich an das Bein von Gisbert und flehte ihn an, ihren Mann freizugeben. Gisbert versetzte der zierlichen Frau einen Tritt. Sie stolperte und fiel in den Staub, wo sie weinend liegen blieb.

Als Arthur näher kam, schrie er Gisbert an, die beiden in Ruhe zu lassen. Tatsächlich hielten die Kerle inne und schauten abwechselnd Arthur und Gisbert an, um dessen Reaktion abzuwarten. Neben Arthur stand Samson und knurrte die Unholde an, jederzeit zum Sprung bereit.

„Verschwinde, Händler“, sagte Gisbert und schaute etwas ängstlich in Samsons gefletschtes Maul. „Das hier geht dich nichts an.“

„Was hat der Mann getan?“

„Er hat versucht, uns um den Zehnten zu betrügen“, sagte Gisbert und holte mit der Peitsche zu einem erneuten Hieb aus.

„Haltet ein!“, rief Arthur.

Gisbert stoppte den Schlag und blickte Arthur genervt an.

„Ich sagte, du sollst verschwinden“, zischte Gisbert und erhob drohend die Peitsche gegen Arthur. „Oder willst du das Schicksal des Bauern teilen? Ich bin nicht Sigmund und lasse mich von dir übertölpeln.“

„Wie viel schuldet der Bauer Eurem Herrn?“

„Weshalb interessiert's dich? Willst du etwa die Schulden übernehmen?“

„Vielleicht“, sagte Arthur. „Sagt mir, wie viel es ist.“

Gisbert überlegte kurz. „Zwei Sack Getreide. Dieser faule Hund hat nur einen abgegeben.“

Arthur zögerte kurz und sagte dann: „Wartet hier! Und lasst den Mann in Ruhe. Ihr sollt die Schulden bekommen.“

Gisbert sah Arthur erstaunt an und befahl, sichtlich bedauernd, den Mann in Ruhe zu lassen. Arthur ging zur Bäuerin, um sich zu vergewissern, dass der Steuereintreiber die Wahrheit sprach. Die Bäuerin berichtete ihm von der Missernte und klagte ihr Leid vom schlechten Boden und dergleichen.

Arthur beruhigte sie und versprach, ihr zu helfen. Mit Tränen in den Augen dankte sie ihrem Retter und schwor, ihn in ihre Gebete einzubeziehen. Arthur ging wieder zurück zu den Steuereintreibern und stellte sich vor sie. Der Bauer war mittlerweile aus der Gefahrenzone und wurde von anderen Dorfbewohnern versorgt.

„Warum presst Ihr so viel aus dem Bauern heraus, wo Ihr genau wisst, dass er das geforderte Getreide nicht ernten kann?“, wollte Arthur von Gisbert wissen.

„Jeder hat seinen Teil zu bezahlen“, gab Gisbert trotzig. „Er hat vorher gewusst, wie viel er abgeben muss.“

„Aber“, rief Arthur wütend „wie soll er Euren Herrn denn bezahlen, wenn er selbst nichts hat?“

„Das ist mir egal.“

Arthur fasste sich an die Stirn und sagte nachdenklich: „Eurem Herrn ist es also egal, von wem er die Schulden bekommt?“

„Ja!“

„Also kann auch ich für den Bauern bezahlen?“

„Ja!“

„Muss es denn unbedingt Getreide sein?"

„Nein. Er kann sich auch freikaufen", sagte Gisbert gedehnt. Argwohn beschlich ihn.

„Ich gebe Euch einen Taler und die Schulden sind für dieses und das nächste Jahr beglichen!" Arthur sah Gisbert abwartend an. Der Händler hatte nicht die geringste Ahnung, ob das Angebot zu hoch oder zu niedrig war.

„Moment!", sagte Gisbert und drehte sich zu seinen Kameraden um. Sie hatten die Unterhaltung aufmerksam verfolgt.

Nach kurzer Beratung kam Gisbert wieder zu Arthur zurück.

„In Ordnung, aber du musst sofort bezahlen."

„Dann müsst Ihr den Empfang des Geldes dem Bauern schriftlich bestätigen."Arthur war aber noch nicht zufrieden. „Außerdem müsst Ihr bestätigen, dass er für dieses und das nächste Jahr keinen Zehnten mehr zu bezahlen hat", fügte er selbstsicher hinzu.

Gisbert dachte angestrengt nach. „Na schön", seufzte er nach einer Weile. „Abgemacht."

„Hat jemand Pergament und eine Feder?", rief Arthur.

Ein junger Mann hob die Hand und sagte: „Ich habe Schreibzeug!"

Gisbert blickte den Mann düster an und fragte forsch: „Und wer seid Ihr?"

„Ich bin Wanderapotheker", antwortete der junge Mann schüchtern.

„Na, dann lasst uns zu ihm gehen und das Schriftstück aufsetzen", sagte Arthur fröhlich.

Die kleine Gruppe ging zum Wagen des Apothekers und verschwand eine ganze Weile darin. Als die Bestätigung unterzeichnet war, überreichte Arthur sie dem Bauern. Die Bäuerin fiel Arthur um den Hals und küsste ihn überschwänglich. Die hübsche Tochter des Bauern, die mittlerweile dazu gekommen war, himmelte Arthur mit Tränen in den Augen an. Selbst der geschundene Bauer schaffte es, sich vor Arthur zu stellen und ein paar Worte des Dankes zu stammeln, bis er in Tränen ausbrach und auf die Knie fiel.

Arthur wurde genötigt, in das bescheidene Heim des Bauern

zu kommen, um dort das freudige Ereignis zu feiern. Immer mehr Menschen liefen beim Bauern zusammen, um den Helden des Tages zu begutachten. Alle waren froh, als die Steuereintreiber ihres Lehnsherrn endlich fort waren. Sie feierten vom Morgen bis in den späten Abend hinein; es floss reichlich selbst gebrannter Weinbrand und Bier, das der Wirt spendierte. Arthur gab einige von seinen Geschichten zum Besten und es wurde viel gelacht. Am späten Abend verabschiedete sich der Händler von den Dorfbewohnern und ging zurück zu seinem Wagen. Der Stallknecht des Wirtes hatte zu Arthurs Glück Horatio in der Zwischenzeit wieder ausgespannt und im Stall untergebracht. Der Händler zog sich seinen Wams aus, legte sich unter seinen Wagen, wo er die milde Frühlingsluft genoss und langsam vom Schlaf übermannt wurde. Als er schon fast in Morpheus Schoß weilte, hörte er ein Rascheln. Er schreckte auf und rief: „Wer ist da?“

Es kam keine Antwort. Arthur dachte zuerst, dass die Steuereintreiber zurückgekommen waren, um zu schauen, ob er noch mehr Geld besaß. Er setzte sich auf und tastete hektisch nach einem Knüppel, den er immer neben seinem Lager hatte. Er wollte gerade aus seinem Unterschlupf herausspringen und sich den Strauchdieben zum Kampf stellen, als er bemerkte, dass nicht die Steuereintreiber, sondern ein wunderschönes Mädchen vor ihm stand. Es war die Tochter des Bauern und Arthur atmete erleichtert auf. Die Bauerstochter kroch zu ihm. Sie küsste ihn leidenschaftlich und begann an Arthurs Hose zu nesteln. Arthur lobte den Herrn und nahm den Dank der schönen Bauerstochter bereitwillig entgegen.

## *Frankfurt*

Am nächsten Tag wachte Arthur beim ersten Hahnenschrei auf. Die schöne Bauerstochter war so schnell verschwunden, wie sie gekommen war. Sie hatten sich mindestens dreimal hemmungslos geliebt. Arthur war erstaunt über die Leidenschaft des Mädchens, das trotz des geringen Alters scheinbar einschlägige Erfahrungen der körperlichen Liebe besaß. Er schwelgte in den Erinnerungen der letzten Nacht und seufzte kurz auf, als er seine Gedanken daran endlich abschütteln konnte. Er rief sich zur Ordnung, da er schon seit gestern in Frankfurt sein wollte. Noch einen Tag Verzögerung konnte er sich beim besten Willen nicht erlauben. Er spannte Horatio vor den Wagen und verließ ohne weiteren Gruß Berkersheim. Zum Glück war es noch früh am Morgen, sodass er keiner Seele begegnete. Wenig später passierte er die Friedberger Warte, die zur Landwehr Frankfurts gehörte. Der Wärter kannte Arthur und ließ ihn ohne Weiteres passieren. Am Eschenheimer Tor gab es ein wenig Gedränge, da er nicht der Einzige war, der den Markt besuchen wollte. Es hatte sich eine lange Schlange mit Wagen von Händlern und Bauern gebildet, die ihre Waren auf dem Markt verkaufen wollten. Arthur reihte sich ein und wartete geduldig auf Einlass. Die Wartezeit nutzte er, um die vorherrschende Stimmung in sich aufzusaugen. Die Bilder aus seiner Kindheit in Frankfurt kamen wieder in ihm hoch.

Arthur liebte das Treiben und die Hektik der großen Städte des Landes. Frankfurt gehörte zweifellos zu den Handelsmetropolen seiner Zeit. Zwar hatte die Stadt nicht den gleichen Status wie die Hansestädte im Norden, aber sie war dennoch von einiger Bedeutung. Es dauerte fast eine Stunde, bis er endlich eingelassen wurde. Sein Wagen wurde gründlich kontrolliert. Die Torwächter ließen sich mit ein paar Münzen bestechen, sodass Arthur ohne großen Verlust in die Stadt gelangte. Er führte Horatio durch die engen Gassen der Stadt. Prächtige Häuser reihten sich aneinander. Die Reichen der Stadt versuchten sich gegenseitig mit Prunk zu übertrumpfen. Doch Arthur sah auch die Gestrandeten. An fast jeder Ecke hielt ein Bettler die

Hand auf. Die meisten waren verkrüppelt oder gaben vor, es zu sein.

Arthur nahm zuerst Kurs auf seine bevorzugte Schenke, bei der immer ein kleiner Stall für seinen Wagen und sein Pferd zur Verfügung stand. Zum Kloster ging er schon seit Jahren nicht mehr. Die Menschen, die ihm dort am Herzen gelegen hatten, waren allesamt gestorben. Als er eines Tages im Kloster um Quartier bat und nur noch in fremde Gesichter blickte, verlor er das Interesse an den Karmelitern vollends.

Arthur passierte die Katharinenpforte und ließ den Rossmarkt rechts neben sich vorbeiziehen. Dann bog er am Salzhaus links ab und kam zum Kornmarkt. Er führte Horatio noch ein Stück weiter in Richtung des Kaiserdoms, der mit seinem mächtigen Turm alles überragte, und kurz darauf erreichte er die Mainstube. Dort stellte er seinen Wagen unter, gab dem Stallknecht Anweisungen, wie sein Pferd zu behandeln sei, und machte sich auf den Weg in die Wirtsstube.

Als er die Schenke betrat, war diese bis auf den letzten Platz besetzt. Arthur schaute sich kurz um und trat an die Theke. Dahinter stand eine üppige Blonde und füllte hastig Krüge mit Getränken für die zahlreichen Gäste. Die Frau konnte sich kaum hinter der Theke umdrehen, so füllig war sie. Ihr blondes Haar hatte sie streng zusammengebunden und unter einer weißen Haube versteckt. Ihr Gesicht aber ließ erahnen, wie hübsch sie gewesen wäre, hätte sie dem guten Essen abgeschworen. Die wachen blauen Augen sahen alles, was in der Wirtsstube geschah. Wenn sie lachte, bebte ihr ganzer Körper. Und sie lachte gerne, laut und viel. Dabei zeigte sie erstaunlich ebenmäßige Zähne. Zunächst bemerkte die Frau Arthur nicht. Nach einiger Zeit rief er: „He, fettes Weib! Bring mir Met!“

Die Wirtin drehte sich mit einer nicht für möglich gehaltenen Geschwindigkeit um und wollte dem unverschämten Gast in seine Schranken weisen. Doch bevor sie den Gedanken in die Tat umsetzte, spiegelte sich in ihrem Gesicht Erkennen. „Arthur“, rief sie lachend. „Du alter Strauchdieb! Wo warst du so lange? Wir haben den ganzen Winter auf dich gewartet.“

Arthur legte eine betont wichtigtuerische Miene auf. „Ach,

weißt du, Hermine, ein Mann von meinem Stand hat nun mal vielfältige Geschäfte zu erledigen."

Hermine lachte abfällig. „Du Aufschneider. Wie ich dich kenne, hast du wieder mal eine Frau ins Tal der Tränen gestürzt, nachdem du ihr Hoffnungen gemacht hast."

„Wo denkst du hin, meine Gute?", tat Arthur unschuldig.

„Ich habe noch nie eine Frau unglücklich gemacht. Es sei denn, sie machte sich Hoffnung, mehr als meine Manneskraft zu bekommen."

„Arthur!", rief Hermine mit gespieltem Entsetzen. „Ich habe den Laden voll mit anständigen Gästen. Also bitte, zerstöre nicht meinen guten Leumund."

„Warum hast du dann nicht einen von denen geheiratet, sondern Raimund?", fragte Arthur herausfordernd.

„Na, noch allemal besser als einen Herumtreiber und Witwentröster wie dich", lachte Hermine.

„Wo ist dein Gemahl denn überhaupt? Ich denke, er ist hier der Wirt."

„Er ist im Keller und holt ein frisches Fass Met herauf", antwortete Hermine, als auch schon die Tür aufflog und ein fürchterlich dicker, groß gewachsener Mann in das Wirtshaus stolperte. In der Hand hielt er ein Fass. Die schwere Last schien den Mann zu überfordern. Er drohte umzufallen, schaffte es aber gerade noch, das Fass vorher abzusetzen. Keuchend hielt er es fest. Sein Kopf drohte jeden Moment zu platzen. Krebsrot leuchtete der fette Schädel. Seine ohnehin schon kleinen Augen waren zu Schlitzen geworden. Sein Kittel war blütenweiß und sein graues, aber dichtes Haupthaar war trotz der Anstrengung ordentlich frisiert. Als er sich ein wenig erholt hatte, griff er mit seinen wurstigen Fingern nach dem Fass, als Arthur laut rief: „Ein Kerl wie ein Baum und kann nicht mal ein kleines Fass Met tragen."

Der Dicke schaute auf und wischte sich den Schweiß von der hohen Stirn. „Wenn es ums Trinken geht, habe ich da weniger Probleme", gab er betont gelangweilt zurück. Doch dann blickte er zu Arthur hinüber und begann über das ganze Gesicht zu grinsen. Arthur ging auf den Dicken zu und sie fielen sich in die Arme. Ein Unbeteiligter hätte Angst haben können, dass der Dicke

Arthur zerquetschen würde wie eine unvorsichtige Mücke an der Wand. Der Händler bekam auch kurzzeitig Atemnot, wurde dann aber glücklicherweise aus der Umarmung befreit. Die beiden Männer hielten sich an den Schultern gepackt und genossen die Wiedersehensfreude.

„Wie ist es dir ergangen, Arthur?"

„Hervorragend, Raimund", antwortete Arthur. „Wie ich sehe, hast du noch immer genug zu essen." Arthur tätschelte Raimunds Bauch.

„Arthur", sagte Raimund fröhlich, „du, als mein Ehrengast, hast natürlich den ersten Krug Met frei. Setz dich an einen Tisch.

Ich bringe dir Speis und Trank."

„Aber es sind doch alle Tische besetzt", erkannte der Händler.

Raimund schaute sich um. „Tatsächlich, mein Freund", sagte er nachdenklich. „Dann geh solange in die Küche und setz dich dort hin. Aber lass bloß die Finger von meinem Küchenmädchen, sie ist noch Jungfrau." Raimund lachte schallend und führte Arthur in die Küche. Der Händler bekam ein fürstliches Mahl serviert und lehnte sich wenig später satt zurück. „Endlich wieder zu Hause!"

Arthur hatte Glück, denn trotz des Marktes war noch ein Bett im großen Schlafsaal des Hauses frei. Der Händler freute sich immer das ganze Jahr über auf seinen Besuch in Frankfurt, denn hier konnte er dank guter Bekanntschaften ein paar nützliche Dinge zum Weiterverkauf erstehen. Und die meisten seiner Lieferanten nahmen auch Waren in Zahlung, was ihm den Handel sehr erleichterte.

Nachdem er sein Lager bezogen hatte, machte sich Arthur auf den Weg, bei seinen Geschäftspartnern seine Aufwartung zu machen. Bei seinem Rundgang durch die Straßen Frankfurts kam er an so manchem Laden vorbei, bei dem er anhalten und alte Bekanntschaften pflegen musste. Arthur war durch sein aufgeschlossenes Wesen sehr bekannt und allseits beliebt. Man kannte ihn als einen harten, aber gerechten Verhandlungspartner, der nie Probleme mit seinen Geschäftspartnern hatte und sich stets an Absprachen hielt.

Am Nachmittag hatte er alles erledigt und beschloss, einen kleinen Spaziergang zu machen, um sich ein wenig umzusehen, was es so Neues in Frankfurt gab. Diese Angewohnheit hatte ihm schon einige einträgliche Geschäfte beschert. Er verließ die Altstadt auf Höhe der Staufenmauer. Direkt dahinter begann das Judenviertel von Frankfurt. Hier waren die besten Geschäfte zu machen. Arthur war es egal, was die Leute über die Juden schwatzten. „Pecunia non olet", sagte ein altes Sprichwort, „Geld stinkt nicht."

Als er das Judenviertel fast erreicht hatte, hörte er laute Schreie. Neugierig, wie er war, ging er in die Richtung, aus der der Krawall kam. Arthur blieb am Tor zum Judenviertel stehen und spähte hinein. Er konnte nicht weit entfernt von seinem Standort erkennen, dass aus einem Laden Rauch aufstieg. Das kleine Haus lag etwa hundert Meter im Innern des Viertels. Flammen schlugen aus einem Fenster im untersten Geschoss des Gebäudes. Vor dem Haus war ein kleiner Platz mit einem Brunnen. Eine Löschkette hatte sich bereits gebildet. Die aufgeregte Menge versuchte den Brand zu löschen, was ihnen jedoch nur leidlich gelang. Arthur zögerte nicht lange und rannte in das Viertel hinein. Als er die Unglücksstelle erreicht hatte, reihte er sich in die Löschkette mit ein und half den Bewohnern beim Löschen. Die größte Gefahr bestand im Übergreifen des Feuers. Schnell konnte das gesamte Viertel in Flammen aufgehen, da die Häuser Wand an Wand gebaut waren. Zum Glück konnte nach einiger Zeit der Brand doch noch gelöscht werden, ohne dass die gefräßigen Flammen sich über die angrenzenden Häuser hermachen konnten. Als die Büttel einigermaßen für Ordnung gesorgt hatten, verlief sich die Menge ein wenig. Arthur war völlig erschöpft und ruhte sich gerade auf dem Platz aus, als plötzlich eine Frau schrie. Die Büttel, die begonnen hatten, einige Augenzeugen eingehend zum Hergang des Feuers zu befragen, schreckten auf. Aus dem noch dampfenden Laden kam eine schreiende Frau. Sie rief unverständliche Worte, die, wie Arthur vermutete, hebräischer Herkunft waren. Die Frau schlug sich mit beiden Händen auf den Kopf. Arthur sprang auf und suchte nach der Ursache des Lärms. Dank seiner Körpergröße konnte er über die Köpfe der Menge hinweg in den Laden schauen. Was er dort sah, ließ ihm einen eiskalten Schauer über den Rücken laufen. In den Trümmern hing eine angebrannte Leiche an einem Deckenbalken und baumelte hin und her. An den Kleidungsfetzen konnte man ausmachen, dass es sich bei dem Toten um einen jüdischen Mann gehandelt haben musste.

Dem Herdentrieb folgend kamen immer mehr Menschen zum Unglücksort. Ehe Arthur sich versah, war er der einzige Christ unter etwa einhundert Juden. Die Frau hatte aufgehört zu kreischen; stattdessen keifte sie jetzt die vor ihr zusammengelaufene Menge an.

„Des Teufels Soldaten haben meinen Mann umgebracht", schrie sie hysterisch. „Vier schwarze Männer sind mit dem christlichen Höllenfeuer in unser Haus eingedrungen, um es zu verbrennen und haben meinen Mann aufgehängt. Rächt den Tod meines Mannes David Ben-Ahmed: Tötet für jeden toten Juden zehn von den ihren!"

Die Frau erntete zustimmendes Gemurmel. Zwei baumlange Büttel kümmerten sich um die Frau und schleppten sie weg, sodass man bald nur noch leises Gekeife hörte.

Arthur, der jedem Ärger mit der Obrigkeit aus dem Weg zu gehen pflegte, sah zu, dass er so schnell wie möglich wieder auf seinen ursprünglichen Weg kam. Er zwängte sich durch die Menge, wobei er einige Wortfetzen auffing. Immer wieder hörte er etwas von vier schwarzen Reitern, die aus dem Nichts auftauchten, am helllichten Tag mit brennenden Fackeln in den Laden des Geldverleihers eindrangen, den Ladenbesitzer aufknüpften, ihre Fackeln fallen ließen und so schnell, wie sie gekommen waren, auch wieder verschwanden. Arthur konnte sich schon denken, was das für apokalyptische Reiter waren. Sicherlich hatte Gandolf Schelm zu Bergen reichlich Schulden bei David Ben-Ahmed, die nun beglichen waren. Arthur verachtete diesen Schelm zu Bergen, ohne ihm jemals begegnet zu sein. An diesem Tag machte Arthur keine Geschäfte mehr. Er dachte mehr an den Vorfall im Judenviertel als an seinen eigenen Vorteil.
Am Abend saß er in der Schenke Raimunds und schaute stumm

in seinen Weinkrug. Als Raimund aus der Küche kam, sah er Arthur mit düsterer Miene am Tisch sitzen.

„Was bedrückt dich, mein Freund?“, wollte der Wirt wissen.

Arthur zögerte und antwortete dann, ohne aufzublicken:

„Ach ... nichts.“

„Willst du mir weismachen, dass du so dreinschaust, weil du keinen Durst mehr hast?“, bohrte Raimund weiter.

„Es ist nur ...“, Arthur zögerte. „Heute im Judenviertel ...“

„Was hast du im Judenviertel verloren?“, brauste der Wirt auf. „Hast du nicht genug Ärger am Hals?“

„Nein, beruhige dich. Ich bin nur zufällig vorbeigekommen“,

log Arthur und holte tief Luft, bevor er weitersprach. „Ich wurde Zeuge eines fürchterlichen Verbrechens. Ein paar Reiter von Gandolf Schelm zu Bergen haben einen Geldverleiher aufgeknüpft und seinen Laden niedergebrannt.“

Arthur klärte Raimund über die Steuereintreiber auf.

„Aber wenn du doch weißt, wer die Kerle sind, warum warst du nicht bei den Bütteln?“, wollte Raimund wissen.

„Meinst du, ich will so enden wie der Geldverleiher? Ich bin doch nicht lebensmüde.“

„Aber es ist deine Pflicht, dich zu melden. Ob Jude oder nicht. Es handelt sich um einen feigen Mord.“

Arthur dachte angestrengt nach und ließ die Worte auf sich wirken. Der Wirt hatte recht. Er musste sich melden, damit diese Kerle bestraft würden. Er beschloss, am nächsten Tag als Erstes vor seiner Weiterreise Meldung zu machen.

Am nächsten Morgen machte er sich auf, die Stadt zu verlassen, als ihm wieder sein Vorsatz einfiel. Dabei hatte er schon seine Sachen gepackt. Wenn er jetzt auf seinen Wagen stieg und sich von Horatio davonziehen ließ, wäre alles viel einfacher. Arthur kämpfte mit sich, verlor dann aber doch gegen sein Gewissen. Mit einem flauen Gefühl im Magen machte er sich auf den Weg zur Wache. Als er eintrat, herrschte dort reger Betrieb. Nach langem Warten wurde er endlich beachtet und sprach mit einem Büttel, der ihm bis zu den Schultern reichte. Der Mann machte einen sichtlich genervten Eindruck.

„Was willst du?“

„Ich war gestern im Judenviertel, als das Feuer ausbrach, und habe die Brandstiftung beobachtet“, antwortete Arthur. „Ich glaube, ich kann Euch helfen, die Täter dingfest zu machen.“

„Der Fall ist abgeschlossen“, sagte der Büttel und wandte sich zum Gehen.

„Wie bitte?“

„Bist du taub?“ Der Büttel war jetzt gereizt.

„Aber wie kann das sein? Habt Ihr die Kerle geschnappt?“,

„Welche Kerle?“, zeigte sich der Büttel erstaunt. „Der Jude hat sein Haus selbst in Brand gesetzt, bevor er sich an den Holzbalken hängte.“ Der Mann grinste fies. „Hat wohl selbst zu viel Schulden gehabt.“

„Aber es war ein Überfall“, protestierte Arthur.

„Wie kommst du denn auf dieses schmale Brett?“, lachte der Büttel. „Der Fall ist für uns abgeschlossen und du gehst jetzt besser, bevor ich dich verhaften lasse.“

Arthur öffnete gerade den Mund, um erneut Protest einzulegen, als er am Arm gepackt und von einem fremden Mann aus der Wache herausgezogen wurde.

„Ihr seid wohl des Lebens überdrüssig“, fauchte der Unbekannte.

Arthur war vollkommen verwirrt und starrte den Mann an.

„Mein Name ist Bertram von Trauenstein. Und Ihr? Habt Ihr auch einen Namen oder starrt Ihr immer nur geradeaus?“

Arthur musterte den Mann. Er trug teure Kleidung und war allem Anschein nach von Stand. Er hatte leicht ergraute, dichte, kurz geschnittene Haare auf seinem Kopf. Sein Gesicht war angenehm anzusehen. Feine Züge und gütige Augen von schwer definierbarer Farbe, die ins Graugrüne gingen, zeichneten ein schmales, ernstes Gesicht. Der Fremde war beinahe so groß wie Arthur, aber von schwächerer Gestalt. In der Hand hielt er einen Dreispitz, welcher der eleganten Erscheinung des Mannes den letzten Schliff gab. Arthur erwachte endlich aus seiner Verwirrung und antwortete: „Ich ... oh, ja, natürlich. Mein Name ist Arthur. Ich bin fahrender Händler auf dem Weg nach Köln.“

„Oh, wie schön. Mit welchen Waren handelt Ihr?“, Bertrams Züge erhellten sich.

„Gebrauchsgegenstände für den Alltag“, sagte Arthur flüchtig. „Weshalb habt Ihr mich aus der Wache gezerrt?“

„Ihr habt den Büttel gehört: Der Fall ist abgeschlossen.“

„Aber es war Mord!“

„An einem Juden“, stellte Bertram fest. „Das geht uns nichts an. Aber wenn Ihr gerne Ärger am Hals habt, so sei Euch gewährt, wieder in die Wache hineinzugehen.“

Arthur überlegte einen Moment und sagte dann resigniert: „Ich glaube, Ihr habt recht, guter Herr.“

„Selbst, wenn es so war, wie Ihr behauptet“, Bertram machte eine beschwichtigende Geste mit den Armen und sprach dann weiter: „Was ich nicht bezweifle, so müsst Ihr doch wissen, dass die Juden eine eigene Rechtsprechung genießen.“

Arthur verstand und gab den naiven Gedanken auf, dass der Mord an dem Geldverleiher bestraft werden würde.

Er bedankte sich bei Bertram, ging zurück zu seiner Unterkunft, holte seinen Wagen und seine Tiere und verschwand aus der Stadt. Zum ersten Mal ohne Wehmut.

## *Das Unwetter*

Der fahrende Händler zog wieder in Richtung Köln entlang des Mains. Die Sache mit dem Juden lag ihm immer noch auf dem Herzen. Nur schwer konnte er die Ereignisse verdrängen. Doch nach einiger Zeit ergötzte er sich wieder an der Landschaft. Horatio zog gemütlich den Wagen am Mainufer und Arthur überlegte, welche Ansiedlung die nächste sei. Er kam zu dem Schluss, dass er nicht weit entfernt von Flörsheim war. Der Tag, der so sonnig begonnen hatte, verdunkelte sich zusehends und schien in einem Unwetter zu enden. Arthur hatte in all den Jahren seiner Wanderschaft gelernt, das Wetter zu lesen und war auf solche Wetterwechsel natürlich eingerichtet. Er schaute sich zeitig nach einem geeigneten Unterschlupf um, der ihm genügend Schutz bot. Tatsächlich öffnete der Himmel schon wenig später seine Pforten und ergoss sich ausgiebig. Als er bereits reichlich durchnässt war, fand er etwas abseits seiner ursprünglichen Strecke in einem kleinen Wald endlich einen Felsvorsprung, der groß genug war, um ihm, seinen Tieren und seinem Wagen Unterschlupf zu gewähren. Er spannte das Pferd aus und band es an einem Baum fest. Für sich selbst holte er ein warmes Bärenfell aus seinem Wagen, in das er sich einwickelte. Dann lehnte er sich zusammen mit Samson, der sich an seinen Herrn geschmiegt hatte, an die Felswand. Es regnete jetzt stärker und Arthur beschloss, sich unter dem Felsvorsprung sein Nachtlager aufzubauen. Heute war an eine Weiterreise nicht mehr zu denken. Er holte etwas trockenes Holz, Zunder und seinen Feuerstein aus dem Wagen und entfachte ein kleines Feuer. Dann versorgte er sein Pferd mit Hafer. Der Hund schlief bereits; ihn konnte er auch noch später verköstigen. Arthur rollte sich eng in sein Bärenfell und döste langsam dem Schlaf entgegen. Der Fels lieferte ihnen einen scheinbaren Schutz. Doch dieser Eindruck sollte sich alsbald als grober Fehler erweisen.

Mitten in der Nacht erwachte Arthur durch einen lauten Donnerknall. Er zuckte zusammen und musste sich erst einen kurzen Moment orientieren. Der Regen war nun sehr stark und wirkte schon fast bedrohlich. Als Arthur endlich begriff, wo er war, schürte er das Feuer und rollte sich mit einem mulmigen Gefühl wieder in sein Fell ein. Gerade als er wieder in den Schlaf hinüberglitt, hörte er ein seltsames Geräusch. Er schaute sich um, konnte aber nichts Beunruhigendes entdecken. Der Sturm tobte schlimmer denn je.

Da war es wieder!

Arthur blickte sich hektisch um. Er nahm seinen Dolch und lief einige Meter von seinem Lager entfernt an das Ende des Felsvorsprunges. Samson war jetzt auch wach und knurrte unruhig. Auch Arthurs Pferd wurde nervös und schnaubte aufgeregt. Es war immer noch nichts zu sehen. Arthur kniff die Augen zusammen und versuchte, durch die Regenwand hindurch etwas Ungewöhnliches zu entdecken. Keine Bewegung war auszumachen. Gerade als Arthur wieder zurückgehen wollte, kam das Geräusch erneut. Jetzt war es deutlich zu hören. Ein lautes Knacken und Zerren. Arthur wurde immer unruhiger und Samson begann den Felsen anzubellen. Bevor Arthur auch nur eine Sekunde Zeit hatte, die Situation zu erfassen, brach der gesamte Abhang über den drei Reisenden zusammen und begrub sie unter sich.

Langsam öffnete Arthur die Augen und sah eine Silhouette auf sich zukommen. Grelles Licht blendete ihn. Die Gestalt erschien dadurch unwirklich. Das muss das Paradies sein, dachte Arthur, als er eine Frauenstimme hörte. „Nicht bewegen, sonst reißen Eure Wunden wieder auf."

Er bekam einen Schluck Wasser gereicht, den er gierig verschlang.

„Wer seid Ihr und wo bin ich?", fragte Arthur das fremde Wesen. „Ich heiße Elisabeth und Ihr seid auf dem Weingut meines Vaters in Flörsheim", sagte die Stimme. „Mein Vater ist Winzer. Aber redet nicht so viel. Es strengt Euch zu sehr an. Ihr müsst Euch schonen, um wieder zu genesen."

„Was ist geschehen?", wollte Arthur wissen. „Bin ich tot und ins Paradies eingezogen? Ihr seid bestimmt ein Engel." Arthur hatte sich jetzt an das helle Licht gewöhnt. Er konnte sein Gegenüber nun genau betrachten. Elisabeth trug ein weißes bodenlanges Kleid, das mit wenigen bunten Bändern verziert war. Ein Band war um ihre schmale Hüfte gebunden und brachte so ihre formvollendete Figur zur Geltung. Ihre Haut war weiß wie frischer Schnee und ihr wildes lockiges Haar, dass sie versuchte mit einem Tuch zu ordnen, war schwarz wie Ebenholz. Das engelsgleiche Gesicht zeigte feine Züge und wurde durch die riesigen Rehaugen zur Vollkommenheit. Arthur starrte Elisabeth an. Er konnte nicht anders. Die Sonnenstrahlen, die durch das schmale Fenster fielen,tauchten die fremde Frau in eine Flut von Schönheit, die Arthur kaum ertrug. Elisabeth bemerkte den Blick des Händlers und errötete.

„Ihr müsst ein Engel sein“, sagte Arthur. „Wer so schön ist, kann nur ein Engel sein.“

Elisabeth schlug den Blick nieder und lächelte geschmeichelt.

„Nein, nein“, sagte sie. „Ich bin aus Fleisch und Blut wie Ihr. Und durchaus nicht schön.“ Sie machte eine kurze Pause, um ihrer Verlegenheit zu entkommen.

„Was ist passiert?“, wollte Arthur wissen.

„Mein Vater hat Euch unter einem Erdrutsch hervorgezogen“, klärte Elisabeth ihn auf, froh endlich ein Gesprächsthema zu haben. „Leider konnten wir für Eure Tiere nichts mehr tun. Und Eure Habseligkeiten sind alle unter schweren Steinen vergraben. Ich fürchte, Eure gesamte Habe liegt nun zerschmettert unter diesem Felsen.“ Sie schaute ihn mitleidvoll an.

Arthur blickte geradeaus und versuchte, das Gehörte zu verarbeiten. „Dann stehe ich wohl in der Schuld Eures Vaters. Ich kann mich an nichts erinnern. Wie lange ist das her?“

Elisabeth gab dem Verletzten noch einen Schluck Wasser. „Ihr seid vor drei Tagen gefunden worden. Seitdem ward Ihr nur kurze Zeit wach.“ Sie begann die Verbände, die um Arthurs Körper gewickelt waren, zu lösen. „Ihr habt Euch vermutlich ein paar Rippen gebrochen und einen schweren Schlag auf Euren Kopf bekommen.“

Hätte sie doch nie davon angefangen, denn als sie von den Verletzungen sprach, begann Arthur sie zu spüren und stöhnte leise auf.

„Oh", rief Elisabeth. „Habe ich Euch wehgetan? Ihr müsst verzeihen, aber ich habe nicht allzu viel Übung im Pflegen von Verletzten."

„Nein, nein", sagte Arthur beruhigend. „Ich habe nur eine falsche Bewegung gemacht."

Arthur beobachtete, wie Elisabeth die Verbände in eine Tinktur aus Kräutern tauchte. Es waren viele Schönheiten unter seinen Liebschaften gewesen, doch das, was er in diesem Moment sah, war für ihn das schönste Wesen auf Gottes Erdboden. Als sie sich zu ihm umdrehte, schlug er verlegen den Blick nieder. Elisabeth schien nicht bemerkt zu haben, dass Arthur sie angestarrt hatte. Sie verband des Händlers Brustkorb, wobei er sie weiter beobachtete. Er konnte den Blick nicht von ihrem Antlitz wenden. Sie war einfach zu schön!

Als alle Verbände neu mit Kräutersud getränkt und um seinen malträtierten Körper gewickelt waren, sagte Elisabeth: „Ihr ruht besser noch eine Weile. Denn Schlaf ist immer noch die beste Medizin."

„Nein, erzählt mit mehr von meinem Unfall", protestierte Arthur, der Elisabeth nicht gehen lassen wollte. „Wo sind meine Sachen? Es muss doch noch etwas übrig sein."

„Ich fürchte: Nein. Sobald Ihr wieder vollständig genesen seid, könnt Ihr mit unserer Hilfe rechnen. Wir können dann versuchen, Eure Habe auszugraben. Aber bis dahin habe ich die Vormundschaft über Euch. Und ich sage Euch, dass Ihr nun schlafen sollt." Trotz der Strenge ihrer Worte lächelte sie Arthur an. Sein Herz machte einen Sprung. Dadurch wurde sie noch schöner. Gegen solch eine Waffe kam er nicht an und konnte nicht anders, als ihr zu gehorchen.

Sie verließ den Raum und Arthur schlief ein. Er träumte dümmlich lächelnd von ihrem Anblick am Fenster.

Als Arthur am nächsten Morgen erwachte, benötigte er einige Zeit, um sich zu orientieren. Als er endlich begriff, wo er sich befand, warf er die Decke von seinem Körper und richtete sich auf. Mitten in der Bewegung hielt er inne und schrie auf. Seine gebrochenen Rippen sagten ihm, dass sie es lieber hätten, wenn er sich nicht bewegte. Er tat es dennoch und schleppte sich unter starken Schmerzen ans Fenster. Allem Anschein nach befand er sich in einem mehrstöckigen Haus. Er konnte vom Fenster aus über den Hof blicken, wo sich das rege Leben eines Gutshofes abspielte. Menschen kamen und gingen; Bewaffnete liefen umher und schauten den jungen Frauen nach oder machten schmutzige Bemerkungen, über die sie sich dann köstlich amüsierten. Es musste bereits kurz vor Mittag sein, denn die Sonne stand schon fast an ihrem höchsten Punkt. Arthurs Gedanken führten gerade zu Elisabeth, als auch schon die Tür aufging und dieselbe den Raum betrat.

Arthurs Herz tat einen Sprung. Wie schön sie war! Arthur war wie gelähmt.

Als er sich wieder im Griff hatte, erwiderte er ihren freundlichen Gruß und ließ sich seine Schmerzen nicht ansehen.

„Ihr solltet besser noch in Eurem Bett liegen", tadelte Elisabeth Arthur streng.

Arthur wollte jedoch keine Schwäche zeigen und tat so, als wäre er vollkommen gesund. „Ach, wisst Ihr", antwortete er im Ton des Aufschneiders, „wenn man ständig unterwegs ist, so wie ich, dann ist man an den Schmerz gewöhnt. Man fällt schon mal hie und da auf den Hosenboden." Sprach's und verfluchte sich dafür. „Angeber, blöder, dummdreister Aufschneider, wen willst du denn damit beeindrucken?", beschimpfte der Händler sich im Stillen. Elisabeth, die das Tablett mit der Suppe und etwas Bier auf die Truhe an der Wand abstellte, drehte sich zu Arthur um. In ihrem Blick konnte man lesen, dass ihr die Antwort etwas überzogen vorkam. Dann sah sie seine Verlegenheit und lächelte ihn mit verstehendem Blick an. Was zur Folge hatte, dass Arthur noch mehr errötete und sich erneut verfluchte. Um seine Verlegenheit zu verbergen, drehte er sich zum Fenster und wechselte das Thema: „Ganz schön was los auf dem Gehöft."

„Ja. Bei uns ist immer viel zu tun. Es herrscht ein ständiges Kommen und Gehen."

„Wann kann ich Euren Vater kennen lernen? Ich bin ihm zu großem Dank verpflichtet. Er hat schließlich mein wertloses Leben gerettet."

„Schon bald. Wenn ich ihm berichte, dass Ihr schon wieder umherspringt wie ein junger Hase, dann kommt er bestimmt herauf, um Euch zu sehen." Mit diesen Worten drehte sich Elisabeth um und ließ Arthur in dem kargen Zimmer zurück.

Von seiner Neugier getrieben, wollte er Elisabeth folgen, schaffte es aber nur bis zur Tür. Dann wurden die Schmerzen in seinem Knie zu stark und er setzte sich auf die Truhe an der Wand, auf der sein Essen stand. Beim Anblick der Suppe und dem Kanten Brot bemerkte Arthur seinen Hunger und langte ordentlich zu.

Nachdem er gesättigt war, schleppte er sich zum Bett und ließ sich vorsichtig darauf niedersinken. Als er lag, hielt er kurz die Luft an und atmete ganz langsam aus, um bloß keinen Schmerz zu provozieren. Nach kurzer Zeit schlief er wieder ein. Diesmal träumte er von einem fürchterlichen Unwetter.

## *Der Gutsherr*

Arthur verschlief den ganzen Nachmittag und erwachte erst am Abend. Die Dämmerung hatte bereits das Land in wohliges Licht getaucht. Arthur stand langsam und sehr vorsichtig von seinem Lager auf und lief zum Fenster. Er wurde mit einem atemberaubenden Sonnenuntergang hinter den Bergen belohnt. Der Händler seufzte schwermütig und genoss den Anblick eine Weile. Als sich die Tür zu seiner Kammer öffnete, wurde er aus seinen Tagträumen gerissen. Ein groß gewachsener Mann betrat das Zimmer. „Wie ich sehe, könnt Ihr schon wieder laufen", sagte der Besucher fröhlich.

„Leider nur unter Schmerzen." Wie zum Beweis seiner Schwäche knickte Arthur ein und strauchelte auf den Mann zu. Dieser fing ihn mit ungeahnter Schnelligkeit auf und verhalf ihm wieder zu festem Stand. „Vielleicht solltet Ihr Euch besser setzen." Der Fremde half Arthur auf die Truhe an der Wand. Erst jetzt erkannte der Händler sein Gegenüber. Es war Bertram von Trauenstein. Nun hatte er schon wieder sein Leben gerettet!

„Herr, ich bin Euch zu großem Dank verpflichtet. Ich stehe erneut tief in Eurer Schuld. Wie kann ich das jemals wieder gutmachen? Das wird ja langsam zur Gewohnheit, dass Ihr mir aus der Klemme helft."

„Ich habe Euer Leben nicht gerettet, um daraus Nutzen zu schlagen."

Arthur hob abwehrend die Arme. „So war das nicht gemeint. Ich bin Euch nur sehr dankbar. Doch wie sich die Sache darstellt, bin ich nun völlig mittellos. Meine Tiere sind ebenso tot, wie mein Hab und Gut verschüttet ist."

Bertram senkte Blick und Stimme. „Leider konnten wir für Eure Tiere nichts mehr tun. Das Pferd starb durch meinen Spieß, da es zwei Beine gebrochen hatte. Und für Euren treuen Hund kam jede Hilfe zu spät."

Arthur schwieg.

„Von Euren Sachen sind nur ein paar Töpfe und ein Beutel Geld übrig geblieben. Ich habe alles für Euch verwahrt."

„Ich danke Euch."

„Nun werdet erst mal wieder gesund und dann gehen wir an die Unglücksstelle zurück, um zu sehen, ob noch etwas mehr zu retten ist. Ihr seht sicher ein, dass wir uns beeilen mussten, um Euch in Sicherheit zu bringen." Bertram stand auf. „Meine Tochter Elisabeth wird Euch alsbald etwas zu Essen bringen, damit Ihr wieder zu Kräften kommt."

Arthur nickte müde, woraufhin Bertram den Raum verließ.

Wenig später kam Elisabeth in das Zimmer und brachte das versprochene Essen. Sie wollte gerade wieder gehen, als Arthur seinen Mut zusammennahm und ihr hinterher rief. „Bleibt doch bei mir und leistet mir Gesellschaft, Elisabeth."

Sie drehte sich um und schaute ihn nachdenklich an. „Ich weiß nicht, ob es schicklich ist für eine Dame, mit einem Fremden in einem Zimmer allein zu sein", sagte sie zögernd.

„Ich werde Euch nicht verraten."

Elisabeth überlegte kurz und entschloss sich dann, bei ihm zu bleiben.

„Erzählt mir mehr von Eurem Vater", bat Arthur während er gierig die Mahlzeit verschlang.

Elisabeths Miene erhellte sich. „Er ist ein sehr guter Vater und ein gerechter Herr. Unter seiner Herrschaft blüht das Weingut auf wie nie zuvor. Er ist sehr gut zu unseren Arbeitern, er hat immer ein Ohr für ihre Sorgen und hilft wo er kann. Viele seiner Freunde lachen deshalb über ihn. Sie glauben, dass man das Gesinde nur prügeln muss, damit es ordentlich arbeitet. Aber mein Vater lässt sich nicht beirren. Er ist ein sehr guter Mensch."

„Das will man meinen. Ich habe ihm ja schließlich mein Leben zu verdanken", stimmte Arthur zu.

„Aber nun genug über meinen Vater ", sagte Elisabeth. „Wer seid Ihr und was macht Ihr?"

Erst jetzt fiel Arthur seine Unhöflichkeit auf. „Verzeiht", sagte er peinlich berührt. „Ich verdanke Euch mein Leben und habe nicht einmal den Anstand, mich vorzustellen. Mein Name ist Arthur. Ich bin fahrender Händler und verdiene ... das heißt, verdiente meinen Lebensunterhalt in den Dörfern und Städten an Main und Rhein. Doch leider scheint sich das jetzt erledigt zu haben, ohne Wagen und Pferd."

Arthur wurde nachdenklich.

Elisabeth sah ihn mitleidsvoll an. „Ihr könnt sicher noch eine Weile bei uns bleiben und vielleicht sogar für meinen Vater arbeiten", versuchte sie den Händler aufzumuntern. „Mein Vater hat immer Arbeit für in Not geratene Menschen."

„Ich bin Händler und nicht an Arbeit auf einem Weingut gewöhnt", wehrte Arthur ab. „Was könnte ich Eurem Vater denn nutzen?"

„Ihr könntet zum Beispiel für mich die Einkäufe in der Stadt übernehmen", sagte plötzlich eine Männerstimme.

Arthur und Elisabeth fuhren herum und sahen Bertram in der Tür stehen.

„Warum nicht?" Elisabeth schien begeistert.

„Ihr habt schon so viel für mich getan", antwortete Arthur. „Ich kann Euch nicht auch noch auf der Tasche liegen."

„Ihr würdet mir nicht auf der Tasche liegen. Ich erwarte Eure Arbeitskraft für gerechten Lohn", widersprach Bertram streng. „Ich suche schon lange einen Einkäufer. Ich werde auch nicht jünger. Außerdem bin ich jedes Mal, wenn ich die Einkäufe erledige, tagelang von meinem Gut weg und kann mich in dieser Zeit nicht um andere wichtige Geschäfte kümmern." Bertram blickte Arthur abwartend an.

„Ihr kennt mich doch gar nicht", zweifelte dieser. „Was, wenn ich mit Eurem Geld durchbrenne?"

„Nun", sagte Bertram und lächelte böse. „Meine Bewaffneten haben bis heute noch jeden Dieb gefunden. Außerdem: Ein Mann, der für einen Bauern den Zehnten bezahlt und einen Mord an einem Juden zur Anzeige bringen will, ist nicht hinter dem Geld her."

„Woher ...?"

„Woher ich die Geschichte mit dem Bauern weiß?" Bertram lachte kurz auf. „Jeder im Umkreis von hundert Meilen kennt sie bereits. Ihr seid der Schrecken der Steuereintreiber."

## *Eine neue Aufgabe*

Nach einigen Tagen ließ es Arthurs Gesundheitszustand soweit zu, dass er einen kleinen Rundgang über das Weingut machen konnte. Elisabeth, die ihn begleitete, wurde von jeder mann ehrfurchtsvoll gegrüßt; Arthur hingegen wurde weitestgehend ignoriert. Elisabeth führte ihn zunächst ins Herrschaftshaus, von wo aus man das Gut komplett übersehen konnte. Am Fuße des riesigen Grundstückes, das auf einer Anhöhe lag, konnte Arthur den Main am Horizont vorbeifließen sehen. Elisabeth erklärte Arthur genau, welcher Teil des Gutshofes welcher Funktion zuzuordnen war. Linkerhand war das Wohnhaus für das Personal. Zentral gelegen befand sich der gepflasterte Innenhof, dessen Mittelpunkt der einzige Brunnen des Gutes war. Jeder, der ein Haus des Gutes betreten wollte, musste über den Innenhof. Um diesen herum reihten sich einige kleinere Gebäude, die hauptsächlich als Lagerstätten dienten. Weiter hinten konnte man den Gemüsegarten erkennen, den Elisabeth persönlich pflegte und die Stallungen, in denen die Pferde und Kutschen untergebracht waren. Es herrschte reger Betrieb. Die Bewohner von Flörsheim gingen ein und aus. Waren wurden geliefert oder aus dem Hof herausgefahren, zu den Kunden oder auf den Markt. Wie Arthur sehr schnell erfuhr, lebte die Familie zu Trauenstein nicht nur vom Weinbau, sondern auch von Getreideanbau und Fischfang. Es gab viel zu tun. Arthur war beeindruckt.

„Wie kommt es, dass alle hier so fröhlich und gesund sind, wo doch die Pest in Flörsheim grassiert?"

„Ich sagte Euch doch, dass mein Vater ein guter Mensch ist", antwortete Elisabeth leicht pikiert. „Habt Ihr mir etwa nicht geglaubt? Er tut, was er kann, um die schreckliche Seuche zurückzudrängen."

„Doch, doch. Natürlich glaube ich Euch", beeilte sich Arthur zu sagen. „Aber das ist äußerst ungewöhnlich. Die Lehnsherren, die ich kenne, pressen immer nur noch mehr aus ihren Bauern heraus, um noch reicher zu werden oder um sich teure Armeen zu leisten und solche Sachen. Diese Männer scheren sich einen Dreck um das Wohlergehen ihrer Schutzbefohlenen."

„Mein Vater sagt immer: Ein Herr hat die Verantwortung über seine ihm anvertrauten Menschen. Wir leben hier in Harmonie und im Moment kämpfen wir gemeinsam gegen einen Feind, der keinen Unterschied zwischen Adel und Bauern macht. Die Pest ist nicht wählerisch. Da ist es geradezu eine Pflicht, als gut betuchter Gutsherr an die Armen abzugeben."

Nach sechs Wochen auf dem Gut war Arthur in der Lage, sich fast schmerzfrei zu bewegen. Es hatte sich auf dem Gutshof herumgesprochen, wer er war, und man kannte ihn jetzt. An diesem Tag beschloss er zu versuchen, ein Pferd zu besteigen. Er ging zu den Ställen und ließ sich vom Stallknecht ein ruhiges Pferd geben. Der Knecht tat wie ihm geheißen und half Arthur auf den Rücken des Tieres. Als Arthur aus dem Gut herausgeritten war, versuchte er das Pferd zu einem leichten Trab zu überzeugen, was auch gelang. Er merkte, dass er ohne Schmerzen reiten konnte und beschloss, es nicht gleich zu übertreiben. Als er das Pferd wieder im Stall abgegeben hatte, wollte er zum Gutsherrn. Deshalb ging er zum Wohnhaus der Herrschaften, in dem Bertram auch seine Geschäfte besprach. Arthur betrat das Geschäftszimmer, welches karg, aber sehr zweckmäßig eingerichtet war. Bertram saß mit finsterer Miene hinter einem großen Schreibtisch.

„Guten Morgen, Bertram", sagte Arthur vorsichtig, als er Bertrams betrübte Stimmung gewahrte.

Der Winzer schaute auf und sah Arthur finster an. Dann hatte er sich wieder im Griff, atmete kurz durch und sagte freundlich: „Arthur, mein armer vom Schicksal getretener Freund, was führt Euch zu mir?"

„Ich wollte nicht stören", sagte Arthur zögerlich. „Aber ich dachte, wir könnten gemeinsam zu der Stelle reiten, an der Ihr mich nach dem Sturm gefunden habt, damit ich nachsehen kann, ob noch etwas von meiner Habe zu retten ist."

Bertram schwieg und schien darüber nachzudenken. Dann, als Arthur schon glaubte, Bertram würde nie mehr antworten, sagte dieser: „Arthur, mein Freund, vielleicht habt Ihr recht. Eine kleine Abwechslung täte jetzt gut. Wir brechen sofort auf."

„Ich möchte nicht neugierig sein. Aber irgendetwas betrübt Euch?"

„Ach, Arthur", seufzte der Gutsherr. „Es gibt Dinge, die einem das Herz bedrücken. Vae victis!"

„Wehe den Besiegten", murmelte Arthur die Übersetzung. Er wollte Bertram nach den Gründen für seinen Ausspruch fragen; doch er überlegte es sich anders, als er bemerkte, dass Bertrams Laune schon wieder betrübt wurde. Vorsichtshalber wechselte er schnell das Thema. „Ich sage dem Knecht Bescheid, dass er uns die Pferde satteln soll. Oder kommt noch jemand mit?"

„Am Besten nehmen wir noch ein paar meiner Bewaffneten mit. Sicher ist sicher."

Nach einem anstrengenden Ritt, bei dem Arthur sich mehrfach verfluchte, so früh nach seiner Verletzung auf die Reisegedrängt zu haben, traf die kleine Gruppe an dem Erdhaufen ein, der ehemals ein Felsvorsprung war und nun das Grab von Arthurs Existenz darstellte. Der Händler versuchte, sich an den Unfall zu erinnern, was ihm aber nicht gelang. Dann versuchte er, sich an die Geschehnisse vor dem Unfall zu erinnern, was besser funktionierte und ihn veranlasste, an der richtigen Stelle zu suchen. Die Männer gruben mit den mitgebrachten Schaufeln etwa eine halbe Mannslänge in die Tiefe, bis sie feststellten, dass es kein Durchkommen geben würde. Der Fels lag zu dicht. Sie versuchten es noch an einigen anderen Stellen, mussten aber gleichfalls aufgeben. Arthurs Hab und Gut war für immer unter dem Fels begraben. Ebenso seine treuen Gefährten Horatio und Samson.

Arthur setzte sich völlig verausgabt auf einen umgestürtzten Baumstamm und nahm einen Schluck aus dem Trinkschlauch. Er merkte, wie langsam die Verzweiflung in ihm aufstieg. Nach der Verzweiflung kam das Begreifen. „Was soll ich denn jetzt bloß machen?" Mit Tränen in den Augen starrte er vor sich hin.

Bertram, der neben ihm saß, schaute ihn mitleidig an und sagte: „Mein Angebot steht noch. Ihr könnt an meinem Hof den Einkauf übernehmen."

„Ich danke Euch für Euren Großmut", sagte Arthur, „aber denkt Ihr wirklich, ich sei der Richtige dafür?"

„Warum nicht? Euer Vorgänger war bei meinem Vater Stallbursche gewesen und ist zufällig mein Einkäufer geworden. Und er hat seine Sache bis zu seinem Tode gut gemeistert."

Arthur überlegte kurz. Nach einer Weile stand er von dem Baumstamm auf und sagte entschlossen: „Ich danke Euch nochmals für Euer Angebot und werde es mit Freuden annehmen.

„Unter einer Bedingung."

„Und die wäre?" Bertram wurde etwas misstrauisch.

„Wenn ich wieder genug Geld beisammen habe, um mir einen neuen Wagen zu kaufen, so müsst Ihr mich ziehen lassen." Bertram überlegte kurz, baute sich dann feierlich vor Arthur auf und streckte ihm die Hand entgegen. „So seid willkommen auf meinem Gutshof, Einkäufer Arthur!"

Arthur schlug ein und der Vertrag war geschlossen.

Am Nachmittag kehrte die Gruppe zu Bertrams Hof zurück. Als die Männer die Pferde an die Stallknechte abgegeben hatten, kam Elisabeth auf Bertram und Arthur zu. „Und? Was konntet Ihr retten?"

„Nichts", sagte Arthur niedergeschlagen.

„Aber dafür haben wir einen neuen Einkäufer, mein liebes Kind", vervollständigte Bertram fröhlich und hieb Arthur so schwer auf die Schulter, dass dieser keuchend ausatmete. Elisabeths Gesicht erhellte sich. „Das ist ja wunderbar", rief sie aufgeregt. „Gleich morgen werde ich Euch Eure Aufgaben zeigen. Könnt Ihr denn auch lesen und schreiben?"

„Ich hatte das Glück, im Karmeliterkloster in Frankfurt unterrichtet worden zu sein", sagte Arthur in bescheidenem Tonfall.

„Das wusste ich ja noch gar nicht", zeigte sich Bertram erstaunt. „Dann seid Ihr ja genau der richtige Mann für uns. Der Einkäufer hat nämlich bis jetzt auch immer seine eigenen Bücher geführt."

„Kein Problem", stimmte Arthur zu.

„Das muss gefeiert werden. Heute Abend wird es ein Festessen zu Ehren unseres neuen Einkäufers geben."

Der Abend begann mit einem reichhaltigen Mahl. Mit erlesenen Weinen und wohlschmeckenden Gerichten. Alle Bewohner des Gutes und sogar ein paar Räte von Flörsheim waren zugegen.

Arthur durfte neben dem Gutsherrn Platz nehmen und wurde den wichtigsten Personen des Ortes vorgestellt. Nach dem Essen spielte eine Musiktruppe auf. Der Wein floss in Strömen. Die Dienstmägde waren alle ausgesprochen hübsch. Sie waren sehr zuvorkommend und sorgten dafür das alle Gläser immer gut gefüllt waren. Arthurs Laune begann sich allmählich zu bessern. Besonders eines der Mädchen war ihm aufgefallen. Wie sich herausstellte, hieß sie Frida und war ausgesprochen frivol. Schon früh am Abend verabschiedete sich Arthur unter dem Vorwand, seine Verletzungen schmerzten von dem langen Ritt. Er tat dies laut genug, damit es Frida auch bemerkte. Keine halbe Stunde später ging auch schon die Tür zu seinem Zimmer langsam auf und Frida kam hineingeschlüpft. Arthur stellte sich schlafend und wartete, bis die Magd in sein Lager gekrochen kam. Sie war nackt und ausgesprochen wohlgeformt. Langsam tastete sie sich an Arthurs Körper entlang, bis zu seiner empfindlichsten Stelle. Er gab sich geschlagen und drehte sich zu ihr um. Er liebkoste ihren Körper und ließ sich dabei von ihrem Stöhnen betören. Dann liebte er sie voller Zärtlichkeit und ertappte sich, dabei an Elisabeth zu denken.

## *Neue Probleme*

Am nächsten Morgen wachte Arthur alleine in seinem Zimmer auf und dachte mit Sehnsucht an die letzte Nacht. Frida war sehr ausdauernd gewesen.

Er streckte sich und stieg mühsam aus seinem Lager. Hastig wusch er sich den Schlaf aus dem Gesicht. Anschließend zog er sich sein Wams über und begann nach Elisabeth zu suchen. Als er sie fand, saß sie am Brunnen inmitten des Hofes und kaute verträumt an einem Apfel. Erneut ertappte sich Arthur dabei, wie ihn ein wohliges Gefühl bei ihrem Anblick überkam. Sie war die Schönheit in Person und wie sie so im Morgenlicht am Brunnen saß, bot sie einen Anblick der Vollkommenheit. Der morgendliche Wind spielte mit ihrem schwarzen Haar, ihre dunklen Augen leuchteten in der Morgensonne und gaben ihr einen unwiderstehlichen Schein.

„Guten Morgen!“, rief der Händler schon von Weitem.

„Oh, hallo Arthur!“, erwiderte sie fröhlich. „Wie geht es Euch heute Morgen? Ich hörte, Ihr seid früh zu Bett, weil Euch unwohl war.“

„Deshalb geht es mir ja heute auch wieder gut“, antwortete Arthur beiläufig. Innerlich atmete er auf, dass sie die Mär von seiner Übelkeit geschluckt hatte. „Ich habe Euch schon überall gesucht. Ihr wolltet mir meine Aufgaben zeigen.“

„Richtig, das wollte ich!“

Elisabeth sprang von der Brunnenmauer, bekam dabei zu viel Schwung und kam ins Straucheln. Sie verlor das Gleichgewicht und drohte auf dem harten Steinboden aufzuschlagen. Arthur machte einen Satz nach vorne und konnte sie gerade noch auffangen. Ihre Gesichter kamen sich dabei ganz nahe. Sie hielten einen Augenblick inne und Arthur sagte, gerade als es peinlich zu werden drohte, fröhlich: „Das war knapp. Ihr müsst Eure Beine besser sortieren, sonst zerschlagt Ihr noch Euer schönes Gesicht.“ Elisabeth lachte verlegen und strich ihr Kleid glatt. Sie versuchte die Situation zu entschärfen, indem sie so tat, als wäre nichts geschehen. „Nun, Einkäufer!“, sagte sie dann gespielt gebieterisch. „Folgt mir an Euren Arbeitsplatz.“

Die beiden gingen zu einem Wirtschaftsgebäude, welches rechter Hand zum Hauptgebäude lag. Vor dem großen hölzernen Tor des Hauses holte Elisabeth einen Schlüssel aus ihrer Tasche und schloss auf, wobei ihr Arthur half. Hinter dem Tor führte eine große Treppe nach unten. Am Rand der Treppe waren Bretter montiert, die wohl als Rutsche für schwere Waren benutzt wurden. Sie schritten die Treppe in den Keller hinab und betraten ein Gewölbe, dessen Größe Arthur auf gut und gerne zehn Männer in der Länge, fünf Mannslängen in der Breite und drei Männer in der Höhe schätzte. An der linken Wand des Kellers standen mehrere große Weinfässer. An der gegenüberliegenden Wand waren Regale aufgebaut, die zur Hälfte mit Mehl- und Getreidesäcken gefüllt waren. Es war angenehm kühl in dem Raum. Elisabeth führte Arthur an die Stirnseite des Kellers. Dort befand sich eine kleine Tür. Sie kramte einen weiteren Schlüssel hervor und öffnete sie. Es handelte sich augenscheinlich um das Fleischlager. Der Raum hatte etwa ein Drittel der Größe des Gewölbes und war noch kühler. An der Decke hingen einige Schinken und Schweinehälften und in etlichen Regalen lagerten weitere Lebensmittel.

„Das ist unser Kühlhaus“, sagte Elisabeth knapp. „Jetzt zeige ich Euch noch unsere Räucheröfen und unser Holzlager.“ Sie führte Arthur wieder aus dem Keller heraus auf die entgegengesetzte Seite des Innenhofes. Dort kamen sie in den Kräutergarten, in dessen Mitte ein kleines Häuschen stand. Arthur wunderte sich, dass aus dem Haus trotz der warmen Witterung Rauch aufstieg. Sie betraten die Hütte und trafen auf einen sehr alten, kleinen Mann, der Elisabeth freundlich grüßte.

„Das ist Kurt, unser Räuchermeister. Hier wird unser Fleisch geräuchert“, erklärte Elisabeth. „Kurt, das ist Arthur, unser neuer Einkäufer.“

Die Männer nickten sich freundlich zu. „Willkommen auf dem Gutshof. Es wird Euch hier gefallen“, sagte Kurt.

„Das tut es jetzt schon!“, antwortete Arthur freundlich.

Kurz darauf verließen sie die Räucherstube und Elisabeth führte Arthur durch den Garten auf die Rückseite des Anwesens.

„Mein Vater hat noch vergessen Euch etwas mitzuteilen“, sagte Elisabeth nach einer kurzen Pause.

„Was denn?“

Arthur überkam eine Vorahnung.

„Nun ...“, Elisabeth zögerte. „Zu den Aufgaben des Einkäufers gehört auch das Überwachen der Feldarbeit. Ihr müsstet also die Arbeiter kontrollieren und Unregelmäßigkeiten melden.“

Arthur dachte kurz nach. „Ist das nicht die Aufgabe des Aufsehers?“

„Leider hat auch ihn die Pest ereilt. Wir haben viele gute Männer und Frauen an die Seuche verloren, deshalb sind alle Aufgaben des Gutes auf wenige Schultern neu verteilt worden. Und da Ihr als Einkäufer den meisten Kontakt zu den Arbeitern habt und auf den Feldern seid, wisst Ihr am ehesten, was man dem Gesinde abverlangen kann.“

„Varietas delectat“, sagte Arthur. „Abwechslung erfreut.“

Das Paar setzte den Rundgang fort. Dieser führte über den Kräutergarten, der im Übrigen sehr gepflegt war, wieder zurück zum Gehöft, wo Elisabeth Arthur weitere Vorratskeller, die Küche und die Backstube zeigte. Der Händler wurde dort weiteren Bewohnern des Gutes vorgestellt. Die ganze Zeit über unterhielten sie sich über Belangloses, wobei Arthur es verstand, Elisabeth mit kleinen Scherzen zum Lachen zu bringen, was sie noch bezaubernder machte. Am Ende ihres Rundganges war die Sonne bereits über ihren höchsten Punkt hinweg und der Nachmittag begann. Arthur hatte sich die ganze Zeit über gefragt, wo Bertram war. Er erhielt die Antwort, als eine Gruppe Reiter durch den Torbogen kam. Ihnen folgten einige Knechte auf Maultieren mit der Jagdbeute. Ein Reiter löste sich von der Gruppe und näherte sich Arthur und Elisabeth. Es war Bertram. „Gott zum Gruße, ihr beiden! Hast du unserem neuen Einkäufer alles gezeigt?“, fragte er Elisabeth.

„Ja, Vater. Und ich glaube, er ist nun mit seinen Aufgaben bestens vertraut. Er wird unsere Lager immer mit frischen Waren füllen lassen.“

Bertram lachte auf. „Das will ich hoffen. Schließlich möchte ich meinen guten Leumund als Gastgeber nicht verlieren.“

„Seid unbesorgt, Herr!“, versprach Arthur.

Arthurs neue Beschäftigung als Einkäufer spannte ihn den ganzen Tag ein. Er wurde oft von Elisabeth bei seinen Besuchen in Flörsheim und auf den Feldern begleitet. Schon nach kurzer Zeit war er ein gern gesehener Gast bei den Einwohnern der Stadt; er half bei Problemen und ließ erkennen, dass er einer der ihren war und kein Handlanger des Gutsherrn. Manchmal übernachtete er sogar in einem der umliegenden Dörfer, die zum Gut gehörten. Mitunter auf Einladung von Vätern unverheirateter Töchter. Doch Arthur hatte, abgesehen von der körperlichen Befriedigung durch Frida, kein ernsthaftes Interesse an einer Frau gezeigt. Er wollte es sich nicht eingestehen, aber er bemerkte immer mehr Anzeichen von seiner Liebe zu Elisabeth. Doch sie würde für ihn unerreichbar bleiben. Wie sich in Gesprächen auf ihren Einkaufsreisen herausgestellt hatte, war sie bereits dem Sohn eines Kaufmanns aus Frankreich versprochen. Bertram versprach sich durch die Hochzeit einen wirtschaftlich sinnvollen Zusammenschluss der beiden Güter. Doch glücklich schien er darüber nicht zu sein. Jedes Mal, wenn die Sprache darauf kam, wich der Gutsherr aus. Arthur war so beschäftigt, dass er am Abend todmüde in sein Lager fiel und sofort einschlief. Ab und an wurde er von Frida geweckt, was ihn jedoch verständlicherweise wenig störte.

Der Händler genoss die Zeit mit Elisabeth. Es freute ihn jedes Mal, wenn sie ihn in die Dörfer und auf die Felder begleitete. Sie waren dann den ganzen Tag zusammen und sprachen über alles. Fast schon wie ein altes Ehepaar. Doch Arthur sah für sie keine gemeinsame Zukunft. Sie war die Tochter eines angesehenen Gutsherrn und er nur ein einfacher Händler ohne Familie, geschweige denn einen Stammbaum. Also fand er sich damit ab, sie im Stillen zu lieben. Er schwor sich, immer auf sie aufzupassen und ihr zur Seite zu stehen, wie ein treuer Freund und Diener.

Eines Tages kam Bertram zu ihm und nahm ihn beiseite. „Wir brauchen einige Dinge vom Markt in Frankfurt“, sagte Bertram. „Ich möchte Euch bitten, einen Knecht und einen Wagen zu nehmen und in die Stadt zu fahren, um die Einkäufe zu erledigen. Elisabeth wird mit Euch kommen, um Euch unsere bevorzugten Händler vorzustellen. Ich habe für solche Besuche in der Marktklause in der Nähe des Kornmarktes eine Kammer gemietet. Dort könnt ihr dann übernachten.“ Arthur freute sich auf die Reise mit Elisabeth, die er seit Tagen nicht mehr gesprochen hatte. Er suchte sich einen zuverlässigen Knecht aus, der ihn und Elisabeth begleiten sollte. Außerdem bekam er noch einen Bewaffneten zugeteilt, der sie auf der Reise vor Wegelagerern beschützen sollte. Bei den Reisevorbereitungen war Elisabeth zugegen. Jedoch wich sie immer wieder einem privaten Gespräch aus. Sie beschränkten ihre Konversation auf die Reise und die bevorstehenden Einkäufe. Einige Tage später wollten sie früh am Morgen losfahren. Doch verzögerte sich ihre Abreise bis zum frühen Nachmittag, da einige unaufschiebbare Dinge noch erledigt werden mussten. Um dennoch die besten Waren am Morgen des nächsten Tages in Frankfurt einkaufen zu können, beschloss man loszufahren und auf dem Weg zu übernachten. Arthur versuchte nach einer Weile, mit Elisabeth, die neben ihm auf dem Kutschbock Platz genommen hatte, ins Gespräch zu kommen. Doch schon nach kurzer Zeit gab er es beleidigt auf, sie aufzumuntern. Sollte sie doch schmollen, dachte sich Arthur. Wusste der Teufel warum. Aber Frauen haben ihre Launen und dann muss man sie einfach in Ruhe lassen, sagte sich Arthur. Sie würde schon wieder normal werden.

Sie kamen nur sehr langsam voran. Das Pferd war alt und nicht besonders kräftig. Als es zu dämmern begann, schlug Arthur vor, einen Rastplatz für die Nacht zu suchen. Er schickte seine Begleiter voraus, um einen geeigneten Ort zu finden und um endlich mit Elisabeth allein zu sein. Sie hatte bis dahin kein einziges Wort mit ihm gesprochen. Als er sie fragte, ob sie im Wagen schlafen wolle, gab sie nur ein Brummen als Antwort. Da Arthur durch die anstrengende Reise auf dem holprigen Wagen, über noch holprigere Straßen bereits am ganzen Körper Schmerzen hatte und seine Laune durch die unverständliche Miesepetrigkeit seiner Begleiterin am Tiefpunkt angelangt war, beschloss er, Elisabeth seine Meinung kundzutun.

„Was habe ich dir eigentlich getan?“, rief er unbeherrscht. „Seit Tagen bist du entweder nicht zu sehen oder nicht zu sprechen. Und wenn du dich dann endlich einmal zu mir herablässt, hast du nur schlechte Laune und bist unfreundlich zu mir. Was habe ich denn so Schlimmes getan, dass ich deiner plötzlich nicht mehr würdig bin?“

Elisabeth sah Arthur überrascht an. Sie wollte etwas sagen, öffnete auch den Mund, bekam aber kein Wort heraus. Also drehte sie sich von ihm weg und verschränkte die Arme vor ihrer Brust. Arthur sah sie an, schüttelte ungläubig den Kopf und sagte dann resigniert: „Wenn du mir nicht antworten willst, dann lass es eben. Ich finde schon jemand anderen, der mit mir reden will.“

Plötzlich schrie Elisabeth Arthur an: „Dann kannst du ja zu Frida gehen und mit der reden.“

„Ach, das ist es!“, kam Arthur die Erleuchtung. „Du bist eifersüchtig!“ Sein Tonfall änderte sich. „Ich dachte, du wärst einem reichen Kaufmannssohn versprochen“, versetzte er. Doch er war verwirrt. Allem Anschein nach erwiderte Elisabeth seine Gefühle.

„Ich bin niemandem versprochen“, sagte Elisabeth trotzig. „Mein Vater kann mich nicht verkaufen wie ein Stück Vieh.“

„So wie du es mir erzählt hast, scheinbar aber doch.“

„Das habe ich dir nur erzählt, damit du ...“, Elisabeth unterbrach sich selbst.

Arthur legte den Kopf schief und fragte: „Damit ich was?“

„Nichts!“, schnappte Elisabeth.

„Sag es mir bitte“, bat Arthur sanft.

„Ich will aber nicht!“, schrie Elisabeth und brach in Tränen aus.

Arthur nahm Elisabeth in die Arme. Nach einer Weile hatte sie sich wieder beruhigt und Arthur nahm ihr Gesicht in beide Hände.

„Ich wusste gar nicht, dass du so für mich empfindest.“

„Jetzt weißt du es. Ich habe dich vom ersten Tag an geliebt.“

Arthur küsste ihr sanft die Tränen von den Wangen und lächelte sie an.

„Aber mir geht es doch genauso. Das mit Frida ... na ja, sie kam in jener Nacht zu mir. Nicht ich zu ihr. Das soll natürlich keine Entschuldigung sein, aber ich hielt dich für unerreichbar ...“, Arthur konnte nicht mehr weitersprechen, denn Elisabeth unterbrach sein Reden mit einem Kuss. Arthur riss sich los. „Elisabeth, das dürfen wir nicht. Wenn dein Vater davon erfährt.“

„Lass uns weggehen. Ich liebe dich und will mit dir zusammen sein.“

Arthur holte tief Luft und sah Elisabeth ernst an.

„Ich will auch mit dir zusammen sein. Aber es steht mir nicht zu, die Tochter eines Gutsherrn zu heiraten. Ich bin ein einfacher Händler ohne Heim und Geld. Wovon wollen wir denn leben?“

„Wenn wir nur weit genug weggehen ...“, flehte Elisabeth. „Wir gehen in eine große Stadt, wo uns keiner kennt. Da findet sich bestimmt etwas.“

„Du bist einem Anderen versprochen“, sagte Arthur knapp und wandte sich von ihr ab.

„Ich bin ihm nicht versprochen. Das habe ich doch nur gesagt, um zu erfahren, ob du mich liebst. Mein Vater hatte das nur einmal bei einem Treffen unserer Familien vorgeschlagen. Es ist noch nichts beschlossen.“

Am Horizont kam der vorausgerittene Bewaffnete zurück, sodass Arthur Elisabeth gebot zu schweigen.

Sie tauschten sehnsüchtige Blicke aus und taten so, als wäre nichts geschehen.

Der Bewaffnete hatte einen Bauernhof entdeckt, der genug Platz bot, die kleine Gruppe zu beherbergen. Sie beschlossen, dort um ein Nachtlager zu bitten, was ihnen auch, natürlich gegen eine kleine Bezahlung, gewährt wurde. Obendrein bekamen sie noch ein deftiges Abendessen. Anschließend gingen sie früh schlafen, um am nächsten Morgen in aller Frühe wieder aufzubrechen. Arthur jedoch verbrachte eine schlaflose Nacht im Stall des Bauernhofes und dachte über seine Zukunft mit Elisabeth nach. Als ihn der Schlaf übermannte, hatte er noch keine Lösung für sein neues Problem gefunden.

## *Auf dem Markt*

Am nächsten Morgen hatte Arthur das Geständnis Elisabeths schon fast wieder vergessen. Nachdem er sich den Schlaf aus den Augen gewaschen hatte, hatte er genug zu tun, das Pferd einzuspannen und den Knecht anzutreiben. Als Elisabeth über den Hof gelaufen kam, fiel ihm alles wieder ein und eine seltsame Beklemmung erfasste ihn. Sie ließ sich nichts anmerken, sprang neben ihn auf den Wagen und lächelte ihn an.

„Guten Morgen, Arthur", sagte sie fröhlich.

„Guten Morgen, Elisabeth", antwortete Arthur. „Ich sehe, der Schlaf hat deine Laune wesentlich verbessert."

„Nicht nur der Schlaf. Manchmal kann ein Gespräch reinigend sein wie ein Gewitter." Sie lachte kurz auf und strahlte Arthur verliebt an. „Wir müssen vorsichtig sein, Elisabeth!", zischte Arthur. „Warum?", antwortete diese beleidigt. „Ich liebe dich und stehe auch dazu." Arthur war überrascht. Elisabeth schien nicht zu verstehen, dass ihr Vater niemals zulassen würde, dass er sie heiratet. Auch wenn Bertram ein großherziger Mann war, so war er doch sehr auf die Einhaltung der gesellschaftlichen Regeln bedacht. „Ich liebe dich auch, Elisabeth", begann Arthur vorsichtig. „Dennoch müssen wir aufpassen, dass nicht gleich jeder davon erfährt, bevor wir mit deinem Vater gesprochen haben. Lass uns bis dahin so tun, als wäre nichts zwischen uns." Arthur erwartete einen Wutausbruch oder zumindest eine Trotzreaktion von Elisabeth. Diese aber sah ihn lange nachdenklich an.

Nach einer Weile sagte sie dann: „Ich fürchte, ich muss dir recht geben, Liebster. Aber sobald wir wieder auf dem Gut sind, reden wir mit meinem Vater."

Arthur dachte mit Grausen an die Rückkehr zum Weingut. Er malte sich in Gedanken aus, wie Bertram auf die ungewollte Liebschaft reagieren würde. Das würde nicht besonders angenehm werden.

Die kleine Gruppe kam gut voran, sodass sie gegen Mittag des zweiten Tages ihrer Reise in Frankfurt eintrafen. Elisabeths gute Laune war wieder hergestellt, was das Reisen um vieles angenehmer machte und die Zeit wie im Flug vergehen ließ. Sie plauderte fröhlich vor sich hin und lachte über jeden noch so kleinen Scherz. Arthur hoffte nur, dass keiner der beiden Begleiter einen Verdacht schöpfte. Seine Furcht war jedoch unbegründet. Die jungen Männer waren nicht im Mindesten an den Gesprächen der beiden interessiert; sie waren viel zu aufgeregt, weil sie zum ersten Mal in Frankfurt waren. Jetzt, wo sie durch das bewachte Stadttor ritten und sich ihren Weg durch die Stadt suchten, waren sie begeistert. Arthur, der sich hervorragend in seiner Heimatstadt auskannte, lotste die kleine Gruppe zielstrebig zu einem geeigneten Stall, in dem sie ihren Wagen und die Pferde während ihrer Einkäufe unterstellen konnten. Wie an jedem Markttag war die Stadt voll von Menschen. Es war laut und eng, sodass sie nur langsam vorankamen. In den schmalen Gassen um den Römerberg stauten sich die Menschenmassen. Schweine liefen umher, Arthur sah Ratten über den schlammigen Boden huschen. Es roch überall nach den Abfällen der Städter. Arthur wies seine Begleiter an, ihre Augen überall zu haben, da so manch ein Bewohner der Häuser gerne einmal seine Abfälle ungesehen aus dem Fenster auf die Straße warf. Da konnte es schnell passieren, dass man eine unfreiwillige Erfrischung bekam. Der Knecht war so sehr von seinen Eindrücken gefesselt, dass er mehrmals Passanten anrempelte, wodurch es zu wüsten Beschimpfungen kam. Arthur bemerkte, dass die beiden jungen Männer von der großen Stadt sehr beeindruckt waren. Deshalb schlug er vor, dass sie sich erst einmal in Ruhe umsehen sollten. Sie verabredeten sich für eine Stunde später am Dom. Die Männer nahmen den Vorschlag begeistert an und liefen wie kleine Jungen über den Römerberg. Arthur nutzte die Gelegenheit, um nochmals mit Elisabeth zu reden. Er schaute ihr tief in die Augen und musste all seine Kraft zusammennehmen, um ihr die nächsten Worte zu sagen.

„Elisabeth?“, begann er zaghaft.

„Ja, mein Liebster?“, säuselte Elisabeth verliebt, sodass es Arthur noch schwerer fiel und er sich schon fast gegen sein Vorhaben entschloss.

„Ich weiß nicht, wie ich es dir sagen soll“, stammelte Arthur.

„Ich ... wir beide – du und ich ...“ Er brach ab.

Elisabeths Miene verdunkelte sich. „Was ist mit uns beiden?“

„Das ... das kann nicht gut gehen. Wir müssen es beenden, bevor es richtig beginnt.“

Jetzt war es raus.

Elisabeth schaute wie ein getretener Hund. Schlagartig hatte sie Tränen in den Augen. Unweigerlich fragte sich Arthur, wie es die Frauen immer nur schafften, so schnell das Wasser in die Augen zu bekommen.

„Warum?“, fragte Elisabeth mit tränenerstickter Stimme.

„Ich habe es dir doch bereits erklärt. Dein Vater wird mich vom Hof jagen und dich in einen Turm sperren, bis er einen Mann von Stand gefunden hat, der dich nimmt.“

„Woher willst du das wissen? Du kennst meinen Vater nicht einmal halb so gut wie ich. Er ist ein guter Mensch und wird meinen Wunsch respektieren.“

Arthur war überrascht von der Naivität Elisabeths, die er so nicht von ihr gewohnt war. Er versuchte es noch einmal.

„Elisabeth, so versteh doch!“, sagte er eindringlich und fasste sie an beiden Armen. „Dein Vater ist ein Gutsherr, du bist seine Tochter und ich bin ein Niemand. Ich habe mein halbes Leben zwischen Frankfurt und Köln auf den Straßen verbracht. Ich habe keine Familie und schon lang keinen Reichtum. Ich bin nicht von deinem Stand. Ich besitze nichts, dein Vater wird mich als Mitgiftjäger beschimpfen und – wenn ich Glück habe – davonjagen.“

Elisabeth starrte ihn entsetzt an. Dann sagte sie nach einer Weile leise, aber bestimmt: „Du liebst mich nicht!“

Arthur rollte mit den Augen. Er holte tief Luft und setzte an zum nächsten Erklärungsversuch.

„Elisabeth, glaube mir doch“, redete er auf sie ein. „Wenn ich jemals einen Menschen geliebt habe, dann nur dich. Ich habe noch niemals zuvor solche Gefühle für eine Frau empfunden. Aber wir müssen vernünftig sein; unsere Liebe kann nur im Geheimen stattfinden. Wir müssen uns damit abfinden.“

Die nächsten Worte erforderten erneut seine ganze Kraft.

„Am besten gehen wir uns eine Weile aus dem Weg und versuchen uns zu vergessen.“

Arthur schaffte es nicht, Elisabeth ins Gesicht zu schauen.

Er senkte den Blick und hörte durch das tausendfache Stimmengemurmel der Stadt ein leises Schluchzen. Dann endlich raffte er sich auf und sah Elisabeth an. So, wie sie ihn jetzt ansah, war sie schöner denn je.

„Aber …“, sagte sie so leise, dass Arthur sich anstrengen musste, sie zu verstehen. „Ich liebe dich doch.“ Dann brach sie in hemmungsloses Schluchzen aus. „Ich weiß ja, dass du recht hast. Mein Vater wird es niemals dulden. Ich kann mir nichts vormachen.“ Sie nickte einsichtig und zog die Nase hoch. Dann schaute sie Arthur in die Augen. „Aber eines kann ich dir versprechen! Ich werde dich immer lieben; egal, welchen reichen, pickeligen Knaben mein Vater für mich auserwählt: Du bist mein Ehemann im Herzen.“ Bei diesen Worten musste Arthur gegen die eigenen Tränen kämpfen. Nach kurzer Zeit hatte er sich aber wieder im Griff. „Ich werde dich auch immer lieben, mein schöner Engel“, sagte er sanft.

Sie hielten sich eine Weile in den Armen und schlossen so den gemeinsamen Packt, im Geiste verbunden zu bleiben und sich den unsinnigen Gesetzen der Gesellschaft zu ergeben.

Irgendwie schafften sie es, sich zusammenzureißen und zu ihrem eigentlichen Auftrag zurückzukehren. Sie machten sich auf den Weg, ihre Begleiter abzuholen. Der Bewaffnete und der Knecht standen vor den Stufen des Domes und warteten ungeduldig auf die beiden. Als der Bewaffnete Elisabeths immer noch leicht verweintes Gesicht erblickte, fragte er: „Was ist mit Euch geschehen, junge Herrin?“

Arthur und Elisabeth tauschten hastige Blicke aus. Elisabeth fand zuerst wieder die Fassung und antwortete mit erstaunlicher Sicherheit. „Ich bin gefallen und habe mir etwas wehgetan. Aber dank der guten Pflege Arthurs ist jetzt wieder alles in Ordnung.“

Der Bewaffnete blickte Arthur fragend an, der ein zustimmendes Nicken von sich gab, womit die Sache erledigt war.

„Lasst uns das tun, wofür wir hierher gekommen sind“, versuchte Arthur die Stimmung aufzuheitern. Nach einer kurzen

Pause, in der sich keiner der vier Gestalten bewegte, rief er fröhlich: „Einkaufen!"

Wie auf Stichwort setzte sich die kleine Gruppe in Bewegung und stürzte sich in das Getümmel auf dem Markt, der wenige Schritte vom Domplatz auf dem Römerberg stattfand. Elisabeth übernahm die Führung, da sie die Einzige war, die wusste, welche Händler von Bertram bevorzugt wurden. Nach etwa hundert Metern waren sie am ersten Stand angelangt. Dort kauften sie Tücher für neue Kleider. Sie bezahlten den Händler und baten ihn, den Stoff in die Stallungen liefern zu lassen, in denen ihr Wagen stand. So gingen sie von Stand zu Stand und kauften genügend Sachen, um für das nächste Jahr ausreichend mit Stoff, Werkzeugen, Töpfen und allerlei nützlichen Sachen eingedeckt zu sein, die sie auf dem Weingut nicht selbst herstellen konnten. Die Zeit verging und Arthurs Laune besserte sich allmählich. Gerade hatten sie den letzten Posten auf Bertrams Liste abgehakt, als Arthur lautes Menschengeschrei wahrnahm. Er schaute sich um, konnte aber den Grund für den Aufruhr nicht feststellen. Um einen besseren Überblick zu haben, stieg er auf eine Treppe. Nun konnte er in Richtung Innenstadt einige Reiter ausmachen, die rücksichtslos in die Menge ritten und dabei Frauen, Alte, Gebrechliche und Kinder einfach niedermähten. Arthur wollte seinen Augen nicht trauen. Es handelte sich bei den Reitern um keine Geringeren als die Steuereintreiber Gandolf Schelm zu Bergens. Dieselben Kerle, die den Bauern in Berkersheim ausgepeitscht und den jüdischen Geldverleiher ermordet hatten. Arthur schäumte vor Wut und rannte, ohne über die möglichen Folgen nachzudenken, auf die Reiter zu. Elisabeth erkannte die Situation und rief ihm hinterher, er solle sich aus der Sache heraushalten, aber Arthur war dermaßen in Rage, dass er alles um sich herum vergaß. Als er die Kerle erreichte, lagen um sie herum etliche Verletzte auf dem Boden, die sich vor Schmerz krümmten. Arthur hob einen Stein auf und warf ihn dem erstbesten Reiter an den Kopf, der sich daraufhin zu Arthur umdrehte. Es war Gisbert, der Anführer der Mörderbande. Arthur schrie, so laut er konnte: „Gisbert, Ihr Teufelsbrut. Habt Ihr denn nicht genug auf dem Kerbholz?"

Arthur dachte im selben Moment, sein letztes Stündlein hätte geschlagen, als er den Hünen auf sich zureiten sah. Doch zu seiner Überraschung stoppte der Verbrecher sein Pferd unmittelbar vor ihm und sah nur verächtlich auf ihn herab. Gisbert richtete sich in seinem Sattel auf und holte tief Luft. Dann sagte er mit lallender Stimme: „Arthur, der Händler – du bist wohl der Schutzengel des Pöbels?“

Arthur sah den Mann mit zornzerknittertem Gesicht an und gab mit zusammengepressten Zähnen widerwillig Antwort: „Ich kann es nur nicht leiden, wenn Unschuldigen Unrecht zuteil wird. Und da Ihr dies unentwegt tut, muss ich mich ständig mit Euch Gesindel herumärgern. Wenn Ihr Manns genug seid, dann steigt Ihr jetzt von Eurem hohen Ross, legt Eure Waffen ab, die Ihr zweifellos durch die Kontrolle geschmuggelt habt, und wir klären die Sache ein für allemal wie Männer.“ Der Reiter stieg schweigend von seinem Pferd. Arthur hatte zwar damit gerechnet, bemerkte aber jetzt, wie sein Herz heftiger schlug. Er stieß einen kurzen Fluch aus, da er wieder einmal die Kontrolle über sich verloren hatte, aber jetzt war es zu spät. Der sichtlich angetrunkene Anführer stand nun direkt vor ihm, umringt von seinen Gefolgsleuten, die grinsend auf ihren Pferden saßen und sich auf die anstehende Schlägerei freuten. Arthur wollte gerade sein Heil in der Flucht nach vorn suchen und sich auf Gisbert stürzen, als er von einer schweren Hand an der Schulter gepackt und nach hinten gerissen wurde. Ehe Arthur sich versah, wurde er von der zusammengelaufenen Menge verschluckt und war durch eine Mauer aus Menschen von Gisbert und seinen Raufbolden getrennt. Nach einigen Sekunden erkannte er den Grund. Eine Horde Büttel stürzte sich auf die vier Spießgesellen und drosch wie wild auf sie ein. Anscheinend hatten sie nicht erkannt, dass Arthur Teil der Auseinandersetzung war. Er war nicht böse darum. Arthur verfolgte die Verhaftung der Reiter gespannt und setzte in den aufkommenden Applaus der Menge ein, als die besoffene Bande abgeführt wurde. Wahrscheinlich würden sie mindestens eine Nacht in Arrest verbringen.

„Geschieht ihnen recht“, dachte Arthur und kehrte wieder zu seinen Begleitern zurück. Er kam nicht weit, als auch schon

Elisabeth vor ihm auftauchte und ein wütendes Gesicht zur Schau stellte.

„Bist du denn von allen guten Geistern verlassen?", rief sie zornig. „Du hättest ernsthaft zu Schaden kommen können. Was, wenn die Kerle dich verletzt oder sogar getötet hätten?" Arthur freute sich über die echte Besorgnis in Elisabeths Stimme.

„Mir passiert schon nichts, das waren alte Bekannte von mir. Mit denen wäre ich doch spielend fertig geworden." In Gedanken fügte er hinzu: „Oder umgekehrt."

„Trotzdem", sagte Elisabeth mit mütterlichem Tonfall. „Das nächste Mal hältst du dich zurück. Immerhin hast du die Verantwortung für uns."

„Ja, ja", knurrte Arthur. „Was ist jetzt? Wir sind doch mit unseren Einkäufen fertig; lasst uns zu unserem Gasthaus gehen und was Leckeres essen. Wir wollen noch die Lieferung auf ihre Vollständigkeit überprüfen, damit wir morgen frühzeitig mit der Beladung des Wagens beginnen können."

Der Themenwechsel behagte Elisabeth überhaupt nicht, was man in ihrem Gesicht lesen konnte. Sie ließ sich jedoch darauf ein und gab Arthur widerwillig recht. Die Gruppe bahnte sich ihren Weg durch die Menschenmassen und kam nach einiger Zeit an ihrem Gasthaus an. Arthur teilte sich mit dem Knecht und dem Bewaffneten eine Kammer, und Elisabeth bekam eine eigene Unterkunft. Sie verabredeten sich nach einer kurzen Ruhepause zum Essen im Wirtshaus, wo sie ein deftiges Mahl aufgetischt bekamen, welches sie dankbar verspeisten. Nach dem Essen schickte Arthur die Begleiter in die Kammer, damit sie sich für die Reise am nächsten Tag ausruhen konnten. Er selbst beschloss, noch einmal in den Stall zu gehen, um die Beladung des Wagens zu überwachen. Elisabeth wollte ihn begleiten, was er jedoch ablehnte. Er musste eine Weile für sich sein, um über die ganze Geschichte nachdenken zu können. Nach kurzer Diskussion gab Elisabeth beleidigt auf und verschwand wutschnaubend in ihrer Kammer.

Am nächsten Morgen weckte Arthur seine Mitreisenden noch vor dem Sonnenaufgang und trieb sie zur Eile an; er wollte unbedingt aus der lauten, ungemütlichen Stadt heraus. Er ging ohne Frühstück zum Stall, wo er den Stallburschen wecken musste, um an die Pferde und den Wagen zu kommen. Gerade als er fertig mit Einspannen und Satteln war, kam der Knecht zusammen mit dem Bewaffneten zum Stall. Von Elisabeth war nichts zu sehen. „Wo ist Elisabeth?", fragte Arthur deshalb die beiden Männer.

„Im Gasthaus", antwortete der Knecht gähnend.

„Und was macht sie da?" Arthur war gereizt.

Der Knecht zuckte mit den Schultern. „Keine Ahnung, sie ist mir keine Rechenschaft schuldig. Außerdem hat sie uns befohlen, ohne sie zu gehen."

Arthur spürte einen gewissen Groll in sich aufsteigen. Die Dame lässt sich bitten, dachte Arthur verärgert. Na, von mir aus, dann steht sie hier wenigstens nicht im Weg herum. Das Verstauen der Einkäufe nahm geraume Zeit in Anspruch. Erst gegen Mittag waren sie fertig und die Männer machten sich auf den Weg zum Wirtshaus, wo Elisabeth bereits vor der Tür, auf einer Bank sitzend, wartete. Arthur beschloss, Elisabeths kleine Machtspielchen zu ignorieren. Er half ihr auf den Wagen und beachtete ihren Schmollmund nicht. Durch die engen Gassen der Stadt kamen sie nur langsam voran. Sie verließen Frankfurt durch das Eschenheimer Tor und wandten sich nach Westen. Nach einer Weile kam die Sonne heraus und selbst Elisabeths Laune besserte sich. Sie begann sogar mit Arthur zu plaudern, der wieder einmal das Wesen dieser Frau zu verstehen versuchte, es aber mit der Erkenntnis, es niemals zu schaffen, schnell wieder aufgab.

Am späten Nachmittag erreichten sie den Bauernhof, den sie schon bei ihrer Hinreise als Unterkunft genutzt hatten. Nach kurzer Beratung beschloss die Reisegruppe, den Weg weiter zu fahren und im Freien zu übernachten. Der Knecht gab an, eine besonders geeignete Stelle zu kennen. Arthur verließ sich auf die Ortskenntnis des Knechtes und trieb das Pferd, das vor seinen

Wagen gespannt war, an, ein bisschen schneller zu gehen. Er wollte, bevor es dunkel wurde, noch etwas Essbares jagen.

In der Dämmerung erreichten sie die Stelle, die der Knecht beschrieben hatte. Sie schlugen ihr Lager auf. Arthur suchte einen kleinen Ast nahm einen Korb, eine Schnur und ein paar Möhren und machte sich auf den Weg zum nahe gelegenen Waldrand. Er baute aus dem mitgenommenen Material eine Falle und wartete geduldig, bis ein Hase sich darin verirrte. Nach etwa einer halben Stunde hatte er zwei Hasen gefangen, die ein leckeres Abendmahl hergeben würden. Gerade als er sich wieder auf den Weg zum Lager machen wollte, hörte er plötzlich Schreie aus dem Wald. Er hielt inne und lauschte.

Aus welcher Richtung kamen sie?

Arthur verstärkte seine Anstrengung, die Herkunft des Lärms zu lokalisieren.

Nach einer Weile war er sich seiner Sache sicher und lief entschlossen in den Wald, um zur Hilfe zu eilen. Mehrfach stolperte er über dichtes Unterholz, fiel aber nicht. Schon kurz nachdem er in den dichten Wald eingedrungen war, konnte er zwischen den Bäumen schnelle Bewegungen ausmachen. Er ließ die Hasen fallen und rannte in die Richtung, aus der er die Bewegungen wahrgenommen hatte. Wenig später kam er an eine Lichtung und erkannte auch schon, wer für den Tumult verantwortlich war. Aus der Deckung heraus beobachtete Arthur, was geschah. Wieder einmal hatten die elenden Schurken Schelm zu Bergens zugeschlagen. Arthur stieß leise Verwünschungen aus. Die verdammte Bande schien sich nicht mit Steuereintreibungen zufriedenzugeben, jetzt hatten sie auch noch eine reisende Familie überfallen und ritten um die völlig verängstigten Menschen herum, die sich in deren Mitte zusammenkauerten. Arthur fragte sich, wie sie so schnell wieder aus dem Kerker hatten entkommen können. Da sie in der Überzahl waren, ließ es Arthur nicht auf einen offenen Kampf ankommen. Er beschloss abzuwarten, wie weit die Kerle gehen würden, und versteckte sich im Unterholz. Scheinbar hatten sie nur Interesse daran, die Reisenden zu schikanieren. Plötzlich hob Gisbert die Hand, woraufhin die anderen ihre Pferde zum Stehen brachten. Gisbert stieg von seinem Schlachtross und lief langsam, mit einem bösen Grinsen im Gesicht, um die zusammengekauerte Familie herum. Arthur wunderte sich, warum die Reisegruppe keinerlei bewaffnete Begleitung hatte, da sie scheinbar aus dem Ausland und, der Kleidung nach zu urteilen, auch wohlhabend zu sein schienen. Er konnte einen alten sowie einen jungen Mann, zwei Jungen, drei kleine Mädchen und eine Frau ausmachen. Gisbert hatte sein Schwert aus der Scheide gezogen und lief bedrohlich um die Gruppe herum. Allem Anschein nach genoss er seine Macht über die völlig verängstigten Menschen. „Wo habt ihr Eure Wertsachen?“, rief er laut. Der alte Mann deutete mit einer kurzen Kopfbewegung auf einen Wagen am Wegesrand. Arthur schaute zum Weg hinüber. Zu seiner Überraschung standen dort mindestens fünfzehn gesattelte Pferde und zwei weitere Wagen. Wo waren die dazugehörigen Reiter? Gisbert schien dieser Umstand nicht aufzufallen. Er lief weiter um die Gruppe herum. Dann packte er ein Mädchen am Arm und schrie sie an: „Hol alles, was von Wert ist, aus dem Wagen und leg es vor mir auf den Boden.“

Das weinende Mädchen stand vor Gisbert und zitterte am ganzen Leib, bewegte sich aber nicht.

„Hast du nicht gehört, du kleine Göre?“, schrie Gisbert.

„Oder soll ich dich erst aufschlitzen?“ Gisbert hob drohend sein Schwert.

„Haltet ein!“, schrie der alte Mann. „Sie kann Euch nicht verstehen. Sie spricht Eure Sprache nicht.“

Der Mann hatte mit einem leichten, aber dennoch deutlich zu erkennenden Akzent gesprochen. Gisbert schaute den Mann an, dann stieß er das Mädchen wieder zurück zu der Gruppe.

„Dann hol du das Zeug!“, sagte er zu dem alten Mann.

Dieser setzte sich ohne Zögern in Bewegung. Gerade als er am ersten Wagen angekommen war, hörte Arthur ein seltsames Surren. Dann jaulte plötzlich einer der Räuber auf und fiel ohne Abwehrreaktion aus dem Sattel. Gisbert erfasste die Situation als Erster. Er schrie seinen Kumpanen zu, sie sollten die Flucht ergreifen, was diese auch ohne Widerworte taten. Gisbert selbst musste erst zu seinem Pferd rennen und aufsteigen. Arthur merkte fast zu spät, dass jeder der Reiter in eine unterschiedliche Richtung flüchtete und einer der Kerle direkt auf ihn zuritt. Er überlegte fieberhaft, was er machen sollte. Dann sah er neben sich einen abgebrochenen, armdicken Ast liegen. Gerade als der Reiter an ihm vorbeireiten wollte, sprang Arthur aus seinem Versteck und schlug mit aller Kraft zu. Der Reiter verlor das Gleichgewicht, flog rittlings vom Pferd, knallte hart auf einen Baumstumpf und blieb benommen liegen. Arthur stürzte sich auf den Kerl und gab ihm mit einem gezielten Schlag auf das Kinn den Rest. Der Händler rannte zurück an die Stelle, wo er seine Jagdbeute und improvisierte Falle hatte liegen lassen, und hob den Strick auf. Dann kehrte er zu dem niedergestreckten Räuber zurück und fesselte ihn notdürftig. Danach trat er auf die Lichtung, um zu sehen, ob noch weitere Gefangene gemacht worden waren. Zu seiner Überraschung sah er etwa acht Bewaffnete, die sich zu der Familie gesellt hatten. Ein Bewaffneter mit einer prachtvollen Rüstung stand vor einem weiteren mit weniger Prunk und brüllte ihn an. Scheinbar hatte er die Aufgabe gehabt, die Gruppe zu bewachen und wäre nun am liebsten im Erdboden versunken. Arthur packte den zusammengeschnürten Kerl und zerrte ihn auf die Lichtung. Dort ließ er den Räuber achtlos liegen. Endlich wurde er bemerkt. Es war die Frau, die aufgeregt in seine Richtung zeigte und etwas in einer fremden Sprache rief. Der prachtvoll Bewaffnete ließ den zusammengestauchten Soldaten stehen und ging auf Arthur zu. An der Schulter des Mannes hing locker eine etwas altertümlich wirkende Armbrust, was Arthur das merkwürdige Surren erklärte. Der Bewaffnete blieb vor dem Händler stehen und schaute erst Arthur und dann den auf dem Boden liegenden Kerl an, der leise vor sich hin stöhnte.

„Ich danke Euch für Eure Hilfe, mein Herr“, sagte der Bewaffnete in gebrochenem Deutsch.

„Nichts zu danken“, erwiderte Arthur fröhlich. „Ich kenne die Kerle und vertrete die Meinung, dass sie schnellstmöglich in den Kerker gehören.“

„Wir werden diesen Kerl auch den ...“, er zögerte, um nach dem richtigen Wort zu suchen. Nach einer kurzen Pause sagte er: ... Botteln übergeben.“

Arthur musste ein Lachen unterdrücken und sagte: „Bütteln, es heißt Bütteln."

„Oh, natürlich", sagte der Bewaffnete und begann seinerseits zu lachen.

Der Bewaffnete bat Arthur, mit zu der Reisegruppe zu kommen. Dort wurde er allen vorgestellt und erfuhr auch deren Namen, welche aber so ungewöhnlich für seine Ohren waren, dass er sie sofort wieder vergaß. Er erfuhr, dass sie aus Frankreich kamen und auf dem Weg nach Flörsheim waren, um den jungen Mann zu seiner Braut zu bringen. Nach einer Weile fiel Arthur plötzlich ein, dass er eigentlich das Abendessen für seine eigene Reisegruppe bereiten wollte und machte Anstalten zu gehen.

„Wo wollt Ihr hin?", fragte der junge Mann.

„Ich bin selbst mit einer kleinen Gruppe unterwegs, die sich sicherlich schon um mich sorgt."

„Warum holt Ihr sie nicht zu uns, damit wir alle zusammen ein Festmahl einnehmen können?"

Arthur, der seit Tagen nur Eintopf oder Suppe bekommen hatte, lief das Wasser im Mund zusammen. Er versprach, in Kürze wieder zurück zu sein.

Der Händler hastete schnell zu seiner Reisegruppe und berichtete, was vorgefallen war. Als er dort eintraf, war es bereits dunkel. Elisabeth schimpfte mit ihm, weil er sich abermals in eine solche Gefahr gebracht hatte. Arthur spielte die ganze Sache herunter und verwies auf die von ihm dadurch erhaltene Einladung zum Festmahl. Da die Entscheidung bei Elisabeth lag, kostete sie die Machtposition aus und zögerte mit einer Zusage. Der Knecht und der Bewaffnete schauten Elisabeth bettelnd an und konnten einen Jubelschrei nur schwer unterdrücken, als sie ihre Zustimmung gab.

Elisabeth wollte es zwar nicht zugeben, aber der Gedanke, dass Arthur einem Bräutigam auf dem Weg zu seiner Geliebten geholfen hatte, war an Romantik nicht zu überbieten. Insgeheim freute sie sich darauf, den Bräutigam kennen zu lernen und nahm sich vor, alles über seine Braut und die bevorstehende Hochzeit herauszubekommen. Da Arthur erzählt hatte, dass die

Hochzeit in Flörsheim stattfinden sollte, war Elisabeth besonders gespannt. Vielleicht war ihr die Braut ja bekannt. Sie überlegte fieberhaft, welche ihrer Freundinnen im heiratsfähigen Alter und noch niemandem versprochen war. So sehr sie sich auch bemühte, ihr fiel niemand ein. Niemand außer ... aber das konnte nicht sein. Ihr Vater hätte sie darauf vorbereitet und es war ohnehin noch nichts beschlossen. Sie wischte den Gedanken schnell wieder aus ihrem Kopf und versuchte, an etwas anderes zu denken.

Schon bald darauf hatten sie die Reisegruppe aus Frankreich erreicht. Elisabeths Anspannung näherte sich ihrem Höhepunkt. Würde sie Frederic de Messiere in der Reisegruppe erkennen? Den Sohn des Kaufmanns de Messiere, der Mann, den sich ihr Vater als ihren Bräutigam wünschte. Sie hielt gespannt den Atem an, als sie sich dem Tross näherten. Noch konnte sie kein bekanntes Gesicht identifizieren. Außerdem war es Jahre her, als sie zum ersten und einzigen Mal Frederic gesehen hatte. Damals war sie noch ein Kind gewesen. Ihr schlug das Herz bis zum Hals, als sie vom Wagen stieg und auf die Gruppe zuging. Die Franzosen saßen um ein großes Lagerfeuer und bereiteten edle Speisen zu. Arthur wurde wie ein Held begrüßt und bemerkte darüber nicht, welch nervösen Eindruck Elisabeth machte. Er stellte seine Begleiter dem Anführer der Bewaffneten vor. Als er Elisabeth vorstellen wollte, sah er ihr blasses Gesicht.

„Geht es dir gut, Elisabeth?"

Elisabeth sah ihn verwirrt an. „Wie bitte? ... Ach so ... ja, ja ... alles in Ordnung", stammelte sie. Jetzt wusste Elisabeth, um welche Hochzeit es sich handelte.

Es war ihre eigene.

Frederic schien Elisabeth nicht wahrzunehmen. Sie war verschmutzt, trug alte Kleider und war mit drei Männern unterwegs. All diese Umstände schienen sein Interesse von ihr fernzuhalten. Ohnehin war er damit beschäftigt, sich als Helden darzustellen. Er erzählte jedem, egal ob derjenige es wissen wollte oder nicht, wie ruhig und besonnen er die Situation mit den Räubern bewältigt hatte. Arthur verzichtete aus Höflichkeit darauf, die Geschichte richtig zu stellen. Der Bewaffnete, der die Situation eigentlich geklärt hatte, sagte ebenfalls kein Wort. Elisabeth beschloss herauszufinden, ob Frederic wirklich auf dem Weg zum Gutshof ihres Vaters war. Sie setzte sich wie zufällig neben eine alte Frau und begann mit ihr über belangloses zu plaudern. Nach einer Weile lenkte sie das Gespräch auf den Zweck ihrer Reise.

„Wir waren in Frankfurt, um Vorräte zu kaufen", sagte sie, „die wir nun nach Hause bringen. Wohin führt Euch Eure Reise denn?"

„Nach Flörsheim", sagte die Alte. „Dort wird unser junger Herr heiraten. Ein bildhübsches Mädchen, wie es heißt."

„Wisst Ihr denn, wie die Auserwählte heißt?", fragte Elisabeth, bemüht beiläufig. „Wir kommen aus Flörsheim und ich kenne dort einige unverheiratete Damen."

„Es heißt, es soll die Tochter eines Weinhändlers sein", sagte die Alte mit stolzem Unterton. „Die Tochter von Bertram von Trauenstein."

Elisabeth rang nach Atem. Also doch! Ihr wurde schwindelig. Die Alte plauderte weiter, doch Elisabeth nahm sie nicht mehr wahr.

Hastig schaute sie sich nach Arthur um. Sie entdeckte ihn auf einem Baumstamm sitzend, wie er ins Lagerfeuer schaute. Er genoss den Wein und das gute Essen. Elisabeth beendete unter einem Vorwand das Gespräch mit der Alten und ging zu Arthur. Sie trat an seine Seite und zog ihn grob von seinem Baumstamm weg. Er wollte gerade Protest einlegen, als er Elisabeths ernstes Gesicht erblickte.

„Was ist denn nun schon wieder?“, fragte er mit vom Alkohol schwerer Zunge.

„Komm mit“, sagte sie so eindringlich, dass Arthur nicht wagte, zu widersprechen. Als sie ein kleines Stück in den Wald gegangen waren, gerade weit genug, dass die anderen sie weder sehen noch hören konnten, hielt Elisabeth an. Ohne Arthur zu sagen, was sie von ihm wollte, brach sie in Tränen aus. Arthur nahm sie in den Arm und wartete geduldig, bis sie sich wieder beruhigt hatte. Erneut war er verwirrt über Elisabeths Verhalten. Dann löste er sich mit sanfter Gewalt aus ihrer Umklammerung. „Willst du mir nun endlich erzählen, was passiert ist?“

„Frederic ist ... ist mein ...“, wieder begann Elisabeth zu schluchzen. Arthur rollte mit den Augen und wartete abermals, bis sie sich endlich beruhigt hatte. Nach kurzer Zeit löste sie sich von ihm. Sie zog – nicht sehr vornehm – die Nase hoch und trat einen Schritt zurück. Dann atmete sie tief durch und begann ihren nächsten Erklärungsversuch.

„Frederic ... ist mein Bräutigam“, sagte sie und blieb erwartungsvoll vor Arthur stehen. Dieser wurde mit einem Schlag wieder nüchtern.

„Wie kommst du denn darauf?“

„Die Alte hat es mir gesagt. Ich habe ihn ein einziges Mal als kleines Mädchen gesehen. Es war, als wir seinerzeit seine Familie in Frankreich besuchten.“

„Bis du dir sicher?“

„Absolut!“ Und verzweifelt fügte sie hinzu: „Was sollen wir bloß tun?“

Arthurs Gedanken begannen Karussell zu fahren. Er überlegte fieberhaft, was die neue Situation für seine Zukunft bedeuten würde. Insgeheim hatte er gehofft, irgendeinen Weg zu finden, Elisabeth doch zu heiraten. Aber so sehr er sich auch anstrengte: Ihm fiel keine Lösung ein. Dann, nach einer langen Pause, sagte er entschlossen: „Elisabeth, wir müssen uns dem Willen deines Vaters beugen.“

Elisabeth wollte protestieren, doch Arthur wischte ihren Einwand mit einer Handbewegung weg. „Es macht keinen Sinn, davonzurennen. Wir würden nicht weit kommen. Wir wären wie Vogelfreie. Und ich kann uns nicht ernähren.“

„Aber du kannst doch arbeiten", schlug Elisabeth vor.

„Wie denn?", rief Arthur. „Wir wären ständig auf der Flucht! Ich könnte nur als Tagelöhner arbeiten. Selbst wenn wir ein Plätzchen finden würden. Das bisschen von der Feldarbeit, was ich in den letzten Wochen gelernt habe, reicht bei Weitem nicht aus, um Land zu bestellen."

„Ach was!", sagte Elisabeth wütend. „Jeder Dorftrottel kann einen Acker bearbeiten, wenn man ihm nur sagt, was er zu tun hat." Sie wurde plötzlich rot vor Zorn und riss sich von Arthur los. „Mir kommt es vor, als wolltest du gar nicht mit mir weggehen. Dir ist das angenehme Leben auf dem Gut wichtiger als ich."

„Das ist nicht wahr!", protestierte Arthur. „Ich sehe nur der Wahrheit ins Auge. Wir haben keine Möglichkeit, uns ein Leben aufzubauen. Wenn wir in die Stadt gehen, heißt das noch lange nicht, dass mir jemand Arbeit gibt. Hast du nicht die vielen Bettler gesehen? Sie alle dachten, sie kommen in die Stadt und jeder gibt ihnen Arbeit und einen Platz zum Schlafen. Das alles sind die gleichen Träumer wie du, die glauben, dass sie hinkommen und jeder sich über eine neue Arbeitskraft freut." Er lachte bitter. „Glaube mir, wir können nur zusammen sein, wenn wir beide auf dem Gut bleiben. Aber leider dürfen wir uns nicht zu nahe kommen, denn dann werde ich bestenfalls gehängt und du verstoßen." Elisabeth sah ihn mit Tränen in den Augen an. Doch in ihrem Innersten hatte sie sich bereits ihrem Schicksal gebeugt. Zärtlich betrachtete sie Arthur und hauchte: „Ich liebe dich so sehr!" Arthur schluckte schwer. Er sah Elisabeth lange an. Sie war so wunderschön. Ihm blutete das Herz. Dann, von ihrer ganzen Leidenschaft und Sehnsucht nacheinander getrieben, fielen sie sich in die Arme und küssten sich innig. Aus dem einen Kuss wurden viele, und die Hände der beiden erforschten ihre Körper. Ehe sie sich versahen, hatten sie sich entkleidet und standen sich nun halb nackt gegenüber. Arthur zögerte kurz. Dann sagte er leise: „Nein, wir dürfen das nicht tun."

Elisabeth schaute ihm tief in die Augen. Dann nahm sie seinen Kopf in ihre Hände und sagte zärtlich: „Wenn mir jemand die Unschuld nimmt, dann sollte es jemand sein, den ich von ganzem Herzen liebe. Und ich liebe dich so sehr, dass ich von der Erinnerung an unsere Liebesnacht mein Leben lang zehren werde."

Dann küsste sie ihn voller Zärtlichkeit auf den Mund und zog ihn auf den Waldboden, wo sich das Paar hingebungsvoll und ohne Hast liebte. Keiner der anderen aus der Gruppe bemerkte die lange Abwesenheit der beiden. Sie waren zu sehr mit dem Festmahl beschäftigt.

Nachdem sich die Liebenden vereinigt hatten, kehrten sie einzeln zur Gruppe zurück. Sie hatten sich im Wald ewige Liebe geschworen, jedoch unter Tränen beschlossen, ihre Liebschaft zu beenden. Die Gefahr, entdeckt zu werden, war zu groß.

Am nächsten Morgen setzten die zwei Reisegruppen ihren Weg gemeinsam fort. Arthur und Elisabeth hielten sich am Ende des kleinen Wagenzuges, um so wenig wie möglich mit Frederic in Kontakt zu kommen. Ihre Sorge war jedoch unberechtigt, da Frederic vom Vorabend einen solchen Kater hatte, dass er sich den ganzen Tag in seinem Wagen schlafen legte und nur ab und zu seinen Kopf herausstreckte, um sich zu übergeben. Die Soldaten machten sich einen Heidenspaß daraus zu wetten, wie lange es wohl dauere, bis Frederics Kopf das nächste Mal aus dem Wagen auftauchen würde. Gegen Mittag erreichten sie das Weingut. Arthur konnte von der hinteren Position nicht viel erkennen. Eines fiel ihm jedoch sofort ins Auge. Der Wachposten am Haupttor rief aufgeregt in den Hof hinein, woraufhin sich das Tor öffnete und Arthur einen Einblick in das Innere bekam. Dort sah er den gesamten Hofstaat versammelt, in die besten Kleider gewandt. Ein Bote musste vorausgeritten sein und ihre bevorstehende Ankunft gemeldet haben.

Schon nach kurzer Zeit stellte sich heraus, dass der Bote Frederics Vater Claude de Messiere war, der von einem anderen Ort zum Gutshof gereist war. Er und sein Gefolge waren bereits am Vortag eingetroffen und hatten Bertram die Ankunft Frederics avisiert. Bertram machte keinen besonders glücklichen Eindruck. Er war einsilbig und schien sich von Elisabeth fernzuhalten. Arthur hegte die Vermutung, dass Bertram ebenso von der ganzen Sache überrascht wurde wie sie alle. In dem allgemeinen Durcheinander bekam Arthur keine Gelegenheit, mit Bertram darüber zu sprechen. Er wandte sich stattdessen an August, den Kämmerer und engsten Vertrauten Bertrams. August war ein kantiger Kerl, mit dem Arthur trotz dessen hochgestellter Position auf dem Gutshof seltsamerweise nur wenig zu tun hatte. August war sehr zurückhaltend, aber allerseits beliebt.

„Was ist hier eigentlich los?", sprach Arthur ihn an.

„Das weiß keiner so genau", zeigte sich dieser genervt. „Diese Horde ist gestern plötzlich aufgetaucht und seitdem steht hier alles Kopf."

„War denn die Hochzeit keine abgemachte Sache?"

„Gott bewahre", schnaubte August wütend. „Aber scheinbar sehen das unser Freund Claude de Messiere und sein Sohn Frederic anders. Die kamen hier einfach an und stellten uns vor vollendete Tatsachen. Die haben sogar schon die Gästeliste zusammengestellt und den Termin festgelegt."

Arthur wurde wütend in Anbetracht solch einer Häufung von Unverschämtheit. August schaute sich verstohlen um und trat näher an Arthur heran. „Es heißt, der Herr Kaufmann aus dem Frankenreich hat Geldprobleme, die er durch die Hochzeit beseitigen will."

„Was?", rief Arthur schockiert. „Der kann doch nicht einfach hierher kommen und Elisabeth zu dieser Hochzeit zwingen, nur weil er nicht wirtschaften kann."

August zuckte mit den Schultern. „Es ist nur ein Gerücht. Ich habe nichts gesagt."

August entfernte sich. Er musste sich um die Unterbringung

der Neuankömmlinge kümmern. Arthur stand im Hof und kämpfte gegen die immer weiter in ihm hochsteigende Wut an. Dann beschloss er, sich auf ein Pferd zu setzen und einfach davonzureiten. Er schnappte sich das nächstbeste gesattelte Pferd und ritt in wildem Galopp vom Hof. Nach einer Weile waren er und das Pferd vollkommen erschöpft. Er zügelte das Tier und ritt langsam weiter. Als er an einen Bach kam, stieg er aus dem Sattel und kühlte sich ab. Das kalte Wasser tat ihm gut. Langsam konnte er wieder klar denken. Arthur versuchte mit der Lehre der Logik, in der ihn ein alter Mönch einmal unterrichtet hatte, Herr seiner Lage zu werden. Er überlegte, welche Möglichkeiten ihm blieben. Er könnte einfach mit dem Pferd auf und davon reiten. Dies aber hätte zur Folge, dass er als Pferdedieb gejagt werden würde. Ein Leben auf der Flucht kam für ihn nicht infrage, außerdem würde ihm die Nähe zu Elisabeth fehlen, auch wenn sie für ihn wohl nun endgültig verloren schien. Er sehnte sich nach ihr. Wenn er sie nur sehen, sich an ihrem Anblick ergötzen könnte, würde ihm das genügen. Er war sich ihrer Liebe sicher. Das zwischen ihnen bestehende Band vermochte auch kein aufgeblasener Kaufmannssohn aus Frankreich zu zerstören.

Er könnte aber auch den Dienst bei Bertram kündigen und versuchen, in der Stadt genug Geld zu verdienen, um sich dann einen Titel zu erkaufen, was ihn wiederum ein Stück näher an Elisabeths Stand brächte. Dadurch wäre eine Heirat nicht mehr ausgeschlossen. Aber erstens war dafür nicht genügend Zeit und zweitens hatte er nicht die geringste Ahnung, wie er das Unterfangen bewerkstelligen sollte. Die dritte und wahrscheinlich beste Möglichkeit war, einfach wieder zurück auf das Gut zu reiten und sich seinem Schicksal zu fügen. Diese Möglichkeit erschien ihm am sinnvollsten. So konnte er mit Elisabeth gemeinsam leben, wenn auch nicht als Mann und Frau.

Zurück auf dem Gut kam auch schon der Erste auf ihn zugerannt, um ihn zu fragen, wo er sich den ganzen Tag herumgetrieben habe. Der Wagen musste entladen werden und niemand außer dem Einkäufer persönlich durfte bestimmen, wo die Waren untergebracht werden sollten, und den Bestand protokollieren. Arthur nutzte die willkommene Abwechslung, um auf andere Gedanken zu kommen. Er schuftete wie ein Wahnsinniger und bald lief ihm der Schweiß in Strömen. Ihm war egal, dass alle sagten, er müsse den Wagen nicht selbst abladen, dies sei schließlich die Aufgabe der Knechte. Er tat es trotzdem. Die körperliche Arbeit tat ihm gut. Nachdem der Wagen endlich entladen war, erfasste ihn eine wohlige Müdigkeit. Er ging zum Brunnen im Hof und kühlte sich ab. Als er den Wassereimer erneut herabließ, kam Elisabeth über den Hof gelaufen. Sie hatte sich zu Ehren der Gäste eines ihrer besten Kleider angezogen und sah natürlich bezaubernd aus. Bei ihrem Anblick setzte Arthurs Herz einen Schlag aus. Sie kam zu ihm und begrüßte ihn wie einen Bruder. Dann signalisierte sie ihm mit den Augen, dass sie beobachtet wurden. Unauffällig schaute sich Arthur um und entdeckte an einem der Fenster ein Gesicht. Es war das ihres Vaters.

„Hallo, Arthur", sagte sie gespielt fröhlich. „Habt Ihr alles ordentlich verstaut?"

„Ja, Elisabeth. Beim Stoff wusste ich jedoch nicht genau, ob er gleich in die Näherei sollte oder erst eingelagert werden muss."

„Ich glaube, die Näherinnen haben im Moment noch genug Stoff." Nach einer kurzen Pause sagte sie: „Ich muss jetzt wieder zurück zu unseren Gästen. Vater bittet Euch, heute Abend am Festmahl teilzunehmen. Ich hoffe, Ihr kommt."

„Mit Freuden!"

Sie verabschiedete sich und ging wieder zurück zu den ungeliebten Gästen. Gerade als Arthur sich auf den Weg zu seiner Kammer machen wollte, sah er ein kleines Stück Pergament neben dem Brunnen liegen. Er schaute sich um, ob ihn auch niemand sehen konnte, und hob das Pergamentstück auf. Darauf stand:

*Komm heute nach dem Festessen ins Gartenhaus, wir müssen reden.*

Arthur wurde plötzlich ganz aufgeregt und ließ das Pergament in seinem Wams verschwinden. Dann ging er in seine Kammer, um sich auf das Festessen vorzubereiten. Der Abend begann vielversprechend. Es wurde fürstlich gespeist. Eigens für die hohen Gäste wurden die besten Tiere geschlachtet. Das beste Schwein Flörsheims hing jetzt am Spieß über dem Feuer und wurde mundgerecht serviert. Arthur saß am Tisch des Gesindes und hatte einen ausgesprochen guten Ausblick über den Festsaal. Am größten Tisch saßen der Gastgeber mit seinen engsten Vertrauten und seiner Tochter sowie die Gäste. Alle machten einen fröhlichen, ausgelassenen Eindruck. Alle, außer Bertram und Elisabeth. Bei Elisabeth konnte er noch verstehen, warum sie keine gute Miene zum bösen Spiel machte. Aber die Betrübtheit Bertrams war ihm ein Rätsel. Hatte er nicht die ganze Sache eingefädelt? Fast schien es so, dass Bertram sogar ausgesprochen missgelaunt war. Das Fest war schon geraume Zeit im Gange, als Bertram plötzlich von seinem Stuhl aufstand und um Ruhe bat. Er breitete die Arme aus und wartete, bis auch der Letzte aufmerksam war.

„Liebe Freunde“, begann er feierlich, wobei er wesentlich fröhlicher klang, als er noch vor Sekunden ausgesehen hatte. Er holte tief Luft und fuhr dann fort. „Ich habe heute die große Ehre, euch etwas sehr Wichtiges mitzuteilen.“ Er nahm theatralisch einen Schluck aus seinem Weinbecher. „Unsere Freunde aus Frankreich haben nicht umsonst den weiten Weg zu uns auf sich genommen und den Gefahren einer solch langen Reise getrotzt. Nein – sie sind aus einem ganz besonderen Grund bei uns.“ Abermals nahm er einen tiefen Schluck, gerade so, als wollte er sich Mut antrinken. „Meine geliebte Tochter Elisabeth ist das Einzige, was mir in meinem langen und ereignisreichen Leben noch geblieben ist. Leider war es mir nicht vergönnt, einen Sohn zu zeugen, der einmal mein Erbe antritt. Deshalb ist es mir eine besondere Freude, euch hier und jetzt den nächsten Herrn unseres Weinguts vorzustellen.“ Die Menge hielt den Atem an. Einige steckten die Köpfe zusammen und flüsterten aufgeregt. Bertram zeigte mit einer weit ausholenden Armbewegung auf Frederic. „Dies ist Frederic de Messiere, der zukünftige Gemahl meiner Tochter Elisabeth von Trauenstein.“

Ein Aufschrei ging durch die Menge, gefolgt von unbeschreiblichem Jubel. Elisabeth wurde sofort von den Anwesenden mit Glückwünschen überhäuft. Der ganze Hofstaat freute sich auf das große Fest. Endlich war es so weit. In dem ganzen Trubel bemerkte niemand außer Arthur den Gesichtsausdruck Bertrams. Er saß in seinem Stuhl mit der hohen Rückenlehne und starrte sekundenlang vor sich hin. Niemand fiel auf, wie er eine Träne von seinem rechten Auge wischte. Später würde er alles bestreiten und wenn er es zugeben müsste, dann würde er behaupten, es sei eine Träne der Freude gewesen. In dem ganzen Durcheinander trafen sich plötzlich die Blicke von Arthur und Bertram. Alles um sie herum schien stillzustehen. Sie schauten sich tief in die Augen und verstanden sich stumm. Bertrams Blick sagte „ich kann nicht anders" zu Arthur und Arthur antwortete mit einem kaum erkennbaren Nicken. Dann war der Blickkontakt abgerissen. Arthur hatte bald darauf keine Lust mehr zu feiern und zog sich zurück. Er wollte in seiner Kammer warten, bis das Fest vorüber war und sich dann in die Gärtnerei schleichen, um Elisabeth zu treffen.

Als Arthur aufwachte, fuhr er hoch. Er musste eingeschlafen sein. Er schaute aus seinem Fenster und bemerkte, dass bis auf den Ruf einer Eule kein Laut zu hören war. Dem Stand des Mondes nach musste es bereits nach Mitternacht sein.

Ob Elisabeth noch auf ihn wartete?

Hastig verließ er seine Kammer und rannte zur Gärtnerei. Er blieb zum Glück unentdeckt. Scheinbar waren alle dermaßen betrunken, dass sie tief und fest schliefen. Als er an der verabredeten Stelle ankam, war weit und breit nichts von Elisabeth zu sehen. Er wollte gerade wieder gehen, als er ein leises Wimmern bemerkte. Vorsichtig schlich er um die Gartenlaube herum und schielte um die Ecke. Dort sah er Elisabeth, zu einem Bündel zusammengekauert, auf dem Boden sitzend. Das Wimmern, das er gehört hatte, war ihr Weinen gewesen. Er trat an sie heran und wollte sich gerade zu ihr setzen, als sie erschrocken auffuhr.

„Arthur!" rief sie. „Endlich! Ich dachte, du hättest meine Nachricht nicht gefunden." Sie blickte ihn mit verweinten Augen an.

„Ich bin aus Versehen eingeschlafen", sagte Arthur entschuldigend. „Aber jetzt bin ich ja hier. Was wolltest du mir sagen? Es ist doch schon alles gesagt", fuhr er deprimiert fort und seufzte.

„Nicht alles, Liebster! Du solltest wissen, dass mein Vater genauso wenig vom Besuch der Franzosen gewusst hat wie wir alle."

„Ich weiß", sagte Arthur knapp.

„Claude de Messiere hat gedacht, dass meine Hochzeit mit Frederic beschlossene Sache ist. Mein Vater hat nur eingewilligt, weil er in Claudes Schuld steht. Claude hatte meinem Vater einmal das Leben gerettet. Hinzu kommt das Problem, dass mein Vater keinen männlichen Erben hat. Er musste so handeln."

Sie hielt kurz inne, um Arthur Zeit zum Verstehen zu geben. Arthur begann zu begreifen.

„Frederic wird auf unserem Gut bleiben. Die Aussteuer jedoch geht an Claude."

„Das Ganze ist nur ein Handel?" Arthur wurde wütend.

„So sieht es aus. Frederic hat sich nicht einmal bei mir vorgestellt."

„Dein Vater scheint nicht besonders glücklich über die Hochzeit zu sein."

„Nein, ganz und gar nicht. Er ist genauso überrumpelt worden wie wir. Er ist sehr böse auf Claude, wegen seines ... Überfalls."

„Wie geht es jetzt weiter?"

Elisabeth seufzte. „Frederic wird eine Weile hierbleiben, um sich ein wenig mit den örtlichen Gepflogenheiten vertraut zu machen. Claude wird vorerst nach Hause zurückkehren, um seinerseits alles vorzubereiten. Im Frühjahr wird er zurückkommen und wir werden Hochzeit halten."

„Wenigstens bleibst du auf dem Gut", erwiderte Arthur mit vorsichtiger Freude.

„Solange es Frederic hier gefällt."

Frederic de Messiere war ein junger, durchaus gutaussehender Mann Mitte zwanzig. Er liebte es, den Musikanten zuzuhören und den Gauklern bei ihren Kunststücken zuzusehen. Mit Elisabeth hatte er seit seiner Ankunft in Flörsheim gerade mal das Nötigste gesprochen. Er zeigte nicht besonders viel Interesse an seiner zukünftigen Ehefrau. Das Einzige, was ihn auf dem Weingut hielt, war die Angst vor seinem Vater. In seiner nicht besonders angenehmen Jugend hatte er des Öfteren den Zorn seines Vaters gespürt. Er hatte ihn erst im Alter von fünf Jahren kennen gelernt, da Claude bis dahin im langen Krieg seinen Dienst versehen hatte. Claude war ein großer, kräftiger Mann, der so manchen Briten getötet und etliche Wettkämpfe gewonnen hatte. Aber er war auch ein Mann mit genauen Vorstellungen, wie seine Söhne einmal werden sollten. Stark, mutig, ritterlich und diszipliniert.

Frederic war von all dem das Gegenteil. Er war ein schwacher Feigling, der niemals die Disziplin aufbrachte, ritterlich zu sein. Aus diesem Grund hatte er seit dem Tag, als sein Vater endlich aus dem Krieg zurückgekehrt war, ein Leben in der Hölle geführt. Die bevorstehende Hochzeit mit Elisabeth war der vorläufige Höhepunkt. Allein die Tatsache, dass er nach der Hochzeit endlich von seinem Vater erlöst sein würde, ließ bei Frederic so etwas Ähnliches wie Freude aufkommen. Er hatte auch schon daran gedacht, sich gegen seinen Vater aufzulehnen, aber es dann doch nicht geschafft. Erschwerend hinzu kam, dass sein Interesse eher dem gleichen Geschlecht galt.

Frederic stand immer mit dem ersten Hahnenschrei auf, um die frühen Stunden des Tages bei einem ausgiebigen Spaziergang zu genießen. Hierbei fand er die Kraft, das Leben mit seinem Vater zu überstehen. Er genoss den Gesang der Vögel, die den Morgen begrüßten, und vergaß sein Schicksal. Manchmal kam es vor, dass er den ganzen Tag umherlief und erst am Abend wieder zurückkehrte. Er erforschte das Land um Flörsheim und versuchte sich damit abzufinden, dass dies in Zukunft sein Zuhause sein würde. Hier in der neuen Umgebung fiel es ihm besonders schwer, den Heimweg anzutreten. Er war verzaubert von der Schönheit des Landes. In den Wäldern rund um das Weingut gab es so viel zu entdecken. Er dachte darüber nach, was ihn hier in Flörsheim erwarten würde. Er hatte Angst vor den Aufgaben, die auf ihn zukamen. Bertram war nicht besonders erfreut über das plötzliche Auftauchen der de Messieres, was die ganze Sache nicht erleichterte. Er beschloss deshalb, ein Gespräch mit Bertram zu führen, um die Feindseligkeiten zu beenden. Er wusste nur, dass seine Hochzeit mit Elisabeth einer alten Schuld zwischen Bertram und Claude entsprang, jedoch kannte er keine Details. Er wollte unbedingt herausfinden, was es mit dieser Schuld auf sich hatte. Frederic war sich sicher, dass da mehr war als ein einfaches Eheversprechen zweier Edelmänner.

Als Frederic auf den Hof zurückkehrte, sah er seinen Vater auf sich zukommen.

„Wo hast du dich herumgetrieben?", polterte dieser. „Du bist und bleibst ein Taugenichts."

„Ich habe mich nur ein wenig umgesehen."

„Es hat dir niemand gesagt, dass du das jetzt tun sollst. Wir haben dich überall gesucht. Bertram will mit seinem zukünftigen Schwiegersohn reden."

Frederic ging mit seinem Vater zu Bertrams Gemächern und trat mit einem flauen Gefühl im Magen ein. Der Winzer saß hinter seinem großen Schreibtisch und begrüßte die beiden Franzosen höflich.

„Willkommen in meiner Schreibstube", sagte er. Dann wandte er sich an Claude. „Ich möchte mit deinem Sohn alleine sprechen, wenn es dir nichts ausmacht, Claude."

Claude, der augenscheinlich über die Zurückweisung überrascht war, versuchte seine Verwunderung erst gar nicht zu verhehlen. „Ich hoffe, du weißt, dass mein Sohn nicht gerade der Klügste ist. Ich glaube, es ist besser, wenn ich bei ihm bleibe und für ihn spreche, dann gibt es auch keine Probleme."

Bertram lächelte Claude an. „Ich glaube, dass dein Sohn alt genug ist, für sich selbst zu sprechen und als zukünftiger Herr über mein Weingut dies auch tun muss. Alles andere macht unser Versprechen hinfällig, da ich nicht dulden kann, dass ein Unmündiger einmal mein Erbe antritt."

Claude wollte etwas erwidern, wurde aber mit einer Handbewegung Bertrams daran gehindert. „Ich glaube, es ist besser, wenn du jetzt gehst", sagte er bestimmt und hielt dem wütenden Blick Claudes mühelos mit einem Lächeln stand. Claude trollte sich und ließ die beiden unter lautem Protest allein.

Bertram sah Frederic tief in die Augen. Dieser konnte sein Unbehagen nicht ganz verbergen und machte sich auf das Schlimmste gefasst. Er sagte nichts und wartete, bis Bertram seine Worte zurechtgelegt hatte. Der Gutsherr lief mit auf dem Rücken verschränkten Armen vor Frederic auf und ab. Die Abendsonne fiel durch die zahlreichen Butzenfenster in den Raum und tauchte Bertram in ein mystisches Licht. Dann atmete Bertram hörbar aus und drehte sich zu Frederic. Dieser hatte geduldig gewartet, bis sein künftiger Schwiegervater endlich mit der Sprache herausrückte.

„Ich werde dir jetzt eine Geschichte aus meinem Leben erzählen, damit du verstehst, warum du hier bist und meine Tochter ehelichen sollst", begann der Gutsherr zu erzählen.

Frederics Neugier war geweckt.

Dann erzählte Bertram, wie er und Claude sich in den Wirren des Krieges kennen lernten und wie sie sich gemeinsam durch die Fronten schlugen, wo sie Seite an Seite des Gegners Soldaten töteten. Er erzählte ohne Unterbrechung und Frederic lauschte gespannt. Bertram beschrieb, wie die beiden Männer Freunde wurden, und kam dann an die Stelle, wo es interessant wurde. „Dein Vater und ich bekamen den Auftrag, hinter den feindlichen Linien die genaue Lage des gegnerischen Heeres auszuspionieren. Wir wurden in der landesüblichen Kleidung vorausgeschickt und mischten uns in einem Dorf direkt hinter der Front unter das Volk, um etwas über den Feind aus den Einwohnern herauszulocken. Wir tarnten uns als Reisende und kehrten in eine Schenke ein. Dort genossen wir die Möglichkeit, endlich dem strengen Regiment des Militärs zu entkommen. Natürlich kam eines zum anderen und wir betranken uns sinnlos. Irgendwie und irgendwann kam es zum Streit zwischen deinem Vater und mir. Ich erinnere mich, dass es um den Sinn des Krieges ging, den wir führten. Ich teilte deinem Vater mit, dass ich am liebsten desertieren wolle. Claude war schon immer durch und durch linientreu gewesen und hat mich sofort scharf attackiert Er drohte, dass er mich verraten würde, sollte ich meine Kameraden im Stich lassen. Ich antwortete ihm, dass er dies ruhig tun könne und rannte aus dem Wirtshaus. Irgendwann fand ich einen Schlafplatz in einer Scheune. Als ich am nächsten Morgen ernüchtert aufwachte und merkte, dass ich nicht rechtzeitig bei der Truppe sein konnte, nahm ich an, dass dein Vater mich der Fahnenflucht beschuldigte und mein Kopf in der Schlinge steckte. Ich beschloss, mich meiner Verantwortung zu stellen und wollte gerade aufbrechen, als ich plötzlich Getöse wahrnahm. Ich spähte vorsichtig aus der Scheune und sah auf dem Feld vor mir einen heftigen Kampf. Ich erkannte unsere Truppen und stellte zu meiner Erleichterung fest, dass wir im Begriff waren zu siegen. Als die Schlacht vorüber war, sah ich deinen Vater, der gestenreich mit dem Kommandanten redete. Leider konnte ich nicht hören, worüber sie sprachen, erfuhr aber später, dass es um mich ging. Ich nutzte die Gunst der Stunde, trat aus meinem Versteck und schloss mich unseren Truppen wieder an. Kaum war ich entdeckt, teilte ein Soldat dem Kommandanten meine Ankunft mit.

Ich dachte, meine letzte Stunde hätte geschlagen, hoffte jedoch auf Gnade, aufgrund des kurz zuvor errungenen Sieges. Zu meiner kompletten Verwunderung lächelte der Kommandant mich an und sagte: „Ein Glück konntet Ihr Euch befreien, Bertram. Da fällt mir aber ein Stein vom Herzen."

Verwirrt und sprachlos wurde ich sofort zum Lazarett gebracht, um meine Gesundheit überprüfen zu lassen. Später traf ich deinen Vater, der mir den Grund für des Kommandanten Freude erklärte. Dein Vater hatte mich nicht verraten, sondern erzählt, dass wir vom Feind enttarnt worden seien und er, im Gegensatz zu mir, flüchten konnte. Nachdem er dem Kommandanten berichtet hatte, dass ich verschleppt worden sei, beschloss dieser, noch in derselben Nacht anzugreifen. Somit habe ich deinem Vater mein Leben und meine Ehre zu verdanken. Das Einzige, was ich ihm versprechen musste, war, dass ich meine Tochter mit seinem erstgeborenen Sohn vermählen und mit einer stattlichen Aussteuer versehen würde, die ihm zugute käme. Ich wies ihn darauf hin, dass dies Erpressung sei, sah mich aber dazu gezwungen darauf einzugehen, um nicht hingerichtet zu werden. Schließlich hatte ich zu jenem Zeitpunkt schon erhebliche Verantwortung für meine Familie und das Gesinde des Gutes."

Bertram machte eine kurze Pause. Frederic saß mit geöffnetem Mund auf seinem Stuhl und starrte immer noch gebannt auf Bertram. Schließlich sagte Bertram: „So, nun weißt du, warum du hier bist. Ich war deinem Vater etwas schuldig. Diese Schuld ist nun beglichen, also verhalte dich dementsprechend und erwarte keinen weiteren Gefallen von mir. Nach der Hochzeit existiert dein Vater nicht mehr für mich. Und jetzt lass mich alleine."

Frederic verließ mit kurzer Verzögerung kommentarlos das Zimmer.

Elisabeth war verzweifelt. Sie hatte versucht, sich mit der neuen Situation abzufinden, brachte es aber nicht übers Herz, Arthur aufzugeben. Sie fasste den Entschluss, alles zu unternehmen, um die Hochzeit mit Frederic doch noch zu verhindern.

Sie überlegte angestrengt, wie sie das Vorhaben bewerkstelligen sollte. Zuerst kam ihr die Idee, wegzulaufen, jedoch bewertete sie dies als chancenlos. Sie würde niemals als alleinstehende Frau überleben. Außerdem hatte Arthur diesen Gedanken schon ausgeschlagen, weil er die gleichen Existenzängste hatte. Sie könnte eine schlimme Krankheit vortäuschen, das würde die Hochzeit verzögern. Aber irgendwann müsste sie ja wieder gesund werden. Was dann? Allein die Vorstellung daran ließ sie schaudern. Wie sie es auch drehte und wandte: Es gab kein Entrinnen. In ihrer Verzweiflung nahm sie all ihren Mut zusammen und ging zu ihrem Vater, um mit ihm über die Hochzeit zu reden und ihren Unmut darüber zu äußern.

Als sie den Wohntrakt des Guts betrat, fand sie ihren Vater in seinem Zimmer hinter dem großen Eichentisch vor. Er saß in sich gekehrt in seinem thronartigen Stuhl. Als Bertram Elisabeth sah, huschte ein Lächeln über sein Gesicht.

„Hallo, mein Kind. Was führt dich zu mir?“

„Vater“, begann Elisabeth ernst, „wir müssen über meine Hochzeit mit Frederic reden.“

„Selbstverständlich müssen wir das. Du hast ja auch keine unbedeutende Rolle in der ganzen Sache. Geht es um die Farbe deines Kleides?“ Bertram lachte so laut, dass Elisabeth unweigerlich zusammenzuckte.

Sie holte tief Luft.

„Vater, es geht nicht um das Kleid; es geht um die Hochzeit. Ich will sie nicht!“

Bertram wurde schlagartig ernst. Nach einer Weile des Schweigens stand er von seinem schweren Stuhl auf und stützte die Hände auf den Tisch.

„Elisabeth“, sagte er dann mit förmlicher Stimme. „Ich habe mein Wort als Ehrenmann gegeben und werde dies halten. Die

Hochzeit findet statt!“ Mit diesen Worten setzte er sich wieder auf den Stuhl und tat so, als würde er in den vor ihm liegenden Pergamenten etwas suchen.

Doch Elisabeth wollte nicht aufgeben.

Mit Tränen in den Augen, halb aus Wut, halb aus Verzweiflung, sprach sie weiter: „Aber ich kenne diesen Mann nicht, geschweige denn liebe ich ihn. Willst du, dass ich unglücklich werde?“

„Viele Ehen werden so geschlossen. So auch deine“, antwortete ihr Vater tonlos.

Elisabeth senkte den Blick und sagte leise, sodass es Bertram gerade noch hören konnte: „Mein Herz gehört einem Anderen.“

Bertram sprang auf und sagte in eiskaltem Ton: „Dann solltest du wissen, dass ich diesem Mann das Herz aus dem Leib reiße, wenn er meiner Tochter weiter unerlaubt nachstellt. Ich werde nicht zulassen, dass irgendjemand mein Wort als Ehrenmann anzweifeln wird. Und sollte es jemand wagen, meiner Tochter den Hof zu machen, so wird er es mit mir zu tun bekommen. Du bist Frederic versprochen und wirst ihn heiraten. Und den anderen Kerl wirst du nicht mehr wiedersehen. Und Gnade euch Gott, wenn ich euch beim Stelldichein erwische. Und jetzt geh, ich habe zu tun.“ Bertram setzte sich an den Tisch und täuschte Beschäftigung vor. Elisabeth versuchte noch weiter auf ihn einzureden, was Bertram aber völlig ignorierte. Weinend verließ sie ihren Vater. Als sie die Tür hinter sich schloss, vergrub Bertram das Gesicht in beiden Händen und versuchte der Verzweiflung Herr zu werden.

Auf dem Hof begegnete sie Arthur, der jedoch nicht dazu kam, mit ihr zu reden, da sie wie von einer Tarantel gestochen davonlief, als sie ihn erblickte. Arthur schüttelte nur verständnislos den Kopf und ging weiter. Er wollte zu Bertram, um mit ihm die anstehenden Einkäufe zu besprechen. Als er das Gebäude betrat, hörte er aus Bertrams Zimmer ein lautes Poltern. Arthur hielt kurz inne und riss dann die Tür zu des Winzers Schreibstube auf, um zu sehen, was passiert war. Arthur bot sich ein Bild der Verwüstung. Der Gutsherr hatte seinen schweren Schreibtisch einfach umgeworfen. Alles, was darauf gelegen hatte, lag überall im Raum verstreut. Arthur stand peinlich berührt in der Eingangstür und betrachtete stumm das Chaos.

„Ich glaube, ich gehe besser wieder“, sagte er nach einer Weile vorsichtig. Er drehte sich zum Gehen, als ihn Bertram zurückhielt.

„Halt!“ rief er. „Wie soll ich denn den Tisch alleine wieder aufstellen? Meinst du, ich habe Kräfte wie ein Bär?“

„Alleine umwerfen ging“, dachte Arthur, behielt es aber für sich, um Bertram nicht wieder wütend zu machen. Unter großen Anstrengungen gelang es den beiden, den Tisch wieder in seine alte Position zu bringen. Arthur traute sich nicht zu fragen, was Bertram zu einem dermaßen starken Wutausbruch gebracht hatte.

„Ähm, eigentlich bin ich gekommen, um die nächsten Einkäufe mit Euch zu besprechen. Aber wenn es Euch später besser passt ...“ Er vollendete den Satz nicht und wandte sich erneut zum Gehen.

„Warum müssen Frauen immer Ärger machen?“, fragte Bertram plötzlich.

„Wie bitte?“

„Elisabeth“, sagte Bertram. Er saß jetzt in einem großen Sessel vor dem Kamin und starrte in das wärmende Feuer.

„Was ist geschehen?“, wollte Arthur wissen.

Nach einer kurzen Phase des Schweigens schaute Bertram langsam auf. Er sah jetzt Arthur direkt ins Gesicht. Sein verzweifelter Anblick ließ Arthur schaudern. Dann begann der Winzer zu reden und erzählte Arthur die ganze Geschichte. Nachdem Bertram seinen Vortrag beendet hatte, war Arthur schockiert. Doch welche Wahl blieb Bertram? Ohne sein Ehrenwort würde er in seinen Kreisen nichts mehr gelten. Wenn sich herumspräche, dass Bertram von Trauenstein sein Wort nicht hielt, würde kein Mensch mehr mit ihm Geschäfte machen. Egal wie bitter es für Arthurs und Elisabeths Liebe war: Bertram handelte richtig. Er war es den Menschen, für die er sorgte, einfach schuldig, seinen guten Leumund zu behalten.

Trotz allem Verständnis für Bertram konnte sich Arthur

nicht mit dem Gedanken anfreunden, Elisabeth nur im Heimlichen zu treffen. Wie sollte das auf Dauer gutgehen? Und was, wenn sie erwischt würden? Nicht auszudenken!

Arthur verabschiedete sich hastig von Bertram, um nicht in eine brenzlige Situation zu geraten. Als er kurz darauf im Hof stand und in den blauen Himmel sah, zweifelte er an Gottes Gnade. Er wollte es herausschreien, konnte sich aber dann doch noch zurückhalten. Der Händler beschloss, sein Tageswerk für heute ruhen zu lassen. Was kümmerten ihn denn jetzt die Geschäfte, er musste nun zu sich selbst finden. Er eilte zum Stall und ließ sich eiligst ein Pferd satteln. Dann ritt er im wilden Galopp vom Gut und kam erst am späten Abend wieder zurück.

## *Die Botin*

Die Pest in Flörsheim erreichte ihren Höhepunkt im Sommer 1666. Über zweihundert Einwohner hatte sich der Schwarze Tod bereits geholt. Man beschloss, die Gebete im Ort zu vervielfachen und vertraute auf Gottes Hilfe. Zum Glück blieb das Weingut weitestgehend verschont, da es ein wenig außerhalb lag. Arthur und Elisabeth trafen sich trotz der Gefahr regelmäßig im Verborgenen. An diesem Morgen begegneten sie sich im Hof am Brunnen. Sie sprachen über die bevorstehende Ernte und gaben sich nach außen hin völlig gleichgültig. Um sie herum herrschte reger Betrieb. Wie üblich ließ Elisabeth eine Nachricht auf der Brunnenmauer zurück. Durch eine unerwartete Windböe wurde der Zettel plötzlich fortgeweht. Arthur und Elisabeth starrten sich entsetzt an. Der Zettel flog quer über den Hof und landete direkt vor Bertrams Füßen. Das Entsetzen der beiden steigerte sich ins Unermessliche. Elisabeth reagierte als Erste. Sie rannte auf ihren Vater zu und stolperte ihm entgegen, sodass er sie auffangen musste. Sie berappelte sich mit Bertrams Hilfe.

„Hast du dir weh getan, Liebes?“, fragte dieser besorgt.

„Nein, nein. Alles in Ordnung. Ich muss wohl über einen losen Pflasterstein gestolpert sein.“

„Du solltest besser aufpassen, mein Kind“, tadelte Bertram seine Tochter.

Bertram ging weiter, ohne die Nachricht bemerkt zu haben. Elisabeth und Arthur tauschten einen vielsagenden Blick aus. Wenn sie weiter unentdeckt bleiben wollten, mussten sie in Zukunft vorsichtiger sein.

In der Nacht trafen sie sich im Weinkeller.

„Wir müssen besser aufpassen!“, sagte Arthur. „Um ein Haar hätte dein Vater die Nachricht in der Hand gehabt und wir wären verloren gewesen.“

„Du hast recht“, stimmte sie ihm zu. „Ich habe auch schon eine Lösung.“

Arthur sah Elisabeth fragend an. Dann sprach sie weiter: „Wir sollten uns eines Boten bedienen.“

Arthur war skeptisch. „Ich kenne keinen auf dem Gut, dem wir vertrauen können."

„Aber ich", antwortete Elisabeth fröhlich. „Meine Zofe."

„Isolde?"

„Ja, warum nicht? Sie ist seit Langem bei mir und ich vertraue ihr. Und außerdem ist sie meine beste Freundin. Ich werde ihr alles erzählen und sie bitten, unsere Liebesbotin zu sein. Sie ist eine unverbesserliche Romantikerin. Das Ganze wird ihr gefallen."

Arthur war sich da nicht sicher. „Ich bin nicht dafür, einen Dritten mit hinzuzuziehen. Was, wenn sie sich verplappert? Was, wenn du wider Erwarten mit ihr Streit bekommst und sie sich an dir rächen will?" Er machte eine kurze Pause und sagte dann entschieden: „Nein, das ist mir zu unsicher."

Doch Elisabeth ließ nicht locker. Sie redete mit Engelszungen auf Arthur ein und schaffte es schließlich doch, ihn zu überreden. Von nun an würde Isolde den beiden Liebenden Nachrichten überbringen und so den nächsten Treffpunkt mitteilen. Elisabeth und Arthur saßen noch bis spät in die Nacht im Weinkeller und sprachen über alles, was sie bedrückte, bevor sie sich mit einem Kuss trennten, um die letzten Stunden der Nacht für den Schlaf zu nutzen.

Schon am nächsten Tag kam Isolde zu Arthur und teilte ihm mit, dass sie ihm auf Bertrams Drängen ab sofort zugeteilt war. Sie sollte ihm als Unterstützung bei seinen Einkäufen zur Hand gehen. Er war sich sicher, dass Elisabeth dabei ihre Finger im Spiel hatte. Mit einem Lächeln nahm er die Veränderung zur Kenntnis und fragte sich, ob Isolde schon eingeweiht war. Wenig später sollte er es erfahren. Gerade als Arthur auf die Felder reiten wollte, um bei der Ernte nach dem Rechten zu sehen, nutzte Isolde die Gelegenheit, mit Arthur über ihr Geheimnis zu sprechen. „Ich habe eine Nachricht für Euch", sagte sie verstohlen und steckte ihm ein kleines Pergamentstück zu. Arthur ließ es sofort in seinem Wams verschwinden. Er konnte die Nachricht auch später lesen. Isolde hingegen war ganz aufgeregt. „Wollt Ihr die Nachricht nicht lesen?", fragte sie empört.

Arthur wollte eigentlich nichts darauf erwidern, konnte sich aber dann nicht mehr zurückhalten. „Ich wüsste nicht, was dich das angeht, kleines Fräulein“, sagte er etwas zu forsch. Sofort wurde Isoldes Gesichtsfarbe dem Sonnenuntergang ähnlich. „Ich bin kein kleines Fräulein“, sagte sie beleidigt. „Außerdem habe ich nur sichergehen wollen, dass meine Aufgabe als Botin ordnungsgemäß erfüllt wird.“

Mit diesen Worten drehte sie sich von Arthur weg und hielt die Nase gen Himmel. Arthur verdrehte die Augen und ignorierte Isolde für die nächsten Stunden völlig.

Isolde war eine ausgesprochen hübsche junge Magd, die seit ihrer Geburt auf dem Weingut lebte. Ihre Eltern hatten schon lange in Bertrams Diensten gestanden, als sie bei einem fürchterlichen Hochwasser einige Jahre nach Isoldes Geburt ums Leben kamen. Seitdem war Isolde Elisabeths Zofe, aber auch die beste Freundin, denn die beiden Frauen hatten in etwa das gleiche Alter. Isolde hatte langes blondes Haar und war von zierlicher Statur. Schon mehrmals hatte sie Heiratsangebote der Knechte bekommen, jedoch immer wieder abgelehnt. Unter den jungen Burschen in Flörsheim hieß sie nur Isolde die Kalte, weil noch keiner bei ihr landen konnte. In Wahrheit hatte sie sich sofort in Arthur verliebt, als dieser halbtot auf das Weingut gebracht worden war. Sie war außer sich vor Freude als sie erfuhr, dass er als Einkäufer blieb und beschloss, ihn bei Gelegenheit näher kennen zu lernen. Doch zu ihrem großen Entsetzen hatte sie im vertraulichen Gespräch mit ihrer Herrin Elisabeth erfahren, dass diese sich ebenfalls in Arthur verliebt hatte und er sich auch in sie. Sie hatte sich eine Woche lang jede Nacht in den Schlaf geweint. Dann begriff sie, dass Elisabeth niemals unter ihrem Stand heiraten würde. Deshalb beschloss die Magd, auf ihre Chance zu warten. Und diese war nun da! Sie würde alles daran setzen, den Mann ihrer Träume zu bekommen.

Arthur befürchtete schon, dass er die ewig schwatzende Isolde nie loswerden würde. Sie war ja wirklich ein wunderschönes Mädchen, aber sobald sie den Mund aufmachte, war die Herrlichkeit hinüber. Wenn man sie sich so ansah, kam man zu dem Schluss, dass sie eine der schönsten Mägde in Flörsheim sein musste. Ihr blond gelocktes Haar umspielte ihr zierliches Gesicht, die blauen Augen erinnerten an einen Gebirgsbach und ihre zarte, blasse Haut gab ihr die Anmut einer edlen Dame. Doch das ewige Geschnatter der Magd trieb Arthur schier in den Wahnsinn. Er war froh, als sie auf seinen Vorschlag einging, die Weinfelder getrennt zu begutachten, um Zeit zu sparen. In Wirklichkeit wollte Arthur nur seine Ruhe haben. Wie konnte eine so schöne Frau nur so eine fürchterlich helle und nervtötende Stimme haben? Isolde begleitete Arthur jetzt seit zwei Wochen bei seinen Besuchen der umliegenden Dörfer. Zum Glück waren diese Besichtigungen nur einmal pro Woche fällig, doch Arthur graute es mittlerweile davor, mit Isolde allein zu sein. Gut, sie war das Bindeglied zwischen ihm und Elisabeth, aber musste er deshalb solche Strapazen auf sich nehmen? Langsam zweifelte Arthur an der Richtigkeit der Entscheidung, Isolde als Botin zu berufen. Doch jetzt war es zu spät. Wenn Arthur Isolde vor den Kopf stoßen würde, war es sicher wie das Amen in der Kirche, dass sie sofort zu Bertram rennen und sie verraten würde. Arthur musste sich eingestehen, dass Isolde zuverlässig alle Nachrichten zu den beiden Liebenden brachte. Die beiden trafen sich in unregelmäßigen Abständen und waren bisher nicht einmal annähernd entdeckt worden. Solange das System so gut funktionierte, würde Arthur keinerlei Änderung verlangen. Er hoffte, dass er Isolde öfter Aufgaben weit weg von ihm erteilen konnte, um so seine Nerven zu schonen. Er verbrachte den restlichen Tag damit, sich ausgiebiger als sonst mit den Weinlesern über deren Probleme zu unterhalten, um so wenig wie möglich mit Isolde zusammen sein zu müssen.

Isolde war beleidigt. Warum hatte Arthur sie weggeschickt, wo er doch genau wusste, dass die Arbeiter niemals auf ihre Anweisungen hören würden. Sie hatte nicht die geringste Ahnung vom Weinbau. Wie, in aller Herrgottsnamen, sollte sie dann die Felder inspizieren? Sie hatte heftig protestiert, alleine weiterzugehen und ihre Befürchtung geäußert, Wegelagerern in die Hände zu fallen. Als Dank dafür musste sie sich jetzt mit Gunther, dem Knecht, herumschlagen, den Arthur ihr kurzerhand als Beschützter zugeteilt hatte. Gunther war groß wie ein Bär und mindestens genauso stark. Aber das Gehirn hatte der liebe Gott bei ihm vergessen. Außerdem roch Gunther fürchterlich nach Schweiß und Dreck. Isolde vermutete, dass Gunther sich nur wusch, indem er sich in den Hof stellte, wenn es regnete. Jetzt war sie doch tatsächlich mit diesem großen Dummkopf unterwegs, um die Weinlese zu inspizieren. Das konnte niemals gut gehen. „Was habe ich nur falsch gemacht?“ dachte sie die ganze Zeit. „Und was hat Elisabeth, was ich nicht habe?“ Jedes Mal, wenn Isolde eine Nachricht übergab, musste sie mit sich kämpfen, diese nicht einfach in den Brunnen zu werfen. Sie musste all ihre Kraft aufwenden, um sich nicht anmerken zu lassen, dass sie im Grunde lieber für die Trennung als für die heimliche Liebe der beiden kämpfen würde. Aber wenn sie zu Bertram ginge, würde er Arthur vom Gut jagen, wenn nicht noch Schlimmeres mit ihm anstellen. Das wollte sie auf keinen Fall riskieren. Doch warum mied Arthur ihre Gesellschaft? Sie war die schönste Magd weit und breit. Jeder wusste das. Sie hatte reihenweise junge Freier abgewiesen. Was, um Himmels willen, machte sie falsch? Alles, was ihr auffiel, war, dass sie in Arthurs Nähe ohne Unterlass redete, was ihr früher nie passiert war. Nun, eigentlich sollte er sich doch freuen, dass sie ihn an ihrem Leben Anteil nehmen ließ. Jetzt, wo sie mit ihrem dummen, stinkenden Beschützer unterwegs war, hatte sie genug Zeit darüber nachzudenken, denn mit Gunther war kein ernsthaftes Gespräch zu führen. Das Einzige, was Gunther kannte, waren Grunzlaute. Außerdem aß er wie ein Schwein und ließ keine Gelegenheit aus, seinen Magenwinden freies Geleit zu geben. Und dabei war es ihm völlig egal, wer anwesend war. Sie kam zu dem Entschluss, sich beim nächsten Zusammentreffen mit Arthur mehr zurückzuhalten.

Die Tage vergingen und Arthur ließ sich nicht mehr bei

Isolde blicken. Sie saß mit Elisabeth in ihrer Kammer und stickte an einem Tuch. Sie hatte seit längerer Zeit keine Nachricht mehr überbringen müssen. Als sie Elisabeth fragen wollte, warum sie keine Nachricht mehr schrieb, keimte in ihr schon die Hoffnung, dass Arthur nun frei für sie wäre. Doch bevor sie zu Wort kam, begann Elisabeth zu reden.

„Ach, Isolde", seufzte Elisabeth verträumt. „Wenn ich an unsere Treffen denke, komme ich ins Schwärmen. Arthur ist so zärtlich und leidenschaftlich zugleich, dass es mir jedes Mal fast den Verstand raubt, wenn wir uns lieben."

Isolde konnte sich gerade noch beherrschen. Sie schluckte ihre Wut und Enttäuschung herunter und fragte mit gespielter Neugier: „Wann habt ihr euch denn das letzte Mal getroffen?"

„Gestern Nacht."

„Aber ich habe doch seit Tagen keine Nachricht mehr überbracht."

„Wir haben beschlossen, uns bei jedem Treffen für das nächste Mal gleich neu zu verabreden, so musst du keine Angst mehr haben, erwischt zu werden. Wir dachten, das wäre das Sicherste für uns alle. Dennoch bin ich dir dankbar für deine Dienste." Als sie den enttäuschten Blick Isoldes sah, fügte sie hinzu: „Wenn du erwischt würdest, Isolde, wirft mein Vater nicht nur Arthur in den Main, sondern auch dich gleich dazu. Willst du das etwa?"

„Ja, dann wären wir für immer vereint!", dachte Isolde. Laut sagte sie aber: „Nein, natürlich nicht. Ihr habt sicher recht." Nach einer kurzen Pause fügte sie hinzu: „Deshalb muss ich auch nicht mehr mit Arthur in die Felder. Ich vermute, ihr habt das mit Eurem Vater besprochen."

„Diese Inspektionen sind doch viel zu anstrengend für dich. Deshalb hat Arthur meinem Vater gesagt, dass er lieber Gunther mitnimmt, damit er auch mal mit anpacken kann, wenn es schwer zu arbeiten gilt. Mein Vater hat das natürlich sofort eingesehen." Elisabeth lachte verschwörerisch. „Sind wir nicht listig", lachte sie und stupste Isolde an.

„Oh ja, das seid ihr", sagte die Magd gedehnt. Wobei sie selbst über die Unbekümmertheit ihres Tonfalles staunen musste.

In ihrem Inneren jedoch keimte die Saat des Hasses.

Isolde wollte so schnell wie möglich von Elisabeth weg. Sie befürchtete, eine große Dummheit zu begehen, wenn sie noch länger mit ihr in einem Zimmer blieb. Daher täuschte sie Kopfschmerzen vor und zog sich in ihre Kammer zurück. Als sie die Tür hinter sich schloss, schrie sie, so laut sie nur konnte. Sie trommelte mit den Fäusten an die Mauern ihres Zimmers. Ihre Wut war unermesslich. Sie ignorierte die Schmerzen in ihren Fäusten und hämmerte ihre Verzweiflung an die Wand. Endlich war der Anfall vorbei. Sie horchte, ob sie jemand gehört hatte. Als alles ruhig blieb, warf sie sich auf ihr Bett und weinte bitterlich. Später kippte die Verzweiflung und wurde zu einer unbändigen Wut. Isolde beschloss, einen Racheplan zu schmieden. Sie musste sehr vorsichtig sein. Ihr Bestreben war, dass Arthur und Elisabeth getrennt würden, Arthur sich in sie verlieben und dabei weder sie noch Arthur zu Schaden kommen würden. Elisabeths Schicksal war ihr dabei völlig egal. In ihren Augen war sie eine Feindin, die nichts anderes verdient hatte. Was also war zu tun? Sie überlegte den ganzen restlichen Tag und die halbe Nacht. Dann schlief sie mit einem bösen Lächeln auf den Lippen ein.

Am nächsten Morgen wachte Isolde sehr früh auf. Da sie voller Tatendrang war, sprang sie sofort aus ihrem Bett und war bei bester Laune. Sie wusch sich schnell die Nacht aus dem Gesicht, zog sich an und rannte zu den Stallungen. Dort traf sie wie erhofft auf Gunther, der die Pferde zusammen mit dem Stallknecht Markus versorgte, der nicht minder verschmutzt und eine Miniaturausgabe des großen Gunther war. Als Isolde in den Stall kam, waren die beiden Männer höchst erstaunt.

„Was willst du denn hier?“, fragte der Stallknecht.

„Ich wollte eigentlich mit Gunther sprechen“, sagte Isolde zuckersüß. Markus hob erstaunt die Augenbrauen und sah Gunther an, der schlagartig errötete. Der sanfte Riese senkte seinen Blick und scharrte verlegen mit den Füßen.

„Was willst du von ihm?“, wollte Markus wissen.

„Ich soll ihm eine Nachricht von Arthur überbringen.“

„Na, dann überbringe sie und troll dich“, sagte Markus grob, „wir haben zu tun.“

„Ich soll sie ihm aber unter vier Augen überbringen“, antwortete Isolde mit einem verführerischen Augenaufschlag.

„Meinethalben“, sagte Markus gleichgültig. „Ich wollte ohnehin gerade Wasser holen.“ Markus nahm einen Eimer, der an einem Haken an der Wand hing, und verließ den Stall. Jetzt, wo Gunther mit der schönen Isolde allein war, wurde er noch nervöser. Isolde war sich ihrer Reize voll bewusst und setzte sie nun gezielt für ihre Zwecke ein. Sie ging mit auf dem Rücken verschränkten Armen langsam auf Gunther zu. Sie lächelte ihn frech an, was ihn wieder erröten ließ. In Wirklichkeit musste sie sich überwinden. Der Anblick des Knechtes war widerlich. Der riesige fette Kerl hatte weder Zähne noch ausreichend Haare. Außer im Gesicht, da wuchsen sie wild aus allen Öffnungen. Die Augen befanden sich unter buschigen Brauen und schielten in die Landschaft. Übertroffen wurde das nur von der knolligen Nase, die von Warzen gesäumt und mehrfach gebrochen im Gesicht ruhte. Und der Gestank, der vom Knecht ausging, war legendär.

„Gunther“, begann sie mit sanfter Stimme. „Ich habe vernommen, dass du mich magst?“ Gunther fuhr der Schock in die Glieder. „Wo ... woher ... weißt du das?“

„Na ja, man hört so einiges auf dem Gut. Aber weißt du was: Ich mag dich auch.“

Dem Knecht wurden die Knie weich. Gunther musste sich an der Stallmauer abstützen. Nach einem kurzen Taumeln hatte er sich wieder im Griff. „Du sollst keine Späße mit mir machen, Isolde. Das gehört sich nicht“, sagte er beleidigt.

„Wie kommst du denn darauf, dass ich mir einen Spaß mit dir erlaube?“

„W ... Weil so eine schöne Frau wie du bestimmt nicht einen solchen Trottel mag wie mich.“

„Wer sagt denn, dass du ein Trottel bist?“

„A ... Alle sagen das.“

„Dann liegen eben alle falsch.“ Isolde ging zu ihm hinüber und fasste ihm prüfend an den Oberarm. „Ich finde starke Männer toll.“

Wieder errötete Gunther. Aber langsam fing er an, Isolde in die Falle zu gehen. Nach einer Weile glaubte Isolde, Gunther genug Honig um den Bart geschmiert zu haben und ließ die Falle zuschnappen.

„Sag einmal, Gunther ...", begann sie mit Honig in der Stimme. „Würdest du einem kleinen Mädchen einen Gefallen tun?"

Sie schaute ihn von unten herauf an.

„Sicher ... jeden, Isolde."

Am Abend saß Isolde zusammen mit ihrer Herrin in Elisabeths Kammer. Die beiden Frauen stickten an einer Tischdecke. Isolde wartete schon den ganzen Abend darauf, dass Elisabeth das Gespräch auf Arthur lenkte. Sie war die ganze Zeit über auffällig einsilbig gewesen und hatte somit ihrer Intrige die richtige Vorbereitung verschafft. Als Elisabeth begann, von Arthur zu schwärmen, schwieg Isolde bedrückt. Nach einer Weile fiel das auch Elisabeth auf.

„Warum sagst du so wenig heute Abend?", fragte sie Isolde.

„Was? Das ist mir gar nicht aufgefallen", schauspielerte sie.

Elisabeth legte die Arbeit an der Decke nieder und fasste die Magd an der Hand.

„Ich merke doch, dass dir was auf dem Herzen liegt. Du hast den ganzen Abend gerade mal fünf Worte gesagt. Da willst du mir sagen, dass alles in Ordnung ist? Du hast Kummer!"

„Nein, ich sagte doch bereits, dass alles in Ordnung ist", steigerte Isolde die Neugierde Elisabeths.

„Ich bestehe darauf, dass du es erzählst!", sagte die Winzertochter deshalb streng. „Schließlich sind wir Freundinnen. Und Freundinnen müssen sich gegenseitig helfen."

„Aber Freundinnen müssen sich auch gegenseitig beschützen."

Die Lunte war gelegt und Isolde wartete gespannt auf Elisabeths Reaktion.

„Was soll denn das nun wieder? Was ist geschehen? Los, sag es mir!", drängte Elisabeth. Sie hatte den Köder geschluckt.

Arthur war an diesem Morgen besonders schlecht gelaunt. Er hatte die ganze Nacht kaum geschlafen, weil unter seinem Fenster ständig rollige Katzen gejault hatten. Erst nachdem er ein Tier mit einem tönernen Krug erwischte hatte, kurz bevor er nichts mehr zum Werfen hatte, verstummten die Viecher. Aber das war im Morgengrauen gewesen. Und als er aus dem Teil des Gehöfts, in dem seine Kammer untergebracht war, heraustrat, trafen ihn die Ausscheidungen eines Vogels mit ungeahnter Präzision auf die Schulter. Er schrie dem Raben wüste Verwünschungen hinterher und ärgerte sich mehr darüber, dass er keine Rache an dem Federvieh üben konnte, als an der Tatsache, dass sein Wams vollgeschissen war. Zu allem Unglück regnete es Bindfäden. Er hielt sich nah an der Wand, um nicht völlig durchnässt zu werden. Auf seinem Weg dorthin konnte er dem Schwall von Essensresten gerade noch ausweichen, der vom trotteligen Küchenjungen direkt über ihm ausgeleert wurde. Wieder wurde eine Kanonade von Verwünschungen über den Hof gerufen. Dementsprechend gelaunt ging Arthur zum Stall, um sich einen Wagen zu holen. Er musste heute in die Dörfer fahren, um sich über den Stand der Aussaat zu informieren. Sollte ihm heute bloß noch einer quer kommen; er würde für nichts garantieren.

Als er im Stall eintraf, war dort nur Gunther vorzufinden. Arthur konnte nicht wissen, dass Isolde ein paar abführende Kräuter in das Frühstück des zweiten Stallknechtes Markus geschmuggelt hatte, damit er am Morgen nicht im Stall war. Somit war der Weg frei für Gunther, der in Ruhe seinen Gefallen für Isolde tun konnte. Sie hatte ihm erzählt, dass es sich um einen Scherz handelte. Und Gunther war für jeden Spaß zu haben. Besonders, wenn dieser Isolde erfreute.

Gerade als die beiden auf den Wagen steigen wollten, um zu ihrer morgendlichen Runde in die Felder aufzubrechen, begann der Spaß.

„Arthur“, begann Gunther und unterdrückte ein Kichern. „Ich habe da ein paar Sachen über dich gehört.“

Arthur war noch so in Rage, dass er den schlecht gespielten Scherz nicht durchschaute.

„Was denn?“, raunzte er.

„Na ja“, spann Gunther die von Isolde erfundene Geschichte, „als ich gestern Abend über den Hof ging, hörte ich ein paar lachende Frauen und Männer und dachte, dass ich vielleicht nicht mitgekriegt habe, dass noch ein Fest ist. Und da bin ich natürlich gleich hingegangen."

„Na und?", brummte Arthur.

„Als ich kurz vor dem Festsaal war, bemerkte ich, dass es sich um die junge Herrin und ein paar Freundinnen handelte. Da dachte ich, da hast du sowieso nichts verloren und bin also wieder weggegangen."

„Komm zum Punkt, Gunther, ich habe sehr schlechte Laune heute Morgen", trieb Arthur den Knecht an. Das hätte Gunther fast dazu gebracht, den Scherz abzubrechen. Doch dann hatte er Isoldes Gesicht vor Augen und dachte an sein Versprechen und was er dafür von Isolde zu bekommen hoffte. Er beschloss fortzufahren. „Als ich gerade wieder wegging, hörte ich zufällig, über wen die gelacht haben."

„Und – über wen?", fragte Arthur gelangweilt, der gar nicht richtig zugehört hatte.

„Na, über dich, Arthur."

„Was?"

„Aber ja doch, wenn ich es dir sage. Elisabeth stand in der Mitte der Leute und sagte noch: Der Trottel von Arthur denkt doch tatsächlich, dass ich in ihn verliebt bin. Dabei ist er doch nur mein Spielzeug. Der glaubt im Ernst, dass er mich kriegen könnte. Ich hatte meinen Spaß mit ihm. Aber langsam wird er lästig. Schließlich werde ich bald einen reichen Kaufmannssohn aus Frankreich heiraten, da kann man sich keinen störenden Liebhaber erlauben." Gunther ließ die Worte wirken und fügte dann hinzu: „Das hat sie gesagt. Ehrlich!"

Arthur war wie vom Donner gerührt und Gunther freute sich im Stillen diebisch über seinen gelungenen Auftritt. Dann malte sich der dicke Stallknecht aus, wie es wohl sein würde, wenn die schöne Isolde mit ihm ins Heu ginge. Wie konnte er ahnen, dass Isolde das nie vorgehabt hatte. Aber wer von den beiden hatte nun den größeren Fehler begangen?

Arthur war den ganzen Tag völlig zerstreut und mit seinen Gedanken bei der unglaublichen Geschichte, die ihm Gunther am

Morgen erzählt hatte. Er war so abgelenkt, dass er beinahe den Wagen in einen Abgrund lenkte. Zum Glück konnte Gunther rechtzeitig eingreifen. Heute Abend würde er sich wieder mit Elisabeth treffen, so hatten sie es beim letzten Mal verabredet. Dann würde er sie zur Rede stellen und sicherlich würde sich alles nur als ein Missverständnis erweisen. Aber er ertappte sich dabei, wie er sich einbildete, dass Elisabeth in letzter Zeit noch gleichgültiger in der Öffentlichkeit mit ihm umging als sonst. Die Saat von Isoldes böser Eifersucht war aufgegangen und blühte nun in voller Pracht.

„Nun sag mir endlich, was du weißt", schrie Elisabeth Isolde an. Seit einer Stunde wich Isolde Elisabeths Angriffen aus und schwieg beharrlich. Jetzt war der Zeitpunkt gekommen zuzuschlagen.

„Wenn ich es Euch sage, werdet Ihr mir ewig böse sein", begann sie mit gespielter Angst. „Aber Ihr habt recht: Ihr müsst erfahren, welch ein Schurke Euer Liebhaber ist."

Elisabeth wurde hellhörig. „Was hat er gemacht?"

„Na ja ... er hat", sie unterbrach sich. „Nein, ich kann es Euch nicht sagen, das Ganze ist bestimmt nur ein Missverständnis."

„Wenn du es mir nicht gleich sagst, lasse ich dich in der Stadt an den Pranger stellen und werde die Erste sein, die dich anspuckt", drohte Elisabeth zornig.

Isolde schnaufte theatralisch und begann zu reden. „Also, das war so: Als ich gestern Morgen zum Brunnen lief, um Wasser für Euer morgendliches Bad zu holen, hörte ich ein Lachen aus einem der Dienstmädchenunterkünfte. Ich dachte mir nichts dabei und ging meines Weges, als ich plötzlich die Stimme eines Mannes vernahm. Wie Ihr wisst, sind Männerbesuche in den Gemächern der Mägde strengstens untersagt, weshalb ich hellhörig wurde. Ich versteckte mich hinter der Trauerweide im Hof und wartete, welcher Lump die Anweisungen des Herrn missachtete. Als ich es sah, wollte ich meinen Augen nicht trauen."

„Sag mir nicht ...", flüsterte Elisabeth.

„Doch, Elisabeth!" Isolde sah den verletzten Gesichtsausdruck Elisabeths und musste ein triumphierendes Grinsen unterdrücken. Stattdessen legte sie eine mitleidige Miene auf. Nach einer Weile fuhr sie fort: „Jetzt wisst Ihr, warum ich es Euch nicht sagen wollte. Der Lump war Arthur. Als er zur Tür herauskam, küsste er Frida auf den Mund und griff ihr zum Abschied unter den Rock."

Elisabeth sperrte entsetzt den Mund auf und blieb einige Sekunden wie versteinert sitzen. Isolde suhlte sich im Leid Elisabeths, ermahnte sich aber auch, nicht zu weit zu gehen. Ihr Plan hing von ihrer Glaubwürdigkeit ab.

„Bist du sicher, dass es Arthur war?", fragte Elisabeth.

„Vollkommen, denn als ich weiterging und wir uns in der Mitte des Hofes trafen, grüßte er mich noch fröhlich."

„Na warte", fauchte Elisabeth. „Heute Abend sind wir verabredet, der kann sich auf was gefasst machen."

„Warum wollt Ihr überhaupt noch zu ihm hingehen?", fragte Isolde scheinheilig. „Warum lasst Ihr ihn nicht einfach sitzen?"

Elisabeth überlegte kurz und sagte dann: „Du hast recht! Er soll mir gestohlen bleiben, dieser Schuft."

Arthur kochte vor Wut. Sollte sie ihn wirklich nur zum Besten gehalten haben? Waren all ihre Tränen und Liebesschwüre nur Schauspielerei gewesen, um mit ihm ihr Vergnügen zu haben? Er ging mit zornesrotem Kopf zu ihrem abendlichen Treffpunkt. Er war etwas früh dran und steigerte damit noch seine Wut, indem er sich einredete, dass er pünktlich sei und sie ihn warten ließ. Plötzlich kam eine weiblich anmutende Gestalt auf ihn zugelaufen. Er legte sich schon seine Worte zurecht, als er erkannte, dass es sich nicht um Elisabeth, sondern um die schwatzhafte Isolde handelte. „Was hat denn das nun schon wieder zu bedeuten?" fragte er sich.

„Was willst du denn hier?", raunzte er die Zofe an.

„Ich habe eine Nachricht von Elisabeth für Euch."

„Dann gib sie mir und verschwinde wieder", antwortete Arthur mürrisch.

„Ich habe keinen Brief für Euch, sondern nur eine mündliche Nachricht."

„Und, wie lautet sie?"

Isolde zögerte. Dann begann sie mit mitleidigem Blick: „Ich soll Euch ausrichten, dass Elisabeth bald eine verheiratete Frau sein wird und sich nicht mehr mit Euch treffen möchte und ...", sie sprach nicht weiter.

„Und, was?"

„Sie sagte, dass ihr das Spiel mit Euch sehr viel Spaß gemacht hat."

„Das Spiel?" rief Arthur. „Das hat sie gesagt?"

„So wahr ich hier stehe", log Isolde.

„Das glaube ich nicht. Nach all dem ...", dann fiel ihm wieder die Geschichte von Gunther am Morgen ein und man konnte beinahe hören, wie sein Herz brach.

„Wenn ich Euch helfen kann", schmeichelte Isolde, „dann könnt Ihr jederzeit zu mir kommen, ich werde immer für Euch da sein."

Arthur hatte nicht zugehört. „Was ... ja, ja. Jetzt lass mich allein."

Nachdem Isolde Arthur mehrfach versichert hatte, für ihn da zu sein, ging sie fröhlich über den Gutshof. Am Brunnen angekommen lachte sie laut auf.

„Was gibt's denn da zu lachen?"

Isolde fuhr herum. Gunther stand plötzlich vor ihr.

„Warum schleichst du dich an mich heran?", fuhr sie ihn an.

„Das habe ich ja gar nicht."

„Was willst du von mir?", zischte Isolde.

„Ich habe Arthur die Geschichte erzählt, wie du mir es aufgetragen hast. Jetzt will ich meinen Lohn."

„Welchen Lohn? Ich habe dir nichts versprochen. Du solltest nur einen Gefallen für mich tun."

Isolde wurde unheimlich. So alleine mit dem dummen Riesen in der Dunkelheit. Sie beschloss, um Hilfe zu rufen, wenn er ihr zu nahe kommen würde. Gunther schaute Isolde verdutzt an. „Aber ... ich dachte wir werden Freunde, wenn ich dir helfe, den Schabernack mit Arthur zu treiben", sagte Gunther.

Isolde änderte ihre Taktik: „Aber sicher doch", sagte sie zuckersüß. „Wir waren doch schon vorher Freunde. Oder nicht?"

„Na dann ...“, sagte Gunther und ging auf sie zu. Ehe Isolde sich versah, packte Gunther sie an den Armen und küsste sie auf den Mund. Er küsste sie so fest, dass Isolde nicht einmal die Möglichkeit hatte, zu schreien. Dann biss sie Gunther auf die Lippen; dieser ließ sofort von ihr ab.

„Was erlaubst du dir?“, schrie sie. „Ich bin doch keine Dirne, dass ich mich von jedem Dahergelaufenen küssen lasse. Du Riesendummkopf!“

Gunther war verwirrt. Hatte sie eben nicht selbst gesagt, dass sie Freunde seien? Und wenn Mann und Frau Freunde sind, dann küssen sie sich. War es nicht so? Warum war Isolde dann jetzt böse auf ihn? Vielleicht war es doch nicht so, wie er dachte. Vielleicht wollte sie nur so mit ihm befreundet sein, wie er es mit anderen Männern war. Das musste es sein. Er überlegte eine Weile und beschloss dann, sich bei ihr zu entschuldigen.

Als er aufsah, stand Isolde nicht mehr vor ihm. Er blickte sich um und entdeckte sie am anderen Ende des Hofes, wie sie mit wehenden Haaren davonlief. Er rief ihr hinterher, sie solle stehen bleiben und rannte zu ihr hinüber, um sie einzuholen. Isolde blickte sich hastig um und entdeckte den auf sie zustürzenden Riesen, der ihren Namen rief. Sie bekam es mit der Angst zu tun und rannte blindlings los. In der Dunkelheit konnte sie kaum sehen, wohin sie rannte. Von Panik ergriffen lief die Zofe in Richtung der Ställe, wo sie Markus beim Striegeln der Pferde vermutete. Doch vergaß sie, dass es bereits nach Mitternacht war und der Stallknecht seit Stunden schlief. Am Eingang des Stalles hatte Gunther sie fast eingeholt. Isolde riss die Stalltür auf und sah sich in einer Sackgasse. Panisch drehte sie sich um und sah den Riesen vor sich. Gunther packte sie an den Armen und hielt sie fest. Sie hörte seine Worte nicht, weil sie selbst nur ihre Schreie wahrnahm. Sie wehrte sich nach Kräften und schrie den dummen Riesen an, er solle sie loslassen, was er dann auch tat. Hätte sie ihm zugehört, so hätte sie seine entschuldigenden Worte vernommen. Als er sie losließ, wie sie es von ihm verlangte, taumelte sie rückwärts auf die Stallwand zu. Weder sie noch Gunther sahen in der Dunkelheit den langen Eisennagel aus der Wand ragen, an dem normalerweise das Zaumzeug hing. Mit einem hässlichen Geräusch bohrte sich dieser in Isoldes Genick und löschte umgehend ihr junges Leben aus. Gunther war wie gelähmt. Erst, als er die Schreie einer jungen Magd wahrnahm, die sich zu einem Stelldichein mit ihrem Liebhaber im Stall verabredet hatte, erwachte er aus seiner Starre und rannte davon.

## *Die Jagd des Unschuldigen*

Gunther rannte, so schnell ihn seine muskulösen Beine trugen. Die Panik trieb ihn an. Vor seinem inneren Auge eingebrannt, sah er die sterbende Isolde. Immer wieder schoss ihm der Satz: „Was habe ich nur getan?“ in den Kopf.

Er rannte in den dunklen Wald hinein, wobei er sich zahlreiche kleinere Verletzungen zufügte. Die Tränen, die ihm dabei über die Wangen zogen, bemerkte er nicht. Wie ein gehetztes Tier fegte er durchs Unterholz. Als er sich nach dem Gutshof umsah, konnte er ihn hell erleuchtet sehen. Sämtliche Bewohner mussten mittlerweile geweckt worden sein. Sie hatten Fackeln angezündet, um ihn zu suchen. Er rannte und rannte. Als er die Kraft zum Weiterlaufen verloren hatte, entdeckte er eine verlassene Höhle. Er kroch in die hinterste Ecke des Loches, wo er sich zusammenkauerte und bitterlich zu weinen begann.

Auf dem Weingut herrschte große Aufregung. Vom Schrei der Magd, die Isolde gefunden hatte, war das Gesinde geweckt worden. Aufgrund des Berichtes der Magd stellte Bertram einen Suchtrupp zusammen. Arthur wollte nicht so recht an die Geschichte glauben. Die Magd hatte völlig aufgelöst erzählt, dass Gunther versucht habe, Isolde zu vergewaltigen und sie dann mit Absicht an den Nagel geworfen hätte. Arthur hatte die Magd als geschwätziges Weib kennen gelernt, die sich nun in der ihr zugebrachten Anerkennung suhlte. Er war seit mehreren Wochen mit

Gunther täglich in die Dörfer gefahren. Dabei hatte er ihn als zuverlässigen und freundlichen, wenn auch ein wenig einfältigen Mann wahrgenommen. Mord und Vergewaltigung passten nicht zu ihm. Leider blieb keine Zeit, die Magd eingehender zu befragen, da Bertram mit dem Suchtrupp schon im Aufbruch war.

In Windeseile hatten die Knechte fünfzehn Pferde gesattelt und ritten in die Nacht hinaus. Sie wurden angeführt von einer Schar Jagdhunde, die die Fährte Gunthers sofort aufnahmen. Laut bellend und jaulend stürmten sie in die Nacht hinaus. Arthur schloss sich dem Trupp an; nicht zuletzt, um zu verhindern, dass Gunther an Ort und Stelle ohne fairen Prozess aufgeknüpft wurde. Als die Männer den Waldrand erreicht hatten, sprangen sie von den Pferden und kämpften sich zu Fuß durch das dichte Unterholz. Das Gelände wurde immer schwieriger. Einer nach dem anderen gab auf. Alsbald waren von den anfänglich fünfzehn Berittenen nur noch acht übrig. Unter ihnen Arthur und Bertram. Nach einer kleinen Ewigkeit fanden die Hunde die Höhle, in der sich Gunther versteckt hielt. Die schnellsten Tiere bereuten umgehend ihren Erfolg. Sie waren im Blutrausch hineingelaufen und im hohen Bogen wieder herausgeschleudert worden. Gunther hatte einen armdicken Ast in der Höhle gefunden, den er jetzt als Waffe gebrauchte. Zum Glück hatte der Hundeführer den anstrengenden Weg durch den Wald geschafft und pfiff nun seine Tiere zurück. Arthur sah staunend zu, wie diese sofort gehorchten. Sie versammelten sich aufgeregt um ihren Führer und warteten geduldig auf weitere Kommandos. Bertram trat vor die Höhle und stemmte die Arme in die Hüfte. „Gunther, komm heraus und ich garantiere dir, dass du einen anständigen Prozess bekommst“, rief er in die Höhle hinein.

„Es war ein Unfall!“, schrie Gunther aus der Dunkelheit. „Ich wollte mich doch nur entschuldigen.“

„Das werden wir alles klären. Jetzt sei vernünftig und komm heraus.“

„Ihr werdet mich einsperren, stimmt's?“, heulte Gunther aus dem Inneren der Höhle.

„Nur so lange bis deine Unschuld bewiesen ist. So will es das Gesetz.“

Gunther überlegte fieberhaft. Auf gar keinen Fall wollte er in das dunkle Verlies geworfen werden, um mit den Ratten um das Essen zu konkurrieren. Lieber würde er sterben, dachte er. Und bestimmt glaubten die da draußen ihm kein Wort. „Ich kenne die Magd, die im Stall geschrien hat. Sie ist das größte Schandmaul von Flörsheim. Bestimmt hat sie allen erzählt, dass ich Isolde absichtlich gestoßen habe.“

Langsam gewann der Tag an Helligkeit, wodurch Gunther die Umrisse der Höhle jetzt besser erkennen konnte. Plötzlich sah er einen Lichtschein an der Decke der Höhle. Dort musste ein zweiter Ausgang sein! Er schaute an der Wand entlang und sah, dass es leicht sein musste, dort hinaufzuklettern. Ja, das müsste zu schaffen sein! Gunther begann mit dem Aufstieg und kam sogar schnell voran. Wenn er das Loch erreichen würde, könnte er vielleicht doch noch entwischen.

Vor der Höhle berieten die noch übrig gebliebenen Jäger, wie sie weiter vorgehen sollten, als sie plötzlich einen fürchterlichen Schrei hörten. Arthur reagierte als Erster und rannte in den dunklen Schlund hinein. Vergeblich versuchten Arthurs Begleiter, ihn zurückzuhalten, doch Arthur ignorierte die Männer und eilte weiter, um zu sehen, was geschehen war. Als er in den letzten Winkel der Höhle kam, sah er Gunther mit seltsam verdrehten Gliedmaßen am Boden liegen. Er rannte zu seinem Gehilfen und merkte sofort, dass jede Hilfe zu spät kam.

Gunther war tot!

## *Die Hochzeit*

Die Trauerfeiern konnten unterschiedlicher nicht sein.

Während für die verräterische Intrigantin Isolde ein großes Begräbnis mit allen Bewohnern des Gutes veranstaltet wurde, vergrub man Gunther als Mörder gebrandmarkt still und heimlich auf dem Aussätzigen-Friedhof. Die Wahrheit kam nie ans Licht.

Nach den schrecklichen Vorfällen der letzten Tage zog nur langsam wieder der Alltag auf dem Hof ein. Die böse Saat von Isolde ging weiter auf. Elisabeth und Arthur sprachen kein Wort mehr miteinander und gaben sich gegenseitig die Schuld an ihrem Zerwürfnis. Keiner der beiden Dickköpfe wollte auch nur eine Handbreit nachgeben. So lebten sie sich weiter und weiter auseinander, bis die Liebe in den Herzen der beiden tief von Groll und Zorn verschüttet wurde. In stillen Stunden dachten beide darüber nach, den ersten Schritt zu tun. Doch falscher Stolz und purer Trotz verhinderten weiter die Versöhnung. Elisabeths Enttäuschung über Arthur trieb sie in die Ehe mit dem ungeliebten Frederic. Sie ging zu ihrem Vater, um ihn zu bitten, den Hochzeitstermin vorzuziehen. Bertram nahm die Nachricht mit Erleichterung auf und befahl, die Feierlichkeiten so schnell wie möglich beginnen zu lassen. Sofort wurde ein Kurier zu Claude de Messiere geschickt, um ihm mitzuteilen, dass die Hochzeit vorgezogen würde.

Die Pest in Flörsheim verlor durch die intensiven Gebete der Gemeinde immer mehr an Kraft und der Sommer war an Schönheit kaum zu überbieten. Jeden Tag war der Himmel mit reinstem Blau geflutet und die Temperaturen stiegen angenehm an. Ein jeder war glücklich.

Ein jeder, außer den unmittelbar Beteiligten der Hochzeit auf dem Weingut. Und Arthur. Frederic graute vor der Hochzeitsnacht, Elisabeth graute vor der Ehe mit Frederic, den sie kaum kannte und noch weniger mochte. Arthur grollte, weil er zu stolz war, sich mit Elisabeth zu versöhnen, und so noch nicht einmal eine harmlose Freundschaft zu ihr aufbauen konnte. Der große Tag kam und alle waren dabei. Ganz Flörsheim war auf den Beinen. Alle waren auf das Gut gekommen, um dem Schauspiel beizuwohnen. Die Braut war wunderschön und dem Bräutigam war seine Angst nicht anzusehen. Beider Väter Brust war stolzgeschwellt. Die Zeremonie dauerte zwei Stunden. Als alle Reden gehalten und alle Glückwünsche verteilt waren, begann eines der größten Feste, welches Flörsheim je gesehen hatte. Das Bier und der Wein flossen in Strömen; fast alle Vorräte wurden aufgebraucht und die Musik spielte bis tief in die Nacht. Die Tafel für die Hochzeitsgäste war gedeckt mit gebratenem Geflügel aller Art. Tauben, Wachteln, Fasane und Wildenten schmückten den langen Tisch. Rund um die leckeren Speisen lagen Rüben und Kohl fein dekoriert. Das Kerzenlicht tauchte das Festmahl in ein malerisches Antlitz. Ein Ochse wurde am Spieß gebraten und an das Volk verteilt. Ergänzt wurde das Festmahl durch eine unglaubliche Anzahl an Lachs, Forellen und Zander. Niemand sollte heute Hunger leiden!

Das Fest war berauschend. Arthur stürzte sich mehr aus Frust über die Hochzeit seiner Elisabeth denn aus Lust in einen Flirt mit Frida und begleitete sie in ihre Kammer. Unnötigerweise sah Elisabeth die beiden zusammen verschwinden. Wieder kam die Wut zurück. Zum Glück hatte Isolde ihr die Augen geöffnet. Nur mühsam konnte sie die Fassade der Braut aufrechterhalten. Doch Bertram konnte sie nichts vormachen. Als ihr Vater die Gefühlslage seiner Tochter bemerkte, kam er zu ihr.

„Elisabeth“, begann er mit sanfter Stimme. „Ich weiß, dass du Frederic nicht liebst, aber glaube mir, er wird dir ein guter Ehemann sein. Davon bin ich überzeugt. Und wer weiß, vielleicht verliebst du dich ja doch noch eines Tages in ihn.“

„Ach, Vater“, seufzte Elisabeth. „Das ist es nicht. Ich musste nur gerade an Isolde denken. Sie hat sich so auf die Hochzeit gefreut und mir die Augen geöffnet, dass es das Beste für mich ist, Frederic zu heiraten.“

Bertrams Miene erhellte sich. „Ich verstehe deine Trauer. Auch ich denke manchmal an sie. Doch meinst du, sie hätte gewollt, dass du an deiner Hochzeit unglücklich bist?“

„Nein, bestimmt nicht“, sagte sie und blickte ihren Vater liebevoll an.

Dieser küsste sie auf die Stirn und umarmte sie herzlich. Als er sie wieder losließ, lächelte er sie an und sah die Müdigkeit in ihren Augen. „Es war ein anstrengender Tag für dich. Vielleicht solltest du dich zurückziehen. Ich werde Frederic nachschicken."

„Ja, Vater." Elisabeth verabschiedete sich von der Festgemeinde und verließ den Tanzsaal. Als sie über den Hof zu ihrer Kammer ging, sah sie Arthur. Ihre Blicke trafen sich und eine Sekunde lang flammte die Liebe zu ihm wieder auf. Aber zugleich kam die Wut zurück in ihr Herz, weil er von Frida kam.

„Alles Gute zur Hochzeit, Elisabeth", sagte Arthur überraschend aufrichtig.

„Danke, Arthur", gab sie kühl zurück.

„Du hast offensichtlich einen guten Fang gemacht."

„Natürlich", sagte sie mit frostiger Stimme. „Frederic wird mich bestimmt nicht so hintergehen wie du."

Arthur glaubte, nicht richtig gehört zu haben. Hatte sie eben etwas von Hintergehen gesagt? „Was fällt dieser Frau eigentlich ein?", dachte Arthur. Dann hatte er sich wieder im Griff. „Na, dann kannst du ihn ja vielleicht als neues Spielzeug präsentieren, jetzt, wo du das alte weggeworfen hast."

Jetzt war es Elisabeth, die nichts verstand. Doch bevor die von Gott füreinander Bestimmten ihr großes Missverständnis aufklären konnten, erschallte der Ruf über das Gut: „Feuer!"

Sofort brach das Chaos aus. Ehe sich die beiden versahen, war der ganze Hof voll mit von Panik erfassten Menschen. Überall liefen schreiende Menschen durcheinander. Bei manchen hatte die Kleidung Feuer gefangen, sodass sie wie lebendige Fackeln über den Hof rannten, bis sie zusammenbrachen. Arthur und Elisabeth standen wie gelähmt dabei und konnten nichts tun. Es dauerte eine ganze Weile, bis der Händler sich endlich aufraffte und zum Festsaal hinüberlief. Dort angekommen bot sich ihm ein Bild des Schreckens. Der ganze Saal stand in Flammen. Es war kein Durchkommen möglich. Die Hochzeitsgäste, die noch eben fröhlich gefeiert hatten, stoben nun durcheinander wie eine wild gewordene Schafherde. Arthur versuchte, die Leute zur Vernunft zu bringen. Doch es war zwecklos. Wie sollte er gegen diese Wand aus Panik und Todesangst ankommen? Diejenigen, die es bis jetzt nicht geschafft hatten, waren verloren. Arthur suchte nach einer Möglichkeit, um vielleicht doch noch in den Saal zu gelangen und den ein oder anderen zu retten. Aber: vergebens! Endlich begannen die Ersten mit den Löscharbeiten. Sämtliche Gefäße, die auch nur einen Tropfen Wasser fassen konnten, wurden herbeigeschleppt. Nach einer Ewigkeit hatte sich endlich eine Löschkette vom Brunnen bis zum Saal gebildet, aber das Gebäude war nicht mehr zu retten. Schon nach kurzer Zeit fing das Dach an zu brennen. Hungrig fraßen sich die Flammen durch das Bauwerk. Plötzlich sah Arthur, wie ein Balken der hohen Decke hinabstürzte. Direkt darunter befand sich Elisabeth, die sich am verzweifelten Kampf gegen den roten Hahn beteiligt hatte. Ihr einst weißes Hochzeitskleid war als solches nicht mehr zu erkennen. Ihr Haar hing wirr um ihr rußgeschwärztes Gesicht und verlieh ihr eine faszinierende Schönheit. Doch ihr Leben war in größter Gefahr. Arthur schrie gegen das Getöse des Brandes an, war aber zu weit entfernt, als dass ihn Elisabeth hätte hören können. Der Balken stürzte unaufhaltsam herab. Auf seinem Weg nach unten prallte er mit Urgewalt an weitere Balken, die dem Feuer noch trotzten. Das rettete Elisabeth das Leben. Kurz bevor der brennende Balken den Boden erreichte, veränderte er seine Fallrichtung. Dennoch wurde Elisabeth getroffen und lag bewusstlos inmitten der Feuersbrunst. Arthur ließ seinen Löscheimer fallen und eilte seiner Geliebten zur Hilfe. Dann sah er Frederic. Der frischgebackene Ehemann stand direkt neben seiner verwundeten Frau und tat ... nichts!

Frederic hatte das Feuer als einer der Ersten bemerkt und den Saal fluchtartig verlassen. Er flüchtete sich in den sicheren Hof und schaute dem Schauspiel fasziniert zu. Hätte ihm sein Vater nicht mit deutlichen Worten befohlen, sich an den Löscharbeiten zu beteiligen, würde er jetzt noch dort stehen. Gerade, als er den ersten mit Wasser gefüllten Eimer in die Feuersbrunst geworfen hatte, sah er, wie der Balken sich löste. Er verfolgte mit den Augen die wahrscheinliche Flugbahn des Balkens und erkannte am Zielpunkt des Sturzes Elisabeth. Zuerst wollte er sie warnen, doch dann fuhr es durch seine Glieder. Und eine finstere Stimme in seinem Inneren ermahnte ihn: „Wenn das Weibsbild stirbt, bist du alle Sorgen los. Ihr seid bereits verheiratet und das Gut gehört bald dir. Du musst nicht mal die Hochzeitsnacht, vor der dir so graute, vollziehen. Sei nicht dumm!"

Als der herabstürzende Balken Elisabeth niederstreckte und sie in eine tiefe Bewusstlosigkeit warf, sah Frederic unbeteiligt zu. Das Nächste, was er wahrnahm, war, wie dieser Einkäufer seine Frau aus den Flammen zog.

Die Überlebenden kämpften bis zur völligen Erschöpfung gegen die Flammen, doch am Ende siegte das Feuer und der komplette Trakt des Gutshofes brannte ab. Als endlich im Morgengrauen das Feuer gelöscht werden konnte, rief Bertram alle zusammen, um nachzusehen, wer vermisst wurde. Die versammelten Menschen waren alle schwarz vom Ruß und Rauch des Feuers. Die meisten von ihnen waren völlig erschöpft. Sie hatten nicht einmal die Kraft, die Toten zu betrauern. Die verheerende Bilanz, so stellte Bertram fest, waren dreiunddreißig Tote und unzählige Verletzte. Viele Frauen und Kinder waren Opfer der Flammen geworden. Elisabeth war ohne Besinnung und lag in ihrer Kammer, wo sie von einem Arzt versorgt wurde. Es dauerte mehrere Tage, bis alle Leichen geborgen und die Trümmer einigermaßen beseitigt waren. Alle Bewohner des Gutes und viele Flörsheimer halfen mit. Doch schon bald mussten viele Männer wieder auf die Felder, um die Ernte nicht zu gefährden. Elisabeth ging es nach zwei Tagen wieder besser, sodass sie ab und zu die Aufräumarbeiten beobachten konnte. Traurig stand sie an ihrem Fenster und sah den Menschen bei ihrer schrecklichen Tätigkeit zu. Jedes Mal, wenn sie Arthur sah, durchzuckte es sie. Jedes Mal, wenn sie ihn sah, dachte sie an das Kind unter ihrem Herzen. Es war das Kind einer zerbrochenen Liebe. Es war das Kind von Elisabeth und Arthur.

## *Die Forderung*

In den Tagen, die Elisabeth im Krankenbett verbrachte, erkundigte sich Frederic nicht ein einziges Mal nach ihrem Befinden. Stattdessen verbrachte er seine Zeit mit langen Spaziergängen. Ihn interessierte nur noch sein eigenes kleines Universum. Er sehnte den Tag herbei, an dem sein Vater endlich das Gut wieder verlassen würde. Doch das konnte dauern. Claude befahl seinen Begleitern, bei den Aufräumarbeiten zu helfen und so lange in Flörsheim zu bleiben, bis alle Trümmer beseitigt waren. So vergingen die nächsten Tage und Wochen, ohne dass etwas Nennenswertes geschah.

Elisabeth ging es jeden Tag ein bisschen besser. Schon bald würde sie wieder vollkommen gesund sein. Die ganze Zeit über ging ihr Arthurs seltsame Bemerkung, die er kurz vor Ausbruch des Feuers gemacht hatte, nicht mehr aus dem Kopf. Wieso dachte er, sie hätte nur mit ihm gespielt? Wie konnte er so etwas von ihr denken, wo sie doch sogar bereit gewesen war, den Hof mit ihm zu verlassen? Dabei war er es doch, der sie nur ausgenutzt und betrogen hatte! Wie gerne hätte sie sich mit ihm ausgesprochen. Doch die Umstände ließen es nicht zu, es ergab sich keine Gelegenheit. Die zusätzliche Arbeit am Festsaal und die bevorstehende Ernte hatten das Leben auf dem Gut zu fest im Griff. Elisabeth hatte ein weiteres Problem: Ihre Schwangerschaft konnte bald nicht mehr verheimlicht werden. Was die Sache nicht einfacher machte, war die Tatsache, dass sie für Frederic Luft zu sein schien. Er war weder an ihrem Krankenbett, noch hatte er mit ihr auch nur ein Wort seit der Hochzeit gesprochen. Wie sollte sie ihm dann weismachen, dass das Kind von ihm stammte? Sie musste versuchen, mit ihm die Ehe zu vollziehen; koste es, was es wolle. Allein im Interesse des Kindes. Was, wenn herauskäme, dass dieses Kind nicht von Frederic war? Sie würde verstoßen und ihr Vater würde nicht ruhen, bis er den wahren Kindsvater gefunden und ihm mit bloßen Händen den Kopf vom Rumpf gerissen hätte. Sie musste sich etwas einfallen lassen! Gerade als sie sich am Fuß des Brunnens ausruhte, kam Frederic von einem seiner Spaziergänge durch das Hoftor hereingeschlendert.

„Gott zum Gruße“, sagte er förmlich.

Elisabeth war überrascht und suchte nach Worten. „H ... Hallo, Frederic“, stammelte sie.

„Ich habe lange über uns nachgedacht“, begann er ohne Umschweife. „Wir sollten uns unterhalten.“

„Gern“, erwiderte Elisabeth mit flauem Gefühl. „Was möchtest du mir sagen?“

„Lass uns an einen Ort gehen, an dem wir ungestört sind.“

„In meiner Kammer können wir unbehelligt reden“, schlug Elisabeth vor.

Sie führte Frederic in ihre Kammer, wo sie sich mit verlegenem Schweigen gegenübersaßen. Nach einer Weile seufzte Frederic und stand von seinem Sessel auf. Unruhig lief er auf und ab.

„Elisabeth“, begann er endlich. „Ich möchte dir die Wahrheit sagen. Ich ...“, er unterbrach sich. Scheinbar suchte er nach den richtigen Worten. Irgendetwas quälte ihn. Dann drehte er sich linkisch um und sah Elisabeth direkt in die Augen. „Elisabeth, ich muss dir leider mitteilen, dass ich diese Ehe niemals gewollt habe. Ich werde dich respektieren und die Maskerade mitspielen, um uns beiden eine gewisse Ruhe vor unseren Vätern zu gewährleisten. Ich möchte, dass du weißt, dass ich dich niemals lieben kann. Weder mit meiner Seele noch mit meinem Körper. Du hast alle Freiheiten, zu tun und zu lassen, was du willst. Es interessiert mich nicht, ob du mit anderen Männern dein Bett teilst, solange es nicht herauskommt. Solltest du ein Kind von mir wollen, so muss ich dich leider enttäuschen. Ich ekle mich vor Frauen und werde für dich meinen Ekel nicht überwinden. Niemals!“

Elisabeth war geschockt. Sie saß mit offenem Mund auf ihrem Sessel und starrte Frederic an. Nach einigen Augenblicken hatte sie sich wieder gefangen.

„Warum sagst du mir das?“

„Weil ich will, dass du mich verstehst und mich in Ruhe lässt. Ich habe lange genug unter meinem Vater gelitten. Und jetzt habe ich endlich die Möglichkeit, mich von ihm loszureißen und mein eigenes Leben zu führen. Du bist dabei nicht eingeplant.“

„Was, wenn ich von einem Anderen ein Kind bekomme?“, fragte Elisabeth vorsichtig.

„Dann werde ich es als das Meine annehmen. Aber erwarte ja nicht, dass ich mich um den Bastard kümmern werde. Alles, was ich möchte, ist, dass wir für die Menschen auf dem Gut, insbesondere für unsere Väter, ein glückliches Ehepaar spielen und dennoch unsere eigenen Wege gehen. Solltest du ein Kind bekommen, müsste der wahre Vater verschwinden. Wenn du weißt, was ich meine!“ Er bekam einen merkwürdigen Blick, machte eine kurze Pause und fuhr skeptisch fort: „Weshalb fragst du? Bist du etwa schon schwanger?“

Elisabeth nickte und senkte beschämt den Blick, damit Frederic ihre Tränen nicht sehen konnte. Der Franzose erstarrte. „Na, das ging aber schnell. Wer ist der Vater?“

„Willst du das wirklich wissen?“

„Liebst du ihn?“

„Ich glaube ja, aber er hat mich betrogen.“

„Weiß er von dem Kind?“

„Nein!“

Frederic lief im Zimmer auf und ab. Er schien abzuwägen. Nach einer kleinen Ewigkeit drehte er sich zu Elisabeth um. Er stand jetzt ganz nah vor ihr.

„Ich will nicht wissen, wer es ist, aber ich will, dass er fortgeht. Ich kenne niemanden auf dem Gut. Mir wird nicht auffallen, wer fehlt, selbst wenn es der Truchsess wäre.“

Elisabeth kämpfte mit den Tränen. „Was du da von mir verlangst, ist sehr schwer für mich. Wie kann ich den Vater meines eigenen Kindes verstoßen?“

„Eben sagtest du mir, er hätte dich betrogen; wieso nimmst du ihn in Schutz?“

„Weil ich ihn trotz allem liebe.“

„Entscheide dich“, sagte Frederic hart. „Entweder er geht oder das Kind wird sterben müssen. Ich kann nicht riskieren, dass die Ähnlichkeit des Kindes mit seinem Vater auffällt und jeder Bauer weiß, dass du mir Hörner aufgesetzt hast. Ich will meine Ruhe auf dem Gut, da kann ich einen Bastard, der mich zum Gespött des Pöbels macht, nicht gebrauchen. Schick‘ ihn fort!“

Damit verließ Frederic das Zimmer.

Elisabeth zögerte das Gespräch mit Arthur tagelang hinaus. Immer wieder erfand sie einen Vorwand, um nicht mit ihm sprechen zu müssen. Manchmal war sie kurz davor, zu ihm zu gehen, um ihm die Nachricht zu überbringen, wurde dann aber immer des Mutes verlassen. Nach zwei Wochen fragte sie sich, warum sie eigentlich zögerte, wo er sie doch nur als Mätresse benutzt hatte.

Sie dachte an Frida, Isolde und an die Geschichte, die ihr Isolde erzählt hatte. Dann erinnerte sie sich, wie Arthur aus dem Gemach von Frida kam, kurz bevor das Feuer ausgebrochen war. Als sie lange genug nachgedacht hatte, war ihre Wut größer als ihre Angst und sie ging in den Hof, um mit Arthur zu reden. Als sie ins Freie trat, sah sie ihn schon von Weitem bei der abgebrannten Ruine arbeiten. Er hatte sein Wams ausgezogen und hievte mit nacktem Oberkörper schwere Steine. Als sie ihn so sah, hielt sie kurz inne. Doch dann kam Frida mit etwas Brot und Bier über den Hof gelaufen und gab als Erstem Arthur davon. Sie sah, wie er einen Scherz machte und sie viel zu laut darüber lachte. Das brachte die Eifersucht in ihr zum Kochen. Elisabeth ging hinüber zur Baustelle. Als sie neben den beiden stand, sagte sie forsch zu Frida: „Meinst du nicht, dass die anderen auch Hunger und Durst haben?“

Das Lachen gefror der Magd im Gesicht. „Ja, Herrin“, sagte sie kleinlaut und ging zu den anderen Arbeitern, um sie zu verköstigen.

„Musste das sein?“, fragte Arthur.

„Selbstverständlich“, erwiderte Elisabeth hart. „Keiner soll auf seine wohlverdiente Mahlzeit warten müssen.“

„Da muss ich dir leider recht geben“, zeigte Arthur sich einsichtig. Dann fuhr er mit verachtendem Ton fort. „Aber warum bist du eifersüchtig, wo du mich doch ohnehin nur an der Nase herumgeführt hast.“

Elisabeths Zorn steigerte sich ins Unermessliche. Sie wusste nicht, was schlimmer war. War es, weil Arthur erkannte, dass die Eifersucht sie trieb, oder weil er wieder so eine verwirrende Bemerkung gemacht hatte. Sie schaffte es gerade noch, nicht zu schreien, jedoch ließ ihr Tonfall erkennen, wie sehr sie sich beherrschen musste. „Wieso sagst du andauernd, dass ich dich nur benutzt hätte?", sprach sie durch die zusammengekniffenen Zähne. „Dabei warst du es doch, der mich mit dieser Frida betrogen hat!"

„Wer zum Teufel hat dir das denn erzählt?", wollte Arthur wissen. Er wurde erneut nicht schlau aus Elisabeth.

„Isolde hat dich gesehen, wie du nachts aus Fridas Kammer kamst und sie dir einen Abschiedskuss gegeben hat. Und das, obwohl wir uns am selben Abend getroffen hatten."

Arthur fehlten die Worte, doch langsam begann er zu verstehen.

„Das hat dir also Isolde erzählt? Ich glaube, jetzt wird mir einiges klar", sagte Arthur nachdenklich.

„Was wird dir klar?" Elisabeth war noch immer ungehalten.

„Merkst du nicht, was geschehen ist?", sagte er traurig.

„Isolde hat ein hinterhältiges Spiel mit uns getrieben!"

„Wie kannst du es wagen, so über meine tote Freundin zu reden?"

„Verstehst du denn nicht? Isolde hat dir erzählt, dass ich dich mit Frida betrogen habe, obwohl ich bis zum heutigen Tag nicht mehr mit ihr das Bett geteilt habe."

„Pah!", unterbrach ihn Elisabeth heftig. „Und was war in der Nacht des Feuers? Weshalb habe ich dich dann aus ihrer Kammer kommen sehen?"

Arthur lachte. „Ach so, das", sagte er schmunzelnd. „Da habe ich ihr doch nur geholfen eine schwere Truhe zu verschieben, da eine der französischen Mägde in ihrem Gemach schlafen sollte und sie Platz für ihre Sachen brauchten."

„Mitten in der Nacht?", fragte Elisabeth zweifelnd. Ihre Wut verrauchte langsam.

„Sie hatte es vergessen und bat mich deshalb auf dem Fest, ihr dabei zu helfen. Ich sagte ihr, dass wir es vor dem zu Bett gehen machen, weil das Fest gerade so lustig war und wir noch ein wenig bleiben wollten. Ich streite ja nicht ab, dass Frida ein reizvolles Geschöpf ist", mit einer spitzen Geste zu Elisabeth sagte er dann: „Aber im Moment habe ich genug von Frauen, die mich benutzen."

„Jetzt sagst du das schon wieder!", schäumte Elisabeth. „Wie kommst du immer nur darauf, dass ich dich nur benutzt hätte?"

„Weil mir Gunther von deinem kleinen Treffen mit den Damen berichtet hat, bei dem du mich der Lächerlichkeit preisgegeben hast."

„Warum sollte ich so etwas tun? Was meinst du, was passiert wäre, wenn mein Vater davon erfahren hätte?"

Arthur schwieg und dachte über Elisabeths Worte nach.

„Kann es sein", fuhr er nachdenklich fort, „dass hinter all dem Isolde steckt?"

Elisabeth dachte darüber nach. Sie weigerte sich, das Andenken ihrer Freundin zu beschmutzen, kam aber letztendlich zu demselben Schluss.

„Aber wieso hat sie das getan?", fragte sie mehr sich selbst als Arthur.

„Vielleicht wollte sie uns auseinanderbringen – was sie ja auch geschafft hat", vermutete Arthur. „Das würde auch den Streit mit Gunther erklären. Wer weiß, vielleicht wollte sie den Preis dafür, dass Gunther mir diese Geschichte erzählt hat, nicht bezahlen.

Er machte eine wegwerfende Handbewegung. „Was soll's, Tote können nicht sprechen und wir beide können kein Paar sein."

„Aber ...", Elisabeth zögerte. „Ich liebe dich noch immer."

Arthur erstarrte bei den Worten Elisabeths. Sie stand vor ihm und kämpfte mit den Tränen. Dann sagte sie: „Frederic will, dass du das Gut verlässt."

Arthur trafen die Worte wie ein Schlag.

„Aber warum, jetzt, wo wir wieder vereint sein könnten. Denn auch ich habe niemals aufgehört, dich zu lieben." Arthur verstand überhaupt nichts mehr. „Frederic braucht ja nichts davon zu erfahren. Wenn wir vorsichtig sind, können wir uns doch wieder treffen. Du fehlst mir so sehr", flehte er.

„Es ist nicht wegen Frederic, es ist ..." Sie unterbrach sich, um zu schlucken. „Es ist wegen des Kindes. Unseres ungeborenen Kindes. Frederic besteht darauf, dass der Vater des Kindes das Gut verlässt, sonst wird er mich und das Kind verstoßen;

oder gar noch schlimmeres." Elisabeth drehte sich hastig um und rannte davon. Arthur stand minutenlang in den Trümmern und glaubte, vor Schmerz, Wut und Trauer sterben zu müssen.

Der Tag war für Arthur gelaufen. Es waren ein paar Neuigkeiten zu viel gewesen, die er hatte verkraften müssen. Ein Kind der Liebe wuchs in Elisabeth heran und er sollte nicht mit ansehen dürfen, wie es aufwachsen würde. Er wurde gezwungen, seine Heimat zu verlassen. Endlich, nach Jahren der Wanderschaft, hatte er ein Heim gefunden, in dem er sich wohlfühlte. Und jetzt sollte er es wegen eines aufgeblasenen Franzosen verlassen. Doch was war das Beste für das Kind?

Arthur legte die Arbeit an der Brandruine nieder und nahm sich ein Pferd. Er ritt durch die Wälder. Er gönnte dem Pferd erst gegen Mittag eine Pause. Er fand eine Stelle auf einem Berg in der Nähe, von wo man das gesamte Tal im Blick hatte. Er schaute hinüber zum Weingut und beschloss, zugunsten des Kindes zu entscheiden. Doch wie?

Als es dämmerte, machte er sich auf den Weg zurück zum Hof. Dort angekommen gab er das Pferd beim Stallknecht ab und ging direkt zu Bertram. Er fand den Winzer wie üblich hinter seinem schweren Tisch grübelnd vor. Als Arthur eintrat, blickte er auf und trug eine sorgenvolle Miene zur Schau.

„Seid gegrüßt, Bertram."

„Ich grüße dich auch, Arthur. Was führt dich zu mir?", wollte der Gutsherr wissen.

Arthur zwang sich, Bertram in die Augen zu sehen.

„Ich möchte Euch danken, für alles, was Ihr für mich getan habt, und teile Euch mit, dass ich im Morgengrauen das Gut verlassen werde."

Bertram starrte Arthur ungläubig an.

„Bist du unzufrieden mit deinem Lohn? Ist etwas vorgefallen?", suchte Bertram nach einem Grund für Arthurs überraschende Ankündigung.

„Nein, nein. Ich denke nur, ich habe Eure Gutmütigkeit lange genug ausgenutzt und möchte nun wieder meinem Drang nach der Fremde nachgeben."

„Du bringst mich da in eine missliche Lage, mein Freund", sagte Bertram enttäuscht. „Ich muss einen neuen Einkäufer finden. Du bist der beste, den das Gut je gesehen hat, und würdest eine große Lücke hinterlassen."

„Selbstverständlich bleibe ich noch so lange, bis Ihr einen Nachfolger habt, wenn Ihr es wünscht", entschied Arthur nach kurzer Überlegung.

Bertrams Miene erhellte sich ein wenig. „Gut, das Angebot nehme ich an, wenn auch widerwillig. Du hast sehr gute Arbeit geleistet."

„Habt Dank!", sagte Arthur steif und verabschiedete sich. Im Hinausgehen traf er auf Elisabeths neue Zofe. Ein junges Mädchen aus einem der Dörfer. Sie schaute ihn verunsichert an und wollte schnell wieder gehen, als Arthur sie ansprach. „Sagt Ihr mir, wo ich Eure Herrin finde?", fragte Arthur freundlich.

Das Mädchen errötete leicht und senkte verlegen den Blick.

„In ihrer Kammer", hauchte sie so, dass Arthur angestrengt lauschen musste, um sie zu verstehen.

„Ist sie alleine dort?"

„Eben war sie es noch", kam die schüchtern geflüsterte Antwort.

„Ich danke Euch. Gehabt Euch wohl, schöne Maid", sagte Arthur in charmanter Tonlage, woraufhin das Mädchen vollends errötete und eilig das Weite suchte. Arthur nutzte die Gelegenheit und rannte zu Elisabeths Kammer. Er klopfte nicht einmal an die Tür, sondern trat einfach ein. Elisabeth schrie auf, als Arthur in die Kammer stürmte.

Dann erkannte sie ihn und atmete erleichtert auf. „Wie kannst du es wagen, mich so zu erschrecken?", sagte sie mit gespielter Empörung. Dann erst begriff sie die Situation. „Was machst du hier? Bist du des Lebens müde? Mein Vater oder Frederic können jeden Moment hereinkommen."

„Die sind mir egal", sagte Arthur mit einer wegwerfenden Handbewegung. „Ich wollte dir nur sagen, dass ich im Interesse unseres Kindes Flörsheim für immer verlassen werde. Bitte erzähle dem Kind nicht, wer sein wahrer Vater ist. Es soll nicht damit leben, dass es das Kind einer verbotenen Liebe ist."

Elisabeth wusste nicht, ob sie erleichtert oder einfach nur unendlich traurig sein sollte. Die Traurigkeit überwog und die Wut auf die ganze Welt kam dazu.

„Lass mich mit dir gehen“, flehte sie plötzlich.

„Nein“, sagte Arthur entschieden. „Das Kind wird einmal dein Erbe antreten. Diese Zukunft soll ihm nicht aus purem Eigennutz genommen werden.“

„Nur, wenn es ein Junge wird“, fügte Elisabeth halbherzig hinzu.

„Selbst wenn es ein Mädchen wird und es nicht eines Tages über das Gut herrschen wird: Denk daran, welches Leben ich dem Kind bieten kann und welches es hier auf dem Hof haben wird. Wir wären Verstoßene, ohne jede Möglichkeit, ein anständiges Leben zu führen. Wir dürfen das Kind nicht zwingen, in Armut zu leben, nur weil wir an unser eigenes Wohlergehen denken.“ Nach einer kurzen Pause fuhr er fort: „Ich habe bereits mit deinem Vater gesprochen. Sobald ein Nachfolger gefunden ist, verlasse ich euch. Nur eines sollst du wissen: Ich werde dich und das Kind immer lieben und niemals vergessen. Ihr habt in meinem Herzen auf ewig einen eigenen Platz. Vielleicht finden wir eines Tages einen Weg, um zusammenzuleben; aber bis dahin müssen wir den Schmerz tapfer ertragen, um des Kindes willen.“

Elisabeth liefen die Tränen über ihr wunderschönes Gesicht. Als Arthur sie ansah, musste er mit dem in ihm tobenden Schmerz kämpfen. Er ging zu Elisabeth und küsste sie ein letztes Mal. Sie hielten sich noch eine Weile in den Armen, bevor Arthur sie verließ.

Es dauerte nicht lange, bis Arthur einen Nachfolger gefunden hatte. Ein junger Bursche, der Arthur schon bei seinen Besuchen in den Dörfern aufgefallen war, wurde ausgewählt, das Amt zu übernehmen. Bertram ließ Arthur widerwillig ziehen. Zum Abschied gab er ihm ein Pferd und seinen ausstehenden Lohn, wie er es nannte. Er überreichte ihm einen Beutel mit zehn Gulden. Arthur wollte das Geld ablehnen, doch Bertram drohte ihm Schläge an, wenn er es ihm zurückgeben würde. Er sagte, Arthur solle sich mit dem Geld einen neuen Wagen und Handelsware kaufen, damit er nicht Hunger leiden musste. Als Arthur vom Hof ritt, waren alle Bewohner versammelt, um ihn zu verabschieden. In der Zeit, die er in Flörsheim gelebt hatte, erfreute er sich großer Beliebtheit. Sogar zwei Frauen weinten um ihn. Die eine war Frida und die andere war Elisabeth, die am Fenster in ihrer Kammer stand und vor Trauer verging. Arthur ritt davon, ohne sich umzusehen.

## *Die neue Aufgabe*

Tagelang war Arthur unterwegs, ohne eine bestimmte Richtung einzuschlagen. Er schlief unter freiem Himmel und aß, was er in den Wäldern und auf den Feldern finden konnte. Er lebte in den Tag hinein, ohne Ziel, ohne Antrieb. Sein ausgefülltes, arbeitsreiches Leben auf dem Weingut war so weit entfernt wie die Sterne am nächtlichen Himmel. Arthur schien in ein tiefes Loch gefallen zu sein.

Ohne es zu merken, näherte er sich Frankfurt. Als er die Tore der Stadt von Weitem sah, fasste er den Entschluss, seine alten Freunde zu besuchen. Dieser Gedanke ließ ein wenig Freude in sein Leben zurückkommen. Plötzlich sehnte er sich nach Gesellschaft. Ihm wurde schlagartig bewusst, dass er seit vielen Tagen alleine war.

„Homo est animal sociale", murmelte Arthur lächelnd vor sich hin beim Anblick der großen Stadt. „Der Mensch ist ein Gemeinschaftswesen."

Kaum war er durch das Stadttor geritten, verspürte er ein unbändiges Verlangen nach einem Krug Bier. Er steuerte zielstrebig die Herberge Raimunds an, um seinem alten Freund einen Besuch abzustatten. Doch als er die Wirtsstube erreichte, fand er dort nur die Trümmer des ehemals prachtvollen Hauses. Arthur war entsetzt. Was war hier geschehen? Plötzlich überkam ihn ein Gefühl der Trauer und der Angst um seine Freunde. Wie lange er schon vor den Trümmern stand, als ihn unvermittelt ein alter Mann ansprach, konnte Arthur hinterher nicht mehr sagen.

„Das Haus ist letzten Monat abgebrannt", sagte der Mann.

„Zum Glück hat es nicht die ganze Stadt angesteckt."

„Was ist mit dem Wirt und seiner Familie?", wollte Artur wissen.

„Alle tot. Das Feuer überraschte sie im Schlaf", sagte der Mann gleichgültig und ging weiter.

Arthur war wie vom Donner gerührt. Was hatte er getan, dass das Schicksal ihm dermaßen übel mitspielte? Er verstand die Welt nicht mehr und irrte ziellos durch die Stadt. Wohin sollte er nun gehen, was sollte er bloß machen? Das Geld würde nicht ewig reichen. Sollte er sich tatsächlich einen Wagen kaufen und wieder als fahrender Händler losziehen? Oder sollte er sich nach irgendeiner anderen Arbeit umsehen?

Aber was?

Was konnte er denn schon, außer handeln?

Er fand einen Platz in einer kleinen Herberge am Stadtrand und zog sich zurück. Nach langem Grübeln kam ihm die Gewissheit, dass er nicht mehr durch das Land ziehen wollte. Er beschloss, gleich am nächsten Morgen seine alten Handelspartner aufzusuchen, um nach Anstellung zu fragen.

Spät am Abend bemerkte er den Hunger, der sich geräuschvoll meldete. Einsam stillte er ihn in der Schenke seiner Herberge. Das Mahl war ausgezeichnet und Arthur lehnte sich satt zurück, als er sie bemerkte. Eine wunderschöne Frau saß nicht weit von ihm alleine an einem der zahlreichen Tische. Sie sah ihm unverwandt in die Augen, sodass er nicht anders konnte, als zu ihr zu gehen. „Hallo, schöne Maid. Benötigt Ihr Gesellschaft?", sprach Arthur die Unbekannte an.

Das Mädchen mochte so etwa zwanzig Sommer gesehen haben und war ausgesprochen hübsch. Sie hatte blaue Augen und ihre langen blonden Haare zu einem Zopf geflochten. Ihr Gesicht war makellos und ihre Kleidung zeigte, dass sie nicht von niederem Stand war. Aus der Nähe betrachtet, war sie sogar noch schöner, als Arthur zuerst angenommen hatte. Als sie den Vagabunden anlächelte, hatte der böse Zauber der Sünde ihn ergriffen.

„Von einem schönen Jüngling lasse ich mich gerne unterhalten", antwortete sie mit honigsüßer Stimme.

„Was möchtet Ihr trinken?", fragte Arthur und beeilte sich hinzuzufügen, dass er sie selbstverständlich einladen werde. Als die Getränke kamen und Arthur diese bezahlte, machte er den entscheidenden Fehler. Er zeigte der Dame, wie viel Geld er mit sich herumtrug. Wäre er nicht so sehr damit beschäftigt gewesen, die passenden Münzen für die Getränke zusammenzuklauben, wäre ihm sicherlich der gierige Blick des Mädchens aufgefallen. Fortan war die schöne Unbekannte auffallend fröhlich und sehr aufgeschlossen. So endete die ganze Sache, wie sie enden musste: Arthur zahlte seine und die Zeche des Mädchens, wobei er ein unerhörtes Trinkgeld draufschlug und ging anschließend zusammen mit seiner Eroberung auf die Stube. Das Problem dabei war nur, dass die schöne Dame alles andere als redliche Absichten verfolgte. Sie hatte reichlich Erfahrung im Ausnehmen von Landeiern wie Arthur. Sie zog von Stadt zu Stadt. Es fand sich immer ein Opfer. In Frankfurt war es Arthur gewesen. Natürlich war ihre Betrunkenheit lange geübte Schauspielerei. Das Meiste hatte sie geschickt unter den Tisch geschüttet. Doch Arthur wurde durch die Aussicht, mit einer Schönheit wie ihr ins Bett gehen zu dürfen, geblendet. Zwar schlief sie mit ihm, was sie beileibe nicht mit jedem ihrer Opfer tat, doch raubte sie Arthur auch sein ganzes Geld, kaum zwei Minuten, nachdem dieser erschöpft mit einem Lächeln auf den Lippen eingeschlafen war.

Am nächsten Morgen wachte Arthur mit fürchterlichen Kopfschmerzen auf. Er brauchte einige Zeit, um sich zu besinnen, wo er war. Als er es wieder wusste, fiel ihm sofort die Blonde ein. Er schaute sich in der Stube um und bemerkte ihr Fehlen. Arthur dachte, dass die Dame wohl schnellstmöglich zu ihrem Gatten nach Hause wollte, um keinen Ärger zu bekommen. Beim Gedanken an die letzte Nacht musste er unweigerlich lächeln. Die unbekannte Schöne war äußert geübt in den Künsten der Liebe. Vielleicht würde er sie suchen, um das Ganze zu wiederholen. Aber zunächst musste er sich auf die Suche nach einer Arbeit machen. Er warf sich etwas Wasser aus der Schüssel, die neben dem Bett auf einem kleinen Nachttisch stand, ins Gesicht und zog sich an. Dann raffte er seine Siebensachen zusammen und lief die Treppe hinunter in die Wirtsstube. Hinter dem Tresen stand der Wirt, dessen Name Carl Ambacher war. Ambacher war ein hässlicher, fetter Kerl. Seine Kleidung war abgetragen und sein Körpergeruch glich dem einer Jauchegrube. Er polierte gerade Bierkrüge und warf Arthur ein fröhliches „Gott zum Gruße“ zu. Er stellte den Bierkrug beiseite, als er das Bündel auf Arthurs Rücken bemerkte.

„Möchtet Ihr abreisen, Herr?“, fragte er freundlich.

„Ja“, antwortete Arthur.

„Wie ich höre, bezahlt Ihr auch für die Dame. Sie hatte ein eigenes Zimmer gemietet. Ihr schuldet mir also die Miete für eine Woche. Sie sagte, Ihr seid ihr Onkel und würdet gerne für sie zahlen.“

„Was?!“, rief Arthur ungläubig. „Wie kommt Ihr denn auf so was?”

„Sie hat die ganze Zeit nur von Euch gesprochen. Und gestern seid Ihr endlich erschienen.“ Dem Wirt behagte Arthurs Zögern gar nicht, er sah sich schon um seinen Lohn gebracht. „Was ist jetzt?“, sagte er forsch. „Zahlt Ihr nun oder soll ich die Büttel rufen?“

Arthur dachte an die vergangene Nacht und musste über so viel Unverfrorenheit lächeln. Dieses Luder hatte ihn benutzt. „Na, wenn die Dame das sagt, wird es wohl stimmen“, ergab sich Arthur. „Wie viel schulde ich Euch?“

Jetzt entspannte sich der Wirt sichtlich und holte ein großes Buch hervor. „Lasst mich nachschauen“, sagte er, während er in dem Buch blätterte. „Die Dame hat eine Woche hier gewohnt und alle Mahlzeiten anschreiben lassen.“ Der Wirt rechnete kurz zusammen; dann hob er den Kopf. „Mit Eurem Zimmer macht das zusammen einen Gulden und einen halben.“

Arthur schluckte kurz. Na, das war eine teure Liebesnacht, dachte er und kramte nach seinem Beutel. Als er ihn öffnete, stockte ihm der Atem. Dort, wo sich gestern Abend noch etliche stolze Gulden befunden hatten, war jetzt nur noch eine Handvoll Kieselsteine. Dieses Weib hatte ihm nicht nur die Zeche aufs Auge gedrückt. Nein – sie hatte ihm auch noch sein ganzes Geld gestohlen! Das war zu viel für ihn. Selbst für die schönste Liebesnacht mit einer Frau lohnte es sich nicht, sein ganzes Geld zu verlieren. Ambacher bemerkte Arthurs Blick und sah ihn skeptisch an.

„Stimmt etwas nicht, mein Herr?“, wollte er wissen.

„Mein ganzes Geld ist weg!“, sagte Arthur, mehr zu sich selbst als zum Wirt. „Dieses Miststück hat mich bestohlen.“

„Wollt Ihr damit sagen, dass Ihr mich nicht bezahlen könnt?“

„So ist es!"

Der Wirt rannte ohne ein weiteres Wort hinter dem Tresen hervor und schnappte Arthur am Hemdkragen. Wutschnaubend schüttelte er ihn hin und her. „Wie könnt Ihr es wagen, in meinem Wirtshaus zu nächtigen und dann nicht einmal das Geld dafür zu haben?", schrie er Arthur an. Vollkommen überrumpelt vergaß Arthur sich zu verteidigen und ließ Ambacher gewähren. Erst als dieser zum Schlag ausholte, wachte Arthur aus seinem lähmenden Entsetzen auf und duckte sich im letzten Moment weg. Arthur überragte Ambacher um Haupteslänge, was ihm den entscheidenden Vorteil brachte. Gerade als der Wirt sich wieder auf ihn stürzen wollte, tauchte Arthur blitzschnell zur Seite und nutzte den Schwung des dicken Mannes aus, indem er ihm ein Bein stellte und ihn gleichzeitig am Hemd zu packen bekam. Er zog ihn mit aller Kraft über sein Bein. Das Ergebnis war verheerend – für den Wirt. Er stolperte und schlug hart mit dem Kopf gegen den Tresen. Benommen blieb er liegen. Arthur sprang auf den Rücken des Wirtes und drückte sein Knie in dessen Nacken. Er zog ihm die Arme auf den Rücken. Der Wirt schrie auf.

„Hört Ihr mir jetzt zu?", fragte Arthur wütend.

„Ja, in Gottes Namen", wimmerte der Wirt.

„Gut", antwortete Arthur zufrieden. Er blieb weiter auf dem Rücken des Wirtes sitzen. „Ich hatte gestern noch mehr als genug Geld", fuhr Arthur fort. „Und außerdem ist die Dame nicht meine Nichte. Ich kenne nicht einmal ihren Namen. Also werde ich auch nicht für ihre Schulden bezahlen. Die Dame hat mich genauso bestohlen wie Euch. Ich habe kein Geld mehr. Ich bin gerne bereit, meine Schulden abzuarbeiten. Ist das für Euch akzeptabel?" Arthur wartete einen kurzen Moment. Als Ambacher keine Antwort gab, zog er dessen Arm noch weiter auf den Rücken. Der Wirt schrie wütend auf. „Ja, ja. Wenn Ihr mir nur nicht den Arm brecht."

„Gut, dann sind wir uns einig", sagte Arthur und ließ den Wirt frei.

Ambacher bestand darauf, dass Arthur auch die Schulden der schönen Unbekannten abarbeiten sollte. Nach langer Diskussion und reiflicher Überlegung kam Arthur zu dem Schluss, dass er es eigentlich nicht anders verdient hatte.

„Docendo discimus", sagte sich Arthur. „Durch Lehren lernen wir!"

Arthur nahm es als Buße hin. Künftig würde er sich seine Liebschaften besser aussuchen. Der Wirt rechnete Arthur vor, wie lange er zu arbeiten hätte, bis die komplette Summe getilgt wäre. Nach des Wirts Berechnung hätte Arthur volle zweiundvierzig Tage bei ihm Frondienst leisten müssen. Doch er konnte nicht wissen, dass Arthur die Klosterschule besucht hatte.

„Ich bin kein dahergelaufener Bauerntrampel", mokierte er sich deshalb. „Wenn ich recht informiert bin, beträgt der Mindestlohn zurzeit in dieser schönen Stadt achtzehn Pfennige pro Tag. Die Gesamtschuld beträgt einen Gulden und einen halben, richtig?"

„Richtig!"

„Gut. Soweit sind wir uns einig. Wenn wir aber diese Summe herunterbrechen auf Pfennige, kommen wir auf dreihundertvierundzwanzig dieser begehrten Münzen. Das sind bei bereits erwähntem Mindestlohn von achtzehn Pfennigen pro Tag nach meiner bescheidenen, aber richtigen Berechnung dann achtzehn Tage. Und keine zweiundvierzig." Arthur hob den Zeigefinger zur Drohung. „Ich warne Euch, Ambacher, haltet mich nicht zum Besten, sonst hole ich die Büttel!"

„Ich habe mich da wohl ein wenig verrechnet", gab Ambacher verhalten beschämt zu.

„Alea iacta est. Die Würfel sind gefallen."

„Hä?"

„Ach, vergiss es."

So kam es, dass Arthur nun als Knecht im Wirtshaus Zum kühlen Adler vielfältige Aufgaben zu erledigen hatte. Zur Schenke gehörten ein Hühnerstall, ein Stall für die Pferde der Gäste und ein weiterer Stall, in dem Schweine, Kühe und Ziegen untergebracht waren. Für diese war Arthur nun verantwortlich. Er mistete aus, fütterte die Tiere und sammelte die Eier im Hühnerstall ein. Wenn er damit fertig war, musste er in der Küche helfen, das Gemüse putzen und schneiden, den Boden aufwischen und am Abend noch die Gäste bewirten. Arthur stand mit den Hühnern auf und ging mit dem letzten Gast ins Bett. Nach ein paar Tagen sah er aus wie der Tod auf Beinen. Er ging förmlich auf dem Zahnfleisch und schwor sich stündlich, sich niemals mehr auf ein kurzes Abenteuer mit einer Frau einzulassen, auch wenn sie noch so verlockend sein würde. Von dieser Krankheit war er geheilt.

Nach einer Woche hatte sich Arthur schon etwas besser an die harten Bedingungen gewöhnt und war jetzt nicht mehr so müde wie zuvor. An diesem Abend bewirtete er wieder einmal die Gäste in der Wirtsstube. Diese war nur spärlich gefüllt, sodass Arthur nicht sonderlich viel zu tun hatte. Die Tür zur Schenke öffnete sich und ein älterer, in feines Tuch gehüllter Herr betrat den Raum. Arthur beachtete den neuen Gast nicht weiter. Plötzlich ließ Ambacher alles stehen und liegen und eilte zu dem eben Angekommenen. Demütig verbeugte er sich vor ihm und bot dem Fremden den besten Platz an. Dazu musste er zwei Zecher von dem Tisch verjagen. Dem Gast bereitete dies etwas Unbehagen, was er auch äußerte. Ambacher ließ sich jedoch nicht beirren und bestand darauf, dass der feine Herr Platz nähme. Wenig später eilte der Wirt zum Tresen zurück, wo Arthur auf ihn wartete.

„Hör gut zu, Zechpreller“, sagte er aufgeregt. Er nannte Arthur nur dann so, wenn er sichergehen konnte, dass Arthur sich dies gefallen ließ. Und im Moment war Arthur nicht in der Stimmung nach neuem Ärger. Ambacher hatte einen guten Riecher dafür, wie weit er gehen konnte, ohne Arthur zu sehr zu reizen.

„Da drüben sitzt einer der wichtigsten Männer der Stadt“, fuhr der Wirt fort. „Ich möchte, dass du ihn sehr zuvorkommend behandelst. Wenn einer wie dieser regelmäßig unser Haus besucht, ist das die beste Werbung für mich. Also los, der Herr möchte ein Bier." Ambacher schubste Arthur in Richtung des großen Bierfasses und lief in die Küche, um das Essen für den hohen Gast selbst zuzubereiten.

Arthur zapfte ein Bier und brachte es zu dem Fremden. Auf halben Weg blieb er stehen und schaute sich den Gast genauer an. Irgendwie kam ihm dieser bekannt vor. Der Gast saß über einem Buch vertieft am Tisch, sodass Arthur ihn nicht genau erkennen konnte. Als er direkt am Tisch angekommen war und das Bier abstellte, hob der Gast den Kopf. Jetzt erkannte Arthur den Mann.

„Andreas", rief Arthur überrascht. „Schön, Euch wiederzusehen."

„Arthur, mein Freund", antwortete Andreas erfreut und sprang auf. „Lange nicht gesehen. Ich warte schon die ganze Zeit darauf, dass Ihr mal wieder bei mir vorbeischaut und Euren Vorrat auffüllt. Wo habt Ihr denn die ganze Zeit gesteckt?"

„Oh, das ist eine sehr lange Geschichte, Andreas."

„Und ich habe viel Zeit. Kommt, setzt Euch zu mir und erzählt, wie es Euch ergangen ist."

„Aber ich muss hier arbeiten, sonst bekomme ich wieder Ärger mit dem Wirt", lehnte Arthur ab.

Doch Andreas ließ nicht locker.

„Wie kommt es überhaupt, dass Ihr Euch zu so einer Arbeit gezwungen seht? Das Bedienen anderer Leute passt gar nicht so recht zu Euch."

Arthur lachte bitter auf. „Diese Geschichte ist schnell erzählt."

Er berichtete in kurzen Worten von seinem Missgeschick mit der schönen Unbekannten. Andreas hörte gespannt zu. Als Arthur fertig erzählt hatte, schüttelte Andreas nachdenklich den Kopf.

„Wie hoch sind Eure Schulden bei Ambacher?", fragte er nachdenklich.

„Nun, wenn ich die Tage abziehe, die ich bereits gearbeitet habe, bleibt noch etwa ein Gulden übrig."

Andreas öffnete den Mund, um etwas zu erwidern, als Ambacher mit dem Essen kam. Er sah Arthur bei Andreas sitzen und wurde blitzartig rot im Gesicht. „Was fällt dir ein, unseren

Gast zu beschwatzen, du Nichtsnutz“, schrie er. „Ich glaube, ich habe einen schweren Fehler mit dir gemacht. Ich werde ...“

„Was werdet Ihr?“, unterbrach ihn Andreas forsch. Ambacher wechselte die Farbe erneut und sah Andreas erschrocken an. „Ich ... ich ...“, stammelte der Wirt.

„Nun?“, fragte Andreas herausfordernd. Er wartete einen kleinen Moment, in dem er es sichtlich genoss, Ambacher schwitzen zu sehen.

„Wenn Ihr keine Antwort habt, werde ich sie Euch geben, Wirt.“ Andreas stand von seinem Tisch auf und stellte sich so nah wie möglich an Ambacher heran. „Zufällig ist dies ein alter Freund von mir. Er erzählte mir, dass in Eurer Schenke Dirnen verkehren, die ehrbare Männer ausnehmen. Wenn dies zutrifft, Wirt, bin ich nicht länger gewillt, dieses Haus als mein bevorzugtes Domizil zu wählen. Außerdem kann ich es nicht leiden, wenn man, ohne die genaue Situation zu kennen, einen Bediensteten anschreit und zu Unrecht beschimpft. Wie steht Ihr dazu, Wirt?“

Ambacher stammelte sinnlose Worte vor sich hin, aus denen man mit viel Fantasie so etwas wie eine Entschuldigung heraushören konnte. Es dauerte einige Augenblicke, bis er sich wieder so weit im Griff hatte, dass er verständliche Laute von sich geben konnte.

„Ich konnte ja nicht wissen, dass Ihr und mein Knecht so gute Freunde seid ... ich ... natürlich darf Arthur so lange Eure Gesellschaft genießen, wie Ihr möchtet, Herr. Aber bitte bleibt und seid mein Gast. Seid versichert, dass solche Damen natürlich nicht zu unseren Stammgästen gehören und in Zukunft nicht mehr hier einkehren werden.“

„Gut, Wirt“, sagte Andreas herablassend. „Und jetzt lasst uns alleine, wir haben geschäftlich zu reden.“

Unter vielfachem Verbeugen entfernte sich der Wirt und verschwand in der Küche. Arthur hatte das Schauspiel mit wachsender Begeisterung beobachtet und konnte sich nun nicht mehr halten. Er lachte so herzlich, wie schon lange nicht mehr. Andreas setzte sich und fiel in das Gelächter mit ein. Die Tränen liefen den beiden über die Wangen. Als sie bemerkten, dass sich die anderen Gäste schon nach ihnen umdrehten und tuschelten, zwangen sie sich zur Beruhigung, was ihnen aber nur schwer gelang.

„Du bist also ohne irgendein Einkommen hier gefangen?", bemerkte Andreas nach einer Weile.

„Na ja", antwortete Arthur zögerlich. „Wenn man es genau nimmt, nicht ganz. Ich habe immer noch ein reinrassiges Pferd im Stall stehen. Aber das würde ich diesem Hundsfott von Wirt niemals überlassen. Der ist im Stande und macht daraus einen Eintopf."

Wieder mussten die beiden lachen. Kurz darauf trat Ambacher erneut an ihren Tisch.

„Guter Herr Brandinger", sagte er unterwürfig. „Entschuldigt, wenn ich Euch nochmals stören muss ..."

„Das ist nicht zu entschuldigen", fiel ihm Andreas barsch ins Wort, machte aber eine Pause, damit der Wirt sein Anliegen vortragen konnte.

„So leid es mir tut, mein Herr", fuhr Ambacher jetzt völlig unterwürfig fort. „Aber das Lokal füllt sich allmählich und ich brauche die Arbeitskraft des Herren."

„Nun, dann müsst Ihr es halt noch ein Weilchen ohne Arthur versuchen, ich speise nämlich ausgesprochen ungern alleine."

„Aber ...", versuchte der Wirt zu protestieren, als ihm Andreas wieder ins Wort fiel.

„Wie viel schuldet Euch Arthur?", fragte Andreas den Wirt.

„Ihr wisst ...?", staunte Ambacher.

„Ja, ich weiß", gab Andreas zurück.

„Nun, da Ihr mich so fragt. Lasst mich kurz nachdenken."
Der Wirt schaute an einen Punkt der Decke und machte einen angestrengten Gesichtsausdruck. Nach einer Weile erhellte sich seine Miene.

„Etwas mehr als einen Gulden, Herr."

„Nun, dann nehmt diesen hier", sagte Andreas und warf eine Goldmünze auf den Tisch, die ein Vielfaches des Guldens wert war. „Und somit ist die Schuld meines Freundes beglichen. Obendrein bringt Ihr ihm noch ein opulentes Mahl. Und zwar nicht den Dreck, den Ihr sonst auftischt, sondern das gute, frische Wildbret."

Arthur und Ambacher hatten den gleichen Gesichtsausdruck. Der Unterschied war nur, dass der Wirt die Goldmünze aus Gier anstarrte und Arthur aus Entsetzen. Der Wirt schaltete zuerst und griff sich die Münze, bevor Arthur auch nur ansatzweise protestieren oder Andreas seinen offensichtlichen Irrtum begreifen konnte. Ambacher entfernte sich hastig. Plötzlich war keine Rede mehr von Personalmangel. Arthur starrte immer noch fassungslos auf die Stelle des Tisches, an der die Münze gelegen hatte. Dann schaute er mit einem äußerst dümmlichen Gesichtsausdruck Andreas an. Dieser antwortete mit einem breiten Grinsen. So saßen sie sich geraume Zeit gegenüber. Der eine völlig benommen, der andere breit grinsend. Arthur war der Erste, der seine Sprache wiederfand.

„D ... Danke!", stammelte er unbeholfen. „Wie kann ich das wieder gutmachen?"

„Also, Arthur", antwortete Andreas mit gespielter Empörung. „Was glaubst du, wer ich bin! Ein Menschenhändler? Ich habe dich nicht gekauft, sondern aus einer schwierigen Situation geholfen. Wozu hat man Freunde?"

„Aber wir kennen uns doch nur von unseren Geschäften, woher wollt Ihr wissen, dass ich nicht einfach davonreite und auf Nimmerwiedersehen verschwinde?"

„Und wenn schon. Seit Wochen habe ich nicht mehr so herzhaft wie heute Abend gelacht. Das alleine ist mir diese Münze wert. Ich habe genug davon. Ich kann sie geben, wem ich will. Mich beerbt keiner." Der letzte Satz löste eine gewisse Melancholie bei Andreas aus. Mit einer Handbewegung wischte er sie weg. „Aber lassen wir das. Lass uns deine neue Freiheit feiern." Er winkte den Wirt herbei und bestellte noch zwei Bier. Sie unterhielten sich angeregt. Arthur erzählte von seinem Unfall während des Unwetters, von seiner Tätigkeit als Einkäufer an Betrams Hof, vom großen Feuer und von Frederic. Elisabeth verschwieg er, und somit auch den wahren Grund für seine Abreise aus Flörsheim. Als der Wirt zur Sperrstunde rief, wurde Arthur schlagartig klar, dass er nicht wusste, wohin. Gerade als er sich schon von Andreas verabschieden und sein Pferd aus dem Stall holen wollte, nahm ihn Andreas beiseite.

„Mein Junge, wo willst du nun schlafen? Hast du irgendwelche Verwandten in der Stadt oder gute Freunde?“

„Außer Euch – niemanden“, sagte Arthur und verwünschte sich sofort für seine Worte, die so klingen mussten, als ob er bei Andreas Unterschlupf suchen würde.

„Na, dann musst du wohl mit mir kommen und bei mir übernachten.“

„Nein, nein“, empörte sich Arthur. „Ich möchte Euch nicht zur Last fallen. Ihr habt mehr als genug für mich getan.“

„Unsinn“, wiegelte Andreas ab. „Du kommst mit und fertig!“

Arthur war ihm nicht böse darum. „Was bleibt mir schon übrig? Ich hoffe, Ihr habt auch einen Platz für mein Pferd.“

„Für dieses und zehn weitere“, antwortete Andreas lachend.

### *Ein verlockendes Angebot*

So kam es, dass Arthur nicht nur für die eine Nacht, sondern für viele Tage und Nächte blieb. Er bestand darauf, die Goldmünze, die Andreas für ihn ausgegeben hatte, abzuarbeiten. Andreas hatte sich zwar dagegen verwahrt, kam aber nicht gegen Arthurs Frankfurter Dickkopf an.

Andreas lebte in einem großen Haus auf der Zeyl, der Prachtstraße Frankfurts. Er beschäftigte mehrere Wachmänner, die in Schichten rund um die Uhr das geräumige Lager im Innenhof bewachten. Dieses Lager wurde von einem gewissen Albert geführt. Albert war ein kleiner Mann, mit einer Brille auf der Nase. Er war in seiner Arbeit sehr gewissenhaft. Zu seinen Aufgaben gehörten das Sortieren der verschiedenen Gewürze und die Beaufsichtigung der Lagerarbeiter. Er konnte lesen und schreiben, was ihn zu einem wertvollen Mitarbeiter machte.

Das Anwesen des Gewürzhändlers war quadratisch angelegt. Man erreichte den Innenhof durch ein großes Tor mit einem geschwungenen Bogen, das Tag und Nacht bewacht wurde. Wenn man den Hof betrat, sah man in dessen Mitte einen Brunnen, neben dem eine riesige Eiche stand, die immer für ausreichend Schatten sorgte. An der Stirnseite war das Lager untergebracht. Im rechten Seitenflügel wohnte ein Teil des Personals und im vorderen Haus befand sich Andreas' Wohnung sowie der kleine Verkaufsladen, der von der Straße aus einen Zugang hatte. Der linke Seitenflügel diente als Stallung. Das gesamte Anwesen war aus teurem Sandstein errichtet und machte einen sehr gepflegten Eindruck. Selbst auf dem mit Steinen gepflasterten Boden des Innenhofes befand sich nichts, was dort nicht hingehörte. Hinter dem Gebäude schloss sich ein kleiner Park an, der an der Rückseite der Häuser der Neuen Eschheimer Gass endete. Die Ausstattung des Hauses war bequem, aber nicht besonders pompös, wie man es vielleicht bei jemandem von Andreas' Stand erwarten würde. Trotz seines Reichtums war er bescheiden geblieben. Als einer der wenigen deutschen Gewürzhändler hatte er sich in Frankfurt gegen die Vormachtstellung der Niederländer behaupten können. Er lebte gut davon und konnte sich genügend dienstbare Geister leisten. Alle seine Angestellten behandelte er sehr gut und bezahlte ihnen ein ordentliches Auskommen; jedoch blieb das Verhältnis zu ihnen rein geschäftlich und wurde niemals persönlich. Das sollte in Arthurs Fall anders kommen. Andreas war froh, dass er Arthur getroffen hatte. Er war schon lange auf der Suche nach einem geeigneten Mitarbeiter, der seine Nachfolge antreten konnte. Jedoch waren alle nur am schnellen Reichtum, den man mit den Gewürzen zweifellos machen konnte, interessiert. Keiner erwies sich als klug und vertrauenswürdig genug, um Andreas' hohen Ansprüchen zu genügen. Immer wieder wurde er enttäuscht. Etliche Male hatte er schon gedacht, endlich einen passenden Nachfolger gefunden zu haben. Doch immer wieder hatten die jungen Männer sich der Versuchung hingegeben, in die eigene Tasche zu wirtschaften. Auch Albert war keineswegs geeignet, denn er würde sich bald aufs Altenteil zurückziehen.

Trotz der schlechten Erfahrungen, die der Gewürzhändler gemacht hatte, war er sich bei Arthur von Anfang an sicher, dass er diesmal einen ehrlichen Kerl gefunden hatte. Andreas wusste nicht, woher er diesen Optimismus nahm, doch seine innere Stimme sagte ihm, dass er diesmal richtig lag.

Arthur war in seinem Element. Er war wieder Händler, hatte allerdings keinen Wagen mehr und musste nicht umherreisen. Gierig sog er alle Informationen in sich auf. Er lernte schnell das Geschäft des Gewürzhandels kennen und wurde bald zu einem echten Kenner. Als hätte er nie etwas anderes getan, verkaufte er die Gewürze an die Köche der Reichen und Herrschenden der Stadt. Er stand ihnen Rede und Antwort bei ihren Fragen, welches Gewürz zu welcher Mahlzeit am besten passte und welche Kräuter die Zipperlein der Herrschaften heilten. Jeden Tag erzählte ihm Andreas ein wenig mehr über das Geschäft. So auch eines morgens, als Arthur noch am Anfang seiner Karriere als Gewürzhändler stand.

„Arthur, mein Junge", sagte er, „zuallererst muss ein Gewürzhändler wissen, was er seinen Kunden verkauft. Denn nur so behält er seine Glaubwürdigkeit."

Andreas erzählte Arthur von den Gewürzen aus Indien, die von den Pfefferinseln stammten und in Kalikut umgeschlagen wurden. Von dem langen, beschwerlichen Weg, den sie nehmen mussten, bevor sie über Alexandria und das Mittelmeer in Venedig eintrafen und von dort aus über die Alpen nach Frankfurt kamen. Arthur wusste, dass die Gewürze von weit her kamen, doch hatte er von dem genauen Weg noch nichts gehört. Er lauschte Andreas gespannt und merkte sich jedes Wort. Arthur fasste den Entschluss, irgendwann einmal einen eigenen Gewürzhandel zu eröffnen. Der Gewinn war enorm und Andreas ein reicher Mann. Doch könnte er viel reicher sein, wenn er sein Geschäft vergrößern würde. Nach einigen Wochen fragte Arthur seinen Meister: „Weshalb bin ich der einzige kaufmännische Angestellte, den du hast?"

„Mehr braucht es nicht", sagte Andreas verwundert. „Aber ich habe trotzdem viele Leute, die für mich arbeiten. Sie beliefern mich mit den erlesenen Gewürzen der Welt. Aber hier im Laden brauche ich nicht viel Hilfe."

„Weshalb hast du nie daran gedacht, den Laden zu vergrößern?"

„Weshalb sollte ich das tun?", fragte Andreas verwundert.

„Wenn ich mir lauter Fremde in den Laden hole, habe ich nur Scherereien mit ihnen. Jeder will ein Stück vom Kuchen abhaben. Ich habe für mich mehr als genug und kann mir Dinge kaufen, von denen andere nur träumen. Mir geht es gut und ich fühle mich wohl in meiner Haut."

Diesen Argumenten konnte Arthur nicht viel entgegenbringen; aber eine Frage quälte ihn dann doch noch: „Weshalb hast du mich dann genommen?"

„Weil ich weiß, welch ein guter Mensch du bist. Ich habe viel Gutes über dich gehört und kenne dich seit vielen Jahren. Du warst immer ehrlich und hast niemals versucht, mich zum Besten zu halten, ganz im Gegensatz zu all den anderen fahrenden Händlern. Meine Zunftbrüder haben auch nur in den höchsten Tönen von dir gesprochen. Außerdem werde ich langsam alt und habe keinen Erben."

„Was soll das denn heißen?", unterbrach ihn Arthur skeptisch. „Du hast mich doch nicht als deinen Erben vorgesehen? Ich bin erst kurze Zeit bei dir und kenne das Geschäft noch nicht gut genug, um so eine Verantwortung zu übernehmen. Mal davon abgesehen, dass ich dessen nicht würdig bin."

Andreas lächelte belustigt. „Du stellst dein Licht zu sehr unter den Scheffel. In den letzten Wochen hast du mehr gelernt, als all meine Lehrlinge der letzten zehn Jahre zusammen. Außerdem hast du dich nie beklagt, dass du nur bei Kost und Logis hier bist, obwohl du gesehen hast, was man mit Gewürzen verdienen kann."

„Hast du mich etwa getestet?" Arthur war ein wenig beleidigt.

„Wenn du das so sehen willst ... Ich nenne es: Aussuchen eines geeigneten Nachfolgers." Andreas schaute Arthur mit funkelnden Augen an, als erwarte er eine Antwort.

„Also, mein Junge", sagte er herausfordernd. „Was ist jetzt? Willst du mein Nachfolger werden und mein Geschäft nach deiner Ausbildung übernehmen?"

„Ich muss darüber nachdenken. Gib mir noch etwas Zeit."

„Du hast alle Zeit, die du brauchst. Quod sis, esse velis! Was du bist, sollst du sein wollen!"

Andreas ging zufrieden in die Lagerräume des Hauses und sah sich in seiner Entscheidung, Arthur als Nachfolger zu benennen, bestätigt. Jeder andere hätte getötet, um sein Geschäft führen zu dürfen. Er verkehrte nur mit den reichsten und angesehensten Bürgern der Stadt, denn nur die konnten sich seine Gewürze leisten. Er verdiente in einem Jahr mehr Geld, als er jemals ausgeben konnte. Arthur wusste darüber Bescheid und hatte sich trotzdem Zeit ausgebeten, um darüber nachzudenken. Ja, Arthur war der Richtige.

Arthur grübelte tagelang über Andreas' Angebot. Er dachte an die Konsequenzen, die es für ihn haben würde, wenn er das Geschäft führen würde. Sicherlich, er würde ein reicher Mann werden. Aber zu welchem Preis? Er könnte sich nicht mehr von heute auf morgen entschließen, einfach in eine andere Stadt zu ziehen. Er wäre in Frankfurt gefangen, zumindest solange er das Geschäft führte. Doch fragte er sich auch, wohin er sonst gehen sollte. Ihm gefiel das Leben in der Stadt. Wer weiß, vielleicht würde er sogar doch noch eine passende Frau finden, die das Leben mit ihm teilen wollte. Nach etwas mehr als einer Woche hatte er seine Entscheidung getroffen und ging zu Andreas, um ihm diese mitzuteilen.

„Andreas", begann Arthur forsch. „Ich habe meine Entscheidung getroffen."

Andreas blickte Arthur erwartungsvoll an.

„Ich werde dein Angebot annehmen!"

Andreas konnte sich ein fröhliches Grinsen nicht verkneifen. Doch gerade, als er Arthur in die Arme nehmen wollte, hob dieser abwehrend die Hände. „Aber", sagte er streng. „Ich habe noch eine Bedingung."

„Und die wäre?"

„Ich entscheide über den Zeitpunkt der Übergabe. Ich möchte so viel wie möglich über den Gewürzhandel erfahren. Und erst wenn ich der Meinung bin, dass ich genug weiß, werde ich dir Bescheid geben, und du sagst mir dann, ob du bereit bist, in den Ruhestand zu gehen."

Andreas machte eine kurze Pause und tat so, als würde er über die Bedingung nachdenken. Nach einer Weile sagte er: „Arthur ... ich bin schon jetzt bereit, in den Ruhestand zu gehen, also lass mich bitte nicht zu lange warten."

Die beiden Männer schauten sich in die Augen. Der Pakt war geschlossen.

„Komm, mein Junge", sagte Andreas. „Wir haben etwas zu feiern. Lass uns in den Löwen gehen und ein paar Biere trinken."

Arthur nahm dankend an.

## *Eine weitere Überraschung*

Die Zeit verging wie im Fluge. Arthur bemerkte kaum, dass er schon seit vier Jahren in Andreas' Gewürzhandel arbeitete. Es gab viel zu tun, und Arthur lernte alle Kniffe des Geschäftes. Dazu gehörte auch eine Reise nach Venedig zu den Gewürzschiffen. Es war ein beeindruckendes Erlebnis, im Hafen der Lagunenstadt die vielen Schiffe zu sehen. Die hektische Betriebsamkeit vermittelte Arthur das Gefühl der großen weiten Welt. Arthur nahm sich vor, schnellstmöglich die Sprache der venezianischen Händler zu lernen, um später nicht von ihnen übervorteilt zu werden. Niemals zuvor war er in einem fremden Land gewesen. Er war viel gereist, doch dabei hatte er nie sein Land verlassen. Hier in Venedig kannte sich Andreas erstaunlich gut aus. Er sprach fließend Italienisch und handelte gute Preise mit den Unterhändlern der Reedereien aus. Andreas führte Arthur dann zum Fondaco dei Tedeschi, dem deutschen Handelshaus, ein mit Fresken verzierter Prachtbau, der den Reichtum der Händler widerspiegelte. Der Eingang, der am Canale Grande direkt neben der Rialto Brücke lag, war mit fünf Rundbögen verziert und auf dem flachen Dach waren Zinnen, die an Zacken einer Krone erinnerten. Hier hatte Andreas einen Mitarbeiter, der für ihn die Lieferungen überwachte. Arthur wurde jedem vorgestellt und überall mit Respekt behandelt. Sie blieben zwar nur einen Monat, doch genügte diese relativ kurze Zeit, um Arthur in weitere Geheimnisse des Gewürzhandels einzuführen. Während ihrer Abwesenheit wurde das heimische Geschäft von dem Sohn eines befreundeten Gewürzhändlers aus Köln geführt. Natürlich musste Andreas den Jungen am Gewinn beteiligen. Aber besser so, als wenn sich niemand um den Laden gekümmert und die Kundschaft sich dazu entschlossen hätte, bei den konkurrierenden niederländischen Gewürzhändlern zu kaufen.

Drei weitere Jahre vergingen und Andreas wurde langsam zu alt, um alle Arbeiten zu verrichten. Obendrein brachte das Jahr 1673 besonders viel Aufregung mit sich. Die Franzosen unter ihrem Anführer Turenne wollten sich Frankfurt unter den Nagel reißen.

Um ihren Forderungen Nachdruck zu verleihen, legten sie Ober- und Niederrad in Schutt und Asche. Doch der Rat der Stadt blieb hart und ließ sich nicht unterkriegen. Zum Glück kam das Reichsheer zur Hilfe und verjagte den liederlichen Turenne aus der Stadt.

Langsam, aber stetig übernahm Arthur, der mittlerweile auch schon achtundzwanzig Jahre zählte, immer mehr Verantwortung, ohne es zu bemerken. Und ehe er sich versah, war aus ihm ein mit allen Wassern gewaschener Gewürzhändler geworden. In den sieben Jahren, die er nun bei Andreas war, dachte er oft daran, wie es gewesen wäre, wenn er mit Elisabeth und dem Kind in irgendeiner Holzhütte gelebt hätte. Manchmal kam der Koch des Weingutes zu ihnen in den Laden, um den Gewürzvorrat aufzufüllen. Er erzählte Arthur dann immer, wie glücklich doch die Familie des jungen Herrn, wie sie Frederic nun nannten, war. Und jedes Mal, wenn der Koch ging, fragte Arthur sich, ob die Erzählungen stimmten oder ob sie nur den Schein wahren sollten. Manchmal glaubte er, den Mut gefunden zu haben, einfach auf das Gut zu reiten und selbst nachzusehen, wie es Elisabeth und seinem Sohn erging. Doch schnell war der Mut verraucht, wenn er daran dachte, Elisabeth leibhaftig gegenüberzustehen. Was sollte er ihr sagen? Würde er mit der Sehnsucht und dem Schmerz umgehen können? Jedes Mal, wenn er sich diese Fragen stellte, entschloss er sich, doch lieber in der Stadt zu bleiben und sich dem Studium des Gewürzhandels zu widmen.

Andreas versuchte immer wieder, Arthur die heiratsfähigen Mädchen der Stadt vorzustellen. Aber Arthur zeigte wenig Interesse an den Damen. Die meisten von ihnen waren ohnehin nur verwöhnte Gören, die in ihrem Leben nicht ein einziges Mal schmutzige Finger gehabt hatten. Ab und an hatte er eine kurze Liebschaft, aber zu einer wirklichen Beziehung reichte es nie. Er konnte sich einfach nicht von seiner Liebe zu Elisabeth lösen.

Eines Morgens kam Andreas aufgeregt in das Gewürzlager hinter dem Haupthaus gelaufen, in dem Arthur gerade die Bestände zählte. Arthur erschrak, als er Andreas so aufgewühlt sah.

„Was ist los?“, fragte er besorgt.

„Das werde ich dir sagen, mein Junge“, keuchte Andreas. „Doch erst einmal muss ich verschnaufen.“

Er setzte sich auf einen großen, mit Salz gefüllten Sack und atmete schwer. Als er sich wieder beruhigt hatte, stand er auf und packte Arthur an den Schultern.

„Arthur“, sagte er in feierlichem Tonfall. „Ich habe es geschafft, dass die Zunft dich zur Meisterprüfung zulässt.“

Arthur war erstaunt. Hatte er nicht gehört, dass man sieben Jahre lernen und mehrere Jahre in einer fremden Stadt seine Arbeit als Geselle verrichten musste, um als Meister geprüft zu werden?

„Ich weiß, was du sagen willst, Arthur“, fuhr Andreas fort. „Aber ich konnte die Prüfer davon überzeugen, dass es sich bei dir um einen Sonderfall handelt.“ Fast beiläufig fügte er im Plauderton hinzu: „Außerdem habe ich ihnen eine Menge dafür bezahlt.“

Arthur war schockiert. „Du hast sie bestochen, damit ich meinen Meister machen kann?“

„Was soll's, reg dich nicht auf! Ich habe genug Geld, um die ganze Stadt zu bestechen.“

„Darum geht es nicht“, protestierte Arthur. „Was, wenn es herauskommt?“

„Das wird es nicht, glaube mir“, sagte Andreas voller Überzeugung.

„Wann soll denn die Prüfung sein?“ fragte Arthur.

„In sieben Tagen.“

Arthur wusste nicht, ob er nun auf Andreas wütend oder ihm dankbar sein sollte. Auf der einen Seite hatte er ihm die ungeahnte Möglichkeit verschafft, seinen Meisterbrief zu erwerben. Auf der anderen Seite aber hatte er ihn enorm unter Druck gesetzt. Sieben Tage nur bis zur Prüfung vor der Zunft! Wie sollte er bis dahin alles wissen, was er zum Meisterbrief brauchte? Er fühlte sich noch lange nicht so weit, ein Meister zu sein. Er war zwar jetzt seit sieben Jahren Gewürzhändler, doch hatte er immer Andreas an seiner Seite gehabt, wenn er nicht mehr weiter wusste. Jetzt aber war er auf sich alleine gestellt. Nach kurzer Überlegung beschloss er, die Sache anzugehen und die einmalige Chance, die sich ihm bot, zu nutzen. Doch ein wenig ungehalten ob der erneuten Überrumpelung war er schon. Aber es half nichts. Die ihm sich bietende Möglichkeit wollte er nicht ungenutzt verstreichen lassen.

Jeden Abend setzten sich die zwei Freunde stundenlang an den großen Eichentisch in der Speisestube und sprachen über die Prüfung. Andreas erklärte Arthur immer wieder die wichtigsten Grundlagen des Geschäftes. Er erzählte ihm von den Handelswegen aus dem Orient und den Feinheiten der Buchhaltung.

Am sechsten Tag wurde Arthur immer nervöser und ging zu Andreas. „Andreas", zeigte er sich verzweifelt. „Ich glaube, ich schaffe es nicht. Lass uns die ganze Sache vergessen. Ich werde das Bestechungsgeld, das du verauslagt hast, abarbeiten."

Andreas sah Arthur ruhig an. Er hielt seinen Blick auf ihn gerichtet und sagte kein Wort. Die Enttäuschung stand ihm ins Gesicht geschrieben. Dann, nachdem er einen langen Seufzer ausgestoßen hatte, drehte er sich um und ging wortlos aus dem Raum. Arthur blieb zurück und wusste nicht, was er von der ganzen Sache halten sollte. Er spürte, wie das schlechte Gewissen langsam Besitz von ihm ergriff. Was hat der alte Mann alles für mich getan, dachte er. Er hat es nicht verdient, so von mir enttäuscht zu werden. Aber ist es nicht viel schlimmer, wenn ich morgen vor die Zunft trete und ihn mit meinem Unwissen blamiere? Er hatte wenigstens eine Reaktion auf seine Absage erwartet, aber jetzt stand er alleine im Raum und kämpfte mit sich selbst. Eine unerklärliche Wut stieg in ihm auf. Warum hatte der alte Mann ihn nicht gefragt, ob er den Meisterbrief machen wolle? Es war ja nicht seine Idee gewesen. Er hatte Andreas nicht gebeten, zur Zunft zu gehen und die Prüfer zu bestechen! Arthur stampfte mit dem Fuß auf den Boden und stieß einen trotzig wütenden Schrei aus. Dann ging er hinaus, um Andreas zu suchen. Er fand ihn im Lager, wo er den Bestand zählte, als wäre nichts geschehen. Arthur trat neben ihn und blieb stumm. Er wartete eine Weile, um zu sehen, wie Andreas reagieren würde. Als er merkte, dass dieser ihn ignorierte, wurde er wieder wütend. Er atmete tief ein, schloss die Augen und versuchte sich zu beruhigen. Andreas sah kurz von seinem Pergament auf und starrte geradeaus. Dann drehte er langsam den Kopf. Er schaute Arthur fest in die Augen und sagte sanft: „Wenn du glaubst, dass du noch nicht so weit bist, dann musst du nicht gehen. Ich dachte nur, dass es langsam an der Zeit ist, dass du mehr Verantwortung übernimmst.“ Dann wandte er sich wieder seiner Liste zu. Arthur wurde durch diese Worte entwaffnet und bereute sofort, dass er den alten Mann dermaßen vor den Kopf gestoßen hatte. Nach kurzer Überlegung kam er zu einem Ergebnis: „Ich werde gehen!“

Arthur drehte sich auf dem Absatz um und verließ das Lager.

Er konnte nicht sehen, wie ein triumphierendes Grinsen Andreas’ Gesicht in Beschlag nahm.

Arthur wälzte sich in seinem Bett von der einen auf die andere Seite. Er dachte unentwegt an die Prüfung am nächsten Tag. Als er endlich einschlief, hatte er nur noch wenige Stunden für die Nachtruhe. In diesen wenigen Stunden hatte er zu allem Überfluss einen schrecklichen Albtraum, in dem er die Prüfung nicht bestand und dafür aufgehängt wurde. Im Morgengrauen schreckte er schweißgebadet aus diesem Traum auf. Er stand auf und ging zum Fenster. Von dort konnte er auf die Zeyl blicken. Bis auf den streunenden Hund, der zusammengerollt am Fuße des Brunnens lag, war die breite Straße wie leergefegt. Da an Schlaf ohnehin nicht mehr zu denken war, ging Arthur zu einer in der Ecke des Raumes stehenden Kommode. Dort nahm er den Krug und warf sich eine Handvoll des darin befindlichen Wassers ins Gesicht. Aber eine Erfrischung wollte sich nicht einstellen. Er stützte sich schwer auf die Kommode und schaute den Wassertropfen dabei zu, wie sie von seinem Gesicht auf die Kommode tropften. Plötzlich musste er an Elisabeth denken. Er fragte sich, ob sie ihn vielleicht schon vergessen hatte. Er wusste nicht recht, ob er den Erzählungen des Koches Glauben schenken sollte. Arthur beschloss, nach der Prüfung nach Flörsheim zu reiten, um sich selbst zu überzeugen, wie glücklich Elisabeth wirklich war. Doch die Ereignisse des vor ihm liegenden Tages sollten ihn auf ganz andere Wege führen. Aber woher sollte Arthur das wissen?

Arthur und Andreas frühstückten gemeinsam in der Küche des Hauses. Andreas versuchte vergeblich, Arthur zu beruhigen. Schließlich gab er es auf und wünschte ihm viel Glück auf seinem Weg zum Zunfthaus, wo die Prüfung stattfinden sollte. Als Arthur dort ankam, zitterten ihm die Hände. Er atmete tief durch und schritt die Stufen des Hauses empor. Der Prüfling betrat den Eingangsbereich, der mit Schmuckstücken aus aller Welt dekoriert war und den Reichtum der Zunft widerspiegelte. Er suchte den Prüfungsraum und fand ihn schließlich im ersten Obergeschoss des Hauses. Arthur musste noch eine geschlagene Stunde warten, bis er endlich von einem Hausdiener in den Raum gebeten wurde. Der Raum war beinahe so groß wie das gesamte Gewürzlager in Andreas' Haus. Ein schwerer Tisch aus Ebenholz, der kunstvoll gefertigt war, dominierte den Raum. Der Tisch stand vor der ihm gegenüberliegenden Wand. Hinter dem Tisch saßen acht, in teure Gewänder gekleidete Männer mit langen Bärten. Arthur musste ein Lachen unterdrücken, weil er bemerkte, dass fast alle Männer gleich aussahen und somit ein recht lächerliches Bild abgaben. Plötzlich war seine Aufregung verflogen. Arthur nahm auf dem extra für ihn bereitgestellten Stuhl Platz und schaute in die Runde.

„Nun, Arthur“, begann der Mann, der auf dem Stuhl mit der größten Lehne in der Mitte des Gremiums saß. „Du bist zu uns gekommen, weil du als Meister in unsere Zunft aufgenommen werden möchtest."

„Ja, so ist es", antwortete Arthur mit fester Stimme.

„Nun denn, lasst uns mit der Prüfung beginnen", sagte der alte Mann und ließ sich von einem Diener einen Stapel Pergamente bringen. Er überflog die Seiten kurz und schaute dann Arthur über den Rand der Pergamente freundlich an.

„Ich habe hier ein paar von unseren Zunftmitgliedern zusammengestellte Fragen." Der Mann machte ein kurze Pause und fuhr dann fort: „Zunächst werde ich dir ein paar Fragen zum allgemeinen Handelsrecht stellen und dann werden wir speziell den Gewürzhandel bearbeiten. Solltest du diese zu unserer Zufriedenheit beantworten, so werden wir dich als Meister des Gewürzhandels in unserer Zunft, der Zunft der Lebensmittelhändler, aufnehmen. Bist du bereit?"

Arthur nickte langsam und konzentrierte sich voll auf den alten Mann.

„Die erste Frage, die ich dir stellen möchte, lautet: Weshalb ist es erforderlich, des Lesens und Schreibens mächtig zu sein, um Handel zu betreiben?"

Arthur antwortete ohne zu zögern: „Damit die Rechtmäßigkeit des abgeschlossenen Handels dokumentiert werden kann."

Der alte Mann nickte zufrieden und fuhr mit weiteren Fragen zum allgemeinen Handel fort.

Nach etwa einer Stunde, in der Arthur eine Frage nach der anderen zur Zufriedenheit des Gremiums beantwortet hatte, kamen sie auf die speziellen Fragen zu sprechen.

„Gegen welche Krankheiten kann Pfeffer angewandt werden?", fragte einer der Prüfer.

„Pfeffer ist ein Mittel zur Vorbeugung gegen die Pest und kann auch bei Geschlechtskrankheiten verabreicht werden", erklärte Arthur, der sich nun immer sicherer fühlte.

„Welche Wirkung erzielt das Öl der Nelke?", kam die nächste Frage aus der anderen Ecke.

„In die Augen getröpfelt erhöht es die Sehkraft. Auf die Stirn gerieben wirkt es gegen eine Erkältung. Mit fester Nahrung oder mit Flüssigkeit eingenommene Nelke fördert den Appetit, reinigt die Blase und verlängert, mit Milch getrunken ... " Arthur unterbrach sich und schaute in die Runde. Er zögerte. Doch dann beschloss er fortzufahren. „Mit Milch getrunken verlängert es die sexuellen Freuden." Arthur hielt die Luft an. Er bemerkte, wie einige der Männer zusammenzuckten. Anderen trieb es ein Lächeln aufs Gesicht. Einer fing sogar an zu lachen.

„So, so", sagte der alte Mann mit unterdrücktem Lachen. „Dann wissen wir ja jetzt Bescheid, wie wir unsere Frauen überraschen können." Daraufhin gab es kein Halten mehr und das ganze Gremium brach in Gelächter aus, was Arthur einen Stein vom Herzen fallen ließ. Als sich die Stimmung wieder beruhigt hatte, fuhr der Vorsitzende fort: „Eine letzte Frage noch, dann bist du entlassen, mein Sohn. Weshalb darf Zucker an den gemeinen Bürger nur durch den Apotheker verkauft werden?"

„Weil es sich bei Zucker um eine Medizin handelt und ich weder ein Arzt noch ein Apotheker bin, sondern Gewürzhändler. Also kann ich nicht wissen, ob mein Gegenüber den Zucker nicht falsch anwendet."

Wieder kam als Antwort ein zufriedenes Nicken.

„Das war die letzte Frage, Arthur", sagte der alte Mann. „Ich möchte dich nun bitten, einen Moment vor der Tür zu warten, damit wir uns beraten können."

„Selbstverständlich", antwortete Arthur und ging zur Tür. Als er sie öffnete, stand Andreas vor ihm und sah ihn erwartungsvoll an. „Und, wie ist es gelaufen?", fragte er Arthur aufgeregt.

„Ganz gut, denke ich."

„Na dann. Ich hoffe, das denken die da drinnen auch."

Arthur musste Andreas alle Einzelheiten der Prüfung beschreiben, sodass er nicht merkte, wie die Zeit verrann. Eine halbe Stunde später öffnete sich die schwere Eichentür des Prüfungssaales. Der Diener trat mit ernster Miene vor die beiden Freunde und bat Arthur in den Saal. Arthur schaute Andreas kurz an und folgte dem Diener. Er wurde wieder zu dem mitten im Raum stehenden Stuhl geführt. Er setzte sich linkisch und versuchte in den Gesichtern der Männer zu lesen, was ihm aber nicht gelang. Die alten Männer saßen wie versteinert vor ihm.

Endlich fing der Vorsitzende zu sprechen an.

„Arthur, ehemals fahrender Händler aus Frankfurt“, begann er feierlich. „Wir haben die Aufgabe und die Ehre, dir hier und heute zu verkünden, dass du in die Zunft der Lebensmittelhändler als Meister des Gewürzhandels aufgenommen wirst.“

Ein breites Grinsen nahm Besitz von Arthurs Gesicht. Er verbrachte die nächsten Minuten wie im Rausch. Er hörte den Vorsitzenden nur etwas von Verantwortung und Ehre sagen. Dann schüttelte er die Hände der gesamten Kommission, die vor ihn getreten war, um zu gratulieren. Er erlebte die ganze Zeremonie hinter einem Schleier der Erleichterung und kam erst wieder vor der Tür zu sich, als Andreas ihn in die Arme schloss und, den Tränen nahe, einen Redeschwall über ihn ausgoss. Der Abend endete mit einem brutalen Besäufnis in der nächstbesten Schenke am Platze.

Am nächsten Morgen wachten beide Gewürzhändler mit einem fürchterlichen Kater auf. Jeder Lichtstrahl verursachte entsetzliche Schmerzen. Doch es half nichts, denn an diesem Tag wurde eine neue Lieferung aus Venedig erwartet.

„Beatus ille, qui procul negotiis – Glücklich ist der, der fern von Pflichten ist“, sagte Arthur zu sich selbst und machte sich an die Arbeit.

Bei der Lieferung handelte es sich um eine besonders wertvolle Fracht. Sie beinhaltete den Jahresvorrat an Safran, Zimt, Pfeffer und anderen erlesenen Gewürzen. Andreas war immer heilfroh, wenn die Gewürze sicher in seinem bewachten Lager untergebracht waren. Natürlich wurden die Wagen von bewaffneten Männern begleitet, doch die Gefahr eines Überfalls bestand immer. Andreas hatte schon mehrfach erlebt, dass Wagenladungen von Räubern geplündert wurden und heute hatte er aus irgendeinem Grund ein ungutes Gefühl.

Ein Bote hatte ihm am Vortag die Ankunft des Wagenzuges gemeldet. Es war jetzt schon bald Mittag und nichts von der Lieferung zu sehen. Als sie am Nachmittag immer noch nicht eingetroffen war, machte sich Andreas ernsthafte Sorgen. Er beschloss, sich mit zwei seiner Wachmänner und Arthur auf die Suche nach dem Wagenzug zu machen.

„Warum machst du dir solche Sorgen?“, wollte Arthur wissen. „Auf einer so langen Reise sind Verspätungen normal. Der letzte Wagenzug kam mit zwei Wochen Verspätung, da hast du dich auch nicht aufgeregt.“

„Diesmal ist es anders, Arthur“, antwortete Andreas ernst.

„Das spüre ich. Außerdem war der Bote bis jetzt immer zuverlässig.“

Arthur musste zugeben, dass die Verzögerung in der Tat ungewöhnlich war, also machten sich die vier Männer auf den Weg, dem Wagenzug entgegenzureiten. Eilig ritt der Suchtrupp aus Frankfurt heraus in Richtung Süden. Man passierte Sachsenhausen und verließ die Stadt durch das Affenport. Kaum hatten sie den Blickkontakt hinter dem Sachsenhäuser Berg zur Stadt verloren, sahen sie auch schon am Horizont eine Rauchschwade aufsteigen. Andreas gab seinem Pferd einen Tritt in die Flanken und stürmte auf die Rauchsäule zu. Arthur wollte ihm noch hinterherrufen, dass es sich nicht unbedingt um den vermissten Wagenzug handeln musste, sparte sich dann aber die Mühe und folgte Andreas. Die beiden bewaffneten Wachmänner taten es ihnen gleich. Nach einem wilden Ritt über Stock und Stein kamen sie dem Feuer immer näher. Als Arthur am Unglücksort eintraf, stand Andreas schon neben seinem völlig verausgabten Pferd und starrte ins Feuer. Dann erkannte Arthur den Wagen mit ihrem Wappen und spürte, wie die Kraft aus seinen Gliedern wich. Als er neben Andreas trat, sagte dieser leise: „Wir sind ruiniert."

Lange standen die beiden Freunde im Wald, unfähig, auch nur eine einzige Regung zu tun. Sie wurden durch den Ruf eines Wachmanns wachgerüttelt. Dieser war neben die Trümmer eines Wagens getreten und wühlte darin herum. Als Arthur und Andreas näher kamen, sahen sie, dass jemand unter dem Wagen lag. Es handelte sich um einen der Bewaffneten, die den Wagenzug begleitet hatten. Arthur und Andreas fassten mit an. Bald hatten sie den Mann, der noch am Leben, aber schwer verletzt war, gemeinsam befreit. Nachdem sie ihm etwas zu trinken gegeben und seine Wunden notdürftig versorgt hatten, begann der Mann mühsam zu sprechen.

„Es waren mindestens fünfzehn Reiter. Sie kamen aus dem Nichts und fielen über uns her wie die Wilden. Wir konnten nicht schnell genug reagieren." Er nahm einen Schluck aus dem Schlauch und fuhr fort: „Sie waren alle in dunkle Gewänder gehüllt. Der Anführer hieß Gisbert, das ist alles, was ich in dem Durcheinander mitbekommen habe."

Arthur schreckte zusammen.

„Hast du Gisbert gesagt?", schrie er den Mann an und packte ihn an den Schultern.

Der Wachmann zuckte zusammen und gab leise zur Antwort: „Ja ... ich bin mir sicher, diesen Namen gehört zu haben. Sie nannten ihre Namen, weil sie glaubten, alle getötet zu haben. Zu meinem Glück hielten sie auch mich für tot. Alles ging so schnell, ich ..."

Arthur hörte schon lange nicht mehr zu. Er hatte alle notwendigen Informationen. Er wusste, wer ihre Waren gestohlen hatte und er würde sie sich zurückholen!

Am Abend saß Andreas völlig niedergeschlagen am großen Tisch des Speisesaals, wo er gelangweilt in seinem Essen stocherte. Als der Diener den Tisch abräumen wollte, hielt ihn Andreas zurück.

„Lass nur, Alexander", sagte er traurig. „Ich werde dich ohnehin nicht mehr lange bezahlen können, da kann ich schon mal anfangen, selbst für mich zu sorgen."

Alexander schaute Andreas entsetzt an. Arthur machte eine beschwichtigende Geste in Richtung des Dieners, was diesen jedoch nicht wirklich beruhigen konnte. Sichtlich verunsichert verließ Alexander den Raum.

„Ich weiß, wer den Wagenzug überfallen hat", erklärte Arthur Andreas. „Wir können uns die Gewürze wieder zurückholen."

„Ich weiß es auch: Gisbert und seine Raubritter. Das hat doch der Wachmann gesagt", antwortete Andreas wenig erfreut. „Wer weiß schon, wie viele Gisberts es in der Gegend gibt, die infrage kämen? Vielleicht zwanzig oder dreißig. Ich danke dir, dass du mich aufmuntern willst, mein Junge, aber ich habe in den Transport mein gesamtes Geld gesteckt. Wir sind, abgesehen von den Restbeständen im Lager, ohne Mittel. Ich fürchte, ich habe dich um deine Zukunft gebracht."

Arthur lachte leise auf. „Ich meine, dass ich diesen Gisbert kenne und weiß, wo er zu finden ist."

Das ließ Andreas aufhorchen. „Sprich weiter, Junge!"

„Nun, vor einiger Zeit traf ich Gisbert und seine Horde in einer Schenke in Berkersheim. Ich hatte nicht nur dort ein wenig Ärger mit ihnen. Vom Berkersheimer Wirt habe ich erfahren, wo die Kerle herkommen. Gleich morgen werde ich zur Wachmannschaft gehen und mit deren Unterstützung werden wir zurückholen, was uns gehört."

Tags darauf machte sich Arthur auf den Weg zur Konstablerwache, um eine Truppe von Wachmännern zusammenzustellen. Als er dort ankam, war nur ein fetter, mürrischer Hauptmann anwesend, der keinerlei Interesse an den Wünschen Arthurs zeigte. Als Arthur die Ausrede mit der nicht vorhandenen Zuständigkeit nicht mehr hören konnte, beschloss er, die Sache selbst in die Hand zu nehmen. Er ritt zurück zum Lager und trommelte dort alle in Andreas' Diensten stehende Wachmänner zusammen. Arthur ließ auch diejenigen benachrichtigen, die sich gerade zu Hause von ihrem Dienst erholten. Als endlich alle im Hof versammelt waren, begann er in reißerischem Tonfall.

„Männer, unser aller Existenz ist bedroht. Wie ihr sicher schon erfahren habt, ist unsere Jahreslieferung im Wald vor den Toren unserer Stadt geraubt worden. Wenn es uns nicht gelingt, die Ladung zurückzuholen, müssen wir unser Geschäft schließen oder zumindest reduzieren. Das heißt, dass einige von euch bald keine Arbeit mehr haben und ihre Familie nicht mehr ernähren können." Arthur ließ seine Worte wirken und bemerkte, wie sich unter den etwa dreißig Wachmännern Unruhe verbreitete. Andreas zahlte ihnen ein fürstliches Monatssalär, damit sie nicht auf dumme Gedanken kamen. Dies wollte natürlich keiner leichtfertig aufs Spiel setzen. Als sich das Gemurmel wieder gelegt hatte, fuhr Arthur fort: „Zum Glück hat einer der Begleiter den Überfall überlebt und konnte uns eine genaue Beschreibung der Räuber geben. Zufällig sind mir die Mörder schon des Öfteren begegnet, sodass ich weiß, wo sie zu finden sind." Erneut unterbrach sich Arthur. „Wer von euch ist Manns genug, mit mir unser Eigentum wieder zurückzuholen?"

Wieder brach ein Gemurmel unter den Männern aus. Arthur beobachtete kurz das Geschehen. Bevor bei den Wachmännern Zweifel aufkommen konnte, setzte er hinzu: „Wenn wir erfolgreich zurückkehren, bekommt jeder eine Belohnung in Höhe eines Monatslohnes."

Dies ließ jeden Zweifel schnell verschwinden und alle dreißig Wachmänner stimmten begeistert zu.

„Ich freue mich, dass ihr euch für Andreas einsetzen möchtet", sagte Arthur zufrieden. „Morgen bei Sonnenaufgang werden wir losreiten. Bringt eure Waffen mit."

Andreas war den ganzen Tag von Kunde zu Kunde geritten, um die Lage zu schildern. Er entschuldigte sich und bat um Verständnis die Verzögerung. Als er gegen Abend nach Hause kam, drohten mehrere Kunden bei den Niederländern ihre Gewürze zu kaufen, wenn er nicht rechtzeitig liefern könne. Deprimiert saß er am großen Eichentisch im Speisesaal und starrte vor sich hin. Arthur betrat den Raum und sah Andreas mitleidvoll an.

„Andreas, hab Vertrauen“, sprach Arthur sanft. „Wir werden die Lieferung morgen zurückholen.“

„Wie willst du das schaffen?“ Andreas schien der Mut verlassen zu haben. „Alle unsere Wachmänner begleiten mich zum Hof des Schelms zu Bergen. Gemeinsam werden wir die Herausgabe der Gewürze verlangen. Wenn nicht, werden wir seinen Hof niederbrennen.“

„Wie willst du das rechtfertigen, wenn du keine Beweise hast?“, zweifelte Andreas.

„Wir haben einen Zeugen, der die Kerle gesehen hat“, rief Arthur wütend. „Und ich habe weiß Gott genug mit diesen Verbrechern zu tun gehabt. Jetzt ist Schluss damit! Wenn mir die städtischen Bewaffneten nicht helfen wollen, dann helfe ich mir selbst.“ Trotzig lief Arthur aus dem Raum und ging in seine Kammer. Er legte sich früh zu Bett, damit er am nächsten Morgen ausgeruht war. Schlaf konnte er in dieser Nacht jedoch nicht finden. Immer wieder ging er in Gedanken das bevorstehende Szenario durch. Wie würde der Schelm reagieren? Wie viele Raubritter beherbergt er auf seiner Burg? Am Morgen war Arthur alles andere als ausgeruht.

Als er im Morgengrauen vor die Tür trat, waren fast alle Wachmänner in Kampfausrüstung im Hof versammelt. Erfreut über den Tatendrang, begrüßte Arthur die Gruppe. Nachdem der letzte Wachmann eingetroffen war, machten sie sich auf den Weg.

Einige Stunden später erreichten sie das Anwesen des Schelms zu Bergen und Arthur hielt seine kleine Privatarmee kurz an, um die Einzelheiten zu besprechen. Jeder seiner Männer wusste nun, was zu tun war. Langsam fühlte Arthur Nervosität in sich aufkommen. Er schaute sich nach allen Seiten um, um sicherzugehen, dass sie nicht in eine Falle tappten. Als sie den Hof betraten, kam ihnen ein kleiner alter Mann entgegen und begrüßte sie höflich. Er stellte sich als Truchsess des Schelms vor und führte Arthur und sein Gefolge zu den Stallungen, wo ihnen die Pferde sofort von eifrigen Stallburschen abgenommen wurden. Völlig verwirrt folgte Arthur dem Mann in den Wohnbereich des Hofes. Auf einen so freundlichen Empfang war er nicht vorbereitet.

„Wärmt Euch erst einmal am Feuer", erbot der Truchsess. „Ich werde Euch eine Stärkung bringen lassen."

Als der Truchsess gerade gehen wollte, hielt ihn Arthur zurück.

„Wartet!", rief er, woraufhin der Truchsess stehen blieb und ihn freundlich anlächelte. „Wir möchten mit Eurem Herrn sprechen"

„Oh ... das ist aber ungewöhnlich bei Reisenden. Aber wenn Ihr möchtet, so werde ich ihm Bescheid sagen."

„Wir sind keine Reisenden", empörte sich Arthur. „Wir sind aus einem anderen Grund hier, den ich aber nur mit Eurem Herrn selbst besprechen werde."

Der Truchsess nickte und verschwand. Nach einer Weile kehrte er zurück und teilte Arthur mit, dass der Herr des Hauses ihn nun empfangen würde. Die Bewaffneten wollten gerade aufstehen, um Arthur zu begleiten, als der Truchsess die Hand hob und mit einer nicht geahnten Autorität sprach: „Nur Euer Anführer!"

Die Bewaffneten schauten Arthur fragend an. Dieser nickte ihnen zu, sodass sie sich murrend wieder auf ihre Plätze setzten. „Wenn ich in Bälde nicht wieder zurück bin", sagte Arthur zu seinen Begleitern, „dann kommt mir nach, um zu sehen, was vor sich geht. Bis dahin verhaltet euch ruhig."

Arthur ging mit dem Truchsess über den Hof zum Hauptgebäude des Anwesens. Der Gewürzhändler wurde durch eine prachtvolle Eingangshalle über eine Treppe in das erste Obergeschoss geführt. Der Weg dorthin war geschmückt mit unzähligen Jagdtrophäen. Als der Truchsess den staunenden Blick Arthurs bemerkte, sagte er: „Mein Herr ist ein leidenschaftlicher Jäger. Deshalb habt Ihr Glück, ihn heute anzutreffen. Normalerweise ist er um diese Jahreszeit immer im Wald auf der Suche nach neuen Geweihen für seine Wände."

Nach einem langen Weg durch das gesamte Stockwerk trafen sie endlich vor einer großen, kunstvoll gefertigten Tür ein. Der Truchsess hieß Arthur, vor der Tür zu warten und trat ein, ohne anzuklopfen. Nach wenigen Sekunden öffnete sich die schwere Tür abermals und Arthur wurde gebeten, den Raum zu betreten. Hinter der Tür verbarg sich ein großer, heller Raum, an dessen Wänden zwei Kamine für wohlige Wärme im Winter sorgten. Zu dieser Jahreszeit brannte nur ein kleines Feuer. Trotzdem war es nicht kalt im Raum. Am Ende des Zimmers stand ein riesiger Tisch, hinter dem ein bullig aussehender Mann auf einem elegant geschwungenen Sessel saß. Als der Mann Arthur erblickte, sprang er von seinem Sessel auf und kam auf ihn zu.

„Ich grüße Euch, Fremder. Mein Truchsess behauptet, Ihr hättet mir etwas von äußerster Wichtigkeit mitzuteilen."

„So ist es", antwortete Arthur mit fester Stimme. „Wenn Ihr denn der Schelm zu Bergen seid."

„Man gab mir diesen Namen."

„Na, dann bin ich ja richtig hier."

„Kommt zum Kern Eures Besuches. Ich bin ein beschäftigter Mann", sagte der Schelm ungeduldig, der die Feindseligkeit Arthurs spürte.

„Wie Ihr wollt." Arthur holte tief Atem. „Ich habe Grund zur Annahme, dass Eure Leibwache mich und meinen Partner, Andreas den Gewürzhändler, bestohlen hat."

„Das sind schwere Vorwürfe", sagte der Schelm unbeeindruckt. „Welche Beweise habt Ihr ...", fragend hob er die Hand.

„Mein Name ist Arthur."

„Dann, Arthur, sagt mir, wie Ihr darauf kommt, dass meine Leibwache Euch bestohlen hat?"

„Ein Wagenzug, der unseren Jahresvorrat von Gewürzen aus Venedig transportierte, wurde im Wald vor den Toren Frankfurts überfallen. Zum Glück überlebte ein Wachmann den Angriff und hat uns eine genaue Beschreibung der Räuber geliefert. Diese deutet darauf hin, dass es sich bei den Raubrittern um eine Gruppe handelt, die von einem gewissen Gisbert angeführt wird. Leider habe ich schon des Öfteren den zweifelhaften Genuss gehabt, mit eben jenem Gisbert aufeinanderzutreffen. Wie mir zugetragen wurde, ist er der Anführer Eurer Leibwache und verbreitet in der Umgebung Angst und Schrecken unter der Bevölkerung, indem er Euren Zehnten mit äußerster Brutalität eintreibt und nebenher so manchen Raubzug vollführt. Den Reichtümern Eures Hofes entnehme ich, dass er dies sicherlich nicht nötig hat, sondern nur aus reiner Gier und Bosheit handelt. Ich fordere Euch hiermit auf, die Verbrecher auszuliefern, damit sie ihrer gerechten Strafe zugeführt werden können. Solltet Ihr Euch weigern, so möchte ich darauf hinweisen, dass ich mich in Begleitung von dreißig kampferprobten Männern befinde, die in ihrem eigenen Interesse nicht davor zurückschrecken, ihr Recht mit Gewalt durchzusetzen."

Der Schelm hörte sich den Vortrag Arthurs schweigend an. Dann, als dieser zu Ende war, schaute er den Gewürzhändler mit traurigen Augen an.

„Nun, mein Junge", sagte er sanft. „Ich denke, Ihr seid um einige Monate zu spät bei mir aufgekreuzt. Denn Gisbert ist mit seinem Gefolge von mir in Schimpf und Schande vom Hof gejagt worden, als ich erfuhr, welche Methoden er und seine Männer benutzten, um in meinem Namen den Zehnten einzutreiben. Auch ich bin ein Betrogener, denn der Zehnte kam bei mir nur als Fünfter an. Wenn Ihr versteht, was ich meine."

Plötzlich fühlte Arthur Scham. Er hatte den falschen Mann bedroht. Er versuchte dennoch, Haltung zu wahren. Arthur nickte enttäuscht. Zunächst einmal musste er diesen Rückschlag verarbeiten. Als er sich wieder im Griff hatte, kam ihm eine Idee.

„Was wäre, wenn Ihr mich und meine Bewaffneten unterstützt, um diesen Kerl und seine Truppe dingfest zu machen?"

„Was hätte ich davon?"

„Nun, die Bande reist umher und mordet in Eurem Namen. Denn immer noch treiben sie für Euch den Zehnten ein. Mich würde das stören ..."

Arthurs Blick wurde herausfordernd. Dem Schelm war anzusehen, dass die Worte trafen. Er lief am Fenster auf und ab und sah in den Burghof. Nach einer Weile drehte er sich um und sah Arthur wütend an.

„Wenn das stimmt, was Ihr da sagt, dann habe ich wahrlich

einen Grund, Euch zu helfen", sagte er mit unterdrückter Wut. „Ich hätte ihn aufhängen sollen, anstatt ihn davon zu jagen." Der Schelm überlegte kurz und fuhr dann entschlossen fort: „Ich werde Euch ein Dutzend Männer mitgeben. Ich habe auch schon eine Vermutung, wo sich die Kerle herumtreiben."

Natürlich war der Schelm zu Bergen daran interessiert, dass die Verbrecher dingfest gemacht wurden. Sie raubten und plünderten und trugen dabei sein Wappen auf ihren Verbrecherbrüsten.

Arthur bekam die versprochene Unterstützung und machte sich am nächsten Morgen auf den Weg, um Gisbert ein für alle Mal in die Schranken zu weisen. Ein Späher des Schelms konnte beschreiben, wo sich die Kerle für gewöhnlich aufhielten. Das Versteck war nur einen halben Tagesritt entfernt in einem kleinen Waldstück. Die Truppe kam gut voran. Der Morgen war malerisch. Nebelschwaden zogen durch das kleine Tal. Arthur drehte sich kurz um, da er sehen wollte, ob alle Reiter beisammen waren. Sein Blick fiel auf die Ebene, die der Main hinter Bergen nutzte, um sich seinen Weg nach Westen zu suchen. Die Vögel begrüßten den Tag mit ihrem Gesang und die glutrote Sonne erklomm den Himmel am Horizont hinter Hanau. Arthur musste sich mehrmals den Zweck ihres Rittes ins Gedächtnis rufen, um nicht zu vergessen, dass es sich nicht um eine Vergnügungsreise handelte.

Später am Vormittag kamen sie in die Nähe des Unterschlupfs von Gisbert und seinen Schurken. Arthur beschloss, zusammen mit dem Anführer der Truppe des Schelms, im Wald ein Lager aufzuschlagen. Als die Pferde versorgt und die Männer gestärkt waren, setzte sich Arthur neben den Anführer.

„Leider sind wir uns noch nicht vorgestellt worden", sagte Arthur zu dem Mann. „Mein Name ist Arthur."

Der Angesprochene hielt einen verbeulten Blechbecher in der Hand, in dem eine dampfende Flüssigkeit war. Zahlreiche kleinere Narben im Gesicht des Kämpfers zeugten von etlichen Schlachten. Er sah Arthur abschätzend an, dann hellte sich seine Miene auf.

„Man nennt mich Reinhold."Nach einer kurzen Unterbrechung, in der er an seiner Blechtasse nippte, fuhr er fort: „Weshalb seid Ihr hinter diesen Verbrechern her?"

„Sie haben meinen Freund und mich beraubt. Dabei haben sie unsere gesamte Ladung an Gewürzen gestohlen."

Reinhold horchte auf. „Ihr seid ein Gewürzhändler?"

„Ja, ist das etwa verwerflich?"

„Nein, keineswegs. Ich denke nur, dass Ihr dann ein reicher Mann sein müsst, der es kaum nötig hat, selbst die Sache in die Hand zu nehmen."

„Nun", sagte Arthur ernst. „Erstens bin ich nicht der Eigentümer des Gewürzhandels und zweitens sind mir diese Kerle einmal zu oft über den Weg gelaufen. Jetzt sind sie persönlich geworden, was ich nicht dulden kann."

„Ihr habt Mut, Gewürzhändler", sagte Reinhold anerkennend. „Ihr wisst hoffentlich, dass die Männer hinter denen wir her sind, ausgebildete Soldaten sind, die mehr Menschen getötet haben, als Ihr in Eurem Leben Gewürze verkaufen könnt."

„Das ist mir bewusst", antwortete Arthur gleichgültig. „Aber wie sagte bereits der alte Terenz vor vielen Jahren: Fortes fortuna adiuvat – Den Tapferen hilft das Glück!"

„Hoffentlich täuscht Ihr Euch da nicht, Händler."

Die Männer stellten eine Wache zusammen und bereiteten sich für den bevorstehenden Angriff auf das Räuberlager vor. Arthur und Reinhold beschlossen, einen Mann vorauszuschicken, der die Umgebung der Ruine auskundschaften sollte. Als der Mann zurückkam, berichtete er den beiden Anführern.

„Es sollte eine leichte Sache werden", begann er. „Das Gemäuer steht auf einer Lichtung im Wald und bietet den Verbrechern wenige Möglichkeiten der Verteidigung, da die Mauern sehr löchrig sind. Wenn wir von allen Seiten gleichzeitig angreifen, sollten sie schnell überwältigt sein. Wenn man bedenkt, dass es sich nur um fünfzehn Männer handelt, verstehe ich die ganze Aufregung nicht."

„Ich danke Euch", sagte Reinhold. „Wir werden uns jetzt eine Strategie überlegen. Ruht Euch noch ein wenig aus, Ihr werdet Eure Kraft brauchen."

Arthur und Reinhold berieten über die besten Angriffsmöglichkeiten. Arthur bewies dabei überraschend taktisches Geschick, was Reinhold optimistisch stimmte, da er bis jetzt an Arthurs Qualitäten als Kämpfer gezweifelt hatte.

Am Abend wurde die gesamte Mannschaft zusammengerufen und eingeweiht. Zwölf Männer bildeten die Nachhut. Sie sollten die Fluchtwege absperren, falls es den Räubern gelingen sollte, zu entkommen. Der Rest der Truppe verteilte sich um die Ruine. Als alle Männer postiert waren, legte Arthur seine Waffen ab und ritt auf die Ruine zu. Vor den Toren des Gemäuers hielt er sein Pferd an. „Gisbert!", schrie er. „Tritt vor, du feiger Mörder, und stell dich oder du wirst es bereuen."

Eine Weile war es still um die Ruine; nur die Gesänge der Vögel waren zu hören. Gerade als Arthur schon zweifelte, ob er wirklich richtig lag, trat Gisbert hervor. Er stand auf der Mauer der kleinen Ruine und hielt einen tönernen Krug in der Hand.

„Wer stört meine Ruhe?", rief er und setzte den Krug an.

„Arthur, der Händler aus Frankfurt. Ich fordere dich auf, mir die gestohlenen Gewürze herauszugeben und mit mir zu kommen, um dich und dein verbrecherisches Gefolge vor ein Gericht zu stellen."

Gisbert schaute Arthur verwirrt an. Nach einer Weile drehte er sich um und rief höhnisch in die Burg hinein: „He, Freunde. Hier draußen steht ein lächerlicher Händler. Dieser Spaßvogel will unsere Beute und unseren Kopf. Ich schlage vor, wir ergeben uns."

Aus der Ruine hörte Arthur lautes Männerlachen. Gisbert wandte sich wieder an Arthur.

„Freundchen", sagte er. Jetzt mit drohendem Unterton. „Ich gebe dir genau zehn Sekunden, um dich von hier zu entfernen. Damit kannst du dein kümmerliches Leben retten. Wenn du jetzt verschwindest, werde ich in Anbetracht der Tatsache, dass ich zu beschäftigt bin, um einen unbedeuteten Wurm wie dich zu töten, Gnade vor Recht ergehen lassen und dich verschonen. Ansonsten wirst du Bekanntschaft mit meiner Muskete bekommen."

Arthur stieg von seinem Pferd ab und stützte seine Fäuste in die Hüften.

„Ich werde nicht ohne meine Gewürze diesen Ort verlassen."

„Dann mach dich auf die Tracht Prügel deines Lebens gefasst, Händler", sagte Gisbert und stieg von der Mauer hinab.

Um zu Arthur zu gelangen, musste der Verbrecher durch die Ruine laufen, womit Arthur gerechnet hatte. In dieser Zeit war er aus dem Blickfeld Gisberts. Jetzt konnte er das vereinbarte Zeichen zum Angriff geben. Arthur hob den rechten Arm und ließ ihn hinabsausen. Aus dem Wald rund um die Klosterruine traten die Männer hervor und richteten ihre Bögen und Musketen auf den Ausgang der Ruine. Arthur selbst zog eine versteckte Armbrust von seinem Sattel und lud diese. Als Gisbert grinsend und angriffslustig um die Ecke kam, sah er zuerst Arthur mit der auf ihn gerichteten Armbrust vor sich stehen. Einen kurzen Moment entgleisten Gisberts Gesichtszüge und so etwas wie Angst durchzuckte ihn. Dann legte er wieder sein arrogantes Grinsen auf und schritt langsam auf Arthur zu.

„Wen willst du denn damit erschrecken, Händler?“, fragte er höhnisch. „Ich glaube kaum, dass ein Gewürzhändler mit einer altertümlichen Armbrust umgehen kann.“

„Ich war nicht immer Händler“, antwortete Arthur ruhig.

„Ich habe lange Zeit in der Reichsarmee gedient.“ Um sein Täuschungsmanöver zu untermauern, hob er die Armbrust an und zielte genau auf Gisberts Kopf. Für einen kurzen Moment verlor der Mörder seine Selbstsicherheit. Doch schon wenige Augenblicke später war er wieder arrogant wie eh und je.

„Wenn du mich wirklich töten wolltest, hättest du es längst getan“, sagte er dann triumphierend. „Das ist der Unterschied zwischen uns. Ich glaube, du hast mich jetzt lange genug belustigt, Händler. Du fängst an mich zu langweilen, sodass ich mich jetzt deiner entledigen werde.“

Mit diesen Worten zog er sein Schwert aus der Scheide. Fast im selben Moment bemerkte er die anderen Reiter am Waldrand. Sein Grinsen gefror. Dann kam die Erkenntnis. Der Mörder suchte sein Heil im Angriff. Mit einem Schrei und erhobenem Schwert rannte Gisbert auf Arthur zu. In diesem Moment drückte Arthur auf den Auslöser. Der Pfeil traf Gisbert in vollem Lauf mitten im Gesicht. Der Verbrecher rannte noch ein paar Schritte und schlug dann mit einem dumpfen Geräusch vor Arthurs Füßen auf. Sofort tränkte sich der staubige Boden mit Gisberts Blut. Ein Schauder durchlief den Gewürzhändler. Wie gelähmt stand er vor der Leiche und starrte sie an. Plötzlich durchzuckte ihn ein scharfer Schmerz. Die Kameraden Gisberts waren durch den Lärm alarmiert worden und feuerten von der Ruinenmauer auf sie. Arthur blickte nach rechts und sah aus seiner Schulter einen Pfeil herausragen. Das war das Letzte, woran er sich erinnern konnte.

Als Arthur wieder erwachte, sah er das freundliche Gesicht Reinholds über sich gebeugt. Der Händler lag auf einem Tisch in einem abgedunkelten Raum. Kurz darauf nahm Arthur Brandgeruch wahr. In der Ecke knisterte ein Feuer im Kamin. Alles war ruhig. Dann fiel ihm der Angriff wieder ein. Der Händler blickte Reinhold fragend an. Dieser nickte und sagte leise: „Wir haben Eure Gewürze. Und die Verbrecher haben alle ihren gerechten Lohn bekommen."

„Wurde jemand von unseren Leuten verletzt?"

„Leider haben die Verbrecher noch fünf von uns schwer verletzt", sagte Reinhold verbittert. Plötzlich fühlte Arthur sich schuldig. Er wollte sich aufrichten, als ihn der Schmerz in der rechten Schulter wieder auf den Tisch zurückwarf.

„Beruhigt Euch, sie werden alle durchkommen."

„Was ist mit mir geschehen?"

„Ein Pfeil hat Eure Schulter durchbohrt. Wir haben ihn während Eurer Bewusstlosigkeit entfernt. Leider konnten wir die Wunde nur notdürftig versorgen. Sobald wir wieder auf dem Schloss unseres Herrn eintreffen, müsst Ihr unseren Bader aufsuchen, der wird Euch wieder auf die Beine bringen."

Die Männer packten Arthur auf eine aus Holz gefertigte Trage und banden diese an sein Pferd. Jede Unebenheit war die Hölle für den Verletzten, sodass er sich nach kurzer Zeit dazu entschloss, lieber auf seinem Pferd zu reiten. Das Aufsteigen bescherte ihm zwar erneut starke Schmerzen, jedoch war es auf dem Pferd wesentlich angenehmer als dahinter. Die Gewürze, oder zumindest das, was davon noch übrig geblieben war, packten sie zusammen und verstauten alles auf dem Proviantwagen, den sie in weiser Voraussicht mitgenommen hatten. Die Freude unter Andreas' Wachmännern war groß. Konnten sie doch jetzt weiter ihre Familien ernähren. Nicht weniger freuten sie sich auf die saftige Belohnung, die Arthur ihnen versprochen hatte. Die Verbrecher hatte man an Ort und Stelle in ein tiefes Loch geschmissen und einfach zugeschüttet.

Die Heimreise verlief ohne Zwischenfälle, sodass sie am späten Abend am Bergener Schloss eintrafen. Die frohe Kunde hatte bereits den Schelm zu Bergen erreicht. Die Helden wurden mit Jubel empfangen. Endlich waren die Dörfer der Umgebung von ihren Peinigern befreit. Arthur wurde vom Bader mit Kräuterumschlägen versorgt, wodurch seine Schmerzen erträglich wurden.

Am selben Abend wurde ein großes Festessen für die Heimkehrer gegeben. Reinhold uns Arthur flankierten den Schelm an der reich gedeckten Festtafel. Sie mussten ihm genauestens Bericht erstatten. Arthur konnte aber nur bis zum Beginn der Schlacht mitreden. Ab dann überließ er es Reinhold, die Legende zu stricken. Arthur hörte natürlich gebannt zu, denn auch er wollte wissen, was sich während seiner Besinnungslosigkeit abgespielt hatte.

Reinhold erzählte, wie die kleine Armee in die Ruine stürmte und den überraschten Verbrechern den Garaus machte. Jedoch gestaltete sich der Überfall schwieriger als angenommen, da in der Ruine nicht nur fünfzehn, sondern nahezu fünfundzwanzig der Kerle hausten, die alle schwer bewaffnet waren. Scheinbar hatte Gisbert seine Truppe erweitern können. Aus diesem Grund hatten sich die Verbrecher auch tatkräftig verteidigen können. Doch war der Überraschungseffekt gepaart mit der Schlagkraft der Angreifer zu groß, als dass sie auch nur die geringste Möglichkeit eines Sieges hatten. In der Ruine wurden außer den Gewürzen noch weitere Beutegüter entdeckt. Da keiner der Verbrecher überlebt hatte, war es nun schwierig herauszufinden, wem die Sachen gehörten. Einige Gegenstände waren mit Wappen versehen, sodass wenigstens diese den Weg zu ihren rechtmäßigen Besitzern finden würden. Der Rest wurde dem Schelm zu treuen Händen überlassen. Zu später Stunde, Arthur wollte sich gerade auf sein Lager zurückziehen, hielt ihn Reinhold auf.

„Ihr seid für einen Gewürzhändler ausgesprochen tapfer."

„Wenn Ihr Ohnmacht mit Tapferkeit gleichsetzt, dann bin ich ein wahrer Held.“ Arthur musste grinsen.

„Nun untertreibt mal nicht, mein Freund“, sagte Reinhold ernst. „Mit Eurer List ist es uns gelungen, die Kerle zu überrumpeln. Woher habt Ihr diese Kühnheit? Etwa aus Eurer Zeit bei der Reichsarmee?“

Arthur lachte auf. „Bin ich ein so guter Lügner, dass selbst Ihr mir dieses Ammenmärchen abgekauft habt? Mir scheint, ich habe meine Rolle überzeugend gespielt.“

Reinhold schaute etwas beleidigt drein. „Dann ward Ihr also nie in der Armee?“

„Ich war Zeit meines Lebens ein Händler und will es auch bleiben. Das Kriegsgeschäft ist was für kühne Kämpfer. Ich dagegen bringe Ware an den Mann.“

„Wenn Ihr das nur halb so gut macht, wie Ihr Mut beweist, werdet Ihr einmal sehr reich werden.“

### *Die Rückkehr*

Arthur schickte einen Boten mit der frohen Kunde nach Frankfurt und gönnte den Wachmännern noch einen Tag Ruhe, bevor sie sich auf die Rückreise machten. Mit den geretteten Gewürzen im Gepäck reisten sie ohne weitere Zwischenfälle zurück in die Stadt am Main. Als sie an Andreas' Haus auf der Zeyl kamen, lief ihnen der alte Mann freudestrahlend entgegen. „Arthur!", rief er glückselig. „Wie schön, dich endlich wiederzusehen. Wie ich hörte, hattest du Erfolg." Dann wandte er sich zu den Wachmännern. „Kommt alle in den Hof. Eure Familien warten bereits auf euch."

Und tatsächlich: Im Innenhof des Gewürzhandels saßen die Frauen und Kinder der Wachmänner und hatten eine üppige Tafel im Schatten der großen Eiche aufgebaut. Da bei den Wachmännern aus Frankfurt keinerlei Verluste zu beklagen waren, gab es ein rauschendes Fest.

Andreas war wieder der gleiche, lebensfrohe Mann wie vor dem Überfall und schmiedete alsbald Pläne für die Zukunft.

„Arthur, mein Junge", sagte er fröhlich. „Ich verstehe nicht, wie ich früher ohne dich ausgekommen bin."

Arthur errötete leicht und wiegelte ab. „Jetzt übertreib mal nicht so. Ich habe nur meinen Anteil gerettet."

„Tu nicht so bescheiden, Junge." Andreas klopfte Arthur lachend auf die Schulter. „Jetzt lass uns erst einmal ordentlich einen heben."

Mit diesen Worten stürzten sich Andreas und Arthur in die Feier, die für beide erst am frühen Morgen endete.

Am nächsten Tag schlief Arthur bis zum Mittag und erwachte mit heftigen Kopfschmerzen. Als er sich an das Licht gewöhnt hatte, quälte er sich aus dem Bett und schleppte seinen Körper vom ersten Geschoss des Hauses in den Innenhof. Dort sah er dienstbare Geister, die die Trümmer der Feier wegräumten und Ordnung schafften. Eines der Dienstmädchen lächelte Arthur verführerisch an. Jedoch stand Arthur in seinem Zustand nicht der Sinn nach einem neuen Abenteuer. Er ignorierte die herausfordernden Blicke des Mädchens und ging in Richtung der Lagerräume, die weiter hinten auf dem Grundstück angesiedelt waren. Das Wetter war für die frühe Jahreszeit sehr gut. Die Sonne brannte unerbittlich auf Arthurs verkaterten Schädel und ließ ihn straucheln. Endlich hatte er das kühle Lager erreicht. Die Dunkelheit im Inneren linderte seine Schmerzen auf ein erträgliches Maß. Inmitten des Raumes stand Andreas an einem Stehpult und schrieb auf dem dort ausgerollten Pergament. Als er Arthur erblickte, strahlte der alte Mann über das ganze Gesicht.

„Arthur!“, begrüßte er seinen Kompagnon fröhlich. „Hast du endlich ausgeschlafen?“

„Na ja“, antwortete Arthur gequält. „Sagen wir: ich habe damit aufgehört.“

Ein breites Grinsen machte sich in Andreas' Gesicht breit. Für einen Mann im seinem Alter, steckte er den Alkohol erstaunlich gut weg. Übung macht eben doch den Meister, dachte Arthur und ging zu Andreas an das Pult, um einen Blick auf das Pergament zu werfen.

„Ich bin schon so gut wie durch“, sagte Andreas. „Und weißt du was, mein Junge? Ihr habt nicht nur die Hälfte unserer Lieferung mit nach Hause gebracht, sondern nahezu zwei Drittel.“

„Das ist ja mal eine gute Nachricht.“ Arthurs Laune besserte sich zusehends.

Andreas fuhr mit seiner Zählung fort, wobei er leise vor sich hin pfiff. Nach einer kurzen Weile hielt er inne. „So“, sagte er mit einem Seufzer der Erleichterung. „Fertig. Jetzt können wir jeden unserer Kunden pünktlich beliefern, sodass wir keinen von ihnen verlieren werden.“

Beflügelt durch die gute Nachricht fand Arthur schnell wieder in die tägliche Arbeit. Als er nach einiger Zeit das Lager verließ, lief ihm die Dienstmagd, die ihn angelächelt hatte, geradewegs in die Arme.

„Beinahe hätte ich dich umgerannt, Mädchen“, sagte Arthur und setzte sein charmantestes Lächeln auf.

„Verzeiht, Herr“, antwortete die Magd mit gespielter Schüchternheit. „Ich hatte Euch nicht kommen sehen.“

„Nennt mich nicht Herr. Ich bin Arthur. Und wie ist Euer Name?“

„Elisabeth.“

Plötzlich wurde Arthur heiß und kalt zugleich. Schlagartig fiel seine Laune von einem Hoch in ein Tief. Der Magd blieb das nicht verborgen.

„Habe ich etwas Falsches gesagt? Ihr seid plötzlich so blass.“

„Nein, nein! Es ist nur ... ach ... vergesst es!“

Er ließ die Magd stehen und eilte in den Laden im vorderen Teil des Hauptgebäudes. Er ärgerte sich darüber, dass die gute Laune wohl heute nicht mehr zurückkommen würde. Tagelang brauchte Arthur, um Elisabeth einigermaßen aus seinen Gedanken zu bekommen; doch so richtig wollte ihm das nicht gelingen. Zeitweise war er ungenießbar, sodass Andreas sich gezwungen sah, ihn zur Rede zu stellen.

„Was ist mit dir los, Junge?“, fragte er streng. „Welche Laus ist dir über die Leber gelaufen, dass du deine Umwelt so bestrafst?“

„Was soll schon sein?“

„Was sein soll?“, rief Andreas wütend. „Du läufst seit Tagen herum, als ob jemand gestorben wäre. Dabei haben wir allen Grund zur Freude. Der Überfall hat uns in der ganzen Stadt bekannt gemacht. Jeden Tag kommen neue Kunden und wollen bei uns kaufen. Wir können uns vor Aufträgen kaum retten und du machst ein Gesicht, das mir die Kundschaft aus dem Laden treibt. Du sagst mir jetzt, was los ist, oder ich schicke dich auf die Reise nach Venedig!“

Arthur überlegte kurz. Dann holte er tief Luft und sagte leise: „Es ist wegen Elisabeth.“

Andreas schaute ungläubig. „Wegen der Magd. Hast du sie etwa geschwängert?“

„Ja ... nein ... ich“, nochmals holte Arthur tief Luft. „Ich glaube, ich sollte dir von meiner Vergangenheit erzählen.“

Dann erzählte Arthur seinem väterlichen Freund die Geschichte seiner unglücklichen Liebe. Als er geendet hatte, war er den Tränen nahe. Andreas saß die ganze Zeit schweigend da und hörte Arthur gespannt zu. Nach einer langen Minute, in der beide schwiegen, war es Andreas, der die Worte als Erster wiederfand. „Warum hast du mir das in all den Jahren nie erzählt?"

„Ich wollte dich damit nicht belasten."

„Ich dachte, ich wäre so etwas wie dein zweiter Vater geworden", sagte Andreas einfühlsam. „Mein Junge, wenn ich gewusst hätte, was du alles erdulden musstest, hätte ich dich längst zurückgeschickt. Du bist mittlerweile ein wohlhabender Mann. Und wenn du eines Tages mein Geschäft übernimmst, wirst du reicher sein als Bertram und Frederic zusammen."

„Reichtum ist nicht alles", sagte Arthur bitter. „Stell dir die Schande für Elisabeth vor, wenn herauskommt, dass ich der Vater des Kindes bin. Ihr Vater wird sie verstoßen."

„Na und?", rief Andreas. „Wenn ein Vater seine Tochter wirklich liebt, dann handelt er zu ihrem Wohle und nicht nach seinem Geldbeutel. Mein Haus hat genug Platz für euch drei. Und ein kleines Kind kann nur die Geister beleben. Geh und hol sie!"

„Was, wenn sie Nein sagt?"

„Wenn du es nicht versuchst, wirst du es nie erfahren."

Tagelang war Arthur hin- und hergerissen, was er tun sollte. Immer und immer wieder wog er das Für und Wider ab. Würde Elisabeth mit ihm gehen? Würde sie ihren Vater und das Weingut verlassen? Wie würde Bertram reagieren und wie Frederic mit seiner Bloßstellung umgehen? All diese Fragen quälten ihn am Tage und – noch schlimmer – in der Nacht. Nach einer Woche des Grübelns kam er zu dem Schluss, dass er auf sein Herz hören sollte. Er suchte nach Andreas und fand ihn im Lager, wo er eine Lieferung an den Bischof zusammenstellte.

„Andreas, ich werde gehen", platzte Arthur heraus.

„Wohin?", fragte der völlig überrumpelte Andreas.

„Nach Flörsheim! Ich werde meine Familie holen!" Arthur schien zu allem entschlossen.

„So, so", sagte Andreas triumphierend. Ein Lächeln umspielte seine Mundwinkel. „Wann wirst du abreisen?"

„Schon morgen!"

Ohne eine Antwort abzuwarten, verließ er das Lager, gerade so, als hätte er Angst, es sich noch anders zu überlegen. Zurück blieb ein grinsender Andreas, der hoffte, bald Kinderlachen in seinem Haus zu hören.

Arthur verbrachte den Nachmittag damit, sein Bündel zu packen. Am nächsten Morgen bei Sonnenaufgang machte er sich, ohne ein Wort des Abschieds, auf den Weg. Er war sich immer noch nicht sicher, ob er das Richtige tat. Aber er fürchtete sich davor, sich irgendwann einmal den Vorwurf machen zu müssen, dass er es versäumt hatte, ein glückliches Leben zu führen. Und das nur, weil er zu feige war!

Nach einem anstrengenden Ritt ruhte er sich an einem Waldrand ein wenig aus, als er ein Geräusch hörte. Er schaute sich um und entdeckte einen von einem Ochsen gezogenen Wagen. Als das Gefährt näher kam, glaubte er, den Wagenlenker zu erkennen. Schließlich wich die Vermutung der Sicherheit. Es handelte sich tatsächlich um einen Knecht Bertrams: Der freche Josef. Auch Josef hatte Arthur erkannt. Er stoppte den Wagen und legte eine gespielt überraschte Miene auf. „Ja, wen haben wir denn da?", fragte er übertrieben. „Wenn das nicht Arthur der Händler ist, möchte ich einen Besen fressen."

„Und du bist noch frecher geworden, als du ohnehin schon warst, Josef", antwortete Arthur lachend. „Bist ja ein richtiger Mann geworden und nicht mehr der kecke Zwerg von einst."

„Na, das will ich meinen", sagte Josef stolz. „Nicht umsonst schickt man mich allein zum Einkaufen in die große Stadt."

„Du bist jetzt der Einkäufer Bertrams?"

„Nein, Bertram ist schon seit zwei Jahren tot. Ich bin der Einkäufer Frederics."

„Bertram ist tot." Arthur war entsetzt.

„Ja, ein Jagdunfall." Josef schaute sich verschwörerisch um. „Aber wenn du mich fragst, war es Mord."

„Wie kommst du denn darauf?"

„Ich war zwar nicht dabei", sagte Josef in verschwörerischem Tonfall. „Aber anscheinend wollte jemand Bertram loswerden und schickte den Mörder in den Wald, um ihn zu beseitigen."

„So, so", sagte Arthur. „Gibt es denn Beweise für deine Vermutung?"

Der Junge hob abwehrend die Hände.

„Man hat natürlich alle Beweise verschwinden lassen. Aber mich kann man nicht so leicht täuschen."

„Natürlich nicht", beschwichtigte Arthur. Er wollte mehr über die Verhältnisse auf dem Weingut erfahren und wechselte deshalb das Thema.

„Wie geht es den anderen auf dem Gutshof?"

Josef wurde traurig. „Na ja, seit Bertram tot ist, ist nichts mehr so wie früher. Frederic ist so gut wie nie zu Hause. Und wenn er mal da ist, lässt er sich nicht blicken. Zieht sich in seine Gemächer zurück. Böse Zungen behaupten, dass er nicht einmal der Vater seines Kindes ist."

Arthur zuckte leicht zusammen. „Wie kommst du denn auf diese Schnapsidee?"

„Na ja, der Junge ist blond und blauäugig. Wie du ja weißt, hat Elisabeth braunes Haar und braune Augen. Und Frederic auch. Da frag ich mich, wo die blauen Augen herkommen. Jetzt, wo ich dich so sehe, könnte der Junge geradewegs von dir sein. Er sieht dir ähnlicher als seinem Vater."

Arthur lachte etwas zu laut auf. „Du bist immer noch so vorlaut wie früher, wenn nicht gar noch schlimmer." Innerlich war Arthur gewarnt. Der Junge könnte ihn mit seiner großen Klappe in Verlegenheit bringen.

„Du solltest mit deinen Vermutungen etwas vorsichtiger sein, sonst komme ich noch in den Kerker wegen dir", sagte Arthur streng.

„Keine Angst." Josef hob abwehrend die Arme. „Ich würde mich niemals wagen, so etwas in Gegenwart eines Mitglieds des Weingutes zu sagen. Dort haben die Wände Ohren. Seit Bertram nicht mehr herrscht, hat sich der fiese Roland zum Truchsess aufgeschwungen. Wenn du mich fragst, ging der Weg durch den Arsch von Frederic."

„Na, na! Roland ist schon immer sehr tüchtig gewesen."

„Seit Frederic auf dem Gut eingezogen ist, spielt der sich auf wie der Herrgott persönlich." Josef spuckte geräuschvoll aus. „Wenn ich nur an den denke, wird mir ganz schlecht."

„Weshalb?"

„Weil er die Leute auspeitschen lässt!" Josef wurde jetzt richtig wütend. „Schau dir meinen Rücken an. Und das nur, weil ich eine Flasche Wein hab fallen lassen." Er hob sein Hemd hoch und hielt Arthur seinen vernarbten Rücken hin. Arthur war entsetzt, wollte es aber nicht so recht glauben. „Als ich noch auf dem Gut lebte, war Roland doch nur ein kleines Licht. Außerdem würde Elisabeth so etwas niemals dulden."

„Elisabeth?", schnaubte Josef. „Die lebt völlig vereinsamt in ihrer Kammer mit dem Kleinen. Kommt nur selten ans Tageslicht. Wenn Frederic nach Hause kommt, würdigt er sie keines Blickes. Und Besuch darf sie auch nicht empfangen. Ich kann mich nicht erinnern, wann wir das letzte Mal ein Fest gefeiert haben. Seit du weggegangen bist, ist alles den Bach runter." Josef wirkte jetzt sehr verbittert. „Ich weiß gar nicht, warum ich noch auf dem Gut lebe. Wenn ich mehr Mut hätte, würde ich mich davonmachen, so wie du."

„Ich habe mich nicht davongemacht", protestierte Arthur.

„Frederic hat jedem erzählt, dass du dich bei Nacht und Nebel davongestohlen hast, weil du mit der Verantwortung des Einkäufers nicht klargekommen bist."

Arthur merkte, wie jetzt langsam in ihm die Wut aufstieg.

„Wie kommt dieses Würstchen dazu, mich so zu denunzieren?", schrie er. Josef zuckte zusammen. „Falls es dich interessiert: Ich habe niemals Probleme mit der Verantwortung gehabt. Und außerdem bin ich mittlerweile so reich, dass ich Frederic mitsamt seinem Weingut kaufen könnte. Ich frage dich, Josef: Kann jemand, der keine Verantwortung übernimmt, so viel Geld erarbeiten?" Arthur blickte Josef zornig an. Dieser war eingeschüchtert und antwortete verteidigend: „Natürlich nicht! Ich habe das auch niemals geglaubt und auch sonst nur wenige auf dem Hof; diejenigen, die dich niemals kennengelernt haben, vielleicht. Aber die anderen ..."

„Ja, ja, schon gut." Arthur war wieder ruhiger. „Komm, Junge. Setz dich zu mir ans Feuer. Heute kommst du ohnehin nicht mehr bis zum Hof."

Die beiden Männer schlugen sich den Bauch mit allerlei Leckereien voll, die Josef auf dem Markt gekauft hatte. Arthur steuerte ein gebratenes Hühnchen bei, das er als Proviant mitgenommen hatte. Nach dem Mahl plauderten sie am Lagerfeuer von der guten alten Zeit. Vorsichtig horchte Arthur Josef über den Zustand Elisabeths aus. Leider hörte sich das, was Josef zu berichten hatte, alles andere als gut an. Allem Anschein nach erlebte Elisabeth die Hölle auf Erden. Nach dem Gespräch lag Arthur noch lange wach und überlegte, wie er am besten Elisabeth befreien könnte, ohne dass es Ärger geben würde. Bei Sonnenaufgang machten sich die beiden Weggefährten auf, um früh in Flörsheim einzutreffen. Noch immer hatte Arthur nicht die geringste Ahnung, wie er Elisabeth und seinen Sohn nach Frankfurt bringen sollte. Aber ihm würde schon eine Lösung einfallen, dessen war er sich sicher. Je näher sie dem Weingut kamen, desto aufgeregter wurde er. Am späten Vormittag hatten sie ihr Ziel fast erreicht. Äußerlich hatte sich so gut wie nichts verändert. Nur die Flagge auf dem Wohnhaus trug ein anderes Wappen. Es musste sich wohl um das Wappen der Familie Frederics handeln. Diese Beschmutzung von Bertrams Andenken brachte Arthur erneut an den Rand eines Wutausbruches. Gerade als er sich darüber auslassen wollte, kam ihm Josef zuvor.

„Ich weiß, was du sagen willst, Arthur", sagte er vorsichtig. „Aber selbst Roland war dagegen, diese Flagge zu hissen. Frederic hat damit gedroht, uns alle vom Hof zu jagen, wenn wir die Flagge nicht akzeptieren."

„Dieses Weingut gehört Elisabeths Familie und nicht diesem …", sagte Arthur gepresst.

„Sag das mal Frederic. Der Kerl ist unausstehlich."

Am Hoftor wurden sie aufgehalten. Ein vierschrötiger Wachmann stellte sich ihnen in den Weg. „Halt, wer da?", rief er streng.

„Erkennst du nicht einmal mehr den Einkäufer des Hofes und einen alten Freund?", rief Arthur fröhlich.

Der Wachmann kniff die Augen zusammen. „Bist du das, Arthur?"

„Aha, du erkennst mich also doch noch."

„Was treibt dich denn hierher?", rief der Wachmann, jetzt wesentlich fröhlicher.

„Die Sehnsucht nach meiner Vergangenheit."

„Hey, Bewohner des Weingutes", schrie Daniel in den Hof hinein. „Kommt zusammen, wir haben Besuch."

Aus allen Ecken kamen Menschen zusammengelaufen. Viele der Gesichter waren Arthur unbekannt. Dennoch erkannte er einige der Älteren wieder. Ein Gefühl des Nachhause-Kommens durchflutete ihn. Als er von seinem Pferd abstieg und es dem Stallknecht übergab, fiel ihm das alte Waschweib Maria um den Hals und küsste ihn auf beide Wangen. Dann kam Frida auf ihn zu und küsste ihn leidenschaftlich auf den Mund. Ohne eine Möglichkeit, etwas dagegen zu machen, ließ er sie gewähren. Obwohl es ihm, in Anbetracht des Grundes seiner Reise, etwas unangenehm war. Seine Augen suchten die Menge ab, doch nirgends war etwas von Elisabeth zu sehen. Er suchte die Fenster der Gebäude ab – nichts. Dann sah er plötzlich, wie sich an einem Fenster des Wohngebäudes ein Vorhang bewegte; das musste sie sein. Sein Herz schlug schneller. Plötzlich wurde ihm die Menschenmenge zu aufdringlich. Er kämpfte sich einen Weg durch die Leute und vertröstete sie damit, dass er müde von der Reise sei und sich erst einmal ausruhen wolle. Die Dienstmagd, eine fette alte Dame, sah sich berufen, sich seiner anzunehmen und verjagte mit ihrer resoluten Art die Gutsbewohner. Sie führte Arthur zum Wohngebäude, wo sich die Gästezimmer befanden. Dort stellte er sein Bündel ab und wartete, bis die Magd endlich verschwunden war. Er schaute sich im Zimmer ein wenig um und trat dann ans Fenster. Im Innenhof waren die Menschen wieder zum Alltag zurückgekehrt. Seine Ankunft war nur eine kurze Abwechslung für sie gewesen. Er hätte schwören können, dass die Hälfte der Leute ihn schon längst wieder vergessen hatte. Der Händler wartete noch eine Weile. Als er sicher sein konnte, dass keiner mehr vor seinem Zimmer stand, öffnete vorsichtig die Tür und spähte hinaus. Der lange Gang war völlig verwaist. Wenn ihn seine Orientierung nicht verlassen hatte, dann müsste sich sein Zimmer zwei Stockwerke direkt unter dem befinden, in dem er Elisabeth vermutete. Er schlich sich auf den Flur und erreichte unbehelligt die Treppe. Arthur schaute im Auge des Treppengeländers nach allen Seiten. Nichts war zu hören und zu sehen. Er rannte die Treppe hinauf, wobei er darauf achtete, sich auf dem Teppich zu bewegen, um keinen Lärm zu verursachen. Als er endlich oben war, hielt er sich nach links und schlich den Gang entlang. Dann stand er vor dem Zimmer, in dem er seine geliebte Elisabeth wähnte. Er spürte seinen Herzschlag am Hals. Arthur atmete mehrmals tief durch und zählte im Stillen bis zehn. Dann riss er ohne zu klopfen die Tür auf.

Mit einem Schrei warf sich Elisabeth herum. Sie stand immer noch am Fenster. Sie war blass und hatte ein sehr einfaches Kleid an. Dennoch war sie schön wie eh und je. In der Mitte des großen Raumes saß ein Junge, der mit irgendetwas spielte. Er war blond und etwa acht Jahre alt. Dieses Kind musste sein Sohn sein. Der Junge starrte ebenfalls zur Tür, wo Arthur stand und sich nicht rührte. Sein Antlitz wurde durch einen Schatten verdunkelt.

„Was fällt Euch ein, einfach die Tür aufzureißen", schrie Elisabeth wütend. Dann trat Arthur einen Schritt nach vorne. Elisabeth wurde noch blasser und sackte mit weit geöffneten Augen und Mund auf einen Stuhl, der neben ihr stand.

„Du?", flüsterte sie.

„Wer sonst sollte dich aus deinem Elend retten?"

„Woher weißt du ...?", sie unterbrach sich, um ihre Tränen zu ersticken.

„Ich wusste es nicht. Aber jetzt weiß ich es." Arthur machte eine Pause. Dann schaute er seinen Sohn liebevoll an. „Willst du mich nicht deinem Sohn vorstellen?"

„Oh ... natürlich."

Sie ging hinüber zu dem Kind und half ihm auf die Beine. Behutsam legte sie den Arm um den hübschen Jungen. „Pierre, das ist Arthur. Er ist ...", sie hielt kurz inne. „Er ist ein guter Freund von mir. Sag ihm guten Tag."

„Guten Tag, mein Herr", gehorchte Pierre freundlich.

„Ich grüße Euch, junger Herr", antwortete Arthur mit einem Lächeln auf den Lippen und verbeugte sich theatralisch, was dem Jungen ein Grinsen entlockte.

„Pierre, geh nach nebenan. Ich muss mit dem Herrn reden", sagte Elisabeth zu ihrem Kind.

„Ja, Mutter", antwortete Pierre, klaubte seine Spielsachen zusammen und ging ins benachbarte Zimmer. Als er die Tür hinter sich verschlossen hatte, brach Elisabeth in Tränen aus.

Ein Schrei zerriss die Stille. Fast alle Teilnehmer der Jagd zuckten zusammen. Frederic tobte. „Ihr Verräter. Wer von euch hat den Hirsch verjagt?“, schrie er seinen Hofstaat an. Keiner rührte sich. Aus Angst vor Repressalien schauten alle verlegen auf den Boden und scharrten mit den Füßen. Keiner wagte, auch nur ein Wort zu sagen.

„Ich habe gefragt, wer von euch den Hirsch verjagt hat.“

Frederics Stimme war jetzt leise, aber sehr drohend. Er stand auf und ging auf die kleine Gruppe zu. Langsam schritt er vor ihnen mit hochrotem Kopf auf und ab. Dann blieb er vor einem jungen Knecht stehen. „Du warst es“, schrie er den völlig verängstigten Jüngling hysterisch an. „Gib es zu, du Wurm.“ Er packte ihn am Kragen und zog ihn zu sich heran. Der Jagdmeister stand direkt daneben und griff ein. Er legte seine Hand auf Frederics Arm. „Herr“, begann er vorsichtig. „Ich glaube nicht, dass er ihn verjagt hat, sondern dass der Hirsch Eure Witterung aufgenommen hat.“

Frederic ließ von dem Jungen ab und schaute erst die Hand auf seinem Arm dann den Jagdmeister direkt an.

„Meint Ihr etwa, ich hätte mich von der falschen Seite angepirscht?“, fragte er so, als wüsste er die Antwort bereits. Der Jagdmeister hatte zwar auch Angst vor Frederics Wutausbrüchen, jedoch hasste er nichts mehr als Ungerechtigkeit. Außerdem war es nicht das erste Mal, dass Frederic durch sein mangelndes Talent für die Jagd Wild vertrieben hatte. Dass der Junge jetzt den Kopf für die Fehler Frederics hinhalten musste, war dem Jagdmeister zuwider. Anstatt in Demut vor Frederic zu kriechen wie die anderen, drückte er jetzt die Schultern nach außen, um so noch breiter zu wirken. Er hob das Kinn und schaute dem Gutsherrn geradewegs in die Augen. Frederic war es nicht gewöhnt, dass ihm jemand die Stirn bot, deshalb war er auf diese Situation nicht vorbereitet. Noch niemand hatte es bis jetzt gewagt, ihm zu widersprechen. Doch dieser Neue erdreistete sich nun dies zu tun und das vor dem Gesinde. Frederic baute sich vor dem Jagdmeister auf. Für Außenstehende hätte dieses

Bild für einiges Gelächter gesorgt, denn der Jagdmeister überragte Frederic um zwei Haupteslängen und starrte nun über dessen Kopf hinweg.

„Du bist neu an meinem Gut“, sagte Frederic.

„Jawohl, Herr“, antwortete der Jagdmeister mit fester Stimme.

„Wie ist dein Name?“

„Johannes von Freudenberg.“

„Wer hat dich eingestellt, Johannes von Freudenberg?“, fragte Frederic herablassend. „Ich war es sicherlich nicht, denn sonst stündest du nicht hier; aufmüpfiges Volk arbeitet nicht an meinem Hof.“

„Ich wurde auf die Empfehlung des Truchsess Roland in Eure Dienste gestellt, Herr.“

„Dann wirst du auf meine Empfehlung hin aus meinen Diensten sofort wieder entlassen.“

„Wenn das so ist, dann erlaubt mir die Bemerkung, dass Ihr ein kleiner, verzogener, ungerechter, selbstgefälliger, unbedeutender Wicht seid, der unfähig zur Jagd ist.“

Die Jagdgesellschaft hielt den Atem an. Frederics Gesichtsfarbe wechselte von purpur zu krebsrot und wieder zurück. Seine Halsschlagader trat weit hervor und seine Lippen verfärbten sich blau. Gerade als der Gutsherr losschreien wollte, schnappte der Jagdmeister sein großes Jagdmesser und hielt es Frederic unter die Nase, was den kleinen Mann erstarren ließ. Er musste den Kopf so weit wie möglich in den Nacken legen, damit der Jagdmeister ihm nicht die Nase aufschlitzte.

„Solltet Ihr auf die Idee kommen, mich in irgendeiner Weise bestrafen zu wollen“, drohte der Jagdmeister leise, aber bestimmt, „so solltet Ihr wissen, dass ich in meinem Leben nicht nur Wild erlegt habe.“

Frederic schielte auf die Messerspitze und wimmerte: „Schon gut, schon gut. Du kannst von dannen ziehen. Aber wage es ja nicht noch einmal, in meinen Ländereien aufzutauchen. Denn dann lasse ich dich am höchsten Baume aufknüpfen.“

„Keine Angst. Ich lege überhaupt keinen Wert darauf, weiter hier zu leben. Ich werde aber noch meine Habe vom Gut holen. Und zwar ohne von Euch oder Euren Spießgesellen behelligt zu werden. Ansonsten werde ich ein fürchterliches Blutbad anrichten und das ist diese lächerliche Angelegenheit nicht wert." Der Jagdmeister legte den Kopf auf die Seite und fragte höhnisch: „Da stimmt Ihr mir doch zu, oder?"

„Ja doch", winselte Frederic leise, noch immer mit der Messerspitze unter der Nase.

„Sagt es so laut, das es jeder Anwesende hören kann", forderte der Jagdmeister.

„Niemand rührt diesen Kerl an, bis er sich vom Weingut entfernt hat", befahl Frederic verkniffen.

„Gut so, Herr." Der Jagdmeister entfernte das Messer aus Frederics Gesicht und trat einen Schritt zurück. Mit einer Verbeugung und einer ausholenden Armbewegung lud er Frederic ein, an ihm vorbeizugehen. Die Jagdgesellschaft stand wie gelähmt, mit ungläubigem Staunen neben den beiden Streithähnen, bis Frederic barsch die Jagd für beendet erklärte. Jeder konnte den dunklen Fleck in Frederics Schritt sehen.

Arthur und Elisabeth standen sich in Elisabeths Kammer gegenüber wie zwei Fremde. Keiner wusste, wie er mit der Situation umgehen sollte. Sie schwiegen geraume Zeit, bis Arthur die Stille durchbrach. Zu Elisabeths Überraschung kniete er vor ihr nieder und fasste ihre Hand. „Elisabeth", sagte er sanft. „Ich bin gekommen, um dich zu holen. Ich habe von deinem Leid gehört und werde dich aus dieser Hölle befreien."

Elisabeth unterdrückte ihre Tränen. Dann hob sie das Kinn und sagte mit zittriger Stimme: „Du glaubst also, dass ich einfach so mit dir gehen kann? Was denkst du dir eigentlich? Du hast dich acht Jahre lang nicht blicken lassen. Jetzt kommst du aus heiterem Himmel hier hereingeplatzt und erwartest, dass ich alles stehen und liegen lasse, nur um mit dir in eine ungewisse Zukunft zu gehen?

Ich glaube, du bist ein wenig zur sehr von dir eingenommen."

Sie musterte ihn aufmerksam. Arthur musste sich eingestehen, dass er sich die Sache wirklich so vorgestellt hatte, wie es ihm Elisabeth nun vorwarf. Er gab zu, dass dies ein wenig blauäugig von ihm war.

Elisabeth fuhr fort: „Wie ich an deiner Kleidung sehe, hast du das Vagabundenleben aufgegeben." Sie fühlte an seinem verschmutzten, aber dennoch eleganten Reiserock. „Das ist sicherlich sehr teurer Stoff", sagte sie staunend. „Wie kannst du dir das leisten?"

Arthur lächelte. „Setz dich, Elisabeth. Es ist einiges geschehen in den letzten acht Jahren. Ich will dir davon berichten."

Elisabeth nickte nur und setzte sich in einen Sessel. Arthur gab nun eine etwas lächerliche Figur ab, wie er so am Boden kniete. Er stand auf und lief beim Erzählen auf und ab, damit er besser denken konnte. Dann trug er vor, wie es ihm in den letzten Jahren ergangen war. Er ließ nichts aus. Er erzählte ihr von seiner Reise nach Venedig, der Absicht Andreas', ihm den Gewürzhandel zu überlassen, seinem Meisterbrief und dem Überfall sowie der Jagd nach den Verbrechern. Er vergaß nicht zu erwähnen, dass er sich mehrmals vorgenommen hatte, sie in Flörsheim zu besuchen. Aber immer wieder aus Angst, zurückgewiesen zu werden, den Mut verlor und sein Vorhaben, sie zu holen, verwarf. Er erwähnte auch den Koch des Weingutes, der ihm immer wieder beteuerte, wie glücklich sie doch sei. „Ich musste doch annehmen, dass du mich längst aus deinem Leben verdrängt hast. Dass du glücklich und zufrieden auf dem Hof mit unserem Kind lebst und keinerlei Interesse an meiner Rückkehr hast." Mit Verzweiflung im Blick sah er sie an. „Wie konnte ich wissen, dass du hier solch ein Leben führst? Komm mit mir. Ich habe genug Vermögen, um uns ein gutes Leben zu bieten."

Er schaute sie flehend an. Elisabeth hatte während Arthurs Vortrag schweigsam in ihrem Sessel gesessen und gespannt den Worten ihres Geliebten gelauscht. Dann nahm sie sein Gesicht in beide Hände und küsste ihn sanft auf den Mund. „Ich würde mich über nichts mehr freuen, als mit dir den Rest meines Lebens zu verbringen. Schon als du den Raum betratest, habe ich mir das gewünscht."

Arthur strahlte sie an. Doch die Antwort auf diese Worte musste er schuldig bleiben, denn plötzlich hörten sie Lärm auf dem Hof. Sie eilten zum Fenster und schauten hinaus. Frederic kam gerade mit seiner Jagdgesellschaft zurück. Die Reiter sprengten in den Innenhof. Arthur fiel auf, dass die Stimmung sehr aufgeladen war. Frederic schlug ohne ersichtlichen Grund den Stallburschen und malträtierte ihn mit Tritten. Dann scheuchte er die Jagdgesellschaft auseinander. Wutentbrannt ging er zum Wohngebäude.

„Er wird gleich hier sein und seine Wut an mir und dem Kind auslassen", fürchtete Elisabeth.

Arthur spürte Zorn in sich aufsteigen. „Macht er das immer so?"

„Viel zu oft."

„Hat er dich schon geschlagen?" Arthurs Zorn würde immer größer.

„Sicher doch." Elisabeth war erschreckend gleichgültig.

„Weshalb hast du nicht schon längst nach mir geschickt? Du wusstest, dass ich dir geholfen hätte."

„Ich wusste doch nicht, wo du bist", schrie sie. Arthur zuckte unweigerlich zusammen. Er hatte den Ausbruch nicht erwartet.

„Wollen wir nun warten, bis diese Ratte hierher kommt und bei meinem Anblick noch ekelhafter wird, als er ohnehin schon ist, oder wollen wir ihm ein leeres Zimmer bieten?"

Elisabeth schien kurz zu überlegen. Dann hellte sich ihre Miene auf, als hätte sie eine zündende Idee.

„Komm mit!", befahl sie und ergriff Arthurs Hand. Sie gingen nach nebenan, wo sie sich Pierre schnappten und weiterliefen. Völlig überrumpelt rannte der Junge mit den beiden zum anderen Ende des Raumes. Arthur wollte gerade protestieren, weil sie nun in der Falle saßen, da er keinen Ausgang sehen konnte. Doch Elisabeth drückte auf eine Borde und eine versteckte Tür öffnete sich. Sie schlüpften in den Geheimgang und schlossen die Tür. Die drei waren in völlige Dunkelheit gehüllt, doch Elisabeth führte Arthur und Pierre mit schlafwandlerischer Sicherheit durch einen Gang. Sie hasteten eine Wendeltreppe hinunter und Arthur vermutete, dass sie sich in einer Art Zwischengeschoss befanden, unter Elisabeths Zimmer. Es folgte eine Biegung nach rechts und ein weiterer niedriger Gang. Die Flüchtenden liefen eine ganze Weile in gebückter Haltung geradeaus, bis Elisabeth schließlich eine Tür aufstieß. Das einfallende Licht blendete Arthur, sodass er einige Zeit brauchte, um zu sehen, wo sie waren. Als er wieder Umrisse erkennen konnte, traute er seinen Augen nicht. Sie befanden sich außerhalb des Gutes. „Unglaublich“, murmelte er. „Seit wann weißt du von diesem Geheimgang?“, fragte er Elisabeth.

„Seit meiner Kindheit. Meine Mutter hat ihn mir einmal vor langer Zeit gezeigt. Er ist in den letzten Jahren meine einzige Möglichkeit gewesen, aus meinem Zimmer zu flüchten, ohne das Frederic mir Vorschriften machte, wohin ich zu gehen habe.“ Sie schaute sich hastig um. „Aber jetzt lass uns zusehen, dass wir den Wald erreichen. Dort habe ich heimlich eine Hütte errichten lassen. Wir werden uns dort erst einmal verstecken.“

Arthur hatte keine Einwände. Die kleine Familie rannte bergauf in Richtung Wald. Endlich erreichten sie die besagte Hütte und traten ein. In dem Holzverschlag befanden sich ein Tisch, zwei Stühle, ein kleiner Schrank mit einigen Essensvorräten und eine Liege. Ansonsten war die Hütte leer. Licht fiel durch das einzige kleine Butzenfenster neben der Eingangstür. Der gestampfte Lehmboden war sauber. Pierre entdeckte in einer Ecke ein Spielzeug und beschäftigte sich sofort damit, als wäre nichts geschehen. Offenbar kannte er sich hier gut aus. Elisabeth und Arthur setzten sich an den Tisch und verschnauften. Arthur schaute Elisabeth in die Augen: „Und was jetzt?“

Frederic stampfte wutentbrannt die Treppe des Wohngebäudes hinauf. Jeder, der ihm entgegenkam, suchte das Weite. Nur ein Knecht war nicht schnell genug. Frederic stieß ihn mitsamt dem Tablett, das er trug, die Treppe hinunter. Der Knecht stürzte gefährlich und kam am Treppenende scheppernd zum Liegen. Die Schmerzensschreie des Jungen, der sich verletzt zu haben schien, ignorierte der rasende Gutsherr und setzte seinen Weg unbeirrt fort. Er ging ohne Umwege auf Elisabeths Zimmer zu und riss die Tür auf.

„Elisabeth“, schrie er. „Wo hast du dich mit deinem Bastard versteckt?“

Frederic durchsuchte hektisch den Raum. Als er auch noch

das Nachbarzimmer inspiziert hatte, begriff er, dass weder Elisabeth noch Pierre zu finden waren. Hatte er ihr nicht oft genug erklärt, dass sie das Zimmer nur auf seinen ausdrücklichen Befehl hin zu verlassen hatte? Frederics Wut steigerte sich zur Raserei. Er rannte auf den Flur, wo er nach den Wachen brüllte. Als niemand erschien, war er nicht mehr zu bremsen. Wild entschlossen, seiner Wut ein Ventil zu geben, raste er davon. Als er die Treppe hinunterrannte, kam er an dem Knecht vorbei, den er kurz zuvor die Treppe hinuntergestoßen hatte. Der Junge lag mit einem seltsam verdrehten Bein wimmernd auf dem Treppenabsatz. Eine alte Magd kümmerte sich um ihn.

„Was lungert ihr hier herum?", schrie Frederic die beiden an. „Habt ihr nichts zu tun?"

Die Magd, die schon seit Bertrams Kindheit auf dem Weingut war, stand auf und baute sich vor Frederic auf. „Wie könnt Ihr so herzlos sein?", empörte sie sich. „Der Junge hat sich das Bein gebrochen. Wie er mir berichtete, durch Eure Schuld."

Frederics Stimme überschlug sich. „Was fällt diesem Wurm ein, seinen Herrn zu beschuldigen? Ich werde ihm gleich zeigen, was ich mit Lügner zu tun gedenke!" Dann sah er einen Wachmann die Treppe hinaufkommen. Er stieß die Magd zur Seite und stellte sich vor den Wachmann, der sofort Haltung annahm. „Ihr seid mir dafür verantwortlich, dass diese beiden hier mit zehn Peitschenhieben bestraft werden", befahl Frederic dem völlig verwirrten Wachmann und ging weiter. Plötzlich stoppte er und drehte sich um. „Ach, Wachmann", rief er die Treppe hinauf. „Wer hatte den Befehl, die Tür meiner Gattin zu bewachen?"

Der Wachmann überlegte kurz und sagte dann: „Das war Hubert, Herr."

„Dann lass ihn ebenfalls auspeitschen. Anschließend soll er einen Monat lang Nachtwache schieben, damit er lernt, seinen Posten nicht zu verlassen. Außerdem bekommt er diesen Monat keinen Lohn. Ihr haftet mir dafür." Ohne eine Antwort abzuwarten, lief Frederic die Treppe hinunter.

Einige Stunden später öffnete Arthur vorsichtig die Tür der kleinen Hütte. Mit einer Geste gebot er Elisabeth und Pierre, leise zu sein. Dann horchte er in die Dunkelheit hinaus, wo er aber außer den üblichen Geräuschen des Waldes nichts hören konnte. Die Nacht war angebrochen, was ihnen sicherlich zugute kam, da man die Hütte nun noch schlechter würde finden können. Fürs Erste waren sie hier sicher. Wesentlich entspannter schloss Arthur die Tür und wandte sich seiner Familie zu. Er ging zum Tisch und setzte sich auf die Kante. Die drei schwiegen eine Weile, bis Pierre zu seiner Mutter ging und sich vor sie stellte. „Mutter?“, sagte er. „Wer ist dieser Mann und warum sind wir hier?“

Elisabeth lächelte ihren Sohn liebevoll an. Dann schaute sie Hilfe suchend zu Arthur, der immer noch auf der Tischkante saß und die beiden beobachtete. Sie kniete sich vor ihren Sohn und packte ihn sanft an beiden Armen.

„Ich glaube, ich bin dir eine Erklärung schuldig, Pierre“, sagte sie. Sie holte tief Luft und fuhr mit zittriger Stimme fort: „Arthur ist ein sehr guter Freund von mir. Vor vielen Jahren hat er auf dem Gut gewohnt. Damals hat auch noch dein Großvater gelebt.“ Sie wollte ihrem Sohn alles erzählen, entschied sich aber dann dagegen. Für den Moment musste diese Erklärung reichen. Eines Tages würde sie ihm die Wahrheit sagen, doch heute war es noch nicht so weit. Elisabeth machte eine kurze Pause und sprach dann weiter. „Du weißt doch, dass wir immer hierher kommen, wenn Frederic böse auf uns ist.“

Der Junge nickte. „Aber heute war doch Frederic gar nicht da“, sagte er verwirrt. „Ist er trotzdem böse auf uns?“

„Ich glaube schon“, antwortete Elisabeth und strich dem Jungen sanft über das Haar. „Aber das spielt jetzt keine Rolle mehr, weil wir nämlich nach Frankfurt reisen werden.“

„Oh, toll!“, rief Pierre fröhlich. „Endlich komme ich auch mal in die große Stadt. Gehen wir dort auch auf den Markt?“

Elisabeth lächelte traurig. „Aber ja doch, mein Liebling.“

„Wann fahren wir los?“

„Schon morgen früh. Wir werden heute hier in der Hütte übernachten. Dann holen wir noch ein paar Sachen für die Reise und los geht’s.“

„Wie lange werden wir wegbleiben?“, wollte Pierre wissen.

„Ich muss doch meinem Lehrer Bescheid sagen, dass ich nicht zum Unterricht kann."

„Ich glaube, wir werden sehr lange wegbleiben", sagte Elisabeth traurig. „Dein Lehrer wird es schon erfahren, mach dir keine Sorgen. Geh jetzt und leg dich schlafen, es ist schon spät."

„Ja, Mutter."

Ohne weitere Fragen zu stellen, ging Pierre zu dem kleinen Bett in der Ecke des Raumes und legte sich hin. Elisabeth ging zu ihm und gab ihm einen Kuss auf die Stirn. Dann drehte sie sich zu Arthur um. Wortlos gab sie ihm zu verstehen, dass er mit ihr vor die Tür gehen sollte.

Vor der Hütte war eine kleine Bank, auf der Arthur und Elisabeth Platz nahmen. Eine Zeit lang starrten sie schweigsam in den dunklen Wald.

„Was machen wir jetzt?", fragte Elisabeth nach einer Weile.

„Na ja", antwortete Arthur zögerlich. „Nachdem du dich nun doch dafür entschieden hast, mit mir zu gehen, müssen wir das Transportproblem lösen."

„Das sollte keines werden. Der Stallbursche muss unter Frederic sehr leiden. Er wird uns behilflich sein. Wir dürfen uns nur nicht erwischen lassen."

„Ich wusste gar nicht, dass du unsere Flucht bereits geplant hast", bemerkte Arthur lächelnd.

„Du weißt gar nicht, wie sehr ich auf diesen Tag gewartet habe." Sie drehte sich zu ihm und schaute ihm tief in die Augen. In der Ferne ließ eine Eule ihren Ruf erklingen und der Mond tauchte den Wald in ein magisches Licht. Als sie sich küssten, war es wie eine Explosion der Gefühle.

„Warum hast du mich so lange warten lassen?", klagte Elisabeth mit Tränen in den Augen.

„Ich habe es dir doch erklärt", antwortete Arthur schuldbewusst. „Ich dachte, du wärst glücklich auf dem Gut. Wie konnte ich ahnen, dass du einem Monster ausgeliefert bist? Ich hoffe, ich kann dir endlich das Leben bieten, das du verdienst. Meine Liebe zu dir ist nicht eine Sekunde in den letzten Jahren erloschen. Es verging kein Tag, an dem ich mich nicht nach dir verzehrte. Lass uns nie wieder auseinandergehen."

„Ich werde nicht gehen, wenn du es nicht tust", antwortete Elisabeth und küsste ihn erneut. Die Leidenschaft übermannte sie. Sekunden später begannen sie sich gegenseitig zu entkleiden. Minuten später vereinten sie sich im Mondenschein auf dem weichen Boden des Flörsheimer Waldes.

Frederic tobte wie ein Wirbelwind durch das Weingut. Er schrie wie ein Wilder. Jedem, der auch nur eine falsche Bewegung machte, drohte der rasende Gutsherr mit der Peitsche. Erst als die Nacht hereingebrochen war, beruhigte er sich. Aber auch nur durch die Wirkung des Weines, dem ihm sein Mundschenk zur Beruhigung gegeben hatte. Jetzt schlief er in einem großen Sessel neben dem Kamin und schnarchte, dass die Wände wakkelten. Sein Personal atmete erleichtert auf und hatte endlich keine Angst mehr, selbst ausgepeitscht zu werden. Im Innenhof hörte man immer noch das Wimmern der armen Seelen, die bestraft wurden. Ein Knecht hing noch an dem großen Rad, auf dem die Delinquenten festgebunden wurden. Schnell hastete der Mundschenk hinunter in den Hof, um dem Treiben Einhalt zu gewähren. Gerade als der Truchsess zum nächsten Schlag ausholte, kam der Mundschenk aus der großen Flügeltür des Wohngebäudes.

„Haltet ein!", schrie er.

Der Truchsess unterbrach sein Werk und starrte den Mundschenk an. „Was fällt Euch ein, mich bei meiner Arbeit zu unterbrechen", rief er schroff.

„Ihr könnt jetzt aufhören", antwortete der Mundschenk, noch ganz außer Atem. „Der Herr ist eingeschlafen."

„Na und? Meint Ihr etwa, das hebt die Strafe auf?", schnappte der Truchsess bösartig. „Wenn der Herr die Strafen auferlegt, so wird dies seinen Grund haben. Schaut zu, wie Ungehorsam bestraft wird oder verschwindet jetzt, ich habe zu tun."

Diesen Worten ließ er einen gewaltigen Peitschenhieb auf den Rücken des Knechtes folgen, der markerschütternd aufschrie. Entsetzt und voller Abscheu wandte sich der Mundschenk zum Gehen. Er musste raus aus dieser Hölle. Auch er war schon am Hof, als Bertram hier noch regierte. Wie konnten aus so herrlichen Zeiten so schlimme werden? Wie konnte der Allmächtige dies nur zulassen? Schnellen Schrittes ging der Mundschenk auf das Hoftor zu und verließ angewidert das Weingut. Er hatte einen guten Freund im Dorf. Dort würde er heute Nacht schlafen, denn er befürchtete, sonst den Verstand zu verlieren.

Während Elisabeth Pierre nicht alleine in der Hütte lassen wollte, war Arthur der Meinung, dass es besser wäre, wenn er bis zu ihrer Rückkehr dort bliebe. Elisabeth sträubte sich mit aller Gewalt dagegen, ihren Sohn zurückzulassen. Was, wenn ihnen etwas zustoßen würde? Wer würde sich um ihr Kind kümmern? Alleine konnte Arthur aber auch nicht gehen, da er den Stallknecht nicht kannte. Nach langer Diskussion beschlossen sie, Pierre mitzunehmen. Sie würden ihm kurz vor dem Gutshof ein Versteck suchen, wo sie ihn später abholen wollten. Also weckten sie den Jungen und weihten ihn in ihren Plan ein.

Pierre verstand zwar kein einziges Wort, willigte dann aber doch ein, um schnellstmöglich weiterschlafen zu können.

Sie suchten noch ein paar Habseligkeiten aus der Hütte zusammen und machten sich auf den Weg zurück zum Hof. Etwa hundert Meter vor dem Gut fanden sie ein geeignetes Versteck für den Jungen. Elisabeth schärfte dem Kind ein, sich nicht von der Stelle zu rühren. Sie instruierte ihn, falls sie bis zum Morgengrauen nicht wieder da sein sollten, auf den Hof zurückzukehren und dort zu seiner Amme zu gehen. Pierre versprach es feierlich und schlief wenige Minuten, nachdem Arthur und Elisabeth ihn alleine gelassen hatten, auf dem weichen, mit Moos bewachsenen Waldstück ein.

Wie zwei gewöhnliche Tagediebe schlichen sich Arthur und Elisabeth an das Weingut heran. Sie traten aus dem Wald heraus und gingen durch die Straßen von Flörsheim, immer darauf bedacht, so normal wie möglich zu wirken. In Wirklichkeit hatten beide feuchte Hände und heftiges Herzklopfen. Sie erreichten das Hoftor. Entsetzt stellten sie fest, dass es geschlossen war. Zu Bertrams Zeiten war dies nie der Fall gewesen. Kurz bevor sie das Gut erreichten, zischte Elisabeth Arthur zu, er solle ihr das Reden überlassen. Arthur nahm sich fest vor zu gehorchen. Seine Nerven waren bis zum Zerreisen gespannt. Elisabeth rief nach dem Wachmann, aber es geschah nichts.

Sie rief erneut.

Wieder nichts.

Panik stieg in ihr auf. Sie wollte gerade ein drittes Mal rufen, als sie das Rasseln eines Schlüsselbundes hörte. Kurz darauf erschien ein alter, fetter, ungewaschener Wachmann an der kleinen Tür, die in das Tor eingelassen war. Er erkannte Elisabeth sofort. „Herrin“, rief er mit einer erstaunlich netten Stimme. „Wir haben Euch schon überall gesucht.“ Dann sah er Arthur mit einem bösen Blick an. „Hat etwa dieser Kerl mit Eurem Verschwinden zu tun?“

„Nein, nein, Hubert“, beruhigte Elisabeth den Wachmann. „Im Gegenteil. Dieser Mann half mir zurückzufinden. Ich hatte mich im Wald bei einem Spaziergang verlaufen.“ Sie blickte an dem Portal empor. „Weshalb habt Ihr das Tor geschlossen?“

„Frederic hat es befohlen. Er ist in einer fürchterlichen Laune, Herrin.“ Der Wachmann schaute sich um, ob sie auch nicht belauscht würden. Dann beugte er sich vor und fuhr im Flüsterton fort: „Er hat die halbe Knechtschaft wegen jeder Kleinigkeit auspeitschen lassen. Und der Truchsess“, er spuckte verächtlich aus und trug einen angeekelten Gesichtsausdruck zur Schau, „dieser alte Satansbraten hat es mit Freude getan.“

„Das ist ja schrecklich!“, entfuhr es Elisabeth.

„Was will man machen?“, bemerkte der Wachmann gleichgültig. „Ich bin auch noch dran, weil ich Euch habe entwischen lassen.“

„Das tut mir leid, Hubert“, sagte Elisabeth. „Aber jetzt, wo ich wieder da bin, könnt Ihr ja auch das Tor wieder öffnen. Ich werde die Sache aufklären. Vielleicht kann ich dem Auspeitschen Einhalt gewähren.“

„Tretet ein, ich werde das Tor öffnen.“

„Habt Dank, Hubert“, sagte Elisabeth. „Ich werde Euch bei meinem Gatten lobend erwähnen.“

„Oh, nicht der Rede wert“, antwortete Hubert verlegen.

„Wenn Ihr mich bitte in meine Gemächer begleiten wollt ...“, sagte sie zu Arthur. „Der Wachmann muss auf seinen Posten.“

„Mit dem größten Vergnügen.“

Gemeinsam gingen sie in Richtung des Wohngebäudes. Als sie außer Sichtweite des Wachmannes waren, rannten sie zu den Stallungen hinüber, wo sie völlig außer Atem eintrafen. Sie hatten Glück: Niemand begegnete ihnen. Nach einer kurzen Verschnaufpause öffneten sie das Stalltor. Im Innern trafen sie auf einen völlig verschreckten Stallknecht, der in einer Ecke stand und auf die Tür starrte.

„August“, rief Elisabeth. „Warum bist du nicht in deinem Bett?“

„Ich ... ich konnte nicht schlafen.“

„Und deshalb treibst du dich in den Stallungen herum?“, fragte Elisabeth ungläubig.

Sie ging zu ihm hinüber und fasste ihn an den Schultern.

August schrie auf.

„Oh, mein Gott!“, entfuhr es Elisabeth „Dreh dich um!“

Der Knecht drehte sich widerwillig um. Elisabeth hob langsam sein Hemd an. Was sich ihr entblößte, war grauenvoll. Jemand hatte den Knecht notdürftig verbunden, doch der Verband war vollkommen mit Blut durchtränkt. Wütend sah Elisabeth auf den geschundenen Rücken des Knechtes. „Wer hat dir das angetan?“

„Der Truchsess“, sagte August bitter. „Obwohl der Mundschenk schon gesagt hatte, dass der Herr eingeschlafen ist.“

„Du wirst mit uns kommen!“, sagte Elisabeth entschlossen.

Dann drehte sie sich zu Arthur um. „Du wirst doch eine Arbeit für ihn haben.“

Arthur, gleichfalls entsetzt über das grauenvolle Bild, das der Knecht abgab, sagte spontan zu. „Aber wir müssen jetzt gleich los, sonst wird es Tag und wir werden es nicht schaffen.“

„Was ist?“, fragte Arthur den Stallknecht. „Hast du Lust, mit uns nach Frankfurt zu kommen?“

„Habe ich eine Wahl?“, fragte August zerknirscht. Nach einer Pause fügte er leise hinzu: „Ich danke Euch für Eure Hilfe von ganzem Herzen.“

„Na, dann los“, trieb Arthur die beiden an.

Frederic erwachte mit einem stechenden Schmerz in der Stirn. Zum Aufstehen benötigte er mehrere Versuche. Dreimal fiel er wieder in den Sessel zurück, in dem er die Nacht verbracht hatte. Er schrie nach seinem Kammerdiener, wobei er einen heftigen Stich im Kopf verkraften musste. Der Gutsherr stöhnte auf. Mühsam mit wackeligen Beinen ging er auf die Tür zu, die Sekunden später vorsichtig geöffnet wurde. Ein Kammerdiener erschien im Türrahmen.

„Hol mir was zu trinken“, befahl Frederic.

„Jawohl, Herr.“

Frederic schleppte sich zum Fenster. Es graute der Morgen und die Amseln sangen ihr Morgenlied, mit dem sie einen wunderbaren Frühlingstag ankündigten. Frederic drehte sich vom Fenster weg. Plötzlich wirbelte er wieder herum und sah angestrengt in den Hof. Hatte er nicht eben im Augenwinkel eine Kutsche gesehen? Er zog den schweren Vorhang zur Seite. Tatsächlich. Wer war schon so früh unterwegs? Er hatte keinerlei Anweisung gegeben, die ein so frühes Aufbrechen erforderten. Jetzt wurde er misstrauisch und beschloss, der Sache auf den Grund zu gehen. Als er den Hof betrat, fiel ihm sofort auf, dass das Tor offen stand. Hatte er nicht befohlen, dass es geschlossen werden sollte? Was war hier los? Er ging schnellen Schrittes zu den Stallungen, um zu sehen, was es mit der Kutschfahrt auf sich hatte. Als er dort eintraf, stand alles offen. Mit einem Blick in die Scheune stellte er fest, dass eine seiner besten Kutschen fehlte. Wer wagte es, ihn zu bestehlen? Das Gesinde hatte seine eigenen Kutschen zur Verfügung. Die Kutsche, die fehlte, war für seine Reisen gedacht. Langsam wurde er unruhig. Er rannte zum Tor. Wo war der verdammte Wachmann? Er riss die Tür zur Wachstube auf.

Darin fand er den dicken Hubert. Er lag gefesselt und geknebelt am Boden. Der Wachmann stöhnte in den Knebel hinein, als er Frederic erblickte. Ohne sich um den Gefesselten zu kümmern, rannte Frederic nach draußen und schrie, so laut er konnte, nach den Wachen, die wenig später aus allen Ecken des Gutes zusammengelaufen kamen. Viele nestelten an ihren Uniformen herum, da sie aus dem Bett gesprungen waren, als sie den Schrei ihres Herrn hörten. Frederic berichtete schnell von dem Diebstahl, wobei er nicht vergaß, seine Wachmannschaft als Versager zu beschimpfen, da sie sein Hab und Gut nicht beschützen konnten. Er befahl, sofort die Verfolgung aufzunehmen, woraufhin die Männer den Stall stürmten, um ihre Pferde zu satteln. Der Hauptmann der Wachmannschaft ging zu des Stallknechts Unterkunft und hämmerte an die Tür. Als er keine Antwort bekam, trat er die Tür ein und fand ein leeres Zimmer vor. Sofort begriff er, wer die Kutsche gestohlen hatte. Er wusste schon lange, dass der Stallknecht nur auf eine Möglichkeit zur Flucht wartete. Schnell eilte er zu Frederic, um ihm seine Entdeckung mitzuteilen.

„Herr, ich glaube, ich weiß, wer Euch bestohlen hat."

„So? Na dann, heraus mit der Sprache."

„Nicht nur Eure Kutsche, sondern auch Euer Stallknecht ist verschwunden."

„Dieser kleine Bastard", schimpfte Frederic. „Bring mir nur die Kutsche wieder. Den Knecht mache ich dir zum Geschenk."

Frederic machte eine wegwerfende Handbewegung. „Mach mit ihm, was du willst", fügte er gleichgültig hinzu. Dann ging er wieder in seine Gemächer. Der Hauptmann schaute Frederic mit einem bösen Grinsen im Gesicht hinterher.

Arthur trieb die Pferde gnadenlos an. An der Stelle, an der sie Pierre zurückgelassen hatten, hielt er an und sprang vom Kutschbock. Er schaute sich kurz um, konnte Pierre aber nirgends sehen. Fluchend durchsuchte er das Gebüsch und rannte ins Unterholz. Plötzlich stolperte er über eine Wurzel und schlug der Länge nach hin. Der Aufprall war hart. Langsam und völlig benommen rappelte er sich wieder auf und drehte sich um, um zu sehen, über was er gestolpert war. Die Wurzel stellte sich als Pierres Beine heraus. Der Junge saß auf dem Waldboden und starrte Arthur verschlafen an. „Da bist du ja", keuchte Arthur und fasste sich an die Stirn, wo er warmes Blut fühlte. Darum konnte er sich später kümmern. Die Wachmänner Frederics mussten ihre Flucht längst bemerkt haben. Er schnappte Pierre und rannte mit dem Jungen auf dem Arm zurück. Er riss die Tür der Kutsche auf und warf seinen Sohn förmlich hinein. August war mittlerweile auf den Kutschbock gestiegen und fuhr schon los, als Arthur noch auf dem Trittbrett stand. Der Gewürzhändler konnte sich gerade noch festhalten. Mit letzter Kraft schaffte er es, völlig außer Atem, in die Kutsche. Ihm gegenüber saß seine Familie. Elisabeth hatte Pierre in die Arme genommen und tröstete das völlig verwirrte Kind. Dann sah sie Arthurs Verletzung.

„Oh, mein Gott“ sagte sie entsetzt. „Was ist passiert, Liebster?“

„Halb so schlimm“, wiegelte Arthur ab. In Wahrheit brummte ihm der Schädel. „Ich werde dir die Wunde verbinden“, sagte Elisabeth entschieden. Ehe es sich Arthur versah, lüftete sie ihren Rock und riss ein Stück des Unterrocks ab. Dann wickelte sie es um Arthurs Kopf, um die Blutung zu stoppen. Arthur dankte ihr und lehnte sich zurück. Trotz der unruhigen Fahrt schlief der Junge bald darauf wieder ein. Nach kurzer Zeit klopfte August an die Decke der Kutsche. Arthur steckte den Kopf aus dem Fenster, um zu sehen, was der Knecht wollte. August zeigte nur hinter sich und hatte einen von Panik gezeichneten Gesichtsausdruck. Mittlerweile hatten sie den Wald verlassen und fuhren über freies Feld. Am Horizont waren Reiter zu entdecken. Das mussten die Wachmänner Frederics sein. Arthur suchte fieberhaft nach einer Lösung, denn zweifellos würden sie bald eingeholt werden. Er schaute nochmals aus dem Fenster. Etwa fünfhundert Meter vor ihnen befand sich das nächste Waldstück. Er rief August zu, er solle im Wald kurz anhalten, damit er abspringen und sein Pferd, das am hinteren Ende der Kutsche angebunden war, losmachen konnte.

„Du fährst weiter – so schnell es geht“, wies Arthur den Knecht an. „Auf gar keinen Fall wirst du langsamer oder hältst gar an. Hast du mich verstanden? Ich werde euch schon einholen. Falls nicht, so meldet euch in Frankfurt bei Andreas dem Gewürzhändler auf der Zeyl und sagt ihm, dass ich euch schicke.“

August stimmte widerwillig zu. Als sie den Wald erreichten, waren die Reiter schon näher gekommen. Arthur zählte acht Männer. Am Anfang des Waldes verlangsamte August kurz die Fahrt und Arthur sprang ab. Er nahm sein Pferd und schlug sich in die Büsche. Dort band er das Pferd in einiger Entfernung an einen Baum. Er musste nun schnell handeln. Die Verfolger würden in wenigen Minuten den Wald erreicht haben. Die einzige Waffe, die der Gewürzhändler besaß, war ein altes Jagdmesser. Der Verzweiflung nahe überlegte er, wie er die jagende Meute aufhalten sollte. Er schaute sich aufgeregt nach einer Lösung um. Da fiel sein Blick auf einen Strick, der am Sattel seines Pferdes festgebunden war, und ihm kam ein Geistesblitz. Er schnappte sich das Seil und rannte weiter in den Wald hinein. An einer besonders schattigen Stelle band er das Seil, so fest er konnte, an einen Baum. Dann nahm er das andere Ende des Seiles und rannte über den Weg. Auf der gegenüberliegenden Seite führte er das Seil um einen dicken Baumstamm. Dann ging er, immer noch das Seil in der Hand, neben dem Baum in einem Gebüsch in Stellung. Von seinem Standort aus konnte er den Weg komplett überblicken. Kaum hatte er sich gesetzt, hörte er auch schon das Hufgetrappel der Verfolger. Wenig später sah er durch die Bäume hindurch die Meute auf sich zurasen. Er schickte ein Stoßgebet zum Himmel und hielt den Atem an. Jetzt durfte er nicht die Nerven verlieren. Er mahnte sich zur Ruhe und wartete geduldig auf den richtigen Moment. Als die Pferde nur noch wenige Schritte vom Seil entfernt waren, zog er mit aller Kraft an dem Tau. Der Strick schnellte empor. Die Pferde sahen das Seil zu spät und stolperten. Danach ging alles blitzschnell. Durch die Wucht, mit der sich die Vorderbeine der Tiere im Seil verfingen, wurde Arthur aus seinem Versteck katapultiert und schlug heftig an den Baum, um den er das Seil gespannt hatte. Dennoch schaffte er es irgendwie, das Seil festzuhalten. Halb bewusstlos nahm er noch mal alle Kräfte zusammen und zog. Wieder verfing sich ein Pferd darin und stürzte dadurch auf den Waldweg. Die beiden Reiter der gestolperten Pferde flogen im hohen Bogen aus ihren Sätteln und schlugen hart auf. Der erste Reiter prallte heftig gegen einen Baum, wodurch sein Kopf zertrümmert wurde. Er war sofort tot. Der zweite Reiter wurde ins Unterholz geschleudert, wo ihn ein Ast von einem entwurzelten Baum aufspießte. Auch er hatte keine Schmerzen mehr. Durch die gestürzten Pferde wurde der Weg für die dahinter Reitenden zu eng. Drei weitere Pferde kamen mitsamt ihren Reitern zu Fall. Nur ein einziger der Verfolger schaffte es, sein Pferd rechtzeitig zu stoppen.

Das hatte jedoch zur Folge, dass das Tier sich aufbäumte und seinen Reiter trotzdem abwarf. Von den acht Verfolgern waren zwei getötet worden, vier schwer verletzt und einer lag bewusstlos im Staub. Einzig der Anführer der Truppe hatte den Sturz ohne Blessuren überstanden. Er rappelte sich auf und suchte nach der Ursache für das Chaos. Schnell begriff er die Situation und schaute am Seil entlang. An dessen Ende entdeckte er Arthur, der benommen neben einem Baum lag. Der Wachmann zog sein Schwert aus der Scheide und schritt entschlossen auf den Händler zu, der nur langsam wieder zu sich kam. Die Wunde an Arthurs Kopf war erneut aufgebrochen. Das Blut lief ihm in die Augen, sodass er alles wie durch einen Schleier wahrnahm. Verschwommen sah er, dass sich ein Schatten vor ihm aufbaute. Dann begriff er, was dieser Schatten bedeutete. Er riss die Arme vor sein Gesicht und wartete darauf, dass der Angreifer ihn erledigte. Doch das Nächste, was er hörte, war ein zischendes Geräusch. Er glaubte im ersten Moment, es handele sich um das Zischen des Schwertes, das auf ihn zuraste, doch dann hörte er den Aufschrei des Gegners unmittelbar vor sich. Er nahm die Arme vom Gesicht und sah, wie der Angreifer vor ihm zusammenbrach. Ein kurzer dicker Pfeil steckte in dessen Brust. Mit weit aufgerissenen Augen klappte der Wachmann zusammen und verlor kurze Zeit später sein Lebenslicht. Arthur rappelte sich auf und schaute sich um. Er konnte nur eine dunkle Silhouette im Dickicht erkennen. Sein Lebensretter trat aus dem Dunkel des Waldes heraus. In der rechten Hand hielt er lässig eine Armbrust. Er trat auf Arthur zu und half ihm auf die Beine, der nur ein „Danke“ murmeln konnte und mühsam versuchte, sich zu orientieren. Nach einer Weile hatte sich der Gewürzhändler wieder im Griff und schaute sich seinen Retter genauer an. Der Mann war in grüne Kleider gewandet und trug eine Kiepe auf dem Rücken.

„Wer seid Ihr?“, krächzte Arthur schwach.

„Ich bin Johannes von Freudenberg.“

„Mein Name ist Arthur Händler", stellte sich Arthur vor. „Ihr habt mein Leben gerettet. Ich bin Euch zu Dank verpflichtet."

„Was hätte ich denn sonst tun sollen?", fragte Johannes mit gespielter Empörung. „Euch etwa dem Pöbel Frederics überlassen?"

„Ihr kennt die Kerle?"

„Sicher, sicher. Man sollte seine Feinde kennen."

„Feinde?"

Johannes erzählte Arthur von dem Vorfall, der ihn bei Frederic in Ungnade hatte fallen lassen.

„Das hört sich sehr nach Frederic an", meinte Arthur. „Und was macht Euch zu seinem Feind?"

„Ich bin leider sehr in Eile, aber wenn Ihr mich ein Stück des Weges begleiten wollt, erzähle ich Euch meine Geschichte."

„Gerne."

Sie schauten kurz nach den verletzten Verfolgern und entschieden nach kurzer Beratung, die Männer ihrem Schicksal zu überlassen. Johannes nahm sich eines der Pferde Frederics und ritt nun neben Arthur her. Arthur erzählte Johannes in sehr groben Zügen von seinem Leben vor und nach Frederics Ankunft auf dem Gut. Johannes zeigte sich als ein guter Zuhörer und sah sich, nachdem er Arthurs Geschichte gehört hatte, in seiner Meinung über Frederic bestätigt. Als sie den Wald verlassen und Arthur seine Geschichte erzählt hatte, bot Arthur Johannes an, mit ihm zu kommen. Der jedoch lehnte ab. Er sagte nur, dass er bereits versorgt sei und auf dem Weg in seine Heimatstadt wäre. Er verabschiedete sich herzlich von Arthur und schlug am Waldesrand einen anderen Weg ein. Doch der Abschied hinterließ bei beiden Männern das Gefühl, einen Freund fürs Leben gefunden zu haben.

Arthur schaffte es gegen Mittag, die Kutsche einzuholen.

Er berichtete Elisabeth und August kurz und knapp von den Geschehnissen im Wald.

„Was ist eigentlich mit dem Mittagessen?", wechselte er wenig geschickt das Thema, um nicht weiter an das Szenario erinnert zu werden und um Pierre nicht weiter zu verängstigen. „Ich habe vielleicht einen Hunger! Ich könnte einen Bären verschlingen."

August griff das Thema auf: „Ich habe in weiser Voraussicht etwas Proviant mitgenommen. Wartet, ich hole es aus dem Wagen."

Der Knecht entfernte sich und ging zur Kutsche, die sie am Wegesrand abgestellt hatten. Ein Lied vor sich hin pfeifend, lief er durch eine kleine Baumgruppe auf die Kutsche zu. Plötzlich hielt er inne. Er traute seinen Augen nicht. Ein Mann in zerrissener Kleidung machte sich an der Kutsche zu schaffen.

„He da!", rief er und griff zu seinem Dolch, den er an seinem Gürtel trug. „Was macht Ihr an meiner Kutsche?"

Der Mann schaute auf, ohne Anstalten zu machen, sein Werk zu beenden. Er sah August abschätzend an und drehte sich wieder zur Kutsche um, wo er weiter im Gepäck wühlte.

„Ich habe dich was gefragt", rief August. Er festigte den Griff um seinen Dolch und ging langsam, durch das seltsame Verhalten des Mannes verunsichert, auf die Kutsche zu. Der Dieb kehrte ihm den Rücken zu, ohne ihn zu beachten. August packte den Unbekannten an der linken Schulter, um dem Treiben ein Ende zu bereiten.

„Es langt mir jetzt mit dir", rief August und riss den Unbekannten herum.

Es war wie eine Attacke von tausend Wespen. Der Schmerz kam plötzlich und unerwartet. Das warme Blut trat durch Augusts Wams und lief ihm über die Hand, die das Messer umklammerte, welches bis zum Griff in seinem Bauch steckte. Mit aufgerissenen Augen stand er noch einige Sekunden da, bis er, ohne zu wissen, was geschehen war, vornüber fiel und mit dem Kopf am Kutschrad anschlug. Zuerst verlor er das Bewusstsein und kurz darauf sein junges Leben.

Der Unbekannte fuhr ungerührt fort und zog, nachdem er sein Werk vollendet hatte, seinen Dolch aus dem toten Körper Augusts, wischte es an der Leiche ab und schaute sich kurz um. Er verschwand so schnell und unerkannt, wie er gekommen war. Nach einer Weile wurde Arthur unruhig und fragte sich, wo

August so lange blieb. Er sagte Elisabeth Bescheid, dass er zurück zum Wagen gehen würde, um nach August zu schauen. Schon von Weitem konnte er sehen, dass etwas nicht in Ordnung war. Sämtliche Gepäckstücke lagen um die Kutsche herum verteilt auf dem Boden. Dann sah er den Körper des Knechtes blutüberströmt am Boden liegen. Arthur rannte die restlichen Meter zur Kutsche. Schnell hatte er den Leichnam Augusts erreicht. Jede Hilfe kam zu spät. Der Stallknecht war nicht mehr zu retten. Suchend blickte Arthur sich um, ob er noch den Übeltäter entdecken konnte. Es war nichts zu sehen. Wut stieg in ihm auf. Welcher Meuchler hatte den unschuldigen Jungen auf dem Gewissen? Arthur ließ August aus seinen Armen gleiten und rannte ziellos um den Wagen herum. Dabei schaute er sich wild um, wobei er sich mehrmals um die eigene Achse drehte. Der Händler war völlig außer sich. Nirgends war auch nur eine Spur des Täters zu sehen. Es musste sich um einen Wegelagerer mit reichlich Erfahrung und völliger Skrupellosigkeit gehandelt haben. Zweifellos war der Mörder ein Vogelfreier, der nichts mehr zu verlieren hatte und für ein Stück Brot tötete. Arthur schrie seine ganze Wut in die Welt hinaus. Wieder hatte er miterleben müssen, wie ein Unschuldiger sein Leben verlor. Wieder hatte er Ungerechtigkeit erfahren. Würde das denn niemals aufhören? Er war doch nur ein einfacher Händler und wollte nicht ständig in irgendwelche Abenteuer verwickelt werden. Elisabeth wurde von Arthurs Schrei aufgeschreckt. Sie packte Pierre unsanft am Arm und zog ihn mit sich in Richtung Kutsche. Als sie aus dem Gebüsch kam, sah sie Arthur vor der Kutsche knien. Mit einem Mal bemerkte sie das Chaos und begriff, dass sie ausgeraubt worden waren. Erst dann entdeckte sie die Leiche des Knechtes.

## *Endlich eine Familie*

Nachdem sie August, so gut es eben ging, begraben hatten, machte sich die kleine Familie auf die letzte Etappe ihres Weges nach Frankfurt. Am späten Nachmittag erreichten sie die Stadt am Main. Sie überließen die Kutsche einige Kilometer vor den Toren der Stadt ihrem Schicksal, denn mit dem aufwendig gearbeiteten Gefährt würden sie nur unnötige Aufmerksamkeit auf sich ziehen. Zu Fuß setzten sie ihren Weg fort. Die Pferde führten sie zu einem nahe gelegenen Aussiedlerhof und stellten sie bei einem glücklichen Bauern unter, der solch prachtvolle Tiere noch niemals zuvor gesehen hatte. Arthur bezahlte den Mann für seine Dienste und versprach, am nächsten Morgen ein paar Knechte zu schicken, die sich der Pferde annehmen würden. Sie kamen unbehelligt in die Stadt und erreichten schnell Andreas' Haus. Der alte Mann freute sich sehr.

„Da seid ihr ja endlich", rief er, „ich hatte mir schon Sorgen gemacht." Er schaute Elisabeth strahlend an. „Und du musst Elisabeth sein." Ohne eine Antwort abzuwarten, fuhr er fort: „Willkommen in meinem Haus. Wo ist denn dein Sohn, von dem mir dein Mann so viel erzählt hat?"

Arthur war überraschte die Wortwahl Andreas'. Aber er war zu müde, um ihm zum wiederholten Male zu erklären, dass sie nicht verheiratet und damit in den Augen der Kirche Sünder waren. Bei näherer Überlegung aber war es gar nicht so schlecht, wenn alle glauben würden, Elisabeth wäre die verschollene Ehefrau Arthurs. Das würde ihnen eine Menge Ärger ersparen. Pierre, der sich die ganze Zeit über hinter seiner Mutter versteckt gehalten hatte, traute sich endlich aus seiner Deckung und trat schüchtern nach vorne. Andreas begrüßte ihn fröhlich: Dadurch verlor der Junge etwas von seiner Angst dem fremden Mann gegenüber.

Elisabeth dankte Gott dafür, dass ihr Sohn die gefährliche Reise überlebt hatte. Endlich konnten sie ruhig und sicher schlafen. Arthur nahm sie sanft am Arm und führte sie in ihre Gemächer, wo sie gemeinsam auf das Bett niedersanken. Elisabeth schmiegte sich an Arthur. Seit Jahren fühlte sie sich das erste Mal wirklich geborgen. Das Paar lag eine lange Zeit einfach nur da und hielt sich gegenseitig fest, gerade so, als hätten sie Angst, sich wieder zu verlieren. Nach einer Weile schlief Elisabeth ein. Arthur spürte ihren gleichmäßigen Atem und bettete sie sanft, bevor er sich neben sie legte und schon bald darauf auch den Kampf gegen die Müdigkeit verlor.

Die nächsten Tage waren nach all den Aufregungen der letzten Zeit wie Labsal für die geschundene Seele Arthurs. Er genoss es, mit Elisabeth und Pierre durch die Straßen Frankfurts zu flanieren und seine Familie den Bekannten und Freunden vorzustellen. Die meisten wunderten sich kaum über das ungewohnte Bild, doch so mancher wurde skeptisch beim Anblick der immer noch wunderschönen Frau an Arthurs Seite. Missgünstig beäugten die unverheirateten Frauen der Umgebung Elisabeth, was dieser ein wenig Sorgen bereitete. Doch schon nach kurzer Zeit hatte auch sie sich an das neue Leben gewöhnt und war bald allseits beliebt und geachtet. Nach wenigen Wochen wunderte sich keiner mehr über ihr plötzliches Auftauchen. Die Menschen in Arthurs Umgebung akzeptierten die Geschichte, die Arthur ihnen erzählte. Er hatte sich mittlerweile so sehr an die Lüge gewöhnt, dass er sie fast selbst glaubte. Jedes Mal, wenn er darauf angesprochen wurde, woher denn plötzlich seine Familie kam und warum er nie davon berichtet hatte, erzählte er Folgendes: Elisabeth habe die letzten Jahre bei ihrer Familie in einem kleinen, unbekannten Dorf gelebt. Als einzige Tochter einer nicht besonders reichen Familie habe sie ihren todkranken Vater pflegen müssen. Arthur hingegen habe keine Arbeit gefunden und sich deshalb damals entschlossen, als fahrender Händler in die weite Welt hinauszuziehen, um genügend Geld für seine Familie zu verdienen. Weiter erzählte Arthur dann, dass Elisabeths Vater vor kurzer Zeit seiner jahrelangen Krankheit erlegen wäre und deshalb Arthur sich endlich entschlossen habe, seine Familie nach Frankfurt zu holen. Dabei achtete er darauf, zu erwähnen, dass Elisabeth sehr an ihrem Vater hing und deshalb nicht auf die Geschichte angesprochen werden wollte, damit sie nicht in die Verlegenheit kam, sich in weitere Lügen zu verstricken. Die taktvollen Nachbarn und Freunde hielten sich an diese Weisung, sodass die Familie Händler bald als vollwertiges Mitglied der Gesellschaft akzeptiert wurde. Nicht zuletzt durch den Respekt, den Arthur als Nachfolger von Andreas genoss, kam es, dass die kleine Familie eine der angesehensten in der ganzen Stadt wurde. Andreas zog sich nach und nach aus dem Geschäft zurück. Arthur erbte somit das Geschäft, ohne es zu bemerken. Andreas hatte sogar schon ein neues Haus bezogen, damit sich die kleine Familie ein eigenes Zuhause auf der Zeyl schaffen konnte, ohne auf ihn Rücksicht nehmen zu müssen. Arthur protestierte zwar heftig gegen Andreas' Umzug, hatte aber am Ende den greisen Starrkopf doch nicht umstimmen können. Ein weiterer Grund war, dass Andreas bemerkte, wie langsam, aber stetig seine Kräfte nachließen. Er schaute mit Zufriedenheit auf die Entwicklung, die Arthur in den letzten Jahren gemacht hatte, was ihn mit großem Stolz erfüllte. Als er ihn damals in Ambachers Schenke freigekauft hatte, war er nur ein fahrender Händler ohne Handelswaren und ohne Wagen. Jetzt jedoch war er gereift, zu einem der erfolgreichsten Gewürzhändler der gesamten Stadt.

Drei weitere Jahre zogen ohne große Ereignisse ins Land. Das uralte Spiel der Jahreszeiten flog unbeachtet vorüber. Eines schönen Junimorgens erwachte Andreas mit dem ersten Hahnenschrei. Er genoss es noch immer sehr, in seinem schönen neuen Stadthaus mit dem freundlichen Personal, das ihm jeden Wunsch von den Augen ablas, aufzuwachen. An diesem wunderbaren Vormittag genoss er es ganz besonders, denn heute sollte der Tag seines endgültigen Ruhestandes werden. Der Handel in Frankfurt war sehr viel schwieriger geworden, denn die dreisten Franzosen wagten es, die schöne Stadt am Main zu belagern. Aus diesem Grunde musste die Stadt für den Unterhalt der kaiserlichen Truppen, des Kontingentes des oberrheinischen Kreises, zu dem Frankfurt gehörte, und der eigenen Söldner einen nicht unerheblichen Beitrag leisten. Man beschloss deshalb, alle Waren, die in der Stadt verkauft wurden, mit einem Gulden von Hundert zu besteuern. Der Gewürzhandel konnte diesen Beitrag leicht verkraften. Aber Andreas hatte keine Lust, sich mit politischen Ränkespielchen abzugeben. Er war müde. Arthur war nun so weit, sein Lebenswerk alleine fortzuführen, da war sich der alte Mann sicher. Andreas stand auf, warf sich etwas kaltes Wasser aus dem Krug, der immer auf seiner Kommode stand, ins Gesicht und zog sich seine besten Kleider an. Nach einem kleinen Frühstück schlenderte er über die Zeyl zum Gewürzhandel, wo er Arthur bei den Vorbereitungen für den Arbeitstag im Lager fand. Pierre, der sich zu einem stattlichen Jüngling entwickelte, ging seinem Vater zur Hand. Zum wiederholten Male fiel ihm die unglaubliche Ähnlichkeit der beiden auf. Vater wie Sohn hatten dieselbe kräftige Statur und blondes volles Haar, das ihnen über die Schultern fiel. Andreas betrat das Lager und grüßte auffallend fröhlich. Vielleicht etwas zu fröhlich für so manchen Geschmack.

„Was ist denn in dich gefahren, dass du schon am Montag die Sonntagskleidung trägst?", spielte Pierre auf das Äußere Andreas' an.

„Junge", antwortete Andreas, „erstens sollst du Respekt vor älteren Menschen haben und zweitens wird dir der Grund meines Auftretens schon sehr bald bekannt gegeben. Und jetzt mach deine Arbeit und die deines Vaters gleich dazu. Die Erwachsenen haben zu reden."

Die Anspielung darauf, dass Pierre noch nicht alt genug für ernsthafte Gespräche war, ließ ihn zornig werden. Andreas behandelte ihn immer noch wie den kleinen Jungen, der er bei seiner Ankunft in Frankfurt gewesen war. Der Alte grinste Pierre an, woraufhin dessen Wut auch schon wieder verflog.

Arthur verschwand mit Andreas in der Schreibstube, wo sich auch Elisabeth, die die Bestellungen für die nächsten Wochen zusammenstellte, befand.

„Ah – gut, dass du auch da bist, mein Kind", sagte Andreas an Elisabeth gewandt; in einem Tonfall, der Arthur aufhorchen ließ. „Hört einen Moment mit eurer Arbeit auf und setzt euch mit mir an den Tisch."

Neugierig geworden gehorchten Arthur und Elisabeth wortlos und folgten Andreas an den großen Eichentisch, der im

Nachbarzimmer stand. Elisabeth warf Arthur einen fragenden Blick zu, den dieser mit einem Achselzucken beantwortete. Als sie saßen, faltete Andreas die Hände vor sich auf dem Tisch und holte tief und hörbar Luft. Arthur befiel ein mulmiges Gefühl. Dann begann Andreas langsam und sehr ruhig zu sprechen: „Arthur", begann er schon fast theatralisch. „Wie viele Jahre bist du nun schon bei mir?"

„Ich weiß nicht ..."

„Zehn Jahre sind es", half Andreas ihm auf die Sprünge.

„Schon so lange."

„Ja!", untermauerte Andreas. „Deshalb ist es jetzt an der Zeit, dass du mehr Verantwortung übernimmst und mich endlich entlastest."

„Aber ich mache doch schon, was ich kann", antwortete Arthur mit beleidigtem Unterton.

„Oh, ich glaube ich habe meine Worte falsch gewählt", entschuldigte sich Andreas. „Lass es mich so erklären", er rutschte unruhig auf seinem Stuhl hin und her. „Ich werde von heute an nicht mehr als Gewürzhändler arbeiten. Ich überschreibe dir das gesamte Geschäft mit all seinem Inhalt und Personal. Und ich werde mich von heute an auf das Altenteil zurückziehen, wo ich meinen Lebensabend genießen werde. So, jetzt ist es raus."

Erleichtert sank Andreas in seinem Stuhl zurück und schaute zufrieden in die völlig entgleisten Gesichter von Arthur und Elisabeth. Arthur rang nach Luft und Elisabeth schnappte wie ein Fisch auf dem Trockenen.

„Aber ... ich ... wir ...", stammelte Arthur. „Wie sollen wir denn ohne deine Hilfe das Geschäft weiterführen?"

Andreas lachte in sich hinein. „So? – Nun, dann sage mir, mein Sohn, was gibt es in diesem Geschäft, was du nicht schon gemacht hast?" Andreas lehnte sich mit vor der Brust verschränkten Armen zurück und trug einen triumphierenden Gesichtsausdruck zur Schau. Arthur grübelte angestrengt. Aber was ihm auch einfiel, der alte Mann hatte recht! Arthur führte das Geschäft praktisch schon lange alleine.

Nach einer kurzen Pause, in der Arthur hin- und hergerissen wurde, von Freude und gleichzeitiger Trauer um den Verlust seines langjährigen Geschäftspartners, schlug er mit beiden Händen krachend auf den Tisch, sprang auf und sagte: „Bei Gott, du hast recht, lass dich umarmen, mein Freund." Die beiden Männer lagen sich vor den Augen der immer noch skeptischen Elisabeth in den Armen und herzten sich.

„Elisabeth, du sagst ja gar nichts", bemerkte Arthur nach einer Weile.

„Nun ja", begann Elisabeth zögerlich. „Ich freue mich natürlich über das von Andreas in uns gesetzte Vertrauen ..."

„Aber?", wollte Andreas wissen.

„Aber ich weiß nicht, ob wir genug Geld haben, um all das hier zu bezahlen."

Für einen kurzen Moment hielt Arthur die Luft an. Daran hatte er nicht gedacht. Wie sollte er all die kostbaren Gewürze bezahlen, die im Lager waren und die natürlich Andreas gehörten. Er musste seinem Vorgänger eine entsprechende Entschädigung bezahlen, das stand außer Frage. Er schaute Andreas unsicher an. Dieser machte ein ernstes Gesicht. Andreas genoss den Augenblick eine Weile, dann zog er mit einer übertriebenen Geste eine Pergamentrolle aus dem Ärmel und breitete sie auf dem Tisch aus. „Hier könnt ihr den Kaufvertrag sehen." Er machte eine einladende Geste zu der Pergamentrolle. „Wenn ihr lesen könnt – was ich doch annehme – könnt ihr sehen, dass auch ein Kaufpreis darin enthalten ist."

Arthur nahm das Pergament in die Hände und las es durch.

Als er geendet hatte, blickte er auf und sah Andreas ungläubig an.

„Ist das dein Ernst?"

„Voll und ganz!" Andreas sprach ohne den Anflug eines Lächelns. Elisabeth nahm sich das Pergament und las es ebenfalls. Nachdem sie es gelesen hatte, legte sie es behutsam auf den Tisch und setzte sich auf einen Stuhl. Dann schaute sie Andreas mit Tränen in den Augen an. „Wie können wir dir nur dafür danken?" Sie sprang auf und fiel Andreas weinend um den Hals.

„Na, na, na, mein liebes Kind", sagte Andreas, Elisabeths Schulter tätschelnd. „Ich dachte, das wäre ein Grund zur Freude."

„Wie können wir dir jemals danken, Andreas?“, wollte nun auch Arthur wissen.

„Ihr habt mir schon genug gedankt. Allein eure Treue zu mir in den letzten Jahren ist mir Lohn genug. Ihr habt mein Leben bereichert. Ihr seid die Familie, nach der ich mich immer gesehnt habe. Ich kann nun ruhig meinen Gang ins Jenseits beschreiten, denn ich weiß, dass mein Lebenswerk in gute Hände geraten ist. Ich denke, dafür ist ein Schilling als Kaufpreis angemessen.“

## *Ein großer Verlust*

Das Geschäft lief ausgezeichnet, ja, sogar besser denn je. Elisabeth wurde immer glücklicher und Pierre entwickelte sich prächtig. Eines Morgens kam Elisabeth freudestrahlend auf Arthur zu. Er stand gerade am Brunnen im Innenhof und erfrischte sich. Als sie ihn erreichte, fiel sie ihm um den Hals. Sie bedeckte sein Gesicht mit Küssen. Arthur konnte sie nur mit Mühe von sich reißen.

„Bist du von allen guten Geistern verlassen?", rief er lachend und hielt sie auf Distanz.

„Das glaube ich kaum", sagte sie strahlend.

„Was ist dann in dich gefahren?"

„Was meinst du?"

„Ich meine, dass du übermütig bist", grinste Arthur.

„Und ich meine, dass ich schwanger bin", rief Elisabeth fröhlich, drehte sich um und verschwand im Haus.

Arthur stand wie vom Donner gerührt auf dem Hof und starrte seiner Frau hinterher. Schwanger? Arthur spürte, wie ein Schrei seine Kehle hinaufkletterte. Er versuchte erst gar nicht, ihn zurückzuhalten.

„Juhuuu!", schrie er, so laut er konnte.

Sekunden später wurden die Tore zum Lager aufgerissen und die Arbeiter Arthurs kamen in den Hof geeilt. Sie wollten wissen, was los war. Einer hatte sogar eine Mistgabel in der Hand, da er dachte, es handele sich um einen Überfall. Arthur klärte die Situation schnell auf und schickte seine Arbeiter nach Hause. Diesen Tag wollte er mit seiner Frau verbringen. Er ging ins Haus und rief nach Elisabeth. Er hörte sie im oberen Stockwerk umherlaufen. Arthur ging die Treppe hinauf, wo er sie im Schlafzimmer fand, wie sie sich gerade die Kleidung auszog.

„Was machst du da?", wollte der überraschte Arthur wissen.

„Ich will nur meine Kleidung schonen."

Die nächsten Wochen und Monate verliefen wie im Traum für Arthur. Er schwebte auf einer Wolke des Glücks. Schon bald konnte Arthur Andreas einen beträchtlichen Betrag für das Geschäft bezahlen, wogegen dieser sich vehement wehrte, aber dann bei der Drohung Arthurs, das Geld stattdessen in den Main zu werfen, einlenkte. Aber auch erst, als Arthur bereits auf der Brücke stand und einen Gulden in den Fluss geworfen hatte. Elisabeths Bauch wuchs und wuchs. Schon bald bestätigte die Hebamme, dass Elisabeth Zwillinge austrug. Von der guten Nachricht beflügelt, gab Arthur ein rauschendes Fest. Arthurs gesellschaftlicher Aufstieg der letzten Jahre war beeindruckend Die wichtigsten Kaufleute der Stadt machten ihre Aufwartung.

Arthur wurde vom Zunftmeister sogar gebeten, dem Stadtrat beizutreten, was Arthur jedoch ablehnte; Politik war seine Sache nicht. Trotzdem fühlte er sich geschmeichelt. Als fahrender Händler hätten dieselben Leute wahrscheinlich nicht einmal mit ihm geredet. Arthur bemerkte an diesem Abend, dass er eigentlich nicht in diese Gesellschaft gehörte, es aber den Erfolg seines Geschäftes ausmachte, wenn er mit diesen Leuten gut stand. Der Sommer ging und überließ Frankfurt dem Herbst. Dieser wurde vom Winter verjagt, der seinerseits nichts gegen den Frühling ausrichten konnte. Die Geburt der Zwillinge war nur noch eine Frage von Tagen, als Elisabeth eines Nachts schreiend erwachte. Arthur fuhr hoch und schaute erschrocken nach seiner Frau, die gekrümmt im Bett lag. Als er die Decke wegzog, sah er sie in einer Blutlache liegen. Sofort ließ er nach der Hebamme und dem Medikus schicken. Scheinbar endlos wartete er auf die beiden Fachkundigen. Ihm blieb nur, Elisabeth im Arm zu halten und zu beruhigen. Als endlich der Mediziner in Begleitung der Hebamme eintraf, war Elisabeth bereits ohne Bewusstsein. Arthur wurde aus dem Zimmer geschickt. Eine geschlagene Stunde verging, in der Arthur vor der Tür des Schlafzimmers an seinen Fingernägeln kaute und wartete, was der Heilkundige ihm berichten würde. Er betete, dass die Tür aufgehen und die Hebamme ihm zwei gesunde Kinder und seine wieder genesene Frau übergeben würde. Dann betete er, dass wenigstens seine geliebte Frau die Geburt überstehen werde. Anschließend betete er einfach nur, dass alles wieder gut werde. Er versprach Gott, der Kirche eine großzügige Spende zu machen, falls seine Frau und die Kinder diese Nacht überleben würden.

Als sich endlich die Tür öffnete und der Medikus erschöpft hervortrat, erfasste Arthur am Mienenspiel des Heilkundigen sogleich die Situation . Er verlor seine Frau und seine Kinder in einer milden Frühlingsnacht im Jahre des Herrn 1678.

## *Ein neuer Freund*

Die Monate vergingen in tiefer Dunkelheit. Arthur verrichtete seine Arbeit nur noch mechanisch. Es verschaffte ihm keinerlei Vergnügen, zu sehen, wie sein Geschäft florierte. Jetzt, da der gesamte Gewinn aus dem Gewürzhandel an Arthur ging, würde er sicherlich binnen kürzester Zeit einer der reichsten Männer der Stadt sein. Doch was nutzte ihm das ganze Geld, wenn er niemanden hatte, mit dem er seine Freude darüber teilen konnte. Seine ganze Energie steckte er nun in die Ausbildung seines Sohnes. Er schickte ihn zu den besten und teuersten Lehrern des Landes. Pierre war seinem Vater sehr dankbar und versuchte alles, um ihm zu gefallen. Auch Pierre vermisste seine Mutter, kam aber mit dem Verlust besser zurecht als sein Vater. Arthur hatte sie schon zum zweiten Mal verloren. Doch dieses Mal war es für immer.

An diesem Tag waren nur wenige Kunden zu bedienen. Es regnete seit dem Morgen ohne Unterlass, weshalb Arthur den Laden gerade schließen wollte, als die Tür schwungvoll geöffnet wurde. Ein seltsamer Mann betrat den Raum. Er war mit einem langen, dunklen Ledermantel gekleidet und hatte die Kapuze tief ins Gesicht gezogen. Das Regenwasser floss auf den Fußboden und weichte den Lehm auf, sodass der Unbekannte in einer kleinen Matschpfütze stand. Er zog die Kapuze ab und verfluchte das schlechte Wetter. Arthur musterte den Fremden mit Argwohn. Er kannte den Mann nicht, und da er fast ausschließlich an Stammkunden verkaufte, hatte er immer ein ungutes Gefühl bei Unbekannten. Als der Mann keine Anstalten machte, etwas zu sagen, ging Arthur auf ihn zu. „Wie kann ich Euch zu Diensten sein, Fremder?"

Der Fremde streifte mit einer achtlosen Bewegung den Mantel ab und schaute sich im Laden um. Arthur wurde langsam mulmig. Was wollte dieser Mann hier?

„Möchten Sie ein Gewürz kaufen, Herr?", fragte Arthur nochmals.

„Nein!", kam die Antwort. „In meinem Dorf erzählt man sich heute noch von dem fahrenden Händler, der einmal im Jahr vorbeikam, um die Jungfrauen zu beglücken und Geschichten zu erzählen." Der Fremde grinste über das ganze Gesicht. Er entblößte eine makellose Zahnreihe, die Arthur beeindruckte.

„Nun ja, Fremder. Ich leugne nicht, eine gewisse Schwerenot an den Tag gelegt zu haben, seinerzeit. Jedoch bin ich nun nicht mehr an schnellen Abenteuern interessiert." Er breitete die Arme aus. „Und wie Ihr seht, bin ich sesshaft geworden."

„Keine Angst", lachte der Fremde. „Ich bin nicht gekommen, um Euch einen Balg unterzujubeln. Aber verzeiht meine Unhöflichkeit. Mein Name ist Martin Kremer. Ich bin auf der Suche nach Arbeit und würde mich freuen, für Euch arbeiten zu dürfen. Selbst schwere Tätigkeiten scheue ich nicht. Mein Lohn ist bescheiden und mein Leumund makellos." Martin verbeugte sich theatralisch und grinste Arthur anschließend entwaffnend an. Dieser jedoch blieb unbeeindruckt.

„Schönes Sprüchlein, Martin Kremer aus dem Nirgendwo. Wie oft habt Ihr den schon aufgesagt?"

„Das Zählen ist nicht meine Stärke, Herr. Aber meine Muskeln sind gut genug für Euch."

„Nun, dann sage mir, Martin", setzte Arthur neugierig nach. „Aus welchem Ort kommst du, dass du so genau über mich Bescheid weißt?"

„Aus Berkersheim kurz vor den Toren der Stadt."

„Ich erinnere mich, dort immer Zwischenstation gemacht zu haben zu meiner Zeit als fahrender Händler. Doch wie kommt es, dass du meinen Namen kennst und mich hier gefunden hast? Ich fahre seit vielen Jahren nicht mehr durch das Land. Und du hast vielleicht gerade mal achtzehn Winter gesehen."

„Das will ich Euch erklären, Herr", antwortete Martin, der auf diese Frage vorbereitet schien. „Meine Mutter schwärmt noch heute von Euch und Euren Liebeskünsten. Sie benutzt Euch immer noch, um meinen Vater zu necken, wenn er einmal wieder zu viel getrunken und zu wenig Manneskraft hat." Wieder legte er sein breites Grinsen auf.

„Nun, mein Sohn, wie heißt denn deine Mutter? Vielleicht kann ich mich erinnern, ob sie recht hat." Arthur gefiel die Ungezwungenheit des Burschen.

„Walburga die Waschfrau", sagte Martin mit vor Stolz geschwellter Brust.

Arthur überlegte angestrengt, konnte sich aber beim besten Willen nicht an eine Walburga erinnern. Nur der Allmächtige wusste, wie viele Frauen er in seiner fahrenden Zeit gehabt hatte. Da konnte es schon einmal vorkommen, dass er eine vergaß. Aus Höflichkeit jedoch sagte er mit gespielter Erleuchtung: „Ja, ich erinnere mich. Sie war damals die schönste Magd im Dorf. Wie geht es ihr denn heute?"

„Danke der Nachfrage, ausgezeichnet. Sie sagte zu mir: Geh zu Arthur Händler. Der wird dir sicher helfen, Arbeit zu finden." Er machte eine kurze Pause, in der er plötzlich sehr ernst wurde. „Wisst Ihr, Herr, unserer Familie geht es nicht besonders gut. Die letzte Ernte war sehr schlecht und die Leute kommen nicht mehr zu meiner Mutter, wenn sie ihre Wäsche gewaschen haben wollen. Und mein Vater ist ein Taugenichts, der dem Geist des Weines verfallen ist."

„Na dann, Martin: Lass uns sehen, was wir für dich tun können. Komm morgen früh noch mal, dann gebe ich dir eine Antwort."

Am Abend saßen Arthur und Pierre am großen Eichentisch und berieten gemeinsam, ob sie Martin einstellen sollten oder nicht. Arthur erzählte die ganze Geschichte, wobei er den wahren Grund für seine Bekanntschaft mit Martins Mutter verschwieg.

„Er könnte im Lager mit Albert zusammenarbeiten", schlug Pierre vor. Albert, der Lagervorsteher, redete schon seit Wochen davon, dass er unbedingt noch einen Helfer bräuchte. „Dann könnte ich dir besser bei den geschäftlichen Dingen zur Hand gehen."

Arthur überlegte. „Das ist ein sehr vernünftiger Vorschlag, Sohn. Außerdem wäre er dort unter Aufsicht der Wachmänner. Wir kennen ihn doch gar nicht. Wer weiß, ob er es ehrlich mit uns meint, oder ob er nur ein Tagedieb ist."

Der nächste Morgen begann, wie der letzte Abend geendet hatte: Mit einem ergiebigen Regenguss. Arthur hatte gerade den Laden geöffnet, als auch schon die Tür aufflog und Martin vor ihm stand. Er hatte wieder seinen Mantel an, der ihm nur bedingten Schutz vor dem Regen gab.

„Seid mir gegrüßt, Gewürzhändler", rief er fröhlich. Er streifte seinen durchnässten Mantel ab und warf ihn achtlos über einen Stuhl, der neben der Eingangstür stand. Er ging weiter in den Raum hinein und schaute sich neugierig um. Sein fröhliches, ungezwungenes Wesen faszinierte Arthur, auch wenn er es sich nicht eingestehen wollte. Er kam hinter der Theke hervor und trat auf Martin zu. Beide Männer füllten den kleinen Raum mit ihren kräftigen Staturen nahezu aus. Eine dritte Person hätte Platzangst bekommen.

„Wie habt Ihr Euch entschieden?", fragte Martin freundlich.

Arthur bemerkte, dass Martin schnell zur Sache zu kommen pflegte.

„Nun, lass mich erst noch ein paar Fragen an dich stellen."

Martin zuckte gleichgültig mit den Schultern. „Wie kann ich Euren Wissensdurst stillen, Meister?"

„Zunächst einmal möchte ich wissen, warum du gerade für mich arbeiten willst."

„Wie Ihr ja wisst, erzählte mir meine Mutter viel über Euch. Als ich dann durch Zufall erfuhr, dass Ihr einen Gewürzhandel in Frankfurt betreibt und unsere Ernte ..."

„Durch welchen Zufall?", unterbrach ihn Arthur.

„Na, ein alter Kerl kam eines Morgens in unser Dorf und erzählte, er wäre Koch und hätte jahrelang für einen echten Gutsherrn gearbeitet. Na ja – wir glaubten ihm natürlich nicht.

Er sah eher aus wie ein Vogelfreier. Er war schließlich total besoffen und lag schon halb unter dem Tisch, als er sich auf Euch berief. Er sagte: Geht doch nach Frankfurt und fragt Arthur, den Gewürzhändler, der wird es Euch schon sagen, dass ich der beste Koch des Reiches war. Die Anderen lachten ihn nur aus. Aber ich hatte ja schon von Euch gehört. Am nächsten Morgen war er wieder einigermaßen ansprechbar. Als ich ihn auf der Straße traf, fragte ich ihn nach Euch, woraufhin er mir den Weg zu Eurem Gewürzhandel beschrieb. Ich habe tagelang überlegt, ob Ihr mir und meiner Familie nicht aus der Misere helfen könntet, indem Ihr mir Arbeit gebt und ich so unsere Familie ernähren kann. Ihr müsst wissen, dass ich der einzige Sohn bin und nur noch drei Schwestern habe, die noch nicht im heiratsfähigen Alter sind. Also habe ich meine Zweifel aus dem Weg geschoben und bin hierher geeilt, um Euch nach einer Arbeit zu fragen. Ich sage es nur ungern, aber ich dachte bis zu diesem Zeitpunkt, Ihr seid ein Hirngespinst meiner Mutter. Sicher war sie als junges Mädchen einmal sehr hübsch, aber der Zahn der Zeit hat ihr leider jeglichen Liebreiz genommen, sodass es mir schwerfiel zu glauben, dass meine Mutter je einen Liebhaber hatte."

Arthur hatte die ganze Zeit über schweigsam neben Martin gestanden und seinen Worten gelauscht. Er lief nachdenklich auf und ab. Dann schaute er Martin an, der mit erwartungsvollem Blick Arthurs Bewegungen verfolgte. Arthur blieb vor ihm stehen und sah ihn mit ernster Miene an. „Welche Empfehlungen kannst du vorweisen?"

„Ich kann weder lesen noch schreiben, noch kann ich ein Zeugnis über meine bisherigen Arbeiten ablegen. Doch bin ich bereit, alles, was Ihr mir befehlt, zu tun. Und wenn Ihr meint, ich hätte es auf Eure wertvollen Gewürze abgesehen, so sei Euch gesagt, dass man mich auch Martin den Ehrlichen nennt. Aber solltet Ihr meine Dienste verschmähen, so haltet mich bitte nicht länger auf. Ich möchte dann den Tag nutzten, um anderweitig nach einer Arbeit zu suchen." Trotzig griff Martin nach seinem Mantel und wandte sich zum Gehen.

„Nun mal langsam", hielt Arthur den jungen Mann zurück.

„Nennt man dich auch Martin, den schnell Beleidigten? Ich habe nicht gesagt, dass du nicht bei mir arbeiten darfst."

In Martins Gesicht erschien ein Strahlen. „Ihr werdet es nicht bereuen, Meister."

„Das will ich doch hoffen. Und jetzt zeige ich dir deinen Arbeitsbereich."

Die beiden Männer gingen durch das Hinterzimmer in den geräumigen Hof des Anwesens hinüber zum Lager. Vor dem Eingangstor stand ein bulliger Wachmann. Es handelte sich um Josef. Ein kampferprobter Geselle, der seine Aufgabe als Wachmann sehr ernst nahm. Als er die beiden Männer erblickte, nahm er sofort Haltung an. Arthur und Martin gingen über den Hof und passierten die alte Eiche, die in der Mitte des Platzes thronte. Josef schaute Martin argwöhnisch an und grüßte Arthur zackig. „Gott zum Gruße, Herr Händler. Alles ruhig heute Morgen." Mit einem Blick gab er Arthur zu verstehen, dass er aufgeklärt werden wollte, wer in sein Reich eindrang.

„Das ist Martin", stellte Arthur den neuen Mann vor. „Er wird ab heute im Lager arbeiten. Wo finde ich Albert?"

„Der ist schon drinnen", antwortete Josef kurz angebunden.

„Merk dir dieses Gesicht, Martin. Das ist Josef, der beste Wachmann weit und breit."

Josef streckte sich stolz zu voller Größe, aber Martin schien wenig beeindruckt. Er nickte Josef kurz zu und ging mit Arthur ins Lager. Am Ende des langen Ganges stand ein alter Mann von kleinem Wuchs. Er kramte an einem Stehpult in einem Stapel Pergamente und blickte kurz auf, als er die Lagertür zuschlagen hörte. Dann widmete er sich wieder seinen Unterlagen. Auf der Nase hatte er eine dicke Brille, die er zum Lesen benötigte, aber auf die Entfernung konnte er mit den Augengläsern nichts erkennen, sonst hätte er sicher längst alles stehen und liegen lassen, da er seinem Herrn treu ergeben war. Albert hatte es nicht gerne, wenn Fremde sein Lager betraten. Er war fast fünfzehn Jahre bei Andreas angestellt und respektierte nun Arthur ebenfalls als seinen Herrn. Doch in seinen Arbeitsbereich durfte ihm keiner reinreden; außer Arthur, Pierre und früher Andreas, sonst konnte der kleine Mann sehr schnell zum Feuerball werden. Plötzlich hielt er inne und schaute nachdenklich an die direkt vor ihm befindliche Wand. Er setzte mit einer schnellen Bewegung die Brille ab, drehte sich um und wollte schon losschimpfen, als er Arthur erkannte. Doch wer war der Andere? Misstrauisch wartete er, bis die beiden nah genug an ihn herangetreten waren und legte langsam seine Brille auf das Pult.

„Gott zum Gruße, Herr Händler", sagte der kleine Mann. „Wen habt Ihr mir da mitgebracht? Doch nicht etwa die notwendige Verstärkung, um die ich Euch seit Jahren bitte?" Albert versuchte erst gar nicht, den sarkastischen Unterton in seiner Stimme zu verbergen. Tatsächlich verging fast kein Tag, an dem

Albert sich nicht darüber beschwerte, dass er nur vier Arbeiter hatte, die ihm beim Schleppen und bei der Auslieferung der schweren Säcke zur Hand gingen.

„Tja", sagte Arthur grinsend. „Einmal kommt der Tag, an dem deine Gebete erhört werden, mein treuer Freund. Iustitia est constans et perpetua voluntas ius suum cuique tribuendi, wie schon Ulpianus sagte: Gerechtigkeit ist der beharrliche und dauernde Wille, jedem sein Recht zu geben."

„Bei der heiligen Maria, Mutter Gottes. Gott sei's gepriesen", jubelte der Lagermeister. Er reckte die Arme triumphierend in den Himmel und sprach noch etliche Lobpreisungen aus, bevor er sich wieder gefangen hatte. Arthur wartete geduldig, bis Albert seinen kleinen, persönlichen Dankgottesdienst beendet hatte, denn mittlerweile kannte er die theatralische Art seines Lagermeisters zur Genüge. Schon vor Jahren hatte er es sich abgewöhnt, dem Beachtung zu schenken. Dann stellte er die beiden Männer vor und überließ Martin Alberts Obhut. Arthur war sich sicher, dass der Lagermeister genug Arbeit für den neuen Mann finden würde. Er würde sich am Abend über Martins Fähigkeiten beim Lagermeister informieren. Albert war immer vorsichtig mit neuen Leuten, denn er hütete ein wahres Vermögen. Aus diesem Grund hatte er sich angewöhnt, neue Arbeiter auf Herz und Nieren zu testen. Um herauszufinden, wie es um die Ehrlichkeit eines neuen Mitarbeiters stand, ließ er beim Abfüllen der Pfeffersäcke für die Auslieferung einen kleinen Teil des Pfeffers unbeaufsichtigt in der Waage liegen. Ein Arbeiter, der nicht loyal war, bediente sich daran und hatte somit schnell einen Monatslohn in Form von Pfeffer in der Tasche. Normalerweise achtete Albert peinlich genau darauf, dass kein Gewürz unbeaufsichtigt blieb, um solchen Ärger zu vermeiden, doch bei Neulingen gehörte dieses Spiel zur Tradition. Diejenigen, die schon länger im Gewürzhandel arbeiteten, kannten dieses Vorgehen und spielten mit. An diesem Mittag wog Albert zusammen mit Martin eine Lieferungen für den Bischof ab. Dann ließ er, wie üblich, eine kleine Menge Pfeffer in der Waagschale zurück und schulterte den Sack. Er gab Martin die Anweisung, die Gewichte aufzuräumen, während er den

Sack auf den Karren lud. Albert war gespannt, was Martin tun würde, wenn er den liegen gelassenen Pfeffer sehen würde. Der Karren stand hinter der großen Eiche im Hof, sodass Albert aus Martins Blickfeld verschwand. Martin machte sich, wie ihm aufgetragen wurde, daran, die Gewichte wieder auf ihre angestammten Plätze zu legen, als ihm plötzlich die Pfefferkörner auffielen. Zuerst dachte er daran, die Körner zusammenzuraufen und Albert hinterherzutragen, um sie in den Sack für den Bischof zu werfen. Auf dem Weg dorthin aber dachte er, dem Bischof werden die paar Pfefferkörner nicht auffallen. Außerdem ist die Kirche reich genug und das auch noch auf Kosten der armen Leute. Er nahm die knappe Handvoll Pfefferkörner und wollte damit zurück ins Lager, um sie wieder in den großen Pfeffersack zu werfen. Auf seinem Weg traf er auf Pierre, der sich gerade dazu bereit machte, eine Lieferung an den Bürgermeister auszuliefern.

„Ihr müsst Martin sein", rief Pierre.

„So ist es. Und wer, wenn ich fragen darf, bist du, junger Mann?", antwortete Martin.

„Ich bin Pierre, der Sohn Arthurs", sagte Pierre, dem die Ungezwungenheit des Neuen gefiel.

„Oh", rief Martin. „Verzeiht, ich wollte nicht unhöflich sein."

Pierre lachte freundlich und beruhigte den Neuen. „Ihr konntet ja nicht wissen, wer ich bin." Pierre bemerkte die geschlossene Hand Martins und sprach ihn nicht darauf an. Er wusste natürlich ob des Tests, den jeder Neue bestehen musste. Er verabschiedete sich von Martin und ging zu seinem Pferd. Jedoch stieg er nicht auf, sondern beobachtete das Verhalten des Neuen. Martin ging mit dem Pfeffer in der Hand zum Lager. Josef hatte die Situation genauestens mitbekommen und ließ Martin ungehindert ins Lager eintreten. Sobald die Tür verschlossen war, rannten Albert und Pierre zur Lagertür. Josef öffnete die Lagertür vorsichtig einen Spalt, sodass die drei Männer im Lagerinneren Martin sehen konnten. Der junge Mann bemerkte nicht, dass er beobachtet wurde und suchte sich einen Pfeffersack, den er öffnete. Er warf die Pfefferkörner aus seiner Hand in den Sack und verschloss diesen wieder sorgfältig. Pierre,

Albert und Josef sahen sich zufrieden an, schlossen die Lagertür leise und stellen sich im Hof auf. Als Martin wieder vor die Tür trat, stand in kleines Empfangskomitee vor ihm. Der Neue blieb abrupt stehen und schaute erstaunt in die Runde.

„Habe ich etwas falsch gemacht?“, wollte Martin wissen.

„Ganz im Gegenteil, mein Junge!“, sagte Albert freundlich. „Ihr habt fast alles richtig gemacht.“

„Würdet Ihr Euch bitte erklären“, forderte Martin leicht gereizt.

„Nun, Martin“, sagte Pierre. „Ihr habt den obligatorischen Einstellungstest bestanden.“

„Wollt Ihr damit sagen“, fragte Martin vorsichtig, „dass Albert den Pfeffer gar nicht vergessen hat und die Kirche somit nicht betrügen wollte?“

„So ist es.“

„Und ich dachte schon, Ihr seid ein genauso trügerischer Schlag Mensch wie all die anderen Pfeffersäcke“, lachte Martin verlegen und griff sich an die Stirn.

„Da seht ihr es“, sagte Pierre zu Albert und Josef mit gespielter Empörung. „Unser Ruf ist schlecht, nur weil wir ein paar gute Geschäfte machen.“ Zu Martin gewandt sagte er mit ernstem Blick: „Ehrlichkeit ist das wichtigste Gut in unserem Geschäft, merk dir das! Wenn auch nur ein Pfefferkorn beim Kunden fehlt, kann das unser Aus bedeuten! Wenn sich herumspricht, dass unsere Waage nicht richtig geht, werden die Kunden uns aus der Stadt jagen. Deshalb dieser kleine Test. Ich hoffe, du verzeihst uns!“

„Schon vergessen, woher solltet Ihr denn auch wissen, ob ich wirklich ehrlich bin“, pflichtet Martin Pierre bei.

„Jetzt wissen wir es ja“, stellte Albert fest.

Pierre stieg auf sein Pferd, hielt kurz inne und sah auf Martin herab.

„Ich werde meinem Vater von Eurer Ehrlichkeit berichten, das wird Euch sicherlich weiterhelfen. Wisst Ihr denn eigentlich, wie viel Geld Ihr dort in der Hand gehalten habt?“

Martin, der sich darüber noch gar keine Gedanken gemacht hatte, sah unwissend auf seine Hand und schüttelte den Kopf.

„Für diese Menge zahlt man etwa acht Gulden“, sagte Pierre und ritt davon.

Martin wurde ganz schlecht bei dem Gedanken. Mit acht Gulden konnte er seine Familie über Monate hinaus ernähren.

Am Nachmittag traf er im Lager auf Arthur, der gerade dabei war, eine neue Lieferung aus Venedig zu katalogisieren und deshalb nicht sonderlich auf Martin achtete. Der Neue wollte gerade wieder zurück zu Albert, als Arthur ihn aufhielt.

„Hast du meinen Sohn draußen gesehen?“, fragte Arthur.

„Ja, wir lernten uns heute Morgen kennen.“

„Ist er schon fortgeritten?“

„Ja, schon vor geraumer Zeit.“

„Verdammt“, stieß Arthur hervor. „Er sollte doch den Brief für den Bürgermeister mitnehmen.“ Arthur schlug mit der Faust auf das Pult. „Hier liegt er und morgen ist Sonnabend, da wird der Bürgermeister bestimmt nicht in den Amtsstuben sein. Dabei sollte er den Brief schon heute erhalten.“

„Tut mir leid“, sagte Martin nur und drehte sich zum Gehen.

„Wo bist du untergebracht?“, rief ihm Arthur hinterher.

„Wer? Ich?“

„Nein, der Nelkensack am Eingang, du Trottel. Natürlich warst du gemeint oder siehst du noch einen hier?“

„Nein, natürlich nicht, ich ...“, Martin verfluchte sich still und versuchte seine Fassung zurückzugewinnen. „Na, bei meiner Tante, drüben in Sachsenhausen.“

„Das trifft sich hervorragend. Dann wirst du mir den Brief beim Bürgermeister im Römer abgeben und kannst dann gleich nach Hause gehen.“

Martin machte eine Bewegung in Richtung Hof. Arthur las seine Gedanken und kam Martin zuvor. „Ist schon in Ordnung, ich sage Albert Bescheid. Hier ist der Brief und jetzt los, es eilt.“

Martin schnappte sich den Brief und machte sich durch den Hinterausgang fort, um den Auftrag seines Herrn zu erfüllen. Wenn er sich beeilen würde, wäre er früh genug zu Hause, um sich noch ein wenig mit der hübschen Tochter des Nachbarn seiner Tante, Hieronymus Ganghofer, zu unterhalten.

## *Unter Verdacht*

Im Hause des Gewürzhändlers tobte Aufregung. Albert schrie wie wild und regte sich fürchterlich darüber auf, dass Arthur nicht die Büttel rief, obwohl er einen Dieb überführt hatte, der nun flüchtig war. Jede Minute, die verrinne, helfe dem Räuber bei seiner Flucht. Doch Arthur war nicht davon überzeugt, dass Martin ihn bestohlen hatte. Er hatte sich über die Jahre hinweg bei seinen Wanderschaften eine ausgezeichnete Menschenkenntnis angeeignet und er war auch jetzt noch davon überzeugt, dass er sich nicht täuschte. Natürlich hatte er sich auch schon einmal geirrt, doch war er sich bei Martin absolut sicher, dass dieser den Pfeffer nicht gestohlen hatte. Er wusste selbst nicht, warum er seinem neuen Mitarbeiter vertraute, doch meist verließ er sich auf sein Gefühl und hatte damit nur gute Erfahrungen gesammelt. Pierre würde nicht vor dem nächsten Morgen zurückkehren, da er sich noch immer auf einer Lieferfahrt befand, die eine Übernachtung erforderte. Solange er nicht mit seinem Sohn gesprochen hatte, weigerte sich Arthur, den jungen Mann anzuzeigen.

„Ihr könnt doch nicht einen überführten Dieb frei herumlaufen lassen", regte sich Albert weiter auf.

Arthur zählte nicht mehr mit, wie oft er diesen Satz in der letzten halben Stunde gehört hatte. Langsam ging ihm sein Lagermeister auf die Nerven. „Hast du mit deinen eigenen Augen gesehen, wie Martin den Pfeffer eingesteckt hat?", fragte er den kleinen Mann.

„Ja, ich meine ... nein ... ich ...", stotterte dieser.

„Ja, was denn nun?"

„Der Pfeffer fehlt nun einmal. Außerdem war der Kerl alleine im Lager zu diesem Zeitpunkt."

„Wer sagt dir denn, dass nicht ein anderer den Pfeffer aus dem Sack genommen hat?"

„Nun ... äh ... ich ... ", Albert war sich nun selbst nicht mehr sicher. Er überlegte kurz und stieß dann trotzig hervor: „Jeder Arbeiter hat Anweisung, mir Bescheid zu geben, wenn er etwas aus einem Sack nimmt. Und keiner hat etwas zu mir gesagt."

„Mir fehlen die Beweise", sagte Arthur ruhig, aber bestimmt.

Zwar hatte der Lagermeister schon einige Diebe überführt, jedoch hatte er sie immer auf frischer Tat ertappt. „Ich werde zuerst mit Pierre und Martin selbst reden."

„Ihr glaubt doch wohl nicht, dass dieser Tagedieb morgen wieder hier erscheint?", schnaubte Albert.

„Wir werden sehen."

Am nächsten Morgen kam Martin gut gelaunt zu seiner neuen Arbeitsstelle. Fröhlich vor sich hin pfeifend kam er in den Hof des Gewürzhauses und wollte gerade ins Lager eintreten, als ihm Josef den Weg versperrte. „Du sollst dich sofort bei Herrn Händler melden", blaffte er. Auch er hielt Martin für einen Dieb.

„Es ist eine Unverfrorenheit, so einfach wieder hier aufzutauchen. Denkst wohl, du kommst damit durch, was Bürschchen?

Na warte, Herr Händler wird dir schon zeigen, wo der Hafer sticht."

„Was faselst du da?" Martin war völlig verwirrt. Dieser dümmliche Wachmann musste ihn mit jemand verwechseln.

„Würdest du mir bitte erklären, wovon du eigentlich sprichst?", ersuchte Martin den Wachmann, doch dieser wandte seinen Blick demonstrativ ab und schwieg. Martin zuckte mit den Schultern und ging zum Haupthaus, um Arthur zu suchen. Er fand ihn im Laden, wo er gerade die Waren aufstellte. „Ah, Martin", begrüßte Arthur den jungen Mann. „Hab ich es mir doch gedacht. Ich wusste, dass du heute Morgen wieder kommen würdest."

„Könnte mir mal jemand erklären, was hier gespielt wird?", motzte Martin. „Erst spricht dieser dummdreiste Wachmann in Rätseln und nun wundert Ihr Euch, warum ich es wage, meinen Arbeitsplatz aufzusuchen." Langsam aber sicher wurde Martin doch etwas ungehalten.

„Da hat Josef wohl wieder einmal meine Anweisung eigenwillig umgesetzt", sagte Arthur mehr zu sich selbst als zu Martin. „Wie dem auch sei ...", Arthur atmete hörbar aus. „Setz dich, mein Junge." Er schob Martin einen Stuhl zu und nahm selbst Platz auf einem großen Sack voller Muskatnüssen. „Ich weiß gar nicht, wie ich es formulieren soll", begann Arthur seinen Vortrag. Nach kurzem Zögern fuhr er fort: „Ich will es gerade heraus sagen: Albert behauptete, du hättest am gestrigen Nachmittag Pfeffer im Wert von zwölf Gulden gestohlen."

„Ach, jetzt weiß ich, woher der Wind weht. Ihr meint den Pfeffer, den Albert in der Waage vergessen hatte. Da bin ich aber beruhigt." Martins Laune wurde schlagartig besser. „Ich habe den Pfeffer wieder in den großen Sack im Lager zurückgetan. Da könnt Ihr Pierre fragen, der hat mich kurz zuvor auf dem Hof mit dem Pfeffer gesehen. Fragt Pierre, der war dabei. Aber Ihr wisst doch um den Test."

„Nun, um den Test geht es nicht, mein Junge", sagte Arthur traurig. „Albert behauptet, du hättest den Pfeffer schon zuvor gestohlen."

„Ich habe nichts gestohlen, das müsst Ihr mir glauben", verteidigte sich Martin.

„Fürs Erste will ich dir gerne glauben. Bleib du hier. Ich werde nach Albert schicken lassen, um die Sache mit ihm zu klären."

Arthur rief nach seinem Diener und gab ihm die Anweisung, Albert aus dem Lager zu holen. Wenige Minuten später kam Albert in den Laden. Der Lagermeister schoss mit den Augen Pfeile in Richtung Martin. Dieser mied den Augenkontakt mit dem kleinen Mann und überließ Arthur die Führung des Gespräches.

„Albert", begann Arthur. „Ich bin weiterhin davon überzeugt, dass Martin nicht den Pfeffer gestohlen hat."

„Pah!", schnaubte der Lagermeister verachtend. „Warum werft ihr den Dieb nicht im hohen Bogen hinaus oder übergebt ihn dem Kerkermeister?", rief er. „Ich habe den Kerl doch gestern noch vom Hof wegrennen sehen. Anschließend habe ich den Pfeffer im Lager nachgewogen und festgestellt, das Körner im Wert von zwölf Gulden fehlt!"

„Nun mal langsam", schaltet sich jetzt auch Martin ein. „Ich habe nichts gestohlen. Und weggerannt bin ich nur wegen des wichtigen Briefes, den mir Herr Händler für den Bürgermeister gegeben hat."

„Pah!“, zischte Albert erneut.

„Schluss jetzt“, schritt Arthur ein. Er wandte sich an Martin. „Solange ich keine wirklichen Beweise habe, geht jeder seiner Arbeit nach. Wir werden auf Pierre warten und ihn zu dem Fall befragen. Vielleicht hat er den Pfeffer genommen und vergessen ihn einzutragen“, er drehte sich zu Albert, „Du weißt, was du zu tun hast. Geh in dein Lager und warte, bis du gerufen wirst. Martin, du gehst mir hier im Laden zur Hand, bis sich die Sache geklärt hat.“ Albert setzte erneut zum Protest an, doch Arthur brachte ihn mit einer drohenden Handbewegung zum Schweigen.

„Geh jetzt“, befahl er. Albert drehte sich wütend um und eilte schimpfend davon.

Den Rest des Vormittages verbrachten Arthur und Martin gemeinsam im Laden, wobei Martin kläglich versuchte, sich seine Ungeduld nicht anmerken zu lassen. Als Arthur merkte, dass Martin nicht konzentriert bei der Arbeit war, schickte er ihn in den Stall, wo er die Kutschen und Lieferwagen putzen sollte. Martin war froh, dass er nun allein mit seinen Gedanken eine Arbeit erledigen konnte, die ihn nicht geistig forderte. So konnte er wenigstens keinen Schaden anrichten. Der Tag schleppte sich dahin. Die eintönige Arbeit des Kutschenputzens ließ seine Gedanken abschweifen. Er dachte an Maria. Sie war eine zierliche Frau, die langes dunkles Haar trug. Ihre kastanienbraunen Augen hatten eine magische Ausstrahlung und ihr natürliches Wesen faszinierte ihn. Einzig ihr Vater stellte ein Problem dar. Er behütete seine Tochter wie einen wertvollen Schatz. Wenn ein Mann auch nur in die Nähe seiner Tochter kam, wurde er sofort mit Argusaugen beobachtet. Sollte er dann auch noch Annäherungsversuche unternehmen, so wurde der Vater zum Wachhund. Er jagte bis jetzt noch jeden Jüngling auf Freiersfüßen davon, denn er hatte große Pläne mit seiner Tochter. Hieronymus selbst hatte es von ärmlichen Verhältnissen zu bescheidenem Wohlstand gebracht und sein zukünftiger Schwiegersohn sollte kein dahergelaufener Tagelöhner sein. Er versuchte ständig, seine Tochter in den besseren Kreisen der Stadt einzuführen, scheiterte jedoch oft daran, dass seine eigene Herkunft zu einfach war. Selbst sein mittlerweile guter Ruf als Schneider der Reichen half ihm dabei nicht viel. Zwar durfte er die Kleider der Herrschaften nähen, doch auf seine Gesellschaft legten sie keinen besonders großen Wert. Manchmal verlangte er als Zahlung für seine Dienste, dass er und seine Tochter zu einem Ball eingeladen wurden, zu seinem Ärger aber gingen nur die wenigsten darauf ein, weil sie keinen Pöbel auf ihren Festen haben wollten. So kam es, dass Maria zwar wunderschön war und durchaus bereit, einen Mann zu nehmen, aber nur wenig mit Männer in Berührung kam, geschweige denn, sich jemals in einen verliebt hatte.

Am späten Nachmittag hörte Martin, wie das schwere Haupttor geöffnet wurde. Er ließ alles stehen und liegen und eilte auf den Hof, um zu sehen, ob Pierre von seiner Reise zurückkam. Tatsächlich war es der Sohn des Händlers. Scheinbar hatte Albert ebenfalls gute Ohren, denn fast zur gleichen Zeit betrat auch er den geräumigen Innenhof. Beide stürmten auf den völlig verwirrten Pierre ein. Die zwei Männer standen vor dem jungen Herrn und versuchten, sich gegenseitig in der Lautstärke zu übertreffen. Pierre, der mit der Situation nicht umzugehen wusste, stand nur da und wunderte sich über das kindische Verhalten der beiden Arbeiter.

„Ruhe!", brüllte er, so laut er konnte.

Sein Schrei zeigte sofort Wirkung. Die Streithähne schwiegen und schauten Pierre erwartungsvoll an. Normalerweise war Pierre sehr besonnen und selten laut. Aber er hatte die natürliche Autorität seines Vaters geerbt.

„Was ist hier los?", wollte er wissen. Er hob die Hand, um jede Antwort im Keim zu ersticken. „Aber nur einer fängt an. Du, Albert, beginnst mit deiner Erklärung, und du, Martin, bist so lange still. Also, Albert, rede!"

„Ein Dieb ist er!", stieß Albert hervor. „Ich habe diesen Schuft dabei erwischt, wie er Pfeffer gestohlen hat."

„Das ist nicht wahr!", rief Martin dazwischen.

„Ich hatte doch gesagt, du sollst schweigen, bis du dran bist", herrschte Pierre Martin an.

„Aber er lügt!", quengelte Martin.

„Das werden wir sehen. Und wenn du jetzt nicht ruhig bist, werde ich mir deine Version erst gar nicht anhören."

Martin sah ein, dass es jetzt vernünftiger war, den ungerechten Lagermeister seine Lügengeschichte erzählen zu lassen, um dann die Angelegenheit ein für alle Mal zu klären. Also schwieg er beharrlich und verkniff sich weitere Kommentare.

„Fahr fort, Albert", forderte Pierre den Lagermeister auf.

„Wie schon gesagt, ich habe gestern gesehen, wie dieser Tagedieb vom Hof rannte. Ich schöpfte Verdacht und ging ins Lager. Dort fand ich einen offenen Pfeffersack. Ich wog den Sack und stellte fest, dass Pfeffer im Wert von zwölf Gulden fehlte. Und heute Morgen besitzt dieser Dieb die Unverfrorenheit, hier aufzutauchen und so zu tun, als ob nichts geschehen wäre, und bezichtigt mich obendrein auch noch der Lüge. Er hat uns getäuscht, als er den Test bestanden hatte, dieser hinterhältige Hundsfott."

Als Martin nun seinerseits erzählen wollte, wie die ganze Sache abgelaufen war, unterbrach ihn Pierre. „Warte, Martin", sagte er ruhig. „Ich denke, deine Sichtweise der unangenehmen Geschichte kenne ich bereits." Diese Aussage verursachte zwei völlig unterschiedliche Reaktionen. Zum einen Albert, der sich als sicherer Sieger in der Angelegenheit sah. Zum anderen Martin, der sich übergangen fühlte und Angst hatte, fälschlicherweise im Kerker zu landen. Doch beide sollten sich täuschen.

„Das, was du siehst, Albert", fuhr Pierre fort, „muss nicht immer das sein, was der Wahrheit entspricht. Ich denke, wir gehen nun zu meinem Vater und klären die ganze Sache auf."

Daraufhin ging Pierre in Richtung Haupthaus, ohne darauf zu achten, ob ihm die beiden Streithähne folgten. Beide waren nicht in der Lage, die Bemerkung Pierres zu deuten. Doch bekam Albert allmählich Zweifeln. Bei Martin hingegen keimte Hoffnung auf. Gespannt folgten sie Pierre ins Haupthaus, wo sie Arthur beim Abendbrot an dem großen Eichentisch sitzend vorfanden.

„Ah, da bist du ja, Pierre", sagte Arthur erfreut. „Leider wussten wir nicht, ob du zum Abendessen da sein würdest. Wie du siehst, habe ich bereits gegessen."

„Macht nichts, Vater", antwortete Pierre. „Ich habe hier zwei Streithähne, die sich nicht einig werden, wer von ihnen nun recht hat."

„Ich weiß, Sohn", antwortete Arthur ernst. „Albert erhebt schwere Vorwürfe gegen unseren neuen Mann. Doch wollte ich ihm nicht so ganz Glauben schenken."

„Womit du auch gut getan hast, denn Martin ist unschuldig."

„Wollt Ihr damit sagen, dass ich ein Lügner bin?", fuhr Albert auf.

„Keineswegs", sagte Pierre ruhig. „Denn ich habe den Pfeffer genommen! Das konntest du nicht wissen, Albert."

„Was?", riefen Albert und Martin im Chor.

„Ihr habt richtig gehört", fuhr Pierre fort. „Ich hatte ihn bei meiner Lieferung vergessen. Ich war schon fast aus der Stadt herausgeritten, als mir der fehlende Pfeffer einfiel. Ich kam deshalb noch einmal zurück und wog den Pfeffer ab. In meiner Eile hatte ich nur vergessen, den Ausgang in die Bücher einzutragen."

„Na, dann hat sich wohl jemand zu entschuldigen", sagte Arthur mit einem strengen Blick in Richtung Albert.

„Einen Teufel werde ich", schnaubte der Lagermeister wütend und verließ den Raum.

Die drei zurückgebliebenen Männer schauten sich ungläubig an.

„Warum ist er nicht Manns genug, sich zu entschuldigen?", fragte Martin in die Runde.

„Wie sagte schon Cicero?", warf Arthur ein. „Accipere quam facere praestat iniuriam – Unrecht erleiden ist besser als Unrecht tun. Und jetzt geh nach Hause. Morgen ist viel zu tun in unserem Lager."

## *Eine folgenschwere Entscheidung*

Am darauf folgenden Tag kam eine neue Lieferung aus Venedig. Arthur nahm die Waren in Empfang und schickte die Männer in das eigens für die Lieferanten aus Venedig gebaute Gästehaus. Dort hatten sie die Möglichkeit, sich von der langen Reise auszuruhen. Sogar ein eigenes Waschhaus hatte Arthur errichten lassen, da er aus eigener Erfahrung wusste, wie der Staub der Straße am Körper haftete. Dankbar gingen die Männer des Wagenzuges ins Gästehaus und überließen Arthurs Mitarbeitern die Entladung der Ware. Einzig der Zwischenhändler aus Venedig blieb zur Kontrolle noch bei den Wagen. Sein Name war Johann Kämmler. Ein schlanker Mann in den besten Jahren, der sein blondes Haar zu einem lockeren Zopf zusammengebunden hatte. Arthur mochte Kämmler, weil er immer offen und ehrlich zu ihm gewesen war, doch diesmal hatte Kämmler schlechte Neuigkeiten für den Gewürzhändler.

„Arthur, mein Freund“, begann Kämmler, „leider bringe ich Euch keine frohe Botschaft.“

„Ihr wollt mir doch wohl nicht sagen, dass die Händler im Fondaco dei Tedeschi schon wieder die Preise erhöht haben?“, flachste er.

Was Arthur da im Scherz gesagt hatte, stellte sich aber leider als bittere Wahrheit heraus. Kämmler berichtete Arthur von den reichen Händlern in Venedig, die vor Gier kaum noch laufen konnten. Schon bei der letzten Lieferung hatten sie die Preise erhöht, so auch diesmal. Arthur war außer sich.

„Wie können es diese Verbrecher wagen?“, schrie er. „Das ist jetzt schon das vierte Mal innerhalb des letzten Jahres. Genügen diesen Halsabschneidern denn nicht mal dreihundert Prozent Gewinn?“

„Ich verstehe Euch ja, Arthur“, entschuldigte sich Kämmler. „Jedoch bin ich nun mal auf diese Händler angewiesen und muss deren Preise akzeptieren. Dummerweise muss ich dann die Preise an meine Kunden weitergeben und hab die Scherereien.“

„Euch mache ich ja auch keinen Vorwurf, mein Freund“, sagte Arthur beruhigend zu Kämmler, der sichtlich eingeschüchtert war.

„Man müsste eine eigene Schiffsflotte haben, wie die Portugiesen, dann könnte man direkt in Kalikut einkaufen und wäre nicht mehr abhängig von diesen verbrecherischen Zwischenhändlern“, sagte der Lieferant.

Die leichtfertig dahergesprochenen Worte Kämmlers ließen Arthur aufhorchen.

„Was habt Ihr da gesagt?“

„Na ja, die Portugiesen fahren eben selbst nach Indien. Die kaufen schon lange nicht mehr über Venedig ein. Die haben ja die Seemänner. Dummerweise streichen nun die Schiffseigner die Provision ein, sodass die Gewürze immer noch viel zu teuer sind. Es ist letztendlich egal, wo man kauft. Man zahlt so oder so zu viel.“

„Nicht, wenn man selber fährt“, sagte Arthur leise vor sich hin.

Arthur ging die Idee von der eigenen Flotte nicht aus dem Kopf. Er könnte viel Geld sparen und seine Gewürze billiger verkaufen. So würden auch die weniger reichen Bürger der Stadt sich seine Gewürze leisten können. Er besprach seine Idee mit Pierre, der die gleiche Meinung vertrat. Nach langem Überlegen kam Arthur zu dem Schluss, dass er eine eigene Flotte nach Indien schicken würde. Das einzige Problem bestand darin, dass er keinerlei Erfahrung in der Seefahrt hatte. Auch war es sehr teuer, eine eigene Flotte zu bauen und zu betreiben. Er müsste einen beträchtlichen Teil seines Vermögens in das Vorhaben stecken. Wenn etwas schief ginge, würde er einen gehörigen Verlust verkraften müssen. Sollte er jedoch auch nur ein Schiff nach Hause bringen, so würde sich die Sache umso mehr lohnen. Aber selbst wenn das Unternehmen scheiterte, würde Arthur nicht vor dem Ruin stehen. Blieb noch das Problem mit den Schiffen. Dies konnte nur in einer Stadt gelöst werden: Lübeck.

Einige Wochen später ließ Arthur alle seine Arbeiter in den Hof rufen. Es dauerte eine ganz Weile, bis alle da waren. Doch der Händler wartete geduldig. Dann verschaffte er sich mit einer Handbewegung Gehör. Als auch das letzte Plappermaul verschlossen war, verkündete er seine Neuigkeiten: „Männer", begann er mit lauter Stimme. „Ich habe eine Neuigkeit für euch."

Er machte eine Pause und fuhr dann mit lauter Stimme fort: „Ich habe eine wichtige Entscheidung getroffen. Ich werde eine eigene Schiffsflotte gründen. Diese Flotte wird für mich die Gewürze direkt beim Erzeuger abholen. In Indien." Gemurmel durchbrach die Stille. Arthur wartete, bis sich alle wieder beruhigt hatten und sprach dann weiter. „Es ist längst an der Zeit, dass wir die unverschämten Gewinnspannen der Venezier durchbrechen. Leider ist dazu eine Reise nach Lübeck vonnöten. Da es sich hierbei um einen weiten und gefährlichen Weg handelt, werden wir in einer Gruppe fahren. Einige von euch werden mich begleiten dürfen. Wer dies sein wird, werde ich mir noch überlegen. Nur eins sei gesagt: Keine Männer mit Familie, da wir einige Monate von zu Hause weg sein werden. Und jetzt geht wieder an die Arbeit."

Die Männer liefen auseinander. Sofort spekulierten sie, wer von ihnen das Glück haben werde, die Welt hinter der Stadtmauer Frankfurts kennen lernen zu dürfen. Die Männer mit Familie waren entsprechend der Ankündigung Arthurs, sie nicht zu berücksichtigen, enttäuscht. Aber die Jungen unter ihnen waren voller Euphorie. Auch Martin machte sich Hoffnung, obwohl er erst einige Wochen bei Arthur war. In den verbleibenden Tagen bis zur endgültigen Entscheidung könnte er sich noch durch harte Arbeit hervortun. Er beschloss, so hart zu arbeiten, dass Arthur ihn mitnehmen musste. Selbst die junge Knospe der Zuneigung zwischen ihm und Maria würde ihn nicht zurückhalten können. Er verlor sich in Tagträumen, in denen er auf große Fahrt ging und die Früchte der Reise nach Hause brachte. Abenteuerlust überkam ihn. Er würde alles dafür geben, nach Lübeck mitgenommen zu werden. Allein das Abenteuer der Reise dorthin würde ihm schon genügen. Aber wenn er erst einmal ausgewählt war, dann sollte es nicht schwer sein, Arthur davon zu überzeugen, dass er auch auf der großen Fahrt seinen Mann stünde. Doch bis dahin war es noch ein weiter Weg, der über harte Arbeit am Gewürzlager des Arthur Händler ging.

Am nächsten Morgen war die Welt für Martin eine andere. Er wollte auf große Fahrt und war bereit, alles dafür zu tun. Aber er war nicht der Einzige an Arthurs Hof, der nach Lübeck wollte. Die Reise hing über dem Gewürzhandel wie ein Damoklesschwert. Jeder war bemüht, seine guten Taten besonders herauszukehren. Manchmal artete das Ganze in Übereifer aus, was dann mehr Schaden als Nutzen brachte. Natürlich erkannte Arthur dies, woraufhin er sich genötigt fühlte, seine Mitarbeiter erneut zusammenzurufen. Als alle im Hof versammelt waren, trat er mit Pierre an seiner Seite vor das Gesinde.

„Freunde", begann Arthur seine Rede. „Ich habe meine Wahl getroffen. Ich werde nun die Namen verkünden, die mich auf meine Reise nach Lübeck begleiten sollen. Ich betone, dass niemand gezwungen ist, mit mir auf die Reise zu gehen. Wir werden schwere Prüfungen zu bestehen haben. Gefahren lauern entlang des langen Weges an jeder Ecke. Doch es ist für uns alle eine große Gelegenheit, die wir am Schopfe packen müssen. Wir werden sehr wahrscheinlich über Monate hinweg unterwegs sein. Diejenigen, die mitkommen wollen, sollten wissen, dass es sehr anstrengend sein wird. Aber eine Umkehr wird es nicht geben. Wer sich dieser Herausforderung nicht stellen will, hat mein vollstes Verständnis und wird in meiner Achtung nicht sinken. Doch bevor ich die Teilnehmer bestimme, möchte ich verkünden, dass während meiner Abwesenheit Pierre die Geschäfte hier in Frankfurt weiterführen wird. Ich erwarte von euch, dass ihr ihn genauso tatkräftig unterstützt wie mich und vor mir Andreas", er machte eine Pause. „Kommen wir nun zu den Namen derer, die mich begleiten sollen. Wie ihr wisst, kommen nur wenige infrage. Es werden derer sieben sein. Wie ich schon sagte: Männer mit Familie und diejenigen, die sich zu schwach für eine solche Reise fühlen, werden nicht berücksichtigt. Die Männer, die dies betrifft, können nun wieder an ihre Arbeit gehen." Er machte eine Pause, in der die verheirateten und diejenigen, die kein Interesse an der Reise hatten, sich aus der Versammlung lösten. Als wieder Ruhe eingekehrt war, standen noch etwa fünfzehn Männer im Hof. Sie alle waren sichtlich nervös und starrten erwartungsvoll in Arthurs Richtung.

„So“, fuhr Arthur endlich fort. „Da ich nun weiß, wer willens ist, diese Reise mit mir zu begehen, werde ich die Namen verkünden.“

Martin hielt die Luft an. Er wagte nicht zu atmen. Plötzlich schossen ihm tausend Gedanken durch den Kopf. Jetzt, wo es darauf ankam, wurde ihm bewusst, dass er die Reise unbedingt antreten wollte. Wenn er mitgehen dürfte, wäre er sicherlich in der Gunst Arthurs. Und dann könnte er ihn bitten, ihm den Handel mit den Gewürzen von Grund auf beizubringen. Was wiederum zur Folge hätte, dass er eines Tages selbst Gewürzhändler werden könnte und somit den Ansprüchen aller Schwiegerväter genügte. Alles hing von dieser Reise ab! Gespannt schaute er auf Arthurs Lippen. Der Gewürzhändler holte tief Luft und begann mit der Verkündung. „Folgende Männer möchte ich auf meine Reise mitnehmen.“

Martins Aufregung war jetzt unerträglich. Arthur genoss es sichtlich, seine Männer auf die Folter zu spannen. Sogar ein schadenfrohes Grinsen umspielte seine Lippen. Dann fuhr er endlich fort. „Als Erstes nehme ich natürlich einen Koch mit. Phillip Marbach, das sollst du sein. Dazu selbstverständlich einen Küchenjungen. Peter, das bist du.“ Wieder eine Pause, in der sich Phillip und Peter freuten. Wohingegen die Anspannung bei den anderen wuchs. „Als Nächstes brauche ich jemanden, der uns verteidigen kann. Deshalb habe ich Josef, unseren Wachmann, gewählt.“ Völlig ungläubig schaute sich Josef um. Dann begriff er und fiel in einen kurzen, aber dafür umso lauteren Jubel. Als er sich wieder beruhigt hatte, fuhr Arthur fort. „Ich bitte die nachfolgend Genannten, sich etwas mehr zu beherrschen. Wir haben nämlich noch viel zu tun heute. Also, der Nächste ist Bernhard Klüpers. Ihn habe ich ausgewählt, weil er ein tüchtiger Knecht ist, der sich um unsere Pferde während der Reise kümmern soll. Dann möchte ich, dass Jonas Schreiber uns begleitet. Zum Ersten, weil er in der Buchhaltung erfahren ist und nicht zuletzt, weil er in der Jagd besonders gewandt ist.“ Wieder machte Arthur eine schrecklich lange Pause, in der ihn jetzt alle gespannt anstarrten. „Der Sechste im Bunde wird Johannes Schmucker als Unterstützung für Josef sein. Dann zu guter Letzt wird uns noch Martin Kremer begleiten, weil er sich durch harte Arbeit empfohlen hat und sehr verlässlich ist. Alle anderen bitte ich, nicht zu sehr enttäuscht zu sein. Aber sie werden hier vor Ort gebraucht, um Pierre zu helfen. Und jetzt geht bitte wieder an eure Arbeit. Ich werde die Ausgewählten demnächst zusammenrufen, um mit ihnen die Einzelheiten zu besprechen."

Die Menge lief mit gemischten Gefühlen auseinander. Die Einen waren froh, nicht gewählt worden zu sein, die Anderen waren enttäuscht, nicht mitfahren zu dürfen. Und diejenigen, die mitfahren durften, konnten nicht aufhören zu grinsen. Martin war überglücklich. Diese Reise würde sein Leben verändern.

## *Die Reise beginnt*

Martin lief den ganzen Mittag mit einem Lächeln im Gesicht durch die Gegend und konnte an nichts anderes denken als an die Reise nach Lübeck. Arthur hatte ihm mitgeteilt, dass es schon nächste Woche losgehen sollte, deshalb musste er sich mit seinen Vorbereitungen für die Reise beeilen. Bis Ende der Woche war er von seinen Arbeiten freigestellt, damit er sich um alles Notwendige kümmern konnte

Die Woche verging wie im Flug. Martin hatte es gerade so geschafft, seine Angelegenheiten zu klären, bevor die Fahrt losgehen sollte. Die Nacht vor der Abreise wurde zu einer der längsten seines Lebens. Tausende Gedanken gingen durch seinen Kopf. Mehrmals schreckte er bei dem Gedanken auf, dass er am nächsten Morgen bei Arthur auftauchen und der ihm sagen würde, dass er sich nur einen Scherz mit ihm erlaubt hatte und er gar nicht mitfahren dürfe. Dann aber schaffte er es doch irgendwie, sich von den Gedanken an die Reise loszumachen und fand etwas Schlaf. Als er erwachte, stand die Sonne bereits hoch am Himmel. Erschrocken sprang er auf, schnellte sofort aus seinem Bett und rannte die Treppe hinunter, wo er hoffte, seine Tante in der Küche vorzufinden. Gerade wollte er sie anschreien, weil sie ihn nicht zeitig genug geweckt hatte und deswegen Arthur nun womöglich ohne ihn die Reise antreten würde, als ihm die Worte im Halse stecken blieben. Am Küchentisch saßen in friedlicher Eintracht Tante Martha und Arthur beisammen und plauderten wie alte Freunde.

„Einen guten Morgen wünsche ich dir“, strahlte Arthur Martin an.

„Ich ... was ... wieso ...?“, stammelte Martin.

„Du meinst, weshalb ich hier bin?“

Martin nickte stumm.

„Ich dachte mir, dass du die ganze Nacht wach liegst, um ja nicht zu verschlafen. Deshalb bin ich persönlich hier erschienen, um dich abzuholen. Deine Tante war so nett, mich derweil zu bewirten.“

„Ich dachte, Ihr seid bereits auf dem Weg nach Lübeck.“

„Wie du siehst, nicht“, antwortete Arthur gelassen.

„Weshalb habt Ihr auf mich gewartet?“, wollte Martin wissen. „Ich an Eurer Stelle wäre längst unterwegs.“

„Ich sehe, du musst noch viel über gute Manieren und Loyalität lernen, mein Junge. Also dann: Impavidi progrediamur – Unverzagt wollen wir vorwärts schreiten.“

Nachdem Martin seine Reiseutensilien auf Arthurs Wagen verstaut hatte, machten sich die beiden Männer auf den Weg zu Arthurs Hof auf der Zeyl. Dort war schon das gesamte Gesinde versammelt. Beim Anblick der Gruppe wurde Martin peinlich bewusst, dass alle nur auf ihn gewartet hatten. Er vermied es, irgendeinem der Männer in die Augen zu sehen, aus Angst, vor Scham zu platzen. Sie luden schnell seine Sachen um und Arthur teilte jedem der Männer einen Wagen zu. Martin kam zu Bernhard Klüpers. Da er noch nie einen Wagen gesteuert hatte, musste dies zunächst Bernhard übernehmen. Arthur verabschiedete sich von Pierre, schwang sich ohne große Abschiedsszene auf seinen Wagen und fuhr los. Dabei unterließ er es zurückzublicken
So fuhren sie in einem kleinen Treck Richtung Norden. Vier Wagen mit acht mutigen Männern, die das Abenteuer einer langen Reise auf sich nahmen. Arthur und Josef, der Wachmann, fuhren auf dem ersten Wagen und gaben Richtung und Tempo vor. Dahinter fuhren Jonas und Johannes, die Buchhalter der Gruppe. Darauf folgte der Wagen mit den Vorräten für die Reise. Auf diesem saßen Peter, der Küchenjunge, und Phillip, der Koch. Am Schluss des Wagenzuges fuhren Martin und Bernhard, die den Wagen mit der Kleidung und anderen Utensilien lenkten und sich während der Reise um die Pferde zu kümmern hatten. Arthur hatte die Männer mit Bedacht ausgewählt. Er hatte darauf geachtet, dass die Gruppe möglichst in Harmonie die Reise bestreiten würde. Die Charaktere der Männer waren sehr ausgeglichen und ihre verschieden Fähigkeiten ergänzten sich gegenseitig.

Der erste Tag der Reise war schnell vorüber. Gegen Abend suchte sich die Reisegruppe einen geeigneten Platz zum Übernachten. Arthurs Erfahrung aus seiner Zeit als fahrender Händler kam ihnen dabei zugute. Sie stellten die Wagen schützend im Kreis auf und errichtete in dessen Mitte eine Feuerstelle. In jedem der Wagen war genug Platz, um zwei Männern eine Schlafgelegenheit zu bieten. Der erste Tag auf den holprigen Straßen des Weges gen Norden verursachte bei den meisten einige kleinere Blessuren und Verspannungen, sodass sich die Reihen an diesem Abend schnell lichteten. Schon bald saß Arthur alleine am Feuer und musste beim Gedanken daran, dass sich die jungen Männer um ihn herum längst erschöpft zurückgezogen hatten, lächeln. Das Gefühl, vor dem Feuer zu sitzen und den Geräuschen der Nacht zu lauschen, weckte in ihm Erinnerungen an längst vergangene Tage. Das alte Fernweh hatte ihn wieder gepackt und er blickte mit großer Vorfreude auf die nächsten Wochen und Monate, die ihn durch das halbe Land führen würden. Schon bald löschte er das Feuer und zog sich auf sein Lager zurück, um für den nächsten Tag gerüstet zu sein. Er schlief mit dem Gedanken an eine herrliche Reise durch den Frühling nach Lübeck ein.

## *Die Gaukler*

Am nächsten Morgen fuhr die Frankfurter Reisegruppe schon kurz nach den ersten Sonnenstrahlen weiter. Arthur wollte so schnell wie möglich sein Ziel erreichen. Wenn das gute Wetter anhalten würde, könnten sie Lübeck in zwei bis drei Wochen erreichen. Kleinere Zwischenfälle waren eingeplant, denn das Reisen war nicht nur beschwerlich, sondern auch gefährlich. An den ersten beiden Tagen kamen sie sehr gut voran. Sie fuhren von Sonnenauf- bis kurz vor Sonnenuntergang. Da das gute Wetter anhielt, schlugen sie ihre Nachtlager unter freiem Himmel auf. In der Dämmerung stellten sie einfach ihre Wagen im Kreis und machten in der Mitte ein Lagerfeuer, auf dem sie ihre Speisen zubereiteten. Manchmal gelang es ihnen, am Wegesrand einen Hasen oder einen Fasan zu erlegen, den sie sich dann am Abend über dem Feuer am Spieß brieten. Ansonsten hatten sie ausreichend Gemüse und Kartoffeln mitgenommen. Wenn sie an einer größeren Ansiedlung mit Markt vorbeikamen, füllten sie ihre Vorräte auf. Wasser zum Trinken entnahmen sie den Flüssen am Wegesrand. Alkoholische Getränke wie etwa Rum oder Starkbier erlaubte Arthur nur in Maßen, um eventuellen Ausfällen vorzubeugen. Doch ganz ohne Rauschmittel konnte Arthur sein Gefolge natürlich nicht lassen. Aus diesem Grund hatte er bei der Abreise in Frankfurt ein Fass besten Rums einladen lassen, den er rationiert an die Männer verteilte. Doch merkte er schnell, dass seinen Begleitern nichts daran lag, sich zu betrinken. Ab und zu trank einer einen Becher aus dem Fass; das war's dann auch schon. Abends saßen sie alle um das große Lagerfeuer und erzählten Geschichten aus ihren Leben. Arthur fühlte sich zum wiederholten Male in seine Zeit als fahrender Händler zurückversetzt und gab viele seiner Schauermärchen zum Besten. Auch die Geschichte mit dem Bär ließ er nicht aus. Nachdem die Gruppe eine Woche zusammen unterwegs war, merkte Arthur täglich mehr und mehr, wie sehr sie harmonierte. Er beglückwünschte sich im Stillen zur Auswahl, die er getroffen hatte. Einzig bei Martin war er sich nicht sicher gewesen. Wie um ihn Lügen zu strafen, legte Martin jedoch den größten Arbeitseifer an den Tag, wenn es darum ging, Holz für das Feuer zu sammeln oder das Abendessen zu jagen. Martin entdeckte seine Leidenschaft für die Jagd, von der er nie gedacht hätte, dass sie überhaupt vorhanden war. Er allein erlegte fast die Hälfte des Wildes, das die Gruppe zu essen bekam. Er zeigte sich äußerst geschickt im Umgang mit Pfeil und Bogen. Josef, der Wachmann, zeigte Martin, wie er die Waffe handhaben musste und der junge Mann zeigte vom ersten Schuss an unglaubliche Zielsicherheit. Die tägliche Jagd hatte ihn innerhalb einer Woche zu einem hervorragenden Bogenschützen gemacht. Jedoch achtete Arthur darauf, dass nicht jeden Tag ein Tier erlegt wurde. Er befürchtete, als Wilderer ertappt zu werden. Es war ihnen nämlich nicht erlaubt zu Jagen. Dies war ein Privileg des jeweiligen Grundbesitzers. Aber wo kein Richter – da kein Kläger, dachte sich Arthur. Auf der gesamten Reise bekamen sie, zumindest in dieser Beziehung, keinerlei Schwierigkeiten.

Martins Leistungen als guter Schütze blieben Arthur natürlich nicht verborgen. Wieder einmal hatte ihn seine Eingebung nicht im Stich gelassen. Dadurch, dass Martin am Ende des kleinen Trecks fuhr und ein so guter Bogenschütze war, wurden sie nun am Anfang der Kolonne durch Josef und am Ende durch den Neubogenschützen abgesichert. Drei weitere Tage passierte nichts Erwähnenswertes. Sie hatten Kassel hinter sich gelassen und kamen nun aufgrund des guten Wetters und der dadurch festen Straßen sehr gut voran. Sie fuhren durch ländliches Gebiet, wo sie ab und zu auf eine kleine Siedlung trafen. Als sie gerade durch eines dieser Dörfer fuhren, hörten sie Musik. Arthur ließ den Wagenzug auf Drängen seiner Leute anhalten, um nachzusehen, warum hier Musik gespielt wurde. Da sie hervorragend in der Zeit lagen und eine Abwechslung gut tun würde, konnte es nicht schaden, heute etwas früher das Lager aufzuschlagen. Die Sonne hatte ihren höchsten Stand ohnehin schon lange überschritten. Sie fanden den Ort des Spektakels und stellten ihre Wagen in Sichtweite ab. Eine Gauklertruppe verdiente sich ihr Brot in der Ortschaft. Josef, der sich nichts aus Gauklern machte, bot sich als Wachposten an. Der Rest der Reisegruppe ging voll Vorfreude auf die Menschenmasse zu. Auf dem

Dorfplatz standen etwa fünfzig Menschen, die den Künstlern gebannt zuschauten. Scheinbar hatte die Vorstellung gerade erst angefangen. Der Zeitpunkt war gut gewählt, denn es war Sonntagnachmittag. Die Dorfbewohner hatten nun genug Zeit, sich die Vorstellung anzusehen. Ein Mann, der in ein farbenprächtiges Gewand gekleidet war, stand auf einer kleinen Holztribüne vor einem imposanten, bunt bemalten Wagen. Er hatte einen großen breitkrempigen Hut auf dem Kopf und fuchtelte theatralisch mit einem Stock in der Luft herum.

„Sehr verehrtes Publikum", rief der Mann. „Tretet näher und lasst Euch in eine Welt der Fantasie entführen. Wir, die fantastische Künstlertruppe Fabio Bernaldo, zeigen Euch nie gesehene Kunststücke, dargeboten von Künstlern aus aller Welt."

Mit weit ausgebreiteten Armen stand der Mann auf dem Bretterverschlag und bettelte um Applaus, der jedoch nur vereinzelt kam. Unbeeindruckt fuhr er fort. „Beginnen wir unsere Vorstellung mit dem großen Gregor Stanislawski. Er wird Euch Illusionen der besonderen Art darbieten." Er streckte seine Arme zur linken Seite der Bühne aus und hieß Gregor Stanislawski willkommen. Der Zauberer betrat in Begleitung einer wunderschönen jungen Frau die Bühne. Er stellte sie als seine bezaubernde Assistentin Constanze vor. Bei ihrem Anblick erstrahlten sofort die Gesichter der männlichen Zuschauer. Der ein oder andere bekam einen Hieb in die Rippen von seiner neben ihm stehenden Frau. Auch Jonas, der Buchhalter aus Frankfurt, hatte nur Augen für die Assistentin des Zauberers. Wie in einer eigenen Welt beobachtete er Constanze, ohne den Rest um sich herum wahrzunehmen. Völlig überwältigt von der Schönheit dieser Frau stand er mit leicht geöffnetem Mund vor der Bühne und beobachtete jede ihrer Bewegungen. Ein Krieg hätte um ihn herum ausbrechen können, ohne dass er es bemerkt hätte. Als der Zauberer seine Illusionen dem staunenden Publikum dargeboten hatte, verließ er die Bühne unter tosendem Applaus. Der Mann von vorhin kam wieder auf die Bühne und sagte die nächste Nummer an. Es handelte sich um einen Berg von einem Mann, der ein größeres Gewicht nach dem anderen in die Luft stemmte. Zum Schluss seiner Darbietung bat er einen mutigen, starken jungen Mann auf die Bühne, um sich mit ihm zu messen. Natürlich gewann der Riese mit dem Namen Fabrizio Coleonas jeden Zweikampf. Die nächste Nummer wurde angesagt. Die Bühne betrat die bezaubernde Patricia Dechamps. Eine verschleierte Frau, die verdächtig nach der schönen Assistentin des Zauberers aussah. Begleitet wurde sie von einem Zwerg, der zu ihrem Tanz eine Laute spielte. Als Jonas erkannte, dass es sich tatsächlich um die Assistentin des Zauberers handelte, tauchte er wieder in seine Traumwelt ein. Nach der Tänzerin kam der Zwerg erneut auf die Bühne und jonglierte zum Vergnügen der Zuschauer mit den verschiedensten Sachen. Er begann mit drei kleinen Bällen und steigerte sich dann über Holzkegel und Messer hin zu brennenden Fackeln.

Der Zwerg bildete den Schlusspunkt der Darbietungen. Die Zuschauer waren begeistert und folgten gerne der Aufforderung des Redners, eine kleine Spende in den Hut, den er anschließend herumreichte, zu legen. Jonas stand bis zum Schluss vor dem Bretterverschlag, der als Bühne diente und starrte auf die schöne Tänzerin. Er erwachte erst aus seinen Tagträumen, als der Redner mit dem Hut vor ihm stand.

„Hat Euch unsere Vorstellung gefallen, mein Herr?“, fragte der Mann freundlich.

„Wie ... was ... äh ... ja, natürlich“, stammelte Jonas.

„Dann bitte ich Euch um einen kleinen Obolus, damit wir etwas zum Essen haben. Die Kunst allein macht nicht satt.“

Jonas kramte hastig nach seinem Beutel. Als er ihn endlich gefunden hatte, nahm er eine Silbermünze und warf sie in den Hut. Der Redner griff sofort in den Hut und holte die Münze heraus.

„Seid Ihr sicher, dass Ihr uns diese Münze geben wollt?“, fragte der Mann vorsichtig. Schon oft war es zu Streit gekommen, weil so mancher behauptet hatte, von den Gauklern bestohlen worden zu sein, wenn er vom Wein benebelt zu viel Geld in den Hut geworfen hatte.

„Ja, das bin ich“, antwortete Jonas sicher. „Doch eine Bitte müsst Ihr mir dafür gewähren.“

„Sagt mir welche und ich werde sie erfüllen.“

„Stellt mich der Tänzerin vor.“

„Ihr meint die bezaubernde Patricia?“

„Genau die.“

„Dann ist es mir eine Ehre, Euch mit Eurer Familie heute Abend bei uns zu einem kleinen Umtrunk einzuladen“, sagte der Mann und verbeugte sich elegant vor Jonas.

„Familie?“, staunte Jonas. „Ich bin mit einer Reisegruppe unterwegs. Ich habe keine Familie.“

„Dann, mein Herr, ist die ganze Reisegruppe eingeladen, heute Abend unser Gast zu sein.“

„Ich werde da sein, doch kann ich nicht für meine Gruppe sprechen, da ich nicht ihr Anführer bin. Jedoch werde ich Eure Einladung gerne weiterleiten. Aber vergesst nicht, dass Ihr versprochen habt, mich der Tänzerin vorzustellen.“

„Das werde ich, so wahr ich Fabio Bernaldo heiße.“

Arthur sah in der Einladung der Gaukler eine willkommene Gelegenheit, seinen Männern eine Abwechslung zu bieten. Er stellte es jedem frei, am Abend dort hinzugehen. Er machte nur zur Auflage, dass sich keiner der Männer betrinken durfte. Dies wurde allenthalben hoch und heilig versprochen, und man war neugierig auf die Truppe Bernaldos.

Am Abend wuschen sich plötzlich alle Männer im Fluss und zogen ihre besten, aber immer noch sehr einfachen Kleider an, denn sie hatten für die Reise nur das Nötigste mitgenommen. Nun suchten die Männer verzweifelt nach ein paar Kleidungsstücken, die nicht völlig zerrissen waren. Arthur beobachtete das Treiben lächelnd. Auch ihm war die Schönheit der Tänzerin nicht entgangen. Mit Wehmut dachte er an Elisabeth.

Als alle Männer frisch gewaschen und gekleidet waren, gingen sie gemeinsam zum Lager der Gaukler. Dort saß die Künstlertruppe bereits um das große Lagerfeuer herum, über dem ein saftiger Braten hing. Jonas hielt mit hochgerecktem Hals Ausschau nach Patricia. Zu seiner großen Enttäuschung war sie jedoch nicht zu sehen. Nachdem Fabio Bernaldo seine Gäste höflich begrüßt und jedem ein Getränk angeboten hatte, trat er neben den sichtlich nervösen Jonas und nahm ihn beiseite.

„Patricia ist etwas scheu“, sagte er leise. „Aus diesem Grund möchte sie sich mit Euch in ihrem Wagen treffen. Dort seid Ihr ungestört.“

„Danke“, sagte Jonas leise und bekam leuchtende Augen.

„Aber wagt es ja nicht, sie ungehörig zu berühren“, warnte ihn Fabio, der sofort das Leuchten der Vorfreude in Jonas' Augen erkannte. „Sie ist meine Tochter, also nehmt Euch in Acht!“

Jonas nickte und ließ sich Patricias Wagen zeigen. Dann ging er zögerlich hinüber. Er betrat vorsichtig den Wagen. Im Inneren traf er auf die schönste Frau, die er in seinem Leben jemals gesehen hatte. Patricia begrüßte ihn höflich, bat ihn, sich zu setzen und reichte ihm etwas zu trinken. Schon bald darauf unterhielten sie sich angeregt. Nach anfänglicher Zurückhaltung entdeckte Patricia im Laufe des Abends, welch liebenswürdiges Wesen in Jonas wohnte. Er war nicht wie all die anderen groben Bauerlümmel, die immer nur von ihrer Schönheit geblendet waren. Jonas interessierte sich wirklich für sie. Noch niemals zuvor hatte sie ein so tiefgründiges Gespräch mit einem Mann geführt.

Die halbe Nacht saßen Patricia und Jonas in ihrem kleinen Wagen und unterhielten sich angeregt. Als Jonas sich spät in der Nacht sehr galant von Patricia verabschiedete, hatte sie sich ein bisschen in ihn verliebt.

Zwischenzeitlich hatte der Abend auch für die anderen Mitglieder der Frankfurter Reisegruppe einen guten Verlauf genommen. Sie verstanden sich auf Anhieb ausgezeichnet mit den Gauklern. Es stellte sich heraus, dass die Künstler nicht aus acht, sondern nur aus einer einzigen Nation stammten. Sie alle waren aus dem Deutschen Reich. Um mehr Eindruck auf ihr Publikum zu machen, hatten sie sich diesen kleinen Trick ausgedacht. Alle Mitglieder der Truppe gaben sich ausländisch klingende Namen, um einen Hauch der großen weiten Welt zu versprühen. Sie gingen sogar so weit, sich untereinander mit ihren ausgedachten Namen anzusprechen, um nicht darüber in Verlegenheit zu geraden. So etwas könnte zu großem Ärger führen.

Wie sich zeigte, hatten beide Reisegruppen den gleichen Weg. Im Laufe des Abends beschlossen die Anführer der jeweiligen Gruppen, Arthur und Fabio, den weiteren Weg zusammen zurückzulegen. Arthur sah darin den Nutzen, dass somit die Sicherheit erhöht wurde. Außerdem kannten die Gaukler den Weg nach Lübeck, was der Frankfurter Gruppe sicherlich den einen oder anderen Tag an Reisezeit ersparen würde.

Am nächsten Morgen weckte Arthur seine Truppe erst spät.

Die Sonne stand schon hoch am Himmel, als er seine Mannschaft um sich versammelte.

„Männer", begann er, „wir werden ab heute in der Begleitung der Gauklertruppe weiterreisen. Ich bin gestern Abend mit ihrem Anführer Fabio Bernaldo zu dem Schluss gekommen, dass es sicherer ist, wenn wir uns zusammenschließen. Da wir ohnehin den gleichen Weg haben und die Gruppe hier nicht mehr auftritt, fahren wir nun gemeinsam weiter. Ich denke, dass dies zum Wohle aller ist, zumal Fabio mir versicherte, den kürzesten Weg nach Lübeck zu kennen. Wir werden in etwa einer Woche dort eintreffen. Abfahrt ist um zwölf Uhr."

Jonas konnte sein Glück nicht fassen. Das bedeutete, dass er eine ganze Woche in der Nähe Patricias verbringen konnte.

Die Weiterreise verlief schleppend. Schon bald war klar, dass es länger als eine Woche nach Lübeck dauern würde. Das schöne Wetter der letzten Tage schlug in einen Dauerregen um, welcher den Reisenden schwer zu schaffen machte. Vier volle Tage verbrachten sie in Schlamm und Dreck. Die Gaukler konnten in den wenigen Dörfern, die sie passierten, bei diesem Wetter ihre Vorführung nicht darbieten, was Arthur ganz recht war. So sparten sie die Zeit für den Auf- und Abbau der Bühne und die Vorstellung.

Mehrmals täglich blieben die Wagen im Schlamm stecken.

An diesem Tag schien der Regen das erste Mal nachzulassen. Die Straßen waren jedoch immer noch schwer passierbar. Bis zum Mittag hatten die Männer dreimal knöcheltief im Dreck gestanden, um den Pferden bei ihrer Arbeit zu helfen. Alle waren bis auf die Haut durchnässt und die Stimmung war an einem Tiefpunkt angelangt. Gerade als die ersten Unmutsbekundungen begannen, kam ein Kloster in Sicht. Völlig entnervt und mit den Kräften fast am Ende, steuerte die Reisegruppe das Gemäuer an. Schon bevor sie es erreichten, wurde das Tor von einem Novizen geöffnet. Sie fuhren mit ihren Wagen in den Hof der Abtei. Aus allen Ecken kamen Ordensbrüder gelaufen, um den Reisenden zu helfen. Innerhalb kürzester Zeit waren die Pferde in den Ställen und die Menschen im Gästehaus der Abtei.

Alle waren von der bedingungslosen Gastfreundschaft der Ordensbrüder überwältigt. Man war froh, endlich im Trockenen zu sein. Keiner sprach ein Wort. Sie saßen einfach um das große Feuer in der Ecke des Raumes und wärmten sich auf. Nach dem Abendmahl bekamen sie ihr Nachtlager zugewiesen. Alle waren froh, endlich mal wieder ein richtiges Dach über dem Kopf zu haben und fielen in einen tiefen Schlaf.

Am nächsten Morgen hatte der Regen endlich aufgehört. Sogar die Sonne zeigte sich wieder. Arthurs Laune besserte sich langsam. Es war an der Zeit, sich beim Abt für die freundliche Aufnahme zu bedanken. Arthur suchte Fabio, um mit ihm zusammen zum Klostervorsteher zu gehen. Er fand den Gauklerführer im Gästeraum vertieft ins Gespräch mit Jonas. Den Mienen der Männer nach zu urteilen ging es um etwas Ernstes, aber nicht unbedingt Unerfreuliches. Als Arthur zu ihnen kam, unterbrachen sie ihr Gespräch.

„Seid gegrüßt, Arthur", sagte Fabio fröhlich. „Wie passend, dass Ihr gerade jetzt kommt."

„Weshalb?" Argwohn beschlich den Händler.

„Euer junger Begleiter hier erwägt, unserer Gruppe beizutreten."

„Was?" Arthur schluckte hart. „Wie stellst du dir das vor, Junge?"

Jonas, dem die Situation sichtlich Unbehagen bereitete, errötete. „Na ja ... ich dachte, es wäre ganz interessant, bei den Gauklern zu leben. Mir gefällt das Leben auf der Reise. Außerdem bin ich noch jung genug, um das ein oder andere Kunststück zu erlernen."

„So, so", sagte Arthur abschätzend. „Steckt da vielleicht nicht etwas mehr dahinter?"

„Was meint Ihr?"

„Hast du dir das reiflich überlegt?"

„Ja, die letzten Tage waren zwar nicht angenehm, aber so ist es ja nicht immer. Und die Gaukler sind mir alle freundlich gesinnt."

„Alle oder nur eine davon?"

„Also gut, ich gebe zu, dass ich mich in Patricia verliebt habe."

„Aha", rief Fabio. „Dachte ich es mir doch."

„Bitte versteht mich nicht falsch, Fabio", versuchte Jonas sich zu erklären. „Ich habe nur die besten Absichten mit Eurer Tochter. Es kam zu keiner Zeit zu irgendwelchen anstößigen Handlungen zwischen uns. Ich hoffe, Ihr fühlt Euch nicht hintergangen. Sollte ich Euch verletzt haben, indem ich ohne Eure Zustimmung Eurer Tochter den Hof gemacht habe, so verzeiht mir."

Als Antwort erhielt Jonas nur ein Grunzen des Gauklerführers.

„Erwidert denn Patricia deine Gefühle?“, wollte Arthur wissen.

„Wie Euch sicherlich nicht entgangen ist, haben wir die letzten Abende zusammen verbracht. Wir haben sehr viele Gemeinsamkeiten erkennen können. Ich denke, ich bin ihr nicht gleichgültig.“

„Wir sollten vielleicht Patricia selbst fragen“, schlug Arthur vor.

„Was wollt ihr mich fragen?“ Die drei Männer fuhren herum und sahen sich Patricia gegenüber. Sie hatte sich unbemerkt von hinten genähert. Jonas wechselte wieder die Farbe und Arthur zuckte zusammen.

„Nun, das wird dir am besten Jonas erklären, während ich und Fabio unsere Aufwartung beim Abt machen.“ Arthur sah den Gauklerführer fordernd an.

„Welche Aufwartung?“, fragte dieser verwirrt.

„Meint Ihr nicht, wir sollten uns beim Abt für die Gastfreundschaft bedanken?“

Nach kurzer Überlegung begriff Fabio: „Sicher, sicher. Lassen wir die jungen Leute alleine.“

Gemeinsam mit Arthur machte er sich auf den Weg zum Abt.

Arthur und Fabio hatten ein sehr angenehmes Gespräch mit dem Abt. Sie lernten einen alten Mann mit wachem Verstand kennen, der es sich zur Aufgabe gemacht hatte, seine Abtei allen Menschen zu öffnen. Aus Dankbarkeit für die Gastfreundschaft übergaben Fabio und Arthur dem Abt eine großzügige Spende, was diesen dazu verleitete, die Reisegruppe zu bitten, ihren Besuch zu verlängern. Beide Gruppenführer lehnten jedoch mit dem Hinweis auf ihre Ziele dankend ab. Die beiden Männer gingen zurück zur Gästeunterkunft und tauschten auf dem Weg dorthin ihre Ansichten zu Jonas Plänen aus.

„Weiß der Junge, was ihn erwartet?“, wollte Arthur wissen.

„Ich habe ihm alle schlechten Seiten unseres Lebens versucht darzulegen.“

„Wir sollten uns noch einmal eingehend mit ihm unterhalten“, schlug Arthur vor. „Könnt Ihr ihn denn versorgen?“

„Das dürfte kein Problem sein“, beruhigte Fabio Arthur. „Ein Maul mehr werden wir schon stopfen können. Aber darum geht es nicht. Das Problem ist ein anderes. Wird er das Vagabundenleben akzeptieren können? Es ist vielleicht jetzt ein Abenteuer für ihn. Aber was ist in einem Jahr? Wird er sich nicht nach Hause sehnen? Und was ist, wenn es zwischen ihm und Patricia keine Liebe, sondern nur eine momentane Laune ist? Es ist ein hohes Risiko für beide Seiten.“ Fabio machte eine kurze Pause und fuhr dann nachdenklich fort. „Aber auf der anderen Seite liegt mir das Wohl meiner Tochter sehr am Herzen. Seit ihre Mutter gestorben ist, ist sie alles, was ich habe. Ich würde für ihr Glück mein Leben geben.“

„Lasst uns zunächst mit den beiden reden, dann werden wir eine Entscheidung treffen.“

Als sie den Gästeraum betraten, sahen sie Jonas und Patricia nebeneinander in ein Gespräch vertieft am großen Tisch sitzen. Als sie Arthur und Fabio erblickten, sprangen sie auf. „Setzt euch wieder hin“, bat Fabio das Paar. „Wir müssen miteinander reden.“

Die beiden gehorchten und nahmen wieder am Tisch Platz. Arthur holte sich einen Stuhl und setzte sich neben Fabio. Sie saßen sich nun in zwei Parteien gegenüber.

„Also, ihr Turteltauben“, begann Fabio. „Wie habt ihr euch entschieden?“

Die beiden Liebenden schauten sich an. Jonas sah als Erster wieder in die Richtung der beiden Männer gegenüber.

„Fabio“, begann er mit ernster Stimme. „Ich möchte Euch erneut meine Absicht erklären, Eurer Truppe beitreten zu wollen.“

„So, so. Das hatten wir ja bereits geklärt. Doch wie stellst du dir das vor? Du bist für mich nicht von großem Nutzen. Du kostest mich Geld für Nahrung und bringst nichts herein.“

„Vater!“, rief Patricia empört. „Wie kannst du so etwas sagen? Jonas ist doch kein Esel, der sich lohnen muss. Ich liebe ihn und möchte mit ihm zusammen sein. Bitte nimm ihn auf. Er ist ein aufrechter Mann. Wenn du ihn nicht mitnehmen willst, gehe ich mit ihm nach Frankfurt."

Dies brachte Arthur auf den Plan.

„Moment, da hätte ich doch auch noch ein Wörtchen mitzureden", warf er ein. „Zur Not gehen wir eben unseren eigenen Weg", entschied Patricia und nahm Jonas' Hand. Sie schauten sich tief in die Augen und waren sich einig: Sie konnte nichts und niemand trennen!

„Das ist Erpressung!", rief Fabio erbost.

„Sieh es, wie du willst, Vater", sagte Patricia kühl. „Aber ich bleibe bei Jonas."

„Na gut", gab Fabio nach einer kurzen Denkpause klein bei. Er beeilte sich aber zu sagen: „Aber er soll etwas Nützliches tun. Zum Beispiel für Brennholz sorgen."

„Eine Leichtigkeit", sagte Jonas fröhlich und strahlte seine Geliebte an, die es ihm gleichtat. „Wenn Ihr möchtet, kann ich auch ein paar Kunststücke erlernen."

„Wir werden sehen."

Dem hatte Arthur nichts mehr entgegenzusetzen.

## *Der Überfall*

Den weiteren Weg verbrachte Jonas auf dem Wagen Patricias. Sie zeigten offen ihre Liebe zueinander. Die Mitglieder der Gauklertruppe schien dies alles wenig zu interessieren. Sie gingen unbeeindruckt ihrer täglichen Arbeit nach. Das Land wurde langsam flacher und das sonnige Wetter hielt an. Die Gruppe kam gut voran. So manch einer der Reisenden bildete sich ein, schon das Meer riechen zu können. Sie fuhren durch ein kurzes, aber dicht bewachsenes Waldstück. Rechts und links der Straße zog sich dichter Tannenwald entlang. Der Wagenzug wurde von Fabios Kutsche angeführt. Direkt hinter ihm fuhren die drei Wagen seiner Gruppe. Dahinter tat sich eine kleine Lücke auf, die dann von Arthurs Wagen wieder geschlossen wurde. Immer, wenn sie durch einen Wald fuhren, hatte Arthur ein mulmiges Gefühl. Die Wälder waren geradezu geschaffen für einen Hinterhalt. Dennoch gab ihnen die Größe ihrer Gruppe eine gewisse Sicherheit. Zwischen den Bäumen wurde es merklich kühler. Die Sonne bahnte sich nur mühsam einen Weg durch die Baumspitzen. Wieder hatte Arthur dieses drückende Gefühl in der Magengegend. Seine Sinne waren aufs Äußerste gespannt. Diesmal war das Gefühl besonders ausgeprägt. Seine Augen suchten den Wegesrand nach Unregelmäßigkeiten ab. War da nicht ein Huschen im Unterholz? Arthur mahnte sich zur Ruhe. Er sah schon Gespenster.

Da war es schon wieder!

Diesmal ganz deutlich.

Arthur versteifte sich. Neben ihm wurde Josef durch die Unruhe seines Herrn aufmerksam.

„Was ist, Herr?“, wollte der Wachmann wissen.

„Ich dachte, ich hätte was im Unterholz gesehen.“ Arthur richtete immer noch den Blick auf den Wegesrand.

„Wo?“

„Hier auf der linken Seite.“ Arthur zeigte in den Wald.

„Wahrscheinlich nur ein aufgeschrecktes Reh.“

„Wahrscheinlich“, stimmte Josef zu. Jedoch behielt auch er seine erhöhte Wachsamkeit.

Vorsichtshalber nahm Arthur sein großes Jagdmesser aus der Scheide und legte es sich in den Schoß. Gleichzeitig schaute er, ob der Köcher mit Josefs Pfeilen griffbereit war. Er fand ihn direkt hinter sich, zusammen mit dem dazugehörigen Bogen. Er beugte sich nach hinten und holte die Waffe hervor. Gerade als er sich wieder nach vorne gedreht hatte, traf ihn etwas krachend mitten auf der Stirn. Sofort lief ihm das Blut in einem warmen Strom über das Gesicht. Wie durch ein Wunder konnte Arthur sich auf dem Sitz halten. Wäre er heruntergestürzt, sein Tod wäre besiegelt gewesen. Aus dem Dickicht kam eine Horde Straßenräuber auf den Wagenzug zugestürmt. Durch einen Schleier der Benommenheit konnte Arthur die vor ihm fahrenden Wagen erkennen. Er sah, wie sich die Gaukler beherzt wehrten. Neben ihm hatte Josef den Kampf bereits aufgenommen. Der Wachmann streckte einen Räuber nach dem anderen mit gezielten Pfeilschüssen nieder. Endlich hatte Arthur sich von dem Steinwurf erholt. Ihm brannte das linke Auge. Blut war hineingelaufen und nahm ihm teilweise die Sicht. Dennoch konnte er genug sehen, um den Kampf seinerseits aufzunehmen. Er packte sein Messer und sprang vom Kutschbock. Mit lautem Gebrüll stürzte er sich auf den nächstbesten Wegelagerer. Er duckte sich instinktiv unter dem Knüppelschlag seines Gegenübers und rammte mit der gleichen Bewegung sein Messer in dessen Wams. Erstaunt riss der Räuber die Augen auf. Arthur drehte das Messer im Leib des Mannes hin und her. Dann zog er es mit einem Ruck wieder hinaus. Der Mann fiel vornüber und blieb stöhnend in einer Blutlache liegen. Der Gewürzhändler rannte weiter zum nächsten Räuber, den er mit einem gezielten Tritt ins Gemächt niederstreckte. Als der Mann vor ihm gekrümmt kniete und sich den Schritt wimmernd hielt, trat ihm Arthur mit voller Kraft ins Gesicht. Er spürte, wie er dem Räuber die Nase brach und ließ von ihm ab. Er stürmte weiter und erkannte erfreut, dass Josef mit seinen Pfeilen einen Wegelagerer nach dem anderen niederstreckte. Innerhalb weniger Sekunden war der Überfall vorüber. Auch die Gaukler waren nicht tatenlos geblieben und konnten ihre Wagen erfolgreich gegen die Angreifer verteidigen. Allem Anschein nach war dies nicht der erste Überfall, dem die Gruppe ausgesetzt war. Geschickt und effizient schlugen sie die Angreifer zurück. Drei waren bereits getötet und vier so schwer verletzt, dass sie den Tag nicht überleben würden. Als sie bemerkten, dass die Reisegruppe trotz Unterzahl überlegen war, suchte der Rest der etwa zwanzig Männer sein Heil in der Flucht. Sie schlugen sich, begleitet von hämischen Rufen der Sieger, wahllos ins Unterholz. Arthur suchte seine Leute zusammen und machte sich ein Bild von ihren Verletzungen. Martin, Jonas und er selbst waren nur leicht verletzt. Bei den Gauklern hatte sich lediglich der Zauberer Gregor beim Versuch, einen flüchtenden Räuber in den Hintern zu treten, den Fuß verdreht. Die Gruppe beschloss, nach kurzer Beratung den Wald schnellstmöglich zu verlassen und außerhalb einen Rastplatz zu suchen, um nachzusehen, welche Schäden durch den Überfall entstanden waren. Nach einiger Zeit gruppierten sie sich auf einer Wiese außerhalb des Waldes. Alle wurden angewiesen, die Bestände zu kontrollieren, ob auch wirklich nichts entwendet worden war. Der größte Schaden war an Martins Wagen zu beklagen. Scheinbar hatte die kurze Zeit, die einer der Räuber auf dem Wagen war, genügt, um eine Truhe mit Werkzeug einem Komplizen zu übergeben, der die Kiste in den Wald geschleppt hatte. Arthur war froh, dass keinem etwas Ernsthaftes zugestoßen war und nur das Werkzeug fehlte. Arthurs Platzwunde konnte schnell versorgt werden, sodass außer Prellungen und Kopfschmerzen nichts von dem Überfall übrig blieb. Zur Sicherheit stellten sie jedoch zwei Wachen auf, falls die Bande erneut versuchen sollte, sie zu überfallen.

Am Abend saßen Arthur und Fabio nebeneinander am Lagerfeuer und löffelten lustlos in ihrem Eintopf, den der Koch für alle zubereitet hatte.

„Wo habt Ihr das Kämpfen gelernt, Händler?“, brach Fabio das Schweigen.

„Ich war nicht immer ein Gewürzhändler. Früher war ich alleine mit einem Wagen voller Güter zwischen Frankfurt und Köln unterwegs. Da kam es schon mal vor, dass ich überfallen wurde.“

„Ihr habt gekämpft wie ein Mann, der es gewöhnt ist zu töten."

„Manchmal muss man töten, um zu leben."

„Leider habt Ihr recht, mein Freund." Fabio machte eine kurze Pause. „Erlaubt mir eine Frage, die mir schon die ganze Zeit im Kopf umherkreist."

„Bitte!"

„Warum nehmt Ihr die Strapazen einer so langen und gefährlichen Reise auf Euch? Ihr seid ein wohlhabender Mann, der sicherlich seine Lakaien hat, die für ihn solche Sachen erledigen."

„Wisst Ihr, mein Freund, es gibt Dinge, die muss man einfach selbst erledigen. Es hängt sehr viel von dem Geschäft ab. Es ist mit vielen Risiken behaftet, da möchte ich schon selbst die Geschicke lenken. Außerdem war es an der Zeit, meinen Sohn etwas in die Verantwortung zu nehmen und ihm das Geschäft für eine Weile zu überlassen."

„Ihr seid ein weiser Mann, Arthur Händler", sagte Fabio bewundernd. „Aber wirklich täuschen könnt Ihr mich nicht. Ich denke, da gibt es noch einen Grund."

„Ihr habt mich durchschaut", seufzte Arthur. „Der wichtigste Grund für die Reise war das Fernweh. Ich wollte wieder unterwegs sein. Auch wenn es nur für ein paar Wochen ist. Das Leben auf der Reise hat mir doch sehr gefehlt. Als meine Frau starb, erfüllte mich eine große Leere. Ich versuche jetzt, diese zu füllen."

## *Lübeck*

Nach drei Tagen ruhiger Weiterreise kamen die ersten Dörfer vor Lübeck in Sicht. Der Verkehr wurde stärker und die Straßen besser. Die Reisegruppe traf an einem sonnigen Nachmittag in der Hansestadt ein. Zur gleichen Zeit wurde in Frankfurt gerade mit dem Bau der gotisch gehaltenen Katharinenkirche durch Melchior Heßler begonnen, wo anstelle der alten Klosterkirche die erste protestantische Kirche der Stadt errichtet wurde. Ein Bau, der Jahrhunderte überdauern sollte. Doch viele Meilen entfernt von der Heimat konnte Arthur dies nicht wissen. Er hatte nur Augen für die Küste. Die Welt lag vor ihm. Einem Ameisenhaufen gleich strömten die Menschen in die Hansestadt hinein und wieder heraus. Arthur und Fabio beschlossen, vor den Toren Lübecks ihr Lager aufzuschlagen. Am Waldrand, in Sichtweite der Stadtmauern, stellten sie ihre Wagen auf und errichteten ihr Lager. Die Gaukler begannen, ihre Bühne am Rand der Hauptstraße aufzubauen. Bei der Menge an Menschen, die die Straße nach Lübeck benutzten, sollte ein gutes Geschäft möglich sein.

Arthur und Jonas beschlossen, den Rest des Tages zu nutzen, um sich nach dem Schiffsmakler zu erkundigen, den Arthur bereits vor seiner Abreise per Brief hatte verständigen lassen und von seinem Vorhaben unterrichtet hatte. An den Stadttoren kannte man den Makler Bernward Riebers. Er hatte den besten Leumund. Durch die Wegbeschreibung der Wachposten fanden Arthur und Jonas das Haus des Maklers auf Anhieb. Es war in der Mitte des Hafenviertels gelegen, viergeschossig und versehen mit einem großen Messingschild, das auf den Makler hinwies. Den beiden Frankfurtern wurde auf ihr Klopfen hin Einlass gewährt. Sie betraten das Haus und wurden von einem Diener empfangen. Dieser sehr steif wirkende Herr führte die beiden in einen Raum gleich neben der großen Treppe, wo er sie bat zu warten. In diesem Raum befanden sich etliche Regale, die mit Büchern gefüllt waren. Arthur fühlte sich an seine Zeiten im Kloster mit seiner großen Bibliothek erinnert. In der Mitte des Raumes standen drei Sessel um einen kleinen Tisch herum, auf dem eine Kerze stand. An der Stirnseite des Zimmers befand sich ein Kamin, in dem Holzscheite dekorativ aufgeschichtet waren. Gegenüber gab ein großes Fenster den Blick auf den Hafen frei. Arthur bemerkte, dass er für seinen Reichtum in sehr bescheidenen Verhältnissen lebte. Nach wenigen Minuten öffnete sich die Tür und ein groß gewachsener bärtiger Mann, gewandet in teure Kleidern betrat den Raum.

„Seid willkommen, Herr Händler“, rief er laut und schüttelte Jonas' Hand so sehr, dass sie drohte abzufallen. „Wie war die Reise? Ihr müsst ja völlig erschöpft sein von dem weiten Weg von Frankfurt in unsere schöne Stadt.“

„Ja, ja“, sagte Jonas gelassen und rieb sich die Hand, als der unwirsche Schiffsmakler diese endlich freigab. „Aber ich bin der Buchhalter.“ Er zeigte mit dem Daumen auf Arthur. „Das ist der Mann, den Ihr sucht.“

„Oh“, sagte Riebers. „Entschuldigung!“ Er drehte sich zu Arthur. „Na, dann seid willkommen, Arthur Händler aus Frankfurt.“ Nun ergriff er auch Arthurs Hand und versuchte diese zu zerdrücken. Arthur bemühte sich, den Schmerz nicht zu zeigen und presste ein gequältes „Danke schön, ganz meinerseits“ zwischen den Zähnen hervor.

„Aber so setzt Euch doch, meine Herren.“ Riebers wies Arthur und Jonas die Sessel zu und drehte sich zu dem an der Tür wartenden Diener um.

„Friedbert, bring uns Tee”, befahl er.

Arthur und Jonas tauschten erstaunte Blicke aus. Tee hatten sie noch nie getrunken. Der Diener nickte und zog sich zurück. Riebers ließ sich mit einem Ächzen in den freien Sessel fallen.

„Kommen wir zum Geschäft“, begann er. Arthur bemerkte sofort, dass Riebers wohl ein Mann der Tat war. Er war gewarnt.

„Sie wollen also ein Schiff kaufen“, begann der Makler geschäftig, wobei er sich gewichtig an seinem Bart zupfte.

„Ich muss Euch korrigieren“, antwortete Arthur, „ich möchte drei Schiffe kaufen!“

Der Makler stopfte sich scheinbar ungerührt eine Pfeife und sprach, ohne Arthur oder Jonas anzusehen, weiter. „Wir haben zurzeit verschiedene Schiffe im Angebot.“ Er unterbrach das Pfeifestopfen und schaute Arthur an. „Welche Größe sollen denn die Schiffe haben?"

„Sie sollen so groß wie möglich sein, damit sie so viel Ladung wie möglich aufnehmen können." Arthur blieb betont ruhig, damit sein Gegenüber merkte, dass Geld keine Rolle spielte.

„Das gefällt mir!" Riebers lachte viel zu laut.

„Das glaube ich", gab Arthur zurück. „Können wir denn die infrage kommenden Schiffe besichtigen?"

„Aber sicher doch. Wenn Ihr mir sagt, wann es Euch genehm ist, kann ich Euch gerne zu den Schiffen führen."

„Wie passt es Euch morgen, am Vormittag?"

„Sehr gut. Kommt so gegen neun Uhr."

Somit blieb nichts mehr zu besprechen, was das Geschäft betraf, also konnte man den schon kurz darauf servierten Tee in entspannter Atmosphäre genießen. Arthur und Jonas zeigten sich begeistert von dem für sie fremdartigen Aufgussgetränk. Der Gewürzhändler überlegte sogar, ein paar Säcke davon zu bestellen, um seine Freunde in Frankfurt zu beeindrucken.

Riebers entpuppte sich als guter Gastgeber. Er schien sich ernsthaft für die Abenteuer, die die Frankfurter auf ihrem Weg in die Hansestadt erlebt hatten, zu interessieren.

„Ihr seid ein außergewöhnlicher Mann, Arthur Händler!", sagte er deshalb anerkennend am Ende von Arthurs improvisiertem Reisebericht.

„Zu viel der Ehre, Herr Riebers", gab sich Arthur bescheiden. Langsam fühlte er eine Mattigkeit aufsteigen, die ihn zur Verabschiedung veranlasste. Zudem mussten sie noch eine geeignete Unterkunft in der Stadt finden, die für alle genügend Platz und Komfort bot. Das Zeltlager vor der Stadt wollte Arthur seinen Begleitern auf Dauer nicht zumuten. Man verabschiedete sich deshalb, wenn auch widerwillig. Arthur und Jonas standen auf, um dem Makler die Hand zu schütteln. In dem Moment, als Arthur die Hand ausgestreckt hatte, verfluchte er sich auch schon dafür. Dieser Händedruck war noch schmerzhafter als der erste.

Arthur und Jonas kamen am späten Nachmittag zurück zum Lager. Die Sommerhitze des vergehenden Tages kühlte langsam ab.

Als sie die Reisegruppe um ein kleines Feuer sitzen sahen, fiel ihnen sofort die bedrückte Stimmung auf.

„Was ist los?“, wollte Arthur wissen. „Ist etwas passiert?“

„Kann man wohl sagen!“, brummte Martin.

„Was denn?“

„Wir sind bedrückt, weil es hier unmöglich ist, einen fetten Braten zu bekommen. Wir sind nach all den Wochen endlich am Ziel und können es nicht einmal gebührend feiern, weil wir kein Fleisch haben.“

„Wo ist das Problem?“, wollte Arthur grinsend wissen. „Wir sind in einer großen Stadt. Da gibt es Leute, die haben so viel saftigen Braten, dass sie ihn sogar verkaufen.“

Die Reisegruppe schaute ihn verwundert an. Als keine Reaktion kam, breitete Arthur die Arme aus und rief: „Ihr seid alle meine Gäste. Lasst uns in ein Wirtshaus gehen und uns für die Strapazen der Reise belohnen.“

Ungläubige Gesichter stierten ihm entgegen. Eine solche Großzügigkeit waren sie nicht gewöhnt.

„Auf, auf. Bevor ich es mir anders überlege“, trieb Arthur die Gruppe zum Aufbruch.

Die Reisenden schauten sich gegenseitig an und zuckten dann mit den Schultern. Langsam, einer nach dem anderen, standen sie auf und gingen zu Arthur. Die Gaukler blieben sitzen.

„Was ist? Ich hatte auch Euch gemeint“, sagte Arthur in deren Richtung.

„Bitte versteht uns nicht falsch, Arthur“, ergriff Fabio das Wort. „Aber wir möchten Eure Großzügigkeit nicht missbrauchen. Wir haben noch Pökelfleisch und Kartoffeln. Die genügen uns.“

„Ihr seid meine Gäste. Ihr müsst nichts bezahlen“, bestätigte Arthur noch einmal sein Angebot.

„Darum geht es nicht“, sagte Fabio kleinlaut. Nach einer kurzen Pause fuhr er in bedrücktem Ton fort. „Fahrendes Volk wie wir ist gut für die Unterhaltung. Bewirten möchte uns aber kaum einer. Wir möchten Euch die Peinlichkeiten ersparen.“

„Aber das ist doch Unsinn.“

„Nein, glaubt mir. Ich spreche aus Erfahrung. In den Dörfern sind wir willkommene Gäste. Aber in den Städten verachtet man uns als Mensch und will nur unsere Künste sehen. Bitte geht allein und genießt den Abend."

Arthur wollte noch etwas erwidern, überlegte es sich aber beim Anblick der ernsten Miene Fabios. Er zuckte mit den Schultern und rief seinen Männern zu, ihm zu folgen. Jonas blieb bei Patricia.

Sie erkundigten sich bei Einheimischen nach einem guten Wirtshaus und fanden eines in der Nähe des Hafens. Sie hatten Glück und bekamen einen guten Tisch. Der Wirt war freundlich und das Essen hervorragend. Schon bald merkte Arthur die Wirkung des Alkohols und fühlte sich wohlig. Es wurde spät und der Wirt wies darauf hin, dass die Stadttore um zehn Uhr verschlossen würden. Arthur bezahlte die Zeche und schickte seine Männer nach Hause. Zuvor fragte er jedoch, ob ihn jemand in den Hafen begleiten wolle, um die Schiffe zu bewundern. Einzig Martin verspürte Lust, sich die Schiffe anzusehen. Die anderen waren müde und wollten zurück ins Lager. Sie hatten ohnehin den Tag genutzt, um die Schiffe zu bestaunen. Sie fanden nichts Aufregendes mehr daran. Alle außer Martin und Arthur.

„Landratten", dachte Arthur und ging mit Martin in Richtung Hafen.

„Weißt du was?", sagte Arthur mit alkoholschwerer Zunge.

„Was hältst du davon, wenn wir heute in einem richtigen Bett schlafen. Heute Morgen habe ich im Hafen eine schicke Schenke gesehen, die auch Übernachtungsmöglichkeiten hat. Wir schauen uns in aller Ruhe den Hafen an und nehmen uns jeder ein Zimmer in der Schenke."

„Ihr seid sehr großzügig, Herr Händler. Aber ich bin nicht sicher, ob dass vielleicht zu Unmut bei den anderen führt, wenn Ihr mich bevorzugt behandelt."

„Ach was, Junge. Die Landratten hätten ja mitkommen können."

„Wenn das so ist", grinste Martin, „dann nehme ich Euer Angebot gerne an."

Sie gingen zuerst zur Schenke, die Arthur gesehen hatte, und bestellten zwei Zimmer für die Nacht. Dann gingen sie zum Hafenbecken. Sie bewunderten die prächtigen Segelschiffe, die im Hafen ankerten, das ganze Drumherum, die Matrosen und Hafenarbeiter, die das letzte Tageslicht nutzten, um die Schiffe wieder seeklar zu machen, das Stimmengewirr aus aller Herren Länder. Dies alles faszinierte die zwei Frankfurter. Martin erinnerte sich wieder an seinen Wunsch, zur See zu fahren. Er traute sich jedoch nicht, mit Arthur darüber zu sprechen. Sie schlenderten gerade durch den Hafen, als Arthur ein bekanntes Gesicht in der Menge erblickte.

„Das darf doch nicht wahr sein", murmelte er.

Martin schaute ihn verwundert an. „Was ist, Herr?" Ohne Martin zu beachten, lief Arthur plötzlich auf einen Mann zu, der am Hafenbecken stand und sich mit einem anderen unterhielt.

„Johannes?"

Der Mann drehte sich um. Nach einer kurzen Phase der Verwunderung zeigte sich der Ausdruck des Erkennens auf seinem Gesicht.

„Arthur Händler", rief er und ließ seinen Gesprächspartner achtlos stehen, um zu Arthur zu gehen.

„Welch ein Zufall", sagten beide fast gleichzeitig. Dann mussten sie lachen. Sie fielen sich in die Arme.

„Ich dachte, du wärst auf dem Heimweg in dein Dorf", sagte Arthur, nachdem sie sich wieder losgelassen hatten.

„Sagte ich wirklich Dorf?", grinste der Jagdmeister. „Vielleicht habe ich da den falschen Begriff benutzt. Meine Familie hat schon seit Menschengedenken die Bürgerrechte von Lübeck. Wir sind allesamt Seefahrer. Was führt dich hierher?"

„Geschäfte!"

Jetzt hatte auch Martin die beiden Männer erreicht. Er stand zunächst verloren neben Arthur, bis ihn dieser bemerkte.

„Oh, verzeih, mein Junge", sagte er und nahm Martin väterlich in den Arm. „Darf ich dir meinen Freund Johannes von Freudenberg vorstellen. Er hat mir und meiner Familie einmal das Leben gerettet."

„Na ja, jetzt übertreib mal nicht", wiegelte Johannes bescheiden ab.

„Das ist Martin. Er begleitet mich auf meiner Reise."

„Was?", rief Johannes. „Ihr beide? Ganz alleine, den ganzen Weg von Frankfurt?"

„Nein, nein", antwortete Arthur lachend. „Die anderen sind vor den Toren der Stadt im Lager. Sie teilen nicht unsere Leidenschaft für Schiffe."

„Ihr wollt mir doch nicht erzählen, dass ihr hierher gekommen seid, nur um die Schiffe zu bewundern?"

Arthur schaute sich verstohlen um. „Im Vertrauen", sagte er gedämpft. „Ich möchte ein paar Schiffe kaufen, damit ich die Gewürze selbst aus dem Osten holen kann."

Johannes pfiff anerkennend durch die Zähne. „Wenn das die Händler aus Venedig oder die Portugiesen erfahren, hast du ein Problem, mein Freund."

„Ich lasse mir nicht die Preise von diesen venezianischen Halsabschneidern diktieren", schimpfte Arthur. „Es ist mir schon lange durch den Kopf gegangen, eine eigene Flotte in den Osten zu schicken, damit diese Verbrecher endlich einmal die Preise senken."

„Davon verstehe ich nichts", winkte Johannes ab. „Lasst uns das Wiedersehen feiern. Ich kenne da eine hervorragend geeignete Schenke, gleich hier um die Ecke."

Die drei Männer gingen in die Schenke, wo sie reichlich dem Alkohol zusprachen. Sie saßen an einem Tisch im hinteren Teil des Wirtshauses. Arthur erzählte von den Ereignissen seiner Reise. Anschließend beriet Johannes Arthur und gab ihm nützliche Hinweise, worauf er bei der Besichtigung der Schiffe achten solle, um sicherzugehen, dass er nicht übervorteilt wurde. Johannes hatte erstaunliches Wissen und sprach zu Arthurs Erleichterung in den besten Tönen über Riebers. Der Makler galt als einer der zuverlässigsten und ehrlichsten Schiffsverkäufer der Stadt. Im Verlauf des Gespräches stellte sich heraus, dass Johannes nicht nur Jäger war, sondern auch Spross einer Familie mit großer Seefahrertradition, was seine Kenntnisse über Schiffe erklärte. Seine Brüder waren allesamt Binnenschiffer und sein Onkel war Steuermann auf einem Linienschiff.

„Wie kommt es dann, dass du dich als Jagdführer im Süden verdingt hast?", fragte Arthur.

„Nun“, antwortete Johannes leise. „Ich hatte seinerzeit einen heftigen Streit mit meinem Vater. Ich stand trotz meiner Jugend kurz davor, selbst ein Schiff als Kapitän zu übernehmen, als mein Vater von einer langen Reise zurückkam. Er lachte mich aus, dass ich viel zu jung wäre und es lieber lassen solle, bevor ich das Schiff samt Mannschaft zum Klabautermann befördere. Und das, obwohl ich schon seit meiner Kindheit auf Schiffen gearbeitet hatte und bereits zwei Jahre Erfahrung als Steuermann hatte. Ich solle besser bei ihm in die Lehre gehen und noch ein paar Jahre zusehen, wie ein echter Kapitän zur See fährt.“ Er machte eine kurze Pause, in der er einen tiefen Schluck aus seinem Krug nahm. Verbittert fuhr er fort. „Eins kam zum anderen. Ich wollte es ihm zeigen und erst recht das Kommando des Schiffes übernehmen. Aber mein Vater sprach mit dem Eigentümer und überzeugte ihn davon, selbst das Kommando zu übernehmen und mich als seinen Steuermann anzuheuern. Ich wehrte mich dagegen, lenkte aber meiner Mutter zuliebe ein“, er unterbrach sich und kämpfte plötzlich mit den Tränen. Als er sich wieder im Griff hatte, fuhr er fort: „Wir kamen in einen Sturm kurz vor der Küste Englands. Ich schlug vor, die Segel zu reffen, was mein Vater aber für das falsche Manöver hielt. Aus Wut und verletztem Stolz befahl er, das Schiff in den Wind zu legen. Er wusste, dass ich recht hatte, wollte es aber vor der Mannschaft nicht zugeben. Wir wurden von einer Windböe erfasst, wodurch der Bugmast brach. Er sah ihn zu spät. Ich versuchte noch, ihn zu warnen, kam aber zu spät. Der verdammte Mast erschlug ihn vor meinen Augen.“

Martin und Arthur saßen schweigend am Tisch und starrten Johannes an. Johannes selbst beendete die bedrückende Situation.

„Tja“, rief er. „Seitdem habe ich mich als Jagdführer für die Adligen und Pfeffersäcke verdingt.“ Ihm fiel sofort seine falsche Wortwahl auf. „Oh, entschuldige, Arthur, das war nicht gegen dich gemünzt.“

„Schon gut. Aber wie kommt man dazu, von der Seefahrt auf die Jagd umzusatteln?“

„Ganz einfach“, antwortete Johannes. „Ich zog nach dem

Unfall weg von hier. Ich hielt es einfach nicht mehr aus. Als ich nicht mehr wusste, wovon ich leben sollte, beschloss ich, mich einfach als Jagdführer den feinen Herrschaften anzubieten. Bis heute hat keiner gemerkt, dass ich nicht die geringste Ahnung von der Jagd habe."

„Was?", riefen Arthur und Martin gleichzeitig.

„Ihr habt schon richtig gehört", lachte Johannes. „Ihr glaubt nicht, wie einfach es ist, die feine Gesellschaft hereinzulegen. Was ist einfacher, als eine Horde dekadenter Fettsäcke auf Pferden durch den Wald zu führen, wo es nur so wimmelt von Wild? Wenn zufällig ein Hirsch vorbeikam, wurde er erschossen. So einfach ist das." Johannes saß am Tisch und grinste die beiden Frankfurter listig an.

„Du bist ein Scharlatan", rief Arthur mit gespielter Bestürzung.

„Ja", antwortete Johannes trocken. „Aber jetzt will ich wieder zur See fahren. Das ist etwas, was ich wirklich kann."

## *Erste Schritte*

Die Verhandlungen mit Riebers zogen sich in die Länge. Er hatte verschiedene gebrauchte Schiffe im Angebot. Aber er konnte natürlich am meisten Geld mit einem neuen Schiff verdienen.

Er führte Arthur durch sein Dock, in dem seine Arbeiter gerade an einem fast fertig gestellten Schiff bauten. Das Schiff sah imposant aus und machte auf dem Trockenen einen noch gewaltigeren Eindruck. Arthur war begeistert, wollte sich die Sache aber dennoch im Interesse seines Geldbeutels überlegen. Wie Johannes erklärte, fuhren Schiffe nach Indien immer im Verbund. Auf einer solch langen Reise konnte immer eines verloren gehen. Sei es durch Sturm, Meuterei oder Piratenüberfälle. Auch war es möglich, dass die Schiffe in einen Krieg gerieten, der vor den Küsten der Kontinente ausgetragen wurde. Arthur ließ sich überzeugen, mindestens drei Schiffe loszuschicken. Selbst wenn nur eines mit Ladung zurückkäme, wäre das genug, um einen Profit von mehreren hundert Prozent herauszuschlagen. Es lag aber immer noch viel Arbeit vor dem Gewürzhändler, was wiederum einen längeren Aufenthalt in der Hansestadt erforderte. Johannes konnte eine geeignete Schenke empfehlen, die alle Mitreisenden und ihr Gepäck ordentlich unterbringen konnte. Um sich ein besseres Bild von der Seefahrt machen zu können, ging Arthur in den Hafen. Dort wollte er sich weitere Informationen besorgen und sich umhören, wer bereit wäre, solch ein Wagnis einzugehen. Er schaffte es sogar, zu mehreren Kapitänen Kontakt aufzunehmen, die dem Vorhaben nicht abgeneigt waren. Alle stimmten aber darin überein, dass mindestens drei Schiffe im Verbund fahren sollten, und zwar bewaffnet, um sich gegen Piraten verteidigen zu können. Langsam wuchs die Sache Arthur über den Kopf. Er holte sich Rat bei Johannes, der schon bald seine gesamte Familie mit in die Überlegungen einbezog. Die Familie schlug vor, sich um das Anmustern der Mannschaft für die Schiffe zu kümmern. Je öfter er über die Seefahrt sprach und nachdachte, desto mehr faszinierte Arthur die Möglichkeit, fremde Länder und ihre Kulturen kennen zu lernen. In ihm wuchs der Entschluss, die Reise selbst mit anzutreten.

„Johannes“, sagte er eines Abends, als sie wieder einmal zusammensaßen und die Reise planten, „ich werde mitkommen!“

„Wohin?“, fragte Johannes mit dunkler Vorahnung.

„Nach Kalikut.“

„Bist du dir sicher, Arthur?“

„Absolut! Was hält mich hier? Mein Sohn ist nun alt genug und hat das erforderliche Wissen, um das Geschäft in Frankfurt zu führen. Meine Frau ist tot und ich bin noch nicht zu alt, um nicht die Strapazen einer solchen Reise durchzustehen.“

„Ich kann es dir natürlich nicht verbieten. Du bist schließlich derjenige, der alles bezahlt. Aber die Gefahren lauern überall. Es ist gut möglich, dass du die Reise nicht überlebst. Was hättest du dann von deiner Investition?“

„Ach, Investition“, schnaubte Arthur. „Mit geht es nicht um den Gewinn. Ich möchte einfach den Halsabschneidern in Venedig beweisen, dass wir selbst in der Lage sind, unsere Gewürze hierher zu bringen, ohne ihre horrenden Preise zu bezahlen.“

„Ich will dir wirklich nicht zu nahe treten“, antwortete Johannes vorsichtig, „aber du bist nun mal eine Landratte. Ich glaube, du bist dir nicht ganz gewahr, worauf du dich da einlässt!“

„Dann erkläre es mir!“

„Ihr werdet schwere Stürme überstehen müssen. Du wirst wahrscheinlich seekrank werden. Dann können sich schlagartig Krankheiten an Bord ausbreiten, die irgendein Matrose mit eingeschleppt hat. Ihr könntet Piraten in die Hände fallen. Wenn irgendjemand herausbekommt, was ihr geladen habt, macht der halbe Ozean Jagd auf euch.“ Er machte eine Pause, in der er Arthur genau beobachtete. „Soll ich noch mehr aufzählen?“, fragte er dann provozierend.

„Ich bitte darum“, forderte ihn Arthur ungerührt auf. Er lehnte sich betont entspannt zurück.

„Du willst es wirklich wagen?“

„Wie du siehst. Aber nur, wenn du und deine Familie die Flotte befehligen.“

„Mit dem allergrößten Vergnügen!“

## *Die Süderkamps*

Durch die Entscheidung, dass Johannes' Familie die Flotte befehligen sollte, wurde notwendig, das Vorgehen mit den Mitgliedern der Seemannsfamilie abzustimmen. Am nächsten Tag traf Arthur im Stadthaus der Familie ein. Johannes selbst öffnete ihm die Tür. Ohne ein Wort schnappte er Arthur und führte ihn in ein Zimmer direkt neben der Eingangshalle.

„Was ist denn mit dir los?", schnaubte Arthur.

„Ich will dich und mich nur vor einer Peinlichkeit bewahren", antwortete Johannes geheimnisvoll.

„Wie bitte? Wollt ihr jetzt plötzlich aus dem Geschäft aussteigen?"

„Nein, nein", wehrte Johannes heftig ab. „Lass mich ausreden, dann wirst du es verstehen."

„Na, dann mal los!"

„Also", begann Johannes. „Mein Name ist nicht Johannes von Freudenberg."

„Was?"

„Jetzt lass mich endlich erklären, worum es geht", sagte Johannes genervt. „Mein Name ist Johannes Süderkamp. Den Namen von Freudenberg habe ich mir nur zugelegt, um leichter als Jagdmeister Arbeit zu finden."

Arthur starrte ihn ungläubig an.

„Es hörte sich einfach besser an", verteidigte sich Johannes.

„Na, du bist mir ja ein schöner Freund."

„Es tut mir leid, dass ich dich nicht schon früher ins Vertrauen gezogen habe, aber es gab nie die passende Gelegenheit, dir die Wahrheit zu sagen."

Arthur schaute seinen Freund abschätzend an.

„Welche Überraschungen hast du noch auf Lager?", fragte er dann. „Bist du vielleicht in Wirklichkeit eine Frau oder so was?"

„Nein, nein", lächelte Johannes amüsiert. „Ich verspreche, es gibt keine weiteren Überraschungen in dieser Richtung. Ich wollte nur vermeiden, dass du meine Familie mit dem Namen von Freudenberg ansprichst. Sie wissen nichts von dieser Sache."

„Na, dann werden sie es von mir auch nicht erfahren", antwortete Arthur, womit der Fall erledigt war.

Die Familie Süderkamp war komplett im Speisesaal des Hauses versammelt. Schon beim Hineingehen fiel Arthur auf, dass es sich nicht um arme Leute handelte. Der Raum wurde durch einen großen, dunklen Tisch beinahe ganz ausgefüllt. Um ihn herum saß die Familie Süderkamp und starrte gespannt auf Arthur. Johannes stellte sie der Reihe nach vor. Johannes' Brüder Karl und Geert saßen an der linken Seite des Tisches. Sie waren Zwillinge, glichen sich aber nicht besonders. Vielleicht lag es daran, das Geert einen Bart trug und Karl glatt rasiert war. Ein weiterer Unterschied zwischen den beiden war, dass Karl als Kapitän zur See fuhr und Geert als Steuermann. An der Stirnseite saß Amalie Süderkamp, Johannes' Mutter. Es handelte sich um eine alte Frau, die eine autoritäre Ausstrahlung hatte. Allem Anschein nach hatte sie das Sagen im Haus, auch wenn dies der eigentliche Familienvorstand und Johannes' Onkel Friedrich Süderkamp nicht gerne hörte. Den Zwillingsbrüdern gegenüber saßen die Sprösslinge und die Frauen der Familie. Frederike, Maria und Oliver waren die Kinder von Geert. Seine Frau Wilma hatte neben den Kindern Platz genommen, die brav auf ihren Stühlen saßen und Arthur neugierig musterten. Karls Frau Anna saß mit ihrem Säugling Peter auf dem Arm an der zweiten Stirnseite des Tisches. Als alle vorgestellt waren, bekam Arthur seinen Platz zugewiesen und war bereit, ausführlich Auskunft zu geben über die Gründe, die ihn dazu brachten, eine Flotte nach Indien zu schicken, während die Dienerschaft das Essen auftrug. Nach dem Essen verließen die Frauen den Raum und die Männer waren unter sich.

„Wie kommt Ihr gerade dazu, nach Indien zu wollen und nicht nach Venedig, wo es die Gewürze zu kaufen gibt?", eröffnete Karl den geschäftlichen Teil des Nachmittags.

„Weil die Preise in Venedig zu hoch sind", antwortete Arthur. „Und weil die indische Stadt Kalikut der Hauptumschlagplatz für Gewürze im Osten ist. Dort werden die erlesenen Gewürze aus China und den Molukken verkauft."

„Ihr wisst sicherlich, dass dies ein großes Risiko darstellt", warf Geert ein. „Keiner von uns war jemals weiter als Portugal und wir haben keinerlei Erfahrungen mit dem Weg nach Indien. Ist es nicht leichter, die Gewürze über das Land zu transportieren?"

„Keineswegs", sagte Arthur im Tonfall des Kenners. „Es gibt die Möglichkeit, die Gewürze bis nach Kairo in Ägypten liefern zu lassen. Jedoch ist der Weg bis dorthin sehr beschwerlich. Es müssen dafür Karawanen zusammengestellt werden, die den Weg durch Wüste und über Berge bewältigen müssen. Außerdem wäre dies sehr teuer und auch gefährlich. Die Karawanen werden oft überfallen. Der Preis ist dann in Kairo natürlich erheblich höher als direkt in Kalikut. Außerdem finde ich es eine Schande, dass wir uns die Preise von den venezianischen Dogen diktieren lassen müssen. Wir können unsere eigenen Schiffe nach Indien schicken und so die Preise selbst bestimmen. Wir könnten die Gewürze billiger anbieten und dabei sogar einen höheren Profit erzielen."

Der Gewürzhändler erklärte ausschweifend die Vorteile einer eigenen Flotte. Die Familie war beeindruckt von Arthurs Mut und Geschäftssinn. Alle wussten, dass die Portugiesen und Niederländer die Vorherrschaft im Indienverkehr hatten. Was würde passieren, wenn sie sich in diese Domäne hineinzwängen wollten? Würden es die derzeitigen Vorherrscher billigen, oder würden sie versuchen, ihre Flotte zu sabotieren? Die Familie Süderkamp war sich noch nicht ganz einig darüber, ob es das Risiko Wert war, bis Arthur ihnen erklärte, dass sie einen Gewinn von mehreren hundert Prozent erzielen konnten. Schließlich waren alle bereit, das Risiko auf sich zu nehmen und eine Mannschaft zusammenzustellen.

„Ich denke, ich kann Euch die Auswahl der Schiffe und der Mannschaft überlassen", sagte Arthur, als alle Einzelheiten geklärt waren. „Wie Ihr Euch sicher denken könnt, habe ich vor meiner Abreise noch so einiges in Frankfurt zu erledigen. Ich werde schon bald mit meinem Gefolge dorthin zurückkehren. Wenn Ihr also Fragen habt, so stellt sie bitte bald, da ich sie in Kürze nicht mehr beantworten kann."

Am nächsten Morgen gab Arthur Riebers den Auftrag, drei Schiffe mit je zweihundert Last und Bewaffnung bauen zu lassen. Er setzte die Familie Süderkamp als Treuhänder während seiner Abwesenheit ein. Man kam überein, durch Boten in Verbindung zu bleiben.

Einige Tage später gab Arthur seinem Gefolge bekannt, dass sie noch am selben Tag die Heimreise antreten würden. Seine Ankündigung stieß auf Freude bei seinen Begleitern. Mit großem Eifer packten sie alles zusammen, sodass sie am Mittag abreisefertig waren. Laut Auskunft des Wirtes würden sie ohne große Hast am Abend ein Kloster erreichen, das sie für die Nacht beherbergen würde.

Der Bau der Schiffe und das Anmustern der Mannschaft sollte bis zum Frühjahr des nächsten Jahres abgeschlossen sein. Arthur spürte, dass die Familie Süderkamp ihre Aufgabe zu seiner vollsten Zufriedenheit erfüllen würde. Ruhigen Gewissens machte er sich auf die Heimreise. Zuvor jedoch trafen sie noch ein letztes Mal auf die Gauklertruppe, um sich von ihnen mit einem rauschenden Fest zu verabschieden. Arthur ließ feine Speisen und Getränke zum Lagerplatz vor den Toren Lübecks liefern. Es sollte an nichts fehlen. Zu viel hatte Arthur den Künstlern zu verdanken, auch wenn er Jonas an die verführerische Patricia verloren hatte.

Am darauf folgenden Morgen auf der Straße überkam Arthur wieder dieses Gefühl von Freiheit. Im kommenden Jahr würde er es schwer haben, sich auf seine Aufgaben in Frankfurt zu konzentrieren. Er würde mit seinen Gedanken an Bord seines Schiffes stehen und die Fahrt nach Indien aufnehmen. Die nächsten Wochen verliefen ohne nennenswerte Zwischenfälle. Die Rückreise nach Frankfurt erfolgte sehr ruhig und erstaunlich schnell. Nach drei Wochen Reisezeit war das Ziel erreicht. Arthur ließ Peter, den Küchenjungen, vorreiten, um ihre Ankunft anzukündigen. Nach einer Abwesenheit von nahezu vier Monaten waren sie endlich wieder zu Hause. Nur Arthur verspürte weiter Fernweh. Sein Leben hatte ein neues Ziel für ihn gesteckt: Indien.

## *Wieder in Frankfurt*

Das Wiedersehen wurde groß gefeiert. Dank des Boten, den Arthur vorausgeschickt hatte, konnte Pierre die Feier vorbereiten. Ständig an seiner Seite befand sich eine wunderschöne dunkelhaarige junge Frau. Sie hieß Helene Hammerschmitt. Pierre hatte sie kurz nach Arthurs Abreise nach Lübeck kennen gelernt. Sie war die Wirtstochter der besten Schenke am Kornmarkt und zufälligerweise mit ihm auf dem Markt zusammengestoßen. Dabei hatte sie Pierre und einen Obststand zu Fall gebracht. Nach mehreren Wochen des Werbens war Pierre am Ziel seiner Träume. Er und Helene waren ein Paar. Sie verbrachten die Sonntage mit langen Spaziergängen und kamen sich immer näher. Schon bald war ihnen bewusst, dass sie den Rest ihres Lebens miteinander verbringen wollten. Das war jetzt fast drei Monate her. Helenes Vater war begeistert von der Aussicht, den Sohn des stadtbekannten Gewürzhändlers als Schwiegersohn zu bekommen. Das würde seinem Geschäft sicherlich gut tun. Auch Arthur war sehr angetan von seiner zukünftigen Schwiegertochter. Er nannte sie im Geiste so, obwohl noch keine offizielle Verlobung stattgefunden hatte. Aber als er die beiden das erste Mal sah, wurde ihm schlagartig klar, dass sich die Jungverliebten gesucht und gefunden hatten. Sie harmonierten hervorragend miteinander. Beide waren im besten Hochzeitsalter, was also sprach dagegen? Blieb nur noch seine Beichte, auf große Fahrt zu gehen. Doch heute war nicht der richtige Tag dafür. Heute wurde die Rückkehr gefeiert. Morgen konnte er immer noch seine Entscheidung verkünden.

Der nächste Tag kam und Arthur ließ Pierre zu sich rufen. Schon kurz darauf kam dieser in den als Speisezimmer eingerichteten Raum im Erdgeschoss des Hauses. Es war der Raum, in dem die Entscheidungen über das Schicksal der Familie getroffen wurden. Pierre betrat das Zimmer und fand seinen Vater nachdenklich am Fenster stehen. Arthur drehte sich um. Als er Pierre sah, stellte er zum ersten Mal fest, dass sein Sohn erwachsen geworden war. Er hatte das Geschäft während seiner Abwesenheit zu seiner vollsten Zufriedenheit geführt. Mehr noch, er hatte einen neuen Belegplan für das Lager erarbeitet. Sortiert nach der Häufigkeit, nach der die Gewürze verkauft wurden. Dadurch wurde die Beladung der Wagen für eine Auslieferung effektiver. Und obendrein hatte er auch noch eine Reihe neuer Kunden gewinnen können.

„Setz dich, mein Junge", sagte Arthur, ohne Pierre anzusehen.

Pierre gehorchte und wartete geduldig, bis sein Vater weitersprach.

„Pierre", begann Arthur mit gewichtiger Stimme, „ich bin mehr als zufrieden mit der Leistung, die du während meiner Abwesenheit erbracht hast. Der Gewinn ist gestiegen und die Umstellungen im Lager vereinfachen die Arbeit um ein Vielfaches." Pierre wollte etwas erwidern, aber Arthur hob die Hand. „Nein, unterbreche mich nicht. Das, was ich dir zu sagen habe, ist schwer genug für mich, also lass es mich an einem Stück erklären."

Pierre nickte wortlos und bekam gleichzeitig eine unangenehme Vorahnung.

„Also, hör mir gut zu", fuhr Arthur fort. „Ich habe beschlossen, mit nach Indien zu fahren."

Pierre fiel sämtliche Kraft aus dem Gesicht. Er war sprachlos.

„Bevor du mich für verrückt erklärst, hör dir meine Beweggründe an. Ich habe in meinem Leben viel erlebt. Erst in der Klosterschule, dann als fahrender Geselle, auf dem Hof deiner Mutter und schließlich in der Kaufmannslehre. Als fahrender Händler erlebte ich die aufregendsten und schönsten Dinge. Ich war frei. Eins mit der Natur. Alles, was ich brauchte, war eine Mahlzeit und die Freiheit, zu bestimmen, wohin ich gehe. Dieses Gefühl der absoluten Freiheit hatte ich in Lübeck beim Anblick der Schiffe. Früher hätte ich mir nie träumen lassen, einmal zur See zu fahren. Es hatte mich nicht im Geringsten interessiert. Selbst als ich auf dem Weg nach Lübeck war, hatte ich ein rein geschäftliches Interesse an den Schiffen. Doch dann sah ich sie im Hafen liegen, mit ihren Masten und Segeln und den Seeleuten, das babylonische Gewirr von verschiedenen

Sprachen im Hafen, der Ruf der Möwen. Dies und die Erinnerungen an meine Zeit der Reise – das Knistern des Lagerfeuers am Abend, das Gefühl ständig auf der Hut vor Räubern und Wegelagerern zu sein. All das weckte in mir die unbändige Sehnsucht, auf ein Schiff zu gehen und die Weltmeere zu umsegeln."

Er machte eine Pause, in der er das erste Mal seit Beginn seiner Rede seinen Sohn direkt ansah. Pierre saß in seinem Stuhl und starrte seinen Vater mit weit geöffnetem Mund an. Als er Arthurs Blick bemerkte, verschloss er, wie aus einer Trance erwacht, seinen Mund mit einem schnappenden Geräusch. Er war immer noch nicht in der Lage, das Gehörte richtig einzuordnen. Zu einer Erwiderung kam er ohnehin nicht, da Arthur fortfuhr: „Wie ich eingangs erwähnte, hast du deine Arbeit hier im Gewürzhandel sehr gut erledigt. Dies sowie die Tatsache, dass du nun alt genug bist, ließ meinen Entschluss reifen und festigen. Ich werde mit nach Indien fahren."

Pierre saß immer noch völlig überrumpelt da. Unfähig, seine Gedanken in Worte zu fassen. Endlich, nach einer kleinen Ewigkeit, in der sich die beiden Männer schweigend gegenübersaßen, fand Pierre seine Sprache wieder.

„Wie stellst du dir das vor?", fragte er „Ich kann das hier nicht alleine machen."

„Du hast doch jetzt eine Frau", antwortete Arthur verschmitzt.

„Noch sind wir nicht verheiratet", gab Pierre zu bedenken.

„Außerdem kennen wir uns erst seit dreieinhalb Monaten. Ich weiß nicht einmal, ob sie mich überhaupt will. Selbst wenn, sie hat doch keine Ahnung vom Gewürzhandel."

„Sie soll dir auch nicht bei der Arbeit helfen. Das ist nicht die Aufgabe der Frauen", antwortete Arthur sanft. „Sie sind es, die uns die Kraft für das Leben geben. Sie gebären unsere Kinder und geben uns Halt in der Not. Sie sind unser inneres Gleichgewicht."

Er wurde nachdenklich. „Ich habe mein Gleichgewicht verloren. Jetzt habe ich die Möglichkeit, es wiederzufinden. Verstehst du nicht?"

Pierre sah seinen Vater nachdenklich an. Plötzlich verstand er ihn. Er stand auf, ging zu Arthur und umarmte ihn seit Jahren das erste Mal.

„Das, was ich bin, verdanke ich dir, Vater. Ich danke dir für dein Vertrauen und respektiere deinen Wunsch. Wie lange wirst du noch bei uns bleiben?"

„Etwa ein Jahr." Arthur hatte Tränen in den Augen.

„Na, dann bekommst du noch meine Hochzeit mit", sagte Pierre fröhlich, um die unangenehme Situation zu überspielen.

„Hast du sie denn schon gefragt?"

„Noch nicht, aber das wird morgen das Erste sein, was ich tun werde."

Helene war natürlich begeistert. Noch mehr angetan war sie von der Tatsache, dass Pierre zuerst sie fragte und danach ihren Vater aufsuchen wollte. Er behandelte sie gleichberechtigt – was für ein toller Mann er doch war! Sie konnte froh sein, dass sie einen Mann gefunden hatte, den sie über alles liebte und der dazu auch noch gesellschaftlich hoch angesehen war. Viele ihrer Freundinnen hatten dieses Glück nicht gehabt. Ihre beste Freundin musste einen steinalten Ratsherrn heiraten, nur weil ihr Vater es so wollte. Und Helenes Schwester wurde von ihrem Vater mit einem buckligen Wagner vermählt. Da hatte sie es doch gut getroffen. Ja, sie war glücklich. Jetzt musste nur noch ihr Vater zustimmen.

Was dieser auch mit Freuden tat. Er war begeistert, dass seine zweite Tochter einen angesehenen Bürger der Stadt heiratete. Einen Gewürzhändler! Besser hätte sie es nicht treffen können. Wie ihm Pierre berichtete, würde er in den nächsten Monaten das Geschäft sogar ganz übernehmen, weil sein Vater ins Reedereigeschäft einstieg. Die Zukunft seiner Enkelkinder war gesichert.

Nach einigen Wochen hatte Arthur Helene so lieb gewonnen, als wäre sie seine eigene Tochter. Sie war ein bezauberndes Geschöpf und würde sich in den Kreisen des Geldadels von Frankfurt ihren Platz sichern. Mit ihrer Unbekümmertheit und Natürlichkeit eroberte sie sein Herz im Sturm. In seiner Position musste er immer darauf achten, dass die Damen es nicht nur auf das Geld seines Sohnes abgesehen hatten. Doch konnte er sich sicher sein, dass Helene seinen Sohn auch als armen Bauern genommen hätte. Bei ihrem Vater war er sich nicht so sicher. Doch darüber schwieg er Pierre und Helene gegenüber geflissentlich. Hauptsache, die beiden würden glücklich werden.

Arthur zog sich nach und nach aus dem täglichen Geschäft zurück. Pierre bemerkte gar nicht, dass er den Gewürzhandel mehr und mehr alleine führte. Die Arbeiter akzeptierten ihn als ihren Herrn und die Kunden erkannten in ihm einen harten, aber gerechten Verhandlungspartner, der keinen übervorteilte. Selbst in Venedig kannte man ihn schon. Und ohne es zu merken, wuchs Pierre an dieser Aufgabe jeden Tag. Arthur war zufrieden. Durch die Sicherheit, die Pierre im Führen des Gewürzhandels hatte, konnte sich Arthur auf seine lange Reise bestens vorbereiten. Für ihn war der Gewürzhandel nur noch ein hinter ihm liegender Lebensabschnitt. Nun begann für ihn eine neue Herausforderung. Er war gerade vierzig Jahre alt geworden und sah sich im Stande, finanziell unabhängig, diese Aufgabe zu bewältigen.

Die Finanzierung seines Abenteuers war gesichert. Jetzt ging es nur noch um organisatorische Fragen. In regem Briefverkehr mit den Süderkamps hielt er sich informiert. Die Schiffe wurden bereits gebaut. Die Mannschaft konnte aber erst zu Beginn des nächsten Jahres zusammengestellt werden. Arthur schrieb nach Lübeck, dass die Süderkamps mit der endgültigen Rekrutierung der Führungskräfte warten sollten, bis er dabei sein konnte. Sie sollten lediglich eine Vorauswahl treffen, wer infrage käme. Er wollte sichergehen, dass die Mannschaft nicht nur fachlich, sondern auch menschlich zueinander passt, um Spannungen während der langen Reise auf ein Minimum zu reduzieren. Er schrieb, dass er im März des darauf folgenden Jahres in Lübeck sein werde und bei der Endauswahl helfen werde. Viel blieb ihm nun nicht mehr zu tun. Es war bereits Dezember und der Schnee ließ eine weiße Schicht über die Dächer Frankfurts wachsen. Die Abende verbrachte Arthur alleine vor dem Kamin im Leseraum seines Hauses. Sein Diener achtete darauf, dass er immer ein Feuer vorfand, vor dem er sich der Lektüre von Reiseberichten eines gewissen Marco Polo hingab.

### *Die Vorbereitung*

Arthur organisierte die Hochzeit seines Sohnes praktisch im Alleingang. Er war froh über die Aufgabe. Seitdem er sich aus dem Geschäft weitestgehend zurückgezogen hatte, war ihm jede Abwechslung willkommen. Er kümmerte sich um die Bestellung des Saalschmuckes, er wählte sorgfältig die Garderobe seines Sohnes und der Dienerschaft aus, er kümmerte sich um das Festbankett, er schrieb sogar die Einladungen persönlich. Nur die Auswahl des Hochzeitskleides von Helene überließ er ihr selbst und ihrer Mutter. Die Feier sollte die größte des Jahres werden. Der Dom war der einzige Ort, der für eine Hochzeit infrage kam. Das kostete Arthur eine ganze Stange Geld, was ihn jedoch nicht besonders aufregte, da er somit seinen Bedarf an Spenden für die Kirche über die nächsten Jahre hinaus gedeckt hatte. Der Termin für die Hochzeit war für den 1. Februar angesetzt. Schon drei Tage später würde Arthur aufbrechen, um in Lübeck die letzten Vorbereitungen für die Fahrt nach Indien zu treffen. Zu Arthurs großer Erleichterung lief am Hochzeitstag alles wie aus einem Guss. Alles war perfekt. Pierre und Helene gaben ein wunderschönes Paar ab. Arthur war froh, dass Pierre sie gefunden hatte; sie würde eine gute Mutter für seine Enkelkinder werden.

Bereits am Tag nach der Hochzeit war Arthur damit beschäftigt, die Wagen für seine Abreise nach Lübeck zu beladen. Er hatte erneut eine Mannschaft aus Wachmännern zusammengestellt, die ihn auf der langen und gefährlichen Reise beschützen sollten. Insgesamt waren es, er eingerechnet, acht Männer, die die Reise antreten würden. Verteilt auf drei Wagen. Arthur hatte eine Menge Gepäck für sich geladen. Er wollte auf seiner Reise nach Indien alles dabei haben, was er benötigte. Auch packte er etliche Bücher ein, die ihm die Zeit auf See vertreiben sollten. Das Gold für den Einkauf der Gewürze wurde in verschiedenen Kisten versteckt. Meist in einer geheimen Zwischenwand. Am nächsten Tag verabschiedete sich Arthur von all seinen Freunden und Geschäftspartnern persönlich. Er durchschritt beinahe die ganze Stadt und besuchte jeden, den er über die letzten Jahre lieb gewonnen hatte, bis hinüber nach Sachsenhausen. Auch beim Bürgermeister musste er seine Aufwartung machen, um sich bei ihm zu verabschieden. Arthur wunderte sich zwar, doch als er den Besuch beendet hatte, wurde auch dies klar. Der Bürgermeister verlor durch ihn für eine lange Zeit einen der reichsten Bürger der Stadt und somit auch einen potenziellen Bestechungsgeldzahler. Der Bürgermeister wollte nur sichergehen, dass Pierre die Tradition fortsetzen würde, wie es sein Vater vor ihm und davor Andreas schon gehandhabt hatten. Es war von ungeheurer Wichtigkeit, die Mächtigen der Stadt auf seiner Seite zu haben, um erfolgreich zu sein. Bestechung war der einfachste Weg dorthin. Der Politiker würde dies natürlich niemals öffentlich aussprechen, ließ aber in seiner Wortwahl keinen Zweifel daran.

Nachdem Arthur sich von allen verabschiedet hatte, ging er nach Hause, wo er eine unruhige Nacht mit wenig Schlaf verbrachte. Die Gedanken daran, was ihn auf seiner Reise erwarten würde, raubten ihm den Schlaf. Erst sehr spät in der Nacht errang die Müdigkeit den Sieg über die Gedanken. Doch Erholung fand Arthur nicht. Er träumte in dieser Nacht von Piratenüberfällen, Seestürmen und Feuersbrünsten. Als er erwachte, lag er in einer Pfütze seines Schweißes. Der Hahn des Nachbarn begrüßte den neuen Tag, an dem für Arthur ein neuer Abschnitt seines Lebens begann. Von heute an war er ein Reeder auf dem Weg nach Indien.

Die Reise nach Lübeck verlief ohne größere Zwischenfälle. Das Wetter war optimal, sodass die Reisegruppe nach knapp vier Wochen in Lübeck ankam. Nach fast einem Jahr Abwesenheit war das Wiedersehen mit den Süderkamps, insbesondere mit Johannes, eine Freude. Die Familie schien Arthur als den Kopf der Geschäftsverbindung anzuerkennen, nachdem sie gemerkt hatten, dass es ihm ernst war mit der Reederei. Nicht zuletzt die regelmäßigen Zahlungsanweisungen, die Arthur über einen Bankier mit Verbindung nach Lübeck von Frankfurt aus getätigt hatte, hatten die Süderkamps restlos überzeugt. Zu Arthurs

Freude und Überraschung waren die Schiffe bereits im Hafen vertäut. Einige Matrosen waren bereits angeheuert, jedoch noch kein Mitglied der Führungsmannschaft. Johannes hatte aber bereits einige Kandidaten in Aussicht. Man verabredete, sich am nächsten Tag zu einer gemeinsamen Besprechung am frühen Morgen zu treffen, um die Einzelheiten zu klären. Arthur ging zu seiner Unterkunft zurück, wo er seine Begleiter traf. Er teilte den Wachleuten mit, dass sie am nächsten Morgen ihre Heimreise nach Frankfurt antreten könnten. Er vereinbarte eine dauerhafte Unterkunft mit dem Wirt, der sich über seinen zahlungskräftigen Gast sehr freute. Die Männer baten Arthur, zwei weitere Tage bleiben zu können, um sich in der berühmten Stadt noch ein wenig umzusehen. Natürlich willigte Arthur ein. Schließlich hatten die Männer ihn auf dem Weg nach Lübeck beschützt. Sie hatten sich die zwei Tage verdient. Arthur ging an diesem Abend früh zu Bett. Er wollte für die Verhandlungen am nächsten Morgen ausgeschlafen sein. Mit dem ersten Hahnenschrei stand der Neureeder am nächsten Morgen auf. Er wusch sich in der für ihn bereitgestellten Schüssel den Schlaf aus den Augen und zog seine besseren Gewänder an. Die abgetragene einfache Kleidung, die er für die Reise angezogen hatte, um nicht unnötig aufzufallen, gab er einem Mädchen zum Waschen mit. Er schnappte sich einen Kanten Brot aus der Küche und ging zum Haus der Süderkamps. Nach dem dritten Klopfen wurde ihm die Tür von einem Hausdiener geöffnet. Zu Arthurs Erleichterung war dieser bereits in seiner uniformartigen Kleidung und sah keineswegs verschlafen aus. Der Diener führte Arthur in einen im hinteren Teil des großen Hauses gelegenen Raum, der durch einen runden Tisch beherrscht wurde. Um den Tisch gruppierten sich acht große Stühle, die das Gesamtbild abrundeten. An den Wänden hingen Porträts der Familienmitglieder. Ein Kaminfeuer sorgte für wohlige Wärme. Der Diener ließ Arthur mit dem Hinweis, die Familie zu verständigen, alleine. Arthur trat an das große Fenster, das den Raum in ein helles Licht tauchte, und genoss die Aussicht auf den prächtigen Garten. In Tagträume versunken dachte er an seine bevorstehende Reise. Als wenig später die Tür geöffnet wurde, zuckte er unweigerlich zusammen.

„Haben wir dich erschreckt?“, fragte Johannes lachend.

„Ich war gerade in Indien.“

„Dann sind wir ja jetzt komplett“, sagte Johannes und wies auf den Tisch. „Nehmen wir doch Platz.“

Die Familie Süderkamp und Arthur setzten sich an den runden Tisch. Johannes saß neben Arthur, weiterhin nahmen Johannes' Brüder Karl und Geert sowie deren Onkel Friedrich Süderkamp Platz. Als alle saßen, ergriff Arthur das Wort.

„Also, meine Herren“, fing er geschäftig an, „bitte seid so freundlich und informiert mich über den Stand unseres Unternehmens.“

Die Männer schauten sich gegenseitig an, so als würden sie warten, bis der jeweils andere den Anfang machte. Schließlich ergriff Johannes das Wort.

„Wie du ja gesehen hast, haben wir bereits die Schiffe im Hafen vertäut. Die restliche Mannschaft kann in den nächsten Tagen angeheuert werden. Vereinbarungsgemäß übernehmen Friedrich, Karl und ich jeweils ein Schiff als Kapitän. Geert wird der Steuermann Friedrichs. Wir haben bereits Gespräche mit einigen Seeleuten geführt, die bereit wären, die lange Reise zu wagen. Es sind alles erfahrene Steuermänner der Hanse. Wir wollten jedoch mit dem Anheuern warten, bis du sie gesehen hast. Alle drei Schiffe haben eine Last von zweihundert. Das bedeutet, dass wir pro Schiff vierzig Mann anheuern müssen. Hinzu kommen jeweils ein Zimmermann und ein Koch sowie eine Küchenhilfe, die aber zur Not auch aus der Mannschaft abgezogen werden können. Auch sollten wir für eine so lange Reise einen Schiffsarzt mitnehmen. Des Weiteren benötigen wir entsprechende Verpflegung. Jede Menge Dünnbier und Wasser. Pökelfleisch, Fisch, Bohnen, Grütze, Schiffszwieback und so weiter. Den Fisch können wir unterwegs fangen, das Fleisch müssen wir uns an verschiedenen Zwischenstationen besorgen. Wir haben uns bereits einen groben Kurs ausgesucht. Wir schlagen vor, einen Halt auf den Kanarischen Inseln zu machen, um uns einzudecken für den langen Weg zum Kap der Stürme. Dort können wir dann für das letzte Teilstück Verpflegung aufnehmen. Für Ungeplantes und Unvorhergesehenes bleiben uns die afrikanische Küste und Madagaskar. Alles in allem sollte die Reise hin und zurück in einem Jahr zu schaffen sein. Es kann natürlich auch länger dauern, womit grundsätzlich zu rechnen ist."

Arthur zeigte sich beeindruckt.

„Ich sehe", sagte er respektvoll, „Ihr habt Euch vorbereitet. Was schlagt Ihr vor, als Nächstes zu tun?"

„Wir sollten zunächst die Führungsmannschaft anheuern", schlug Johannes vor und erntete breite Zustimmung.

„Ein Frage hätte ich da noch", fiel Arthur ein. „Wie hoch ist die Heuer?"

„Wir wollten den üblichen Lohn zahlen in Form von Anteilen am Gewinn, je nach Funktion."

„Wir sollten die Summe verdoppeln", schlug Arthur vor.

„Was bewegt Euch zu diesem Vorschlag?" Friedrich gab sich nicht einmal Mühe, den Argwohn in seiner Stimme zu verbergen. Er wollte wissen, warum Arthur mit dem Geld so um sich warf. Wie auch die Anderen hatte er nicht die geringste Ahnung, wie viel Geld sich mit Gewürzen verdienen ließ und dass sie immer noch mehr als genug Gewinn haben würden, wenn sie wieder in Lübeck wären. „Ich glaube nicht, dass dies gerechtfertigt ist. Die Matrosen bekommen seit jeher die gleiche Heuer."

„Bevor Ihr mich als Verschwender beschimpft, solltet Ihr meine Absichten wissen", antwortete Arthur ruhig. „Wenn wir die Heuer erhöhen, schlagen wir zwei Fliegen mit einer Klappe." Arthur stand auf und ging um den Tisch herum, damit er seine Überzeugungskraft besser einsetzen konnte. Seine Zuhörer waren gespannt wie die Sehne einer Armbrust. „Lasst mich zunächst noch einmal erwähnen, dass dieses Geschäft das gewinnträchtigste sein wird, das Ihr jemals tätigen werdet. Es sei denn, wir fahren ein zweites Mal." Wieder machte er eine rhetorisch geschickte Pause, um seine Worte wirken zu lassen. „Wenn wir die höhere Heuer bezahlen, dann können wir sichergehen, dass wir die beste Mannschaft bekommen. Außerdem müsst Ihr bedenken, dass es sich um eine Fahrt ins Ungewisse handelt. Dies wird es uns nicht einfach machen, eine wirklich gute Mannschaft zusammenzustellen. Bei einer doppelten Heuer aber wird es sich der ein oder andere doch noch überlegen, mit uns zu kommen.

Der zweite Grund für die hohe Heuer ist eine Vermeidung von Unfrieden auf der Fahrt. Wenn die Matrosen erfahren, wie viel wir verdienen – und das werden sie sicherlich früher oder später herausfinden, selbst wenn sie es nur vermuten –, werden sie merken, dass sie die Arbeit haben und wir den Profit. Das senkt die Moral erheblich und trägt nicht zu einer besonders großen Ergebenheit gegenüber der Führung bei. Ich bitte Euch, meinen Vorschlag zu überdenken. Ich denke, das Letzte, was wir gebrauchen können, ist eine Meuterei, nur weil wir zu gierig waren."

Die Süderkamps sahen sich gegenseitig an. Johannes leuchtete die Sache ein.

„Arthur hat recht", pflichtete er bei. „Es gibt genug Gefahren auf dieser Reise, wir sollten sie so gut es geht auf ein Minimum beschränken. Ich schließe mich dem Vorschlag Arthurs an."

„Ich auch", sagte Geert nach kurzer Überlegung.

„In Ordnung", stimmte auch Karl zu.

Nach langem Zögern gab auch Friedrich klein bei. „Na gut", sagte er widerwillig. „Aber der Steuermann bekommt seinen festgeschriebenen Anteil von einem Sechzehntel", fügte er trotzig an.

„In Ordnung", lachte Arthur.

Am nächsten Tag lernte Arthur die ersten potenziellen Mitglieder der Führungsmannschaft kennen. Die Vorstellung der Kandidaten fand im selben Raum statt, in dem sie tags zuvor ihre Besprechung abgehalten hatten. Beim Ersten handelte es sich um einen erfahrenen Hansesteuermann mit schütterem Haar. Nach eigenen Angaben fuhr er schon seit über zwanzig Jahren zur See und hatte noch jedes Schiff nach Hause gebracht. Als er jedoch erfuhr, wohin die Reise gehen sollte, wurde er ganz schnell kleinlaut und lehnte das Angebot trotz der hohen Heuer dankend ab. Ebenso erging es den Geschäftsfreunden bei den nächsten beiden Kandidaten. Der vierte Mann an diesem Morgen war Friedwart Kruse. Ein untersetzter Mann mit wachen Augen und ebenso wachem Verstand. Er betrat den Raum mit einer Pfeife im Mund, die jedoch nicht dampfte. Auf seinem Kopf, den er leicht schräg hielt, saß eine schwarze Wollmütze. Er setzte sich und legte beide Hände auf die Tischplatte.

„Meine Herren“, sagte er, ohne die Pfeife aus dem Mund zu nehmen. „Was kann ich für Sie tun?“

Kruse strahlte eine natürliche Autorität aus, die sofort auf die Anwesenden wirkte. Sein wettergegerbtes Gesicht zeugte von einem Leben auf See. Arthur war sich sicher, wenn er die erforderlichen Qualitäten mitbrächte, war das ihr Mann.

„Sie wissen, wohin die Reise geht?“, fragte Arthur.

„Ja, sicher“, antwortete Kruse leicht irritiert. „Nach Kalikut. Ich habe schon viel darüber gehört. Ich wollte schon immer mal was anderes sehen als die Nordsee. Denkt Ihr vielleicht, ich sei ein grüner Junge, der nicht weiß, was es heißt, auf große Fahrt zu gehen?“

„Nein, nein“, beschwichtigte ihn Johannes. „Wir wollen nur sichergehen, dass Ihr genau wisst, worauf Ihr Euch einlasst.“

„Das weiß ich sehr wohl, mein Junge.“ Der Seemann schien in seiner Ehre gekränkt.

„Ich wollte Euch nicht beleidigen, aber bei einer solchen Fahrt liegt der Teufel im Detail“, erklärte Johannes.

„Schon gut, Junge“, winkte Kruse ab. „Also reden wir Klartext: Ich will ein Sechzehntel vom Gewinn. Meine Erfahrung auf See wird Euch von großem Nutzten sein. Ich fahre seit Kindesbeinen für die Hanse durch Europa. Ich habe mich vom Schiffsjungen zum Steuermann hochgearbeitet. Somit weiß ich alles über das Leben auf einem Schiff. Alles andere als ein Sechzehntel ist nicht annehmbar. Wenn Euch das zu viel erscheint, finde ich sicher ein anderes Schiff. Ich habe schon drei weitere in Aussicht.“ Kruse verschränkte die Arme vor seiner breiten Brust und schaute auffordernd in die Runde. Arthur musste sich ein Lachen verkneifen. Kruse gefiel ihm.

„Wenn Ihr einen Moment vor der Tür warten wollt“, bat Friedrich und ging zur Tür. Kruse sprang auf und verließ wortlos den Raum. Als Friedrich die Tür geschlossen hatte, fing Arthur an zu lachen.

„Was ist so lustig?“, fragte ihn Johannes.

„Kruse!“, antwortete Arthur knapp. „Der weiß genau, was er will. Die anderen haben versucht, uns durch ihre Manieren und Seemannsgarn zu beeindrucken. Kruse war der Einzige, der den

Mumm hatte, die Sache beim Namen zu nennen. Wenn Ihr mich fragt, ist das unser Mann."

„Ich weiß nicht recht", zweifelte Karl. „Ich denke, er ist ein Querulant."

„Ach was", wehrte Johannes ab. „Er sagt lediglich, was er denkt. Das ist doch nur von Vorteil."

„Das meine ich auch", mischte sich Friedrich ein. „Wir sollten ihn nehmen."

Da Friedrich die größte Erfahrung von allen hatte, war sein Urteil hoch geschätzt. Schnell war auch Karl überzeugt. Nun war die Führungsmannschaft komplett.

Die nächste Woche verging mit der Anheuerung der Schiffsmannschaft. Es war, wie es Arthur vorhergesagt hatte, leicht, die besten Seeleute zu bekommen. Die hohe Heuer sprach sich wie ein Lauffeuer im Hafen herum, sodass es Arthur und den Süderkamps Mühe bereitete, die Matrosen in Schach zu halten. Vor dem Haus der Süderkamps hatte sich am dritten Tag eine Traube von Menschen gebildet. Der Lärm, den die Männer machten, drang bis in den Raum, in dem die Gespräche geführt wurden. Als Arthur aus dem Fenster im ersten Stockwerk des Hauses sah, erschrak er. Auf der Straße hatten sich gut und gerne zweihundert Männer eingefunden. Arthur sah sich gezwungen, vor die Tür zu treten, um für Ruhe zu sorgen. Er stellte sich auf eine Holzkiste, die er im Flur gefunden hatte, damit ihn alle sehen konnten.

„Meine Herren", rief er in die Menge. „Bitte denkt daran, dass wir nur einhundertzwanzig Mann brauchen. Am gestrigen Tage haben wir schon fünfzig angeheuert, es fehlen also nur noch siebzig. Deshalb solltet ihr wissen, dass wir Seemänner mit Hochseeerfahrungen suchen. Wer diese nicht hat, kann gleich wieder gehen."

Ein Raunen ging durch die Menge und Arthur konnte schon einige enttäuschte Gesichter entdecken. „Außerdem nehmen wir nur Männer mit, die mindestens bereits zehn Jahre zur See fahren."

Wieder Raunen und enttäuschte Gesichter.

„Vornehmlich ohne Familie", fügte Arthur hinzu. Die Ersten gingen bereits. Nach einer Viertelstunde hatte sich die Menge auf die Hälfte reduziert. Am Ende des Tages hatten sie ihre Mannschaft um fünfzig Männer erweitert. Mehr ließ die fortgeschrittene Zeit nicht zu. Der Tag war sehr anstrengend gewesen, weshalb sie sich nun eine Ruhepause gönnten. Die noch wartenden Männer wurden auf den nächsten Tag vertröstet. Zwischendurch hatten sie noch drei Zimmermänner, drei Köche mit Gehilfen und einen Schiffsarzt angeheuert. Die Mannschaft würde bald komplett sein.

## II.

*Amicus certus in re incerta cernitur.*

In der Not erkennst du den wahren Freund.

## *Abfahrt*

Es war ein Tag zum Heldenzeugen. Die Sonne strahlte über Lübeck. Arthur hatte zwar vor Aufregung die letzte Nacht kaum geschlafen, die unmittelbar bevorstehende Abfahrt jedoch ließ ihn seine Müdigkeit vergessen. Er kam in den Hafen gelaufen. Er brauchte eine Weile, bis er seine Schiffe fand.

Da waren sie: Die Elisabeth, die Pierre und die Andreas. Diese Namen hatte sich Arthur ausgesucht. Da er der Hauptgeldgeber war, hatten sich die anderen Teilhaber seinem Willen gebeugt und die Schiffe auf diese Namen getauft. Es war ihnen ohne- hin egal, welche Namen sie bekamen. Die Elisabeth sollte das Führungsschiff werden, auf dem Arthur mitfahren würde. Arthur würde die Reise in einer bequemen Kajüte im Achterdeck verbringen. An Bord der Schiffe herrschte reges Treiben. Die Beladung war in vollem Gange. Wasserfässer wurden eine Planke heraufgerollt. Männer mit schweren Säcken auf dem Rücken liefen auf das Schiff. Bootsmänner waren in den Wanten und überprüften den Sitz der noch zusammengerollten Segel. Der Frankfurter blieb vor der Elisabeth stehen und beobachtete das Treiben fasziniert.

Arthurs Sachen waren bereits verladen.

„Gott zum Gruße“, hörte er eine Stimme rufen. Arthur blickte in die Richtung, aus der die Stimme kam. Johannes befand sich auf dem Achterdeck der Elisabeth und schaute zu Arthur hinunter.

„Gott zum Gruße“, erwiderte Arthur fröhlich.

„Es wird leider eine Verzögerung beim Auslaufen geben“, rief Johannes. „Aber komm erst mal an Bord, dann kann ich die Umstände erklären.“

Arthur nickte zustimmend und ging an Bord des Schiffes. Beinahe wäre er in die Trave gefallen, als er auf der Planke mit einem Träger zusammenstieß. Der Träger schickte ein paar derbe Flüche in Richtung Arthur und verschwand im Schiffsbauch. Johannes bekam die Situation mit und wollte den Träger bestrafen lassen, weil er Arthur beschimpft hatte. Auf Drängen Arthurs blieb die Bestrafung jedoch aus. Schließlich war es sein

Fehler gewesen. Johannes aber befürchtete, dass die Männer gleich zu Beginn der Reise ihren Respekt vor Arthur verlieren könnten, falls er nicht von Anfang an hart durchgreifen würde. Arthur beschloss, fortan auf jeden seiner Schritte besonders zu achten und schaffte es mit einiger Mühe, Johannes von seiner Meinung abzubringen.

„Weshalb können wir nicht pünktlich auslaufen?", wollte Arthur wissen.

„Wir hatten ein Problem mit dem Lieferanten des Proviants. Dieser Halsabschneider hat versucht, den Preis zu treiben, als er erfuhr, wie hoch unsere Heuer ist."

„Ich hoffe, du hast ihn zurechtgewiesen."

„Wir haben ihm gesagt, dass er entweder zum vereinbarten Preis die Waren herausgeben oder sie in die Trave werfen kann", antwortete Johannes mit einem breiten Grinsen. „Dieser Tölpel hat nicht bedacht, dass er eine so große Menge an Lebensmittel in den nächsten Tagen niemals an den Mann bringt, wenn wir bei einem anderen Händler bestellen. Als wir ihm das klar gemacht haben, wurde er lammfromm. Das Dumme ist nur, dass uns dieser ganze unnötige Vorfall viel Zeit gekostet hat, da der Händler seine Ware im Lager gelassen hatte. Es dauerte unnötig lange, die ganzen Sachen hierher bringen zu lassen. Jetzt haben wir einen halben Tag verloren."

„Wie ich sehe, ist die Beladung der Schiffe immer noch nicht abgeschlossen", gab Arthur zu bedenken. „Wie lange wird es noch dauern?"

„Wenn es in diesem Tempo weitergeht, werden wir am späten Nachmittag auslaufen können." Johannes rief einen jungen Burschen herbei. „Das ist Franz Gerber. Er ist unser Schiffsjunge."

Der Junge grüßte höflich und blieb neben Johannes stehen. „Franz, zeige Herrn Händler seine Kajüte." Der Junge nickte und zeigte Arthur den Weg. Johannes ging ein Stück mit ihnen. Auf dem Hauptdeck angelangt, wandte er sich an Arthur. „Du verstehst sicherlich, dass ich die Beladungsarbeiten überwachen muss." Arthur verstand und Johannes ging Befehle kreischend zur Ladeluke.

Arthurs Kajüte war im Vergleich zur Mannschaftsunterkunft sehr komfortabel ausgestattet. Es war die größte des Schiffes.

Ein Bett mit einer strohgefüllten Matratze, einen großen, im Schiffsboden verschraubten Tisch, mehrere Stühle und das Wichtigste: ein großes Fenster, das ihm einen fantastischen Blick aufs Meer bieten würde. Inmitten des Raumes standen zwei große Kisten, die seine Sachen beinhalteten. Arthur bedankte sich bei Franz, der so viel Höflichkeit von einem Schiffseigner nicht gewöhnt war. Franz fragte sich, wie lange dies so bleiben würde. Als der Schiffsjunge gegangen war, schaute sich Arthur in seiner neuen Bleibe um. Er entdeckte einen Wandschrank und begann seine Kisten auszupacken. Den meisten Platz nahmen seine Bücher ein, die er in weiser Voraussicht aus Frankfurt mitgebracht hatte. Er hatte sich eigens bei der letztjährigen Buchmesse auf dem Römerberg damit eingedeckt. Einige wichtige Dokumente und eine größere Menge an Goldstücken, die in einer kleinen Truhe untergebracht waren, verstaute er im hintersten Winkel des Schrankes. Er versteckte die Truhe zusätzlich hinter ein paar Kleidern, die er zum Wechseln mitgenommen hatte.

Mit der nächsten Flut liefen sie aus. Drei nagelneue Schiffe machten sich auf den Weg in ein großes, ungewisses Abenteuer voller Gefahren und Unwegsamkeiten. Arthur stand neben Johannes auf dem Achterdeck und schaute aufs Meer hinaus. Der Wind stand günstig, sodass sie gute Fahrt machten. Nach wenigen Stunden war Lübeck nur noch eine Erinnerung. Der erste Steuermann der Elisabeth war Friedwart Kruse. Kruse stand mit seiner Pfeife im Mund, die nicht angezündet war, am Ruder. Sein Blick war starr auf die See hinter dem Klüverbaum gerichtet. Er hatte das Schiff mit einer Leichtigkeit aus der Trave in die Ostsee manövriert, die selbst Johannes als erfahrenen Seemann beeindruckte. Jetzt, da sie auf dem offenen Meer waren, übergab er das Ruder an den zweiten Steuermann, einen jungen Burschen namens Hermann Kübers. Jedoch blieb Kruse hinter Kübers stehen, um sich ein Bild von dessen Können zu machen. Er beobachtete jede Bewegung des jungen Steuermannes. Ab und zu griff er korrigierend ein. Durch seine natürliche Autorität waren diese Korrekturen aber nicht anmaßend, sondern hilfreich für den zweiten Steuermann, der die Ratschläge dankend annahm.

Arthur fühlte sich sicher in den Händen der beiden Männer. Auch Johannes zeigte sich zufrieden. Am Abend saßen die beiden Freunde in Arthurs Kajüte zusammen am großen Tisch und nahmen das Abendessen ein. Es gab Kabeljau mit Grütze und Bohnen. Der Schiffskoch hielt sich an die Gewohnheit der Hanseschifffahrt, wechselweise Fisch und Fleischtage einzulegen. An den Fischtagen gab es Grütze und Bohnen zu zweierlei gesalzenem Fisch. An den Fleischtagen gab es Erbsen mit Speck oder eine andere Kochspeise zu Fleisch. Als Hauptnahrungsmittel jedoch galt der Schiffszwieback. Getränke waren Wasser oder Schiffsbier. Das Essen schmeckte Arthur ausgezeichnet, was Johannes nur bestätigen konnte. Sie hatten einen guten Griff mit ihrem Koch gemacht. Sie besprachen beim Essen die weitere Route.

„Wenn wir die englische Küste hinter uns gelassen haben, werden wir für längere Zeit an Frankreichs und Spaniens Küste entlang bis nach Portugal segeln“, erklärte Johannes Arthur, der sehr aufmerksam zuhörte. „Anschließend werden wir die Kanarischen Inseln anfahren, um neue Vorräte an Bord zu nehmen. Dann werden wir den afrikanischen Kontinent umsegeln, wobei wir am Kap der Stürme erneut Proviant aufnehmen werden. Ich hoffe nur, dass wir das Kap gut passieren können. Nicht umsonst hat es seinen Namen. Doch auch danach wird es sehr schwer werden. Wie ich von einigen Indienfahrern gehört habe, herrschen nach dem Kap der Stürme sehr schwierige Strömungen bis Indien vor. Wenn wir diese geschickt nutzen können, ist der Weg nach Kalikut schnell zurückgelegt. Das wird aber nicht einfach sein, da keiner von uns jemals in diesen Gewässern war und wir uns auf unsere Seekarten verlassen müssen.“

„Wie lange, denkst du, werden wir unterwegs sein?“, wollte Arthur wissen.

„Schwer zu sagen“, antwortete Johannes zwischen zwei Bissen Fisch. „Wenn wir viel Glück und wenig Zwischenfälle haben, können wir es in drei bis vier Monaten geschafft haben. Aber auf See kann viel passieren. Warte nur, bis wir Europa hinter uns gelassen haben und in die uns unbekannten Gewässer vor der afrikanischen Küste kommen. Niemand an Bord unserer Flotte weiß, was uns dort erwartet.“

## *Der Sturm*

Die Reise um die Halbinsel Dänemark verlief ohne Zwischenfälle, wenn man davon absah, dass Arthur drei Tage lang an der Reling stand und sein Essen dem Meer übereignete. Doch schon am vierten Tag hatte er das Schlimmste überstanden. Der fünfte Tag war der erste, an dem Arthur so etwas Ähnliches wie eine gesunde Gesichtsfarbe hatte, und am sechsten Tag war er geheilt. An diesem Tag fing er an, die Seefahrt zu genießen. Johannes hatte ihn ständig mit seiner Seekrankheit aufgezogen, was seine Laune nicht gerade verbesserte, doch Arthur ließ es über sich ergehen. Die Tatsache, dass sie sehr lange zusammen unterwegs sein würden, versprach, dass sich irgendwann eine Gelegenheit bieten würde, es seinem Freund mit gleicher Münze heimzuzahlen. Sie hatten gerade die dänische Nordküste umrundet, als der neue Morgen die schwächelnde Nacht endlich besiegt hatte. Die Sonne stieg langsam empor zu ihrem Stammplatz am Firmament. Arthur hatte in dieser Nacht nur wenig geschlafen. Zweifel über das Gelingen der Expedition hatten ihm den Schlaf geraubt. Er stand nun auf dem Achterdeck und sah dem Naturschauspiel im Osten zu. Niemals zuvor hatte er einen solchen Sonnenaufgang gesehen. Rot wie die Lippen einer Sünderin stand die Sonne über dem Horizont und strahlte ihm entgegen. Er wollte diesen Anblick in seinem Kopf für immer festhalten. Es war das Schönste, was er jemals gesehen hatte. Plötzlich trat Johannes neben ihn. Arthur zuckte unweigerlich zusammen, als er anfing zu sprechen.

„Wunderschön, nicht wahr?“

„Mir fehlen die Worte“, bestätigte Arthur.

Schweigend standen die beiden Freunde nebeneinander und betrachteten die Sonne. Nach einiger Zeit war es Johannes, der zuerst wieder sprach.

„Allein dieser Anblick lohnt die Mühe.“

„Ich hoffe, wir können ihn noch oft genießen“, antwortete Arthur und sah Johannes zum ersten Mal an, seit er neben ihn getreten war. Johannes kniff die Augen zusammen, da die Blendkraft der Sonne an Stärke gewann. Er konnte sich nicht von dem

Anblick losreißen. Sein kantiges Gesicht zeichnete sich vor dem Fogsegel ab. Arthur empfand eine tiefe Freundschaft zu dem Mann neben sich; das wurde ihm in diesem Augenblick bewusst. Er hatte seine Freunde in Frankfurt verlassen, um im Norden des Landes neue zu finden. Mit einem Lächeln drehte er sich erneut zur Sonne und genoss die innere Zufriedenheit.

Mit einem dumpfen Geräusch schlug Arthur auf dem Kajütenboden auf. Er brauchte eine Weile, bis er wusste, wo er war.

Als er sich orientiert hatte, bemerkte er, dass das Schiff wie wild hin und her schaukelte. Draußen wütete ein fürchterlicher Sturm. Ohrenbetäubender Lärm drang in seine Ohren. In seiner Kajüte sah es aus, als wäre ein wildes Pferd durchgeritten. Alles, was nicht am Schiff festgenagelt war, lag in einem wilden Durcheinander verstreut. Arthur rappelte sich auf und versuchte, zum Ausgang zu gelangen. Auf dem kurzen Weg dorthin schlug er sich zweimal das rechte Knie und einmal den Schädel hart an. Fluchend schaffte er es zur Tür und riss sie auf. In dem kurzen Flur wurde das Getöse noch schlimmer. Die Schreie der Seemänner drangen an sein Ohr. Als er an Deck trat, blieb er vor Entsetzen stehen. Das Rahsegel hing in Fetzen vom Mast. Verzweifelte Bootsmänner hingen in den Wanten und bemühten sich erfolglos, das Segel einzufangen. Einer der Männer fiel aus einer Höhe von etwa zwanzig Fuß mit einem markerschütternden Schrei ins tosende Meer. Niemand kümmerte sich darum. Die anderen Männer wussten, dass jede Hilfe für den Bootsmann völlig ausgeschlossen war. Arthur war schockiert über die Gleichgültigkeit, mit der die Anderen damit umgingen. Er drehte sich um und sah nach oben. Auf dem Achterdeck stand Johannes und versuchte durch Schreien, den Männern Befehle zu erteilen, aber seine Bemühungen wurden vom Wind verschluckt. Wenig später gab er es auf und konzentrierte sich darauf, mit allen Kräften das Schiff auf Kurs zu halten. Kruse und Kübers klammerten sich ans Steuerruder und versuchten, mit vereinten Kräften ein Kentern zu vermeiden. Die Dunkelheit und der starke Regen ließen es nicht zu, den Klüverbaum zu sehen. Die Elisabeth war zum Spielball des Meeres geworden. Arthur hoffte, dass sie weit genug von der Küste entfernt waren. Bei diesem Wetter war es unmöglich zu navigieren. Despotisch wurden sie von Welle zu Welle geworfen. Arthur versuchte, zu Johannes auf das Achterdeck zu klettern. Unter größter Anstrengung und weiteren schmerzhaften Stößen schaffte er es endlich. Arthur musste schreien, um zu Johannes durchzudringen.

„Wie lange können wir das aushalten?" Arthur brüllte gegen den Sturm an.

„Schwer zu sagen", schrie Johannes zurück. „Ich habe schon schlimmere Stürme erlebt. Wir werden da schon durchkommen. Mach dir keine Sorgen."

Keine Sorgen? Das Schiff knirschte und knarrte, als würde es jeden Moment auseinanderbrechen, und dieser Mann sagte zu ihm, er solle sich keine Sorgen machen. Was war denn ein schlimmer Sturm, wenn nicht das hier? Arthur schwindelte leicht bei diesem Gedanken. Er wollte Johannes noch fragen, wie lange der Sturm schon tobte, besann sich dann aber eines Besseren, angesichts des angestrengten Gesichtes seines Freundes. Stattdessen schrie er ihm zu, dass er sich wieder in seine Kajüte begeben würde, wo er das Ende des Sturmes abwarten wollte. Johannes nickte ihm zu und Arthur stolperte zurück in seine Unterkunft, wo er vor Angst an einen Stuhl geklammert den Rest des Sturmes verbrachte.

Gegen Morgen schwächte der Sturm so weit ab, dass sich Arthur, ohne größere Blessuren zu befürchten, wieder an Deck traute. Ein Bild des Grauens bot sich ihm. Der Regen hatte zwar nachgelassen, schlug ihm aber immer noch kräftig ins Gesicht. Auf dem Deck lagen überall Gegenstände herum. Die Bootsmänner hasteten über das Schiff, um wieder alles auf Vordermann zu bringen. Auf dem Achterdeck stand der völlig durchnässte Johannes und blickte zufrieden nach vorne. Als er Arthur sah, winkte er ihn zu sich.

„Na, habe ich es nicht gesagt?", sagte er triumphierend.

„Wir haben einen Mann verloren", warf Arthur ein.

„Nein, zwei." Johannes' Tonfall blieb gleichgültig.

„Wie kannst du dabei so ruhig bleiben", wollte Arthur wissen. Er musste sich beherrschen, Johannes nicht anzuschreien.

„Du denkst, ich sei herzlos?“, sagte Johannes ruhig und schaute Arthur in die Augen.

„Nun, ich weiß nicht, was ich davon halten soll, dass es an Bord niemanden schert, wenn zwei Männer ins Meer fallen.“

„Es werden noch mehr sterben!“, gab Johannes zu bedenken. „Wenn wir bei jedem Toten anfangen, uns das Gehirn zu zermartern, werden wir den Verstand verlieren. Bei einem Sturm dieser Größenordnung ist es normal, dass der eine oder andere über Bord geht. Als Seemann muss man sich mit dem Tod abfinden. Er gehört zur Seefahrt wie die Segel. Ich mag vielleicht hart für dich klingen. Aber schau dich um“, er machte eine ausholende Handbewegung über das Schiff. „Keiner hier an Bord trauert öffentlich um die Männer. Wir werden uns heute Abend an Deck versammeln, um für die beiden zu beten. Mehr können wir nicht mehr für sie tun. Sie wussten, worauf sie sich eingelassen haben.“

„Wie ist es den anderen Schiffen ergangen?“, wechselte Arthur das Thema.

„Sieh selbst“, sagte Johannes und führte Arthur an die Steuerbordseite des Schiffes. Arthur konnte durch den Regen die Andreas sehen. Der Klüverbaum war abgebrochen und der Klüver selbst war nur noch ein Fetzen Stoff. Etwas weiter hinten konnte Arthur die Pierre ausmachen. Aus dieser Entfernung war unmöglich zu erkennen, in welchem Zustand sie sich befand. Aber Arthur hatte kein gutes Gefühl.

„Wir werden den nächsten Hafen anlaufen müssen, um die Schiffe wieder klarzumachen“, sagte Johannes.

„Wie lange werden die Reparaturen dauern?“

„Erfahrungsgemäß wird ein Schiff bei einem Sturm immer etwas beschädigt. Wir werden viele kleinere Reparaturen durchführen müssen. Zur Not können diese aber auch auf See gemacht werden. Aber im Hafen ist es besser, falls wir Ersatzteile benötigen. Wenn wir Glück haben, sind die zerrissenen Segel und der gebrochene Klüverbaum der Andreas die einzigen größeren Schäden. Wenn wir nicht noch andere Schäden finden, werden wir in einer Woche wieder in See stechen können.“

„Ich möchte mich ja nicht in deine Angelegenheiten mischen“, sagte Arthur vorsichtig, „aber weshalb wurden die Segel nicht schon zu Beginn des Sturmes gerefft, um die Schäden zu vermeiden?“

„Das kann ich dir erklären“, sagte Johannes wütend. „Unsere Nachtwache war eingeschlafen und hat den Sturm erst zu spät gemeldet. Als wir die Segel reffen wollten, war der Sturm schon zu stark. Der Mann wird seine Strafe erhalten.“

„Was wirst du mit ihm machen?“, wollte Arthur wissen, der plötzlich ein schlechtes Gewissen hatte, weil er das Thema angesprochen hatte.

„Ich denke noch darüber nach.“

Im Hafen von Amsterdam lagen noch viele andere havarierte Schiffe, die dem Sturm entkommen konnten. Dies bedeutete, dass die Reparaturen längere Zeit in Anspruch nehmen würden. Außerdem befürchtete Johannes, dass die Preise der Schiffsbauer schlagartig steigen würden. Die drei Schiffe der kleinen Flotte Arthurs fanden einen Liegeplatz und wurden am Kai festgemacht. Arthur und Johannes machten sich sofort auf den Weg, um nach einem Schiffsbauer Ausschau zu halten. Die kleineren Schäden an den Schiffen konnten durch die Schiffszimmermänner behoben werden, jedoch hatten zwei der drei Schiffe einen größeren Schaden erlitten. Zuerst aber musste Material beschafft werden. Arthur gab den Zimmerleuten genug Geld und schickte sie los, um das benötigte Material zu besorgen. Erst am Abend trafen die Zimmermänner wieder im Hafen ein. Sie waren nur teilweise erfolgreich gewesen. Zwei konnten einige Bretter auftreiben. Für den Rest mussten sie eine Wartezeit von mindestens einer Woche in Kauf nehmen, da die ortsansässigen Holzhändler den großen Bedarf nicht hatten decken können. Wenigstens konnten Arthur und Johannes einen Segeltuchhändler finden, der das zerstörte Rahsegel der Elisabeth und den Klüver der Andreas liefern konnte. Allerdings mussten sie dafür den dreifachen Preis zahlen, was Johannes zu einem Wutausbruch trieb, der mit Schimpfwörtern gespickt war, die Arthur nicht einmal im Traum in den Mund genommen hätte. Die Segel, so versprach der völlig verstörte Tuchhändler anschließend, würden in den nächsten Tagen zum Schiff geliefert werden. Abends saßen die beiden Freunde in Johannes' Kajüte und besprachen das weitere Vorgehen.

„Wir sollten die Zeit sinnvoll nutzen", schlug Arthur vor.

„Da gebe ich dir recht, Arthur", pflichtete Johannes bei.

„Gibt es außer den Reparaturen noch irgendwelche dringlichen Arbeiten an Bord zu erledigen?"

„Na ja, wir sind ja erst losgefahren", gab Johannes zu bedenken. „Und die Schiffe sind auf ihrer Jungfernfahrt, sodass sie hervorragend in Schuss sind, wenn man von den Sturmschäden absieht."

„Ich denke, wir sollten uns im Hafen umhören, ob wir ein paar Informationen über Indien bekommen können", schlug Arthur vor.

Johannes stimmte ihm mit dem Kopf nickend zu. „Ich habe vorhin ein Schiff aus Portugal entdeckt. Vielleicht haben wir Glück und ein Mitglied der Besatzung war schon einmal in Indien."

„Das käme einem Wunder gleich", schnaubte Arthur.

„Na und. Wunder gibt es immer wieder."

Am nächsten Morgen gingen die beiden Freunde zu besagtem portugiesischen Schiff. Sie wurden nach einigen Sprachschwierigkeiten zu einem Übersetzer geführt, der gedankenverloren auf dem Achterdeck stand. Erst als sie schon das Deck erklommen hatten, nahm er Notiz von den Fremden. Der dunkel gekleidete, untersetzte Mann zuckte leicht zusammen, als er die Männer sah. Er hatte sich jedoch schnell wieder im Griff und setzte ein entwaffnendes Lächeln auf. Arthur war beeindruckt von dem makellosen Gebiss, das ihm entgegenstrahlte. Der Übersetzer trug einen schwarzen Umhang, der ihn zur Gänze umhüllte. Arthur erkannte sofort, dass es sich um einen teuren Stoff handeln musste. Die ebenfalls schwarzen Beinkleider und schwarzen Schuhe verliehen dem kleinen Mann eine gewisse Eleganz. Arthur stellte sich dem Portugiesen vor.

„Mein Name ist Arthur Händler und dies ist Kapitän Johannes Süderkamp", sagte er freundlich und unterstrich seine Worte mit einer leichten Verbeugung. „Wir sind mit einer ungewöhnlichen Bitte zu Euch gekommen."

„Sehr erfreut, Euch kennen zu lernen", antwortete der Portugiese mit kaum hörbarem Akzent. „Mein Name ist Rudolfo del Vascos. Wie kann ich Euch behilflich sein?"

„Wir sind auf der Reise nach Indien", sagte Arthur und stellte fest, dass der Portugiese seine Aufmerksamkeit sofort erhöhte. „Aber leider ist noch keiner von uns dort gewesen. Wir dachten, da es die Portugiesen waren, die den Seeweg nach Indien entdeckten, könntet Ihr uns vielleicht jemanden nennen, der schon einmal dort war. Wir würden denjenigen gerne befragen, welche

Erfahrungen er gemacht hat." Wie beiläufig fügte er hinzu: „Natürlich würden wir uns erkenntlich zeigen."

Beim letzten Satz leuchteten die Augen des Übersetzers auf. Er versuchte vergebens, seine Aufregung zu unterdrücken. Er antwortete nicht sofort. Im Kopf schien er sich die nächsten Worte zurechtzulegen.

„Zufällig kenne ich den passenden Mann für Euch", antwortete er endlich.

Johannes stieß Arthur an und gab ihm mit seinem Blick zu verstehen, dass das Wunder geschehen sei, das er noch am Abend zuvor heraufbeschworen hatte.

„Wo können wir den Mann finden?", wollte Arthur wissen.

„Er steht vor Euch!"

Nach zähen Verhandlungen und dem Versprechen, dass der Portugiese bis zum Abschluss der Geschäfte des portugiesischen Schiffes in Amsterdam bleiben würde, gelang es Arthur, Rudolfo del Vascos für seine Mannschaft anzuheuern. Wie sich herausstellte, hatte der Portugiese schon mehrere Male Indien bereist. Er kannte den Weg recht gut, da er bei einer der Reisen als Navigator an Bord war. Diesen Glücksgriff konnten Johannes und Arthur kaum fassen. Rudolfo teilte den Männern mit, dass er noch etwa eine Woche in Diensten des portugiesischen Schiffes stehen würde und dann zu ihnen stoßen könne. Man verabredete sich für den Abend auf der Elisabeth, um die Einzelheiten zu besprechen. Fröhlich verließen Johannes und Arthur das Schiff. Sie nutzten den Rest des Tages für den Einkauf von Versorgungsgütern, die, wie sie schnell herausfanden, ebenfalls sehr teuer waren. Der Sturm hatte die Reisekasse unnötig strapaziert. Zwar hatte Arthur genügend Geld und Tauschwaren an Bord, da er immer etwas für Unvorhergesehenes in der Rückhand haben wollte. Wenn es aber schon am Anfang so weit war, dachte er, was würde dann auf den noch vor ihnen liegenden Tausenden von Seemeilen passieren? Ein mulmiges Gefühl beschlich ihn. Erstmals bekam er Zweifel, das Richtige getan zu haben. Beim Anblick seiner Schiffe im Hafenbecken verflogen die Zweifel jedoch. Wer konnte sich in seinem Leben schon ein eigenes

Abenteuer kaufen? Er fühlte nun Stolz, und der Glaube an das Gelingen der Expedition kehrte wieder zurück. Zumal sie nun mit dem Portugiesen einen weiteren Trumpf im Ärmel hatten.

An diesem Abend saßen Johannes, Arthur und Rudolfo in Arthurs Kajüte und besprachen die Einzelheiten ihrer Vereinbarung.

„Ich möchte am Gewinn beteiligt werden", forderte Rudolfo.

„Wie hoch soll Euer Anteil ausfallen?", wollte Arthur wissen.

„Welche Waren gedenkt Ihr in Indien zu erstehen?"

„Gewürze", antwortete Arthur knapp.

„Dann soll mir ein Sechzehntel genügen."

„So sei es", verkündete Johannes und bekam auch Zustimmung von Arthur.

„Ich möchte Euch bitten, mir einen Schlafplatz hinter dem Mast zuzuteilen, da ich den Bootsmännern nicht noch mehr des ohnehin schon geringen Platzes wegnehmen möchte. Ist dies möglich?"

„Ich denke, das lässt sich einrichten", antwortete Johannes.

„Ihr könnt Euch eine Kajüte mit dem zweiten Steuermann teilen. Er ist ein netter und ordentlicher junger Mann, dessen Gesellschaft Ihr sicherlich genießen werdet."

„Einverstanden", sagte Rudolfo. „Ich hoffe, Euer zweiter Steuermann wird mir das nicht verübeln."

„Ich glaube kaum", beruhigte ihn Arthur. „Wie Johannes schon gesagt hat, ist unser zweiter Steuermann ein sehr umgänglicher Mensch, der an Bord sehr beliebt ist. Außerdem ist er ohnehin kaum in seiner Kajüte anzufinden. Höchstens für die Nachtruhe. Ich werde den Schiffszimmermann sofort anweisen, ein zweites Bett in die Kajüte einzubauen."

„Ich danke Euch, meine Herren", sagte Rudolfo zufrieden.

„Ich denke, weitere Bedingungen werde ich nicht stellen."

„Gut", sagte Arthur. „Erlaubt Ihr mir eine persönliche Frage?"

„Nur zu!"

„Wo habt Ihr unsere Sprache gelernt und wie kommt es, dass ihr in Amsterdam als deutscher Übersetzer gebraucht werdet, wo hier doch kaum einer Deutsch spricht?"

„Das lässt sich leicht erklären", sagte Rudolfo lachend.

„Ursprünglich sollte unsere Reise nach Hamburg und Lübeck gehen, wo wir auch waren. In Lübeck gelang es unserem Kapitän, noch eine Ladung nach Amsterdam zu bekommen. Hier gibt es einen deutschsprachigen Händler, der die Ladung weiterverkaufen möchte. Aus diesem Grund bin ich hier noch vonnöten. Eure Sprache spreche ich so gut, weil meine Mutter eine adlige Deutsche war, die nach Portugal verheiratet wurde. Sie bestand darauf, dass ihre Kinder die deutsche Sprache erlernten. Wie Ihr seht, hatte meine liebe Mutter gut daran getan. Nachdem mein Vater entmachtet und zusammen mit meiner Mutter ermordet wurde, musste ich fliehen. Ich konnte auf einem Schiff nach Indien anheuern und blieb bei der Seefahrt."

Johannes und Arthur waren überrascht, dass der Portugiese so freizügig über sein Leben sprach. Staunend saßen sie vor ihm und suchten beide nach den passenden Worten. Rudolfo bemerkte ihre Verlegenheit.

„Ihr braucht keine Rücksicht auf mein Schicksal nehmen, meine Herren", ergriff der Portugiese das Wort. „Das alles ist sehr lange her. Ich hatte außerdem ein sehr unterkühltes Verhältnis zu meiner Familie. Alles war sehr formell. Gefühle waren ein Zeichen von Schwäche. Deshalb belastet mich die ganze Sache nicht besonders. Ich bin glücklich, zur Seefahrt gekommen zu sein."

„Wenn das so ist ...", sagte Arthur reichlich unpassend und versuchte, das Thema zu wechseln. „Wie wäre es, wenn Ihr mit uns zu Abend esst?"

„Gerne! Ich liebe die deutsche Küche."

Der Koch gab sich an diesem Abend besonders viel Mühe, sehr zur Freude der drei Männer. So hatte es doch etwas Gutes gehabt, dass die Schiffe in den Sturm geraten waren. Arthur und Johannes wurde dies an jenem Abend bewusst. Nach insgesamt zwölf Tagen des Wartens und Reparierens stach die kleine Flotte wieder in See.

Die Schiffe machten gute Fahrt. Während sie die englische Küste hinter sich ließen und sich entlang der spanischen Küste langsam Portugal näherten, strömten zur gleichen Zeit in Frankfurt nach der Aufhebung des Edikts von Nantes hugenottische Glaubensflüchtlinge in die Stadt. Doch von all dem konnte Arthur nichts wissen. Am einundzwanzigsten Tag auf See erkannte Rudolfo seine Heimat wieder. Er stand schweigend am Bug des Schiffes und betrachtete den portugiesischen Küstenstreifen, der sich auf der Backbordseite entlang zog. Arthur trat neben ihn.

„Heimweh?“, fragte er den Portugiesen.

„Ein wenig“, bestätigte dieser. „Aber es tut schon lange nicht mehr richtig weh.“

„Was ist passiert?“

„Es gab einen Bauernaufstand, der meinen Eltern das Leben kostete“, antwortete Rudolfo. „Wenn ich es genau überlege, kann man es den Bauern nicht verdenken. Meine Eltern haben den Bogen überspannt. Während das Volk hungern musste, lebte meine Familie im Überfluss. Leider habe ich erst hinterher erfahren, worum es eigentlich ging. Da war es zu spät. Ich war bereits bei meinen Verwandten. Sie hielten die ganze Sache so klein wie möglich, um weitere Aufstände zu vermeiden. Am Ende wurden die Bauern genauso gierig wie diejenigen, die sie gestürzt hatten. Sie plünderten unser Schloss und erschlugen sich gegenseitig bei der Verteilung der Beute.“ Er lachte verächtlich. „Die Herkunft spielt keine Rolle. Der größte Feind des Menschen ist seine Gier.“

„Wollt Ihr deshalb nicht mehr zurück und Euren Thron einfordern?“

„So ist es“, antwortete Rudolfo. „Solange ich zur See fahre, kann ich der Gier nicht in die Hände fallen. Die See hält mich bescheiden.“ Er zeigte auf einen Schwarm vorbeiziehender Möwen. „Seht Euch die Möwen an. Sie leben von den Abfällen, die wir ins Meer werfen. Trotzdem sind sie zufrieden. Wenn man ihnen eine Münze hinwirft, werden sie sie nur kurz beachten und dann verschmähen. Geld kann man nicht essen. Von ihnen können wir noch lernen. Wir sollten uns auf die wichtigen Dinge konzentrieren."

„Wie recht Ihr habt", sagte Arthur leise.

Sie ließen die spanischen Gewässer hinter sich und fuhren nun die Küste Portugals entlang. Die Abenteurer waren jetzt bereits sechs Wochen unterwegs. Zu diesem Zeitpunkt hatten sie eigentlich bereits die Küste Afrikas erreichen wollen. Doch mit Verzögerungen hatten sie gerechnet, wenn auch nicht zu einem so frühen Zeitpunkt.

Arthur genoss mittlerweile die Seefahrt. Seine anfängliche Seekrankheit hatte er längst überwunden. Johannes zog ihn noch immer gelegentlich damit auf, was Arthur ihm aber nicht übel nahm. Durch den unplanmäßigen Aufenthalt in Amsterdam hatte der Speiseplan reichhaltiger als geplant ausfallen können, was die Seeleute durchaus genossen. Einzig die Bewaffneten waren etwas mürrisch. Sie hatten sich um nagelneue Kanonen zu kümmern, die nur ein absolutes Minimum an Pflege benötigten. Um die Langeweile zu bekämpfen, fingen sie an, sich die Zeit mit Glücksspiel zu vertreiben. Als es fast täglich zu handfesten Auseinandersetzungen zwischen den Kanonieren wegen des verspielten Geldes kam, verbot Johannes den Männern um Geld oder Ähnliches zu spielen. Überraschenderweise hatten sich die Spieler schnell daran gehalten, wodurch die Handgreiflichkeiten auch ausblieben, das Spiel aber langweilig wurde. Da die Kanoniere von nun an nur an Bord herumlungerten, bekam jeder der Männer eine Aufgabe zugeteilt. Diesen Einfall hatte Arthur. Dadurch schlugen sie zwei Fliegen mit einer Klappe. Einerseits waren die Männer beschäftigt und kamen nicht auf dumme Gedanken, und andererseits bauten sie sich somit eine stille Reservetruppe auf, die bei schlechtem Wetter oder Krankheit mithelfen konnte, das Schiff auf Kurs zu halten. Es machte den Kanonieren sogar Spaß, etwas über die Seefahrt zu lernen. Ein weiterer positiver Nebeneffekt war, dass mit dieser Maßnahme die kleine Kluft zwischen Kanonieren und Seeleuten überbrückt wurde und falsche gegenseitige Vorurteile ad absurdum geführt werden konnten.

Am vierundvierzigsten Tag der Reise liefen sie in Lissabon ein. Die Stadt beeindruckte Arthur. Im Hafen lagen die größten Schiffe, die er jemals gesehen hatte. Zwar waren seine drei Handelsschiffe sehr stattlich, mit den portugiesischen Galeonen aber konnten sie nicht mithalten. Die schlanken Kriegsschiffe der Portugiesen waren ein Respekt einflößender Anblick. Man sah den Schiffen ihre Wendigkeit geradezu an. Auch Johannes zeigte sich angetan. Erstmals in seinem Leben sah er die legendären Galeonen. Sie waren teilweise aufgetakelt. Die kunstvoll verzierten Schiffe waren die schönsten, die er jemals gesehen hatte. Er war sich im Klaren, dass die Portugiesen ihre Vormachtstellung in der Seefahrt so schnell nicht verlieren würden. Auch die geradezu fahrlässige Ignoranz der übrigen Hanseländer gegenüber der Ostindienseefahrt trug dazu bei.

Arthur, Johannes und die anderen Schiffskommandeure waren sich einig darüber, den Aufenthalt in Lissabon so kurz wie möglich zu halten. Die jeweiligen Fachleute wie Köche, Zimmermänner und Hauptbootsmänner bekamen drei Tage Zeit, sich um die Auffüllung der Vorräte und Ersatzteile zu kümmern. Jeder Tag länger erhöhte die Wahrscheinlichkeit, dass irgendjemand herausbekam, wohin sie unterwegs waren. Arthur war sehr unbehaglich dabei, in der Höhle des Löwen zu sein. Dennoch schickte er Rudolfo mit dem Auftrag los, so viele Neuigkeiten wie möglich über den Ostindienverkehr herauszubekommen. Ein Portugiese, der sich nach Indien erkundigte, erregte weitaus weniger Aufsehen.

Am Ende der Woche hatte Rudolfo jede Menge verwertbare Informationen über den Weg nach Indien erfahren. Die Seefahrer zeigten sich als sehr auskunftsfreudig und wünschten den Männern viel Glück.

„Ich hätte gedacht“, wunderte sich Arthur, „dass wir Ärger bekommen würden, wenn jemand erfährt, wohin wir fahren.“

Rudolfo grinste. „Wohin ist nicht das Problem, mein deutscher Freund. Das Warum macht den Ärger. Und unser Warum blieb mein Geheimnis.“

„Was habt Ihr denn den Seemännern erzählt?“

„Ich habe ihnen erzählt, dass ich für einen portugiesischen

Geschäftsmann arbeite, der mit den Indern Tuchhandel betreiben will.“

„Ihr seid nicht nur ein guter Übersetzer, sondern auch noch ein kluger Kopf“, lobte Arthur schmunzelnd.

„Ich danke Euch für Euer Lob, mein Herr“, sagte Rudolfo übertrieben ehrfürchtig und ließ eine tiefe Verbeugung folgen.

Lachend gingen die beiden Männer zusammen zu Johannes, um ihm die guten Neuigkeiten zu überbringen. Johannes war begeistert. Er rief sofort die Kapitäne der Pierre und der Andreas zusammen, um die Informationen Rudolfos an sie weiterzugeben. Sie waren nun vor einigen Gefahren gewarnt. Einige davon ließen sich umgehen. Besonders wertvoll erwies es sich, dass Rudolfo von einem Seefahrer die genauen Strömungen nach Afrikas Südspitze in Richtung Indien erfahren hatte.

„Wie zuverlässig ist Euer Informant?“, wollte Friedrich Süderkamp von Rudolfo wissen.

„Ich denke: sehr“, antwortete Rudolfo. „Andere Seeleute bestätigten mir, dass dieser Mann tatsächlich mehrfach in diesen Gewässern war.“

„Das hört sich sehr gut an“, murmelte Friedrich. „Diese Informationen können uns einigen Ärger ersparen.“

Nach drei Tagen waren die Vorräte der kleinen Flotte aufgefüllt. Vier Seemänner wollten die Reise nicht mehr fortsetzen, da sie bei einer Wahrsagerin waren, die eine schwarze Zukunft für sie gesehen hatte. Alle Versuche Arthurs, die Männer davon zu überzeugen, dass niemand in die Zukunft blicken könne und sie einer Betrügerin aufgesessen seien, blieben erfolglos. Johannes gelang es jedoch, unter Mithilfe von Rudolfo, geeigneten Ersatz zu finden. Einer der Männer, die die Reise nicht mehr fortsetzen wollten, war der Koch der Pierre. Zum Glück fand sich schnell ein portugiesischer Koch, der am Tag der Abreise sogar noch Vorräte mitbrachte, auf die er auf keinen Fall verzichten wollte. So kamen die Männer der Pierre für einige Wochen in den Genuss der portugiesischen Küche, was der Stimmung an Bord keineswegs schadete.

Die Tage vergingen und schnell kehrte an Bord die Gewohnheit zurück. Eine Weile wurden sie von anderen Schiffen begleitete, die aber allesamt ins Mittelmeer fuhren. Sie verließen die ihnen bekannten Gewässer und erwarteten jeden Tag das große Abenteuer. Doch tagelang blieb ihnen nichts, als dem Wind zu gehorchen.

Sie machten gute Fahrt. Die Winde waren den drei deutschen Schiffen wohlgesonnen. Schon bald hatten sie die afrikanische Westküste erreicht und nutzten sie zur Orientierung. Doch am Morgen des vierundfünfzigsten Tages ihrer Reise legte sich der Wind in einen tiefen Schlaf.

„Wir haben eine Flaute“, klärte Johannes Arthur auf, der auf das Achterdeck kam, um sich nach der Lage zu erkundigen.

„Was ist das?“, wollte Arthur wissen.

Johannes, dem kurzzeitig entfallen war, dass Arthur nicht die geringste Ahnung von der Seefahrt hatte, musste unweigerlich lachen. „Ich vergaß, dass ich mit einer Landratte rede“, sagte er. Und, als würde er mit einem Kind reden, fügte er hinzu: „Es bläst kein Wind.“

„Ach so“, antwortete Arthur leicht beleidigt über den Hohn, den sein Freund über ihn ausschüttete.

„Wie lange hält so was an?“

„Es kann heute Mittag vorbei sein“, antwortete Johannes betrübt von einer Vorahnung. „Es kann aber auch Wochen andauern.“

„Wochen?“

„Nur in Ausnahmefällen“, beruhigte Johannes den Kaufmann.

Die Sonne war an diesem Tag ohne Gnade. Erbarmungslos brannte sie auf die Schiffe nieder. Selbst Rudolfo, der in Portugal schon etliche heiße Tage erlebt hatte, verkroch sich im etwas kühleren Bauch des Schiffes. Damit die Mannschaft nicht untätig herumhing, ließ Johannes sie das Deck schrubben und kleinere Ausbesserungsarbeiten durchführen. Die Kanoniere überholten nochmals ihre Waffen. Die Kanonen waren immer noch ungebraucht und deshalb weiterhin tadellos. Doch bevor sie das Deck schrubben mussten, taten die Bewaffneten lieber so, als würden sie sich um ihre Kanonen kümmern. Johannes, der dies durchaus bemerkte, ließ sie gewähren.

Als der Tag zu Ende war, blies noch immer kein Wind.

Johannes zog sich in die Kabine zurück und befahl dem wachhabenden Steuermann, ihn zu wecken, sobald Wind aufkäme. Doch in dieser Nacht konnte Johannes schlafen. So wie in den darauf folgenden Nächten.

Sie trieben nun schon fünf Tage vor der Küste Westafrikas, ohne eine nennenswerte Entfernung zurückgelegt zu haben. Einzig die leichte Strömung trieb sie etwas voran.

„Wenn das so weitergeht, müssen wir etwas unternehmen", sagte Johannes resigniert zu Arthur.

„Was können wir denn machen?", fragte Arthur vorsichtig.

„Ehrlich gesagt, nicht besonders viel. Wir können eigentlich nur warten, bis der Wind zurückkommt." Er wies auf die auf dem Deck umhergammelnde Mannschaft. „Ich hoffe nur, dass die Männer nicht auf dumme Gedanken kommen."

Arthur ging umher, um sich ein Bild von der Lage zu machen. Matte Gesichter blinzelten ihm entgegen. Die sengende Hitze hatte die Energie aus der Mannschaft gesaugt. Verbrannte Gesichter, wo er auch hinblickte. Manche hatten sogar Blasen im Gesicht. Nicht für alle war Platz unter den Schatten spendenden Segeln. Das Trinkwasser wurde rationiert. Niemand wusste, wann die nächste Möglichkeit kam, neues Trinkwasser an Bord zu nehmen. Wenn die Flaute noch ein paar Tage andauern würde, bekämen sie ernste Probleme.

Am zwölften Tag der Flaute spitzte sich die Lage zu. Völlig entkräftet lungerte die Mannschaft an Bord herum. Jeder war darauf bedacht, so wenig Energie wie möglich zu verschwenden. Eine aggressive Stimmung machte sich unter den Männern breit. Das Wasser wurde weiter rationiert. Jeder der Männer bekam nur einen Becher am Tag. Zwei Kanoniere bewachten die Wasservorräte. Johannes war verzweifelt. In all den Jahren auf See hatte er so etwas noch nie erlebt. Selbst sein Oheim Friedrich hatte ihm nie von einer solch lang anhaltenden Flaute erzählt. Nicht der geringste Lufthauch trieb über die spiegelglatte See. Arthur trat zu Johannes auf das Achterdeck und unterbreitete ihm seinen Vorschlag.

„Wenn der Wind nicht zu uns kommt“, schlug er vor, „warum gehen wir dann nicht zu ihm?“

„Was redest du?“, murrte Johannes. „Hat dir die Sonne den Verstand verbrannt?“

„Keineswegs“, entgegnete Arthur. „Wir schleppen einfach mit den Beibooten die Schiffe so lange ab, bis sie wieder im Wind sind. Ganz einfach.“

„Ganz einfach“, echote Johannes. „Wie stellst du dir das vor? Die Männer sind mit ihren Kräften am Ende.“

„Wir suchen die Stärksten aus.“

„Eigentlich ist es einen Versuch wert“, stimmte Johannes nach kurzer Überlegung zu.

Die Mannschaft war froh, dass nun endlich wieder etwas zu tun war. Arthur und Johannes setzten mit dem Beiboot auf die Andreas und die Pierre über, um den dortigen Kapitänen ihren Plan darzulegen. Da sie ohnehin keinen besseren Vorschlag hatten, stimmten die beiden anderen Kapitäne zu. Als Arthur und Johannes zurück auf der Elisabeth waren, ließen sie das Beiboot mit dem Klüverbaum vertäuen und setzten die stärksten Männer hinein, die das Schiff in den Wind ziehen sollten. Nach anfänglichen Schwierigkeiten gelang es tatsächlich, das Schiff zu bewegen. Mehrfach musste die Rudermannschaft ausgewechselt werden, da sich die Männer völlig verausgabten. Als die Sonne am Horizont versank, hatten sie tatsächlich einige Seemeilen hinter sich gebracht. Doch von Wind war weiter nichts zu spüren.

„Wenn Morgen kein Wind aufkommt, werden wir die Sache aufgeben“, sagte Arthur resigniert zu Johannes, der neben ihm in der Kapitänskajüte am Tisch saß. Johannes nickte und schluckte einen Bissen Schiffszwieback herunter, der grauenhaft schmeckte.

„Wir haben heute zwar die ein oder andere Seemeile zurückgelegt, aber auf Dauer werden wir nur die Mannschaft gegen uns aufbringen“, sagte Johannes ernst. „Ich hoffe nur, dass nicht irgendjemand anfängt, böse Geister für die Flaute verantwortlich zu machen.“

„Wie bitte?"

„Die Seefahrer sind ein sehr abergläubiges Volk", klärte Johannes Arthur auf. „Sobald irgendetwas nicht nach Plan läuft, sind Flüche oder fremde Geister schuld."

„Das ist doch lächerlich!"

„Da stimme ich dir zu, doch sollten wir die Gefahr nicht unterschätzen und darauf vorbereitet sein."

Arthur legte die Stirn in Falten und suchte nach einer Lösung.

„Haben wir nicht einen Priester an Bord der Pierre?"

„Ja, warum?"

„Dann werden wir morgen einen Bittgottesdienst ausrichten, damit die Männer beruhigt werden."

„Gute Idee."

Am nächsten Morgen signalisierte Johannes den beiden anderen Schiffen, dass sie zu beiden Seiten der Elisabeth festmachen sollten. Die drei Schiffe wurden zusammengetaut, sodass alle an dem Gottesdienst teilnehmen konnten. Gerade als der Priester die ersten Worte an die Mannschaft richten wollte, strich ein Windhauch über die Schiffe. Zunächst war dieser kaum wahrnehmbar, doch nach und nach wurde er immer stärker. Jubel brach aus, als am Horizont Wolken gesichtet wurden. Sofort entfernten sich die Pierre und die Andreas von der Elisabeth und hissten die Segel. Einzig der Priester war ein wenig enttäuscht, dass keiner mehr seinen Worten lauschte. Eine Stunde später ging die Reise nach Indien weiter.

Die Flaute war ein paar Tage später schon vergessen. Die Flotte machte wieder gute Fahrt und nahm Kurs auf die Südspitze des afrikanischen Kontinents. Alltag kehrte ein. Jedoch gingen langsam die Vorräte zur Neige.

„Wenn wir nicht bald eine Versorgungsstation anlaufen, werden wir Probleme bekommen", grübelte Johannes. „Das Trinkwasser ist fast aufgebraucht und das Essen droht zu verderben. Seit Tagen haben wir kaum Fische fangen können. Und der Zwieback langt nur noch für wenige Tage."

„Die Flaute hat uns wohl doch mehr Vorräte gekostet als angenommen", stimmte Arthur zu. „Wie lange werden wir bis zum Kap der Stürme brauchen?"

„Schwer zu sagen, wir sollten vielleicht vor der Küste ankern und dort nach Trinkwasser suchen", schlug Johannes vor.

Am nächsten Tag ging die Flotte in einer kleinen Bucht vor Anker. Ein paradiesisch anmutendes Tal öffnete sich den Seefahrern. Bewaldete Hänge säumten das Ufer. Tiere riefen ihre Warnungen in den Wald hinein. Geräusche, die keiner der Männer in seinem Leben jemals zuvor gehört hatte, schwirrten durch die Luft. Mit einem flauen Gefühl im Magen setzten die ersten Männer, begleitet von zwei Bewaffneten, über. Sie führten große Holzfässer mit, die sie mit frischem Wasser füllen wollten. Schon nach einem kurzen Marsch durch das dichte Unterholz stießen sie auf einen kleinen Fluss. Einer der Bootsmänner schaute sich hektisch um.

„Was ist mit dir?", wollte einer der Bewaffneten von ihm wissen.

„Ich will hier so schnell wie möglich weg. Hast du nicht die komischen Tiere gesehen, die es hier gibt?"

„Ich interessiere mich nicht für die Viecher im Wald", antwortete der Bewaffnete gleichgültig.

„Solltest du aber", antwortete der Seemann. „Denn über deinem Kopf hängt eines davon."

Der Bewaffnete schaute über sich und entdeckte eine riesige Schlange, die sich um einen Ast gewickelt hatte. Mit einem Schrei sprang der Mann zur Seite und rannte zurück zum

Strand. Die zurückgebliebenen Bootsmänner schütteten sich aus vor Lachen.

Die Seeleute hatten die Gelegenheit genutzt und im Fluss noch einige Fische gefangen. Auch in der Bucht waren reiche Fischvorkommen, sodass die Verpflegung zunächst gesichert war. Zufrieden gab Johannes zwei Tage später den Befehl, Segel zu setzen. Die Winde standen günstig und erlaubten flotte Fahrt. Zwei Wochen später erreichten die drei Schiffe das Kap der Stürme. Unberechenbare Winde machten Johannes das Manövrieren schwer. Doch kannte er das Schiff mittlerweile so gut, dass er keine Probleme hatte, es unversehrt in den Hafen einer kleinen Stadt direkt an der Südspitze Afrikas zu bringen. Arthur beschloss, dass sie eine Woche bleiben würden, um anfallende Reparaturen durchführen und weitere Nahrungsmittel an Bord nehmen zu können. Die Woche verlief ohne nennenswerte Vorkommnisse, abgesehen von den üblichen Wirtshausschlägereien, in die sich die Bootsmänner verstrickten. Doch zum Glück mussten bei diesem Stopp keine Abgänge unter der Mannschaft verkraftet werden. Alle Mann waren beim Auslaufen der Flotte wieder an Bord. Nun ging es auf das letzte Teilstück nach Indien und unter der Besatzung machte sich Vorfreude breit. Jeder erfand Geschichten über das ferne Land Indien. So manch einer erzählte Schauermärchen über die Stadt Kalikut, in der die schönsten Frauen und die rachsüchtigsten Ehemänner vorzufinden wären. Arthur und Johannes bekamen davon nicht viel mit. Der Gewürzhändler wurde mit jedem Tag nervöser. Noch wenige Tage und sie waren am Ziel. Würde er die richtigen Gewürze bekommen, welche Preise würde er zahlen müssen? Würden die Inder seine Münzen akzeptieren oder müsste er an seine Goldreserven gehen, die er zur Sicherheit mitgenommen hatte? Es war ihm im Vorfeld der Reise nicht gelungen, jemanden zu finden, der schon einmal hier war und Handel mit den Indern betrieb. Alles war bisher über Venedig gelaufen. Bisher, dachte Arthur und schwelgte in Tagträumen, in denen er sich ausmalte, was wäre, wenn er erfolgreich nach Hause käme. Niemals mehr wäre er auf das Preisdiktat der Venezianer angewiesen. Er könnte seine Flotte so oft er wollte nach Indien schicken. Vielleicht würde er sie sogar erweitern und einen regelrechten Linienverkehr aufbauen, wenn er erfolgreich wäre. Ein ungutes Gefühl beschlich ihn, als er sich dabei ertappte, dass auch ihn im Grunde die Gier nach Reichtum und Anerkennung trieb. Wie sollte er sich von den Venezianern abheben, wenn er das Gleiche tat wie sie? Selbst wenn er seine Gewürze um die Hälfte billiger verkaufen würde als die Venezianer, würden die Gewürzhändler dieselben Preise nehmen wie jetzt, nur dass sich ihr Gewinn vervielfachen würde. Am Ende würde die Gier wieder einmal alles zerstören. Warum musste immer alles so kompliziert sein? Johannes riss ihn aus seinen Gedanken, als er an seine Kajütentür klopfte.

„Tritt ein", rief Arthur, woraufhin ein völlig durchnässter Johannes den Raum betrat.

„Ein Sturm zieht auf, du solltest dich darauf vorbereiten und deine Sachen festzurren."

„Danke, mein Freund", antwortete Arthur, der nun auch bemerkte, dass das Schiff unruhiger fuhr. „Kann ich dir an Deck helfen?"

„Nein, nein. Bleib du nur hier unten und warte, bis der Sturm vorüber ist."

„Wahrscheinlich ist es besser so", sagte Arthur mehr zu sich selbst denn zu Johannes, der ihn ohnehin nicht mehr hören konnte, da er bereits wieder auf dem Weg an Deck war. Hätte er gewusst, dass dies das letzte Mal war, dass Arthur ihn lebend sah, hätte er sich mehr Zeit genommen.

Das Schiff war zum willenlosen Spielball der Wellen geworden. Längst war Johannes bis auf die Haut durchnässt. Doch das war sein geringstes Problem. Er konzentrierte sich darauf, irgendwie das Schiff zu retten. Solch einen Sturm hatte er noch nicht erlebt. Meterhoch brachen sich die Wellen am Bug des Schiffes. Mehrmals wurde er durch die Wucht des Aufpralls quer über das Achterdeck geschleudert. Die Steuermänner hatten längst aufgegeben, das Schiff auf Kurs zu halten. Sie beschränkten sich darauf, es vor dem Kentern zu bewahren. Mehrer Männer waren schon über Bord gegangen. Die Wassermassen drängten auf Deck und nahmen Vorratstonnen mit zurück ins Meer. Wie die Greifarme einer riesigen Krake holten die Brecher sich alles, was nicht niet- und nagelfest war. Die beiden anderen Schiffe waren seit Langem nicht mehr zu sehen. Es interessierte Johannes auch nicht, wo sie waren, ob sie überhaupt noch auf See waren oder schon längst zerschlagen auf dem Wasser trieben. Er war vollauf damit beschäftigt, sein Leben und das der Besatzung der Elisabeth zu retten. Doch dazu würde es nicht kommen. Er hörte nicht einmal den Schlag, als ihn der Fogmast traf, welcher unter einem Brecher umknickte wie ein Streichholz. Johannes war sofort tot. Auch für den ersten Steuermann Friedward Kruse kam jede Hilfe zu spät. Wenige Minuten später brach die Elisabeth entzwei. Sechzig Männer fanden den Tod. Nur wenige Seemeilen vor ihrem Ziel.

Arthur erwachte und fand sich auf dem Boden seiner Kajüte wieder. Als er erkannte, wo er war, überfiel ihn die nackte Angst um sein Leben. Dies war erst der zweite Sturm, den er auf dem Meer erlebte, doch er wusste, dass dies sein letzter sein konnte.

In seiner Kajüte herrschte Chaos. Sämtliche nicht festgebundenen Gegenstände lagen überall verstreut im Raum. Eines der Fenster war zerschlagen. Wasser drang in Strömen in seine Kajüte ein. Arthur versuchte vergeblich, zur Tür zu gelangen. Seine Bemühungen, auf die Beine zu kommen, erwiesen sich als kläglich und undurchführbar. Er wurde hin und her geschleudert. Kriechend suchte er sich einen Weg zur Tür. Eine eiskalte Hand legte sich um sein Herz, als er einen dumpfen Knall hörte. Plötzlich wurde es um ein Vielfaches lauter. Wo eben noch die Decke seiner Kajüte war, klaffte jetzt ein Loch, durch das er das Wasser einfallen sah. Arthur erkannte den Fogmast, der nun in seiner Kajüte lag. Dann sah er Johannes. Ein Schrei entfuhr seinen Lippen. Sein Freund lag mit zertrümmertem Schädel in seiner Kajüte und neben ihm Kruse, mit kaltem Blick und einem Teil des Mastes im Körper. Das Wasser drang nun unerbittlich in den Bauch des Schiffes. Panik ergriff Arthur. Irgendwie schaffte er es zur Tür. Ein heftiger Schmerz durchzuckte ihn, als er sich an der Schiffswand, gegen die er geschleudert wurde, den linken Arm prellte. Den Schmerz ignorierend, ums nackte Überleben kämpfend suchte sich Arthur seinen Weg nach draußen. Als er es endlich an Deck des Schiffes geschafft hatte, packte ihn das Entsetzen. Überall lagen tote Männer. Viele, so vermutete Arthur, waren schon längst in die Tiefen des Ozeans gerissen worden. Dann brach das Schiff auseinander. In einem Reflex schaffte Arthur es, sich in eine Mulde zu werfen. Er wusste nicht, dass diese Mulde das Beiboot war, das sich im Sturm losgerissen hatte und nun wahllos auf dem Meer hin und her geworfen wurde. Das Letzte, an das er sich erinnerte, war der Schmerz, als er sich seinem Kopf anstieß. Dann umhüllte ihn gnädige Ohnmacht.

Arthur wusste nicht, wie lange er der Ohnmacht ausgeliefert war. Als er die Augen vorsichtig aufschlug, blendete ihn das Sonnenlicht. Langsam kam die Erinnerung wieder zurück. Nach und nach versuchte er sich zu orientieren. Er hob den Kopf leicht an und erkundete seine Umgebung. Als er nach oben blickte, sah er nur den strahlend blauen Himmel. Er war noch immer in dem Beiboot, in das er gesprungen war. Dann fiel ihm wieder der schreckliche Sturm ein, der seine Flotte zerstört hatte. Vorsichtig zog er seinen geschundenen Körper am Bootsrand empor und schaute sich um.

Überall nur Wasser.

Arthur kniff die Augen zusammen, um Schärfe in seinen Blick zu bekommen. Hatte sich da etwas bewegt? Arthur richtete sich ganz auf und konzentrierte sich auf den dunklen Fleck im Wasser. Tatsächlich trieb etwa einhundert Mannslängen entfernt etwas im Meer. Arthur schaute sich nach einem Ruder um und fand tatsächlich eines, das am Bootsrand festgezurrt war. Er ignorierte die Schmerzen und paddelte mühevoll auf das von ihm erspähte Teil zu. Als er näher kam, erkannte er, dass es sich um einen Menschen handelte, der sich an etwas festklammerte.

„He da!“, rief Arthur.

Keine Antwort.

„Hallo!“

Wieder nichts.

Arthur verdoppelte seine Anstrengungen und kam wenig später bei dem Schiffbrüchigen an. Jetzt erkannte er ihn. Es war Rudolfo, der Portugiese.

Rudolfo war beinahe am Ende seiner Kräfte. Auch er wusste nicht, wie lange er schon hilflos im Meer umhergetrieben war. Sie konnten überall sein.

„Weiß der Teufel, wo wir sind, mein Freund", sagte er deshalb zu Arthur.

„Wenn ich mich hier umsehe, müssen wir wohl auf irgendeinem Meer treiben."

Rudolfo schaute Arthur entgeistert an. Dann schüttelte er kaum merklich den Kopf und rang sich ein schwaches Lächeln über den Galgenhumor seines Freundes ab.

„Wir sind sehr wahrscheinlich die einzigen Überlebenden der Katastrophe."

„Fragt sich nur, wie lange noch." Rudolfo sah sich im Beiboot der Elisabeth um. „Viel Proviant haben wir ja wohl nicht."

„Jetzt, wo du es sagst ..." Arthur hatte sich darüber bisher keinerlei Gedanken gemacht. Ohne Essen würden sie ein paar Tage, vielleicht sogar Wochen aushalten. Aber ohne Süßwasser waren sie dem Tod geweiht.

„Dann hilft ab jetzt wohl nur beten."

Die beiden Abenteurer trieben jetzt schon einen Tag und zwei Nächte ziellos auf dem Indischen Ozean. Sie bewegten sich kaum, um so viel Energie wie möglich zu sparen. Aber viel Hoffnung blieb ihnen nicht mehr. Immer schwächer wurden ihre wenigen Aktionen, und Verzweiflung machte sich in ihren Köpfen breit. Nach einem weiteren Tag war es Arthur, der zuerst das Bewusstsein verlor. Rudolfo war zu schwach, sich um seinen Freund zu kümmern. Wenig später wurde auch er bewusstlos. Deshalb sahen sie nicht die Rettung in Form des portugiesischen Handelsschiffes Santa Eulalia auf sich zukommen. Der Kapitän des Schiffes hatte das Beiboot zufällig gesehen und den Steuermann angewiesen, den Kurs zu ändern. Schnell wurden die Bewusstlosen an Bord gebracht und vom Schiffsarzt versorgt. Sie waren gerettet.

Es dauerte ein paar Tage, bis die beiden begriffen, wo sie waren und Kraft genug hatten, an Deck zu gehen. Natürlich führte sie ihr erster Weg zum Kapitän, um sich bei ihm für ihre Rettung zu bedanken.

„Aber bitte, meine Herren“, wiegelte er ab. „Das gehört doch zu den Selbstverständlichkeiten der Seefahrt. Sie hätten das Gleiche getan. Davon bin ich überzeugt.“

„Wohin führt Euch Euer Weg, Kapitän?“, wollte Rudolfo wissen.

„Wir werden in den nächsten Tagen Kalikut erreichen.“

„Na, dann kommen wir ja doch noch an unser Ziel.“

Die Winde standen gut und kein weiterer Sturm unterbrach die Reise. Schon einige Tage bevor sie Kalikut erreicht hatten, nahm der Verkehr auf dem Wasser erheblich zu. Seltsam aussehende Schiffe begleiteten die Santa Eulalia. Auch kleinere Schiffe mit mutigen Männern an Bord, die der See trotzten, waren darunter. Manche Boote waren derart überladen, dass ihre Reling mit dem Wasserspiegel beinahe einherging. Arthur beobachtete die kleinen Schiffe interessiert. Die meisten hatten die erlesensten Gewürze geladen. Arthur sah zum ersten Mal so viele auf einmal. Wussten diese Männer, welchen Wert ihre Fracht hatte? Fast alle waren alleine und augenscheinlich unbewaffnet.

Als sie am nächsten Tag in den Hafen von Kalikut einliefen, traute Arthur seinen Augen kaum. Ein fürchterliches Durcheinander herrschte vor. Viele kleine Boote blockierten den Weg der Santa Eulalia. So manch einer stieß sogar an den Rumpf des Schiffes. Jedoch schien sich niemand daran zu stören. Fürchterlicher Lärm schwängerte die Luft. Ein babylonisches Stimmengewirr fegte durch den Hafen. Überall wurden Schiffe be- und entladen. Manche boten ihre Waren direkt vom Boot aus zum Verkauf an. Fasziniert durchkämmte Arthur mit seinen Augen die Umgebung. Scheinbar konnte hier jeder bauen, wie und was er wollte. Viele selbst gezimmerte Hütten und Lagerhäuser säumten das Hafenbecken. Am Ufer rannten die Menschen ameisengleich kreuz und quer. Manche zogen beladene

Wagen hinter sich her. Einige hatten nicht einmal Schuhe an ihren Füßen. Nach mehreren gewagten Manövern legte die Santa Eulalia an. Der Kapitän ließ den Anker werfen und teilte den Männern mit, dass nun die Händler ihre Arbeit machen mussten und sie auf Ladung warten würden. Bis dahin hätten sie Ausgang. Arthur verließ das Schiff, um sich in der Stadt umzusehen.

## *Die Karawane*

In Frankfurt erwarb gerade ein gewisser Johann Hartmann Senckenberg das Bürgerrecht, als Arthur und sein Gefährte Rudolfo fasziniert durch den Hafen von Kalikut liefen. Dunkelhäutige Menschen hasteten durch enge Gassen. Manche trugen schwere Lasten auf ihren Köpfen, andere zogen noch schwerere Wagen hinter sich her. Überall herrschte hektische Betriebsamkeit. Der Frankfurter fühlte sich beinahe isoliert, weil er nur ziellos durch den Hafen schlenderte. Er stieß mehrfach mit Arbeitern zusammen, die ihn auf fremdartige Weise verfluchten. Plötzlich hatte er es eilig, aus dem dichten Gedränge herauszukommen. Rudolfo erging es ähnlich. Jedoch waren die Eindrücke, die auf ihn herabprasselten, nicht ganz so ungewohnt, da er ja bereits einmal hier gewesen war. Sie fanden eine Gasse, die unbelebt aussah, und flüchteten sich dort hinein. Nach einem kurzen Marsch hatten sie das Hafengebiet verlassen und die Straßen wurden weniger belebt. Trotzdem war der Verkehr noch immer dicht. Dann sah Arthur ein Schild. Auf diesem Schild war ein Pfeffersack abgebildet. Er kämpfte sich durch den Verkehr und stand vor dem Laden, zu dem das Schild gehörte. Rudolfo hatte Mühe, mit ihm Schritt zu halten.

„Was ist denn in dich gefahren?“, wollte er deshalb wissen.

„Sieh doch“, sagte Arthur nur und zeigte auf das Schild.

Tatsächlich handelte es sich um einen Gewürzhändler. Nur dass dieser Händler wohl kaum für den Hausgebrauch lieferte. In dem Laden befand sich außer einem Tresen nur ein kleiner, steinalter Inder. Ohne nachzudenken ging Arthur in den Laden hinein und grüßte höflich. Rudolfo folgte ihm zögerlich. Der kleine Mann sah die Fremden freundlich lächelnd an und hob entschuldigend die Arme, sagte irgendetwas zu Arthur und verschwand. Dann dämmerte Arthur, dass ihn dieser Mann gar nicht verstehen konnte. Fieberhaft überlegte er, wie er sich verständlich machen sollte. Verloren standen die beiden Europäer in dem kleinen Laden und warteten ab, was passieren würde. Nach kurzer Zeit kam der Inder mit einem jungen Mann zurück. Dieser begrüßte sie freundlich, wenn auch mit starkem

Akzent, auf Deutsch. Im Verlauf des folgenden Gesprächs stellte sich heraus, dass Rashid Baqra der Sohn des Gewürzhändlers war. Eine seiner vielen Reisen hatte ihn nach Venedig gebracht, wo er durch Zufall eine Anstellung im deutschen Handelshaus, dem Fondaco dei Tedeschi, bekam. Dort erlernte er die deutsche Sprache. Arthur zeigte sich beeindruckt.

„Euer Wortschatz ist sehr umfangreich, wenn ich das erwähnen darf."

„Vielen Dank für das Lob, Herr", gab sich der Inder bescheiden. „Aber nun sagt mir: Wie kann ich Euch helfen?"

Arthur, der so überrascht über einen deutschsprachigen Inder war, hatte den Grund seines Besuches fast vergessen.

„Ach ja, entschuldigt", begann er. „Ich bin selbst Gewürzhändler in meiner Heimat. Doch leider erlitt ich Schiffbruch mit meiner kleinen Flotte. Mein Freund hier und ich sind die einzigen Überlebenden und nun auf uns gestellt."

„Wir sind auf der Suche nach einem Weg zurück nach Europa", ergänzte Rudolfo. „Jedoch haben wir von der Seefahrt erst einmal genug, wie Ihr sicherlich verstehen könnt."

„Das ist nachvollziehbar." Der Inder legte die Stirn in Falten. „Ich werde Euch helfen", sagte er nach kurzem Überlegen, „und mit Euch die Karawane suchen, die vor wenigen Tagen in meinem Auftrag nach Alexandria losgezogen ist. Sie dürfte noch nicht sehr weit sein. Die Gewürzkarawanen ziehen auf einer festen Strecke und kommen nur sehr langsam voran. Es sollte ein Leichtes sein, die Karawane in einer Woche einzuholen."

Arthur und Rudolfo waren sprachlos ob der Großzügigkeit des Mannes.

Rashid bemerkte dies und grinste breit. „So komme ich mal wieder aus dieser lauten und unruhigen Stadt heraus."

„Wie können wir Euch jemals danken?", jubelte Arthur und umarmte den Inder stürmisch.

Sie verabredeten, am nächsten Tag loszureiten. Arthur und Rudolfo gingen zurück zur Santa Eulalia. Hektisch erklärten sie dem Kapitän ihr Vorhaben, woraufhin dieser die beiden Männer für verrückt erklärte und ihnen alles Gute wünschte. Zu ihrer Überraschung bekamen sie eine Heuer ausgezahlt, wodurch sie jetzt sogar etwas Geld hatten. Sie bedankten sich überschwänglich und nahmen sich vor, das Geld Rashid für seine Hilfe anzubieten. Nach einer unruhigen Nacht an Bord der Santa Eulalia brachen Arthur und Rudolfo schon vor Sonnenaufgang zu Rashids Gewürzhandel auf.

Sie ritten zwei Tage wie vom Teufel gehetzt. Nur zum Tränken der Tiere und für wenige Stunden Schlaf gönnten sie sich eine Pause. Die Pferde waren kräftig genug, um einen schnellen Trab den ganzen Tag durchzuhalten. Am dritten Tag trafen sie in einem kleinen Dorf auf Bekannte von Rashid, die ihnen erzählten, dass die Karawane erst vor zwei Tagen hier Rast gemacht hatte; was bedeutete, dass sie schon zwei Tage gutgemacht hatten. Wenn sie weiter in diesem Tempo vorankämen, würden sie die Karawane in drei Tagen eingeholt haben.

So war es dann auch. Die Handelsreisenden hatten sich gerade dazu entschlossen, ihr Nachtlager aufzuschlagen, als Arthur, Rudolfo und Rashid eintrafen. Rashid begrüßte den Karawanenführer und erklärte ihr Anliegen. Sie wurden herzlich willkommen geheißen und zu einer Gruppe Männer geführt, denen sie sich für die Reise anschließen sollten. Sie halfen beim Aufbau des Lagers, wodurch sie schnell einen guten Eindruck auf die Männer der Karawane machten. Am Abend brachten drei Dienstboten das Essen in das Zelt und trugen erlesene Speisen auf. Arthur war tief beeindruckt. Hier ließ es sich aushalten.

Die Karawane hatte es nicht eilig. Arthur bewunderte die Ruhe, mit der die Araber den Weg beschritten. Trotz der wertvollen Ware und der Tatsache, dass die Gewürze mit jedem Tag an Aroma verloren, hatte es niemand eilig. Jeden Mittag zur selben Zeit wurde ein bequemes Lager aufgeschlagen. Diener kochten aufwendig Essen und bedienten ihre Herren. Am Abend traf man sich, um Tee zu trinken und plauderte über dies und das. Am nächsten Morgen wurde von den Dienern in aller Ruhe das Lager wieder abgebaut, bevor es wieder auf die Reise ging. Trotzdem legten sie zehn bis fünfzehn Meilen täglich zurück. Die Karawane bestand aus zwölf einzelnen Händlern inklusive Dienerschaft. Alles in allem nahmen ungefähr einhundert Menschen an diesem Abenteuer teil. Die Hitze brachte Arthur fast um. Seine helle Haut war verbrannt und schlug an manchen Stellen sogar Blasen. Die Araber machten sich über das Bleichgesicht lustig, pflegten ihn aber abends im Zelt. Nach einigen Tagen trug Arthur die Kleidung der Araber, um sich besser gegen die Sonne zu schützen. Er war jetzt kaum von den anderen Mitgliedern der Karawane zu unterscheiden.

Nach einer Woche erreichten sie Goa. Die Stadt blühte unter der nunmehr fast 200-jährigen portugiesischen Herrschaft. Sofort umklammerte Rudolfo das lähmende Gefühl des Heimwehs. Von hier aus, so erklärte man den beiden Gefährten, würde die Reise weiter per Schiff nach Hormus gehen.

„Ich dachte, wir wollten kein Schiff mehr besteigen“, sagte Arthur zu seinem Freund.

„Jeder muss mal über seinen Schatten springen“, antwortete Rudolfo wenig begeistert.

„Ich hoffe, die Sache geht gut.“

Wohl bei dem Gedanken, den festen Boden unter den Füßen zu verlassen, war Arthur nicht. Aber wenn sie wieder nach Hause wollten, mussten sie auf ein Schiff, ob sie wollten oder nicht. Sie verbrachten den Tag damit, die für sie bereitgestellten Schiffe zu beladen. Alles schien perfekt geplant zu sein. Jedes

Mitglied der Karawane wusste, was zu tun war. Es war eine eingespielte Mannschaft, die diese Reise schon oft gemacht hatte.

Arthur war beeindruckt. Am späten Nachmittag war alles auf den Schiffen verstaut. Im Morgengrauen sollten sie auslaufen. Arthur und Rudolfo bekamen einen Platz bei den restlichen Karawanenmitgliedern zugewiesen. Die beengten Verhältnisse störten sie wenig. Die Stimmung unter den Männern war ausgesprochen gut, sodass es keinen Grund zur Klage gab. Man ging früh zu Bett, da die Beladung der Schiffe an den Kräften gezehrt hatte.

Mitten in der Nacht wurde Arthur durch Lärm geweckt. Er schaute sich schlaftrunken um und bemerkte, dass er alleine in der Unterkunft lag. Neugierig ging er dem Lärm nach. Als er an Deck des Schiffes trat, wunderte er sich über das seltsame Licht, das um ihn herum leuchtete. Als er sich umdrehte, sah er den Grund dafür. Das Nachbarschiff stand in hellen Flammen. Ohne zu überlegen rannte er an den Pier und half beim Löschen. Doch das Unterfangen erschien aussichtslos. Wenig später entschied man sich aufzugeben, um wenigstens die direkt danebenliegenden Schiffe zu retten. Das brennende Schiff wurde seinem Schicksal überlassen. Alle, die beim Löschen geholfen hatten, wurden nun angewiesen, die benachbarten Schiffe mit Tauen wegzuziehen. Doch erwies sich dies als sehr schwierig, da am Ufer nicht genügend Platz war. Eines der benachbarten Schiffe hatte bereits Feuer gefangen, das jedoch durch die eigene Mannschaft schnell gelöscht werden konnte. Eile war geboten. Lange konnte für die Sicherheit der unversehrten Schiffe nicht mehr garantiert werden. Plötzlich kam eine Gruppe Männer mit langen Stangen zum Hafenbecken gerannt. Die Stangen wurden hastig an Umherstehende verteilt. Arthur war zunächst verwirrt, sah dann aber, was die anderen mit den Stangen machten. Schnell half er, die bedrohten Schiffe vom Ufer wegzudrükken, sodass sie von dem Feuer wegtreiben konnten. Zur Unterstützung wurden die Schiffe auf dem Wasser von Beibooten weiter vom Gefahrenherd weggeschleppt. Durch den Einsatz der Helfer schaffte man es endlich, die Schiffe in sicheres Gewässer zu bringen. Nur ein Schiff hatte ein paar kleinere Schäden zu beklagen. Als die geretteten Schiffe außer Gefahr waren, wurde weiter versucht, das Feuer zu löschen, was jedoch nicht gelang. Erst als das Wrack im Hafenbecken versank, hörte es auf zu brennen.

Der Eigner des ausgebrannten Schiffes stand vor dem Wrack, von dem nur noch der Mast aus dem Wasser ragte. Er schien den Tränen nahe zu sein. Völlig verzweifelt starrte er in die Trümmer seines Schiffes. Sein ganzes Kapital, all seine Hoffnungen steckten in diesem Schiff. Nun lag alles auf dem Grund des Hafens von Goa. Die Helfer standen ebenfalls am Ufer und starrten in die verkohlten Überreste. Die Löschmannschaft löste sich langsam auf. Die Weiterreise per Schiff hatte sich damit im wahrsten Sinne des Wortes in Luft aufgelöst. Wenig später erfuhren die beiden Freunde, dass auch die Karawane nun nicht mehr weiterziehen würde, da sie keine Waren mehr hatte, die sie feilbieten könnte. Von nun an waren sie auf sich alleine gestellt.

Nach dem ersten Schock war es Rudolfo, der die Initiative ergriff. Schließlich war dies eine portugiesische Stadt, wenn auch nicht auf portugiesischem Boden.

„Ich denke, wir werden schon jemanden finden, der uns weiterhilft, mein Freund", richtete er aufmunternde Worte an den Gewürzhändler. „Schließlich befinde ich mich hier als Portugiese unter Portugiesen."

Daraufhin musste Arthur leise lachen.

„Fürwahr, mein treuer Gefährte", fasste Arthur wieder Mut. „Wir lassen uns doch von solchen Nichtigkeiten nicht aufhalten."

Plötzlich hörten sie eine Frauenstimme unverständliche Worte kreischen. Arthur suchte und fand die dazugehörige Frau. Klein und völlig vermummt stand sie wild gestikulierend in einer Gruppe Männer, die allem Anschein nach zur Besatzung des zerstörten Schiffes gehörten. Die Männer lauschten den Worten der Frau aufmerksam. Einer löste sich von der Gruppe und rannte aus dem Hafen heraus. Arthur war müde und interessierte sich nicht weiter für die immer noch wild gestikulierende Frau. Auf dem Rückweg zu ihrem Schiff sahen Arthur und Rudolfo, wie der Mann, der kurz zuvor den Hafen verlassen hatte, mit einigen Bewaffneten zurückkam. Neugierig geworden blieben sie stehen, um zu sehen was geschehen würde. Die Bewaffneten gingen zu der Frau, die immer noch schrie. Arthur und Rudolfo beobachteten die Szenerie. Der Gewürzhändler bekam ein seltsames Gefühl in der Magengegend, als er versuchte anhand der Bewegungen der Frau den Sinn ihrer Worte zu entschlüsseln. Sie zeigte mehrfach auf Arthur und Rudolfo. Als die Bewaffneten ständig in ihre Richtung schauten, spürte Arthur neuen Ärger auf sie zukommen. Wenige Augenblicke später schritten die Bewaffneten auf Arthur und Rudolfo zu. Sie gingen schnellen Schrittes und sahen sehr entschlossen aus. Ohne weitere Worte stießen sie Arthur zur Seite und stürzten sich auf Rudolfo. Völlig verwirrt fand sich Arthur auf dem Hosenboden wieder. Sekundenbruchteile später lag Rudolfo wenige Meter neben ihm auf dem Bauch. Auf dem Portugiesen saßen zwei Bewaffnete und banden ihm die Hände auf den Rücken. Während der ganzen Aktion riefen die Männer unablässig unverständliche Worte. Jetzt kam auch die hysterische Frau dazu und zeigte mit dem Finger immer wieder auf den völlig verwirrten Rudolfo. Als krönenden Abschluss lüftete sie ihren Schleier und bespuckte ihn. Die Wachmänner stellten Rudolfo unsanft auf die Beine und führten ihn ab. Zurück blieb ein komplett ratloser Arthur. Alleine im Hafen von Goa, in dem er nicht ein einziges Wort verstand.

Die Wachmänner hatten sich mit Rudolfo schon etliche Meter entfernt, als Arthur seinen Verstand wieder fand. Die Bewaffneten mussten seinen Freund für den Brandstifter halten! Arthur gab sich einen Ruck und ging der Gruppe hinterher. Ständiger Begleiter waren die Rufe der Menschen im Hafen, die Rudolfo zu verfluchen schienen.

Was hatte die Frau nur dazu getrieben seinen Freund zu beschuldigen?

Lag es an der Tatsache das Rudolfo Ausländer war und nun als Sündenbock herhalten musste?

Oder war es einfach nur Aberglaube, der die Einheimischen

dazu trieb, einen Fremdling für die Katastrophe verantwortlich zu machen?

Arthur versuchte seine Gedanken zu ordnen. Er musste seinem Freund helfen. Doch wie sollte er sich verständlich machen. Er verstand nicht eine einzige Silbe der hier gesprochenen Sprache. In einigem Abstand folgte er seinem abgeführten Freund zum Kerker. Als er eingesperrt war, schien der wütende Mob befriedigt zu sein und verstreute sich in alle Winde. Ruhe kehrte in Goas Straßen ein, so, als sei nichts geschehen. Einzig Arthur blieb vor dem Kerker stehen und überlegte fieberhaft, wie er seinem Freund helfen könnte.

Wie sollte er sich verständlich machen?

Er bemerkte, dass ihn der Anblick des Kerkers gedanklich blockierte; also beschloss er einige Schritte zu gehen. Wie besessen trieb ihn der Gedanke an die Rettung Rudolfos an. Er lief weiter und weiter ziellos umher. Aber auf eine Lösung kam er trotzdem nicht. Schon bald bemerkte er, dass er sich verlaufen hatte. Der Gewürzhändler unterdrückte die aufsteigende Panik. Hastig schaute er sich um. Er rannte verschreckt um die nächste Ecke, auf der Suche nach einem Orientierungspunkt. Doch er fand keinen.

Da entdeckte er eine Kirche mit einem Kreuz auf dem First. Arthur rieb sich staunend die Augen und dachte, Opfer seiner Einbildung zu sein. Er schaute erneut hin. Es handelte sich tatsächlich um eine christliche Kirche. Das Gebäude befand sich inmitten der Wohnhäuser. Völlig unscheinbar, aber dennoch sofort als Gotteshaus zu erkennen. Ein kleines Holzgebäude mit einem Kreuz auf dem Dach. Das könnte die Lösung sein.

Wenn in diesem Gotteshaus ein christlicher Priester zu Hause ist, würde er bestimmt des Lateinischen mächtig sein. Also wäre eine Verständigung möglich. Und als guter Christ würde er Arthur und Rudolfo sicherlich helfen.

Wenig später erreichte Artur die Kirche. Sein Herz schlug ihm bis zum Hals. Der Händler klopfte an die Tür und horchte nach Schritten im Inneren. Nichts war zu hören.

Er klopfte ein zweites Mal.

Wieder nichts.

Arthur ließ die Schultern hängen und setzte sich in seiner Verzweiflung auf die Stufen vor der Tür.

Arthur musste vor der Kirche eingenickt sein. Hundegebell ließ ihn aufschrecken. Nur langsam erinnert er sich, wo er sich befand. Als er seine Sinne wieder geordnet hatte, erblickte er am Ende der Straße eine auffällige Gestalt. Ein Mann in Kutte führte einem Esel an der Leine die Straße entlang. Das musste der Missionar sein. Arthur stand auf und lief dem Mann entgegen. Jetzt hatte auch der Priester Arthur gesehen und hielt kurz inne.

„Gott zum Gruße", rief Arthur schon von weitem.

„Ich grüße Euch auch", antwortete der Priester fröhlich. Erstaunlicher Weise in Deutsch, wenn auch mit starkem Akzent. Arthur blieb stehen. Er traute seinen Ohren nicht. „Ihr sprecht meine Sprache?"

„Nur ein wenig", kam die Antwort. „Ich bin Holländer", erklärte sich der Mann.

„Ich bin ja so froh Euch zu sehen. Ihr müsst von Gott gesandt sein."

„Natürlich", kam die leicht beleidigte Antwort.

„Wie? – Ja, ja.... Entschuldigung", stammelte Arthur. „Ich meine ja nur, dass Ihr meine letzte Hoffnung seid. Ich, – das heißt mein Freund – steckt in großen Schwierigkeiten und ich kann ihm nicht helfen, weil ich die Sprache dieses Landes nicht spreche. Ihr müsst meinem Freund helfen."

„Nun, – zunächst einmal muss ich meine Vorräte nach Hause bringen", antwortete der Priester unbeeindruckt und ging an Arthur vorbei.

Wortlos folgte der Gewürzhändler dem Mann. Arthur beschloss zu warten, bis der Priester seine Vorräte ausgeladen hatte, bevor er seine Bitte erneuerte. Endlich war der Geistliche so weit, dass er sich Arthur widmen konnte.

„Nun, mein Sohn", sagte der Holländer zu Arthur, „was kann ich für Euch tun?"

„Mein Name ist Arthur Händler, wie darf ich Euch nennen, Hochwürden?"

„Man nennt mich hier nur den Sonderbaren, aber für Euch

ist auch Dyck in Ordnung. Mein voller Name ist Dyck van Burik. Aber ich würde liebend gerne einmal wieder bei meinem Vornamen angesprochen werden.“ Dyck lächelte Arthur traurig an. „Aber nun sagt mir endlich, mein lieber Arthur, was ist Euer Begehr?“

Arthur erzählte die Geschichte mit dem Feuer und der Verhaftung Rudolfos in knappen Worten. Dyck hörte aufmerksam zu und legte einen nachdenklichen Gesichtsausdruck auf.

„Warst Du denn schon in der Wachstube, um zu erfahren, wessen man deinen Freund beschuldigt?“

„Nein.“, rief Arthur aufgeregt. „Aber ich vermute, dass sie ihn der Brandstiftung bezichtigen.“

„Dann lass uns gehen und herausfinden, was deinem Freund vorgeworfen wird.“

Zielstrebig führte Dyck Arthur durch das Gewirr der Straßen Goas. Arthur fragte sich, wie lange der Holländer hier wohl schon lebte.

Endlich hatten sie den Kerker erreicht. Sie betraten einen großen Raum, der nahezu leer war. In der linken Ecke befand sich eine schwere Tür neben der ein finster dreinblickender Wachmann auf einem Stuhl saß. Direkt gegenüber der Eingangstür befand sich ein Tresen, hinter dem ein weiterer nicht minder finster dreinblickender Wachmann stand und die beiden Eindringlinge ausgiebig musterte.

„Du wartest besser hier", zischte Dyck.

Arthur gehorchte und hielt sich dezent im Hintergrund.

Der Holländer ging zielstrebig auf den Tresen zu. Nach einer Weile, stritten die beiden Männer mehr und mehr. Arthurs Optimismus schwand. Plötzlich ging der Wachmann durch eine Tür, die sich hinter dem Tresen befand. Dyck kam zu Arthur herüber. Sein Gesichtsausdruck verhieß nichts Gutes.

„Dieser sture Kerl von einem Wachmann will mich nicht zu deinem Freund lassen", sagte er verärgert. „Ich habe ihm gesagt er soll seinen Vorgesetzten holen. Ich hoffe das dieser mich vorlässt."

Gerade als Arthur fragen wollte, wie denn die Aussichten bei dem Vorgesetzten wären, öffnete sich die Tür hinter dem Tresen und der Wachmann kam mit einem untersetzten Mann zurück. Plötzlich war Dyck wie ausgewechselt. War er eben noch über den Starrsinn des Wachmannes erregt, so lächelte er nun den kleinen Mann an und sprach in freundlichem Ton. Arthur schloss aber aus der Körpersprache des kleinen Mannes, dass dieser seinem Wachmann in dessen Haltung zustimmte. Er schüttelte ständig den Kopf und verschränkte demonstrativ die stummeligen Arme vor seinem dicken Bauch. Nach langer Diskussion gab Dyck schließlich auf. Wutschnaubend kam er auf Arthur zu. Er packte ihn am Arm und zog ihn aus dem Gefängnisgebäude heraus. Arthur wusste nicht so recht, wie er reagieren sollte. Arthur wartete eine ganze Weile, bis er sich traute Dyck anzusprechen.

„Was haben die Wärter denn gesagt?"

„Es ist immer dasselbe", schnaubte der Priester. „Jedes Mal wenn ein Ausländer verhaftet wird, ist er automatisch schuldig." Dyck blieb stehen und holte tief Luft. Als er sich etwas beruhigt hatte, fuhr er fort: „Du bist sicher, dass dein Freund nichts mit dem Feuer auf dem Schiff zu tun hat?"

„Rudolfo hat das Feuer nicht gelegt, da bin ich sicher."

„Sie haben aber eine Zeugin, die deinen Freund dabei gesehen haben will", widersprach Dyck. „Dummerweise ist es auch noch die Frau des Hafenvorstehers. Ihr wird man eher glauben schenken als einem Europäer auf der Durchreise."

„Rudolfo würde so etwas niemals tun", rief Arthur. „Warum auch? Was sollte es ihm bringen ein Schiff in Brand zu setzen? Das ist doch völliger Unsinn."

„Das kann ich nicht beurteilen, ich kenne Euren Freund nicht", sagte Dyck. „Entscheidend aber ist, was die Wachmänner und der Richter denken. Sie haben den Schlüssel zum Kerker."

„Was können wir jetzt tun, um Rudolfo zu helfen?"

„Im Moment nur abwarten. Dein Freund wird morgen dem Richter vorgestellt. Ich kenne einen Advokaten, der mir noch einen Gefallen schuldet. Ich werde ihn bitten, deinen Freund zu vertreten."

Dyck lud Arthur ein, bis dahin bei ihm zu wohnen. Den Rest des Tages verbrachte der Gewürzhändler damit, seine und Rudolfos Habe vom Schiff zu holen. Der Karawanenführer zeigte sich ungerührt über Rudolfos Schicksal. Die Karawane würde ohne sie weiter ziehen.

Dyck kam am späten Abend zu Arthur und teilte ihm mit, dass der Advokat die Verteidigung Rudolfos übernehmen würde. Wenigstens ein Lichtblick am Horizont.

Am nächsten Morgen erwachte Arthur früh. Von der inneren Unruhe getrieben schlich er im Haus umher. Arthur trat in den Garten hinter dem Haus. Zu seinem Erstaunen fand er dort perfekt gepflegte Gemüsebeete vor. Der Priester hatte allem Anschein nach genügend Zeit, seinen Garten zu bewässern und zu pflegen. Wenig später kam auch Dyck in den Garten.

„Wir sollten zum Gericht gehen“, schlug er vor.

„Du hast Recht“, stimmte Arthur zu.

Wortlos gingen sie ins Haus. In der Küche des Hause trafen sie eine Frau vor. Arthur vermutete, dass es sich um die Haushälterin Dycks handelte und beachtete sie zunächst nicht weiter. Doch dann drehte die Frau sich um und grüßte die Männer. Arthur traf es wie ein Donnerschlag. Die Frau war nicht nur wunderschön, sie sah auch noch Elisabeth sehr ähnlich.

„Darf ich dir Shamira vorstellen?“, sagte Dyck. „Sie geht mir ein wenig im Haushalt zur Hand.“

Shamira lächelte Arthur an und verließ den Raum. Dyck gab Arthur einen Kanten Brot, nahm sich selbst einen und trieb den Gewürzhändler zur Eile an.

Als sie im Gerichtsgebäude eintrafen, war die Verhandlung schon in vollem Gange. Der Saal war vollkommen überfüllt. Dyck und Arthur ergatterten dennoch einen einigermaßen anständigen Stehplatz. Von ihrem Standort aus konnten sie zwar Rudolfo nicht sehen, den Prozess aber gut verfolgen. Die Frau des Hafenmeisters stand in der Mitte des abgegrenzten Verhandlungsraumes und deutete keifend auf Rudolfo. Arthur schien diese Zeugin nicht gerade sachlich zu sein, was aber keinen der Anwesenden störte. Sie lauschten den Ausführungen der Frau, als würde sie das Evangelium vorbeten. Dyck übersetzte flüsternd ihre Worte. Sie beschuldigte Rudolfo das Schiff aus Habgier angezündet zu haben. Sie beschrieb einen Streit zwischen Rudolfo und ihrem Mann, dem Hafenmeister. Sie behauptete weiter, dass Rudolfo ihrem Mann gedroht habe, alles in Schutt und Asche zu legen. Der Richter fragte sie, worum es bei dem Streit ging, woraufhin sie angab es nicht genau zu wissen. Sie vermutete, dass es um Geld ging. Auf die Frage, wo ihr Mann sei, wurde sich plötzlich sehr einsilbig. Er sei wohl nach dem Schock des Feuers verwirrt. Schon des Öfteren wäre er tagelang fortgeblieben ohne dass sie wusste, wo er sich aufhielt. Zu Arthurs Empörung genügte dies dem Richter. Als sie endlich fertig war, hatte Arthur nur noch wenig Hoffnung, auf einen gerechten Prozess.

Endlich hatte der von Dyck eingesetzte Verteidiger das Wort. Er sprach ruhig und besonnen; völlig unspektakulär. Dyck übersetzte wieder. Der Verteidiger schien sich mit Rudolfo unterhalten zu haben. Er führte dessen ausgezeichneten Leumund auf. Er gab auch zu bedenken, dass er beim Löschen des Brandes geholfen hatte. Als er die Vorzüge seines Schützlings ausgiebig dargestellt hatte, ging er dazu über die Glaubwürdigkeit der Zeugin zu hinterfragen. Er fragte, wo denn ihr Mann sei, der schließlich angeblich noch Geld von Rudolfo zu bekommen hatte. Wie es kommt, dass dieser Mann Rudolfo nicht einmal bekannt ist. Weshalb die Frau darauf bestand, dass sie Rudolfo gesehen haben will, als er das Schiff angeblich in Brand gesetzt hat, obwohl Rudolfo schwört, niemals auf dem Schiff gewesen zu sein. Er forderte den Richter auf, den Prozess zu beenden und Rudolfo frei zu lassen, da er sich auf den Aussagen einer allem Anschein nach geistig verwirrten Frau stützte. Die Frau des Hafenmeisters fing wieder zu keifen an. Der Advokat setzte sich ungerührt zurück auf seinen Platz.

Nach kurzem Überlegen beschloss der Richter, dass Rudolfo so lange in Haft bleibt, bis der Hafenmeister gefunden ist. Erst dann wolle er entscheiden, wie es um Rudolfos Schicksal bestimmt ist. Der Portugiese wurde wieder zurück in den Kerker geschickt. Der Richter forderte jeden im Saal mit lauter Stimme auf sich bei ihm zu melden, wenn der Hafenmeister gesichtet wurde. Arthur war nicht zufrieden mit dem Prozessverlauf, da Rudolfo wieder zurück in den dunklen Kerker musste. Doch die Entscheidung des Richters, auf den Hafenmeister zu warten, ließ ihn weiter hoffen.

Die nächsten Tage verbrachte Arthur damit, Dyck in seinem Gemüsegarten zu helfen und sich von ihm durch die Stadt führen zu lassen. Laut dem Advokaten, der auf dem Namen Reza Ahlbarim hörte, ging es Rudolfo den Umständen entsprechend. Er hatte es relativ gut getroffen, da er nicht mit Mördern und anderen Schwerverbrechern eingesperrt war, sondern bei den Dieben und Betrügern. Dadurch war er nicht den ganzen Tag in einem Kellerloch eingesperrt, sondern im oberen Teil des Kerkers, wo Tageslicht und frische Luft in die Zellen kam. Dennoch wurde er angekettet. Das Essen im Kerker war dürftig und nährstoffarm. Arthur hoffte, dass man den Hafenmeister bald finden würde.

Am vierten Tag nach dem Prozess kam der Advokat zur Kapelle. Aufgeregt berichtete er, dass der Hafenmeister endlich gefunden sei. Leider konnte Albharim noch nicht mit ihm sprechen. Das Verhör war aber für den Nachmittag geplant. Der Prozess gegen Rudolfo könnte dann Ende der Woche fortgeführt werden.

Am zweiten Prozesstag gegen Rudolfo waren noch mehr Menschen im Gerichtssaal. Wieder konnte Arthur keinen Kontakt zu Rudolfo herstellen. Der Saal war dermaßen überfüllt, dass der Gewürzhändler nur sehr wenig sehen konnte. Zum Glück verhielt sich die Masse ruhig, so dass man wenigstens jedes gesprochene Wort hören konnte. Als der Angeklagte den Raum betrat, ging ein Raunen durch den Raum. Kurz drauf kamen die anderen Prozessbeteiligten in den Saal. Der Prozess konnte beginnen.

Der Richter fragte den Hafenmeister, ob dieser Rudolfo kennen würde. Nach einer kurzen Musterung Rudolfos, schüttelte er den Kopf und behauptete diesen Mann niemals in seinem Leben gesehen zu haben. Der Richter fragte nochmals nach, worauf hin der Hafenmeister leicht erbost fragte, weshalb man ihn in den Gerichtssaal schleppte, nur um einen völlig fremden Mann zu begutachten. Er kenne diesen Menschen nicht und wolle auch gar nicht wissen, wer er ist. Außerdem müsse er nun wieder in den Hafen, er hätte zu tun. Ohne weiter abzuwarten ging der Mann aus dem Raum. Die Zuschauer fingen an zu lachen, worauf hin der Richter lautstark zur Ruhe rief. Warum die Frau Rudolfo beschuldigte kam wenig später ans Licht, als die Frau des Hafenmeisters erneut befragt wurde.

Es stellte sich heraus, dass sie selbst das Schiff in Brand gesetzt hatte. Aus Eifersucht, wie sie tränenreich zugab. Ihr Mann hatte eine Affäre mit einer Jüngeren gehabt. Sie wollte sich mit dem Feuer dafür rächen. Sie wartete, bis ihr Mann sich von seinem Posten entfernt hatte, um sich mit seiner Liebschaft zu vergnügen. Wenn er bei dem Feuer nicht dabei war, würde er, so hatte sie gehofft, Ärger bekommen, weil er seiner Pflicht nicht nachgekommen war. Am Ende wurde die Frau zum Tode verurteilt. Rudolfo wurde ohne ein Wort der Entschuldigung aufgefordert, den Raum zu verlassen.

## *Weiter zu Zweit*

Nachdem sich die Menge aufgelöst hatte, standen Rudolfo, Arthur, Dyck und der Advokat vor dem Gerichtsgebäude zusammen. Rudolfo sah mitgenommen aber glücklich aus.

„Wie kann ich dir nur danken mein Freund?“, sagte Rudolfo zu Arthur.

„Bedanke dich nicht bei mir, sondern bei Dyck.“

„Wir sind uns noch nicht vorgestellt worden“, sagte der Priester unbeholfen. „Mein Name ist Dyck van Burik. Ich bin Missionar hier in Goa. Meine Aufgabe ist es den christlichen Glauben zu verbreiten und zu verteidigen. Es war meine heilige Pflicht Euch zu helfen.“

„Was hat mein Glaube damit zu tun?“, wollte Rudolfo wissen. „Ich bin einfach nur verwechselt worden.“

„Der Herr hat Euch durch mich geholfen“, antwortete Dyck etwas gereizt. „Er ist es, der unsere Taten lenkt. Also solltet Ihr etwas mehr Dankbarkeit zeigen.“

„Wir sollten Rudolfo eine anständige Mahlzeit und etwas frische Kleidung besorgen“, mischte sich Arthur schnell ein, bevor die Situation in die falsche Richtung schwenkte. Dafür erhielt er die breite Zustimmung der Versammelten. Sie machten sich zu der kleinen Kirche auf. Dort angekommen, wurde Rudolfo bestens versorgt. Anschließend saßen die drei Männer im Garten und feierten bei Wein und gutem Essen die Befreiung Rudolfos.

Am nächsten Morgen besprachen die beiden Freunde, wie ihr Weg nach Hause am besten fortgesetzt werden soll. Sie diskutierten einige Möglichkeiten, bis Dyck das Wort ergriff.

„Ich kann Euch sehr gerne ein Stück des Weges begleiten. Wer weiß, vielleicht ist dies endlich die Gelegenheit, zurück nach Europa zu kommen. Ich trage mich schon seit Längerem mit dem Gedanken heimzukehren. Meine Mission ist nicht allzu erfolgreich verlaufen. So langsam werde ich der Inder müde. Sie lassen sich einfach nicht zum christlichen Glauben bekehren.“ Der Holländer bekam einen seltsamen Blick. Er schien an seine

Heimat zu denken. „Aber ich kann natürlich nicht umsonst meine Dienste zur Verfügung stellen."

„Nun, viel können wir Euch nicht anbieten", ergriff Arthur das Wort. „Zumindest im Moment. Ich bin sehr wohlhabend in meiner Heimat, da ich einen eigenen Gewürzhandel besitze." Kaum merklich straffte sich der Körper des Holländers.

Arthur fuhr fort: „Jedoch sind durch den Schiffbruch meine Zahlungsmittel auf dem Meeresgrund verschollen. Solltet Ihr es in Erwägung ziehen, uns nach Europa zu führen, so seid versichert, dass ich Euch mehr als genug entlohnen werde."

„Ihr könnt Euch sicherlich vorstellen, dass ein Weg nach Europa mit vielen Gefahren behaftet ist, meine Herren", gab van Burik zu bedenken. Arthur vermutete hinter der ablehnenden Haltung folgerichtig Preistreiberei. „Ich müsste so einiges zurücklassen. Außerdem würde ich gerne meine Haushälterin mitnehmen, sie hat sonst niemanden außer mir. Ich bin sozusagen ihre Familie geworden. Sie muss natürlich auch auf ihre Kosten kommen. Stellt Euch nur den Kulturschock vor, dem sie in Europa ausgesetzt wäre ..."

„Ich versichere Euch, dass ich äußerst zahlungskräftig bin", sagte Arthur. „Mein Vermögen ist groß genug, um Euch einen Anreiz zu bieten, das Risiko einzugehen. Wir benötigen einen Führer, der uns sicher nach Europa bringt. Da Ihr den Weg schon einmal gegangen seid, wärt Ihr genau der Richtige."

„Nun, da habt Ihr wohl recht", gab sich Dyck geschmeichelt und fügte nicht ohne Stolz an: „Ich möchte nur der Vollständigkeit halber erwähnen, dass ich den Landweg nach Europa mehr als nur einmal eingeschlagen habe."

„Was Euch für uns umso wertvoller macht", ergänzte Rudolfo.

„Nun denn, so sei es."

## *Die Weiterreise*

Arthur wurde jeden Tag ungeduldiger. Dyck hatte sich schon seit einigen Tagen nicht bei ihnen gemeldet.

„Bist du sicher, dass du ihm die richtige Adresse unserer Unterkunft genannt hast?“, fragte er Rudolfo zum wiederholten Male.

„Ja doch!“, antwortete der Portugiese genervt. „Und wenn du mich noch hundert Mal fragst, so wirst du immer wieder dieselbe Antwort erhalten. Übe dich in Geduld.“

Arthur übte sich darin, in dem er in dem engen Zimmer auf und ab lief. Rudolfo wollte ihm gerade dieses Verhalten austreiben, als Dyck van Burik an ihre Zimmertür klopfte.

Nach einer kurzen Begrüßung verkündete der Holländer sein Salär „Ich werde Euch nach Europa führen“, verkündete der Holländer. „Jedoch bin ich, wie erwähnt, nicht billig. Mein Lohn beträgt pro Tag fünf Gulden.“

„Risum teneatis, amici? Könnt Ihr das Lachen unterdrücken Freund? Das ist Wucher“, schnappte Arthur. „Ein Geselle müsste dafür ein ganzes Jahr arbeiten. Ihr seid des Wahnsinns!“

„Wie ich bereits sagte, die Reise ist sehr gefährlich und ich muss auch für mein Mündel Shamira sorgen.“

Nach kurzen Verhandlungen wurde man sich handelseinig. Arthur drückte den Preis auf zwei Gulden pro Tag, was ihn immer noch einen Großteil seines Vermögens kosten würde und zu der Bemerkung veranlasste, der Holländer wäre der Advocatus diabolo, des Teufels Anwalt. Ihm kamen zum ersten Mal Zweifel, ob Dyck wirklich ein Mann Gottes war. Er sah sich aber gezwungen, diesen hohen Preis zu zahlen. Wenn der Holländer ihn nach Hause bringen würde, hätte er sich allemal bezahlt gemacht.

Bevor die Rückreise nach Europa beginnen konnte, mussten Arthur und Rudolfo noch Pferde besorgen. Da sie kaum Gepäck hatten, brauchten sie nur zwei. Sie baten Dyck, ihnen beim Kauf zu helfen. Da sie beide kein Geld besaßen, waren sie erneut auf den guten Willen des Holländers angewiesen. Dyck stimmte überraschenderweise ohne große Verhandlungen zu, zwei Pferde auf seine Kosten zu kaufen. Er gab ihnen genügend Geld und empfahl einen ehrlichen Händler. Beim Kauf jedoch wollte er sie nicht begleiten. Er hätte „noch etwas zu erledigen", war seine Ausrede. Da Arthur und Rudolfo Angst hatten, Dyck könnte es sich mit dem Geld noch anders überlegen, nahmen sie seine Ausrede kommentarlos entgegen und machten sich auf den Weg zum Pferdehändler. Am späten Nachmittag kamen sie mit zwei gesunden und kräftigen Pferden zurück. Das Geld, das sie noch übrig hatten, wollten sie Dyck zurückgeben. Dieser verweigerte aber die Rücknahme. Der Holländer wollte, dass sie etwas Geld hätten, damit sie sich auf ihrer Reise das Nötigste kaufen konnten. Verwirrt über die unerwartete Unterstützung bedankten sie sich bei Dyck und legten sich früh schlafen, um bei Sonnenaufgang aufzubrechen.

Am nächsten Morgen beluden die zwei Freunde gerade ihre Pferde, als Dyck zu ihnen in den Stall kam. Sein Pferd war beladen wie ein Packesel. Der Holländer hatte sich gut vorbereitet. Augenblicke später sahen sie Shamira mit einem ebenfalls reichlich beladenen Pferd auf sich zukommen. Arthur und Rudolfo tauschten viel sagende Blicke aus.

Sie war eine Augenweide. Es würde sehr schwer werden, ihren Reizen auf der langen Reise zu widerstehen. Nach wenigen Minuten machten sich die vier Abenteurer auf den weiten Weg nach Europa.

Schnell hatten sie die laute Stadt hinter sich gelassen. Voller Vorfreude ritten die vier Weggefährten Richtung Norden. Je weiter sie kamen, desto weniger Menschen begegneten ihnen. Zunächst fiel es ihnen gar nicht auf. Doch am späten Nachmittag war es Dyck, der als Erster die ungewohnte Stille wahrnahm.

„Wie schön kann doch die Ruhe sein“, sinnierte er.

„Wie recht du hast, Dyck“, stimmte Arthur zu.

Rudolfo stoppte sein Pferd und schaute sich um. Rings herum befand sich eine unendlich scheinende karge Landschaft. Am Horizont konnten sie Berge erkennen. Etwas weiter vorne erstreckte sich ein Fluss, der durch sein steiniges Flussbett kaum Pflanzen an seinen Ufern zuließ. Vereinzelt wuchsen Büsche, die jedoch allesamt verdörrt aussahen. Doch weiter vorne, schon kaum mehr sichtbar, machte Rudolfo eine Baumgruppe aus. Er schlug vor, dort ihr Nachtlager aufzuschlagen. Als sie die Bäume wenige Augenblicke später erreichten, eröffnete sich ihnen ein paradiesischer Anblick. Die Baumgruppe entpuppte sich als fruchtbare Oase inmitten der Ödnis. Eine kleine Quelle brachte Leben an diesen wunderbaren Flecken Erde. Nicht gerade groß an Fläche, aber dafür umso reicher an Flora und Fauna. Vögel tummelten sich in den Bäumen und Schmetterlinge schwirrten durch die Luft. Die kleine Quelle plätscherte leise und speiste einen kleinen See. Der ganze Ort strahlte einen fast körperlich spürbaren Frieden aus.

Die erste Woche der Reise verlief ruhig. Die kleine Gruppe kam gut voran. Das Land war flach, sodass es kaum Hindernisse zu überwinden gab. Die Stimmung unter den Reisenden war ausgezeichnet. Am neunten Tag nach ihrer Abreise erreichten sie eine kleine Stadt am Meer. Sie erinnerte Dyck ein wenig an Goa. Sofort fiel ihm das unruhige Treiben auf. Wie in einem Ameisenhaufen tummelten sich die Menschen auf den Straßen. Nach all der Ruhe der letzten Tage war der Lärm kaum zu ertragen, deshalb beschlossen sie, ihre Vorräte so schnell wie möglich aufzufüllen und der Stadt den Rücken zu kehren. Schon am Abend waren sie wieder unterwegs und bauten sich ein Nachtlager im Schutze eines Felsvorsprunges. Arthur war auf der Suche nach Brennholz auf einige Hasenspuren getroffen und beschloss, für das Abendessen einen Braten zu fangen. Er legte sich auf die Lauer und wartete geduldig, bewaffnet mit Pfeil und Bogen, auf den zukünftigen Braten. Schon nach wenigen Minuten kam der erste Hase in Schussweite. Doch erst eine Stunde später war ein Tier dumm genug, sich von Arthur erlegen zu lassen. Freudestrahlend kam der erfolgreiche Jäger, den Festschmaus in der Hand, zum Lager zurück. Schnell hing das Tier am Stock über dem Lagerfeuer. Nach dem ausgiebigen Mahl legten sie sich um das Feuer und besprachen das weitere Vorgehen. Dyck schlug vor, die Reise via See fortzuführen. Nach einem Schiff zu suchen kam für Arthur und Rudolfo nicht infrage. Beide hatten genug von der Seefahrt. Sie bestanden darauf, einen Weg über Land zu finden. Und sollte es bis an ihr Lebensende dauern. Dyck versuchte dennoch, die beiden Freunde zu einer Schiffspassage zu überreden. Der Weg würde sich um einiges verkürzen und angenehmer zurückzulegen sein. Ein weiteres, nicht zu verachtendes Argument des Holländers war, dass es sehr viel sicherer war, da sie an Bord bestimmt vor Überfällen gefeit waren.

„Weißt du", schmetterte Arthur ruhig die Argumente ab. „In meinem Leben habe ich so viel erlebt, da kommt es auf ein paar Abenteuer mehr oder weniger nicht mehr an. Ich denke, wir sind auf dem richtigen Weg. Ich liebe es, unterwegs zu sein. Man erlebt viel, lernt andere Kulturen und Menschen kennen. Und das Wichtigste: Niemand macht einem Vorschriften."

„Ich treffe hier nicht die Entscheidungen", bemerkte Dyck nur und fügte sich dem Gewürzhändler.

Die weitere Reise verlief eintönig und immer nach dem gleichen Schema. Die vier Reisenden ritten von Sonnenauf- bis Sonnenuntergang. Bald hatten sie ihre Abenteuerlust verloren. Sie sahen die Schönheit der Landschaft schon lange nicht mehr. Einzig von dem Gedanken, nach Hause zu kommen, wurden sie angetrieben. Sie achteten nicht darauf, in welchem Land sie waren und in wessen Hoheitsgebiet sie ihr Lager aufschlugen. Es war ihnen egal. Sie wollten nur nach Hause. Sie waren jetzt schon fünf Wochen unterwegs und liefen immer noch durch karge Berglandschaft. Die Suche nach einem größeren Fluss, der sie in eine Stadt führen würde, verlief ergebnislos. Tagelang sahen sie keine Menschenseele. Nur ab und zu ein paar Tiere. Ihre Wasservorräte füllten sie an Bergbächen auf. Wenn es ging, jagten sie kleine Tiere, die sie am Abend am Lagerfeuer zubereiten konnten. Wenn nicht, aßen sie Wurzeln oder Ähnliches. Manchmal gelang es ihnen sogar, ein etwas größeres Tier zu erlegen, was ihre Verpflegung für die nächsten Tage sicherte.

Dann, urplötzlich, sahen sie ein Dorf am Ende eines Tales liegen. Nur wenige Hütten, aber bewohnt. Rauch stieg aus den Schornsteinen empor. Das erste Zeichen von menschlichem Leben seit Wochen. Die Freude war groß. Wo es ein Dorf gab, würden sie auch jemanden finden, der ihnen den weiteren Weg weisen könnte. Endlich erreichten sie die Siedlung. Voller Vorfreude ritten sie durch die einzige Gasse des kleinen Bergdorfes. Fast am Ende der Gasse saß ein alter Mann vor seiner Hütte auf einer steinernen Bank und stützte sich auf einen Stock. In eine Art Umhang aus Schafswolle gewickelt starrte er die Fremden an. Er machte einen freundlichen Eindruck. Schon kurz darauf hatte Rudolfo den alten Mann dazu gebracht, dass er der kleinen Gruppe Unterschlupf gewährte. So wie sich die Sache darstellte, war er sogar froh über den unerwarteten Besuch. Er bekochte seine Gäste und bot ihnen ein weiches Lager für die Nacht.

Am nächsten Morgen fühlten sich alle vier so frisch wie schon seit Wochen nicht mehr. Sie waren froh, endlich wieder Menschen zu sehen. Auch die restlichen Dorfbewohner hatten sich sehr gastfreundlich gezeigt und die Reisenden eingeladen, mit ihnen zu speisen. Nach einem ordentlichen Frühstück verabschiedeten sie sich von ihren Gastgebern und schlugen den Weg nach Hormus ein, den ihnen der alte Mann erklärt hatte.

## *Überraschende Eifersucht*

Die nächste Etappe ihrer Reise sollte eine Stadt namens Bagdad sein. Bis dahin hatten sie jedoch noch einige Wochen vor sich.

Sie hatten inzwischen gelernt, wie sie am besten in der kargen Gegend zurechtkamen. Arthur erlernte einfache, aber wirkungsvolle Jagdtechniken und entdeckte essbare Pflanzen, die am Wegesrand wuchsen.

Eines Morgens, als Shamira einige ihrer Sachen auf seinem Pferd verstaute, ging Arthur zu ihr, um ihr beim Verladen zu helfen.

„Weißt du denn überhaupt, was dich in Europa erwartet?"

Arthur war von seiner Frage selbst überrascht.

„Nein, aber wenn du bei mir bist, werde ich es schon schaffen", sagte sie sanft und blickte ihm ernst in die Augen. Dies überraschte den Frankfurter sehr.

Ihm fiel zum wiederholten Male auf, dass er sich zu Shamira hingezogen fühlte. Was sollten diese Worte bedeuten? Verlegen nestelte er am Gepäck herum.

„Ich denke, du machst dir ein falsches Bild von mir", sagte er nach einer Weile.

„Das denke ich nicht", erwiderte Shamira und berührte Arthur am Arm. Dabei stellte sie fest, wie muskulös Arthur trotz seines Alters immer noch war. Er musste mindestens vierzig Jahre zählen, sah aber wesentlich jünger aus. Nur in seinen Augen stand geschrieben, was er alles erlebt haben musste. Sie zog ihn langsam zu sich und küsste in sanft auf den Mund. Arthur war völlig überrascht und zog sich hastig zurück.

„Was machst du da?", fragte er etwas zu grob. „Ich könnte dein Vater sein."

Shamira lachte auf. Dann wurde sie abrupt wieder ernst und nahm Arthurs Gesicht in ihre Hände. Sie schaute ihm tief in die Augen.

„Es ist mir egal, wie alt du bist", sagte sie eindringlich. „Als ich dich das erste Mal sah, war mir klar, dass du mein Befreier sein wirst. Du wirst mich führen, in ein besseres Leben."

„Wie kommst du darauf, dass ich das kann?"

Arthur stellte erschrocken fest, dass ihm die Berührung Shamiras gefiel.

„Wir sind füreinander bestimmt", fuhr Shamira fort. „Es ist unser Schicksal, zusammen durchs Leben zu gehen. Ich hatte dieses Gefühl bislang bei keinem Mann. Und glaube mir: Viele Männer wollten mich. Aber keiner war gut genug, weil ich bei keinem das verspürte, was ich jetzt bei dir fühle."

Arthurs Widerstand war gebrochen, die Schönheit und die Worte Shamiras ließen ihn schmelzen wie Butter in der Sonne. Er riss sie an sich und küsste sie leidenschaftlich. Es war wie eine Explosion der Gefühle. Schon fast mit Gewalt musste er sich von ihr losreißen. Dann sah er sie an, wobei er sie immer noch festhielt.

„Ich werde dich, so gut ich kann, beschützen, Shamira."

Dyck und Rudolfo war die plötzliche Veränderung zwischen Arthur und Shamira natürlich nicht verborgen geblieben. Rudolfo freute sich für seinen Freund. Manchmal beneidete er Arthur, dann aber sagte er sich: „Wie viel Ärger kann ich mir ersparen, wenn ich mein eigener Herr bin und mir nicht auch noch Sorgen um ein Weib machen muss."

Rudolfo war glücklich und zufrieden. Er wollte nur nach Hause. Dort ließe sich vielleicht über ein Weib nachdenken. Aber erzwingen würde er es nicht. Wenn der Herr es will, umso besser, wenn nicht, würde er es auch überleben. Dyck hingegen war anderer Meinung. Der Holländer stellte eine üble Laune zur Schau. Ihm schien die Liaison seiner Haushälterin mit dem Gewürzhändler zu missfallen. Ungewohnt einsilbig setzte er die Reise fort. Die anderen Gefährten versuchten ein paar Mal, den Niederländer ein wenig aufzuheitern, doch diese Versuche blieben fruchtlos.

Einige Tage später, die Gruppe wollte sich gerade zur Ruhe begeben, nutzte Arthur die Gelegenheit, Dyck erneut auf seinen Gemütszustand anzusprechen. Rudolfo und Shamira lagen bereits in den provisorischen Zelten, die sie sich aus Blattwerk und einigen Decken gebaut hatten. Dyck löschte gerade das Feuer, als Arthur neben ihn trat.

„Liegt es an mir und Shamira?"

„Was?", schreckte Dyck zusammen. „Wovon sprichst du?"

„Von deinem eigenartigen Verhalten, seit wir die Reise fortgesetzt haben."

„Du fantasierst!"

„Das glaube ich kaum", warf Arthur zurück. Sein Tonfall machte eindeutig, dass er ein klärendes Gespräch führen wollte.

„Was soll dieses Gehabe?", schnaubte Dyck.

„Das müsste ich dich fragen."

„Ich weiß wirklich nicht, worauf du hinaus willst", gab Dyck zurück und wich dabei Arthurs Blick aus.

„Ich denke, das weißt du genau, mein Freund", widersprach Arthur. „Aber da du es ja scheinbar von mir hören möchtest, werde ich dir diesen Gefallen tun." Arthur holte hörbar Luft und sprach weiter. „Du hast in der letzten Woche, wenn ich großzügig überschlage, etwa zehn Worte mit mir gewechselt. Mit Rudolfo hast du nicht unbedingt mehr gesprochen und mit Shamira überhaupt nicht. Wir stehen hier zusammen eine sehr gefährliche Reise durch, bei der sich jeder auf den anderen verlassen muss. Wenn ein Mitglied der Gruppe nicht mitmachen möchte, ist das sein Problem. Wenn dieses Mitglied aber dadurch die Stimmung innerhalb der Gruppe beeinträchtigt, geht das alle an. Ich denke, dass deine üble Laune mit mir und Shamira zu tun hat. Ich bin es leid. Entweder du wirst dich jetzt mit mir aussprechen oder ..."

„Oder was?", unterbrach Dyck Arthur. „Willst du mich verprügeln? Willst du mich zurücklassen? Bitte – tu, was du nicht lassen kannst." Er reckte das Kinn, als würde er einen Schlag erwarten.

„Was soll das, Dyck?" Arthur war enttäuscht.

Er sah den Schlag nicht kommen. Aber dafür spürte er ihn umso mehr. Der wesentlich kleinere Dyck hatte ihn mit einem gezielten Haken niedergestreckt. Unversehens fand sich der baumlange Gewürzhändler auf seinem Hosenboden wieder. Erstaunt sah er den breitbeinig über ihn stehenden Dyck an. Die Abenddämmerung verhüllte sein vom Zorn gerötetes Gesicht. Arthur schüttelte seinen Kopf und rappelte sich wieder auf die Beine. Dyck stand mit erhobenen Fäusten vor ihm und erwartete die Antwort Arthurs.

„Fühlst du dich jetzt besser?" Arthur hatte nicht die Absicht, seinen Reisegefährten zu schlagen.

„Nein", antwortete Dyck und ließ die Fäuste kampfbereit erhoben.

„Was ist dein Problem?"

„Was mein Problem ist?", rief Dyck. „Du willst mein Problem wissen? Du bist mein Problem. Du allein!"

„Warum?"

„Weil ich Shamira liebe", schrie Dyck. Fast gleichzeitig brach er in Tränen aus.

Arthur stand vor dem weinenden Dyck und traute seinen Ohren nicht. Er war sprachlos. Er hatte nicht einmal im Traum daran gedacht, dass Dyck ein Auge auf Shamira geworfen hatte. Dafür hatte es keinerlei Anzeichen gegeben. Zumal Shamira Dycks Mündel war.

„Was ist denn hier los?"

Arthur zuckte zusammen. Ohne dass er es bemerkt hatte, stand plötzlich Rudolfo hinter ihm. Allem Anschein nach war er durch den Lärm, den die beiden gemacht hatten, geweckt worden.

„Nichts", antwortete Arthur wenig glaubwürdig.

„Erzähl' das deiner Großmutter", blaffte der Portugiese.

„Also? Was ist hier los?"

„Wie sich die Sache darstellt, haben wir wohl eine Meinungsverschiedenheit", erklärte Arthur etwas kryptisch.

„Was?"

„Na ja ..." Arthur zögerte, „... wie es sich herausgestellt hat, bin ich wohl nicht der Einzige, der sich in Shamira verliebt hat."

Rudolfo riss die Augen auf und starrte Arthur ungläubig an. Dann versuchte er, ein paar Worte in seinem Mund zu formen, bekam aber nur eine Fratze zustande. Nach einer ganzen Weile hatte er sich wieder so weit im Griff, dass er stammeln konnte: „Du meinst also ... du willst mir allen Ernstes erzählen ...", stammelte er. „Du sagst mir also, dass Dyck sich in ... nein, das glaube ich nicht." Rudolfo war eindeutig überfordert mit der Situation.

„Und du hältst wohl wie immer zu deinem deutschen Freund?", schrie plötzlich Dyck völlig hysterisch.

„Welcher Teufel hat dich denn geritten?" Rudolfo verlor nun vollends den Überblick. „Was willst du denn jetzt von mir?"

Arthur und Rudolfo wussten nun beide nichts mehr mit dem Holländer anzufangen.

„Ich glaube, so langsam gerät die Sache aus dem Ruder", erkannte Arthur. „Wir sollten jetzt schlafen gehen und morgen in aller Ruhe darüber reden."

Arthur versuchte, seiner Stimme so viel Gelassenheit zu geben wie möglich, was ihm aber nicht besonders gut gelang. Als er sich gerade abwenden wollte, um zu seinem Lager zu gehen, traf ihn ein Schlag auf den Kopf, der ihn erneut in die Knie zwang. Dyck stand über ihm, in der Hand hielt er einen Stein. Sein Gesicht war nur noch eine wutverzerrte Maske. Rudolfo schaffte es gerade noch, den zweiten Schlag zu verhindern, indem er Dycks Hand festhielt. Mit der anderen Hand versetzte er ihm einen Schlag in die Magengrube, die Dyck außer Gefecht setzte. Arthur merkte, wie ihm ein warmes blutiges Rinnsal über das Gesicht lief. Der Stein hatte eine hässliche Platzwunde über seinem linken Auge verursacht. Rudolfo half Arthur wieder auf die Beine und untersuchte die Wunde.

„Nur eine kleine Platzwunde", beruhigte er seinen Freund, der noch völlig benommen war. „Das kriegen wir schon wieder hin."

Rudolfo drehte sich zu Dyck um. „Und du lässt dich heute Abend am besten nicht mehr in meiner Nähe blicken, mein Freund, sonst könnte es schlimme Folgen für deine Gesundheit haben."

„Keine Sorge", keuchte Dyck. „Ich werde sofort von hier verschwinden. Mit solchem Pack wie euch will ich nichts mehr zu tun haben."

„Na, umso besser", spie Rudolfo Dyck entgegen und packte Arthur unter dem Arm, um ihm aufzuhelfen. Dyck ging schnellen Schrittes an seinen ehemaligen Freunden vorbei und raffte seine Siebensachen zusammen. Nach wenigen Augenblicken hatte er alles verstaut, schnappte sich ein Pferd und verschwand in der dunklen Nacht.

„Den sehen wir so schnell nicht wieder", raunte Rudolfo.

„Vivat, crescat, floreat", ächzte Arthur ironisch. „Er möge leben, wachsen und gedeihen. Auf Nimmerwiedersehen, du Schlange."

Doch da sollte er sich täuschen.

Die nächsten Tage streiften Arthur, Rudolfo und Shamira alleine durch das unwegsame Land. Neben ihnen türmten sich die Berge empor. Die karge Landschaft trug nicht gerade zur Besserung der Laune bei. Die Stimmung war auf dem Nullpunkt. Die Weggefährten sprachen so gut wie kein Wort miteinander. Shamira fragte am Morgen nach Dyck und bekam eine kurze Antwort von Arthur: „Weg!", schnaubte er ihr nur zu und weigerte sich, weitere Auskünfte zu geben. Nach mehreren vergeblichen Anläufen gab Shamira auf und fügte sich in die ungewohnte Stille.

Die Tage zogen dahin. Das allabendliche Ritual des Herrichtens des Lagers wurde ohne Dyck in abgeänderter Form durchgeführt. Dycks Aufgaben, das Holzsuchen und das Feuermachen, übernahm nun Shamira, während Arthur und Rudolfo sich auf die Suche nach etwas Essbaren machten. Überraschenderweise konnten die beiden Freunde schnell einen Hasen erlegen. Langsam machten sie sich auf den Rückweg.

„Weshalb sind wir eigentlich so schweigsam, mein Freund?", wollte Arthur wissen.

„Gute Frage?"

„Wir haben doch gar keinen Streit", stellte Arthur fest.

„Warum sollten wir uns das Leben wegen eines durchgedrehten Holländers schwer machen?"

Die beiden Freunde blieben stehen und schauten sich an. Plötzlich mussten sie beide lauthals lachen. Minutenlang lachten sie über ihr eigenes beschränktes Verhalten. Als sie sich wieder beruhigt hatten, gingen sie fröhlich zurück zum Lager. Kurz vor ihrem Eintreffen kam ihnen Shamira entgegen. Sie strahlte, als sie die Freunde erblickte.

„Euren Gesichtsausdrücken zufolge seid ihr wieder normal", rief sie ihnen entgegen.

„Richtig, mein Engel", gab Arthur fröhlich zurück. Dann bemerkte er, dass kein Feuerholz zu sehen war. „Warum gehst du erst jetzt zum Holzsuchen?", wollte er deshalb von Shamira wissen.

„Ich …“, sie unterbrach sich kurz, dann fuhr sie kleinlaut fort: „Ich dachte, ihr würdet länger brauchen, um etwas Essbares aufzutreiben. Da habe ich mich noch etwas ausgeruht. Dummerweise bin ich dabei eingeschlafen.“

„Na ja, macht ja nichts. Es ist ja noch früh am Tag.“ Arthur wollte die wiedererlangte gute Stimmung nicht wegen so einer Kleinigkeit aufs Spiel setzen.

Shamira küsste Arthur flüchtig. „Dafür beeile ich mich jetzt umso mehr, damit die Männer etwas zu essen bekommen.“

Shamira schnappte sich einen Korb und verließ das Lager, um Brennholz zu suchen.

„Du bist ein Glückspilz!“, sagte Rudolfo.

„Ich weiß“, gab Arthur nachdenklich zurück.

An diesem Abend schliefen Arthur und Shamira das erste Mal, seit sie zusammengefunden hatten, nicht miteinander.

Am nächsten Morgen zeichnete sich eine Schlechtwetterfront ab. Um kein unnötiges Risiko einzugehen, beschlossen die drei Reisenden, ihr Lager nicht abzubauen, sondern es zu festigen, um einem eventuellen Unwetter trotzen zu können. Als sie die Sicherungsarbeiten an ihrem Lager vollendet hatten, gingen Arthur und Rudolfo auf die Pirsch, um vor dem Unwetter ihre Vorräte aufzufüllen. Shamira blieb zurück. Sie fühlte sich seit dem Morgen nicht besonders wohl und wollte sich zurückziehen. Dadurch erklärte sich für Arthur auch die gestrige Ablehnung des Liebesaktes. Er dachte schon, es hätte etwas mit ihm zu tun gehabt. Erleichtert ging er mit Rudolfo zur Jagd. Diesmal hatten sie nicht so viel Glück. Die Tiere schienen das kommende Unwetter zu spüren und blieben in ihren sicheren Bauten. Mehrere Stunden vergingen, bis die beiden Freunde ein Tier erlegen konnten. Es handelte sich um einen unvorsichtigen Hasen von minderer Größe. Sicherheitshalber sammelten sie noch ein paar Beeren und Wurzeln, um nicht hungern zu müssen. Anschließend füllten sie noch ihre Wasserschläuche, bevor sie sich endgültig auf den Rückweg begaben. Der Regen hatte bereits eingesetzt, sodass sie sich sputen mussten, um nicht ins Unwetter hineinzugeraten.

Gerade noch rechtzeitig kamen sie im Lager an, bevor das Gewitter über sie einbrach. Als Arthur in seine provisorische Unterkunft, die er sich mit Shamira teilte, eintauchte, fand er diese leer vor.

Wo war Shamira?

Sie konnte doch nicht allen Ernstes bei diesem Wetter einen Spaziergang unternehmen. Voller Sorge sprang Arthur aus dem Zelt heraus und suchte mit den Augen die nähere Umgebung ab. Als er Shamira durch die Regenwand nicht erblicken konnte, rief er ein paar Mal laut ihren Namen. Gerade als er loslaufen wollte, um sie zu suchen, sah er sie hinter einem Fels hervorkommen. Sie war etwa hundert Schritte entfernt. Arthur lief ihr entgegen. Als er sie erreichte, hielt er ihr seinen Umhang über den Kopf, was völlig sinnlos war, denn Shamira war bereits durchnässt bis auf die Haut. Endlich erreichten sie den schützenden Unterschlupf. Sie warfen sich lachend auf ihr Lager. Die Kleider klebten an Shamiras Leib, wodurch ihre nahezu perfekten Formen sichtbar wurden. Durch die nassen Haare sah sie besonders aufregend aus. Arthur begehrte sie mehr denn je. Er begann sie leidenschaftlich zu küssen. Doch schon nach wenigen Augenblicken entzog sie sich ihm.

„Jetzt nicht", sagte sie kurz angebunden und setzte sich auf.

Dann sah sie Arthurs Enttäuschung und fügte erklärend hinzu: „Mir ist noch immer etwas übel."

„Entschuldige", sagte Arthur verständnisvoll. „Ich hatte ganz vergessen, dass es dir nicht gut geht."

„Lass uns ein wenig ausruhen", schlug Shamira vor. „Wir sollten Kräfte sammeln für die weitere Reise."

„Du hast natürlich recht, meine Liebe."

Sie legten sich nebeneinander. Nach wenigen Minuten war Shamira eingeschlafen. Arthur hingegen war weder müde noch willens zu schlafen. Das Einzige, was ihn in dieser ruhigen Minute beschäftigte, war, dass sich Shamira zum zweiten Mal hintereinander verweigert hatte.

Je länger er so da lag und sich Gedanken machte, umso mehr fiel ihm auf, das Shamira sich schon seit einigen Tagen immer reservierter ihm gegenüber verhalten hatte. Schließlich schalt er sich selbst einen Narren und versuchte, nicht mehr über die ganze Sache nachzudenken. Früher oder später wäre die Leidenschaft zwischen ihnen ohnehin zurückgegangen. Aber schon nach wenigen Tagen? Wieder und wieder quälten Arthur solche Gedanken. Er wollte sich ablenken. Aber jeder Versuch, sich mit etwas anderem zu beschäftigen, führte ihn auf das eine zentrale Thema zurück.

War hier etwas faul?

Warum ging sie gestern so spät Holz suchen?

Warum entfernte sie sich heute, trotz angeblicher Übelkeit und dem offensichtlich bevorstehenden Unwetter, so weit vom Lager?

Warum wollte sie plötzlich nicht mehr mit ihm schlafen, wo sie doch nur einen Tag zuvor vor Leidenschaft brannte? Arthur bemerkte, dass das Unwetter schwächer war, als er erwartet hatte. Um Ablenkung bemüht trat er vor das Zelt. Der Regen hatte beinahe ganz aufgehört. Das Gewitter war nur von kurzer Dauer und mäßiger Kraft gewesen. Arthur schaute sich um, ob etwas von ihren Sachen in Mitleidenschaft gezogen worden war. Plötzlich sah er im Augenwinkel einen Schatten. Er drehte sich um. Direkt vor ihm stand Dyck. In der rechten Hand hielt er ein großes Messer. Arthur blickte zuerst auf das Messer. Dann wanderte sein Blick in Dycks Gesicht. In den Augen des Holländers spiegelte sich blanker Hass. Arthur erschrak beim Anblick seines ehemaligen Gefährten. Völlig verdreckt stand er vor ihm. Sein rotes Haar stand in alle Himmelsrichtungen von seinem Kopf ab. Seine Kleidung war über und über mit Schmutz behaftet. An manchen Stellen war sie eingerissen. Wie konnte sich ein Mensch innerhalb weniger Tage so zurichten? Wie ein Tier belauerte der Holländer Arthur. Der Gewürzhändler blickte an Dyck vorbei und sah Shamira aus dem Unterschlupf kommen.

„Bleib, wo du bist!“, rief Arthur ihr zu. „Dieser Wahnsinnige hat ein Messer.“

„Ich weiß“, antwortete Shamira kühl. „Er hat es ja schließlich von mir.“

„Was redest du da?“

Statt Arthur zu antworten, kam Shamira langsam zu den beiden Männern gelaufen und stellte sich neben Dyck. „Tu ihm nicht weh, Liebster“, sagte sie zu Dyck. „Noch brauchen wir ihn.“

„Was ist hier los?“, rief Arthur völlig verwirrt.

„Das wirst du noch früh genug erfahren“, antwortete Shamira mit einem diabolischen Lächeln auf den Lippen. „Fessel ihn“, befahl sie Dyck.

„Mit dem größten Vergnügen.“

Arthur war zu verdutzt, um Gegenwehr zu leisten.

Widerstandslos ließ er sich fesseln. Als er wehrlos am Boden lag, trat ihm Dyck kräftig in die Seite. Arthur stöhnte auf.

„Das war dafür, dass du es mit meiner Frau getrieben hast, du Schwein!“

„Deiner was?“

„Meiner Frau. Du hast schon richtig gehört. Aber das werden wir dir schon noch erklären. Doch zuerst muss ich mich um deinen portugiesischen Freund kümmern.“

Dyck ließ Arthur im Matsch liegen und ging zu Rudolfos Unterkunft, wo Shamira bereits ungeduldig wartete. Sie stürmten in das Zelt und überrumpelten den Portugiesen. Sie fesselten auch ihn und schleppten ihn zu Arthur ins Freie, wo sie ihn neben seinen Freund in den Matsch warfen.

„Was soll das hier?“, schrie Rudolfo. Dann erst erblickte er Arthur neben sich im Dreck. „Arthur“, rief er entsetzt. „Was geht hier vor?“

„Das wüsste ich auch gerne“, erwiderte dieser erstaunlich ruhig. Er zeigte mit dem Kopf auf Shamira und Dyck, die triumphierend vor ihnen standen „Vielleicht erklärt es uns ja das neue Liebespaar hier.“ In das Wort Liebespaar packte er seine ganze Verachtung. Langsam dämmerte ihm, worum es hier ging.

„Allem Anschein nach sind wir einem Betrügerpärchen aufgesessen“, fuhr er verbittert über seine eigene Blindheit fort. „Der eine benutzt die angeblichen Handelsbeziehungen als Köder und die andere die Geilheit der Männer.“

„Wovon redest du?“ Rudolfo schien völlig verwirrt.

„So ganz Unrecht hat der gute Arthur da nicht“, antwortete Shamira. „Aber ich erkläre es euch genauer, damit ihr es auch versteht. Das ist nämlich wichtig.“

„Na, da bin ich aber gespannt", höhnte Rudolfo.

„Deine gute Laune wird dir bald vergehen, Portugiese", fauchte Dyck.

„Lass das!", zischte Shamira. „Du wirst deinen Spaß mit ihm noch haben."

„Was habt ihr mit uns vor?", wollte Arthur wissen. „Ausrauben macht keinen Sinn. Erstens haben wir nichts von Wert und zweitens hättet ihr das dann schon längst getan. Also, was wollt ihr?"

„Wer redet denn davon, dass wir was von euch beiden wollen?", sagte Shamira herablassend. „Du, Arthur, wirst uns als Alleinerben deines gesamten Vermögens einsetzen."

„Was?" Arthur schaffte es, trotz seiner Situation ein Lachen zustande zu bringen. „So viel steht fest: Eher sterbe ich den Tod der tausend Schmerzen, bevor ich euch miesen Betrügern auch nur das Schwarze unter meinen Fingernägeln vererbe."

„Aber Arthur, mein Liebster", säuselte Shamira bittersüß.

„Ich stelle dich vor die Wahl: Entweder du machst uns zu deinen Alleinerben oder dein portugiesischer Freund wird sterben, während du mit der Schuld an seinem Tod weiterleben musst. Du kannst es dir aussuchen."

„Du mieses Stück!", zischte Rudolfo.

„Danke", antwortete Shamira ungerührt. „Wir lassen euch heute Nacht hier draußen alleine, dann könnt ihr euch beraten. Damit ihr uns nicht abhaut, werden wir euch an einem Baum festbinden. Dyck, kümmerst du dich bitte darum." Sie wandte sich zum Gehen, hielt jedoch in der Drehung inne. „Ach, bevor ich es vergesse: Dyck, würdest du unserem portugiesischen Freund bitte noch eine kleine schmerzhafte Wunde zufügen. Nur damit die Herren merken, dass es uns ernst ist."

„Aber gerne doch, meine Liebe."

Bevor Shamira ging, beugte sie sich über Arthur. Sie kam ganz nah an sein Ohr und flüsterte kaum hörbar: „Du warst ein hervorragender Liebhaber. Ich habe es sehr genossen." Dann verschwand sie in ihrem Unterschlupf. Dyck zerrte die beiden gefesselten Freunde an den nächstgelegenen Baum, wo er sie festband. Die beiden saßen nun Rücken an Rücken nur durch den schmalen Baumstand getrennt im Dreck. Zu guter Letzt fügte der Holländer Rudolfo eine Wunde mit dem Messer in dessen Seite zu. Der Portugiese gab keinen Laut von sich.

„Ich möchte nur mal wissen, was einen ehrlichen Geschäftsmann so weit bringt“, fragte Arthur wütend.

„Ehrlichen Geschäftsmann!“, spie Dyck böse lachend aus. „Du hast es wohl noch immer nicht begriffen, Gewürzhändler.“

„Nein, scheinbar nicht“, fauchte Arthur zurück. „Erklär es mir doch, damit ich wenigstens weiß, welches Schwein meinen Freund umbringen will.“

„Gut“, sagte Dyck ruhig. „Ich werde es dir erzählen. Ich gebe zu, dass du ein Recht darauf hast.“

Er hockte sich vor den gefesselten Arthur und stützte die Unterarme auf seine Schenkel. Dann begann er zu erzählen: „Ich habe die Tarnung als Vermittler nur gewählt, damit ich in Goa Narrenfreiheit habe. Und schließlich halfen mir das gute Aussehen und die Frivolität meiner lieben Frau.“

„Lass mich raten“, unterbrach ihn Arthur. „Sie heißt weder Shamira noch stammt sie aus Goa.“

„Langsam dämmert's, was, Arthur?“, spottete Dyck. „Ihr richtiger Name ist Annegret Schüler aus Aachen. Und bevor du wieder messerscharf kombinierst, sei dir gesagt, dass mein Name Dyck van Burik ist und bleibt. Ich sah keine Veranlassung, meinen Namen zu ändern, da ich früher tatsächlich ein ehrlicher Mann war. Aber leider haben mich die Umstände meines Lebens dazu gezwungen, ein Verbrecher zu werden. Ich hatte leichtes Spiel. Annegret hielt sich im Hintergrund. Das Einzige, was mich immer störte, war ihre Hingabe, mit der sie ihren Part spielte. Sie hatte mehr Verkehr mit fremden Männern als mit mir. Sie versicherte mir jedes Mal, dass sie dabei nichts fühle und dass alles aufhören würde, wenn wir erst einen großen Fisch an der Angel hätten. Und du, mein Freund aus Frankfurt, bist dieser große Fisch.“

„Eine Frage habe ich dann doch noch“, sagte Arthur.

„Welche?“

„Wenn es üblich war, dass deine Frau mit anderen Männer schlief und ihnen die große Liebe vorgaukelte, warum hast du bei mir so anders reagiert?“

„Das kann ich dir sagen: Weil ich es sonst nie mitbekam, wenn sie es mit den anderen trieb. Bei dir war das anders. Sie war bei mir und du hattest sie. Ich durfte sie nicht anfassen und du hast sie jeden Abend genommen.“ Er machte eine Pause. „Und so, wie sie sich angehört hat, hat es ihr sogar Spaß gemacht. Bei mir war sie nie so leidenschaftlich.“ Er spuckte aus. „Was würdest du machen, wenn nur einen Meter neben dir deine Frau mit einem anderem schläft und dabei mehr Lust empfindet als bei dir selbst?“

„Ich würde meine Frau nicht mit einem anderen schlafen lassen.“

„Gut gebrüllt, Löwe“, schnaubte Dyck. „Was meinst du, wer eigentlich die Idee zu der ganzen Masche hatte?“

„Shamira, – oh, verzeih, Annegret?“, fragte Arthur, wohl wissend, dass er richtig lag.

„Kluges Kerlchen.“

„Was macht dich so sicher, dass sie dich nicht abserviert und mit dem Testament alleine nach Frankfurt reist?“, gab Arthur zu bedenken.

„Du willst mir wohl einen Floh ins Ohr setzen, Gewürzhändler“, sagte Dyck drohend. „So blöd bin ich nicht. Da musst du schon früher aufstehen.“

„Einen Versuch war es wert.“

Dyck spuckte erneut geräuschvoll aus. Er stellte sich provozierend vor Arthur und fasste sich vulgär in den Schritt. „Mal sehen, ob ich meine Frau auch so zum Schreien bringe wie du.“ Dann ließ er die beiden Gefangenen allein zurück.

Sobald Dyck fort war, stöhnte Rudolfo auf. Arthur wurde erst jetzt bewusst, dass er seinen portugiesischen Freund unnötigen Qualen ausgesetzt hatte. Rudolfos Stolz ließ es nicht zu, dass er auch nur einen Mucks von sich gab, während sein Peiniger in der Nähe war.

„Rudolfo?“, rief Arthur besorgt. „Wie schlimm ist es?“

„Dieses Schwein weiß ganz genau, wie weit er gehen kann, um sein Opfer nicht zu töten, bevor er es will.“

„Wir schaffen das schon irgendwie“, versuchte Arthur Rudolfo zu trösten. „Wir werden eine Lösung finden.“

„Ja“, schnaubte Rudolfo ungläubig. „Wir lassen uns einfach gleich abschlachten. Dann ist wenigstens alles schnell vorbei.“

„Dein Sarkasmus bringt uns nicht weiter, Rudolfo“, fuhr Arthur den Portugiese an. „Wir sollten die Zeit, die wir haben, lieber nutzen, um einen Ausweg aus dem Schlamassel zu finden.“

„Du hast ja recht, mein Freund“, stimmte Rudolfo mit gequälter Stimme zu, „aber im Moment fällt mir reichlich wenig ein.“

„Denk nach, es muss eine Lösung geben.“

„Dann sei still“, zischte Rudolfo. „Denken und reden gleichzeitig funktioniert nicht. Wenn ich eine Idee habe, melde ich mich bei dir.“

„Ich bin anderer Meinung“, sagte Arthur ruhig. „Wir sollten zusammen überlegen. Lass uns alle Möglichkeiten durchgehen.“

Also saßen sie die ganze Nacht, gefesselt an einen dürren Baum, in der kargen Berglandschaft und beratschlagten, wie sie ihr Leben retten könnten.

Am nächsten Morgen wachten die beiden Freunde aus einem kurzen unruhigen Schlaf auf, als in der Nähe ein Tier seinen Ruf ausstieß. Arthur brauchte ein paar Sekunden, um sich zu orientieren. Als ihm dann wieder einfiel, was geschehen war, verfluchte er sich selbst, weil er kostbare Zeit verloren hatte, die er benötigte, um aus dieser Situation herauszukommen. Er rief nach Rudolfo, der ihm mit einen Stöhnen antwortete.

„Ist dir was eingefallen?“

„Nein. Und dir?“

„Nichts.“

„Dann wollen wir uns mal voneinander verabschieden“, resignierte Rudolfo.

„Kommt nicht infrage“, sagte Arthur trotzig. „Ich habe nicht den Schiffbruch und die Reise bis hierhin überlebt, um von einem Erpresser ermordet zu werden.“

Angestrengt dachte er nach. Allem Anschein nach war Dyck nur Shamiras Lakai. Er wollte verflucht sein, wenn sich daraus nichts machen ließe. Er musste nur eine Möglichkeit finden, mit Dyck alleine zu sprechen. Vielleicht konnte er es schaffen, ihn umzustimmen.

Den ganzen Tag sahen die Gefangenen nichts von ihren Peinigern. Auf der einen Seite ein Segen. Auf der anderen Seite aber auch ein Fluch. Denn so wenig wie sie Dyck und Annegret zu Gesicht bekamen, so wenig bekamen sie auch etwas zu trinken. An Essen war erst gar nicht zu denken. Der Baum, an dem die beiden Freunde gefesselt waren, spendete nicht einmal für eine Maus genügend Schatten. Er war dürr und halb abgestorben. Rudolfos Wunde hatte zum Glück aufgehört zu bluten.

Die Sonne machte aber das Denken ausgesprochen schwierig. Arthur musste sich immer wieder den Ernst der Lage ins Gedächtnis rufen, um weiter über einen Fluchtplan zu brüten. Doch wie er es auch drehte und wendete: Er fand keinen Ausweg. Er legte all seine Hoffnung in den Versuch, Dyck alleine zu erwischen, um ihm ins Gewissen zu reden. Doch wie sollte er das anstellen, wenn Dyck nicht auftauchte?

Der Tag verging unerträglich langsam. Die Sonne brannte unerbittlich und der Durst wurde zum Schmerz in der Kehle. Die Haut, die nicht von der Kleidung bedeckt wurde, war längst verbrannt. Wenigstens in dieser Beziehung hatte es Rudolfo besser getroffen. Seine dunkle Haut hielt der Sonne besser stand. Doch seine Wunde hätte er mit Freuden gegen einen Sonnenbrand eingetauscht. Der Schnitt saß an einer äußerst ungünstigen Stelle. Bei der kleinsten Bewegung meldete er sich schmerzhaft. Arthur und Rudolfo hatten die Gespräche längst eingestellt. Das letzte Wort hatte Arthur gesprochen: „Dum spiro, spero. Solange ich atme, hoffe ich.“

Um die schlechten Gedanken zu vertreiben, rief er sich die schönsten Momente seines Lebens in Erinnerung. Er schaffte dies so gut, dass er nun lächelnd am Baum saß und ins Leere starrte.

„Dir geht's wohl noch immer viel zu gut, Gewürzhändler“, riss ihn Dyck aus seinen Gedanken. Arthur hatte ihn gar nicht kommen hören.

„Was interessiert's dich, Holländer?“, warf Arthur zurück.

„Du solltest etwas netter zu mir sein“, sagte Dyck ruhig, „ich wollte euch nämlich gerade etwas zu trinken bringen." Er drehte sich um. „Aber wenn ihr nicht durstig seid, kann ich ja wieder gehen."

„Warte!", rief Rudolfo mit kraftloser Stimme. „Geh nicht!"

„Wenn du mich so lieb bittest", verhöhnte Dyck den Portugiesen. Er hockte sich vor Rudolfo und gab ihm aus einem Schlauch zu trinken. Rudolfo sog das Wasser gierig ein. Plötzlich traf ihn ein Stein am Kopf. Dyck schrie auf und suchte nach der Ursache des plötzlichen Schmerzes. Er drehte sich um und sah in einiger Entfernung Annegret stehen. Sie hielt einen weiteren Stein in der Hand und blickte Dyck düster an.

„Wenn du ihnen noch einen einzigen Tropfen gibst, werfe ich dir den hier und noch hundert andere an deinen blöden Schädel", rief sie wütend, wobei sie den Stein drohend in die Höhe hielt.

Dyck schaute eingeschüchtert zu Annegret.

„Aber sie haben seit zwei Tagen nichts zu trinken bekommen", wandte er ein. „Wenn sie jetzt nicht trinken, sind sie morgen tot und wir haben gar nichts erreicht." Er kehrte Annegret den Rücken zu und setzte den Schlauch an Arthurs Lippen, der das Wasser ebenso gierig trank wie Rudolfo. Annegret warf den Stein, verfehlte aber knapp ihr Ziel. Der Stein traf den Baumstamm, von dem er abprallte und wirkungslos in den Sand fiel. Dyck ignorierte den Stein demonstrativ, was Annegret vollends aus der Fassung brachte. Wie eine Furie stürmte sie auf die drei Männer los. Sie schrie unverständliche Worte und fauchte wie eine Katze. Als sie Dyck erreichte, versuchte sie ihn zu treten. Doch Dyck, der sie bis dahin völlig zu ignorieren schien, reagierte blitzschnell und blockte ihren Tritt geschickt mit dem Arm ab. Annegret wurde dadurch nur noch wilder. Sie trat und schlug wild um sich. Dyck stand mit erstaunlicher Ruhe auf und wehrte jeden ihrer Angriffe mit erschreckender Leichtigkeit und völlig entspanntem Gesichtsausdruck ab. Dann, mit unglaublicher Kraft und Präzision, streckte er sie mit einem einzigen Schlag nieder. Annegret lag regungslos vor ihm. Dyck vergewisserte sich, dass sie wirklich bewusstlos war. Dann löste er Arthurs und Rudolfos Fesseln und half den beiden Gefangenen auf. Arthur schrie auf vor Schmerz, als er seine steifen Knochen das erste Mal seit fast zwei Tagen wieder bewegte. Ohne Dycks Hilfestellung wäre er wahrscheinlich erst gar nicht auf die Beine gekommen. Hinter ihnen hörten sie Annegret stöhnen. Dyck ließ Arthur und Rudolfo beim Baum und ging zu seiner Gefährtin. Als sie den Kopf hob, schlug er ihr mit der Faust ins Gesicht, woraufhin sie zurück in ihre Ohnmacht fiel.

„Das ist für all die verlorenen Jahre, du Miststück", fauchte er der bewusstlosen Annegret zu. Er wollte gerade mit einem Stein sein Werk vollenden, als Arthur und Rudolfo hinter ihm standen und ihm in den Arm griffen. Dyck schaute die beiden an und begriff: Genug der Mordlust. Sie fesselten Annegret und begannen das Lager abzubauen.

„Warum hast du uns geholfen?", wollte Rudolfo wissen, als sie sich zur Abreise fertig machten.

Dyck überlegte eine Weile. Dann antwortete er mit leiser Stimme. „Ich hatte dieses Leben schon lange satt. Am Anfang war es ja noch lustig gewesen, den alten Böcken das Geld aus der Tasche zu ziehen. Aber mit der Zeit wurde Annegret immer gewalttätiger. Auch gegen mich. Sie wollte immer mehr Geld aus den Leuten herauspressen. Am Ende hat sie mich nur noch benutzt. Wenn ich einmal mit ihr zusammenkommen wollte, so wie es Mann und Frau in einer Ehe ab und zu tun sollten, lachte sie mich nur noch aus. So wie letzte Nacht. Das öffnete mir die Augen. Annegret war durch und durch von dem Gedanken zerfressen, den großen Fisch auszunehmen. Und als Arthur kam, schien sie endlich am Ziel zu sein. Sie war besessen. Sie behandelte mich wie den letzten Dreck. Sie wollte Arthur noch in Goa töten. Zum Glück konnte ich sie noch rechtzeitig besänftigen. Mit Mord will ich nichts zu tun haben. Ein bisschen Erpressung war in Ordnung; aber Mord? Nein!" Er machte eine kurze Pause und holte tief Luft. „Außerdem hatte ich den Verdacht, dass sie mich, nachdem die ganze Sache hier gelaufen wäre, eiskalt ausgeschaltet hätte."

„Wer sagt uns denn, dass du uns nicht alleine ausnehmen willst und das alles hier nicht auch zu eurem Plan gehört?", fragte Rudolfo misstrauisch.

„Ich kann dein Misstrauen verstehen, Rudolfo“, stimmte Dyck kleinlaut zu, „aber ihr müsst mir einfach vertrauen. Ihr habt mein Wort, mehr kann ich euch nicht anbieten.“

„Nur gut, dass du nun doch zum Pfad der Tugend zurückgefunden hast“, beendete Arthur die Diskussion. „Ach, bevor ich es vergesse: Danke für die Hilfe.“

Dyck wurde purpurrot im Gesicht. „Ich habe mich bei euch beiden zu entschuldigen“, sagte er reumütig. „Das mit dem Messerstich tut mir leid, Rudolfo. Aber was hätte ich denn machen sollen? Das gehörte zu ihrem teuflischen Plan. Erst als sie mich gestern Nacht als Schlappschwanz verspottete, ging mir ein Licht auf. Als sie euch dann auch noch das Wasser verweigerte, ist mir der Kragen geplatzt.“

„Was machen wir jetzt mit ihr?“, wollte Rudolfo wissen.

„Gute Frage, was meinst du, Arthur?“

„Wir sollten sie einfach hier lassen. Sie kann sich dann selbst zur nächsten Stadt durchschlagen.“

„So machen wir es!“, beschloss Dyck.

Als Annegret wieder bei Bewusstsein war, begriff sie ihre missliche Lage sofort und versuchte ihre Haut zu retten. Mit Scheinheiligkeit wollte sie die Männer versöhnlich stimmen. Sie machte dies, indem sie Arthur und Rudolfo weismachen wollte, dass die ganze Sache ein Scherz war. Als sie damit nicht durchkam, versuchte sie es mit den Waffen einer Frau. Doch auch damit blitzte sie ab und ihr wurde schließlich klar, dass sie allein auf sich gestellt war. Sie versuchte es daraufhin mit Betteln und Flehen. Die drei Männer blieben hart gegenüber ihrer verlogenen Peinigerin. Noch beim Davonreiten hörten sie lange das Keifen der wütenden Annegret hinter sich. Arthur erschrak vor sich selbst, als er bemerkte, dass ihm das Schicksal dieser Frau völlig egal war. Sie hatten ihr etwas Proviant zurückgelassen, damit sie es wenigstens bis zum nächsten Dorf schaffen konnte. Was danach mit ihr passieren würde, war den drei Männern gleichgültig. Ohne sie waren sie wesentlich besser dran. Annegret war gerissen genug, um sich durchzuschlagen. Sie stellte nun keine Gefahr mehr dar. Früher oder später würde sie ohnehin der gerechten Strafe zugeführt. Wenn nicht von ihnen, dann von jemand anderem oder letztlich von Gott.

Entgegen Rudolfos Befürchtungen entpuppte sich Dyck als reumütiger Sünder. Er schuftete wie ein Wahnsinniger. Er fing das Abendessen, er suchte Feuerholz und er baute die Unterkünfte für die Nacht. Wenn Arthur oder Rudolfo eine der Aufgaben übernehmen wollten, wurden sie von Dyck energisch abgewiesen. Nur das Kochen überließ er seinen beiden Begleitern, da seine Künste diesbezüglich eher kläglich waren. Jeden Tag wurde das Verhältnis der drei besser zueinander. Bei langen Gesprächen am allabendlichen Lagerfeuer hatten sie sich ausgesprochen. Langsam hatte sich ihr altes freundschaftliches Verhältnis wieder eingestellt.

Sie kamen sehr schnell voran. Entlang des Flusses Tigris hatten sie es ohne große Probleme in wenigen Wochen bis nach Bagdad geschafft. Dort gönnten sie sich ein paar Tage Pause, um neue Kräfte zu sammeln und sich für den weiteren Weg zu wappnen. Das für ihre Augen fremdartige Leben in Bagdad faszinierte die drei Freunde. Sie genossen den Aufenthalt in der Stadt und konnten sich nur schwer losreißen. Aber das Heimweh war am Ende mal wieder stärker. Sie machten sich auf zum nächsten und zugleich schwierigsten Abschnitt ihrer Reise: Durch die Wüste nach Damaskus.

Sie tauschten ihre Pferde auf Rat eines einheimischen Wirtes gegen seltsame Tiere mit Buckel. Rudolfo behauptete, diese Tiere schon einmal gesehen zu haben, und nannte sie Kamele. Die beiden anderen glaubten ihm zwar nicht so recht, aber irgendwie mussten sie die Viecher ja nennen. Ob Kamele oder sonst irgendwie, war ihnen gleich. Rudolfo war zwar beleidigt, dass die beiden ihn verspotteten, aber letztendlich war es ihm egal, da er wusste, dass er recht hatte.

Sie bekamen eine kurze Einweisung, wie sie mit den Tieren umzugehen hatten und wurden dann sich selbst überlassen. Im Prinzip war es nicht anders als mit den Pferden. Jedoch die Art und Weise, wie man auf den Kamelen saß und wie sie sich bewegten, war sehr gewöhnungsbedürftig. Aufgrund dessen beschlossen die drei Freunde, nicht eher weiterzuziehen, bevor sie nicht einigermaßen mit den Tieren umgehen konnten. Nach einigen Tagen, an denen sie nichts anderes machten, als auf den Kamelen durch die Landschaft zu reiten, hatten sie die Tiere so weit im Griff, dass sie den Weg wagen konnten. Es war zwar bereits Oktober, aber in dieser Region war dies die beste Reisezeit, da die große Hitze bereits nachließ. Der Abschied fiel den drei Freunden schwer, dennoch freuten sie sich auf den weiteren Weg und auf das, was er ihnen bringen würde. Voller Neugier und Tatendrang beluden sie ihre Kamele und ritten am frühen Morgen los ins Ungewisse.

Schon nach wenigen Stunden hatten sie die Anfänge der Wüste erreicht. Die Landschaft wurde karger, die Vegetation ringsum spärlicher. Sie frischten ihre Wasservorräte nochmals an einer Oase auf und ritten dann, in der Gewissheit, die nächsten Tage in sengender Hitze zu verbringen, los. Der erste Tag war gut verlaufen. Im Schutze einer Düne bauten die drei Männer ihr Lager auf. Sie versorgten die Tiere und gingen früh zu Bett, da sie noch vor den ersten Sonnenstrahlen weiterreisen wollten. Zur Mittagszeit wollten sie dann ihr Lager aufschlagen und die heißeste Zeit des Tages im Zelt verbringen. Diesen Rhythmus hielten sie den ganzen Weg über ein. Sie marschierten im Morgengrauen bis zum Mittag und ließen sich dann nieder. Tagelang ritten sie durch die Einöde. Ab und an begegnete ihnen eine Karawane. Ansonsten sahen sie wenige Menschen. Die paar Tiere, die sie antrafen, waren sicherlich nicht zum Verzehr geeignet. Zum Glück kamen sie nicht vom Weg ab und trafen am vierten Tag auf eine Oase, an der sie sich erfrischen und ihre Vorräte auffüllen konnten. Rudolfo beschwerte sich zwar über die Preise, die sie dafür zahlen mussten. Aber Arthur erklärte ihm kurz das Prinzip von Angebot und Nachfrage, sodass Rudolfos Zorn schnell verrauchte und der einsichtigen Abfindung mit den Tatsachen wich.

Nach zwei Tagen Ruhepause im Schatten der Oase machten sich die drei Freunde wieder auf den Weg in Richtung Damaskus. Wie sie von den Bewohnern der Oase erfahren hatten, waren es nur noch zwei Tagesmärsche bis zum Etappenziel. Voller Vorfreude, die sengende Hitze endlich hinter sich lassen zu können, zogen sie weiter. Am Mittag schlugen sie wie gewohnt ihr Lager auf. Dyck legte sich gerade auf sein provisorisches Bett, als er etwas rascheln hörte.

Er horchte kurz auf.

Als das Geräusch nicht mehr wiederkam, dachte er, dass er es sich nur eingebildet hatte und legte sich wieder nieder.

Da war es wieder!

Der Holländer schreckte hoch.

Diesmal war es mehr eine Art Scharren. Als würde jemand etwas aneinanderreiben. Dyck schaute sich im Zelt um.

Was war das?

Nach einer Weile der Stille glaubte er, es sei vorüber.

Gerade als er sich erneut hinlegen wollte, scharrte es wieder. Jetzt hatte der Holländer genug. Er durchsuchte das Zelt. Zunächst nur mit den Augen. Dann räumte er seine Satteltaschen zur Seite. Hinter einer der Taschen saß der Verursacher des Geräusches. Es handelte sich um ein seltsames Tier. Ähnlich einer Eidechse. Jedoch mit einem seltsam gebogenen Schwanz. Am Ende des Schwanzes befand sich ein bedrohlich in die Höhe gereckter Stachel. Das Tier war schwarz wie die Nacht. Dyck lächelte. „Na, du kleines Kerlchen", spottete er, „willst du mich mit deinem Stachel erdolchen?"

Wieder rasselte das Tier drohend. Dyck lachte verächtlich.

„So, jetzt ist aber genug", sagte er zu dem Tier und griff nach ihm. Gerade als er zupacken wollte, schnellte der Stachel nach vorne und traf Dycks Hand.

Brutaler Schmerz durchfuhr den Holländer.

Mit einem Aufschrei zuckte seine Hand zurück.

„Du kleiner Teufel", schrie er und packte noch mal zu.

Diesmal bekam er ihn zu fassen. Er schleuderte das Tier aus dem Zelt heraus und schickte ihm noch einen deftigen Fluch hinterher. Er fasste sich an seine verletzte Hand. Die Schmerzen ließen nicht nach. Die Stelle, an der er getroffen wurde, verfärbte sich dunkelrot. Dyck stieß zum wiederholten Male einen deftigen Fluch aus.

„Was ist passiert?", wollte Arthur wissen, der Dycks Schreie gehört hatte und herbeigeeilt war.

„Irgend so ein Mistvieh hat mich mit seinem Schwanz gebissen."

„Mit seinem Schwanz?"

„Ja, mit seinem Schwanz!"

„Habe ich das richtig gehört?", mischte sich Rudolfo ein, der ebenfalls durch die Schreie des Holländers alarmiert war.

„Ja, du hast richtig gehört!", antwortete Dyck gereizt. Seine Hand brannte wie Feuer.

„Bist du sicher?", fragte Rudolfo ernst.

„Haltet ihr mich für blöd?", rief Dyck, „Es war ein kleines, hässliches schwarzes Tier mit einem gebogenen Schwanz. Und dieser Schwanz war ein Stachel."

„Ein Skorpion!", stieß Rudolfo entsetzt aus.

„Meinetwegen, nenn es, wie du willst", sagte Dyck, „ich weiß nur, dass es mich gebissen hat und dass es höllisch brennt."

„Mein Gott!", flüsterte Rudolfo und wurde kreidebleich.

„Was ist denn?", wollte Dyck wissen, der es mit der Angst zu tun bekam.

„Ein Skorpion!"

„Das sagtest du bereits. Was hat das zu bedeuten?"

Rudolfo schnappte Dyck und zerrte ihn in sein Zelt. Er hieß ihn, sich hinzulegen und keinen Mucks von sich zu geben. „Unter keinen Umständen darfst du dich jetzt bewegen", befahl er dem Holländer. „Es ist mein Ernst. Es geht um Leben und Tod. Mach genau das, was ich dir sage. Dann haben wir vielleicht noch eine Möglichkeit, etwas zu retten."

„Du machst mir Angst, Rudolfo!"

„Die solltest du auch haben", sagte Rudolfo. „Ich werde deine Hand jetzt abbinden, damit das Gift nicht noch weiter in deinen Körper eindringen kann. Danach muss ich die Bisswunde aufschneiden und versuchen, das restliche Gift herauszusaugen. Bist du bereit?"

Ohne die Antwort abzuwarten, handelte Rudolfo unter den staunenden Augen seiner beiden Begleiter. Er schnappte sich Dycks verletzte Hand und band sie ihm vor die Brust, um sie ruhig zu stellen. Die Hand war nun fast komplett rot. Kleine Bläschen hatten sich rund um die Einstichstelle gebildet. Dyck lag nur da, hatte dicke Schweißtropfen auf der Stirn und stöhnte leise.

„So", schnaufte Rudolfo nach einer Weile, „mehr können wir für dich nicht tun, mein Freund. Jetzt heißt es hoffen, dass das Tier nicht besonders giftig war. Du wirst noch einiges durchmachen."

„Woher weißt du das alles?", wollte Arthur wissen.

„Hatte ich nicht erwähnt, dass ich ein paar Jahre in Ägypten als Übersetzer tätig war?"

„Nein."

„Na, dann wisst ihr es jetzt."

„Bist du denn auch schon einmal von so einem ... Sork ... Skop ... – wie immer auch das Vieh heißen mag – gebissen worden?"

„Ich nicht", antwortete Rudolfo, „aber ich habe schon ein paar Menschen gesehen, die von einem Skorpion gebissen wurden."

„Gut für Dyck."

„Gut für Dyck!", echote Rudolfo.

„Was können wir jetzt für ihn tun?"

„Nicht viel, fürchte ich. Wir können ihm nur beistehen. Sein Körper muss den Kampf gegen das Gift bestreiten. Da können wir nicht helfen."

„Wird es schlimm werden?"

„Ja, das wird es."

Wie Rudolfo befürchtet hatte, quälte sich Dyck den Rest des Tages und die Nacht hindurch mit den Folgen des Stiches. Schon kurze Zeit später klagte er über Übelkeit und Bauchkrämpfe. Nachdem ihm der Schweiß in Strömen ausgebrochen war, erbrach er sich mehrfach. Später kam eine Atemnot dazu. Er konnte nur noch verschwommen sehen und das, was er sagte, klang seltsam verwaschen. Zu allem Überfluss bekam er auch noch schmerz- hafte Muskelkrämpfe. Bei alledem mussten seine Freunde mit ansehen, wie er sich unter den Schmerzen und Qualen wand wie ein Aal auf dem Trockenen. Trotzdem gelang es dem Holländer, spät in der Nacht einzuschlafen.

„Morgen Nachmittag sollte er es überstanden haben", sagte Rudolfo leise zu Arthur, nachdem Dyck eingeschlafen war. „Ich hoffe nur, die Wunde entzündet sich nicht. Ansonsten sollte er über dem Berg sein."

Die beiden Freunde begaben sich endlich auch zur Ruhe, nachdem sie den ganzen Tag und die halbe Nacht neben ihrem Gefährten Wache gehalten hatten.

Am Morgen ging es Dyck schon wieder etwas besser. Der Schlaf hatte ihm geholfen, sich zu erholen. Man beschloss, Dycks Genesung den Tag über zu beobachten und den Zeitpunkt der Weiterreise davon abhängig zu machen. Als Dyck am Mittag beinahe beschwerdefrei war, beschlossen die drei Reisegefährten, am nächsten Tag weiterzuziehen. Dycks Hand schmerzte zwar immer noch, das Allgemeinbefinden des Holländers ließ aber eine Weiterreise zu. Zumal die drei endlich aus der Wüste heraus wollten.

Früh am Morgen des nächstens Tages machten sie sich auf die Weiterreise. Dyck hatte immer noch Schmerzen, ließ sich aber nichts anmerken. Er wollte Arthur und Rudolfo nicht aufhalten. Gestern Abend noch hatte er gedacht, den Stich überstanden und das Gift aus seinem Körper getrieben zu haben. Jetzt aber wurden die Schmerzen wieder stärker. Er schonte sich zwar noch, aber sein Körper wollte sich allem Anschein nach nicht den Anstrengungen der Reise aussetzen. Schon nach wenigen Stunden war Dyck völlig erschöpft. Er hielt sich mit allerletzter Kraft auf seinem Kamel.

Als sie eine Düne erklimmen wollten, konnte er sich nicht mehr halten und fiel in den Sand. Arthur und Rudolfo ritten zwar direkt neben ihrem Freund, hatten jedoch keine Chance, ihn zu halten. Der Holländer rollte ohne jegliche Abwehrreaktion den Hang hinunter, wo er reglos liegen blieb. Arthur und Rudolfo sprangen von ihren Tieren und rannten dem Gestürzten entgegen. Er lag auf dem Bauch, sodass man sein Gesicht nicht erkennen konnte. Als Arthur, der als Erster bei Dyck eintraf, ihn umdrehte, war er erleichtert. Der Holländer war bei Bewusstsein. Er versuchte sogar Arthur anzulächeln.

„Es war wohl zu früh für die Weiterreise", sagte er mit schwacher Stimme.

„Sieht ganz so aus, mein Freund", bestätigte Arthur.

„Tut mir leid, dass ich euch aufhalte."

„Mach du dir mal um uns keine Sorgen", schnappte Arthur und half Dyck beim Aufsetzen. Rudolfo, der mittlerweile auch eingetroffen war, gab Dyck etwas zu trinken.

„Ich trinke euch das ganze Wasser weg", protestierte Dyck schwach, „wir werden bald keines mehr haben."

„Mach dir mal keine Sorgen um uns", wiederholte sich Arthur. „Jetzt müssen wir erst einmal zusehen, wie wir dich wieder gesund bekommen. Ich schlage vor, dass wir uns einen geeigneten Platz zum Lagern suchen und einer von uns beiden Hilfe und Verpflegung für den Rest des Weges holt."

„Das kann aber zwei Tage dauern", gab Rudolfo zu bedenken.

„Dann schlag eine andere Lösung vor", schnaubte Arthur etwas zu heftig. „Wenn wir noch länger warten, brauchen wir vielleicht bald keine Hilfe mehr, sondern nur noch ein tiefes Loch, um den toten Dyck hineinzuwerfen. Anschließend können wir uns hinterherwerfen, weil wir dann verdursten werden." Arthur bemerkte seine Taktlosigkeit. Deshalb sprach er wesentlich ruhiger weiter. „Entschuldige meine Worte, aber wir müssen genau überlegen, wie wir weiter verfahren. Wir haben durch die Unterbrechung beinahe unsere gesamten Vorräte aufgebraucht. Das Wasser hätte gerade bis zur nächsten Stadt gereicht. Jetzt müssen wir erneut eine Pause von vielleicht mehreren Tagen einlegen."

Dyck bekam von der Diskussion zwischen Arthur und Rudolfo nur schemenhafte Bruchstücke mit. Er war völlig erschöpft. Nach kurzer Überlegung stimmte Rudolfo Arthur zu. Sie beschlossen, so zu verfahren, wie es Arthur vorgeschlagen hatte. Rudolfo würde bei Dyck bleiben, da er am ehesten Erfahrungen mit Verwundeten hatte. Arthur schnappte sich ein Kamel, ließ genügend Vorräte zurück und machte sich auf den Weg, um Hilfe zu holen. Unterdessen kümmerte sich Rudolfo um Dyck. Die Hand des Holländers hatte sich allem Anschein nach entzündet. Sein Zustand verschlechterte sich zusehends. Am Abend desselben Tages hatte der Holländer starkes Fieber bekommen. Rudolfo betete, dass es Arthur rechtzeitig schaffen würde, um

Dyck zu retten. Wenn die Entzündung nicht gestoppt werden konnte, würde Dyck mindestens seine Hand verlieren, wenn nicht sogar sein Leben.

Arthur fand endlich nach langem Ritt völlig erschöpft ein kleines Dorf. Das Dorf bestand nur aus ein paar wenigen Lehmhäusern. Arthur schickte ein Stoßgebet zum Himmel und bat Gott, dass sich hier wenigstens so etwas Ähnliches wie ein Arzt befand.

Eine alte Frau lief über die Straße und schaute Arthur befremdet an. Sofort stieg er von seinem Kamel ab und stürmte auf die Frau zu. Diese bekam es mit der Angst zu tun, ließ den Wasserkrug, den sie auf ihrem Kopf trug, fallen und rannte schreiend davon. Arthur blieb zurück und schalt sich selbst einen Narren. Wenn auf ihn ein völlig Fremder zugestürmt käme, würde er auch wegrennen.

Er stand nun auf der Straße wie ein getretener Hund und ärgerte sich. Zu Arthurs Überraschung kam die Frau schon wenige Augenblicke später mit zwei jungen Männern zurück. Alle drei waren in helle Gewänder gewickelt. Bei der Frau konnte man nur die Augen erkennen, da sie das Gesicht verschleiert hatte. Die Männer trugen eine Art Turban auf dem Kopf. Sie hatten dunkle Gesichter und gestutzte Bärte. An ihren Hüften hingen große Krummsäbel, die Arthur sofort bemerkte. Er musste sich beherrschen, nicht sofort Reißaus zu nehmen.

Arthur rief sich seinen Auftrag ins Gedächtnis. Die beiden Männer sprachen ihn in einer fremden Sprache an, woraufhin Arthurs Mut auf einen absoluten Tiefpunkt fiel. Fixiert darauf, Hilfe für Dyck zu holen, hatte er ganz vergessen, dass er sich in einem fremden Land befand und sich überhaupt nicht verständigen konnte.

Wie, um Himmels Willen, sollte er nun diesen beiden Wüstenfüchsen erklären, was er von ihnen wollte? Die beiden Männer redeten immer noch auf ihn ein. Arthur machte ihnen durch Zeichensprache verständlich, dass er sie nicht verstehen konnte. Nachdem Arthur es schon fast aufgegeben hatte, zeigte einer der Männer Erkenntnis. Seine Miene wurde sofort wesentlich freundlicher. Er signalisierte seinem Kameraden seine Vermutung. Dann versuchte er es mit Zeichensprache. Er zeigte auf sich und sagte: „Sharif". Dann zeigte er auf seinen Nebenmann und sagte: „Karim". Dann zeigte er fordernd auf Arthur. Arthur verstand und sagte seinerseits: „Arthur".

Der erste Schritt war getan. Arthur fiel ein Stein vom Herzen. Seine neuen Bekannten baten ihn, mit ihnen zu kommen, was Arthur jedoch aufgrund der Dringlichkeit seines Auftrages freundlich, aber bestimmt ablehnte. Er fing stattdessen an, hektisch zu gestikulieren. Er versuchte Karim und Sharif verständlich zu machen, was passiert war. Nach einer kleinen Ewigkeit schienen sie es endlich begriffen zu haben. Als Arthur endlich die Idee kam, das Geschehene durch Bilder im Staub der Straße zu unterstützen, hatte er den Durchbruch geschafft. Karim und Sharif schauten sich an, wechselten ein paar knappe Worte, bedeuteten Arthur, sich nicht von der Stelle zu rühren und verschwanden. Kurze Zeit darauf kamen sie mit vier Kamelen und einem weiteren Mann in langen Gewändern und Turban zurück. Eines der Kamele war mit Proviant beladen. Scheinbar besaßen die Dorfbewohner immer eine Art Notfallvorrat für solche Fälle. Als die drei Männer näher kamen, bemerkte Arthur, dass der dritte im Bunde wesentlich älter als Karim und Sharif war. Sein Bart war grau und sein Gesicht zerfurcht. Arthur überlegte, was an dem Mann ungewöhnlich war. Schon von Weitem hatte er bemerkt, dass der Mann etwas Besonderes hatte. Jetzt, wo er ihm gegenüberstand, sah er es. Die Augen des Mannes waren smaragdgrün und von ungewöhnlicher Helligkeit. Im dunklen Gesicht des Mannes schienen sie zu leuchten wie Sterne am Nachthimmel. Sie verliehen ihrem Besitzer eine außergewöhnliche Aura. Karim bedeutete Arthur, sich auf sein Kamel zu setzen. Ohne großes Gerede machten sich die Fremden auf, um Dyck das Leben zu retten.

Nach einem Tag strammen Rittes schafften es Arthur und die Wüstenmänner tatsächlich, die Stelle zu finden, an der Arthur Dyck und Rudolfo zurückgelassen hatte. Niemand war darüber mehr erstaunt als Arthur selbst. Als sie am Horizont das Zelt erblickten, überkam Arthur ein schreckliches Angstgefühl. Würde Dyck noch am Leben sein? Hatten die Vorräte gereicht? War es in den letzten beiden Tagen, in denen er weg gewesen war, zu einem Zwischenfall gekommen? Je näher das Zelt kam, desto mehr steigerten sich Arthurs Ängste. Dann, zu Arthurs unendlicher Erleichterung, öffnete sich das Zelt und Rudolfo trat heraus. Er hielt inne, benutzte seine rechte Hand als Sonnenschutz und starrte in Richtung der Reiter. Arthur winkte seinem Freund zu. Rudolfo erwiderte den Gruß scheinbar gelassen. Er schien sich nicht sicher, ob es sich bei den Gestalten am Horizont um seinen Freund Arthur handelte. Er verharrte in der spähenden Haltung und erwartete die Gruppe. Arthur kam es vor wie Stunden, bis sie endlich am Zelt eintrafen. Tatsächlich handelte es sich lediglich um wenige Minuten.

„Wie geht es Dyck?", fragte er ohne Gruß.

„Ich freue mich auch, dich endlich wiederzusehen", griff Rudolfo Arthurs Unhöflichkeit auf. „Aber um auf deine Frage zu antworten: Es geht ihm schlecht. Ich denke, er wird seine Hand verlieren. Wenn nicht sogar noch mehr."

„Mein Gott!"

„Wer sind deine Begleiter?"

„Hoffentlich Dycks Retter."

„Dann müssen es Zauberer sein."

Die Beduinen ignorierten Arthur und Rudolfo und gingen ohne zu warten in das Zelt, in dem Dyck lag. Es bot sich ihnen kein schöner Anblick. Der Holländer lag völlig verausgabt, in Decken eingehüllt in der hintersten Ecke. Da sich alle fünf Männer um den liegenden Kranken gruppierten, wurde es eng im überfüllten Zelt.

Der Alte kniete sich neben den wimmernden Dyck. Dieser war kreidebleich und hatte dicke Schweißperlen auf der Stirn. Seine rechte Hand hatte Rudolfo provisorisch verbunden. Als Verband hatte ein Teil des Zeltes herhalten müssen. Der Alte wickelte die verletzte Hand des Holländers vorsichtig aus. Als er sie freigelegt hatte, zog er unwillkürlich die Luft durch die Zähne ein. Die Wunde, die Rudolfo durch seinen Einschnitt vergrößert hatte, war stark entzündet. Die Hand war auf das Dreifache ihres ursprünglichen Volumens angeschwollen. Die Wundränder waren schwarz verkrustet. Die Farbe der restlichen Haut war krebsrot. Direkt an der Einstichstelle trat gelber Eiter aus Dycks Haut. Ein Gemisch aus Schweiß, Fäulnis und Verwesung erfüllte die Luft. Der Alte sagte ein paar Worte, woraufhin sich Sharif aus dem Zelt entfernte. Wenige Augenblicke später kam er mit einem prall gefüllten Beutel in der Hand zurück. Der Alte nahm den Beutel an sich und wühlte darin herum. Er fingerte einige Utensilien daraus hervor und machte sich daran, Dycks Hand zu behandeln. Er säuberte zunächst die Wunde und beträufelte sie mit einer Tinktur. Dann gab er Dyck etwas von der Tinktur zu trinken. Anschließend legte er ein paar Blätter einer den Europäern unbekannten Kräuterart auf die Wunde und verband sie mit einem sauberen Tuch. Als er mit seiner Arbeit fertig war, bedeutete er den Anderen, ihm zu folgen. Vor dem Zelt gruppierten sich die Männer im Kreis.

„Wer hat die Wunde eingeschnitten?“, fragte der Alte in fließendem Latein, woraufhin Arthur und Rudolfo staunend die Kinnlade herunterfiel. Doch für Erklärungen, warum der alte Mann diese Sprache konnte, blieb jetzt keine Zeit.

„Das war ich“, antwortete Rudolfo, als er sich wieder gefangen hatte.

„Das war ein großer Fehler“, fuhr der Alte ernst fort. „Wenn wir Glück haben, können wir sein Leben retten. Aber seine Hand wird er verlieren. Wir müssen ihn schnell in unser Dorf bringen, damit wir ihm die Hand abnehmen können. Ich habe nicht die dafür erforderlichen Instrumente dabei.“

Dyck wurde daraufhin notdürftig zum Transport vorbereitet. Jetzt galt es, ihn schnellstmöglich ins Dorf zu bringen. Als alles Notwendige erledigt war und die Gruppe sich in Gang setzte, nutzte Rudolfo die sich bietende Gelegenheit und sprach den alten Mann an.

„Zwei Fragen hätte ich an Euch, Herr.“

„Bitte!“, forderte ihn der Alte auf.

„Weshalb war es ein Fehler, die Wunde zu öffnen und das Gift aus Dycks Körper zu saugen? Und wie kommt es, dass Ihr Latein sprecht?“

Der Alte holte tief Atem. „Durch das Öffnen und Aussaugen der Wunde habt Ihr die Infektion erst ausgelöst. Wahrscheinlich war der Skorpion nicht einmal besonders giftig. Latein habe ich während meiner Ausbildung zum Medikus gelernt. Wie Ihr vielleicht wisst, sind wir Araber in der Medizin seit Jahrhunderten sehr bewandert. Auch ich durfte bei einem unserer Gelehrten studieren, bevor ich in meinem Heimatdorf gebraucht wurde. Ich hoffe, Eure Fragen damit ausreichend beantwortet zu haben und möchte Euch nun zur Eile drängen. Wir haben einen schwerkranken Mann in diesem Zelt, der schnellstmögliche Hilfe benötigt." Damit wandte sich der Alte von den Männern ab und bestieg sein Kamel, ohne auch nur daran zu denken, beim Einpacken der Güter zu helfen. Sharif und Karim fingen unverzüglich mit dem Packen an.

Dyck wurde auf eine provisorische Trage gelegt, die von den Beduinen mit erschreckender Routine zusammengebaut wurde. Alles, was sie dazu benötigten, hatten sie auf dem Lastkamel dabei. Die Trage wurde dann hinter das Kamel gehängt, das wiederum an das Kamel Sharifs gebunden wurde. Auf diese Art konnte Dyck relativ bequem ins Dorf gebracht werden. In Windeseile wurde die restliche Habe der drei Europäer auf die Kamele verteilt. Anschließend machte sich die Gruppe ohne weitere Verzögerung auf den Weg ins Beduinendorf. Zu Arthurs Verwunderung schlugen die drei Fremden einen anderen Weg ein als den, auf dem sie gekommen waren.

Noch größer war die Verwunderung Arthurs allerdings, als sie schon am Abend im Dorf eintrafen. Arthur hatte zwei ganze Tage verschenkt, weil er den falschen Weg gewählt hatte. Ein Schuldgefühl überkam ihn, als er daran dachte, dass Dycks Hand vielleicht hätte gerettet werden können, wenn er nicht einen Umweg geritten wäre. Dann aber sagte er sich, dass er gar nicht den richtigen Weg hatte kennen können. Dennoch blieb ein schlechter Nachgeschmack.

Kaum im Dorf angekommen trugen Sharif und Karim Dyck in das Haus des Alten. Dazu verdammt, tatenlos auszuharren, bis die Operation an Dycks Hand vorüber war, warteten die beiden Weggefährten des Holländers auf eine Nachricht des alten

Mannes. In der Hütte, die ihnen freundlicherweise als Unterkunft zugeteilt wurde, hörten sie die Schreie ihres Freundes. Wieder kam Arthur der Gedanke an den Umweg, den er unbeabsichtigt eingeschlagen hatte. Mühsam wischte er ihn aus seinem Kopf. Rudolfo hingegen machte sich Vorwürfe wegen seiner falschen Behandlung, die erst die Infektion ausgelöst hatte, der nun des Holländers Hand zum Opfer fiel. Nach einigen Augenblicken wurde es still. Arthur vermutete, dass Dyck nun in gnädige Ohnmacht gefallen war.

Nach einer halben Ewigkeit kam der Alte zu den beiden Freunden. Er war über und über mit Blut beschmiert. Seltsamerweise erschrak weder Arthur noch Rudolfo bei seinem Anblick.

„Er wird es überleben", sagte der Alte erschöpft. „Seine Hand mussten wir jedoch abnehmen."

„Das nächste Mal lassen sie die Finger von der Wunde", sagte er streng zu Rudolfo, der daraufhin dunkelrot anlief. Dann drehte er sich wortlos um und verschwand. Arthur und Rudolfo sollten ihn nicht wieder sehen.

Nach einigen Tagen ließ man sie endlich zu Dyck. Bis dahin hieß es, er sei nicht im Stande, jemand zu empfangen. Der Holländer sah sehr schwach aus. Sein rechter Arm war dick verbunden. Als er seine Freunde sah, huschte ein Lächeln über sein Gesicht.

„Seid gegrüßt, meine Retter", sagte er mit schwacher Stimme.

„Wie geht es dir?", wollte Arthur wissen.

„Na ja, jetzt kann ich lernen, wie man mit der linken Hand in der Nase bohrt."

Rudolfo versuchte mühsam, ein Lachen zu unterdrücken.

Arthur hingegen schaffte das nicht. Er prustete lauthals los. Dyck lachte über seinen eigenen Scherz, und am Ende gab Rudolfo auf und stimmte mit ein. Nachdem sie sich wieder beruhigt hatten, wurde Arthur ernst.

„Mal ehrlich, Dyck", sagte er, so eindringlich wie möglich. „Wirst du damit klar kommen?"

„Mir wird wohl nichts anderes übrig bleiben", sagte er erstaunlich gefasst. „Ich hoffe nur, man hält mich nicht für einen Dieb."

„Das hoffe ich auch“, grinste Arthur.

„Aber im Grunde bin ich das ja ohnehin“, sagte Dyck ernst. „Ich denke, Gott hat mich für meine Sünden in Goa bestraft.“

„Aber er hat dich am Leben gelassen“, gab Rudolfo zu bedenken.

„Es wird mir eine Warnung sein. Außerdem werde ich niemals mehr ein Tier anfassen, das mir unbekannt ist. Darauf könnt ihr wetten. Und sei es noch so klein.“

„Ich komme darauf zurück“, grinste Arthur.

„Wie wird es nun weitergehen?“, warf Rudolfo die Frage auf den Tisch, die sich alle drei schon lange stellten.

„Gute Frage, mein Freund“, schnaufte Arthur.

„Ihr müsst nicht auf mich warten“, sagte Dyck mit Nachdruck. „Ich bestehe darauf, dass ihr eure Reise fortsetzt. Es kann Monate dauern, bis ich wieder reisefähig bin. Ich weiß, wie sehr euch das Heimweh quält. Geht ohne mich weiter. Ich bin hier unter Freunden.“ Dyck wurde verschwörerisch. „Und ganz nebenbei bemerkt, ich habe ein Auge auf die Tochter des Medikus geworfen. Habt ihr sie gesehen? Sie pflegt mich mit Hingabe. Ich glaube, ich könnte mich in sie verlieben. Und mal ganz abgesehen davon: Ich hatte in den letzten Tagen genug Zeit nachzudenken. Was erwartet mich denn in meiner alten Heimat? Nichts und niemand! Außer vielleicht der Galgen ...“

Arthur und Rudolfo versuchten lange, Dyck umzustimmen. Sein Entschluss stand aber felsenfest. Er hatte bereits mit dem Dorfältesten darüber gesprochen, der sein Einverständnis gegeben hatte. Nach endloser Diskussion gaben Arthur und Rudolfo auf. Sie entschlossen sich, in den nächsten Tagen ohne Dyck weiterzuziehen.

Ganz nach dem Geschmack Arthurs verlief der Abschied kurz und schmerzlos. Sie stiegen auf die Pferde, die sie gegen ihre Kamele getauscht hatten, und ritten davon. Dyck blieb zurück. Er würde in Zukunft ein erfülltes Leben in dem kleinen Dorf führen und nie wieder Unrechtes tun. Arthur und Rudolfo blieb nur der kleine Trost, dass sie von nun an einen Freund in der Fremde hatten. Doch schon bald wich der Trennungsschmerz der Vorfreude auf die kommenden Abenteuer auf ihrem noch immer weiten Weg nach Hause. Sie ritten durch teils karge und dann wieder atemberaubend schöne Landschaften. Sie ritten tagelang, ohne auch nur eine einzige Menschenseele zu treffen. Die Gegend bot ausreichende Möglichkeiten der Ernährung, sodass sie immer reichlich zu essen und zu trinken hatten. Nach einigen Tagen, die ihnen wie Stunden vorkamen, trafen sie auf die ersten Dörfer. Sie wurden überall freundlich aufgenommen. Die Gastfreundschaft, die ihnen entgegenschlug, war entwaffnend. Dann kamen sie nach Jerusalem.

Arthur, der eigentlich nicht besonders gläubig war, betrat die Stadt mit Ehrfurcht. An jeder Ecke sah er etwas Heiliges. Rudolfo erging es ähnlich. Überall sahen sie Verbindungen zu den drei großen Weltreligionen.

Sie suchten sich eine Unterkunft mit Stall und beschlossen, die einmalige Gelegenheit zu nutzen und sich in der Stadt umzusehen. Sie blieben drei Tage, bevor sie in Richtung Westen aufbrachen. Langsam zeichnete sich ein Ende der Reise ab. Wenn die Freunde erst einmal in Alexandria eingetroffen wären, hätten sie nur noch eine kurze Strecke mit dem Schiff nach Venedig vor sich.

Schneller als gedacht erreichten sie die ägyptische Hafenstadt Alexandria. Die Vorfreude auf zu Hause war nun allgegenwärtig. Arthur und Rudolfo waren so sehr von Heimweh zerfressen, dass sie sofort und ohne Umwege den Hafen der Stadt aufsuchten. Wie von einem unsichtbaren Magnet gezogen, suchten sie die Nähe des Wassers. Schon nach kurzer Zeit standen sie an dem Ort, der nach Heimat roch. Reges Treiben beherrschte die Szenerie. Überall wurden Schiffe be- und entladen. Schnell fanden sie anhand der Bauart der Schiffe heraus, welches aus Europa stammen musste und welches afrikanischen oder asiatischen Ursprungs war. Das einzige Problem, das sie nun hatten, war, ein Schiff zu finden, das sie mit nach Venedig nahm. Da sie außer den Tieren keinerlei Wertsachen mehr besaßen, versuchten die beiden Freunde anzuheuern. Doch das erwies sich schwieriger als gedacht. Sie beschlossen, getrennt vorzugehen, um schnellstmöglich Erfolg zu haben. Arthur nahm sich die rechte Seite des Hafenbeckens vor. Rudolfo versuchte sein Glück auf der linken. Frohen Mutes ging Arthur auf die Suche nach der ersehnten Passage in die Lagunenstadt.

Kurze Zeit später näherte er sich dem ersten europäisch anmutenden Schiff. Zuerst beobachtete Arthur einen Moment lang das Treiben auf dem Schiff und versuchte herauszufinden, wer das Sagen an Bord hatte. Schon nach wenigen Augenblicken glaubte der Gewürzhändler, die Verhältnisse an Bord ausgelotet zu haben. Er reihte sich in die Schlange der Packer ein und marschierte an Bord des Schiffes. Sofort fiel er dem Vormann auf, da er keinen Sack trug.

„He, Bursche“, rief dieser ungehalten.

„Meint Ihr etwa mich?“, fragte Arthur scheinheilig. Innerlich machte sein Herz einen Sprung. Der Kerl hatte ihn in einer verständlichen Sprache angesprochen.

„Warum trägst du keinen Sack?“, schnaubte der Vormann. „Sind dir wohl zu schwer.“

„Mitnichten“, gab Arthur zur Antwort. „Gerne trage ich viele Säcke auf Euer Schiff, wenn Ihr mich nur vorher anhört.“

„Was redest du so geschwollen daher“, keifte der Seemann. „Bist wohl ein feiner Pinkel, auch wenn du aussiehst wie ein vermaledeiter Araber.“

Arthur fiel ein, dass er wirklich sehr arabisch aussah. Er trug einen weiten Umhang und sogar einen Turban auf dem Kopf. Sein von der Wüste gegerbtes Gesicht und der Bart ließen seinem Gegenüber keinen anderen Schluss zu.

„Hört Ihr mir nun zu oder nicht?“, drängte Arthur.

„Sag, was du willst“, lenkte der Seemann ein. „Aber mach es kurz, ich hab zu tun.“

„Ich danke Euch. Es handelt sich lediglich um ein Gesuch der Mitfahrt nach Venedig, sofern Ihr denn Venedig ansteuert.“

„Wir nehmen keine Passagiere mit.“

„Ich, das heißt, wir – mein Reisegefährte und ich – würden gerne anheuern.“

„Als was?“

„Was ihr wollt.“

„Kein Bedarf.“

„Was macht Euch so sicher?“

„Meine Stellung als Hauptbootsmann an Bord dieses Schiffes. Und jetzt zieh Leine, sonst lass ich dich von Bord prügeln.“

Arthur überlegte kurz, ob er auf diese ungeheuerliche Antwort reagieren sollte, zog es dann aber vor zu gehen. Er kam zu dem Schluss, dass er lieber nach Venedig schwimmen wollte, als mit diesem Kerl auch nur eine Seemeile zurückzulegen.

Rudolfo erging es nicht besser. Auch der Portugiese wurde mehr als einmal, wenn auch nicht so rüde wie Arthur, abgewiesen.

Den gesamten Vormittag verbrachten die Freunde damit, Schiffe abzuklappern. Allem Anschein nach wurde nirgends Personal gebraucht.

Es war wie verhext.

Völlig entnervt wollte Arthur aufgeben und sich auf die Suche nach Rudolfo machen, als er plötzlich einen fürchterlichen Schrei hörte. Arthur zuckte unweigerlich zusammen. Wenige Mannslängen voraus sah Arthur eine Menschenmenge. Immer mehr Menschen liefen zusammen. Arthur wurde halb gestoßen, halb zog es ihn zu der Menge hin. Er ertappte sich dabei, wie auch ihn die Neugier packte. Irgendwie schaffte es der Frankfurter, sich durch die Meute zu kämpfen.

Unversehens stand er direkt vor einem am Boden liegenden Mann. Der Verletzte lag dort mit unnatürlich abgewinkelten Gliedern und stöhnte. Allem Anschein nach war er aus den Wanten direkt auf die Kaimauer gestürzt. Schlagartig wurde Arthur bewusst, dass niemand in der Menge Anstalten machte, dem Mann zu helfen. Alle standen mit entsetzten Gesichtern herum und nahmen dem Verletzten die Luft zum Atmen.

„Ist hier denn niemand, der ihm helfen kann?“, schrie Arthur.

Nichts geschah.

Kopfschüttelnd kniete sich Arthur zu dem Seemann hinunter. Erst jetzt erkannte Arthur, dass es sich bei dem Verletzten um den schroffen Bootsmann handelte, der Arthur am Morgen so derb in die Schranken gewiesen hatte.

„Könnt Ihr mich hören?“, fragte Arthur.

Stöhnen!

„He, Seemann. Sagt etwas!“

„Mein Bein ... es tut so weh!“, jammerte der unfreundliche Bootsmann.

„Na also, Ihr lebt ja doch noch“, stellte Arthur fest. „Es wird jetzt ein wenig schmerzen.“

Arthur wartete nicht auf eine Reaktion. Beherzt packte er das Bein des Bootsmannes und richtete es wieder in seine natürliche Stellung. Der Seemann schrie laut auf und verlor das Bewusstsein. Arthur prüfte kurz, ob der Mann noch atmete. Als er beruhigt feststellte, dass dem so war, kümmerte er sich um den Rest des verletzten Körpers. Er tastete den Rumpf des Mannes ab und stellte fest, dass mindestens drei Rippen gebrochen waren. Dann untersuchte er den Kopf. Unvorstellbarerweise hatte dieser nicht die geringste Schramme. Arthur dachte sich, wenn der Kopf nichts abbekommen hat, wird er auch nicht so schnell sterben. Kurz darauf erwachte der Bootsmann aus seiner Ohnmacht. Aber außer einem Stöhnen brachte er nichts zustande. Arthur bemerkte, dass ihm jemand zur Hand ging. Er blickte kurz auf und erkannte Rudolfo.

„Was ist passiert?"

„Dieser Mann ist aus den Wanten gefallen", antwortete Arthur. „Außer ein paar Rippenbrüchen und einem gebrochenen Bein konnte ich nichts feststellen."

„Was sollen wir tun?"

„Wir sollten ihn an Bord bringen. Sicherlich gibt es dort einen Schiffsarzt, der kann ihm weiterhelfen."

Gesagt, getan.

Nach einigen anfänglichen Verständigungsschwierigkeiten, schaffte es Arthur irgendwie, dass sich die Menschenmenge verstreute. Die Tatsache, dass der Mann noch lebte, half ihm dabei. Keiner hatte Interesse an einem Verletzten. Wäre der Mann gestorben, so hätte man sich wenigstens an seinem Leid ergötzen können. Angewidert von der Sensationsgier der Menschen versuchte Arthur erst gar nicht, jemanden um Hilfe zu bitten. Er schnappte sich ein herumliegendes Brett, das ungefähr die Größe des Bootsmannes hatte. Mit Rudolfos Hilfe legte er den Verletzten vorsichtig darauf. Anschließend brachten sie den Patienten an Bord des Schiffes. Dort ging man ihnen seltsamerweise auch nicht zur Hand. Arthur vermutete, dass der Bootsmann nicht nur zu ihm unfreundlich gewesen war. Sie legten den Mann unterhalb des Fockmastes ab und sahen sich nach weiterer Hilfe um. Alle schienen ihrer Arbeit noch eifriger als zuvor nachzugehen, nur um nicht helfen zu müssen.

Wer war dieser Mann? Der Leibhaftige persönlich?

Arthur schauderte vor so viel Gleichgültigkeit. Minutenlang standen Rudolfo und Arthur vor dem noch immer stöhnenden Bootsmann und warteten auf eine Reaktion. Jetzt wurde es Arthur zu bunt.

„Hallo, will uns denn niemand helfen?"

Keine Reaktion.

„Wo ist der Kapitän dieses Schiffes?", schrie jetzt Rudolfo. „Sind hier denn alle von Gott verlassen?"

„Wer schreit hier so rum?"

Arthur und Rudolfo zuckten zusammen. Hinter ihnen stand ein groß gewachsener Mann. Dem Aussehen nach zu urteilen, handelte es sich tatsächlich um den Kapitän.

„Aha“, schnaubte Arthur. „Ist es uns doch noch gelungen, Aufmerksamkeit zu erregen.“

„Was soll das Theater?“, fragte der Kapitän. „Mein Name ist Hohn, Kapitän Hohn für Euch!“

„Theater?“, rief Rudolfo erbost. Der Portugiese kochte vor Wut. „Keiner von Eurer Mannschaft hält es für notwendig, uns zu helfen. Eines Eurer Besatzungsmitglieder ist gerade aus den Wanten gefallen und keinen kümmert es. Bin ich hier auf einem Teufelsschiff?“

„Was?“ Der Kapitän schien ernsthaft besorgt.

„Ja, habt Ihr denn gar nichts bemerkt?“

Jetzt endlich entdeckte der Kapitän den Bootsmann, der verdeckt durch Arthur und Rudolfo auf den Planken lag.

„Grundgütiger!“, entfuhr es dem Kapitän. „Was ist passiert?“

„Noch einmal langsam für Euch: Er ist aus den Wanten gefallen“, informierte Arthur den Kapitän, wobei er sehr deutlich und langsam sprach.

„Direkt auf die Kaimauer“, ergänzte Rudolfo.

„Um Gottes Willen!“

„Na schön, dass sich doch noch jemand Sorgen um den Mann macht“, schnaubte Arthur.

„Schneider ist nicht besonders beliebt an Bord“, erklärte der Kapitän beiläufig, während er den am Boden liegenden Seemann untersuchte. Arthur fiel auf, dass der Kapitän sehr geübt vorging. Mit gezielten Handgriffen tastete er den Verletzten ab. Nach einer intensiven Untersuchung richtete sich der Kapitän auf.

„Vermutlich hat er ein paar Rippen gebrochen. Und das Bein ist auf jeden Fall durch“, zog er ein Resümee.

Der Kapitän gab Anweisung, den Mann in seine Kajüte zu bringen. Er rief ein paar Männer herbei, die den Bootsmann, Hauptbootsmann Schneider, wie sich später herausstellte, in die Unterkunft des Kapitäns trugen. Bevor der Kapitän ihnen folgte, bat er Arthur und Rudolfo, auf ihn zu warten.

Die beiden Freunde machten es sich an Deck bequem und beobachteten das Treiben am Kai. Alles ging wieder seinen gewohnten Gang. Keiner interessierte sich mehr für den Unfall, der wenige Minuten zuvor geschehen war. Auch an Bord fragte keiner nach Schneiders Befinden. Was muss dieser Mann von seiner Mannschaft verachtet werden, dachte Arthur. Was, wenn er gestorben wäre? Hätte irgendjemand dem Kapitän Bescheid gegeben? Arthur schüttelte den Gedanken ab. Wichtiger war, dass Schneider nun in ihrer Schuld stand. Vielleicht würde sich so eine Überfahrtmöglichkeit ergeben.

Arthur und Rudolfo warteten eine gute halbe Stunde auf den Kapitän. Als er zu den beiden Freunden kam, schüttelte er jedem die Hand und bedankte sich etwas zu formell für die Hilfe. Man merkte, dass er es nicht gewohnt war, jemandem Dank zu sagen.

„Ohne Eure Hilfe hätte mein wichtigster Mann nicht überlebt", sagte er zum Abschluss, was Arthur als übertrieben empfand. „Wie kann ich mich erkenntlich zeigen?"

Das war das Stichwort. „Ich wüsste da etwas", sagte der Gewürzhändler langsam. „Wir sind auf der Heimreise nach Europa. Die ganze Geschichte zu erzählen würde hier und jetzt zu lange dauern. Nur so viel sei gesagt: Wir sind zu lange unterwegs, als dass wir kurz vor dem Ziel scheitern dürfen." Arthur machte eine bedeutungsvolle Pause. „Wir sind auf der Suche nach einer Passage nach Europa. Nehmt uns mit und die Schuld ist beglichen."

Der Kapitän überlegte nicht lange. „Wenn es weiter nichts ist: Seid meine Gäste auf dem Weg nach Venedig."

Zu Arthurs und Rudolfos unendlicher Freude lief die Louisa schon zwei Tage später aus. Schneider ging es wieder besser. Der Schiffsarzt war erst am Abend zuvor von einem Landurlaub an Bord zurückgekehrt. Er hatte den Oberbootsmann sofort eingehend untersucht und dabei, neben dem gebrochenen Bein, zwei gebrochene Rippen diagnostiziert. Er hatte die Brüche ruhig gestellt und Schneider Bettruhe verordnet. Die Louisa schipperte gemütlich Richtung Venedig, das sie in wenigen Tagen erreichen würden. Der Schiffsarzt, ein kleiner, rundlicher Mann mit Glatze, hieß Ludger Bleibtreu und stellte sich als ein sehr aufgeschlossener, freundlicher Mann heraus. Arthur überragte ihn um fast zwei Haupteslängen. Auch trug der Arzt einen stattlichen Bauch vor sich her. Er wirkte sehr ausgeglichen und seine Augen leuchteten hell in der afrikanischen Sonne.

Arthur fasste sofort Vertrauen zu ihm.

„Ihr seid also der Mann, der das Leben des gefürchteten Schneider gerettet hat", begrüßte Bleibtreu Arthur fröhlich.

„Ich denke, er hätte auch ohne meine Hilfe überlebt, aber wenn Ihr das so seht ...", antwortete Arthur bescheiden, „Aber ich war es nicht alleine. Mein Freund und Reisegefährte Rudolfo del Vascos hatte ebenso großen Anteil daran."

„Wo ist dieser Rudolfo del Faskus. Ich will ihn beglückwünschen", grinste der Arzt.

„Er befindet sich zurzeit auf dem Ort, den selbst der Kaiser zu Fuß aufsucht", jetzt grinste auch Arthur.

„Na, dann warte ich wohl noch eine Weile mit dem Gratulieren." Der Arzt wandte sich zum Gehen, hielt aber in der Bewegung inne. „Ach", rief er und hob die Hand zur Stirn, „falls die Mannschaft des Schiffes meine Meinung nicht teilt, wundert Euch nicht. Schneider ist nicht der Beliebteste an Bord."

Arthur wollte nach dem Grund fragen. Doch der Schiffsarzt kam ihm zuvor.

„Ihr fragt Euch sicher, warum?"

„Ja", pflichtete Arthur bei. „Doch was mich viel mehr verwirrt, ist die Tatsache, dass die Führung des Schiffes scheinbar eine ganz andere Meinung von ihm hat. Der Kapitän schien heilfroh, dass Schneider nichts Schlimmeres passiert ist. Ihr scheint mir ähnlich zu denken. Die Mannschaft hingegen hinterließ den Eindruck, dass sie Schneider lieber heute als morgen tot sehen wollte. Wie kommt das?"

„Das ist schnell erklärt", begann der Arzt. Er beugte sich verschwörerisch zu Arthur hinüber und fuhr im Flüsterton fort: „Das muss aber unter uns bleiben", der Arzt blickte sich verstohlen um, „Schneider ist der Neffe des Eigners und soll hier auf unserem Schiff lernen, um später ein eigenes Kommando zu bekommen. Es ist seine erste große Fahrt und das gleich als Oberbootsmann. Er hat nicht die geringste Ahnung von der Seefahrt und die Mannschaft hat es natürlich sofort bemerkt. So etwas mögen die nämlich gar nicht. Außerdem führt er sich sehr, sagen wir einmal, gebieterisch auf. Zudem tut er so, als würde ihm das Boot schon gehören. Der Kapitän und ich haben den ausdrücklichen Befehl des Eigners, Schneider heil nach Hause zu bringen. Sollte dem verwöhnten Schnösel auch nur ein Haar gekrümmt werden, sind wir nicht nur unsere Heuer los, sondern werden auf keinem Schiff Venedigs auch nur als Schiffsjunge mehr anheuern können. Schlimm genug, dass dieser Taugenichts aus den Wanten gestürzt ist. Wenn der Kerl auf dem Kai verreckt wäre, hätten der Kapitän und ich uns freiwillig daneben legen können."

„Weiß die Mannschaft das alles?"

„Gott bewahre", rief der Arzt. „Wenn das herauskommt, wird der Erste, der Ärger mit dem Kapitän hat, mit Freuden an Schneiders Hals springen und ihn mit wachsender Begeisterung erwürgen. Dann hätte er dem Kapitän geschadet und der Mannschaft einen Gefallen getan. Er wäre ein Held in der Truppe."

„Ist der Kapitän denn auch so unbeliebt?"

„Das nicht, aber ein Kapitän hat an Bord immer einen Feind."

„Ist das so?"

„Ja, das ist so!"

Arthur erzählte Rudolfo am Abend von den Neuigkeiten über Schneider. Der Portugiese, der lange genug zur See gefahren war, um zu wissen, welche Bedeutung die Sache hatte, zeigte Verständnis für die Mannschaft.

„Jetzt erklärt sich einiges", sinnierte er. „Es scheint mir kein guter Schachzug des Eigners gewesen zu sein. Er ist entweder sehr dumm oder Schneider hat etwas gegen ihn in der Hand."

„Wie meinst du das?"

„Jeder Seemann weiß, dass man die Seefahrt von der Pike auf lernen und sich durch seine Leistung nach oben arbeiten muss. Ansonsten kann man den Respekt der Mannschaft nicht erwerben. Wenn man sich dann auch noch aufspielt wie Schneider, hat man schon verloren, bevor auch nur ein einziges Segel gesetzt ist."

Langsam begriff Arthur die Problematik. Er beschloss, sich in der Mannschaft ein wenig umzuhören, was dieser Schneider so alles auf dem Kerbholz hatte. Doch vorher musste er noch wissen, welche Regeln an Bord eines Schiffes dieser Art herrschten. Erschrocken stellte er fest, dass er als mitreisender Eigner seiner kleinen Flotte kaum Kontakt zu den Seemännern gehabt hatte und so gut wie gar nichts über deren Leben an Bord wusste. Er ließ sich von Rudolfo einen groben Überblick geben, was er zu beachten hatte, und beschloss, danach zu handeln. Er schlenderte über Deck und beobachtete die Männer bei ihrer Arbeit, wobei er versuchte, so wenig wie möglich im Weg zu stehen. Nach einigen Stunden fasste er sich ein Herz und ging zu einem Seemann, der gerade dabei war, ein Segel zu flicken.

„Gott zum Gruße", ließ Arthur höflich verlauten, woraufhin der Seemann ein Grunzen von sich gab, das Arthur als Gegengruß wertete. „Ich bin neu an Bord und würde mir gern einen Überblick verschaffen", fuhr Arthur unbeirrt fort. „Wobei ich natürlich niemanden aushorchen will."

Der Seemann unterbrach seine Arbeit und blickte Arthur misstrauisch an. Arthur hätte sich die Zunge abschneiden können. „Warum schlafende Hunde wecken?", schalt er sich selbst.

Er setzte sich zu dem Seemann, was diesem sichtlich Unbehagen verursachte. Der Seemann fuhr mit seiner Arbeit fort, ohne Arthur weiter zu beachten.

„Was tut Ihr da?", fragte Arthur und hätte sich für diese Frage erneut ohrfeigen können. Dümmer ging es nicht.

„Was meint Ihr? Vielleicht trinke ich gerade ein Bier“, kam prompt die Antwort des Seemanns.

„Der muss mich für total bescheuert halten“, dachte Arthur. Dennoch blieb er sitzen. Er wartete eine Weile ab, in der er angestrengt nach einer intelligenten Frage suchte. Er beobachtete den Mann bei seiner Arbeit. Dabei fiel ihm auf, dass der Seemann sich mit dem großen, unhandlichen Segel ziemlich abmühte. Immer wieder entglitt ihm der Stoff und er musste erneut ansetzen. Kurzentschlossen schnappte Arthur sich das Tuch und hielt es so, dass der Seemann ohne abzusetzen arbeiten konnte. Der Seemann unterbrach seine Arbeit und blickte Arthur ungläubig an. Sein Blick sagte: „Was soll das?“, sein Mund aber blieb stumm. Arthur hob nur kurz die Schultern und hielt weiter das Tuch fest. Der Seemann fuhr fort zu arbeiten und bemerkte kurz darauf die Arbeitserleichterung. Wortlos flickten die beiden Männer in Eintracht das Segel. Nach kurzer Zeit war das Loch dicht und das Segel wieder klar. Arthur wandte sich zum Gehen, als der Seemann ihn zurückhielt. „Danke, Fremder“, sagte er leise.

„Es war mir eine Freude.“

„Warum habt Ihr Schneider geholfen?“, sagte der Seemann plötzlich und heftig, aber dennoch leise genug, um nicht von den anderen gehört zu werden.

„Weil es meine Christenpflicht war“, antwortete Arthur ruhig.

„Er ist aber ein Teufel, also hättet Ihr ihn ruhig verrecken lassen können.“ Der Seemann spuckte geräuschvoll aus und stierte Arthur wild an.

„Ist es so schlimm mit ihm?“

„Sagen wir es so: Wäre der Kapitän nicht so ein guter Mann, hätten wir schon längst eine handfeste Meuterei an Bord.“

„Ihr wisst, dass Meuterei das letzte aller Mittel sein sollte!“

„Oh ja, Herr, das weiß ich.“

In der Kajüte des Oberbootsmannes herrschte helle Aufregung. Schneider schrie wie am Spieß. Jedoch nicht vor Schmerz, sondern vor Wut.

„Ihr wollt mich nur ruhig stellen“, fuhr er den Arzt an.

„Wenn ich das meinem Oheim erzähle, werdet Ihr nie wieder auf einem Schiff anheuern. Macht mich gefälligst gehfähig, Ihr Quacksalber!“

Der Arzt versuchte, Schneider zu beruhigen. „Ihr seid erst vor vier Tagen aus den Wanten gestürzt und habt schwere Verletzungen davongetragen. So nehmt doch Vernunft an.“

„Dann tragt mich an Deck, damit ich die Arbeiten beaufsichtigen kann!“

„Denkt Ihr, dass Kapitän Hohn nicht dazu in der Lage ist?“, fragte der Arzt bewusst provokant. Selbst Schneider durfte es nicht wagen, die Autorität des Kapitäns infrage zu stellen.

„Nein, natürlich nicht“, schnappte der Oberbootsmann, „aber er benötigt meine Unterstützung. Der Kapitän hat Wichtigeres zu tun, als die Seemänner zu beaufsichtigen.“

„Das mag sein“, stimmte Bleibtreu zu, „doch lautet der ausdrückliche Befehl des Kapitäns, dass Ihr in Eurer Kajüte gesund werden sollt und nicht an Deck.“ Mit diesen Worten ließ der Arzt seinen schwierigen Patienten alleine in der Kajüte zurück.

Als Bleibtreu die Tür hinter sich schloss, atmete er erst einmal kräftig durch, um sich zu beruhigen. Nicht auszudenken, wenn dieser Tyrann an Deck liegen würde und Kommandos umherbrüllte. Die Stimmung war ohnedies schon angespannt. Einzig die Treue zum Kapitän hielt die Ordnung aufrecht. Es musste etwas geschehen, solange der Oberbootsmann ans Bett gefesselt war. Bald schon würde er fordern, an Krücken herumzulaufen. Dem Arzt blieben nur wenige Tage. Sollte ein Sturm das Schiff auf seinem Weg nach Venedig aufhalten, könnte das fatale Folgen haben. Die Stimmung an Bord könnte jeden Moment kippen. Bleibtreu beschloss, zum Kapitän zu gehen, um mit ihm über die Situation zu sprechen. Doch dieser sah die Gefahr nicht so wie sein Schiffsarzt.

„Ach was, Bleibtreu“, zerschlug er die Bedenken des Arztes. „In einer Woche sind wir in Venedig, dann kann jeder, der es will, abheuern. Außerdem wird das Muttersöhnchen bis dahin niemals gesund genug sein, um an Deck zu kommen.“

„Wenn Ihr das so seht, kann ich wohl nichts dagegen tun, Kapitän.“

„So ist es, Bleibtreu“, schloss der Kapitän. „Ihr macht Euch zu viele Gedanken. Wenn wir erst einmal in Venedig sind, wird ohnehin die Hälfte der Mannschaft verschwinden. Dann wird sich eine neue Truppe finden. Ich glaube kaum, dass sich ein Aufstand lohnt.“

„Ihr habt wahrscheinlich recht“, pflichtete der Arzt bei.

„Vielleicht geht der Schnösel ja in Venedig von Bord und erhält ein eigenes Kommando.“

„Schön für uns und schlecht für das Schiff, das solch einen Taugenichts als Kapitän bekommt.“

Seit Tagen schon ging es dem Kapitän nicht gut. Aber er ließ sich nichts anmerken. Am Morgen kam auch noch Fieber dazu. Dennoch stand er wie jeden Tag auf See an seinem Platz auf der Brücke des Schiffes. Niemand sollte ihm nachsagen, er mache seine Arbeit nicht. Wie gewohnt gab er die Befehle. Niemand schien zu bemerken, dass er sich hundeelend fühlte. Am Ende seiner Schicht übergab er an den stellvertretenden Oberbootsmann und ging in seine Kajüte. Dort brach er zusammen. Die ganze Nacht entdeckte keiner seine Ohnmacht. Als endlich der stellvertretende Oberbootsmann das Ausbleiben des Kapitäns feststellte, war es zu spät. Kapitän Hohn war in der Nacht an seinem eigenen Erbrochenen erstickt.

Die Nachricht konnte nicht lange geheim gehalten werden. Unruhe machte sich unter der Mannschaft breit. Manch einer behauptete sogar, der Kapitän hätte eine ansteckende Krankheit gehabt und alle müssten sterben. Am Mittag war es der Schiffsarzt leid, ständig neue Geschichten zu hören. Er ließ die Mannschaft auf dem Hauptdeck antreten, um zu ihnen zu sprechen.

„Männer der Louisa“, begann er mit kraftvoller Stimme. „Mittlerweile müsste die gesamte Besatzung wissen, welch schrecklicher Unfall sich heute Nacht zugetragen hat.“ Das Wort Unfall schrie er förmlich heraus. „Wir alle sind bestürzt über diese Tragödie. Dennoch besteht kein Grund zur Besorgnis für den Rest der Besatzung. Lasst uns beten für die arme Seele des Kapitäns.“

Totenstille kehrte ein.

Seltsamerweise legte sich in diesem Moment der Wind. Arthur, der inmitten der Mannschaft stand, schien der Einzige zu sein, der den Wetterumschwung bemerkte. Nach einigen Augenblicken erhob der Schiffsarzt wieder die Stimme.

„Wir werden den Kapitän nach Brauch der Seemänner heute Abend bestatten. Ab sofort hat der stellvertretende Oberbootsmann Henrik Dürrkamm das Kommando." Kaum hörbar fügte er hinzu: „So lange bis der Oberbootsmann Schneider wieder bei Kräften ist."

Er verließ die Brücke und zog sich in seine Kajüte zurück. Jedoch währte seine ersehnte Ruhe nicht lange. Schon wenig später klopfte es an seiner Tür. Ein junger Seemann teilte ihm mit, dass seine Anwesenheit beim Oberbootsmann Schneider erwünscht sei. Widerwillig ging er zu Schneider. Noch bevor er die Kajüte des Oberbootsmannes betrat, hörte er diesen wütend herumschreien. Ohne anzuklopfen betrat er den Raum.

„Was schreit Ihr herum, Schneider?", schnaubte er. „Ihr braucht Ruhe, um wieder zu Kräften zu kommen."

„Ruhe?", brüllte Schneider, der auf der Bettkante saß. „Gerade Ihr wollt mir etwas von Ruhe erzählen? Wegen Euch rege ich mich ja gerade auf!"

„So, und weshalb?"

„Weil Ihr Euch einfach erdreistet, das Kommando an Bord dieses Schiffes zu verteilen. Deshalb rege ich mich auf."

„Wer hätte es denn sonst tun sollen?"

„Es steht Euch nicht zu, Kommandos zu verteilen", brüllte Schneider jetzt aus vollem Halse. „Außerdem hättet Ihr mich sofort vom Tod des Kapitäns in Kenntnis setzen müssen. Warum erfahre ich das vom Schiffsjungen? Ich werde dafür sorgen, dass Ihr nie wieder auf ein Schiff kommt. Das schwöre ich beim Grab meiner Mutter."

„Die Ihr wohl mit Eurem Benehmen dorthin gebracht habt!"

Schneider schnappte nach Luft. Der Arzt stierte den Oberbootsmann wütend an und wartete auf dessen Reaktion. Plötzlich wich Schneider dem Blick des Arztes aus und legte sich wieder auf sein Bett, was ihm einige Mühe bereitete.

„Ich werde in den nächsten Tagen das Kommando selbst übernehmen. Es geht mir schon viel besser. Bis dahin wünsche ich, ständig über alles an Bord unterrichtet zu werden."

„Meinetwegen", stimmte Bleibtreu zu. „Aber als Botenjunge bin ich nicht an Bord. Da müsst Ihr Euch schon einen anderen suchen."

Der Arzt machte auf dem Absatz kehrt und knallte beim Hinausgehen, so laut er konnte, die Tür zu. Schneider ließ dem Arzt seine Respektlosigkeit durchgehen. Wenn sie erst einmal in Venedig wären, würde er schon dafür sorgen, dass dies die letzte Fahrt des alten Mannes war. Nachdem er sich beruhigt hatte, wurde sich Schneider langsam der Situation bewusst. Jetzt hatte er das Kommando an Bord!

Zwar noch nicht so, wie er sich das eigentlich vorstellte, aber sobald sein Gesundheitszustand es zuließ, würde er sich auf die Brücke des Schiffes schleppen und das Kommando übernehmen. So schwer es ihm fiel, dies zuzugeben: Der Arzt hatte recht. Trotz erstaunlicher Genesungsfortschritte waren die Schmerzen bei unbedachten Bewegungen noch enorm. Doch seine Zeit würde kommen. Da war er sich ganz sicher.

## *Meuterei*

In Arthur kamen Erinnerungen an die Flaute vor der Westküste Afrikas hoch. Seit dem Tod des Kapitäns waren nun schon vierzehn Tage vergangen. Nicht einmal die kleinste Brise erfrischte die in brütender Hitze liegende Louisa. Langsam glaubte er, den Fluch des Odysseus geerbt zu haben.

Würde er jemals sein Zuhause wieder sehen?

Doch alles Hadern nutzte nichts. Er musste sich in sein Schicksal fügen. Trotz allem waren sie so nah an ihrer Heimat, dass Arthur sich manchmal einbildete, sie schon riechen zu können. Nur noch diese kurze Überfahrt und sie wären wenigstens schon in Europa. Heimweh plagte ihn. Seltsamerweise hatte ihn diese Sehnsucht die ganze Zeit in der Ferne nicht besonders gequält. Doch jetzt, das Ziel in Sichtweite, kam es umso stärker. Jäh wurde er aus seinen Gedanken gerissen. Ein Rumoren ging durch das Schiff. Arthur suchte nach dem Grund für die Aufregung und fand ihn auf der Brücke. Dort saß Schneider auf einem thronartigen Stuhl. Sein verletztes Bein war auf einem Hocker vor ihm postiert. Das war nichts Besonderes. Das Besondere war, dass er die Mütze des Kapitäns trug, die um einige Nummern zu groß war. Im wahrsten Sinne des Wortes.

Er blickte über das Boot wie ein ägyptischer Pharao, dem seine Untertanen huldigen mussten. Selbst Arthur packte die Wut, obwohl er nicht in die Schiffsintrigen verstrickt war. Wie konnte sich dieser Taugenichts so aufführen? Arthur ahnte Böses und er sollte wieder einmal recht behalten.

Die nächsten Tage waren geprägt von völlig unsinnigen Anweisungen des neuen Kapitäns und stetig steigender Abneigung gegen den neuen Lenker des Bootes, wenn man ihn so nennen konnte. Schneider versuchte tatsächlich, mit vollen Segeln gegen die Flaute anzukämpfen. Er ließ bei völliger Windstille alle Segel setzen. Am Abend ließ er sie wieder reffen, nur um sie tags darauf wieder setzen zu lassen. Dann befahl er, das kürzlich geputzte Deck zu schrubben. Als es blitzblank war, fiel ihm ein weiterer Husarenstreich ein: Er ließ die gesamte Mannschaft, inklusive Arthur und Rudolfo, antreten. Als alle in einer Reihe nebeneinander auf Deck standen, ging er wie ein Feldherr, die Arme auf dem Rücken verschränkt, an der Reihe vorbei und kontrollierte die Kleidung und das Äußere der Männer. Bei jedem Zweiten hatte er etwas auszusetzen und befahl, Abhilfe zu leisten. Wenn jemand nicht das machte, was er sich vorstellte, bekam er eine Strafe. Mit jedem Tag der Flaute wurden die Gründe für Bestrafungen fadenscheiniger. Und mit den Begründungen wuchsen auch die Arten der Bestrafung. So ließ er einen Seemann auspeitschen, weil er einen Putzeimer umgestoßen hatte. Ein anderer wurde in der Mittagssonne an den höchsten Mast gebunden, weil er gestolpert war und dabei das Getränk des Kapitäns verschüttet hatte. So ging es immer weiter, bis die Stimmung in der Mannschaft kurz vor dem Siedepunkt angelangt war.

Wenigstens der Wind war zurückgekehrt und das Schiff machte flotte Fahrt. Aber nur für zwei Tage, dann kehrte die Flaute zurück. Diesmal hielt sie länger an als zuvor. Jeden Tag ließ Schneider sich etwas Neues, völlig Unsinniges einfallen. In der Mannschaft brodelte es immer mehr. Arthur nahm sich ein Herz und ging zu Schneider, um ihn zur Vernunft zu bringen. Er klopfte an die Tür der Kapitänskajüte, die Schneider schon bald nach Kapitän Hohns Tod bezogen hatte.

„Herein", hörte Arthur von innen.

Arthur öffnete die Tür und trat ein. Arthur bemerkte sofort, dass Schneider die gesamte Einrichtung verändert hatte. Er hatte sämtlich Möbel ummontiert. Arthur begriff, dass er es hier mit einem geltungssüchtigen Menschen zu tun hatte, der alles dafür tat, sein Ego zu bestätigen.

„Kapitän, ich muss mit Euch reden", begann Arthur bewusst forsch.

„So, was kann ich für Euch tun?", wollte Schneider wissen. Er setzte sich auf einen hohen Lehnstuhl und nahm eine gönnerhafte Haltung an. „Nehmt doch Platz, mein Freund."

Ich bin nicht dein Freund, dachte Arthur. Laut sagte er: „Gerne."

Als Arthur saß, sah Schneider ihn fragend an.

„Was ist Euer Begehr?“

„Nun, ich will es kurz machen“, sagte Arthur. „Hört auf, die Mannschaft zu schikanieren, sonst könnte es böse enden.“

Schneider blieb erstaunlich ruhig.

„Wie kommt Ihr darauf, dass ich die Mannschaft schikaniere? Wenn Ihr damit Zucht und Ordnung meint, dann habt Ihr die falsche Einstellung. Da Ihr mir das Leben gerettet habt, lasse ich Euch diesen Angriff auf meine Autorität noch einmal durchgehen. Ein zweites Mal jedoch könnte es Euch an den Fogmast bringen, an dem ich Euch auspeitschen lasse.“

Arthur zweifelte nicht an der Ernsthaftigkeit der Worte seines Gegenübers. Er überlegte kurz, ob es Sinn machte, weiter zu versuchen, Schneider zur Vernunft zu bringen, besann sich aber dann eines Besseren. Er stand auf, ging zur Tür und blieb kurz davor stehen. Er drehte sich zu Schneider um und blickte ihn ernst an.

„Hütet Euch, Schneider. Die Mannschaft gleicht einem Pulverfass und Ihr seid die Zündschnur. Auch wenn wir nur auf einer kurzen Überfahrt sind, kann es durchaus zu Ärger kommen.“

Ohne eine Antwort abzuwarten, verließ Arthur die Kajüte und ließ einen völlig uneinsichtigen Größenwahnsinnigen zurück.

Schneider hielt sich natürlich nicht an die Ratschläge Arthurs. Im Gegenteil, er trieb es immer weiter auf die Spitze. Immer und immer wieder ließ er unsinnige Arbeiten durchführen. Am Abend saßen Arthur und Rudolfo bei der Mannschaft am Bug des Schiffes. Es war trotz der späten Stunde noch sehr warm. Die See lag spiegelblank vor ihnen. Am Horizont erlosch die Sonne im Meer.

„Wenn er so weitermacht, müssen wir uns etwas einfallen lassen“, sagte plötzlich ein Bootsmann. Es handelte sich um Rüdiger Müntner. Ein Haudrauf aus Hamburg, der gerne und viel trank, aber immer zur Stelle war, wenn man ihn brauchte. Er war von kräftiger Statur und trug kurzes braunes Haar. Jetzt saß er lässig an die Reling gelehnt zwischen den anderen Männern und kaute ungerührt an etwas Schiffszwieback. Alle anderen unterbrachen ihr Tun und starrten Müntner entsetzt an. Dieser kaute ungerührt weiter. Endlich hielt er inne und schaute fragend in die Runde.

„Was ist denn? Ich sage nur, was ihr alle denkt. Schneider wird uns nie nach Venedig bringen, das steht fest. Wir haben seit Wochen kein Lüftchen in den Segeln und er lässt uns ständig in die Wanten klettern. Dann diese permanenten, völlig unberechenbaren Bestrafungen. Bald kann man nicht mal mehr ungestraft furzen. Das ist doch nicht normal." Müntner kam in Fahrt. „Und diese blödsinnige Deckschrubberei. So sauber ist noch kein Schiff gewesen. Das wäre ja noch zu verkraften." Er machte eine bedeutungsvolle Pause. „Aber das Beste kommt erst noch. Habt ihr eigentlich mal den Stand der Sonne beobachtet? Wenn wir auf dem Weg nach Venedig wären, müssten wir sie mittags im Rücken haben. Aber seit der Kapitän tot ist, finden wir sie ständig auf der Backbordseite. Ich weiß nicht, wohin wir unterwegs sind, aber eines ist sicher: Wir fahren nicht nach Venedig."

Gemurmel ging durch die Reihen. Arthur und Rudolfo schauten sich entsetzt an. Sie hatten nicht bemerkt, dass sie sich auf der falschen Route befanden. Jetzt wurden auch die anderen Männer gesprächiger. Unmut kam auf und schnell war der Entschluss gefasst, zu Schneider zu gehen und ihn zur Rede zu stellen. Der Mob zog vom Bug zum Heck und rief dabei laut nach dem neuen Kapitän. Arthur überlegte, ob er die Männer zurückhalten sollte, kam aber zu dem Schluss, dass es zu spät war. Er erblickte in den Gesichtern der Seemänner eine wilde Entschlossenheit, die es ihm unmöglich machte, auch nur ein einziges Wort an die Ohren der wütenden Seemänner zu richten.

Arthur und Rudolfo folgten mit etwas Abstand. Die Gruppe bestand aus etwa fünfzehn Männern. Sie erreichten schnell das Heck, wo sie Schneider bereits in Empfang nahm. Da Müntner mit der Idee einer Meuterei begonnen hatte, stellten sich die Männer nun alle hinter ihm auf. Unversehens war er zu ihrem Anführer geworden. Arthur und Rudolfo blieben am Fogmast stehen und beobachteten die Szenerie aus sicherer Entfernung.

„Was ist hier los?“, schrie Schneider. Er stand breitbeinig auf der Empore des Hecks. Auf seinen Stock gestützt wirkte er in seiner zu großen Kapitänsmütze geradezu lächerlich.

„Was los ist?“, rief Müntner wütend hinauf. „Das wagt Ihr noch zu fragen? Hört auf, uns zu schikanieren, und es ist wieder alles im Lot. Solltet ihr weiterhin den Tyrannen spielen, werden wir uns das Schiff aneignen.“

„Ihr droht mit Meuterei?“, schrie Schneider aufgebracht. „Ihr spielt mit eurem Leben.“

„Nein, Ihr mit dem unsrigen. Oder warum haltet Ihr Kurs auf Portugal statt auf Venedig?“

Über Schneiders Gesicht huschte ein Ausdruck der Verwirrung.

Müntner setzte nach: „Außerdem sind wir es leid, ständig für jede Kleinigkeit hart bestraft zu werden. Seit Wochen verrichten wir völlig sinnlose Arbeiten. Das Essen ist verfault, der Wind bläst nicht und die Unterkünfte sind voller Ratten. Wir wollen nach Venedig und zwar schnell.“

„Wie kannst du es wagen, Forderungen zu stellen?“, fauchte Schneider. „Ich werde dich kielholen lassen, wenn ihr nicht alle augenblicklich an eure Arbeit zurückgeht.“

Müntner verschränkte demonstrativ die Arme vor seiner breiten Brust. Einige der hinter ihm stehenden Männer taten es ihm gleich.

Jedoch nicht alle.

Dies wurde Müntner zum Verhängnis. Mit ungeahnter Raffinesse erkannte Schneider die Uneinigkeit der Gruppe. Dort setzte er an.

„Ich mache euch Meuterern einen Vorschlag“, sprach er, nun erstaunlich ruhig, weiter. „Wenn einer aus euren Reihen Müntner zwanzig Schläge mit der Neunschwänzigen verpasst, sehe ich über diesen kleinen Zwischenfall hinweg. Wenn nicht, werdet ihr alle, einer nach dem anderen, kielgeholt. Überlegt gut. Ihr seid nur eine Handvoll Aufständische.“ Er machte eine ausholende Handbewegung über das Schiff. „Wie ihr seht, sind längst nicht alle Besatzungsmitglieder an Deck, um euch zu helfen. Ich glaube, dass mein Vorschlag akzeptabel ist. Nun, wer ist bereit, diesem Großmaul ein paar blutige Streifen auf den Rücken zu schlagen?“

Mittlerweile hatten sich fast alle Seemänner auf dem Deck eingefunden, um dem Schauspiel beizuwohnen. Jedoch standen die Abtrünnigen isoliert vom Rest der Mannschaft. Müntner blieb ruhig stehen und wartete gespannt ab. Die ersten Meuterer bekamen Zweifel und wechselten nervös von einem Bein aufs andere. Das Kielholen war berüchtigt unter den Seemännern. So manch einer hatte diese Strafe nicht überlebt. Beim Kielholen wurde der Seemann an zwei Seile gebunden und der Länge nach unter dem Schiff durchgezogen. Oft ertrank er dabei. Aus der hinteren Reihe sprang ein junger Seemann hervor und rief: „Ich mach's, ich habe keine Lust zu sterben.“

Er ging an Müntner vorbei, wobei er es peinlichst vermied, Blickkontakt zu ihm aufzunehmen. Einer der Meuterer rief ihm Verwünschungen hinterher und Schneider triumphierte. Müntner jedoch blieb erstaunlich ruhig. Langsam dreht er sich vom Kapitän weg und rief laut genug, sodass ihn alle hören konnten.

„Ihr könnt mich auspeitschen lassen, Kapitän“. Das Wort Kapitän spie er mit aller ihm zur Verfügung stehenden Verachtung hinaus, „aber dennoch werden wir durch Eure Seefahrerkunst niemals Venedig erreichen. Mit Gewalt hat noch nie jemand sein Ziel auf See erreicht, nur mit Verstand und Navigation. Und wenn Euer Steuermann nicht Manns genug ist, Euch zu sagen, dass wir auf dem falschen Kurs sind, dann muss das eben ein anderer tun.“ Müntner drehte sich wieder zu Schneider um und schickte ihm mit seinem Blick Blitze der Verachtung entgegen. „Ich sage es noch einmal: Ihr seid auf dem falschen Weg!“

Schneider gab seinen Getreuen ein Zeichen, woraufhin sie sich auf Müntner stürzten, ihn an den nächstgelegenen Mast banden und dem Verräter die Peitsche in die Hand drückten. Doch bevor dieser Müntner auspeitschen konnte, sprang Arthur dazwischen.

„Was tut Ihr hier eigentlich?“, rief er Schneider zu.

„Haltet Euch raus“, sagte Schneider drohend. „Euer Kredit ist bald verspielt.“

„Wisst Ihr, was Ihr mit Eurem Kredit machen könnt?“, schrie

Arthur, bebend vor Wut. „Steckt ihn Euch in Euren arroganten Arsch. Ihr seid weder ein Seemann noch ein Kapitän. Ihr seid nur zufällig der Neffe des Eigners, der es aus reiner Familientradition erlaubt, dass Ihr an Bord dieses Schiffes seid. Aber er hat Euch bestimmt nicht erlaubt, die Mannschaft zu quälen und zu unterjochen. Des Weiteren hat er es Euch bestimmt auch nicht erlaubt, das Schiff auf den völlig falschen Kurs zu bringen und damit die Waren zu spät oder überhaupt nicht nach Venedig zu liefern. Ihr solltet über Euer Tun nachdenken und nicht aus Trotz und Herrschsucht das Leben der gesamten Mannschaft aufs Spiel setzen. Und nun legt mich in Ketten oder macht, was Ihr wollt. Doch vorher rufe ich der Besatzung dieses Schiffs zu: Wenn Ihr so feige seid, Euch nicht gegen diesen dahergelaufenen Dummkopf zur Wehr zu setzen, geschieht es Euch recht, ihm ausgeliefert zu sein."

Arthur hatte es geschafft, dass kein Laut mehr zu hören war. Alle Männer, einschließlich Schneider, waren von seinem Eingreifen überrascht. Doch die Worte zeigten Wirkung. Zustimmendes Murmeln ging durch die Reihen der Seemänner. Irgendwo rief einer: „Recht hat er, schnappt euch den Kerl." Schneider wurde blass. Er schaute sich verängstigt um. Verzweifelt schrie der Kapitän wirre Befehle, auf die niemand reagierte.

Plötzlich entriss ein Seemann dem Verräter die Peitsche. Holger Öhlenschläger, ein hagerer, groß gewachsener Seemann, schaute mit eiskaltem Blick den Seemann an, dem er die Neunschwänzige entwendet hatte. Ohne weiteres Wort schlug Öhlenschläger dem Verräter mit aller Kraft ins Gesicht, worauf dieser bewusstlos zu Boden sank. Dann drehte er sich um, lief die Treppe zur Brücke hinauf und schlug die Peitsche Schneider mitten ins Gesicht. Schneider schrie auf und brach mit den Händen vor dem Gesicht zusammen. Wimmernd lag er auf den Blanken. Alle Seemänner standen bewegungslos an Bord und schauten auf Öhlenschläger, der sich mit der Peitsche in der Hand über Schneider beugte.

„Na, wie ist das, du Teufelsbraten?", schrie Öhlenschläger Schneider an. „Willst du mehr?" Öhlenschläger holte aus. Doch Schneider winselte: „Nein, bitte nicht!"

Öhlenschläger senkte den Arm.

Er ließ die Peitsche fallen und trat dem am Boden liegenden Tyrannen in die Seite, sodass dieser mit einem Aufschrei an die Reling krachte, wo er gekrümmt und jammernd liegen blieb.

Totenstille lag über dem Schiff.

Doch dann merkten sie es: Es regte sich ein Lüftchen. Aus dem Lüftchen wurde Wind, der die Segel aufblies. Jetzt gab es kein Halten mehr. Die Mannschaft brach in Jubel aus. Mehrere Männer stürzten sich auf Schneider. Sie schleiften ihn zum Fogmast und banden ihn daran fest. Müntner wurde befreit und bekam die Peitsche in die Hand gedrückt. Sie rissen Schneider das Hemd vom Leib und bespuckten ihn. Sie konnten es kaum abwarten, dass Müntner dem Despoten das Fleisch vom Körper peitschte. Müntner stand vor dem heulenden Kapitän, der sich in die Hose gemacht hatte und starrte ihn an. Der einstige vermeintlich starke Mann war ein Bild des Jammers. Um Müntner herum bildeten die Seemänner einen Kreis. Er hob den Arm zum Schlag und die Mannschaft der Louisa setzte zu Jubel an. Doch Müntner ließ die Peitsche fallen. Unmut machte sich breit.

Müntner hob die Arme, um die Männer zur Ruhe zu bringen.

Erstaunlicherweise schwiegen sofort alle und warteten, was ihnen der Mann zu sagen hatte. Er wandte sich an die Mannschaft und sprach mit fester Stimme: „Solange ich an Bord dieses Schiffes bin, wird niemand mehr ausgepeitscht. So wahr mir Gott helfe. Bindet ihn los und legt ihn in Ketten. Wir müssen uns überlegen, was wir mit ihm anstellen."

„Wer hat dich zum neuen Kapitän gemacht?", rief einer der Männer.

„Niemand", antwortete Müntner ruhig. „Aber solange kein neuer Kapitän bestimmt ist, habe ich jetzt das Kommando. Als es darum ging, den Kapitän zur Rede zu stellen, habt ihr euch schön hinter mir versteckt, also könnt ihr jetzt auch weiter hinter mir stehen." Er machte eine Pause und schaute in die Runde. „Hat jemand etwas dagegen?"

Es meldete sich keiner.

Müntner erwies sich als guter Vermittler zwischen den untereinander zerstrittenen Parteien. Einige der Seemänner hatten die Meuterei scharf kritisiert. Die meisten hatten Familie zu Hause und waren noch jung. Sie fürchteten um ihr Auskommen. Müntner suchte mit einem von ihm einberufenen Rat nach einer Lösung. Man einigte sich darauf, dass jeder, der gegen die Meuterei war, in das Beiboot gehen konnte und bei nächster Gelegenheit in der Nähe der Küste ausgesetzt würde. Dieser Vorschlag wurde akzeptiert.

Jetzt war die große Frage: Wie sollten sie weiter vorgehen?

Nach stundenlanger Diskussion beschloss Müntner, so lange vor Anker zu gehen, bis eine Entscheidung getroffen wurde. Während die Louisa mit gerefften Segeln im Mittelmeer lag und die neue Führungsmannschaft hinter verschlossener Tür über das weitere Handeln beriet, überlegte Arthur, was das Schicksal noch für ihn bereithielt. Er zweifelte zum wiederholten Male daran, jemals wieder seine Heimat zu sehen. Was wohl aus seinem Sohn und dem Gewürzhandel geworden war? Was hatte sich alles in Frankfurt ereignet in den letzten Monaten, die er fern von seiner Heimatstadt verbracht hatte? Arthur beschloss, alles daran zu setzen, dass er und Rudolfo das Schiff so schnell wie möglich verlassen konnten. Doch was wollte eigentlich Rudolfo? Arthur wurde bewusst, dass er mit ihm noch nicht eine Silbe über die Vorfälle gewechselt hatte. Hastig suchte er nach seinem Freund und fand ihn am Bug des Schiffes, wo er in die Ferne starrte. Arthur stellte sich neben den Portugiesen und folgte seinem Blick.

„Werden wir jemals nach Hause kommen?“, fragte Rudolfo mutlos.

„So sicher wie das Amen in der Kirche“, antwortete Arthur, ohne es wirklich zu glauben.

„Was macht dich so sicher, mein Freund?“

„Weil wir noch am Leben sind und es eine zum Himmel schreiende Ungerechtigkeit wäre, wenn wir so kurz vor dem Ziel noch scheitern würden.“

„Kein wirklich überzeugendes Argument."

„Ich gebe zu, dass auch ich leise Zweifel hege. Aber anstatt in Selbstmitleid zu zerfließen, sollten wir uns besprechen."

Rudolfo atmete hörbar aus. „Mal wieder hast du recht, mein treuer Freund. Also, wie soll es mit uns weitergehen?"

„Ich denke, wir sollten versuchen, so schnell wie möglich von diesem Kahn herunterzukommen. Wir sind hier nur Gäste und haben mit der ganzen Sache nichts zu tun. Wir sollten uns den Seemännern, die ausgesetzt werden, anschließen."

„Ich glaube, das ist das Beste", stimmte Rudolfo zu. „Aber wir sollten gut zuhören, wo sie hin wollen. Ich habe keine Lust, wieder auf dem falschen Kontinent zu landen."

Arthur lachte auf. „Natürlich, Rudolfo, natürlich."

Die neue Führungsmannschaft um Müntner tagte bis tief in die Nacht hinein. Man hatte sich geeinigt und beschloss, das Ergebnis am nächsten Morgen zu verkünden. Müntner rief alle Männer bei Morgengrauen auf das Hauptdeck. Als alle versammelt waren, erhob er seine Stimme.

„Wir haben entschieden, wie es weitergehen soll", rief er mit kräftiger Stimme. „Wir werden das Beiboot in der Nähe von Korsika aussetzen. Das einzige Problem, das bleibt, ist, dass wir im Boot nur Platz für fünfzehn Männer haben. Sollten mehr als diese fünfzehn Männer gehen wollen, entscheidet das Los. Ihr könnt euch gleich bei mir melden. Wie es mit der Louisa und deren Besatzung weitergeht, werden wir dann verkünden, wenn die anderen von Bord sind. Dadurch können sie an Land niemandem verraten, was wir vorhaben." Er machte eine bedeutsame Pause und fuhr dann fort: „Ach, und noch was: Schneider wird auf jeden Fall von Bord gehen."

Mit dieser Entscheidung erntete er nur bedingten Beifall.

Diejenigen, die auf dem Schiff bleiben wollten, freuten sich über die Entlastung. Aber nicht wenige derjenigen, die von Bord der Louisa wollten, hatten die Befürchtung, dass Schneider sich im Beiboot schnell wieder als Herrscher aufspielen würde. Doch die Entscheidung war gefallen.

Wie es sich bereits abgezeichnet hatte, wollten natürlich mehr als fünfzehn Männer die Louisa verlassen. Darunter auch Arthur und Rudolfo. Es kam zum angekündigten Losverfahren. Jeder Name wurde auf ein Stück Pergament geschrieben und in die Kapitänsmütze geworfen. Es waren insgesamt zweiundzwanzig Namen. Alle Kandidaten scharrten sich um den Hut, als sei dieser der heilige Gral.

Um späteren Ärger zu vermeiden, wurde ein möglichst neutrales Mannschaftsmitglied für die Ziehung der Namen ausgewählt. Die Wahl fiel auf den Schiffsarzt Bleibtreu. Müntner verkündete zur Vorsicht noch einmal laut die Regeln: „Es werden nun vierzehn Namen aus dem Hut gezogen, keiner mehr und keiner weniger. Der Einzige, der einen Platz sicher hat, ist unser allseits beliebter Herr Schneider."

Trotz der Anspannung brach verhaltenes Gelächter aus.

„Diejenigen, die nicht gezogen werden, mögen sich bitte mit ihrer Enttäuschung zurückhalten. Im nächsten Hafen, den wir anlaufen, kann jeder selbst entscheiden, was er tun und lassen möchte. Also, bringen wir es hinter uns."

Man sah Bleibtreu an, dass er wenig Freude dabei empfand, das Zünglein an der Waage zu spielen. Einen Namen nach dem anderen zog er aus dem Hut heraus. Die Gezogenen stellten sich hinter Müntner auf. Zwölf Männer waren es bislang. Arthur und Rudolfo waren nicht dabei. Die Wahrscheinlichkeit, dass sie beide die letzten Namen sein würden, war äußerst gering. Arthur hatte noch nicht einen einzigen Gedanken daran verschwendet, was passieren würde, wenn sie nun getrennt werden sollten. Er schaute zu Rudolfo hinüber, der nervös an seinen Fingern kaute. Bleibtreu griff in den Hut und holte den dreizehnten Namen hervor. Dreizehn, schoss es Arthur durch den Kopf, die Unglückszahl.

Müntner entfaltete das Pergament und starrte auf den Namen, der wohl schwer zu entziffern war. „Rudolfo del ... Faskos", rief er laut.

„Del Vascos", verbesserte Rudolfo. „Es heißt: del Vascos."

Der Portugiese schaute Arthur kurz an, grinste und gesellte sich zu den zwölf anderen. Nun ging es darum, den letzten Namen zu ziehen. Selbst die Männer, die auf der Louisa bleiben wollten, konnten sich der Spannung nicht mehr entziehen. Immer näher rückten sie an den Hut heran. Immer unwohler fühlte sich Bleibtreu in seiner Rolle. Langsam und widerstrebend griff er in den Hut. Er hielt die Hand einen Moment in der Mütze und fischte dann zwei Zettel heraus. Einen ließ er fallen. An Spannung kaum zu überbieten gab er den letzten Namen an Müntner weiter. Auch Müntner schien nervös zu sein. Mit versteinerter Miene schlug er den Zettel auf.

„Der letzte Name ist ...", er holte tief Luft und schaute theatralisch in die Runde. Keiner traute sich etwas zu sagen. Nicht einmal der Wind wagte es zu pfeifen. Alle Augen waren auf Müntner gerichtet. „Daniel Kirchner."

Arthur wurde heiß und kalt zugleich. Neben ihm brach kurzer Jubel aus. Dort stand Kirchner und brüllte ihm seine Freude direkt ins Ohr.

Enttäuschung, Freude und Erleichterung machten sich unter der Mannschaft breit. Hoffnung und Verzweiflung lagen so nah beieinander, dass es Arthur unheimlich wurde. Geschockt von der Tatsache, dass er und Rudolfo sich nun trennen mussten, suchte er sich einen Platz, an dem er sich hinsetzen konnte, um die Konsequenzen zu bedenken. Wie würde es jetzt mit ihm weitergehen? Wollte Gott ihn zu einem zweiten Odysseus machen? Warum durfte er nicht nach Hause? Er kämpfte mit den Tränen der Verzweiflung. All die Jahre, die er nun schon auf der Reise war. Er hatte es satt. Eine Welle des Heimwehs überrollte ihn. Dann brach es aus ihm heraus. Hemmungslos ließ er seinen Tränen freien Lauf. Er schluchzte wie ein altes Weib, und es war ihm gleich.

Rudolfo gesellte sich zu Arthur. Er nahm neben ihm Platz und sagte nichts. Es benötigte keine Worte. Die beiden waren nun so lange miteinander unterwegs, dass in manchen Situationen keine Worte von Nöten waren. Allein seine Anwesenheit beruhigte Arthur nach kurzer Zeit so weit, dass er aufhörte zu weinen.

Er zog geräuschvoll die Nase hoch und wischte sich über das Gesicht. Dann holte er tief Luft und begann stattdessen zu lachen. Es war ein bitteres Lachen.

„Ich werde wohl nie nach Hause kommen“, sagte er tränenerstickt.

„Ach was“, wehrte Rudolfo ab. „Du wirst sehen: Ihr werdet einen europäischen Hafen anlaufen und du bist schneller zu Hause, als dir lieb ist.“

„Dein Wort in Gottes Ohr, mein Freund“, antwortete Arthur, nun schon etwas ruhiger. „Hauptsache, du hast es geschafft.“

„Ich bleibe bei dir und mache den Platz frei für einen anderen.“

„Kommt nicht infrage“, sagte Arthur streng. „Irgendwann hätten wir uns ohnehin trennen müssen. Also, warum nicht jetzt?“

„Weil ich immer noch nicht in Portugal bin und du noch nicht in Frankfurt“, sagte Rudolfo leise. „Korsika gehört nun mal nicht zu meiner Heimat. Wie soll ich denn da nach Portugal kommen? Dann muss ich ja schon wieder mit dem Schiff fahren. Denn Korsika ist nun mal eine verdammte Insel, die man nur mit der Boot verlassen kann.“

Jetzt musste Arthur laut lachen.

„Nein, im Ernst, Rudolfo“, Arthur schaute seinem Freund tief in die Augen. „Geh nach Hause!“

Rudolfo sah Arthur schweigend an. Nach einer kleinen Ewigkeit sagte er traurig: „Ich hatte gehofft, dass du das sagst.“

Drei Tage später hatten sich alle in ihr Schicksal ergeben. Die Verlierer der Verlosung hatten nach anfänglichen Schwierigkeiten die Entscheidung akzeptiert. Müntner hatte sie alle in seinen Bann gezogen. Er erwies sich als charismatischer Führer der Louisa. Er hatte jeden einzelnen in die Kapitänskajüte einbestellt und mit ihnen so lange gesprochen, bis sie sich seinem Vorhaben angeschlossen hatten, ohne dabei seine Pläne, die er mit der Louisa hatte, zu verraten. Er versprach jedem, das Schiff im nächsten Hafen verlassen zu können, sofern er schwor, den Aufenthaltsort der Louisa nicht zu verraten. Jeder der Männer leistete den Eid und wer Seemänner kannte, der wusste, dass ein geleisteter Eid niemals gebrochen wurde. Müntner fühlte sich deshalb sicher. Der Hass auf Schneider hatte sie alle vereint.

Zufrieden ließ Müntner die Louisa einige Seemeilen vor Korsika Ankern. Am Horizont konnte man wage die Insel erkennen. Schneider wurde aus seinem Gefängnis im Mannschaftsquartier freigelassen und als Erster in das Beiboot geschickt. Die vierzehn anderen verabschiedeten sich von ihren Kameraden und erneuerten ihren Schwur, den Aufenthaltsort der Louisa nicht zu verraten.

Arthur schloss Rudolfo ein letztes Mal in die Arme. Der Portugiese versprach ihm, nach Frankfurt zu schreiben, um ihn wissen zu lassen, wo er sich in Portugal niedergelassen habe. Arthur seinerseits versprach, sofort nach seiner Ankunft in Frankfurt den Brief zu beantworten.

„Geh jetzt", befahl Arthur Rudolfo, „sonst verpasst du noch das Schiff nach Hause."

„Alles Gute, mein Freund!"

Arthur schaute dem kleinen Boot lange nach. Traurig über den Verlust seines Gefährten ging er zu seiner Lieblingsstelle am Bug der Louisa und versank in Gedanken an Frankfurt.

Am Abend rief Müntner alle verbliebenen Besatzungsmitglieder an Deck.

„Ich bedanke mich bei allen, die mir ihr Vertrauen geschenkt haben", begann er seine Ansprache. „Wir sind nun als vogelfrei anzusehen. In unserer Heimat können wir uns, mit Ausnahme unseres allseits geschätzten Gastes Arthur Händler, bei dem ich mich für die Unannehmlichkeiten nochmals entschuldige, nie wieder blicken lassen. Findet euch damit ab!" Zustimmendes Gemurmel ging durch die Reihen. „Ich werde euch jetzt über das weitere Vorgehen unterrichten. Der Rat hat beschlossen, die Louisa schnellstmöglich in eine abgelegene Bucht an der Küste Nordafrikas zu bringen. Dort werden wir uns einige Zeit verstecken und die Louisa umbauen, sodass es schwer sein wird, sie wiederzuerkennen. Außerdem werden wir ihr einen neuen Namen geben müssen. Nachdem dies erledigt ist, werden wir zunächst versuchen, entlang der afrikanischen Küste Handel zu betreiben. Sollte dies nicht gelingen, so werden wir weitere Schritte überlegen. Wir werden uns auch bewaffnen müssen, um den Häschern, die uns Schneider ohne Frage hinterherschicken wird, Gegenwehr leisten zu können. Ich weise ausdrücklich darauf hin, dass es durchaus möglich ist, dass wir als letztes Mittel in Erwägung gezogen haben, Piraten zu werden. Dies sollte aber als allerletzter Ausweg gesehen werden. Wir werden uns in den nächsten Monaten so ruhig wie möglich verhalten, um unsere Spuren zu verwischen. Wer will, kann das Schiff jederzeit verlassen. Alle wichtigen Entscheidungen werden wir im Rat gemeinsam zum Wohle aller treffen. Alles Weitere wird sich ergeben. Noch Fragen?" Müntner schaute in die Runde. Keiner schien etwas sagen zu wollen, deshalb sprach Müntner weiter.

„Sollten euch Fragen oder Anregungen einfallen, so lasst es mich wissen. Jeder Einfall kann uns helfen. Und jetzt setzt die Segel in eine neue Zukunft!"

Müntner wollte gerade von seinem improvisierten Podest in Form eines Wasserfasses steigen, als einer der Männer aus dem Hintergrund rief: „Ein dreifaches Hoch auf unsere Zukunft." Und die Mannschaft setzte zu einem dreifachen „Hipp, Hipp, Hurra" an. Arthur bekam eine Gänsehaut. Und vielen um ihn herum erging es nicht anders.

Später am Abend, die Louisa machte flotte Fahrt in Richtung afrikanische Küste, kam ein junger Seemann zu Arthur und bat ihn zum Kapitän. Arthur bedankte sich und ging zu Müntners Kajüte. Als er den Raum betrat, stellte Arthur fest, dass Müntner die Möbel wieder in ihre ursprüngliche Position gebracht hatte, was Arthur als Huldigung des verstorbenen Kapitäns betrachtete. Müntner schien seine Aufgabe sehr ernst zu nehmen.

„Ah, da seid Ihr ja", begrüßte er Arthur.

„Was kann ich für Euch tun?"

„Das will ich Euch gerne sagen. So nehmt doch Platz."

Müntner wies Arthur einen Stuhl am Navigationstisch zu und setzte sich ihm gegenüber. Auf dem Tisch lagen verschieden Seekarten aus. Allem Anschein nach schien Müntner eine geeignete Bucht für die Louisa zu suchen. Arthur fiel jetzt auf, dass er bei Schneider nicht eine einzige Seekarte hatte liegen sehen, was das Navigationschaos, in das er die Louisa gestürzt hatte, erklärte.

„Kann ich Euch etwas von meinem letzten Wein einschenken?“, bot Müntner Arthur an.

„Gerne!“

Müntner füllte den Wein in zwei Gläser. Er schien auf Zeit zu spielen, was bei Arthur nicht unbemerkt blieb. Schon beschlich ihn eine leise Ahnung für den Anlass dieser Einladung.

„Ich habe die Flasche in Schneiders Truhe gefunden. Eines muss man ihm lassen: Er verstand was von gutem Wein“, Müntner lachte verlegen und stieß mit Arthur an.

„Ihr fragt Euch sicher, warum ich Euch zu mir gebeten habe“, sagte Müntner, dem die Situation sichtlich unangenehm war. Als Arthur nur zustimmend nickte, fuhr er fort. „Nun, wie ich heute Morgen schon verkündet habe, hat der Rat beschlossen, die Tradition der Louisa, wenn auch unter anderem Namen und Flagge, weiterzuführen. Es soll ein Handelsschiff bleiben und wir alle sind mit Leib und Seele Seefahrer. Zumal wir an Land bestimmt nicht gerne gesehen werden.“

Ein deprimiertes Lachen unterbrach kurz seinen Redefluss.

„Wir müssen das Beste aus der Situation machen, darin sind wir uns einig. Aber wir haben ein Problem: Keiner von uns hat Erfahrung im Umgang mit kaufmännischen Angelegenheiten. Wir sind, wie bereits gesagt, Seefahrer und keine Händler.“

Er machte eine Pause. Arthur schwieg weiter. Er wusste bereits, worauf sein Gegenüber hinauswollte.

„Na ja, da Ihr, wie ich gehört habe, ein wohlhabender Gewürzhändler seid und Ihr nun einmal mit uns buchstäblich in einem Boot sitzt, wenn auch weniger freiwillig, dachte ich ...“, er hatte allem Anschein nach Probleme, die richtigen Worte zu finden. Arthur hatte Erbarmen und sprach für Müntner weiter.

„Da dachtet Ihr, ich könnte Euch ein wenig Nachhilfe in kaufmännischen Angelegenheiten geben“, vollendete er die Bitte des neuen Kapitäns.

„Würdet Ihr das in Erwägung ziehen?“

„Ihr wisst, dass ich seit Ewigkeiten auf der Heimreise bin und kurz vor dem Ziel durch diese ganze schreckliche Angelegenheit wieder ein Stück von zu Hause weggerissen wurde?“

Müntner nickte verlegen und senkte den Blick. „Seid versichert, dass wir das alles so nicht gewollt haben", verteidigte er sich. „Wir hätten gerne anders gehandelt, aber Schneider hat uns dazu gezwungen."

Arthur war jetzt wütend. Er selbst war darüber am meisten erstaunt. Er spürte den unbändigen Drang, seinem angestauten Ärger freien Lauf zu lassen. „Ich will Euch was sagen, mein Freund", begann er mit Wut in der Stimme, „ich hatte eine eigene kleine Flotte, die ich im Sturm kurz vor Indien verloren habe. Viele tapfere Männern, die ich dadurch in den Tod geschickt habe, nur um meinen Profit zu steigern. Ich habe seit Jahren nichts mehr von meiner Familie gehört. Ich hoffe bei Gott, dass alle wohlauf sind. Ganz zu schweigen davon, dass ich meine Familie über mein Schicksal im Ungewissen lassen muss. Zu Fuß bin ich tausende von Meilen durch Berge, Wüste und Einöde gewandert, nur um nach Hause zu kommen. Ich hatte Hunger, wurde beinahe von einem habgierigen Weib gemeuchelt. Durch meine Odyssee hat ein Freund seine rechte Hand verloren. Viele Familien sind nun ohne Vater, nur wegen mir. Ich bin verflucht! Ich hatte mir geschworen, nie wieder die Planken eines Schiffes zu betreten, bis ich an Bord dieses unglückseligen Kahns gegangen bin. Ich musste mich von meinem Gefährten, der mir all die Jahre nicht von der Seite gewichen ist, trennen, weil ein herrschsüchtiger Gernegroß Gott an Bord spielen musste. Ich hätte schon auf dem Weg über die Alpen nach Hause sein können, wenn ich diesem Teufel nicht geholfen hätte. Ich verfluche den Tag, an dem wir in Lübeck ausgelaufen sind. All die Jahre sind verschenkt. Mein Platz ist in Frankfurt in meinem bescheidenen Haus auf der Zeyl. Wenn es so weitergeht, werde ich nie erfahren, ob ich Enkelkinder habe. Ich höre ihr Lachen in meinen Albträumen. Und nun diese weitere unglückselige Episode. Wie könnt Ihr es wagen, mich zu fragen, ob ich weitere Tage, Wochen oder Monate meines Lebens vergeude, nur um einer Bande von Meuterern zu Wohlstand zu verhelfen. Wobei ich annehmen kann, dass wir gejagt und abgeschlachtet werden wie räudige Hunde?"

Müntner wagte es nicht, etwas zu erwidern. Einen endlosen Augenblick saßen sie sich gegenüber und schwiegen sich an. Der eine, um seine Wut zu bändigen, der andere, um nicht einen neuen Wutausbruch zu provozieren. Nach einer kleinen Ewigkeit war es Arthur, der zuerst die Worte wiederfand.

„Gebt mir Zeit zum Nachdenken“, sprach er und verließ wortlos die Kajüte des Kapitäns, wobei er es sich nicht nehmen ließ, die Tür krachend ins Schloss zu werfen.

Arthur war immer noch sehr aufgewühlt. Wie konnte dieser Wicht es wagen, sich seines Lebens zu bedienen! War er der Sklave seiner Habgier geworden? Selbstzweifel überfielen ihn. Warum nur hatte er unbedingt selbst die Gewürze aus Indien holen müssen? Es gab genug Seeleute, die dies für ihn hätten erledigen können. Es war doch genug Gewinn vom Gewürzhandel übrig geblieben, ohne dass er sich selbst eine Flotte hätte bauen müssen. Sein Dickschädel war ihm zum Verhängnis geworden. Sollten doch die Zwischenhändler ihren Profit machen. Ihm war es mittlerweile egal, wer wen über den Tisch zog. Alles, was er wollte, war, nach Hause zu kommen.

Arthur ging an den Bug des Schiffes und hielt sein Gesicht in den Wind. Er schloss die Augen und stellte sich vor, wie er durch das Eschenheimer Tor von Frankfurt schritt. Langsam, aber zielstrebig den Weg zu seinem Haus ging. Er sah das schöne Gebäude vor sich. Sein Haus, das er von Andreas geerbt hatte. Er sah, wie sich das schwere hölzerne Tor zum Hof öffnete und sein Sohn herauskam, um ihn zu empfangen. Neben ihm stand seine Frau Helene. Auf der linken Hüfte Helenes saß sein jüngstes und an der freien Hand stand sein erstgeborenes Enkelkind, schutzsuchend an den Rocksaum der Mutter gedrängt. Dann sah er, wie sein Sohn sich zu dem größeren Kind hinunterbeugte und ihm etwas ins Ohr flüsterte und wie es daraufhin auf ihn zulief. Es blieb vor ihm stehen und sagte: „Willkommen zu Hause, Großvater!“

Als Arthur die Augen wieder öffnete, bemerkte er den Schleier der Tränen, die ihm den Blick trübten. Würde er es jemals schaffen?

## *Die Jagd beginnt*

Auf dem Beiboot der Louisa war man ausgelassener Stimmung. Es waren nur noch wenige Ruderschläge bis zur Küste Korsikas. Man konnte sogar schon die Lichter einer kleinen Stadt erkennen. Die Aussicht auf festen Boden unter den Füßen ließ die Ruder schneller durch die Wogen des Mittelmeeres gleiten. Schneider freute sich am meisten auf Korsika. Endlich konnte er sich für die Demütigung rächen. Sobald sie dieses elendige Ruderboot verlassen hatten, würde er sich eine Passage nach Venedig suchen und Bericht erstatten. So wie er seinen Oheim Franziskus von Nauheim einschätzte, würde er nicht zögern, ein Schiff hinter den Meuterern herzuschicken, um sie zurückzuholen und vor Gericht zu zerren. In Gedanken sah er Müntner vor dem Richter stehen, kleinlaut und reumütig sein Todesurteil entgegennehmend.

Aber zunächst musste er sich eine Geschichte zusammenreimen, die ihn als unschuldig an der Meuterei darstellte. Wenn auch sein Onkel ein harter Geschäftsmann mit wenig Skrupel war, er würde zuerst fragen, wie es zu der Meuterei kommen konnte. Wenn er dann sagen würde, dass er die Mannschaft schikaniert hatte und auspeitschen ließ – und er zudem auch noch den falschen Weg eingeschlagen hatte –, konnte es passieren, dass er sich selbst vor Gericht wiederfand. Denn Franziskus von Nauheim hatte sehr wenig übrig für Versager. Seine Geschichte musste so dargestellt werden, dass er ein unschuldiges Opfer dieser Barbaren geworden war. Aus diesem Grund musste er verhindern, dass einer dieser Kerle im Beiboot mit seinem Onkel sprechen würde. Kurz vor der Küste ergriff er, überraschend für alle, das Wort.

„Männer“, rief er mit fester Stimme, „ich danke euch für eure Treue. Euch wird nichts geschehen, auch wenn ihr nicht versucht habt, die Meuterer aufzuhalten. Ihr seid einfache Seemänner und keine Soldaten, deshalb sei euch verziehen. Ich werde für jeden einzelnen von euch einen Freispruch bei meinem Oheim bewirken. Ich danke euch nochmals und überlasse euch, sobald wir Korsika betreten haben, eurem Schicksal. Möge jeder sehen, wie er zurechtkommt.“

Verblüfft schauten sich die Seemänner an. Wie konnte dieser Wurm es wagen, sich jetzt als ihr Gönner aufzuspielen! Die Tatsache aber, dass er ihnen soeben vor Zeugen versprochen hatte, sie nicht der Verfolgung durch die Justiz auszusetzen, ließ sie den Mund halten. Die Männer mit Familie hatten nur den Gedanken, schnellstmöglich nach Hause zu ihren Lieben zu kommen. Außerdem wollte niemand seine Freiheit aufs Spiel setzen wegen eines Muttersöhnchens wie Schneider. Genau das wollte Schneider bezwecken. An der Reaktion der Männer bemerkte er, dass sein Plan Erfolg haben würde. Nun würde ihm keiner der Seemänner seine Version der Dinge streitig machen.

Es dauerte keine drei Wochen, bis Schneider endlich in Venedig eintraf. Er hatte schnell eine Überfahrt aufs Festland bekommen und sich dann einem Handelszug nach Venedig angeschlossen. Sofort ging er zu seinem Oheim und erstattete Bericht.

„Was hätte ich denn tun sollen, lieber Oheim?“, schloss Schneider seinen gefälschten Bericht. „Wie konnte ich ahnen, dass der Steuermann eigenmächtig den Kurs wechselte, während ich schlief, und bei Tage den richtigen zur Täuschung wählte? Das Ganze war von langer Hand geplant. Müntner wollte von Anfang an das Schiff an sich reißen. All die tapferen Männer, die mir geholfen haben, bei Nacht und Nebel zu fliehen, habe ich bereits für ihre Taten belohnt. Ich hoffe, es war in Eurem Sinne, lieber Oheim.“

„Aber sicher doch“, sagte dieser nachdenklich. Franziskus von Nauheim war ein sehr einflussreicher Geschäftsmann. Er war so etwas wie der Vertreter der Deutschen Handelsgruppe in Venedig. Er vermittelte zwischen den Händlern in seiner Heimat und den Venezianern vor Ort. Dafür ließ er sich natürlich fürstlich entlohnen. Nebenbei betrieb er noch das äußerst einträgliche Geschäft der Reederei. Mittlerweile fuhren ein Dutzend Schiffe für ihn zwischen Venedig und Alexandria mit allen erdenklichen Gütern hin und her. Dass ihm jemand einfach ein Schiff durch eine Meuterei abnehmen konnte, würde sich nicht gut auf das Geschäft auswirken. Diese Meuterer sollten merken, was es bedeutete, sich mit einem wie ihm anzulegen.

„Du wirst sofort eine Mannschaft zusammenstellen und mir mein Schiff zurückholen. An Geld soll es nicht mangeln. Heuer die besten Kopfgeldjäger an, die du finden kannst, und verspreche jedem, der mir den Kopf des Meuterers bringt, eine hohe Belohnung. Ich werde sofort dafür sorgen, dass die restliche Besatzung der Louisa für vogelfrei erklärt wird."

Schneider konnte sich ein Grinsen nicht verkneifen. Er hatte gewusst, dass sein Onkel wenig Skrupel hatte. Dass er aber so schnell ein Todesurteil fällen konnte, war ihm neu und ließ ihn ein wenig schaudern.

„Was stehst du da und grinst so blöd?", schrie von Nauheim seinen Neffen an. „Sieh zu, dass ihr auslauft. Die Kerle haben einen Vorsprung von vier Wochen. Die können mittlerweile überall sein. Und komm mir bloß nicht ohne Müntners Kopf nach Hause."

Nach wenigen Tagen hatte Schneider eine schlagkräftige Truppe beisammen, deren Anführer ein gewisser Marcello Daxo war. Sie bekamen das beste Schiff, das auf die Schnelle auffindbar war, die Natalia, die klein, aber wendig war.

Der Kapitän und Eigner war Hernando Delguera, ein sehr erfahrener und zuverlässiger Mann. Er hatte noch nie ein Schiff verloren und setzte alles daran, dass dies so blieb. Der Kapitän war sehr beliebt und respektiert bei der Mannschaft. Es gab nicht wenige, die für ihn in den Tod gehen würden.

Er hatte bereits einige Aufträge für von Nauheim erfolgreich durchgeführt und dabei sein Können bewiesen. Ein Schiff im Mittelmeer zu finden, sollte nicht allzu schwer sein. Zumal es sich um ein gemeutertes Schiff handelte, das auffallen würde wie ein bunter Hund. Jedoch war Delguera nicht ganz sicher, ob er der Schlägertruppe Daxos sein Vertrauen schenken sollte. Sein Auftrag lautete, dass Schiff zu finden; alles andere ging ihn nichts an. Und er würde einen Teufel tun und auch nur einen einzigen Mann seiner Mannschaft unnötig in Gefahr bringen. Für die Gefahr war Daxo zuständig.

Am Abend verließ die Natalia den Hafen und nahm Kurs auf Korsika. Schneider fuhr nicht mit. Mit fadenscheinigen Ausreden hatte er es geschafft, dass seine Anwesenheit an Bord der Natalia nicht vonnöten war. Diese Fahrt war ihm zu gefährlich. Tags darauf wurde der Schlägertrupp fast ausnahmslos an der Reling gesichtet, wo sie gemeinsam das Abendessen ins Meer spuckten. Keiner von ihnen hatte je zuvor ein Schiff betreten. In nie gesehener Eintracht pflegten sie ihre Seekrankheit. Die Schiffsbesatzung konnte den ganzen Tag kaum ihrer Arbeit nachkommen, da sie sich ständig über die Landratten ereiferte. Selbst der Kapitän lachte mit.

Drei Tage lang war mit Daxos Truppe nichts anzufangen.

Danach ging es einigen etwas besser; aber nicht wenige mussten noch immer sporadisch an die Reling. Daxo hatte die Seekrankheit überstanden und versank in Tagträume, was er mit seiner Belohnung alles kaufen konnte. Er stellte sich die Sache sehr einfach vor. In wenigen Tagen würden sie die Louisa gefunden und geentert haben.

Er würde einen seiner Schläger mit dem Töten Müntners beauftragen und die Belohnung kassieren. Ja, es würde sein einfachster und einträglichster Auftrag werden. Dessen war er sich sicher.

## *Der Umbau*

Die Besatzung der Louisa hatte nach tagelanger Irrfahrt vor der afrikanischen Küste endlich eine abgelegene Bucht gefunden, in der sie das Schiff umbauen konnten. Sofort machte sich die Mannschaft unter Anleitung des Schiffszimmermanns Kurt Wegener an die Arbeit.

Während der Irrfahrt hatte der Schreiner die Zeit bereits genutzt und einige Pläne für den Umbau gezeichnet. Er legte sie Müntner zur Genehmigung vor. Der neue Kapitän ergänzte sie mit seinen Vorstellungen, sodass man nach dem Umbau die Louisa nicht mehr so leicht würde wiedererkennen können. Neben etlichen Umbauten wurde auch die Galionsfigur der Louisa durch ein Wappen ersetzt, das Müntner sich selbst ausgedacht hatte. In dem Wappen befanden sich zwei gekreuzte Schwerter als Zeichen des Widerstandes und ein Dreizack unter dem Schwertkreuz, um den Seekönig Neptun zu beruhigen. Über den Zeichen stand in einem Banner geschrieben: „Hoffnung, Glaube, Freiheit".

Am nächsten Morgen präsentierte Müntner der Mannschaft das Wappen. Bei dieser Gelegenheit teilte er seinem Gefolge den neuen Namen des Schiffes mit: Patria.

Zuerst wollte Müntner das Schiff Heimat nennen. Als Arthur davon Wind bekommen hatte, riet er dem neuen Kapitän, seine Entscheidung zu überdenken.

„Meint Ihr nicht, es wäre zu verräterisch, unter deutschem Namen zu segeln? Versteht mich nicht falsch, ich finde den Namen sehr passend, aber wenn unsere Häscher kommen – und sie werden kommen –, machen wir es ihnen nur unnötig leicht, uns zu enttarnen."

„Euer Einwand ist berechtigt, Herr Händler", gab sich Müntner einsichtig. „Was schlagt Ihr vor?"

„Nennt das Schiff Patria, dies ist der lateinische Begriff für Heimat."

„Gute Idee. So sei es!"

Arthur wurde von den Umbauarbeiten ausgeschlossen und dem neuen Kapitän zugeteilt, jedoch ohne zu wissen, welche Aufgaben auf ihn warteten. Als die Arbeiten begannen, ging Arthur deshalb zu Müntner, der ihn umgehend in seine Kajüte bat.

„Wie Ihr wisst, kommt Euch eine besondere Stellung hier an Bord zu“, begann Müntner das Gespräch. „Aber zunächst muss ich Euch natürlich fragen, ob Ihr meinem Vorschlag, uns zu helfen, Handelsbeziehungen aufzubauen, zustimmt.“

Arthur zögerte, um Müntner noch ein wenig zappeln zu lassen. Er war immer noch erbost über seine Situation. Gerade als er bemerkte, wie Müntner begann, unruhig auf seinem Stuhl hin und her zu rutschen, antwortete er.

„Ich werde Euch und Eurer Mannschaft helfen.“

Müntners Gesichtsausdruck entspannte sich.

„Aber ich stelle Bedingungen“, schränkte der Gewürzhändler ein.

„Welche?“

„Sobald Ihr alleine zurechtkommt, werde ich mein Bestreben, nach Hause zu kehren, mit aller Macht weiterführen. Mein oberstes Ziel ist nicht, Euch zu Ruhm und Reichtum zu verhelfen, sondern endlich meine Heimat wiederzusehen. Das muss Euch klar sein.“

„Selbstverständlich“, bestätigte Müntner beruhigt. „Ich verspreche Euch als Ehrenmann, Euch in Eurem Streben nach all meinen Kräften zu unterstützen, sobald die Zeit dafür gekommen ist.“

„Dann sind wir uns einig“, sagte Arthur und ließ den Seemann allein in seiner Kajüte zurück.

Müntner begriff, dass er Arthur nicht als einen seiner Leute betrachten und somit nicht seinem Gehorsam unterwerfen konnte. Er beschloss, dem Gewürzhändler alle Freiheiten zu lassen, wenn er ihm nur half, den Weg des Handels zu gehen. Denn eines wollte Müntner auf jeden Fall vermeiden: Sein Schiff und seine Mannschaft in die Piraterie zu treiben.

Wie sich herausstellte, war die Bucht ein Glücksgriff. Alles, was der Zimmermann an Rohstoffen benötigte, befand sich in unmittelbarer Nähe. Der Umbau am Schiff und die besondere Situation, in der sich alle befanden, ließ sie zu einer großen

Familie werden. Müntner erwies sich als umsichtiger und gerechter Führer. Er packte kräftig mit an und nahm sich keine Sonderstellung heraus. Er aß mit der Mannschaft und schlief in der neu errichteten Unterkunft. Die Kapitänskajüte diente ihm nur als Besprechungsraum. Er verzichtete bewusst auf alle Vorzüge des Kapitänslebens und erwarb sich dadurch in der Mannschaft hohes Ansehen. Arthur ertappte sich dabei, wie ihm der Meuterer ans Herz wuchs.

Die Bucht war nicht nur aus Sicht des Zimmermanns ein Paradies. Der Koch fand hier fast alles, was sein Herz begehrte. Ein kleiner Fluss mündete in die Bucht, sodass ausreichend Süßwasser zur Verfügung stand. Entlang des Ufers wuchsen Palmen. Der Boden war mit Kokosnüssen übersät. Nach kurzer Suche fand er etliche Fruchtbäume, deren Äste sich unter der Last der Früchte durchbogen. Die Bucht war außerdem unglaublich fischreich. Schildkröten wanderten umher und teilten sich die Pfade mit Wildschweinen und Dammwild.

Es stand fest: In dieser Bucht konnten sie Jahre überleben.

Arthur hatte dies ebenfalls erkannt. Da er zunächst wenig zu tun hatte, erkundete er die nähere Umgebung. Zu seiner großen Erleichterung stellte er keinerlei menschliche Spuren fest. Wie konnte das sein?

Die Gegend strotzte vor Fruchtbarkeit und kein Mensch nutzte dies aus. Er blieb jedoch weiterhin skeptisch und fuhr fort, nach Spuren von Eingeborenen zu suchen. Als er alles in sämtliche Himmelsrichtungen abgesucht hatte, war er überzeugt, dass hier noch niemals zuvor Menschen gelebt hatten.

Es war das ideale Versteck!

Vielleicht sollten sie hier ihre Basis errichten und ein kleines Dorf aufbauen.

Müntner zeigte sich einverstanden und beauftragte Arthur, in Begleitung von fünf weiteren Männern die nähere Umgebung eingehend zu erkunden. Nachdem sie diese sechs Tage lang erforscht hatten, schlug Arthur vor, unweit der Bucht an einem Fluss ein Lager zu errichten. Müntner gab sofort Anweisungen, eine Schneise zur vorgeschlagenen Stelle durch den Urwald zu schlagen. Alle packten mit an und schafften so in wenigen Tagen einen Versorgungsweg zum Fluss, an dessen Ufern sie Holzhütten zimmerten. Auch der Umbau des Schiffes stand kurz vor dem Abschluss. Bald konnte die erste Handelsreise beginnen. Müntner rief deshalb Arthur zu sich, um das weitere Vorgehen zu besprechen.

„Werter Herr Händler", begann Müntner feierlich. „Das Schiff ist bald zum Auslaufen bereit. Wir sollten unsere Möglichkeiten des Handels miteinander besprechen."

„Da habt Ihr recht, Herr Kapitän", stimmte Arthur zu.

„Zunächst stellt sich die Frage: Welche Waren wollt Ihr anbieten?"

„Nun, wir haben immer noch die Waren, die für Venedig bestimmt waren", antwortete Müntner.

„Worum handelt es sich dabei?"

„Um Stoffe und Weihrauch."

„Sehr gut!", rief Arthur aus, der sich bis dahin wenig Gedanken über die vorhandenen Produkte gemacht hatte. „Das könnte eine ausgezeichnete Ausgangslage schaffen. Diese Waren sind sehr gut zu verkaufen. Wir sollten zunächst eine etwas kleinere Stadt anlaufen und sie dort feilbieten. Gleichzeitig müssen wir herausfinden, welche Waren in dieser Stadt benötigt werden. Wenn wir Glück haben, können wir diese dann selbst produzieren. Wenn nicht, müssen wir herausfinden, wo die gefragten Güter zu bekommen sind. Ich werde mich dieser Aufgabe annehmen. Wann können wir auslaufen?"

„In zwei Tagen."

Die Patria war tatsächlich zwei Tage später voll aufgetakelt und verließ zum ersten Mal seit drei Wochen die Bucht zu ihrer Jungfernfahrt. Die Winde standen gut und die Strömung erledigte das Übrige. Schon bald verschwand die Bucht am Horizont. Müntner hatte beschlossen, entlang der Küste zu segeln und die nächste Gelegenheit zu nutzen, einen Hafen anzufahren. Am nächsten Morgen war es schon soweit. Eine kleine Hafenstadt erschien am Ufer. Die Aufregung in der Mannschaft war fast greifbar. Heute würde sich entscheiden, welches Schicksal die Seemänner ereilen würde. Mit langsamer Fahrt lief die Patria in den fremden Hafen ein. Müntner ging aufgeregt auf der Brücke hin und her. Arthur blieb gelassen. Überraschenderweise hatte er keinerlei Angst, dass etwas schief gehen könnte. Er vertraute seinen Fähigkeiten. Nach all dem, was er in den letzten Jahren erlebt hatte, war dieses Abenteuer nur eines von vielen für ihn. Nachdem sie vor Anker gegangen waren, ging Arthur zusammen mit Müntner von Bord. Sie machten sich daran, den Hafenmeister aufzusuchen, der den Handel vor Ort kontrollierte. Die Verständigung war anfangs etwas schwierig. Nachdem aber der Preis für ihre Erlaubnis zum Handeln geklärt war, erhielten sie sie. Von nun an durften sie in der Stadt Malekesh offiziell Handel treiben.

Wenig später hatte Arthur auch schon Kontakt am örtlichen Markt aufgenommen. Nach Zahlung von weiteren Bestechungsgeldern wurden sie mit den Zwischenhändlern bekannt gemacht und konnten ihre Ware verkaufen. Die Ladung der Patria wurde gelöscht und der Handel perfekt gemacht. Arthur schaffte es, trotz der Sprachbarriere herauszufinden, welche Waren hier benötigt wurden und wo sie aufzutreiben waren. Alles in allem verlief der Handel reibungslos. Am Abend saßen Müntner und Arthur zusammen in der Kapitänskajüte und zogen Bilanz.

„Ich hätte nicht gedacht, dass es so einfach wird“, staunte Müntner.

„Warum?“, fragte Arthur. „Die Regeln für den Handel sind auf der gesamten Welt gleich. Man muss nur die richtigen Leute bestechen und gefragte Waren feilbieten. Der Rest läuft von alleine.“

„Wie könnt Ihr nur so gelassen sein?“

„Wenn Ihr mein Leben gelebt hättet, Kapitän, wäret Ihr auch ruhiger.“

„Vielleicht“, stimmte Müntner zu, der von Arthur mehr und mehr fasziniert war. Was hatte dieser Mann alles erlebt? Zu gerne würde er sich näher mit Arthur über seine Abenteuer unterhalten. Doch er schaffte es nicht, mehr als Andeutungen aus ihm herauszubekommen. Und mit jeder Andeutung gab er ihm nur noch mehr Rätsel auf. Alles, was er wusste, war, dass Arthur versuchte, Abstand zu ihm und der Mannschaft zu halten. Müntner vermutete eine Schutzreaktion Arthurs, womit er auch recht hatte. Arthurs einziger Antrieb war der Gedanke, endlich nach Hause zu kommen.

„Wo müssen wir welche Waren holen, um mit diesem Ort ins Geschäft zu kommen?“, wollte Müntner wissen.

„Der Bedarf an Stoff ist in Malekesh sehr groß, deshalb haben wir auch einen sehr guten Preis für unsere Rollen erhalten“, erklärte Arthur. „Ich habe erfahren, dass wir etwa in zwei Tagen im Osten eine Stadt erreichen können, die Stoff anbietet. Außerdem benötigt die Stadt verschiedene Nahrungsmittel, die sie nicht selbst herstellen kann, da der Boden der Region sehr schwer zu beackern ist. Wir sollten überlegen, in unserer Bucht ein wenig Landwirtschaft zu betreiben, um für die Zukunft selbst als Lieferant aufzutreten. Ich denke, der Boden dort sollte fruchtbar genug sein. Dadurch ist die Gewinnspanne höher als beim einfachen Transport der Waren. Bis dahin sollten wir die besagte Stadt anfahren und schauen, wie wir dort die entsprechenden Kontakte knüpfen können.“

Müntner hatte dem nichts mehr hinzuzufügen und befahl das Auslaufen zum nächstmöglichen Zeitpunkt.

## *Das Aufeinandertreffen*

So vergingen Wochen, in denen sich in der Nähe der Bucht das kleine Hüttendorf der Meuterer formte und der Handel mit den Städten blühte. Schon bald erwirtschafteten sie, nicht zuletzt durch Arthurs Verhandlungsgeschick, Gewinn. Dadurch konnten die ersten nicht wirklich notwendigen Dinge angeschafft werden. Am meisten freute sich die Mannschaft über den Rum, den die Patria von ihrer letzten Fahrt mitgebracht hatte. Am selben Abend fand im Dorf ein rauschendes Fest statt. Da die Männer lange Zeit auf Alkohol verzichtet hatten, brauchte es nicht viel des trüben Saftes, um die gesamte Bande betrunken zu machen. Auch Arthur feierte mit. Er gestand sich ein, dass die Besatzung des Schiffes eine homogene Einheit geworden war. Keiner der Männer tanzte aus der Reihe. Jeder fügte sich in sein Schicksal und erfüllte die ihm zugeteilte Aufgabe mit Hingabe. Wären sie keine Geächteten, so wären sie die perfekte Gemeinschaft. Selbst die fehlende Anwesenheit von Frauen machte bisher keinerlei Probleme, wie Arthur einst befürchtet hatte. Für die fleischlichen Gelüste gewährte Müntner in jedem Hafen großzügigen Ausgang, bei dem sich die Seeleute austoben konnten. Eine feste Bindung wollte im Moment ohnehin keiner der Männer. Wahrscheinlich würde der Ärger erst anfangen, wenn Frauen hinzukämen. Alles in allem war es ein sehr gutes Leben, das die Meuterer führten. Und gerade in diesem Moment kam ihnen der Jäger Daxo immer näher. Im Hafen von Malekesh lief er, zwei Tage nachdem die Patria ausgelaufen war, ein. Daxo hatte zuvor fünf weitere Hafenstädte anlaufen lassen und sich nach europäischen Neulingen erkundigt. In keinem der Häfen hatte er bislang etwas in Erfahrung bringen können. Im Hafen von Malekesh jedoch war das Schiff jedem bekannt. Schon der erste Mann, den Daxo befragte, gab bereitwillig Auskunft. Wann sie das letzte Mal hier waren, dass sie bald wiederkommen würden und dringend benötigte Güter brachten. Allem Anschein nach war Daxo kurz davor, die Meuterer zu schnappen. Er beschloss, auf die Louisa in Malekesh zu warten. Wenn sie den Hafen verließ, würde sie ihn zum Versteck der Verbrecher bringen, wo er dann alle auf einmal schnappen könnte.

Im Geiste stellte er sich erneut vor, was er mit all dem Geld anfangen würde. Diabolisch grinsend stand er auf dem Deck der Natalia und schwelgte in seiner Fantasie.

Die Patria lief schon eine Woche später wieder aus, um weitere Geschäfte zu machen. Müntner hatte beschlossen, auf dem Rückweg besseres Baumaterial für ihr kleines Dorf zu kaufen. Sie waren jetzt schon vier Monate unentdeckt geblieben. Mit jedem Tag fühlte sich Müntner sicherer. Arthur hingegen mahnte Müntner weiterhin zur Vorsicht.

„Ich denke, es ist zu früh, das Dorf zu befestigen", äußerte er daher Bedenken gegen Müntners Plan.

„Weshalb?"

„Weil wir immer noch nicht wissen, ob wir wirklich sicher sind", antwortete Arthur. „Was, wenn sie uns schon dicht auf den Fersen sind und nur eine passende Gelegenheit abwarten? Wir müssen mobil bleiben, um schnell die Flucht ergreifen zu können. Und die Wehrfähigkeit erhöhen."

„Ich denke, Ihr macht Euch zu viele unnötige Sorgen, Herr Händler", winkte Müntner ab.

„Ich möchte Euch nur warnen, weiterhin wachsam zu sein."

„Keine Sorge", sagte Müntner lachend. „Wir werden schon nicht gleich den Häschern in die Falle laufen."

Sofort nach ihrer Rückkehr von der bevorstehenden Handelsreise sollten die Ausbauarbeiten beginnen. Die Patria nahm aber zunächst einmal Kurs auf Malekesh. Schon von Weitem sah man die Segel des europäischen Schiffes. Zuerst dachten sich Müntner und Arthur nichts dabei. Möglich, dass Malekesh von anderen Europäern angefahren wurde. Doch je näher sie kamen, desto mulmiger wurde ihnen. Waren es vielleicht ihre Häscher? Gemeinsam überlegten Arthur und Müntner, was sie tun sollten.

„Was meint Ihr, Herr Händler?", fragte Müntner Arthur um Rat.

„Ich bin mir nicht sicher", antwortete Arthur gedehnt. Er kniff die Augen zusammen, um besser sehen zu können. „Von hier aus gesehen könnte es sich wirklich um ein venezianisches

Schiff handeln. Auf der anderen Seite haben wir Termine einzuhalten. Wir können es uns nicht leisten, unsere Kunden warten zu lassen. Es hängen einige Folgeaufträge von unserer Lieferung ab. Ich denke, dass wir nicht sofort erkannt werden, jetzt, wo wir das Schiff umgebaut haben."

„Ihr meint, wir sollten das Risiko eingehen?" Müntner wirkte fast ängstlich.

„Es hängt zu viel davon ab. Früher oder später wäre der Moment der Zusammenkunft ohnehin gekommen."

„Ich lasse die Mannschaft bewaffnen!", beschloss Müntner.

Arthur hielt dies für eine sehr gute Entscheidung.

Langsam fuhr die Patria in den Hafen von Malekesh ein. Die Mannschaft war über das europäische Schiff informiert und äußerst wachsam. Jeder der Männer war bereit, für sein neues Leben zu töten. War es der Gegner auch?

Auf des Gegners Schiff war man nicht ganz einer Meinung. Daxo und Delguera standen an Deck und schauten der Patria entgegen.

„Ist das die Louisa?", wollte Daxo wissen.

„Nun, mein Herr", antwortete der Kapitän. „Ich habe die Louisa mehrfach im Hafen von Venedig gesehen. Und dies scheint mir doch ein anderes Schiff zu sein. Zumal es einen anderen Namen trägt. Es sei denn ...", Delguera unterbrach sich und schaute genauer hin.

„Es sein denn, was?", drängelte Daxo.

„Es könnte die Louisa sein. Allerdings wären einige Umbauten vonnöten gewesen, um das Schiff so zu verändern."

„Ich will nur wissen, ob wir sie endlich gefunden haben, damit wir die Meuterer umlegen und von diesem elenden Kahn verschwinden können", raunte Daxo.

Delguera durchfuhr ein Blitz. Er wusste nicht, was ihn mehr aufregte. Sollte er Daxo über Bord werfen, weil er seine geliebte Natalia einen elenden Kahn genannt hatte, oder sollte er sich aufregen, weil er so eiskalt von Mord sprach? Er nahm all seine Selbstbeherrschung zusammen und drehte sich langsam zu Daxo herum.

„Mein lieber Herr Daxo“, begann er gepresst. „Ich werde Euch nun zwei Dinge sagen, die Ihr Euch merken solltet.“ Daxo verstand nicht so recht, was er getan hatte, dass der Kapitän plötzlich so unangenehm wurde. „Erstens“, fuhr Delguera fort, „Ihr werdet niemals wieder, ich wiederhole: niemals wieder von einem elenden Kahn sprechen, wenn Ihr mein Schiff meint. Zweitens steht jedem Meuterer ein ordentliches Gerichtsverfahren zu. Ihr werdet von mir keinerlei Unterstützung für einen Mord erhalten. Sollten Ihr oder einer Eurer Männer mehr Gewalt als nötig anwenden, werde ich Euch vor ein Gericht zerren und dafür sorgen, dass Ihr am Galgen baumelt.“

Damit ließ er Daxo stehen, ohne ihm gesagt zu haben, ob es sich bei dem Schiff nun um die Louisa handelte oder nicht.

Delguera hatte die Louisa trotz der Umbauten erkannt.

Aber er war sich nun auch sicher, dass sein Auftraggeber ihn benutzte, um persönliche Rache zu üben. Hernando Delguera ließ sich nicht gerne benutzen. Schon gar nicht, wenn dies ohne sein Wissen geschah. Er zog sich in seine Kajüte zurück, um zu überlegen, wie er aus diesem offensichtlichen Schlamassel wieder herauskam.

Er lief auf und ab, um besser nachdenken zu können. Am meisten ärgerte ihn seine eigene Naivität. Er hätte das Treiben durchschauen müssen. Aber je mehr er darüber nachdachte, desto mehr wurde ihm klar, dass ihn in erster Linie das versprochene Geld gelockt hatte. Wie konnte er nur so blauäugig gewesen sein? Aber alles Jammern half nun nichts mehr.

Eine Lösung musste gefunden werden.

Delguera dachte konzentriert nach. Welche Position sollte er einnehmen? Er wog das Für und Wider der ganzen Situation ab und kam zu dem Schluss, dass er sich selbst ein Bild von den Meuterern machen musste, um die richtige Entscheidung treffen zu können. Er schaute aus seinem Kajütenfenster und stellte fest, dass es bereits zu dämmern begann. Er zog seine Uniform aus und kleidete sich stattdessen wie ein einfacher Seemann. Dann schlich er unbemerkt von Bord und suchte nach der umgebauten Louisa.

Das Schiff lag nur wenige Ankerplätze weiter. Er schlenderte daran vorbei, um einen ersten Eindruck von der Mannschaft zu bekommen. Überrascht stellte er fest, dass die Männer wie besessen arbeiteten. Selbst seine Mannschaft, die eine der besten war, die er jemals befehligt hatte, arbeitete nicht so entschlossen, wie die der Louisa. Er ging zum Bug des Schiffes, um den neuen Namen zu lesen. Als er ihn erblickte, wurde ihm einiges klar. Nach seiner Meinung war Patria sehr passend.

Um nicht aufzufallen, ging er weiter. Die Ankerplätze beschrieben einen Halbkreis im Hafenbecken. Er lief auf die gegenüber liegende Seite, wo er ungesehen die Patria weiter beobachten konnte. Er stellte fest, dass das Schiff in einem ausgezeichneten Zustand war. Delguera wollte Kontakt mit der Mannschaft aufnehmen, um die Hintergründe zu durchleuchten. Da es aber schon spät war, beschloss er, auf sein Schiff zurückzukehren und den nächsten Tag abzuwarten.

Daxo war aufgeregt. Er spürte, dass er die Meuterer bald finden würde und sich dann endlich seinen Lohn abholen konnte. Er streifte durch den Hafen und schaute sich die vor Anker liegenden Schiffe an. Er hatte es im Gefühl, dass ein Durchbruch unmittelbar bevorstand. Woher er diese Ahnung hatte, wusste er selbst nicht. Aber bisher hatte ihn sein Gefühl nie im Stich gelassen. Er schlenderte am Hafenbecken entlang und hielt Ausschau nach dem europäisch aussehenden Schiff vom Mittag. Dann sah er es. Direkt vor ihm lag die Patria und wurde gelöscht. Zuerst war es ihm nicht aufgefallen; dann aber sah er es ganz deutlich. Er ging an den Bug der Patria, um sich die Sache näher anzuschauen. Jetzt war es klar zu erkennen: Das Schild, das den Namen des Schiffes trug, war weniger verwittert als der Rest des Holzes. Demzufolge musste es neu montiert worden sein. Dies konnte bedeuten, dass das Schiff einen neuen Namen erhalten hatte. Daxos Herz schlug jetzt schneller. War er endlich am Ziel? Würde er sich nun endlich zur Ruhe setzen und das Leben genießen können? Plötzlich wurde er am Genick gepackt und herumgeschleudert.

„Was kriechst du mit deiner hässlichen Nase in meinen Bug?“, hörte Daxo eine Männerstimme sagen.

Der Venezianer überlegte kurz, ob er sich zur Wehr setzen sollte, besann sich aber eines Besseren. Innerlich aber jubilierte er. Daxo machte eine demütige Geste, woraufhin ihn der Mann losließ. Mehrmals verbeugte er sich vor dem Fremden und zog sich zurück.

Müntner begriff nicht, dass er seinen Häscher hatte laufen lassen. Daxo hingegen machte einen Freudensprung, als er außer Sichtweite war. Noch in derselben Nacht rief er seine Schläger zusammen, um einen Plan auszuarbeiten, die Patria zu erobern.

Er bemerkte nicht, dass er dabei belauscht wurde.

## *Die Entscheidung*

Die halbe Nacht hatten sie zusammengesessen und überlegt, wie sie am besten vorgehen sollten, ohne dabei großen Schaden zu nehmen. Am Ende beschlossen sie, den Tag abzuwarten, um in der darauf folgenden Nacht zuzuschlagen. Den ursprünglichen Plan, das Schiff zu verfolgen, um alle Meuterer zu bekommen, verwarfen sie. Wichtig war der Kopf Müntners, die anderen waren nichts wert. Ihrem unentdeckten Mithörer, dem Schiffsjungen Balthasar Kremnitz, gab das jedoch genug Zeit, um den Kapitän zu informieren. Dieser hatte ihm befohlen, jeden Schritt des Kopfgeldjägers zu beobachten. Nach dem Bericht des Schiffsjungen machte sich Delguera sofort auf den Weg zur Patria, um die Mannschaft zu warnen. Dass es mitten in der Nacht war, ließ er dabei völlig außer Acht. Er zog sich schnell ein paar umher liegende Kleider an und eilte Patria los.

Trotz großer Müdigkeit konnte Daxo nicht einschlafen. Er lag in seinem kleinen Bett und starrte an die Decke seiner Kajüte. Er hatte die Eignerkajüte des Schiffes bekommen, was einiges an Bequemlichkeit mit sich brachte. Doch das war ihm in diesem Moment egal. Er hätte am liebsten schon jetzt die Patria geentert. Mühsam schaffte er es, seinen Tatendrang zu bremsen. Heute Nacht wäre verfrüht gewesen. Seine Männer waren müde und mussten sich für den Kampf ausruhen. Trotz des Überraschungseffektes, den sie haben würden, blieb immer noch die nicht zu unterschätzende Tatsache, dass sie sich in der Unterzahl befanden. Daxo verfügte über etwa zwanzig Männer, während er auf der Patria bis zu dreißig vermutete. Seine Leute waren allesamt kampferprobte Schläger; aber zehn Mann Überzahl mussten erst einmal besiegt werden. Das war mit müden Männern nicht möglich. Als er endlich einschlief, wurde es schon fast wieder hell.

Unterdessen stürmte Delguera auf die Patria, wobei er fast mit der Nachtwache zusammengestoßen wäre. Die Wache hielt ihn fest.

„Wer bist du und was willst du?“

„Ich bin Hernando Delguera“, antwortete der Kapitän. „Und es wäre besser, Ihr bringt mich zu Eurem Kapitän, und zwar schnell!“

„Das hätte ich ohnehin getan, mein Freund!“, schnaubte die Wache und zerrte Delguera zur Kapitänskajüte, wo er kräftig anklopfte. Müntner war alles andere als begeistert darüber, gestört zu werden. Er war gerade dabei, die Bücher zu führen. Diese Arbeit ging ihm nicht leicht von der Hand, da er darin ungeübt war. Er stieß einen kräftigen Fluch aus und riss die Tür auf.

„Was wird gewollt!“, blaffte er.

„Verzeiht die Störung, Herr Kapitän“, entschuldigte sich die Wache, „aber dieser Kerl hier ist einfach auf unser Schiff gerannt. Scheinbar ist er etwas verwirrt. Was soll ich mit ihm machen?“

Müntner wollte schon sagen, dass er ihn über Bord werfen solle, als ihm die Kleidung des Eindringlings auffiel. In seiner Eile hatte Delguera seine Kapitänsjacke angezogen.

„Was wollt Ihr auf unserem Schiff?“, fragte er deshalb.

„Ich muss Euch warnen!“

„Wovor?“

„Ihr seid entdeckt!“

Müntner wurde heiß und kalt zugleich. Fast wäre er umgefallen vor Schreck. Doch er fing sich schnell. Insgeheim war er froh, dass der Moment endlich gekommen war.

„Wer ist es und weshalb warnt Ihr uns?“, wollte Müntner wissen.

„Ich bin der Kapitän des Schiffes, welches ausgesandt wurde, Euch zu fangen“, erzählte Delguera. „Ich warne Euch, weil ich nicht an einem Mord beteiligt sein möchte. Mir wurde nämlich bei der Abfahrt erklärt, dass Ihr alle vor ein ordentliches Gericht gestellt werdet, falls wir Euch fangen. Jedoch habe ich nun erfahren, dass Ihr alle gemeuchelt werden sollt.“

„Aber nun macht Ihr Euch zu unserem Komplizen.“

„Lieber ein Komplize als ein Mörder“, antwortete Delguera knapp.

Müntner sprang auf und bellte der Nachtwache einige Befehle zur Mobilisierung der Mannschaft zu. Dann trat an Deck der

Patria. Delguera hatte er schon fast vergessen, als der plötzlich neben ihm stand. Er blickte ihm in die Augen und sagte: „Habt Dank, Freund!"

Delguera nickte nur kurz und ging von Bord.

Kurz darauf kam Arthur an Deck. Er ging zu Müntner und fragte ihn besorgt, was vorgefallen war. Müntner erklärte die Situation und fragte Arthur um Rat.

„Wir müssen es beenden", stieß Arthur hervor.

„Wie meint Ihr das?", fragte Müntner, wobei er die Antwort schon wusste.

„Ihr müsst kämpfen, wenn Ihr frei sein wollt."

„Wie stellt Ihr Euch das vor", schnaubte Müntner. „Wir sind Seemänner und keine Soldaten. Unser Heil liegt in der Flucht!"

„Gut", sagte Arthur, „flieht nur weiter. Doch wie lange soll das so gehen? Den Rest Eures Lebens? Denkt an Eure Kameraden. Denkt an Euch und denkt an mich! Und dann entscheidet, was das Beste ist!"

Müntner dachte nach. Wenn sie kämpfen würden, wäre es wahrscheinlich vorüber. Von Nauheim konnte nicht ein Schiff nach dem anderen auf die Jagd schicken. Wenn es ihnen jetzt gelänge, ihre Häscher zu vertreiben, wären sie mit hoher Wahrscheinlichkeit frei. Doch sollte er das Leben seiner Männer aufs Spiel setzen? Es würde Tote geben. Konnte er das verantworten? Wenn sie nur schnell genug aus dem Hafen kämen, könnten sie sich in ihr Versteck zurückziehen und ein paar Wochen abwarten, ob sie entdeckt werden würden. Jedoch konnten sie dann diesen Hafen nicht mehr anlaufen. Das würde wiederum empfindliche Einbußen bei ihren Geschäften bedeuten. Müntner beschloss, die Mannschaft selbst entscheiden zu lassen. Mittlerweile waren alle Männer an Deck versammelt. Keiner wusste genau Bescheid, was geschehen war, doch alle ahnten Schlimmes. Müntner trat vor die Seemänner und schaute in die Runde.

„Freunde", rief er „Wir sind entdeckt worden!" Er machte eine kurze Pause und ließ seine Worte wirken.

Angst zeigte sich auf den meisten Gesichtern. Das Morgenrot tauchte die Patria in ein unheimliches Licht. Müntner fiel es schwer weiterzusprechen.

„Ich überlasse es euch, ob wir kämpfen oder fliehen wollen. Überlegt gut. Denkt an das Für und Wider jeder Möglichkeit. Doch beeilt euch, denn der Gegner ist keine drei Schiffe von uns entfernt und will unsere Köpfe nach Venedig bringen. Wie ihr auch entscheidet: Ich beuge mich eurem Willen. Ich gebe euch nun fünfzehn Minuten. Danach lasst mich eure Entscheidung wissen."

Sofort steckten die Männer die Köpfe zusammen. Angeregt diskutierten sie die Situation. Zur großen Überraschung Arthurs und Müntners brauchten sie genau zwei Minuten, um die Entscheidung zu fällen. Kurt Wegener, der Schiffsschreiner, trat vor, und verkündete das Ergebnis.

„Wir kämpfen!"

Daxo schreckte aus dem Schlaf hoch. Der Kopfgeldjäger blickte zum Fenster und stellte fest, dass die Sonne schon hoch am Himmel stand. Er sprang aus dem Bett und kippte sofort wieder um, da sein Kreislauf nicht so schnell in Fahrt kam wie seine Gedanken. Als der Schwindel vorüber war, stand er auf, zog sich an und rannte an Deck, um seine Schlägertruppe zusammenzurufen. Als er die Truppe endlich beisammen hatte, schaute er in erwartungsfrohe Gesichter. Allen stand die Gier nach dem Lohn des Mordens im Gesicht. Daxo sprach gerade so laut, dass ihn seine Männer verstehen konnten.

„Also", sagte er verschwörerisch, „heute Nacht schlagen wir zu und holen uns die Köpfe der Meuterer. Sie wissen noch nichts von ihrem Glück und sollen natürlich auch nichts davon erfahren. Bleibt darum heute den Tag über an Bord und ruht euch aus. Wir werden uns heute Nacht in kleinen Gruppen von allen Seiten an das Schiff heranschleichen und sie im Schlaf überraschen. Derjenige, der mir Müntners Kopf bringt, bekommt eine Prämie. Es sind nur dreißig alte und klapprige Seemänner. Es wird ein Spaziergang. Und jetzt haut ab. Wir treffen uns um Mitternacht am Fogmast."

Zufrieden murmelnd zogen die Schläger in ihr Quartier und zählten im Geiste schon die Goldstücke.

Auf der Patria wurde die Mannschaft in zwei Lager geteilt. Die einen löschten weiter die Ladung, die anderen jedoch bereiteten alles für den bevorstehenden Angriff vor. Die Patria wurde in Windeseile verteidigungsfähig gemacht. Der Schreiner stellte fieberhaft Waffen her. Er baute alles um, was er finden konnte. Der Rest der Männer ging von Bord, um weitere Waffen aufzutreiben. Am Nachmittag stellten die Männer die Arbeiten weitestgehend ein, um genug Kraft für die kommende Nacht zu haben. Die Meuterer waren gerüstet und was noch viel wichtiger war: Sie waren bereit, für ihre Freiheit zu töten.

Auf der Natalia machten sich die Jäger bereit zum Angriff. Die Männer gaben sich siegessicher und flachsten im Angesicht des sicheren Sieges herum. Alle redeten nur vom Geld und wie schade es wäre, dass der Gegner nur dreißig Köpfe zum Abschlagen hatte und sich somit die Kopfprämie in Grenzen hielt. In ihrer Arroganz schwangen sie sich zu großen Kriegern und Helden auf, wobei keiner der Männer jemals auch nur eine einzige gute Tat vollbracht hatte. Alle hatten sie schon getötet, das machte sie zu gefährlichen Gegnern. Doch sie machten den Fehler, ihr Gegenüber zu unterschätzen.

Auch Daxo war sich seiner Sache sicher. Er trat nun vor seine Mannschaft und stellte zufrieden fest, dass sie bei bester Laune und bis an die Zähne bewaffnet waren.

„Männer", rief er theatralisch, „wir brechen nun auf, die Früchte unserer Saat zu ernten. Wenn diese Nacht vorüber ist, werden wir alle genug Geld haben, sodass wir nie wieder für andere die Drecksarbeit machen müssen. Wir gehen wie besprochen vor: Die erste Gruppe entert mit dem Beiboot vom Hafenbecken aus das Schiff und die zweite Gruppe geht vom Kai aus zum Angriff über. Und denkt daran: Wir brauchen keine Gefangenen!"

Er machte eine kurze Pause und schaute in die entschlossenen Gesichter seiner Truppe. „Noch Fragen?", wollte er wissen. Als sich keine Stimme erhob, setzte er hinzu: „Dann los, und macht sie fertig!"

Die Schläger schwärmten aus. Jeder wusste, was er zu tun hatte. Die erste Hälfte der Truppe schwang sich in das Beiboot und ruderte langsam hinüber zur Patria. Der Rest lief leise am Kai entlang. Die Nacht war ideal für einen Hinterhalt. Der

Mond versteckte sich hinter dichten Wolken. Der Hafen war in tiefen Schatten getaucht. Daxo bemerkte, wie er mit jedem Schritt, den er näher an die Patria kam, aufgeregter wurde. Er spürte seinen Herzschlag bis zum Hals hinauf. Er lief mit der Gruppe am Kai entlang. Von dort aus konnte er schemenhaft das Beiboot der Natalia erkennen, dass sich von der Wasserseite an das Schiff heranpirschte. In wenigen Minuten würden sie auf das Schiff stürmen und jeden, der sich ihnen in den Weg stellte, den Kopf vom Hals trennen.

Seine Männer hatten die Order, schnell zuzuschlagen und genauso schnell wieder zu verschwinden. So ließ sich vermeiden, mit den örtlichen Ordnungshütern in Konflikt zu geraten. Aber darum machte er sich keine Sorgen. Den Hafenaufseher hatte er persönlich am Nachmittag mit einer beträchtlichen Summe bestochen. Niemand würde ihn mit dem Massaker in Verbindung bringen. Noch wenige Schritte bis zum Schiff. Die Angreifer drückten sich eng an den Mauern der Hafengebäude entlang, um nicht entdeckt zu werden.

Auf der Patria war alles still.

Daxo vergewisserte sich mit einem kurzen Blick, dass seine Männer auf der anderen Seite des Schiffes angekommen waren, atmete tief durch und gab das Zeichen zum Angriff. Beinahe lautlos erklommen die Söldner das Schiff von beiden Seiten. Daxo war stolz auf seine Männer.

Es würde ein Kinderspiel werden.

Arthur und Müntner sahen die Gegner schon von Weitem auf sich zukommen. Zuerst entdeckten sie die Gruppe auf dem Wasser. Als sie das Boot sahen, gaben sie ihren Kameraden ein Zeichen, sich zu verstecken. Jeder wusste, dass diese Nacht über ihr Schicksal entscheiden würde: Entweder der Tod oder ein Leben in Freiheit! Man brauchte kein Prophet sein, um zu wissen, was den Männern lieber war, und was sie alles dafür tun würden.

Mit einem Mal schien das Schiff wie leer gefegt. Die Taktik bestand darin, den Gegner an Bord kommen zu lassen und dann von allen Seiten einzukesseln. Arthur bereitete es große Sorge, dass die Besatzung der Patria außer ein paar Kneipenschlägereien keinerlei Kampferfahrung aufweisen konnte. Er selbst hatte das letzte Mal vor vielen Jahren gegen Sigmunds Truppen gekämpft. Aber das war lange her und damals war er auch noch jung und wendig.

Arthur schüttelte die Angst ab und konzentrierte sich auf den bevorstehenden Kampf. Wenn die Sache hier gut ausging, würde er am nächsten Tag die Heimreise antreten. Das hatte ihm Müntner versprechen müssen. Der Gedanke an Frankfurt und sein Zuhause ließ ihn alle Angst vor dem Töten vergessen. Jetzt galt es nur noch: Entweder seine Kameraden oder die Schlägertruppe des Kaufmanns von Nauheim. Es konnte nur einen Gewinner geben. Und der Verlierer musste sterben.

Plötzlich hörte er leises Scharren auf den Schiffsplanken der Patria. Dann sah er die Enterhaken der Gegner. Sie zogen sich aus dem Beiboot auf das Hauptdeck und schwärmten aus. Sie waren sehr schnell und leise.

Arthur hoffte, dass keiner seiner Freunde die Nerven verlor und zu früh aus seinem Versteck kam. Doch zum Glück ließ sich keiner blicken.

Jetzt kamen auch die Jäger vom Kai aus auf die Patria. Auch sie schwärmten schnell und beinahe lautlos aus. Nach wenigen Minuten, in denen die Jäger die Quartiere des Schiffes durchsucht und niemanden gefunden hatten, kamen sie alle wieder an Deck. Ratlos trafen sie sich in der Mitte des Schiffes, um die ungewöhnliche Situation gemeinsam zu besprechen. Arthur konnte einen groß gewachsenen Mann in der Mitte der Truppe ausmachen. Das musste der Anführer sein!

Arthur schlich sich an die Gruppe heran, um zu hören, was sie sprachen. Als er nah genug war, hörte er den Anführer.

„Was ist los?“, sagte Daxo. „Irgendetwas stimmt hier nicht!“

Daxo schaute sich nervös um. Zu seinem Pech vergaß er dabei, nach oben zu schauen, wo sich fast die gesamte Mannschaft der Patria in den Wanten und Segeln versteckt hielt. „Jetzt oder nie!“, dachte Arthur und gab das Zeichen zum Angriff.

Urplötzlich fielen die Männer, wie es schien, aus dem Himmel. Jeder von ihnen brachte den Tod. Arthur hatte die Männer zuvor kurz angewiesen, wie sie sich zu verhalten hatten. Er riet ihnen, sich einen Gegner auszusuchen und ihn gezielt anzugreifen. Da sie in der Überzahl waren, konnten die Stärksten mit jeweils zwei Männern bekämpft werden. Arthur war erstaunt, wie gut die Seemänner diese Anweisung befolgten. Innerhalb weniger Sekunden waren die ersten Feinde tot oder kampfunfähig. Der Überraschungseffekt, den sich eigentlich Daxo zum Vorteil machen wollte, brach jetzt seinen Mannen das Genick. Arthur kämpfte schnell und gnadenlos. Innerhalb kürzester Zeit hatte er drei Männer niedergestreckt. Sein Säbel war blutverschmiert. Doch das bemerkte er nicht. Er schaute sich um und suchte nach dem nächsten Feind, stellte dabei aber erstaunt fest, dass der Kampf schon fast vorüber war.

Und dann fiel ihm noch etwas sehr Ungewöhnliches auf. Er war sich sicher, dass der Gegner nicht mehr als zwanzig Mann hatte. Seine Kameraden zählten dreißig. Doch jetzt hielten sich mindestens siebzig bis achtzig Männer an Bord der Patria auf. Wer waren die Männer, die, wie Arthur weiter erstaunt feststellte, auf ihrer Seite kämpften? Jetzt war ihm klar, warum der Kampf so schnell zu Ende war. Zusammen mit den unbekannten Helfern stand es nun zwanzig gegen annähernd siebzig. Dann erkannte Arthur den Kapitän, der die Warnung überbracht hatte, und ihn überkam ein Gefühl von großer Dankbarkeit. Sämtliche Kampfhandlungen waren nun beendet. Überall lagen Verletzte und Tote. Die Wolkendecke war aufgerissen und ließ den vollen Mond jetzt für ausreichend Licht sorgen. Zusätzlich wurden Fackeln entzündet.

Vor der Brücke hatte sich eine kleine Menschentraube gebildet. Als Arthur zu der Gruppe stieß, erkannte er in deren Mitte einen Mann, der am Boden lag.

Es war Daxo.

Sein Hemd war blutverschmiert. Er schien mit seinen Kräften am Ende zu sein. Er lehnte an der Wand und starrte mit hasserfülltem Blick zu seinen Peinigern empor. Jetzt drängte sich auch Müntner durch die Gruppe. Er hatte ebenfalls einige blutende Wunden davongetragen, hielt sich aber sicher auf den Beinen.

„Wo ist der Kerl, der meine Kameraden meucheln wollte?", stieß er hervor.

„Hier, am Boden", sagte Delguera spöttisch.
„Verräter!", zischte Daxo mit letzter Kraft.
„Warum habt Ihr das getan?", wollte Müntner wissen. „Was treibt Euch dazu, meine Männer zu töten?"
Daxo lachte verächtlich. „Was denkt Ihr wohl?", antwortete er hochmütig. „Ihr seid mir doch egal. Mich interessiert nur der Wert Eures Kopfes!"
„Des Geldes wegen?", fragte Müntner ungläubig.
„Natürlich. Euer Kopf bedeutete meinen Ruhestand in Saus und Braus!"
„Ihr seid ein armes Schwein!", zischte Müntner verächtlich.
„Sagt mir Euren Namen!"
„Warum wollt Ihr den wissen?"
„Es interessiert mich, welchen Namen mein vermeintlicher Mörder trägt."
„Ich wäre Euer Mörder geworden, wenn mich dieses Schwein von Delguera nicht verraten hätte", grollte Daxo voller Hass.
„Aber ich denke, Ihr habt ein Recht darauf, meinen Namen zu erfahren. Mein Name ist Marcello Daxo. Zufrieden?"
„Nicht wirklich!" Müntner wandte sich zu Delguera, der neben ihm stand und voller Verachtung auf die bemitleidenswerte Kreatur auf dem Boden schaute. „Was machen wir mit ihm?"
„Gute Frage!" Delguera überlegte kurz. „Ich biete Euch an, diese Mörder als meine Gefangene zu betrachten und mit nach Venedig zu nehmen, wo sie vor ein ordentliches Gericht gestellt werden." Mit einem Augenzwinkern fügte er hinzu. „Wo Ihr, nebenbei bemerkt, eigentlich auch hingehört. Aber wer sagt mir denn, dass Ihr überhaupt der gesuchte Mann seid? Ich habe außerdem nicht den Auftrag, Euch nach Venedig zu bringen. Ich habe Euch nie gesehen. Ich denke, diese Männer sind einem bedauerlichen Irrtum aufgesessen und wollten die Falschen umbringen!"
„Ich danke Euch von tiefsten Herzen, Kapitän", sagte Müntner mit Zittern in der Stimme.
Arthur konnte sich ein Grinsen nicht verkneifen. Er sah sich um und bemerkte, dass sie nur noch zu dritt um Daxo herum standen. Alle anderen hatten schnell das Interesse an dem gefal-

lenen Mörder verloren und kümmerten sich um die Verwundeten, die es zahlreich gab. Es waren auch einige Tote auf ihrer Seite zu beklagen, was Arthur traurig stimmte.

„Schaffen wir ihn weg“, sagte Delguera und beugte sich hinunter, um Daxo auf die Beine zu helfen.

Arthur packte mit an. Mit einiger Mühe schafften sie es, Daxo halbwegs auf die Beine zu stellen. Mit wackeligem Gang schlurfte er in Richtung Steg. Doch plötzlich und völlig überraschend griff Daxo nach einem auf dem Boden liegenden Säbel und schlug damit in Richtung Delguera. Arthur sah den Säbel auf den Schädel des Kapitäns zurasen, konnte jedoch nicht eingreifen, da er zu weit entfernt stand. Im nächsten Moment nahm er wahr, wie Daxo von einem Säbel durchbohrt wurde. Der Kopfgeldjäger riss die Augen auf. Aus seinem Mund kam ein ersticktes Röcheln und Blut. Er sackte vor Müntner auf die Knie. Dieser hielt immer noch den Säbel in der Hand, den er in den Leib des Mörders gerammt hatte. Daxo brach endgültig zusammen und fiel dabei direkt vor die Füße Delgueras, der sah, wie das Lebenslicht aus den Augen Daxos verschwand.

## *Die Heimkehr*

Da Daxo den Hafenaufseher bestochen hatte, ließ dieser sich den ganzen Vormittag nicht blicken. Dieser Umstand gab der Besatzung der beiden Schiffe genug Zeit, um die Verletzten von Bord und die Toten unter Deck zu schaffen. Müntner gab Befehl zum Auslaufen, damit die Toten im Meer wenigstens ein anständiges Seemannsbegräbnis bekamen. Sie wurden in Leinentücher eingebunden und mit großen Steinen beschwert. Auf offener See würden sie später dem Meer übergeben werden. Kurz vor dem Auslaufen kam Arthur zu Müntner, um sich zu verabschieden.

„Herr Müntner", sagte er. „Es war mir eine Ehre, unter Euch zu segeln!"

Er reichte ihm die Hand.

Müntner nahm sie, zog Arthur an sich und umschlang ihn mit seinen kräftigen Armen. Arthur zögerte kurz, erwiderte dann aber die Umarmung.

„Ich danke Euch für alles!", sagte Müntner rührig. „Ohne Euch wären wir sicher schon tot."

„Jetzt übertreibt Ihr aber, mein Freund!"

„Ich wünsche Euch eine gute Heimreise. Kommt gut in Eure Heimat zurück und lebt dort lange und in Frieden."

„Euer Wort in Gottes Ohr", lachte Arthur verbittert, der sich erst sicher war, wenn er in Frankfurt in seinem Haus stand.

„Lebt wohl!"

Arthur ging etwas wehmütig von Bord der Patria. Er verließ Freunde. Seine Siebensachen hatte er zu einem kleinen Bündel zusammengepackt und trug es auf dem Rücken. Er blieb noch eine Weile an der Kaimauer stehen und sah der Patria lange nach. Dann seufzte er tief und ging hinüber zum Liegeplatz der Natalia.

Als er das Schiff betrat, ging alles seinen gewohnten Gang. Nur der ein oder andere Seemann sah ein wenig ramponiert aus. Arthur machte sich auf den Weg zum Kapitän, der auf der Brücke stand und das Treiben an Bord beobachtete. Dieser empfing ihn herzlich.

„Herr Händler", rief er ihm entgegen. „Kommt herauf zu mir."

Arthur erklomm die Stufen und stellte sich neben Delguera.

„Wie geht es nun weiter?“, wollte Arthur wissen.

„Ganz einfach“, antwortete der Kapitän gelassen. „Wir segeln nach Hause!“

„Nach Hause“, murmelte Arthur melancholisch. Nach kurzer Pause nahm Arthur das Gespräch wieder auf. „Was wollt Ihr Eurem Auftraggeber erzählen?“

„Wir berichten, dass alle Meuterer schon vor unserem Eintreffen mitsamt dem Schiff in einem Sturm gesunken und ums Leben gekommen sind. Als Beweis hierfür habe ich mir ein Stück der Louisa geben lassen.“

„Darf ich fragen, um welches Stück es sich hierbei handelt?“

„Natürlich dürft Ihr fragen“, lachte Delguera. Er beugte sich nach vorn, hob ein etwa zwei Fuß langes Brett von den Planken auf und hielt es Arthur entgegen. Arthur nahm das Brett und drehte es um. Auf dem Brett stand in geschwungenen Buchstaben das Wort „Louisa“.

Müntner hatte es aus irgendeiner Laune oder sogar Aberglaube heraus aufbewahrt. Nun rettete es ihnen allen das Leben. Arthur blickte den Kapitän an. Eine Frage brannte noch in Arthurs Kopf: „Was ist mit Daxos Männern?“, wollte er wissen. „Wie wollt Ihr die zum Schweigen bringen?“

„Aber Herr Händler“, Delguera sprach nun im Tonfall eines Vaters, der sein Kind belehrte, „das ist doch das kleinste Problem von allen. Diese Männer sind käuflich. Wir geben ihnen ein bisschen Geld und sie sind still. Außerdem haben ohnehin nur drei der Männer überlebt. Ich habe bereits mit ihnen gesprochen. Sie werden den Mund halten.“

„Wie wollt Ihr den Tod der anderen Männer erklären?“

Delguera seufzte. „Es gibt so viele Piraten auf den Meeren des Herrn!“

Mit breitem Grinsen standen die beiden Männer auf der Brücke der Natalia und beobachteten die Mannschaft bei der Arbeit.

Die Rückfahrt nach Venedig war ereignislos. Die Winde standen günstig, sodass die Natalia schon nach einer Woche im Hafen der Handelsstadt einlief. Arthur verabschiedete sich von Delguera und ging von Bord.

Er lief durch die Straßen von Venedig und genoss die Schönheit der Stadt. Fasziniert von der Architektur ging er staunend an den Kanälen entlang. Endlich erreichte er das Deutsche Haus und ging hinein. In der Eingangshalle wandte sich der Frankfurter an den dort befindlichen Tresen und sprach den dahinter stehenden Mann an.

„Gott zum Gruße!", begann er fröhlich, beschwingt durch die Tatsache, endlich wieder auf europäischem Boden laufen zu dürfen. „Wo finde ich eine Passage nach Frankfurt?"

Der Mann am Tresen erwiderte freundlich den Gruß, bat Arthur um ein klein wenig Geduld und schaute in einem dicken Buch nach. Endlich fand er einen Eintrag und nannte Arthur die Adresse, die er benötigte, um mit dem Verantwortlichen Kontakt aufzunehmen. Arthur bedankte sich freundlich und ging seiner Wege.

Die Reise würde erst in einigen Tagen losgehen. Zunächst musste also eine Unterkunft her. Arthur fragte sich zum nächsten Gasthof durch. Er fand ein beschauliches Wirtshaus in der Nähe des Marktplatzes und wählte ein Zimmer mit Blick auf denselben. Er liebte es, die Menschen auf dem weitläufigen Platz zu beobachten. Der Gewürzhändler legte sich in das Bett, wo er wenige Minuten später einschlief und erst am nächsten Morgen nach einem sehr erholsamen Schlaf erwachte. Völlig ausgeruht, wie seit Jahren nicht mehr, stand er auf. Er erfrischte sich am bereitgestellten Waschzuber und ging hinunter in die Gaststube, wo er ein sehr schmackhaftes Frühstück zu sich nahm. Dann gab er ein großzügiges Trinkgeld und machte sich auf den Weg zum Verantwortlichen für die Fahrt nach Frankfurt, um die Bedingungen für seine Reise zu klären. Er hatte von seinem Wirt eine sehr detaillierte Wegbeschreibung erhalten, sodass er nach wenigen Minuten vor dem entsprechenden Handelskontor stand. Er betrat das Haus und wurde von einem jungen Mädchen freundlich empfangen. Arthur versuchte, sein Anliegen bei ihr anzubringen, wurde aber von ihr unterbrochen. Das Mädchen lief aus dem Zimmer und kam wenige Augenblicke später mit einem älteren Mann wieder zurück. Arthur verschlug es die Sprache. Der Mann, der ihm nun gegenüberstand, war kein geringerer als Johann Kämmler. Arthur hatte im Deutschen Haus nur eine Adresse, aber keinen Namen genannt bekommen. Hätte er den Namen Kämmler gehört, wäre er noch am selben Tag hier erschienen. Kämmler hatte Arthur seinerzeit in Frankfurt beliefert. Er war der zuverlässigste seiner Lieferanten. Nachdem er sich wieder gefangen hatte, gab sich der Frankfurter zu erkennen, was durchaus vonnöten war, denn er hatte sich sehr verändert. Der lange Bart, den er nun trug, schien ihn um Jahre älter zu machen, als er war. Das Reisen durch Wind, Wüste und karge Berglandschaften hatte sich in sein Antlitz eingebrannt. Tiefe Falten durchzogen das einst jungenhafte Gesicht des Gewürzhändlers. Er wirkte müde, strahlte aber eine gewisse Gelassenheit aus, die zu sagen schien: „Was könnt Ihr mir? Ich habe so viel erlebt, was soll mich schrecken?"

„Ja, ich lebe noch, mein Freund", sagte Arthur fröhlich zu seinem staunenden Gegenüber.

Kämmler, der sich ertappt fühlte, erwiderte überzeugt: „Ich habe auch niemals daran gezweifelt!" Dann fuhr er fröhlich fort: „Tretet ein, Arthur, und tragt mir Eure Wünsche vor!"

Die Männer gingen in eine Stube, wo ihnen sofort etwas Gebäck und Wein serviert wurde. Arthur schaute sich um und sah ein feudal eingerichtetes Haus. Allem Anschein nach gingen die Geschäfte gut.

„Was kann ich für Euch tun?"

„Ich möchte nach Hause!"

„Verständlich!", murmelte Kämmler. „Ihr habt Glück. Ich habe da in der nächsten Woche einige Wagenladungen nach Frankfurt."

„Perfekt!", rief Arthur. „Wie viel wollt Ihr für einen Platz in der Gruppe haben?"

„Da ich Eure Geschichte nicht kenne, Arthur, ist sie die Bezahlung! Erzählt mir in allen Einzelheiten, was Euch auf Eurer langen Reise geschehen ist. Dies soll mir Lohn genug sein."

Arthur war gerührt. „Ich hoffe, Ihr habt genügend Zeit, mein Freund."

Das hatte Kämmler, und Arthur fing an zu erzählen. Er begann mit seinem Entschluss, nach Kalikut aufzubrechen, erzählte Kämmler von der Gauklertruppe auf dem Weg nach Lübeck und wie schwierig es war, die richtigen Seemänner anzuheuern. Auch die unerfreulichen Dinge, wie die lange Flaute vor der Küste Afrikas und den Schiffbruch kurz vor dem Ziel, ließ er nicht aus. Der Gewürzhändler berichtete von dem unrühmlichen Kapitel mit Annegret und von der daraus folgenden Bekehrung Dycks zum Freund. Von dem Skorpion sprach er genauso wie von der Meuterei auf der Louisa und dem letztendlich glücklich verlaufenden Ende mit der Überfahrt auf der Natalia. Als er geendet hatte, war die Nacht über Venedig hereingebrochen und die Dienerschaft hatte sowohl das Nachmittagsgebäck als auch das Abendmahl für die beiden Männer serviert. Nun saßen sie mit einem edlen Tropfen vor einem knisternden Kaminfeuer.

„Nun seht Ihr einen Mann vor Euch mit der Bitte, ihn die letzte Etappe nach Frankfurt zu geleiten“, schloss Arthur seinen Bericht.

Kämmler starrte Arthur an. Er musste hart schlucken, bis er antworten konnte.

„Meiner treu, Arthur“, sprach er dann krächzend. Und nach kurzem Räuspern: „Es ist mir eine Ehre, Euch nach Hause zu bringen!“

Der Gewürzhändler konnte sein Glück kaum fassen. Er war kurz vor dem Ziel. In dieser Nacht fand er kaum Schlaf. Arthur dachte an den Geruch seines Gewürzlagers und an die belebten Straßen seiner Heimatstadt Frankfurt. Er malte sich aus, wie man ihn empfangen würde. Erst im Morgengrauen schlief er ein. Geweckt wurde er von dem Treiben auf dem Platz vor dem Gasthaus.

Es war Markt!

Arthur sprang auf und schaute aus dem Fenster. Er freute sich wie ein kleines Kind, zog sich schnell an und stürmte hinaus. Er sah sich um, sog die Atmosphäre in sich auf und widerstand nicht lange der Verführung, sich etwas zu kaufen, was er eigentlich überhaupt nicht brauchte. Bei seiner Abreise in Malekesh hatte er von Müntner eine Prämie für seine Verdienste erhalten. Zuerst hatte Arthur die Bezahlung ablehnen wollen, doch jetzt war er froh, dass er sich hatte überreden lassen. Er kaufte zuerst frisches Obst, wobei er, nur zum Spaß, mit den Marktfrauen bis aufs Messer um den Preis feilschte. Mit einem breiten Grinsen lief er über den Markt und biss genüsslich in den soeben erstandenen Apfel. So manch ein Passant schaute ihn verwundert an. Die meisten Menschen hier waren gekommen, um Lebensmittel und andere Gebrauchsgegenstände zu kaufen. Da blieb kein Platz für Vergnügliches. Dementsprechend war die Laune der Menschen nicht auf einen über beide Backen grinsenden Ausländer eingestellt. Arthur machte sich einen Spaß daraus, die Menschen höflich zu grüßen. Die verwunderten Blicke brachten ihn ein ums andere Mal zum Lachen. Wenn er nicht aufpasste, würde er noch für verrückt erklärt werden. Er spürte seit Jahren das erste Mal so etwas wie Sicherheit und Frieden. Arthur war glücklich.

Die Woche verging wie im Fluge. Arthur schaute sich die Stadt an und genoss die Fahrten in der Gondel auf den Kanälen von Venedig. Am achten Tage seiner Anwesenheit kam ein Bote Kämmlers, um ihn für den Aufbruch nach Frankfurt abzuholen. Der Gewürzhändler packte schnell sein Hab und Gut, bezahlte den Wirt und folgte dem Burschen zu Kämmlers Haus. Als sie dort ankamen, stand alles zur Abfahrt bereit. Allem Anschein nach hatten sie nur auf ihn gewartet. Es handelte sich um sechs voll gepackte Wagen. Auf jedem der Wagen saßen zwei Männer, die sich beim Führen der Pferde abwechselten. Ergänzt wurde die Karawane durch zwölf Bewaffnete und einen Versorgungswagen mitsamt Verpflegung für die Reise, Koch und Küchenjunge. Arthur wurde die Ehre zuteil, den ersten Wagen zusammen mit Kämmler zu führen. Wenig später verließ die Kolonne Venedig Richtung Frankfurt. Arthur wurde nervös. Noch konnte er nicht daran glauben, in Kürze die Tore Frankfurts zu durchschreiten. Noch lagen die Alpen vor ihnen und viele Kilometer voller unwägbarer Straßen, furchtloser Dieben und fürchterlicher Unwetter. Doch seine Befürchtungen bezüglich der Diebe beruhigte er mit dem Gedanken an die Bewaffneten. Und bei den Alpen dachte er an die grandiose Aussicht. Das Wetter war ihm egal. Er wollte nur nach Hause. So kurz vor dem Ziel würde ihn keiner mehr aufhalten. Er hatte genug erlebt auf seiner Odyssee. Was sollte ihn jetzt noch erschrecken? Arthur war dem Tod mehr als einmal von der Schippe gesprungen und hatte den tosenden Stürmen der See getrotzt.

Niemand sollte es wagen, ihn aufhalten zu wollen!

Wild entschlossen trieb er nun die Pferde an, die seinen Wagen zogen.

Nach scheinbar endloser Fahrt waren es jetzt nur noch wenige Tage bis zum Ziel. Auf ihrer Reise quer durch das südliche Europa erlebte die Karawane mehrfach gefährliche Situationen, die sie aber alle nicht aufhalten konnten auf ihrem Weg in die Stadt Arthur Händlers. Auf der langen Reise genoss Kämmler die detaillierten Erzählungen Arthurs, der immer noch die Faszination aus seinen Tagen als fahrender Händler und Geschichtenerzähler ausstrahlte. Schließlich standen sie vor den Toren Frankfurts. Arthur hielt den Wagen an und starrte von der Sachsenhäuser Anhöhe auf die Mauern der Stadt. Tränen stiegen ihm in die Augen. Kämmler saß neben ihm und sagte kein Wort. Er überließ Arthur ganz seinen Gefühlen im Moment der Heimkehr. Endlich rang sich der Gewürzhändler dazu durch, die Pferde wieder anzutreiben. Sie passierten das Affenport, überquerten die Mainbrücke, fuhren die Fahrgasse hinauf zur Zeyl und näherten sich ohne weiteren Umweg Arthurs Haus. Arthurs Herz schlug so schnell und fest, dass er es kaum aushielt. Es war, als wäre er nie von zu Hause weg gewesen. Drei Jahre hatte seine Reise gedauert. Drei nicht enden wollende Jahre, in denen er sein Ziel nie aus den Augen verlor: Seine Heimat. Seine Familie. Wie war es ihnen ergangen? Wie würde Pierre reagieren? Würde er ihn wiedererkennen? Plötzlich bekam Arthur Angst. Schnell wischte er die schlechten Gedanken beiseite und suchte sich einen Weg durch das Treiben in der Prachtstraße der Stadt. Nur noch wenige Meter lagen zwischen Arthurs Haus und dem Wagenzug. Die Spannung war unerträglich. Arthur platzte vor

Neugier. Gleichzeitig wurde die Angst vor dem Ungewissen unerträglich. Er hielt den Wagen an und versuchte, zu Atem zu kommen. Seine Kehle war ausgetrocknet. Er war kaum in der Lage, einen klaren Gedanken zu fassen. Dann endlich nahm er all seine Kraft und seinen Mut zusammen und lenkte den Wagen um die letzte Ecke. Arthur fuhr langsam und scheinbar ohne Hast die Straße hinunter. Eine Frau mit einem großen geflochten Korb in der Hand kam die Zeyl hinaufgelaufen. Als sie Arthur erblickte, blieb sie stehen und starrte ihn an. Die Frau war Anneliese Renner, seine Nachbarin. Als sie ihn erkannte, schlug sie hastig ein Kreuz. Arthur nickte ihr freundlich zu und ließ sie zurück, ohne auch nur einen Gedanken daran zu verschwenden, mit ihr zu sprechen. Seine ersten Worte galten seiner Familie. Er stoppte den Wagen vor den Toren seines Hauses. Wie üblich stand ein Bewaffneter davor, um unliebsame Gäste fernzuhalten. Der Mann schien aber erst nach seiner Abreise eingestellt worden zu sein. Jedenfalls war er Arthur unbekannt. Der Gewürzhändler stieg vom Wagen, wobei er darauf achtete, dass ihm seine Beine nicht den Dienst versagten. Langsam ging er auf den Mann zu. Als er vor dem Tor stand, das wie üblich tagsüber weit geöffnet war, sah er im Hintergrund Helene, Pierres Frau, am Brunnen. Sie erblickte ihn nicht, da sie mit dem Rücken zu ihm stand. Der Wachmann kam auf Arthur zu und stellte ihn zur Rede.

„Was ist Euer Begehr?“, fragte er sehr dienstlich.

„Wir haben eine Lieferung aus Venedig!“, antwortete Arthur ebenso dienstlich.

„Wartet hier, ich hole den Lagermeister!“

Arthur nickte und schaute dem Mann hinterher, der durch den Hof zum Lager lief. Als Helene den Wachmann an sich vorbeikommen sah, wurde sie neugierig und drehte sich zum Tor, um zu sehen, wer dort eingetroffen war. Als sie Arthur erblickte, konnte man fast sehen, wie ihr Herz einen Schlag aussetzte. Sie ließ den Eimer fallen, wobei sie sich nicht darum scherte, dass sich der Inhalt im Hof ergoss, und stützte sich kraftlos an den Rand des Brunnens. Alle Farbe war aus ihrem Gesicht verschwunden. Leise begann sie zu rufen: „Pierre!“

Dann lauter: „Pierre!“

Schließlich schrie sie den Namen mit aller Kraft und Hysterie, zu der nur Frauen fähig sind. Im ersten Geschoss des Hauptgebäudes ging ein Fenster auf und ein Kopf kam heraus. Es war der Kopf seines Sohnes.

Bei seinem Anblick konnte Arthur die Tränen nicht mehr zurückhalten. Hemmungslos fing er an zu weinen. Die Tränen flossen in Strömen aus ihm heraus. Er stand noch immer im Torbogen, unfähig sich zu bewegen. Pierre blickte kurz ungläubig und strahlte dann über das ganze Gesicht. Er schlug das Fenster zu und rannte, so schnell er konnte, hinunter in den Hof. Wenige Zoll vor seinem Vater blieb er stehen und schaute Arthur lange an. Dann endlich sprach er die Worte, die sich Arthur in seinen Träumen immer ausgemalt hatte: „Willkommen zu Hause, Vater!"

# Röschen-Verlag

**Autor: Frank Demant**

**ISBN-13: 978-3-9809915-4-4**
**Preis 9,45 Euro / SFr. 18,00**

**Simon Schweitzer - die Leiche am Eisernen Steg**

Alles fängt ganz harmlos mit einer Leiche am Eisernen Steg an. Dann bekommt Laura Roth, seine Untermieterin, Besuch aus Berlin, und Herr Schweitzer wird in einen Fall verwickelt, dessen Wurzeln im Dritten Reich liegen.

---

**Autor: Frank Demant**

**ISBN-13: 978-3-9809915-6-8**
**Preis 9,45 Euro / SFr 18,00**

**Simon Schweitzer - Opium bei Frau Rauscher**

Herr Schweitzer, Privatier aus Leidenschaft, lebt gerne in den Tag hinein. Die Nacht widmet er intensiv der Sachsenhäuser Kneipenszene. Um diese Ausschweifungen zu finanzieren, spielt er mit dem Gedanken, eine Detektei zu gründen.

Von einer Urlaubsbekanntschaft aus Laos erhält Herr Schweitzer seinen ersten Auftrag und wird versehentlich Zeuge eines Mordes aus Eifersucht. Doch je mehr Details die Frankfurter Kripo ans Tageslicht zerrt, desto weniger glaubt er an das, was er mit eigenen Augen gesehen hat.

# Röschen-Verlag

**Autor: Frank Demant**

**ISBN-13: 978-3-9809915-3-7**
**Preis 10,00 Euro / SFr. 18,50**

**+++Tagesgeschäfte+++**

Das vorliegende Buch beruht auf einer wahren Begebenheit, die sich im Umfeld des Autors zugetragen hat. Das couragierte Verhalten eines unbedeutenden Sachbearbeiters entwickelte sich zum wohl teuersten Mobbing-Fall in der Geschichte der Bundesrepublik Deutschland.

Es ist eine Hommage an all diejenigen, die trotz größter Repressalien den Blick für Recht und Unrecht nie aus den Augen verlieren.

---

---

**Autor: Wolfgang Fienhold**

**ISBN-13: 978-3-940908-00-1**
**Preis 9,80 Euro / SFr. 20,30**

**Kaputt in Frankfurt**

Harry 1968: Er ist jung, groß, wild, unglaublich attraktiv, dazu mit einem außergewöhnlichen IQ ausgestattet, ein Spieler, Genießer, Biertrinker, Frauenversteher – kurz: ein Liebling der Götter. Für ihn gelten nur seine Regeln; er will alles und das sofort, als da wären Geld, Gold, schnelle Autos, Frauen, Partys, Sex, Drugs und Rock'n'Roll. Sein Leben ist eine Achterbahnfahrt zwischen Kick und Absturz. Die Frauen reiht er auf wie Perlen auf einer Kette, da gibt es die edel schimmernden echten und auch die hässlichen Imitate. Insbesondere interessieren ihn Unregelmäßigkeiten – jedenfalls lässt er keine Dame auf der Bettkante schmoren.